Canciones para Paula

Blue Jeans

Canciones para Paula

 Planeta

Obra editada en colaboración con Editorial Planeta – España

Diseño de portada: Planeta Arte & Diseño
Ilustración de portada: Francisco A. Morais
Fotografía del autor: © Ester Ramón

Extracto de la letra de la canción *Scusa se ti chiamo amore* de página 316:
Autor: Massimo Di Cataldo
©Massimo Di Cataldo / Dicamusica

© 2009, Editorial Everest, S.A., primera edición

© 2009, Francisco de Paula Fernández
© 2009, Editorial Planeta, S.A. – Barcelona, España

Derechos reservados

© 2016, Editorial Planeta Mexicana, S.A. de C.V.
Bajo el sello editorial PLANETA M.R.
Avenida Presidente Masarik núm. 111, Piso 2
Colonia Polanco V Sección
Delegación Miguel Hidalgo
C.P. 11560, Ciudad de México
www.planetadelibros.com.mx

Primera edición impresa en España: octubre de 2016
ISBN: 978-84-08-16162-2

Primera edición impresa en México: octubre de 2016
Primera reimpresión en México: noviembre de 2018
ISBN: 978-607-07-3700-8

Impreso en los talleres de EDAMSA Impresiones, S.A. de C.V.
Av. Hidalgo núm. 111, Col. Fracc. San Nicolás Tolentino, Ciudad de México
Impreso en México – *Printed in Mexico*

Nota de autor

La trilogía *Canciones para Paula* regresa a las librerías de la mano de la Editorial Planeta. ¡Es una gran noticia! Estoy muy ilusionado con esta nueva etapa y espero que mi primer proyecto vuelva a funcionar. Nos ponemos en marcha otra vez con un lavado de cara, retocando las cubiertas, actualizándolas, poniéndolas guapas, y revisando los contenidos para que queden perfectos (millones de gracias, Raquel, eres la mejor correctora del mundo). La historia permanece tal y como la publicó Everest, con un valor extra añadido: *Tras la pared*, la novela que escribe Álex Oyola y que encontrarán dividida en tres partes al final de cada uno de los libros.

Todo comenzó, como muchos saben, en Fotolog. El 3 de junio del 2008 se encendió un foquito en mi cabeza y empecé a escribir en Internet una historia por capítulos. Cada día improvisaba un fragmento de la novela y lo subía a mi página. Sin ninguna pretensión, sin saber hasta dónde llegaría. Solo deseaba comprobar si servía o no para escribir y si lo que hacía podría gustarle a alguien. Era el inicio de las redes sociales en España y en Latinoamérica y, gracias a todos los que leyeron *Canciones para Paula* en Internet, pude cumplir mi sueño. Bueno, el sueño de muchos, ya que siempre he dicho, porque lo creo firmemente, que esta aventura no es solo mía. Es una aventura de todos los que formamos este maravilloso «universo azul».

No hemos querido actualizar los contenidos de los libros para que no pierdan la esencia inicial. Así que la historia transcurre en el año 2008. Volveremos a encontrarnos con el MSN, los SMS, Tuenti, los antiguos teléfonos celulares, las canciones de moda de esa época, las series de televisión que se veían por entonces... Por cierto, ¿saben que le puse Paula a la protagonista por la niña de *El internado*? El día que abrí la cuenta de Fotolog, tenía encendida la televisión de fondo y estaban emitiendo un capítulo de aquella serie de Antena 3. Escuché el nombre de Paula y me vino a la cabeza el título.

Desde entonces mi vida no es la misma, ha cambiado por completo. Encontrar el camino es lo mejor que le puede pasar a una persona, y yo lo encontré en el mundo de los libros. Aunque no ha sido fácil. Por eso sabe mejor.

Cuando era pequeño, quería ser futbolista y, aunque me defendía, no era lo suficientemente bueno. Estudié primero Derecho, aunque solo aguanté un año porque aquello no era lo mío. Después me fui de Carmona, el lugar en el que había vivido mi infancia y adolescencia, y me trasladé a Madrid a estudiar Periodismo. Me licencié. Cursé un máster de Periodismo Deportivo. Volví a la universidad para inscribirme en Filología Alemana, pero solo soporté el primer mes. Busqué trabajo como periodista, sin éxito, y me puse a entrenar a niños que jugaban al futbol de salón. Para terminar como autor de novelas juveniles. De momento.

Esto demuestra que no siempre aciertas a la primera y que la vida da muchas vueltas. Y que no hay que darse jamás por vencido por muy mal que vayan las cosas; porque no siempre me fue todo tan bien a nivel profesional, y esas dificultades, a la larga, terminan afectándote en el plano personal. Es más, viví fases en las que estuve muy perdido, cayendo sin remisión en un pozo que parecía no tener fondo. Afortunadamente, mis padres siempre creyeron en mí y me ayudaron mucho. Y después llegó este libro, que hizo que empezara a confiar en mí y en mis posibilidades.

Poco a poco, me di cuenta de que la única forma de conseguir las cosas es esforzándote al máximo. Dándolo todo de ti. Trabajando mucho y no conformándote. Cada día hay que mejorar, cada día hay que aprender. Y, entonces, tu sueño se podrá hacer realidad. Suena un poco cursi, hasta irreal; sin embargo, es así. *Canciones para Paula* es un sueño que se cumplió. Y, si yo lo logré, cualquiera de ustedes puede conseguirlo.

Los pies continúan pegadísimos al suelo. Lo mismo que la fortuna me está acompañando en estos años, puede marcharse sin avisar. A pesar de que voy a luchar con todas mis fuerzas para que esto dure el máximo tiempo posible. Me divierto escribiendo, pero también se ha convertido en mi profesión. Es un trabajo muy exigente y al que le dedico prácticamente las veinticuatro horas del día, de lunes a domingo, los doce meses del año. No hay descanso. Y ojalá pueda aguantar siempre este ritmo.

Muchos de ustedes me conocen por *El club de los incomprendidos* o por la serie *Algo tan sencillo*. O tal vez no hayan leído nada de lo que he escrito. Aquí les presento mi primera historia. La que me hizo llegar hasta donde estoy hoy, sea cual sea ese lugar. Los libros que me permitieron hacerme un hueco en la literatura juvenil. La primera novela que pasó desde las redes sociales al papel.

Si ya la has leído, bienvenido de nuevo. Ponte cómodo y recuerda lo que viviste con Paula y las Sugus. Si estás aquí por primera vez, espero que disfrutes. Que te emociones, que sientas, que te enfades. Que quieras y necesites más.

Y ya sabes: pase lo que pase…, nunca dejes de soñar.

Capítulo 1

Seis de la tarde de un día de marzo.

Mira de nuevo su reloj y se sopla el flequillo. Vistazo a un lado, a otro. Nada. Ni rastro de la flor roja.

Dos días antes.

Él: «Llevaré una rosa roja para que sepas quién soy».

Ella: «¿Una rosa roja? ¡Qué clásico!».

Él: «Ya sabes que lo soy».

Ella: «Yo llevaré una mochila fucsia de las Chicas Superpoderosas».

Él: «¡Qué infantil eres!».

Ella: «Ya sabes que lo soy».

Seis y cuarto de la tarde de un día de marzo.

«Será tarado. Si al final resulta que estas van a tener razón...».

Paula echa otro vistazo a su reloj. Suspira. Se ajusta la falda que se ha comprado expresamente para la cita. También lleva ropa interior nueva, aunque sabe perfectamente que no llegarán tan lejos. Da pequeños golpecitos con el tacón en el suelo. Empieza a estar realmente enfadada.

Un día antes.

Ella: «¿Estás seguro de lo que vamos a hacer?».

Él: «No. Pero tenemos que hacerlo».

Ella: «Nada más no apareces...».

Él: «Apareceré».

Seis y media de la tarde de un día de marzo.

Paula se resigna. Si al menos le hubiese dado el celular... Se lleva una mano a la frente. Está acalorada, y eso que allí hace muchísimo frío. No puede creerse que él no se haya presentado. Vuelve a mirar a todas partes en busca de una flor roja.

Nada.

—Eres un tarado —dice en voz alta, pero no lo suficiente como para que alguien la oiga.

La noche anterior.

Él: «Te quiero».

Ella: «TQ».

Seis y treinta y seis de la tarde de un día de marzo.

Paula se ha cansado de esperar. Tiene calor. Poco después tiene frío. Saca una liga de uno de los bolsillos de la mochila de las Chicas Superpoderosas y se recoge el pelo en una coleta. Se lo había alisado para la ocasión, pero ahora ya le da igual. El tarado no se ha presentado. «Tarado».

«¿Y ahora?». Es pronto para volver a casa y por nada del mundo quiere estar cerca de su PC. Necesita un buen café con el que aliviar las penas.

Justo enfrente ve un Starbucks. Camina hacia el paso de

peatones para cruzar la calle haciendo mil y una muecas de fastidio. Mientras espera que el muñequito del semáforo se ponga en verde, recuerda la conversación con sus amigas en el instituto.

Ese mismo día por la mañana.

Paula: «A las cinco y media».

Cris: «¿Qué? No me lo puedo creer. ¿De verdad vas a encontrarte con él?».

Diana: «¡Qué fuerte me parece!».

Paula: «Creo que es el momento de que por fin nos conozcamos».

Miriam: «Pero si ni siquiera se han visto en foto...».

Paula: «Ya lo sé, pero me gusta y yo le gusto a él. No necesitamos fotos».

Diana: «¿Y si es un enfermo o un depravado sexual de esos...?».

Miriam: «Eso es lo que a ti te gustaría encontrar, ¿eh, Diana? Un loco que ande todo el día pensando en el sexo».

Todas ríen menos Diana, que intenta dar una bofetada a Miriam, pero esta la esquiva hábilmente.

Cris: «¿Y si no se presenta?».

Paula: «Se presentará».

Miriam: «Puede que no».

Diana: «Puede que no».

Paula: «¡¡¡¡Les digo que sí!!!!».

Profesor de Matemáticas: «Señorita García, ya sé que le entusiasman las derivadas, pero haga el favor de contenerse un poco en clase. Y, ahora, ¿puede usted pasar al pizarrón a ilustrarnos con su sapiencia?».

La conversación termina y ahora todas ríen menos Paula, que, de mala gana, se levanta y se dirige al pizarrón.

Seis y cuarenta de la tarde de un día de marzo.

Paula abre la puerta del Starbucks. No hay nadie haciendo cola. Un chico calvo y delgado, con barbita, la atiende con una bonita sonrisa. La chica pide un *caramel macchiato*, una especialidad con caramelo y vainilla. Paga su consumo y sube a la planta de arriba a tratar de poner un poco de orden en su desordenada cabeza.

La sala está prácticamente vacía. Una parejita coquetea en un sillón cerca de uno de los grandes ventanales que dan a la calle. Paula los mira de reojo.

«Qué mala pata, han elegido el mejor sitio...».

Al lado hay otro sillón que la satisface, pero lo descarta al instante por encontrarse demasiado cerca de la pareja de novios: no quiere molestarlos. Así que finalmente se decanta por un lugar alejado y esquinado, cerca de otra ventana, pero con menos luz y peor vista.

Paula mira el tráfico de la ciudad. Está pensativa y triste: tiene que reconocer ante sí misma que confiaba en que él se presentaría. Tras dos meses hablando cada día, contándose cosas, riendo, casi enamorándose..., a la hora de la verdad, él había sido un cobarde. O quizá no era lo que decía ser y finalmente había dado por concluida la relación.

«No, no puede ser. Eso no puede ser».

Da un sorbo a su *caramel macchiato*. Inevitablemente se mancha los labios y la espuma le deja una especie de bigotillo bajo la nariz. Intenta llegar con la lengua, pero es inútil. El caramelo ha hecho de las suyas. «Mierda, no me traje servilletas y paso de cruzar por delante de esos dos otra vez».

Mira en la mochila de las Chicas Superpoderosas, pero no encuentra pañuelos de papel. Suspira. Saca el libro que llevaba dentro y lo coloca sobre la mesa para continuar su rastreo con menos obstáculos. Nada. Y vuelve a suspirar.

Durante la exploración mochilera, un chico ha entrado en la sala y se ha sentado justo en el sillón que está enfrente de Paula. En el tercer suspiro, al levantar la cabeza, ella lo ve. La está mirando. Es guapo. Le sonríe. Paula recuerda que aún está manchada y disimuladamente arroja el libro al suelo. Cuando se agacha para recogerlo, aprovecha y con la mano se limpia la boca, los labios, hasta se frota la nariz por si acaso. Salvada.

Pero, de repente, su rostro bajo la mesa se topa con el rostro del chico guapo, que se ha acercado y está agachado junto a Paula. Sin decir nada, el joven saca un pañuelo de papel de un paquete que llevaba en el bolsillo.

—Toma —le dice mientras le ofrece el clínex con una amplia sonrisa. «Una sonrisa maravillosa», piensa Paula—. Aunque igual ya no lo necesitas.

Paula se quiere morir al escuchar las palabras del joven guapo de la sonrisa maravillosa. Se muere de vergüenza. Sus mejillas enrojecen y, al incorporarse con el libro en la mano, se da un cabezazo contra la mesa.

—¡Ay!

—¿Te has hecho daño?

—No. —Paula ve al chico de pie. Es bastante alto. Lleva una sudadera negra y unos pantalones azules de mezclilla algo gastados. Tiene unos ojos grandes y castaños, y lleva el pelo un poco más largo de lo que a ella le hubiese gustado. Pero es realmente guapo—. Y tampoco necesito tu pañuelo.

El joven sonríe y se guarda el clínex en el bolsillo.

—Muy bien. Me vuelvo a mi sitio.

Paula agacha la mirada y espera a que el desconocido se siente de nuevo. Cuando intuye que el joven ha regresado a su sillón, levanta un poco la vista para comprobarlo. Así es.

«Qué guapo es... ¡Basta!, ¿en qué estás pensando, Paula?».

Un leve dolor en la cabeza, justo donde se ha dado el golpe, la devuelve a la realidad, pero al tocarse no nota ningún chichón. «Menos mal. Era lo que me faltaba». «Hija, si es que tienes la cabeza muy dura», le suele decir su madre a menudo. Quién lo iba a decir, y sin que sirva de precedente, tiene que darle la razón.

Paula sonríe por primera vez en toda la tarde. Da un nuevo sorbo a su bebida, esta vez con cuidado de no mancharse, y abre el libro por la página donde unas horas antes lo había dejado. Es *Perdona si te llamo amor*, de Federico Moccia. Trata de una joven estudiante de diecisiete años y un publicista de treinta y seis que se enamoran. Paula no es una gran aficionada a la lectura, pero Miriam le había hablado tanto de este libro que finalmente decidió leerlo. Y le entusiasma. Le apasionan la madurez de Niki, la protagonista, solo un año mayor que ella, y su capacidad para conquistar a un hombre mucho mayor como Alessandro. Sí. Ojalá ella algún día tuviera una historia de amor tan intensa como aquella, aunque le gustaría que el chico no fuese tan mayor, claro.

Entonces de nuevo le viene a la mente que la dejaron plantada. Aquel tarado la ha dejado tirada.

«Ufff».

Casi sin querer, echa un vistazo al sillón donde se ha sentado el chico guapo de la sonrisa maravillosa. Esta vez él no la está mirando a ella.

—No me lo puedo creer —se le escapa a Paula en voz alta.

En esos momentos, el chico se da cuenta de que los ojos de Paula están puestos sobre él. La observa, después dirige su mirada hacia la portada del libro, luego otra vez a ella y finalmente sonríe. Con esa sonrisa maravillosa de nuevo.

—¿Te está gustando? —le pregunta el joven, alzando un poco la voz.

«Pues claro que me gusta, estúpido. Cómo no me iba a gustar esa sonrisa, si es la más bonita que he visto nunca...», piensa ella antes de responder:

—¿Perdona? —pregunta Paula con gesto perplejo, como si temiera que aquel chico fuera telépata y acabara de radiografiarle la mente.

—He visto antes, cuando se te ha caído el libro..., bueno, en realidad, cuando he llegado y tú estabas buscando algo en tu mochila, he visto que estamos leyendo el mismo libro. Y te preguntaba que si te está gustando.

—Ah, eso —comenta aliviada—. Sí, sí que me está gustando.

—Es una bonita historia. Espera...

Entonces el joven se levanta del sillón, agarra su bebida y el libro, y se sienta al lado de Paula. La chica, sorprendida, vuelve a ponerse colorada. No es guapo: es guapísimo.

—¿Te molesta? Es para no estar gritando todo el tiempo...

—No, claro. Siéntate.

Pero, justo en ese instante, suena con fuerza *Don't stop the music*, de Rihanna, en el interior de la mochila de las Chicas Superpoderosas. Paula da un respingo y se apresura a buscar su teléfono celular. Varios segundos después, por fin da con él. Es Miriam.

—Perdona, es una amiga —le explica en voz bajita al joven guapísimo, que le vuelve a sonreír una vez más y le hace un gesto como de «contesta, no te preocupes».

Ella se levanta y camina hacia el otro extremo de la sala. La joven pareja enamorada ya se ha ido.

—¿Sí...?

—Cariño, ¿qué tal va la cosa? —pregunta rápidamente Miriam al oír la voz de su amiga—. No molestamos, ¿verdad?

—¿«Molestamos»? ¿«La cosa»?

—Sí. Estamos aquí Diana, Cris y yo reunidas. Espera. Digan algo, chicas... —Un escandaloso «hola», seguido de un insulto amistoso, se oye al otro lado del celular—. ¿Ves cómo te queremos y nos preocupamos por ti? ¿Qué tal va la cita?

«Uf, la cita». Ahora cae. Pero no tiene ganas de dar explicaciones a sus amigas en ese momento, y menos tener que darles la razón. Así que se ahorra decirles que aquel tarado no se ha presentado.

—Bien, «la cosa» va bien. Pero no puedo hablar ahora mismo. Estoy muy ocupada y...

—¡¡¡Uhhh!!! Muy ocupada... Mmmm. Muac, muac, muac. Bueno, no te molestamos más, niña. Queremos que nos cuentes todos los detalles mañana. Chicas, colgamos. Despídanse...

Y con un sonoro «adiós, te queremos», seguido de otro improperio cariñoso, se da por finalizada la conversación.

Paula cierra los ojos. Suspira. «Están locas». Y se dirige otra vez a su sillón. El joven guapísimo está de pie y lleva el libro bajo el brazo.

—Me tengo que ir. Se me ha hecho tardísimo. En diez minutos empiezo las clases.

«Las clases. ¿Qué clases? ¿A estas horas?».

—Encantado de conocerte. Espero que el final del libro te guste.

Y, sin decir nada más, el chico guapísimo de sonrisa maravillosa sale corriendo de la cafetería.

Paula entonces se vuelve a sentar mientras decide que ya es hora de regresar a casa, tomar un buen baño relajante y olvidarse por un tiempo de su computadora. Agarra el libro para guardarlo, pero percibe algo extraño en él: el separador no es el suyo y, además, está en la última página.

«Ese idiota se ha equivocado de libro y se ha llevado el mío».

Abre el libro por el final y arriba, escrito con pluma azul, puede leer: «alexescritor@hotmail.com. Por si quieres comentar el final del libro».

La nota la hace sonreír y Paula termina soltando una pequeña carcajada. Guarda el volumen dentro de su mochila de las Chicas Superpoderosas y camina hacia las escaleras de la planta alta del Starbucks sin poder evitar que se le dibuje una sonrisa tonta de oreja a oreja.

«Y el tipo va y me dice que espera que el final del libro me guste. Qué descaro...». Pero, hablando de descarados... En ese momento, otro joven alto, atractivo, sube a toda velocidad las escaleras de la cafetería. Va tan deprisa que no ve a Paula: al tropezar con ella, la chica se da un sentón contra el suelo y él casi se cae encima, pero consigue saltarla y termina de rodillas justo detrás. De sus manos resbala una rosa roja. Ambos se miran sorprendidos. Él sonríe al ver la mochila de las Chicas Superpoderosas en el suelo.

Capítulo 2

Más o menos a esa hora, en otro sitio de la ciudad.

También él mira el reloj. También él suspira. Mario está sentado en el suelo encima de una alfombra, haciendo la tarea de matemáticas. De fondo suena una canción de Maná.

No puede evitar repetir la última frase. Y se le encoge el corazón. Y suspira. Cómo quisiera poder vivir sin ti.

Sí. Eso es lo que él querría: poder vivir sin pensar en ella.

«Céntrate, Mario... La tarea, las matemáticas, las calificaciones... ¡Pero así no puedo!».

Se levanta y pone en modo silencio el reproductor de la computadora. Le parece un sacrilegio cortar una canción de Maná, su grupo preferido y también el de ella, pero, si no, es imposible concentrarse.

Vuelve a la alfombra. A las dichosas matemáticas. Derivadas.

Concentración. Encoge las piernas situando la derecha sobre la izquierda. Hace movimientos de relajación con el cuello. Luego coloca sobre su cabeza el cuaderno de matemáticas. Hace equilibrio y no se cae. A continuación, pone sus manos a ambos lados de las sienes y, con los dedos índice y medio, comienza a frotárselas suavemente, con pequeños círculos. Cierra los ojos y de su boca sale un «Ommmmm» de cinco segundos. Luego otro «Ommmmm», este un poco más largo. Y luego... se oye una tos desde la puerta de su habitación.

—Ejem. Ahora entiendo por qué no tienes novia...

Su hermana sonríe y sus amigas no pueden evitar una pequeña carcajada detrás.

Mario abre los ojos, descruza las piernas y se quita el cuaderno de la cabeza. Se ha puesto rojo como un jitomate. Las mira nervioso y espera que ella no esté allí. Parece que no. Solo son su hermana y dos de las pesadas de clase.

—¿Qué quieres?

—Decirte que nos vamos. Papá y mamá no están, así que te quedas solo. A ver qué haces, ¿eh?

La chica pone cara pícara y luego silba mirando hacia arriba.

—Pues qué voy a hacer... Terminar esta porquería.

—¿Estás con las derivadas? Luego me las pasas.

—¡Y a nosotras también! —se oye en el pasillo.

Mario mira a su hermana con indignación.

—¿Y por qué no te esfuerzas un poco? No me extraña que repitieras cuarto. No te basta con que tu hermano te alcance, sino que además quieres que te adelante... Debería darte vergüenza, Miriam.

—No seas tonto. Si lo hice, fue para estar en clase con estas latosas —se burla Miriam, señalando a Diana y a Cris. Y de improviso se lanza al suelo encima de su hermano pequeño.

—Pero ¿qué haces? ¡Para de una vez!

Tirados en la alfombra, Miriam no para de besuquear a Mario.

—¿Quién es el hermano más guapo y bueno del mundo mundial y del universo universal?

Las dos amigas, detrás, ríen sin parar al ver la cómica escena entre los hermanos.

—¡Vale! ¡Basta! Luego te paso la tarea, pero déjame ya en paz. Eres, eres...

—Increíble. ¿Verdad? —Y da un sonoro beso en la mejilla a Mario—. ¡Guapo! —Luego se levanta, se coloca bien el escote y el pantalón y, tras salir de la habitación, cierra la puerta.

Qué pesadilla compartir clase con ella. No solo tiene que soportarla en casa, sino que este es el segundo año que, además, también la ve a todas horas en el instituto. A Mario no le hace ninguna gracia. Para colmo de males, su hermana se ha convertido en la mejor amiga de...

Clavado en un bar suena desde el celular, que vibra encima del escritorio. ¿Ella? No puede ser. Nunca le llama. Pero ¿y si es ella?

Mario se levanta con torpeza, resbalando, dándose con la pared, pero al fin llega a tiempo de descolgar. Decepción: son sus padres.

—Dime, mamá...

—Hijo, llegaremos tarde. Prepárense la cena. Hay varias cosas en el refrigerador.

—Sí, mamá.

—Y dile a tu hermana que cene algo, que siempre está con esas tonterías de la dieta.

—Sí, mamá.

—Y que haga la tarea.

—Sí, mamá.

—Y, si pasa algo, llámanos al celular.

—Sí, mamá.

—Y...

—Mamá —interrumpe Mario—, ¿todo esto no deberías decírselo a Miriam, que es la hermana mayor?

Su madre se queda callada al otro lado del celular durante unos breves segundos.

—No —termina contestando con rotundidad—. Si pasa algo, ya sabes... Un beso, cariño. Te quiero.

El chico mueve la cabeza de un lado a otro y deja otra vez el celular en el escritorio. Camina hacia la PC y vuelve a subir el volumen del reproductor. *Cuando los ángeles lloran*. De pie, escucha y tararea un trozo de la canción. Luego se agacha y recoge lo que tenía sobre la alfombra. De su cuaderno de matemáticas cae una foto que esa misma mañana había tomado en el instituto y había impreso al llegar a casa. Está preciosa. Bueno, tal vez preciosa no sea la palabra, ya que sale sacando la lengua y guiñando un ojo. Pero para Mario ella siempre está preciosa. Le tiene puesta la mano por detrás, abrazándola. Si ella supiera que estaría abrazándola cada hora, cada minuto, cada segundo de cada día... Abrazándola y besándola. No pararía de saborear sus labios... Y es que la quiere. La ama con todas sus fuerzas. ¡Cómo es posible que todavía haya gente que diga que a los dieciséis años no se sabe lo que es el amor! Que eso no es un amor verdadero. Y entonces ¿qué es? Si le duele de tan solo pensarlo...

Mira su reloj. ¿Qué estará haciendo ella ahora? ¿Y si la llama? No, no quiere ser pesado. No quiere molestarla. ¿Qué le podría decir, además? Si ya la ve cada día en clase... No, no puede ser un pesado. ¿Un SMS? No, tampoco. Eso sería peor aún. ¿Y si luego no le contesta, como ha pasado otras veces? Se pone nervioso, tenso. Cree que a ella él no le importa lo más mínimo. Es duro amar en silencio.

La computadora. Internet. Seguro que a esta hora anda en el Messenger. Últimamente entra mucho, más de lo habitual. Aunque a veces tarde en contestarle. Silencios largos. Silencios eternos.

Mario entra en su MSN y teclea su clave: «Paulatq». No está.

Sale del MSN y vuelve a escribir la contraseña. Diez veces en media hora. No aparece.

Finalmente, derrotado, se tumba en la cama con la almohada sobre la cabeza. En su PC suena *Labios compartidos*.

Capítulo 3

Ese día de marzo, en esa misma ciudad, unas horas antes del encontronazo entre Paula y Ángel.

La redacción está completamente vacía. Solo quedan el jefe, encerrado como siempre en su pequeño despacho, y él, que además está a punto de terminar un artículo sobre esa banda escocesa de moda en Reino Unido. Bajito, muy bajito, en la computadora suena *All you need is love*, pero no la original de los Beatles, sino una versión que sale en la película *Love actually*. «Todo lo que necesitas es amor».

Ángel relee una vez más lo que ha escrito. Prácticamente, cada vez que escribe una línea, examina el texto entero. «Ya casi está», piensa.

Escribir, la música... Esto es lo que le gusta de verdad. Vale, la revista no es gran cosa y el sueldo tampoco. Pero es su primer trabajo serio a sus veintidós años y quizá, con el tiempo, pueda llegar a más. A la *Rolling Stone*, por ejemplo. Pero por ahora se conforma con lo que tiene. Otros compañeros de carrera aún no tienen trabajo, mientras que él, además, escribe sobre lo que le gusta.

Termina la canción y comienza *I finally found someone* cantada a dúo por Bryan Adams y Barbra Streisand. «Finalmente encontré a alguien». Ángel sonríe. Recuerda que esa canción se la pasó a Paula por el MSN. Ella no la conocía por el título, pero cuando la oyó dijo: «Ahhhh, síííí. ¡¡¡¡Esta salió en *Operación Triunfo*!!!!».

Él, en su soledad, sentado frente a la computadora portátil, no pudo evitar sonreír ante la respuesta de aquella chica que en las últimas semanas le había robado un trocito del corazón. ¿Estaba enamorado?

Esa tarde darían un pasito más. Después de dos meses hablando cada día, por fin se iban a ver, se iban a tocar, se iban a oler... Entonces descubriría si realmente aquella chica le gustaba de verdad.

En ese momento se abre la puerta del despacho del jefe. Jaime Suárez, con aire triunfalista y a pasos acelerados, avanza hasta la mesa en la que Ángel está terminando su artículo.

—Lo conseguimos: confirmado. Esta tarde nos visita Katia para una entrevista.

—¿Katia? ¿«Esa» Katia?

—¿Cuántas cantantes conoces que se llamen Katia, Ángel?

Katia se ha convertido en las últimas semanas en un fenómeno social. Cualquier adolescente lleva en su iPod la canción *Ilusionas mi corazón*, el tema número uno en las listas de ventas del mes anterior. La joven cantante ha irrumpido de una manera abrumadora en el panorama musical con su primer *single*.

—¡Qué suerte! ¿Se encargará usted de la entrevista?

—No, Ángel, lo harás tú. Maite y Valeria no están en la ciudad. Y yo estoy ya muy mayor para este tipo de entrevistas. Tú te entenderás mejor con ella: casi tienen la misma edad.

Ángel solo puede forzar una sonrisa. ¡Precisamente esa tarde tenía que ser...! La tarde que tiene libre, la tarde en la que quedó de verse con Paula. «Un periodista no tiene horarios, Ángel: siempre tenemos que estar al pie del cañón y dispuestos», le solía comentar su jefe cuando le veía mirar el reloj al acercarse la hora de salida de la redacción.

—¿Y a qué hora va a venir? —pregunta el chico preocupado.

—Pues su agente nos ha dicho que sobre las cuatro de la tarde.

Mentalmente, Ángel calcula el tiempo que le llevará hacer la entrevista y llegar después a su cita. Con un poco de suerte, a las cuatro y media o cuarto para las cinco habrá terminado; y en cuarenta minutos llegará en metro sin problemas al lugar donde quedó de verse con Paula. No podrá ir a casa a cambiarse, pero eso no le importa demasiado. Él siempre está correctamente vestido: elegante, pero, al mismo tiempo, desenfadado.

—Muy bien, jefe, yo me encargo. Me pondré a preparar la entrevista ahora mismo.

—Perfecto, Ángel. Aquí tienes. —Una carpeta con fotos, entrevistas anteriores, artículos sobre Katia y su CD caen encima de la mesa del joven periodista—. Entra en Internet también y busca información sobre ella. Pero nada de entretenerse con el MSN, ¿eh?

El joven sonríe. ¿Sabrá su jefe que en ocasiones, cuando hay poco trabajo, habla con Paula desde la computadora de la redacción?

—Me dedico a ello inmediatamente.

Durante casi dos horas, Ángel se olvida del mundo y estudia a fondo todo lo relacionado con la cantante. Incluso escucha el disco un par de veces. Los minutos pasan y la entrevista se acerca. También la cita con Paula. Al cuarto para las cinco ha terminado de preparar su encuentro con Katia.

Entra en el despacho de Jaime Suárez, al que entrega el trabajo realizado: personal, pero no íntimo; preguntas sobre música, pero tratadas de una manera diferente; una entrevista muy cuidada, pero con su toque encantador. De todas formas, Ángel sabe que eso solo será el cincuenta por ciento de lo que realmente saldrá cuando esté con ella. La mejor entrevista es la que surge de la improvisación cuando dos personas establecen una conversación con tranquilidad. El guion solo está para dar seguridad por si la mente se queda en blanco.

Su jefe termina de inspeccionar el trabajo y sonríe complacido:

—Esto está muy bien. No cabe duda de que serás un gran periodista y que pronto emigrarás de esta pequeña redacción.

El halago de Jaime Suárez produce una gran sonrisa en Ángel, aunque no puede evitar mirar el reloj con cierta ansiedad.

—Son las cuatro y cuarto; tiene que estar por llegar —señala el jefe.

Pero a las cuatro y media Katia no ha llegado. Ni al cuarto para las cinco. Tampoco a las cinco la joven cantante ha aparecido en la redacción. Ángel se muerde las uñas. No puede creerse que aquello le esté pasando. Cada vez más nervioso, mira su reloj cada medio minuto.

Ya es seguro que llegará tarde a su encuentro con Paula. En un intento desesperado, entra en el MSN de su computadora para ver si ella está conectada y así poder avisarle que se va a retrasar. Pero la chica no está.

Tensión. Nervios. Las cinco y cuarto.

«¡Mierda, las cinco y media!». Paula ya debe de estar allí esperándolo, con su mochila de las Chicas Superpoderosas. «¡La rosa!».

Ni se había acordado en toda la tarde de ella. El día anterior había comprado una docena que regaló a su madre.

Nadie se dio cuenta de que, en lugar de doce rosas, había trece. Una de más, para su identificación personal.

«¡Qué clásico!», le había dicho ella. Sí, realmente Ángel se consideraba un clásico, pero adaptado a la época en la que vivía. Podía oír tanto a Metallica como a Rihanna, a Laura Pausini o a El Barrio. Leía tanto a Agatha Christie como a Ruiz Zafón, a Pérez-Reverte o a Stephen King. Le quedaban tan bien los trajes como los pantalones de mezclilla rotos. Era un chico preparado para vivir lo que le tocase vivir y en cualquier circunstancia. Tan indefinible como impredecible. En la facultad siempre se lo decían: lo que hoy en día te hace triunfar es la versatilidad y ser polifacético. Y él lo era.

—¡Ya está aquí! —grita Jaime Suárez desde la puerta del despacho. La chica que trabaja en recepción se lo acaba de comunicar. Acto seguido, el jefe corre para recibir a la invitada.

Ángel suspira y se dirige a la entrada de la redacción. Por la puerta entran conversando amigablemente Jaime Suárez y el representante de la chica, Mauricio Torres, vestido con chaqueta y corbata. Katia solo sonríe, sin decir nada.

—Perdónenos el retraso. Hemos tenido una entrevista en una emisora de radio justo en el otro extremo de la ciudad y ha terminado tardísimo. Apenas hemos comido un sándwich cada uno.

—No se preocupe. Ya sabemos cómo son estas cosas de los medios. Ni siquiera nos habíamos dado cuenta de la hora que era.

Ángel, que en estos momentos se ha unido al trío, arquea las cejas, aunque trata de disimular su disgusto.

—Ah, Ángel, estás aquí —dice Jaime tomando del brazo a su pupilo—. Este es Ángel Quevedo, el periodista que le va a hacer la entrevista a Katia.

El joven estrecha la mano del representante y luego, algo confuso, da dos besos a la cantante, a la que en un principio también se había propuesto saludar con la mano.

Katia es en persona mucho más guapa que en las fotos que Ángel ha estado examinando toda la tarde. Emana como una luz de su presencia y su rostro transmite calma. Tiene una sonrisa inmensa y sus ojos no pueden ser más celestes, seguramente gracias a la elección de unos lentes de contacto de ese color. Es pequeñita, del tipo de persona que suele vanagloriarse de que las cosas buenas vienen en frascos pequeños. Lo único que podría desentonar en aquella chica es su pelo de color rosa y, sin embargo, a ella le queda como si fuera el suyo natural. Aunque en sus actuaciones suele vestir con ropa estrafalaria más propia de Punky Brewster que de una cantante de éxito, a la entrevista ha ido con unos *jeans* muy ajustaditos de color oscuro y una camiseta roja y negra bastante discreta. En sus manos porta un bolero de mezclilla a juego con el pantalón.

—Bueno, chicos, los dejamos solos para que se concentren en la entrevista —señala el jefe, invitando al agente a pasar a su despacho para dar más privacidad al trabajo de Ángel. Jaime sabe que, en el cara a cara, su muchacho gana mucho.

Cuando se quedan solos, Ángel invita a la joven a tomar asiento en un sofá al fondo de la redacción. Él acerca otro y se sitúa enfrente de ella.

—Antes de nada quería pedirte disculpas por el retraso —se anticipa Katia—. Lo siento mucho, de verdad. He visto tu cara cuando tu jefe ha dicho que no importaba. Seguro que tienes algo que hacer...

—No te preocupes, solamente estaba preparando la entrevista —miente Ángel.

La chica lo mira a los ojos y esboza una simpática sonrisa.

—Bueno, no insisto más. Comencemos. Cuanto antes empecemos, antes terminaremos.

Ángel asiente y pone en marcha la grabadora.

La entrevista resulta tal y como pretendía: amena, divertida y personal, aunque sin llegar a entrar en la vida íntima de Katia. Es incluso algo atrevida. Lo cierto es que aquella joven de veinte años, que aparenta tener dieciséis, durante casi una hora hace olvidar a Ángel que llegará tarde a la cita con la que lleva soñando desde hace dos meses. Una conversación encantadora.

—Pues ya está. Hemos terminado —dice el periodista cerrando la libreta en la que ha estado apuntando algunos datos importantes. Luego presiona el *stop* de la grabadora y la deja encima de su mesa.

—Ha sido muy agradable —señala ella, levantándose del sillón—. Una cosa, Ángel: ¿tienes coche?

Este la mira sorprendido.

—No.

—Bueno, entonces dime adónde te llevo.

La cara del chico es de desconcierto absoluto.

—¿A qué te refieres?

—Vamos... No perdamos más tiempo, he venido en mi coche. ¡Corre! Luego vendré por Mauricio.

Katia agarra de la mano a Ángel y ambos salen corriendo de la redacción. Y continúan corriendo por la calle. Paran dos segundos para respirar y siguen corriendo hasta llegar al Audi más peculiar de toda la ciudad. Ángel se queda boquiabierto cuando ve aquel coche rosa con la capota negra.

—¡Hace juego con tu pelo! —bromea sonriente.

La chica no dice nada, pero también sonríe.

En el camino, el joven le cuenta la historia por encima, sin entrar en detalles como que Paula y él aún no se han visto. La chica de pelo rosa y ojos celestísimos escucha atentamente y conduce lo más deprisa que puede hasta el lugar en el que Paula y Ángel deberían haberse reunido hace más de hora y cuarto.

—¡Espera! ¡Para ahí un momento! —grita él de improviso.

Katia obedece y se estaciona rápidamente en doble fila. Ángel se baja raudo. A los dos minutos regresa con una rosa roja en la mano.

—Un chico clásico —ríe ella. Y sigue conduciendo como alma que lleva el diablo hasta el punto de encuentro.

Por fin llegan.

—Me quedo por aquí. Muchas gracias, Katia —dice bajándose del coche y asomando la cabeza por la ventanilla.

—Es lo menos que podía hacer. Que tengas suerte, Ángel. Y, si ella no te perdona, yo te hago un justificante.

Y la joven del pelo color rosa, número uno en todas las listas musicales del país, guiña un ojo, pisa el acelerador y se aleja de allí.

Ángel corre hasta el lugar exacto donde dos días antes habían concertado la cita.

Mira a un lado y a otro, alrededor y a lo lejos. Busca entre la gente sentada en las bancas cercanas. Pero Paula no está. Era de esperar...

«Habrá pensado que soy un tarado y que me he echado para atrás».

Vistazo al reloj. Tardísimo. Resopla. Vuelve a mirar hacia todas partes. Nada. No hay esperanza.

—Joven... —Una voz delicada, acompañada de una mano en su hombro, sorprende a Ángel a su espalda.

El chico se gira para encontrarse ante una anciana con un organillo y un recipiente lleno de barquillos.

—Dígame, señora... —dice el periodista algo desconcertado.

—¿Está buscando a alguien, verdad?

—¡Sí! ¿Ha visto usted a una joven morena con una mochila?

—Con esa descripción, a muchas. Esto está lleno de jovencitas..., pero una se ha pasado delante de mí más de una hora mirando el reloj. Se metió en aquella cafetería hace un rato —dice la anciana señalando el Starbucks—. Lo que no le puedo garantizar es que continúe allí ahora mismo.

—¡Muchísimas gracias, señora!

Ángel corre todo lo veloz que puede, pasándose incluso los altos y oyendo uno que otro insulto de uno que otro conductor al cruzar la calle cuando no debía. Entra en el Starbucks como si de un corredor de cien metros planos se tratase. Tres jóvenes alemanas o inglesas que hacen cola para pedir su bebida se le quedan mirando. Entonces repara en la escalera y, subiendo los escalones de dos en dos, llega hasta arriba, donde una joven no puede esquivarlo y termina dando con su trasero en el suelo. Ángel consigue no pisarla y, en su impulso, cae de rodillas justo detrás. La rosa resbala de su mano. Al ver aquella mochila de las Chicas Superpoderosas y la mirada de aquella chica, comprende que su cita con Paula acaba de comenzar. Él también la mira y sonríe.

—Perdona por el retraso, amor. Encantado. Soy Ángel.

Paula tarda en reaccionar. Ante sí está el chico con el que lleva hablando dos meses. Dos meses de bromas, risas, iconos, canciones, juegos, palabras. Muchas palabras. Pero ni siquiera se habían visto nunca. Ni una foto. Nada. Sin embargo, ella estaba convencida de que le gustaba. Y ahora lo tiene de rodillas a su lado. Como en un sueño. Irreal.

Ángel se pone de pie y le tiende la mano para ayudarla a levantarse.

Paula lo mira a los ojos. Es realmente guapo. Más tal vez de lo que ella había pensado.

—Deja, yo puedo sola —dice con seriedad.

Ángel no puede dejar de mirarla ni un segundo. Es muy guapa. Más tal vez de lo que él había pensado.

La chica se levanta como puede, ayudándose con ambas manos. Se coloca la falda y la camiseta en su sitio, se echa el pelo hacia atrás y baja por las escaleras sin decir nada.

—Lo siento —se disculpa Ángel, siguiéndola de cerca, tras recoger la rosa del suelo—. Todo ha sido por...

—Shhh, no digas nada —le interrumpe ella dándose la vuelta y mirándole con una sonrisa—. Has venido; tarde, pero has venido. Eso es lo que cuenta.

El joven periodista no aparta la mirada de la suya. Tiene ganas de besarla.

—Eso es para mí, ¿no? —pregunta ella señalando la rosa que Ángel lleva en la mano.

Él asiente sin hablar y se la da. Paula inspira el aroma de la flor y cierra los ojos. Cuando los vuelve a abrir, sonríe y le toma la mano. Él, sorprendido, la aprieta suavemente y también sonríe. Y así, agarrados como una pareja, salen de la cafetería.

Ya es noche cerrada. Caminan por la ciudad unidos, enlazados, a la luz de las farolas, con el brillo de la luna en una noche despejada y el bullicio de los coches y de las motos de fondo. Los ruidos de la noche no impiden que ellos se sientan solos. Únicos. En perfecta armonía. Como si nada más existiesen Paula y Ángel. Ángel y Paula. Como si fueran novios de toda la vida.

—Así que has tenido que entrevistar a Katia... —comenta ella, caminando de espaldas unos pasos por delante, sin apartar los ojos de él. Sí, es realmente guapo.

—Sí. Es muy simpática.

—Me encanta su canción. —Y la chica comienza a cantar con su suave voz *Ilusionas mi corazón*. Ángel sonríe y tararea en su mente el tema.

—Además, ella ha sido la que me ha traído en coche.

—¿De verdad que te has subido con Katia en su propio coche?

—Sí, y tendrías que verlo.

—¿Está bien?

—¡Genial! Un Audi deportivo de color rosa. Nunca vi nada igual.

—No, tonto. Hablaba de ella..., que si es tan guapa como parece en las fotos y en la tele.

Ángel no dice nada y piensa bien la respuesta. Realmente Katia le ha parecido mucho mejor en persona que en todas las fotos y videos que había visto. Sinceramente, la pequeña cantante es una chica preciosa.

—Normal. Es una chica normal —termina respondiendo.

—Mientes —refunfuña ella, pero enseguida la sonrisa le vuelve a iluminar el rostro—. Seguro que es más guapa que yo.

Ángel se pone una mano en la barbilla y se la frota.

—Pues ahora que lo dices..., quizá. De hecho, cuando hemos llegado a donde había quedado de verme contigo, le he dicho que siguiera para delante, que quería cenar con ella. Pero tenía otra entrevista...

—¡Tarado! —grita Paula, haciéndole ver que se enfada, y se acerca a golpearlo.

Ángel la esquiva y corre divertido, alejándose de ella. Cuando la chica le va a dar alcance, él acelera un poco y se vuelve a escapar. Y así una vez tras otra, hasta que finalmente se deja atrapar y se abrazan. Su primer abrazo.

—Estoy cansada. Me has hecho correr mucho. No te ha bastado con tenerme una hora de pie esperándote: ahora, además, tengo que correr detrás de ti.

—Sentémonos allí.

Es una banca vacía en una pequeña plazoleta con una fuente iluminada detrás. Se oye de fondo cómo caen los chorros de agua, regando el suelo lleno de monedas. Paula toma asiento y, cuando Ángel lo va a hacer a su lado, pone la mano para evitarlo.

—Espera.

El joven no entiende qué ocurre. ¿Se ha enfadado?

—¿No quieres que me siente a tu lado?

—Desfila para mí.

Ángel no sabe si reírse o tomárselo a broma.

—¿Lo dices en serio?

—¿Tú ves que tenga cara de chiste? Desfila. Quiero comprobar si esas descripciones que hacías de ti mismo en el MSN eran ciertas.

El joven se echa a reír, pero termina dándose por vencido y acepta.

—De acuerdo. Pero luego tú, ¿vale? Promételo.

Paula acepta la condición. Cruza los dedos, les da un besito y lo promete.

Ángel se coloca enfrente y comienza a caminar en línea recta. No lo hace mal. Paula cruza las piernas y mira con atención.

—Chaqueta fuera —le dice.

Ángel se quita la chaqueta, se la cuelga de un hombro y continúa desfilando. Va y viene. Se acerca y se aleja. La luz que embellece la fuente lo ilumina. Paula no le quita el ojo de encima ni por un momento. Finalmente el chico se detiene ante ella esperando el veredicto.

—¿Y bien?

—Mmmm... Es cierto, tienes los hombros anchos. Creo que sí, que mides metro ochenta y tres, como decías. Tampoco creo que me hayas mentido con el peso. Pero hay una cosa que decías en la que no estoy de acuerdo.

—¿En cuál? —pregunta curioso.

—Tienes buen trasero. No «normal», como me escribiste. Me gusta.

Ángel no puede evitar una carcajada mientras se vuelve a acercar a Paula:

—Ahora tú. Lo prometiste.

—Espera, aún no he terminado. Agáchate.

El joven suspira. No entiende, pero obedece. Tiene su cara justo enfrente de la de la chica.

—Mírame fijamente a los ojos.

Ambos sostienen la mirada unos segundos. Unos segundos larguísimos. Unos segundos sin fin.

—Sí, son azules —dice ella por fin.

Pero sus miradas no se desvían. Sus ojos siguen fijos, los de cada uno en los del otro. Los ojos de cielo de Ángel. Los ojos color miel de Paula. Uno perdido en el otro.

—¿Puedo pedirte algo? —pregunta Ángel.

Ella sonríe.

—No hace falta, amor. Puedes besarme.

Paula acerca sus labios a los de Ángel y los roza un instante con los suyos para terminar dándole un primer beso rápido. Luego, otro algo más largo y profundo. El tercero supera al segundo.

Y así fue como, con la luz de la luna en una noche despejada, con el ruido del agua de una fuente como banda sonora, Paula y Ángel se dieron su primer beso.

Capítulo 4

Esa misma noche de un día cualquiera de marzo.

Paula gira la llave de la puerta de su casa. Es tarde. Para ella, muy tarde. Sabe que le espera una buena bronca, pero le da igual. No hay ninguna reprimenda de sus padres que no valga una noche como aquella.

Minutos antes, en el taxi de vuelta a casa, acompañada por él, suena su celular. La quinta llamada. Esta vez lo contesta, haciéndole un gesto a Ángel como diciendo «la que me espera». El chico junta las manos y le pide perdón.

—Ya estoy ahí, mamá. Me he retrasado haciendo la tarea en casa de Miriam.

—¿Sabes la hora que es? ¿Por qué no me has contestado el celular antes?

—No lo había oído. Perdona.

—¡Llevo una hora llamándote! ¡Estábamos a punto de llamar a la policía! Solo tienes dieciséis años... No puedes estar a estas horas por ahí. ¡Mañana tienes clase!

—Son unos exagerados. Y tengo casi diecisiete, ¿recuerdas?

—¿Exagerados?

—Mamá, ahora no puedo hablar; estoy ahí en nada.

—¿Cómo que no puedes hablar? ¿Pero dónde demonios estás?

—Ya llego. Un beso, mamá. —Y cuelga.

Entra lenta y silenciosamente en casa, pero el oído de unos padres esperando a su hija es tan fino como el de un murciélago. Y ambos salen de la sala al mismo tiempo. Al mismo paso. Un, dos, paso ligero. Los dos con la misma cara de enfado.

—¡Castigada un mes! —Es lo primero que sale de la boca de su madre.

—¿Un mes? Creo que eres demasiado buena, Mercedes. ¡Dos meses como mínimo!

—Me parece bien, Paco. Dos meses sin salir de tu habitación.

Paula refunfuña. Sabe que ahora es mejor no decir nada. Mañana pedirá perdón, prometerá que no lo volverá a hacer más y sus padres se olvidarán del castigo.

—Y ahora sube a tu cuarto. Y nada de computadora ni televisión. ¡Ni una luz encendida en cinco minutos!

La chica no dice nada y sube a su habitación haciendo sonar sus botas a cada paso, en cada escalón. Sabe que sus padres tienen razón. Al menos esta vez sí la tienen. Pero tiene que fingir estar enfadada. Sin embargo, por dentro, en su interior, su corazón está dando saltos de felicidad. No puede dejar de pensar en los labios de Ángel. En su boca. En sus caricias. En cómo, abrazados, le acariciaba el pelo y se estremecía. ¿Se estaba enamorando?

Paula entra en su habitación y se lanza de cabeza a la cama. Agarra a su pequeño león de peluche y lo abraza.

—¡Tusi! —grita, estrujando a su compañero de almohada, de sueños, de sueños que ahora empiezan a hacerse realidad.

Paula acuesta a Tusi a su lado, se da la vuelta, coloca las manos detrás de la nuca y mira al techo de la habitación. Todo está oscuro. Solo una leve luz baña su habitación: la luz de la noche. Qué sensación tan maravillosa tiene dentro... En ese instante, un leve «toc, toc» suena en la puerta. Paula se incorpora y se sienta en la cama. ¡Uf, sus padres otra vez!

—Adelante.

La puerta se abre despacio. No son sus padres: una pequeña figura de larga cabellera rubia y una piyamita de Hello Kitty entra y enciende la luz.

—Erica, ¿qué haces despierta?

—Solo quería darte las buenas noches.

Su hermana pequeña se acerca a la cama, la abraza y le da un beso.

—Buenas noches, princesa.

—¿Por qué te gritaban papá y mamá? ¿Has hecho algo malo?

—Pues... —Paula no sabe qué contestar a su hermana de cinco años— sí.

—¿Y te han castigado?

—Sí.

—Paula, ¿por qué tienes esa sonrisa todo el rato en la boca si te han castigado?

Paula suelta una carcajada.

—Cuando seas mayor lo comprenderás. Ahora... ¡a la cama!

Erica le da otro beso y sale corriendo de la habitación.

La niña no entiende muy bien lo que su hermana mayor le acaba de decir, pero piensa que ojalá la próxima vez que ella se porte mal sus padres le pongan el mismo castigo que a Paula. ¡Ella también quiere estar tan feliz como su hermana!

En un lugar apartado de la ciudad, esa noche de un día cualquiera de marzo.

Fin.

Fascinante. Preciosa. Encantadora.

A Álex se le agotan los adjetivos para calificar la novela que acaba de terminar de leer: *Perdona si te llamo amor.* Escondido bajo la tímida luz de la lámpara de su habitación, cierra el libro y degusta el agridulce sabor del final. Por un lado, se siente satisfecho de haber encontrado una historia así. Por otro, le entristece que no haya más páginas. Niki y Alessandro dejan de existir.

En ese momento le viene a la mente la chica de la cafetería. A decir verdad, la ha tenido en la cabeza desde que la vio buscando algo en aquella graciosa mochila fucsia de las Chicas Superpoderosas. Es preciosa. Especial. Se ríe al recordar el golpe que se dio contra la mesa. Sus ojos se encontraron allí abajo cuando ella se agachaba a recoger el libro. El mismo libro que él estaba leyendo. ¿Sería cosa del destino? Una serendipia. Como en aquella película, *Serendipity,* en la que el destino marca el camino de John Cusack y Kate Beckinsale.

Álex se levanta de la cama y va hacia el escritorio, donde tiene la computadora. La enciende y rápidamente entra en su MSN en busca de la dirección de la desconocida del Starbucks. Sin embargo, no hay nadie que lo haya añadido a su lista de contactos. Mira entonces su correo electrónico. Publicidad y más publicidad, pero ningún *e-mail.*

¿Qué esperaba? ¿Que lo iba a agregar? Tal vez a ella hasta le ha molestado el gesto de cambiar los libros. Quizá esa chica se ha reído de él cuando ha visto lo que había escrito en la última página. Seguramente piense que es un idiota. Un idiota iluso.

Entonces Álex siente vergüenza de sí mismo, de su acto, de su romanticismo... Pero él es así: no puede evitarlo.

El deseo de desahogarse recorre su cuerpo. Sabe qué es lo que necesita. Se acerca a una funda donde guarda su tesoro más valioso. Lo toma y sale de su habitación. Camina por un estrecho pasillo que finaliza en una escalera. Arriba, en el techo, hay una pequeña trampilla. La abre y sube. La noche es estrellada, despejada, con una luna brillante. La ciudad está muy bonita desde esa pequeña ladera donde vive desde hace unos meses. Alejado, pero al mismo tiempo cerca de todo. Siente una ligera brisa fría que penetra en él haciéndole temblar, pero no le importa: vale la pena.

El joven apoya su espalda contra la pared y coloca sus labios dulcemente sobre la lengüeta de la boquilla. Agarra con delicadeza aquel cuerpo plateado y comienza a hacerlo sonar. Y durante unos minutos Álex se entrega a su saxofón y a la música.

En una zona más céntrica de la ciudad, aproximadamente a la misma hora en la que Álex hace sonar su saxo.

Paga al taxista y, con paso firme, entra en su edificio. Sube en elevador hasta la planta en la que tiene su pequeño departamento, donde, desde hace unas semanas, vive solo. Llega hasta su puerta, abre y entra. Todo lo hace con una sonrisa en la boca. A veces hasta silba feliz aquella canción: *Ilusionas mi corazón.*

Ángel se quita la chaqueta y cuidadosamente la deja en un perchero de la entrada. Está exultante. Todo ha ido perfecto. Demasiado perfecto quizá. Ella es mejor incluso de lo que había imaginado. Si le gustaba antes, ahora... Su corazón late muy deprisa cuando piensa en esa noche mágica.

Mira su reloj. Es muy tarde y mañana tiene que madrugar. La realidad nos hace despertar de los sueños. ¡Pero no ha sido un sueño! Aquello ha sido real... Paula es real. Ya no es solo la chica invisible que había conquistado un trocito de su corazón: ahora es una persona que pertenece a su realidad. Y sabe cómo huele. Sabe cómo siente. Sabe cómo besa.

Esta noche soñará con ella, está seguro.

Antes tiene que dormirse. Debe hacerlo porque, si no, mañana no rendirá en el trabajo. Sí, a las siete se despertará. Busca el celular para programar la alarma a esa hora. ¿Dónde está? En la chamarra. Regresa hasta el perchero y lo encuentra en uno de los bolsillos. Está apagado. Se debió de desconectar durante la velada con Paula. Unos segundos después de encenderlo, un pitido anuncia que ha recibido varias llamadas perdidas. Tres, y las tres de un mismo número. Las tres de un número desconocido.

Mira de nuevo el reloj y considera que es muy tarde para devolver la llamada. Mañana lo hará desde el trabajo.

Lo que no sabe Ángel es que la persona que le ha llamado jugará un papel importante en su vida en los próximos días.

Capítulo 5

A la mañana siguiente, un día cualquiera de marzo.

Tres chicas bromean sentadas sobre las mesas de un aula de primero de bachillerato. Ríen sin reparos, gritan y susurran, hablan de mil y un rumores suyos, pero principalmente de otros. Como los chismes sobre el chico del salón vecino, del que se rumorea que es gay. Parece ser que otros dos se han manoseado en un baño del instituto. A aquella rubia dicen las malas lenguas que le gusta el de Química. Y la morena de al lado, ¿no tenía antes los pechos más pequeños? Seguro que son operados.

La campana suena anunciando que las clases van a comenzar. A primera hora, Matemáticas.

—¿Y Paula? —pregunta Cris al advertir que su amiga aún no ha llegado.

—Se habrá quedado dormida. No creo que haya pegado ojo anoche. Seguro que no ha parado de...

Diana se calla a tiempo. El profesor de Matemáticas aparece en esos momentos por la puerta. Las tres continúan sentadas sobre las mesas, que ni tan siquiera son sus lugares en el salón.

—Buenos días, Sugus. ¿Pueden hacer el favor de sentarse como personas normales? El hombre inventó la silla por algún motivo. Si son tan amables y generosas, cada una a su sitio.

Sugus: ese era el apodo que aquel hombre de cuarenta y muchos años había puesto al cuarteto que ocupaba la esquina izquierda del final de la clase.

—Profe, ¿por qué nos has llamado Sugus? —quiso saber Cris el primer día que oyó su nuevo mote.

—Porque estoy cansado de nombrarlas una por una cada vez que les llamo la atención. Así me ahorro trabajo —señaló aquel hombre sin ningún tipo de emoción.

—Ah, pero ¿por qué precisamente Sugus? Es porque estamos tan buenas como esos caramelos, ¿eh, profe? —intervino Diana, guiñándole un ojo a su maestro.

—Eso que lo decidan sus novios. Son Sugus porque cada día van vestidas de colores vivos y a veces me cuesta tragarlas. Como me pasa a mí con algunos Sugus.

El resto de la clase estalló en carcajadas a la par que las cuatro chicas enrojecían, aunque también terminaron riendo como los demás y aceptando con humor la nueva denominación de origen de su profesor de Matemáticas.

Cris, Diana y Miriam por fin se bajan de las mesas y ocupan sus asientos. El profesor está a punto de cerrar la puerta para comenzar la clase cuando a toda velocidad, y por el hueco que aún queda, Paula entra en clase.

—Señorita García, la clase de Educación Física es a cuarta hora —indica inexpresivo aquel hombre—. Ahora toca Matemáticas, ¿recuerda? Con la participación estelar de sus amigas las derivadas.

—Perdona, profe. Un embotellamiento con el coche.

—Espero que le hayan aplicado el alcoholímetro. Ocupe su lugar habitual y respire hondo.

Paula no hace caso a la ironía de su profesor y camina hacia su mesa. La verdad es que se ha quedado dormida y ha perdido el autobús. Su padre la ha tenido que llevar al instituto y en el trayecto apenas han cruzado palabra. Está reciente la bronca de anoche. «Todo a su tiempo», piensa la chica.

La cuarta Sugus completa el grupo ante la mirada curiosa de sus amigas. Las tres sostienen una media sonrisa en sus maquilladas bocas. Paula no sabe qué pasa.

—¿Qué? —Se mira el pantalón pero el cierre está subido—. ¿Por qué me miran así?

Miriam toma la palabra.

—Chicas, ¿ustedes qué opinan? ¿Creen que lo ha hecho?

—¿Que si he hecho qué? —pregunta Paula sin entender nada.

—Que si te tiraste a tu amigo invisible —suelta Diana.

El chico que está justo delante de Diana gira la cabeza y la mira con cara de asombro. Luego exhibe una sonrisilla.

—¡Mira para adelante! —le ordena la joven, que acompaña su indicación con un gesto de su dedo medio.

El muchacho obedece y se reanuda la conversación entre las amigas con el ruido de fondo de las explicaciones del profesor de Matemáticas.

—Bueno, ¿qué?, ¿te lo tiraste o no? —insiste Diana, hablando ahora mucho más bajito.

—Noooo —dice Paula en un tono casi inaudible.

—¿Te tiró él? —vuelve a preguntar la más interesada del grupo por esos asuntos.

—Creo que no se dice así, Diana —señala Cris.

—Ya salió la profesora de Lengua... ¡Qué más da cómo se diga! ¿Hubo mambo?

—Que noooo... —Paula ya no sabe cómo decirlo.

Miriam observa a su amiga y, al verla tan azorada, trata de cambiar el rumbo de la conversación.

—Déjala ya, Diana. Cariño, lo pasaste bien, ¿verdad?

La protagonista de la mañana asiente mientras sonríe. Y en voz baja les cuenta por encima su cita con Ángel.

—¡Qué romántico! —dice entusiasmada Cris tras oír atentamente la historia de Paula.

—Me alegro de que hayas encontrado a alguien así, cariño —añade Miriam.

—¡Y además tiene buen trasero! Las hay con suerte... —interviene Diana—. Bueno, y ahora, ¿qué? ¿Se puede decir que ya son novios? —pregunta mientras le quita la envoltura a una paleta y se la mete en la boca.

El profesor de Matemáticas llama para que pase al pizarrón a Martín, el chico que está justo delante de Diana y con el que antes ha tenido la discusión.

—Pues supongo que lo somos, ¿no? —dice dubitativa Paula.

—Da igual la denominación: es tu chico y ya está. ¿Qué más da la palabra que usen para definirse? —comenta Miriam.

—Claro, lo importante es que se quieran, que salgan juntos, que disfruten juntos...

—... Y que tengan sexo juntos —interrumpe Diana a Cris, tras dar una sonora chupada a su caramelo y elevando un poco el tono de voz.

—Shhhhh. —Es el sonido que las otras tres Sugus hacen a la vez después de oír a su amiga.

—¿Qué he dicho? Está claro que estos dos... ¿O no, Paula?

—Déjala ya, mujer. No la atosigues con eso.

—Lo acabo de conocer, Diana. ¿No te parece un poco pronto?

—Llevas dos meses hablando con él. Llegan, se ven, se comen a besos... Y el tipo tiene buen trasero. ¿Qué más quieres?

—Pues querrá más cosas, Diana. No todo es sexo, sexo, sexo.

—Claro que no, Mir. Pero somos jóvenes y tenemos que disfrutar. Si no lo hacemos ahora, ¿cuándo lo vamos a hacer?

—Déjala que lo haga cuando ella quiera y esté preparada —dice Cris muy bajito.

Paula respira hondo. A veces se siente un poco agobiada por la cuestión de su virginidad: es la única virgen del grupo. No es que no tenga ganas de hacerlo, es que aún no ha encontrado al chico adecuado para su primera vez. Muchas dudas absorben su mente ¿Es demasiado exigente? ¿Está preparada? ¿Podría ser Ángel el primero?

—Chicas, déjenlo, ya se verá... —concluye Paula con una mueca divertida, aunque sin dejar a un lado sus pensamientos más íntimos.

—Claro, cariño, tú no tengas prisa... —señala Miriam mirándola a los ojos con una sonrisa.

Y las cuatro Sugus se quedan en silencio por primera vez en lo que va de clase.

Martín no ha conseguido resolver bien el problema que el profesor de Matemáticas le ha puesto en el pizarrón y vuelve cabizbajo a su sitio. Cuando llega a su asiento se encuentra la mirada de Diana, que está encantada con su paleta. Ella se da cuenta de que el joven la observa y le guiña un ojo. Luego se saca el caramelo de la boca y le lanza un beso imaginario. El muchacho sonríe, pero vuelve a ponerse serio cuando Diana repite el gesto con el dedo medio que le hizo anteriormente. Martín se sienta y mira hacia adelante.

—Bueno, ya que el virtuoso señor Martín no nos ha conseguido resolver este ejercicio, propio de mi sobrino que tiene siete años y medio, probaremos fortuna y le daremos la alternativa al señor Parra. Así que, Mario Parra, suba al escenario e ilústrenos.

Mario no escucha el aviso del profesor. Desde el otro extremo de la clase tiene los ojos puestos en ella. Cuando cree que lo mira, rápidamente los aparta para huir de aquellos iris color miel. Está desesperado. Siente tanto por dentro cuando la ve reír, hablar, caminar, que no sabe ni cómo explicar sus emociones. Nota una punzada en su interior y un nudo en la garganta que a veces no le deja ni respirar.

—Señor Parra, puede dejar de estar en la ídem y acudir al pizarrón...

El chico ve que su hermana, desde la otra punta del aula, le está haciendo gestos para que espabile y pase a resolver la derivada. Por fin se da cuenta y, como quien despierta de un largo sueño, vuelve a la realidad. Con torpeza, dando uno que otro bandazo, se dirige al pizarrón.

En el camino sigue pensando que no puede continuar así, que tiene que hacer algo. Lleva mucho tiempo tratando de decidirse a romper su silencio y cree que es el momento. Sí, decidido: tiene que decirle a Paula que la quiere, que la ama por encima de todo en este mundo. Tiene que hablar. Su corazón así se lo exige.

Pero el corazón de Mario, ese corazón de adolescente enamorado, se hará añicos en cuestión de horas.

Esa misma mañana de ese día de marzo, en la redacción de una revista de música.

Ángel ha llegado temprano, como tenía pensado. Quería ponerse cuanto antes a redactar la entrevista que el día anterior había hecho a Katia. Desde las nueve de la mañana lleva oyendo en su grabadora la conversación con la cantante. Incluso grabada, su voz suena bonita. Sí, sin duda Katia tiene algo especial. Puede gustarte o no su música, pero es indudable que transmite. Y en persona, mucho más.

—¿Cómo llevas el precio de la fama? ¿Ha cambiado tu vida desde que eres popular?

Ángel recuerda que en ese momento Katia hizo una pausa pensando bien la respuesta que iba a dar.

—Sí, ha cambiado —responde rotunda—. He oído a personas que, cuando explican algo parecido a lo que a mí me ha ocurrido, cuentan que hacen las mismas cosas, van con las mismas personas que antes, tienen los mismos gustos..., solo que ahora son conocidos. Yo no puedo decir eso. Mi vida ha cambiado completamente. Mis amigos de toda la vida me miran de otra forma. Piensan que porque salgo en la tele o vendo discos soy distinta. Me tratan con un respeto que no merezco. Porque yo soy igual que ellos... —Guarda silencio, pero no como una invitación a su interlocutor a hablar, sino para reflexionar sobre lo que está diciendo; finalmente continúa—: Y además ligo menos que antes —suelta de repente con una gran sonrisa.

—¿Ligas menos?

—Sí, mucho menos. La popularidad infunde respeto. Y no me gusta, porque no soy ningún referente para nadie. Fumo, de vez en cuando bebo, no escribo mis canciones... Sin embargo, me he convertido en una especie de icono pop. Creen que no he roto un plato en mi vida. Y lo cierto es que llevo unas cuantas vajillas destrozadas...

Ángel admira la sinceridad de la cantante. En su corta experiencia como periodista, está acostumbrado a que la gente acuda a los tópicos de siempre para solventar una entrevista: la típica promoción para vender discos. Katia no es así, no huye de la verdad ni dice lo políticamente correcto. Tampoco la ve como una de esas personas que aseguran ser sinceras porque dicen lo que piensan. Lo que uno piensa no tiene por qué ser la realidad. Definitivamente, ella es distinta a las demás.

—Y a ti, ¿te ha cambiado la vida? —pregunta Katia.

Recuerda bien esta parte de la conversación. Se sorprendió mucho al ser él mismo el interrogado. Pese a que Ángel llevaba las entrevistas al terreno del diálogo, no al típico pregunta-respuesta, no entraba en el guion que Katia quisiera saber sobre él.

—Pues sí, me ha cambiado.

—¿Desde que eres periodista?

—Sí —afirma el joven—. Me he mudado hace poco, dependo de mí mismo y tengo algo de dinero en mi bolsillo, aunque ahora soy yo el que lo gana. Pero sobre todo he cambiado personalmente. Ser periodista es mi vocación, y me siento realizado al haber llegado a la meta. Me siento bien.

Recuerda que en ese instante sus ojos azules se encontraron con los ojos celestes de Katia y por un momento sintió rubor, pero al mismo tiempo confianza. La burbuja imaginaria de la que tanto se habla se había roto: la separación entre ambos no era la suficiente. Pero no le importaba demasiado, y tampoco ella parecía sentirse molesta.

En la grabadora no se oye nada. Es un instante de silencio mutuo. Dicen que si se puede estar en silencio junto a una persona sin sentirse incómodo es que realmente existe química entre ambos. Eso es lo que parecía pasarles a Ángel y Katia.

Ángel presiona el *stop* de la grabadora. Piensa ahora en Paula. ¿Existía esa química también entre ellos? Sin duda. La noche anterior había sido como un sueño. Todo como en una película de Julia Roberts y Hugh Grant. Seguramente, si hicieran la película de su cita de anoche, de los últimos dos meses, el resultado sería una comedia romántica. El tropiezo, la rosa por el suelo, la fuente, el desfile..., el beso. El primer beso. Posiblemente, ahí el director habría gritado: «¡Corten!». Posiblemente, la película de Paula y Ángel habría terminado con el primer roce de sus labios y una música romántica de fondo, con cierto toque pop, como *Ilusionas mi corazón*.

De pronto siente unas ganas enormes de verla.

—Baja de tu nube, Ángel.

El joven periodista no se había percatado de la llegada de su jefe.

—Mis pies siempre pisan tierra firme —señala el chico, dando un par de zapatazos en el suelo—. ¿Qué desea?

—Pues hay novedades. Tengo dos noticias para ti: una buena y una mala.

«Un poco peliculero», piensa Ángel.

—Empecemos por la buena, entonces.

—Te doy la tarde libre.

—¡Vaya, sí que está generoso! ¡Gracias! ¿Y la mala?

—Te necesito esta noche.

Ángel frunce el ceño extrañado.

—¿Para?

—Ha llamado el representante de Katia. Ayer al final no tomamos las fotos para la revista. No sé dónde fueron ni quiero saberlo, pero dejamos el trabajo a la mitad.

—¿Y qué tengo yo que ver con las fotos? Héctor se encargará de eso.

—Sí. Él, como siempre, tomará las fotos, pero quieren que tú estés presente.

—¿Héctor quiere que yo esté presente?

—Héctor ha aceptado, aunque no de muy buena gana. La que quiere que estés presente es Katia.

Una noticia inesperada. Ella quería que estuviese en la sesión de fotos. ¿Para qué?

—Bueno. Pero ¿tiene que ser de noche?

—Sí. Héctor ya tenía la idea pensada así y no le voy a

hacer cambiar sus planes de trabajo. Ellos han aceptado, así que se verán esta noche.

En ese momento el celular de Ángel suena. Ve el número en la pantalla, que es el mismo del que tenía ayer tres llamadas perdidas. Pide permiso para contestarlo a su jefe, que asiente y se retira a su despacho. A continuación, descuelga.

—¿Sí...? —contesta el joven.

—Hola, Ángel. Soy yo.

Ángel enseguida reconoce aquella voz.

—¿Katia?

—Sí, veo que me recuerdas.

«Es complicado olvidarte cuando llevo toda la mañana oyéndote en la grabadora», piensa.

—Claro, no hace ni veinticuatro horas que nos vimos. Mi memoria ya empieza a flojear, pero no llega a tanto. ¿Cómo tienes mi celular?

—Llamé ayer a la redacción de tu revista y me lo dieron.

—Veo que es sencillo conseguir mi teléfono particular.

—No te creas, tuve que usar todas mis dotes. Hasta le canté a la chica que me atendió para que me creyera cuando le dije que era Katia...

—Y te creyó.

—Sí —afirma sin mucho entusiasmo para luego hacer una de esas pausas a las que Ángel se está empezando a acostumbrar—. Te llamé ayer... —dice unos segundos más tarde.

—Discúlpame. Cuando vi tus perdidas era ya muy tarde y no quise molestar.

—No me habrías molestado.

—No sabía que eras tú...

—Es natural, no tenías mi número. Tenía que habértelo dado ayer antes de despedirnos... —Otro silencio, este más breve que el anterior—. Te llamé para preguntarte si habías tenido suerte con tu chica.

La razón era esa. ¿Simple curiosidad? ¿Cortesía?

—Pues sí. Al final no me hizo falta ninguna justificación. Pero muchas gracias por llevarme: sin ti no hubiese llegado a tiempo.

—En realidad, si llegaste tan tarde fue por mi culpa. Me alegro de que todo saliese bien.

—Gracias.

—No solo te llamé para eso —continúa—. Te quería pedir también que vinieses a la sesión de fotos, aunque imagino que tu jefe ya te ha informado.

—Sí, me lo acaba de comunicar. No entiendo muy bien qué puedo pintar yo allí, pero iré.

—Ahora la que te da las gracias soy yo. Es muy sencillo: posiblemente, la de ayer haya sido la mejor entrevista que me han hecho en estos meses. Fue muy agradable. Quisiera que dieras tu punto de vista en las fotos.

«¿La mejor entrevista en meses?», se pregunta Ángel. Sí que es indudable que ha habido cierta química entre los dos. La conversación fue más una charla de amigos que una entrevista. Ángel sigue sin entender muy bien qué pinta él en una sesión fotográfica y qué puede aportar, pero no dice nada en contra de la idea de Katia.

—Si tú crees que puedo ayudar, allí estaré.

—Gracias, Ángel. Estoy convencida de que contigo todo será más sencillo. No me gustan mucho este tipo de cosas porque me veo ridícula posando. Así me sentiré más cómoda.

—Nos vemos entonces esta noche, Katia.

—Perfecto. Un beso, Ángel. Hasta esta noche.

La cantante es la primera en colgar. Mientras, Ángel continúa con el celular en la mano. Está pensativo. Aquella chica es realmente agradable y se siente muy cómodo con ella. Sin embargo, él ya tiene chica. Y le entusiasma. Tiene muchas ganas de estar con Paula. Le encantaría besarla ahora mismo. Suspira. No puede dejar de pensar en ella. Y, de repente, algo le viene a la mente. Llama a Información y solicita un número. Lo anota en un post-it amarillo y da las gracias a la operadora. Cuelga y enseguida marca el número que le acaban de facilitar. Tras dos *bips*, una mujer responde. La conversación dura cinco minutos escasos.

Se siente satisfecho, pero necesita algo más. Entra en el despacho de Jaime Suárez.

—Jefe, ¿puedo pedirle un favor?

—Sí, claro. Dime, Ángel.

—Como tengo la sesión de fotos esta noche y no tengo jornada de tarde, ¿le molesta que me vaya a la una? No hay demasiado trabajo.

—Claro, sin ningún problema.

—Gracias, jefe.

El joven periodista cierra la puerta del despacho tras de sí y, sonriente, se dirige a su mesa a continuar con el reportaje de la cantante del pelo de color rosa.

Capítulo 6

Unas horas más tarde, ese mismo día de marzo.

Paula, tú y yo nos conocemos desde hace tiempo. Siempre te he visto como a una amiga, pero realmente siento algo más por ti. Me gustas mucho. Te quiero, Paula.

¿Qué diría ella? ¿Tendría él alguna posibilidad? Quizá también estuviera enamorada en secreto de Mario. Quizá necesitaba que él diera el primer paso. Quizá.

Mario vuelve a leer la notita que ha escrito. La recita delante del espejo del baño y la memoriza. Algo breve pero intenso: palabras sobre un sentimiento, sobre un amor oculto que no puede seguir en las profundidades de su corazón.

Le sudan las manos. Sus mejillas están un poco más sonrosadas que de costumbre. Respira con dificultad y las piernas hace un rato que no cesan de temblar. Por fin va a decirle lo que siente. Por fin.

Mario inspira todo el aire que sus pulmones le permiten, luego lo suelta con un resoplido y sale con paso firme del cuarto de baño. Se ha mojado la frente con agua fría. Camina decidido. Tiene que ser decidido. En algo así no puede dudar. Es el momento más importante de su vida. Sí, sí que lo es.

El joven enfila el pasillo que conduce, al fondo, a su salón. Allí a lo lejos, al final, en un horizonte de carpetas y mochilas, ve a Paula. Qué guapa es. Hoy lleva el pelo lacio, que le queda tan bien como su rizado natural. Es preciosa.

Cada zancada que Mario da es un mundo de sensaciones. Vive segundos de éxtasis, en los que los nervios están a flor de piel. A cada paso, Paula está más cerca. Ya distingue la miel de sus ojos, el rojo moderado de sus labios, el pequeño hoyuelo en la barbilla y ese lunarcito que tiene en la carita. Sí, ahora está más seguro que nunca. Va a confesar todo su amor por ella. Pero un ruido ensordecedor se anticipa a su declaración. Suena la campana anunciando que va a comenzar la última clase del día.

Mario ve interrumpido su plan por ese dichoso timbre. Sin embargo, Paula aún no ha entrado en clase. Todavía tiene posibilidades de decírselo. Ahora es el momento. Se lo tiene que decir.

—Paula, ¿puedo hablar contigo un segundo? —le pregunta cuando la tiene delante. Le tiembla todo el cuerpo. Va a saltar al vacío. Sus manos son agua.

La chica lo mira. Lo saluda con una gran sonrisa.

—Paula, yo te quiero.

El tiempo se para: un instante que es un siglo. Casi no puede mirarla a los ojos. Las rodillas se le doblan solas. ¿Y ahora qué? Calor y frío descorchados. Silencio. Miedo.

Pero Paula no responde. Le sigue sonriendo. Un desfile de alumnos pasa junto a ellos para entrar en clase.

—Paula, yo...

La chica se lleva las manos a las orejas. Auriculares.

—Perdona, Mario, ¿qué me estabas diciendo? ¿Has oído esta canción?

Paula le coloca un auricular a Mario mientras el otro queda colgando. Suena una voz dulce. Es la voz de Katia, esa cantante que tanto sale ahora en la tele. *Ilusionas mi corazón.*

Una mano, que aparece de ninguna parte, agarra el otro auricular y se lo coloca en su oído. El profesor de Matemáticas escucha también la canción de Katia.

—No está mal, señorita García. Pero prefiero los aullidos nocturnos de mi perro.

El profesor de Matemáticas se quita el auricular y se lo entrega a Paula.

—Para dentro los dos. El profesor de Física no viene a última hora. Un hombre sabio. Así que disfrutarán de mi presencia una hora más. ¡Qué afortunados!: ración doble de derivadas hoy. No se quejarán, ¿eh?

Paula suspira y entra en clase refunfuñando.

Atrás queda Mario con sus intenciones, con su amor en espera, con sus palabras colgadas. El joven respira hondo, se seca las manos en el pantalón y termina por seguir a los demás.

Todos se sientan. Mario en su sitio y Paula en el suyo, junto a las Sugus, que ya ocupan su esquina. Una nueva clase de Matemáticas les espera para concluir la jornada, la última de la semana.

—No puedo más —protesta Diana en voz baja—. Tengo ganas de irme ya. ¡Quiero fin de semana!

—Yo también estoy agotada ya. Quiero... —comenta Paula.

—Tú quieres a tu Angelito —bromea Cris.

Paula suspira. Pues sí. Durante toda la mañana no ha podido parar de pensar en él. Tiene muchas ganas de verlo. Pero no han quedado en nada concreto, solo en que ya hablarían. No habían hecho planes para el fin de semana. Ayer por fin se dieron sus teléfonos. Las piezas de ese complicado rompecabezas que comenzó hace dos meses, empezaban a colocarse cada una en su sitio.

La clase de Matemáticas transcurre entre la desidia y la intensa espera de la campana final. El tenue sonsonete de las explicaciones del profesor adormece a todos. Incluso las Sugus parecen desganadas: una juguetea con su pelo; la otra mordisquea una pluma... Ni tan siquiera hablan. Todos los alumnos comparten una meta: que esto termine cuanto antes.

Sentado en el otro extremo, Mario la sigue mirando de reojo, con disimulo. Un continuado y asfixiante veo-veo. Paula se ha quedado sin saber que la quiere. Malditos auriculares. Maldita música. ¿Cosas del destino? No. Una simple casualidad. Cuando termine esa insoportable clase, hablará con ella. Su valentía está algo disminuida, pero aún es suficiente para afrontar la situación. Sí. En pocos minutos le volverá a decir que la quiere.

—Como saben, la semana que viene tienen un importante examen. Sé que entre cerveza y cerveza, ustedes se acordarán de mí y estudiarán concienzudamente. Les aconsejo que hagan los ejercicios de la página cincuenta y cuatro y que...

En ese momento alguien llama a la puerta.

El profesor de Matemáticas detiene la clase y se dirige lentamente a abrir, con sosiego, sin prisas, algo fastidiado. Alguien osa interrumpir su clase. Al abrir, se sorprende ante lo que ve. Y eso que no es sencillo ver cambiar la expresión en el rostro de aquel hombre que no gesticula ni se inmuta casi nunca.

La clase murmulla mientras el profesor de Matemáticas dialoga fuera con la persona que ha venido.

—Está bien, pase, pero rapidito —le apremia a quienquiera que sea el que se ha atrevido a parar su clase.

Un chico no muy alto, más bien feúcho y con una gorrita puesta hacia atrás entra en la clase ante la sorpresa generalizada de todos y cada uno de los alumnos. En sus manos lleva un imponente ramo de flores. Rosas rojas.

—Es aquella —le indica el profesor señalando a Paula—. Señorita García, vamos, no se haga de rogar y acuda a recoger las flores. Ya podía usted haber avisado que era su cumpleaños y hubiéramos organizado aquí un fiestón.

«Pero si no es mi cumpleaños...», piensa la joven del pelo alaciado mientras palidece. En pocos segundos el color de su cara evoluciona a morado para terminar con un visible sonrojo. Finalmente se levanta animada por las Sugus y el resto de la clase, que alienta a la chica. Toda la clase, menos una persona que tiene los ojos como platos y el corazón más pequeño y encogido que nunca.

El chico de la gorra al revés le entrega a Paula el ramo. Las flores son preciosas, rojísimas, y no vienen solas: una pequeña tarjetita está anudada en uno de los tallos con un lacito azulado.

El profesor de Matemáticas despide al repartidor, disculpándose por no darle propina.

—Señorita García, puede volver a su sitio y procure que, a partir de ahora, los regalos se los hagan llegar a casa.

Paula sonríe forzada. No lo puede creer. Camina lentamente hacia su mesa ante la mirada de todos, que la siguen sin perderla de vista, mientras el profesor reinicia sus advertencias y explicaciones respecto al examen de la semana siguiente. Llega a su asiento. Miriam ha colocado a su lado la silla de una mesa vacía para que su amiga deje allí las rosas.

—Lee la tarjetita, rápido. ¡Qué nervios!

La joven agarra aquel papelito ante las prisas de sus amigas y lo lee, primero para sí, luego en voz baja.

«Las once rosas que te faltaban para completar la docena. Gracias por una noche mágica».

Un «oh» al unísono sale de las bocas muy abiertas de sus amigas.

—¡Qué monada de chico...! —dice en voz bajita Cris, tal vez la más romántica de las Sugus.

—¡Qué vergüenza más grande estoy pasando! —señala Paula, llevándose las manos a la cara—. Lo mato.

Pero no es cierto que lo quiera matar. Se siente afortunada, impresionada, querida. Ese detalle de las rosas muestra cómo es Ángel: un clásico con la imaginación de un ilusionista; una persona que regala rosas rojas de toda la vida, pero que lo hace de la manera más particular del mundo. Paula se siente especial.

En el otro extremo de la clase, alguien no es tan feliz. Mario está desconcertado. ¿Tiene novio? ¿Desde cuándo? ¿Por qué nadie le ha dicho nada? Quizá se las han mandado sus padres. O un tío que vive lejos. O tal vez una amiga...

El chico no quiere creer que exista una persona que ocupa el corazón de su amada. Su Paula.

Los minutos que dura la clase son eternos para Paula y Mario. Ella quiere escapar cuanto antes de las miradas de sus compañeros. Incluso el profesor de Matemáticas ha hecho un par de bromas referentes a su ramo de rosas rojas. Quiere llegar a casa y... Pero ¿qué les va a contar a sus padres? Ayer llegó tarde y hoy vuelve a casa con flores. Demasiado evidente. No está dispuesta a que se enteren de su relación con Ángel, al menos por el momento. No le quedará más remedio que mentir u ocultarlas.

El chico también desea huir. No está seguro de si quiere saber la verdad de aquellas rosas. Para él son espinas que se le han clavado en el corazón. Tiene los ojos llorosos, aunque trata de conservar la calma. Nada es seguro todavía. La idea de declararse ha desaparecido por completo de su cabeza. Todo es tan confuso... Sus ganas de llorar aumentan. Casi no puede soportarlo.

La campana de la libertad suena puntual.

Paula sale primero, disparada, embellecida con su ramo de rosas rojas. Mario, inmóvil en su asiento, ve cómo el amor de su vida se aleja. No puede más y una lágrima se le derrama. Apresuradamente, se coloca un libro delante de la cara para ocultar su mejilla mojada. Tiene los labios secos y los ojos enrojecidos. Varios compañeros pasan por su lado y se despiden de él hasta la semana que viene; Mario no contesta, sigue escondido y ni tan siquiera sabe si para él habrá próxima semana, porque se quiere morir. Pero nada es seguro. Respira profundamente e intenta tranquilizarse. En su cabeza solo hay un ramo de rosas rojas. Vuelve a respirar. Cierra los ojos, suelta la última lágrima y sonríe. Está solo, ya no queda nadie en clase. Despacio, camina hacia la puerta.

Paula debe de ser la alumna más envidiada por todas las chicas con las que se cruza en los pasillos del instituto. Los que pasan a su lado la observan curiosos y terminan esbozando una sonrisilla y soltando algún comentario. Qué vergüenza.

Por fin, llega a la salida. Aún no sabe qué va a hacer con las rosas, todavía le queda el trago del autobús. ¡Uf!

Baja las escaleras hasta la calle sin mirar a nada ni a nadie, con la cabeza agachada. El olor de las rosas la invade y le provoca alegría y recuerdos de la noche anterior, cuando aquel chico alto y guapo apareció corriendo, subiendo las escaleras de aquella cafetería, y los dos acabaron por los suelos. Recuerda el paseo tomados de la mano, la fuente, el desfile... El primer beso. Y ahora las rosas. ¡Dios, está en un sueño! Alguien, en cualquier momento, la pellizcará y se despertará. Esto no puede ser verdad.

La gente la mira: a ella, a las flores. Una chica tan bonita con un ramo de rosas así es una imagen encantadora. Se siente observada, cada vez más. Aún más. Y sí, es cierto: alguien la observa atentamente; alguien que tiene una sonrisa que le cubre toda la cara; alguien que tiene sus ojos azules clavados en ella; alguien que le ha regalado a Paula aquel ramo de rosas. 11 + 1.

Por fin, alza la mirada y lo ve. ¡Ángel!

La emoción es irresistible dentro de Paula. Cree que jamás se ha alegrado tanto de ver a alguien. Cuando se da cuenta, está corriendo desesperadamente para lanzarse a los brazos de su chico. Sí: Ángel, definitivamente, es su chico. El ramo cae al suelo y sus labios se unen con pasión. Ella, colgada de él, rozando el cielo, rodeando con sus piernas su cintura, con sus manos, su cuello. Y le sigue besando, como tan solo le ha besado a él.

—Te quiero —le dice al oído.

—Yo también te quiero, Paula.

El nuevo beso es largo, intenso, apasionado.

La chica, por fin, pone los pies en el suelo y se abrazan. Su cara, en su pecho; sus manos, en su espalda.

Las Sugus miran la escena desde la escalera del instituto. Las tres sonríen.

—¡Qué bonito es el amor! —dice Miriam emocionada.

—Sí, es cierto que el chico tiene buen trasero —añade Diana, a la que Cris golpea con el codo.

Cuando ven que la pareja pone fin al abrazo, se acercan llenas de curiosidad por conocer al chico de su amiga.

—¿No nos presentas? —dice Diana, que es la más lanzada del grupo.

Paula mira a Ángel y luego a sus amigas. El joven se toca nervioso el pelo. Ahí delante tiene a las temibles Sugus, de las que tanto ha oído hablar. Ríe para sí al recordar todo lo que le ha contado Paula sobre ellas.

—Chicas, este es Ángel. Ángel, estas son...

—Espera, deja que lo adivine —interrumpe el joven periodista—: tú eres Miriam —dice señalando correctamente a la mayor de las Sugus—. Tú, Cris. —También acierta—. Y, claro, tú no puedes ser otra que Diana. ¿He acertado?

Diana silba, Cris aplaude y Miriam asiente con la cabeza. Y Paula le da un nuevo beso en los labios como premio.

—¡Perfecto! ¿Podemos nosotras premiarlo también? —pregunta Diana levantando las cejas.

—Tú ahí quieta, que ya te conozco —dice Paula en plan cómico, colocándose delante de Ángel como si lo protegiese de las garras de su amiga.

—Lo de las rosas ha sido precioso... —comenta Miriam.

—¿Precioso? ¡Qué vergüenza me ha hecho pasar! ¡Mira que mandarme flores a clase! —grita Paula, fingiendo estar enfadada.

—Tienes razón: la próxima vez directamente te las mando a casa y que sean tus padres los que las vean primero.

—¡Noooooo!

Las Sugus ríen mientras Paula vuelve a abrazarse a Ángel.

—He venido además para invitarte a comer. ¿Te gustaría? Tengo la tarde libre.

—Claro que me gustaría..., pero no creo que mis padres me dejen. Además, ¿qué hacemos con las rosas?

—Yo me encargo de las rosas —dice Diana recogiendo el ramo del suelo—. Llama a tus padres y diles que te quedas a comer en mi casa y que luego vamos a estudiar.

—Si les digo que me quedo en tu casa a estudiar, entonces sí que no se creerán nada.

—Tienes razón —señala la chica sacando la lengua—, mejor di que te quedas en casa de Cris a estudiar.

Cris sonríe y acepta con la cabeza.

Paula llama a sus padres. Su madre es la que contesta el teléfono y, en principio, se niega a dar permiso a su hija, pero esta insiste una, dos, tres veces, hasta que finalmente consigue convencerla. La conversación termina con un «prometo que estudiaré mucho y volveré temprano».

—¡Prueba superada! Ya podemos irnos... ¿Adónde me llevas a comer?

Las chicas se despiden de la pareja y se marchan. Paula y Ángel también desaparecen tomados de la mano.

Es viernes por la tarde. El sol tibio de marzo acaricia las ramas de los árboles que dibujan sombras sobre la ciudad. Un sol que no ilumina a todos por igual, un sol que posa sus rayos en los ojos de Mario, quien, sentado en la escalera, ha visto parte de la escena entre los dos enamorados. Está quieto, con los brazos cruzados sobre el vientre. Apenas puede pensar. Ni tan siquiera puede llorar. Es una estatua de hielo, con el corazón congelado.

No puede ser verdad. Se niega a creer lo que ha visto. ¿Pero a quién pretende engañar? Lo natural es que una chica como Paula tenga novio. Se pone en pie y baja los escalones despacio, con las manos metidas en los bolsillos. Una piedra se cruza en su camino. Mario la ve y, con todas sus fuerzas, la golpea con el pie derecho contra una pared. El canto rebota y él pierde de vista su trayectoria.

Del hielo a la rabia; de la rabia a las lágrimas; de las lágrimas al llanto.

Y bajo el tibio sol de marzo, Mario también se aleja maldiciendo y llorando su desgraciada existencia.

Capítulo 7

Hacia la hora en la que Paula y Ángel se van a comer juntos, ese mismo día de marzo, en otro sitio de la ciudad.

... En la vida aparecen personas de alguna parte que te marcan la existencia. Es un juego del destino, que coloca en tu camino a gente que, por arte de magia, o sin ella, influyen en tu comportamiento y hasta te hacen cambiar tu forma de ser. Despliegan tal red sobre ti que quedas atrapado por su esencia, sea cual sea esta...

Un joven guapo, de sonrisa perfecta, está sentado en una banca de madera de una calle casi desierta, escoltada a ambos lados por acacias y ailantos. Pero su gesto es serio, no sonríe.

Álex vuelve a leer el primer párrafo de aquel fino cuadernillo que sostiene en las manos mientras come sin demasiadas ganas un sándwich de pollo y lechuga. Lo ha corregido ya unas doscientas veces, pero nunca queda satisfecho. Ahora, sin embargo, no hay marcha atrás. Esos papeles son su carta de presentación: el principio de un sueño.

Si el saxo es su desahogo, escribir es su pasión, la vocación de un joven de veintidós años que intenta abrirse camino en un mundo tan difícil como el literario.

¿Realmente sirve para aquello? ¿Tiene el talento suficiente?

De momento no lo sabe, esa es la verdad. Poca gente ha leído las decenas de páginas que tiene escondidas en su computadora portátil: poesías, cuentos, ensayos, reflexiones...

Pero la empresa ahora es mayor. Tiene ante sí el reto de escribir una novela. Los personajes ya están perfilados. Julián, un periodista que quiere ganarse la vida como escritor, es el protagonista. Él es un poco como Julián, aunque deja que la ficción juegue en su relación con los personajes. Y luego está la chica de catorce años, para la que aún no ha decidido el nombre. Debe elegirlo pronto porque su aparición en la novela es inminente. Podría llamarla...

Entonces Álex piensa en la chica que conoció en la cafetería ayer. Tampoco tiene nombre, como su personaje de catorce años. Quizá sea mejor no recordarla más. Seguro que se rio de él. Ni tan siquiera apareció por su computadora... Pero ¿por qué no puede apartarla de su cabeza?

Acompaña el último mordisco al sándwich con un trago de agua. Saca de su bolsillo un pañuelo de papel y de nuevo regresa a su mente la chica del Starbucks, su imagen bajo la mesa cuando él le ofreció un clínex. ¿Cómo se puede echar de menos a una persona a la que no conoces?

Mira su reloj. Aún tiene un poco de tiempo antes de las clases. Hoy son antes que de costumbre. El señor Mendizábal le iba a hacer un gran favor.

Así que de nuevo se recrea en aquellos primeros trazos de *Tras la pared*: las primeras catorce páginas de lo que debería ser su primera novela.

Ese mismo día, hacia esa misma hora, en otro rincón de la ciudad.

Paco besa en la mejilla a su esposa. Acaba de llegar de otro día agotador de trabajo y aún le queda jornada de despacho por la tarde. Pero ahora no quiere pensar en ello, solo tiene ganas de una tranquila comida familiar y de echar la siesta.

La pequeña Erica llega corriendo de alguna parte y se lanza a los brazos de su padre.

—Vamos a poner la mesa, princesa.

Padre e hija colocan cuatro cubiertos en la mesa, cuatro vasos y cuatro trozos de pan a cada lado de otras cuatro servilletas.

—No, pongan solo para nosotros tres. Paula no viene a comer.

Paco mira a Mercedes extrañado.

—¿Cómo que no viene a comer? ¿No está castigada? ¿Dónde se ha ido?

—Ha llamado y ha dicho que se queda en casa de Cris. Van a estudiar luego juntas. Le he dicho que no, pero me ha insistido tanto que al final me he dado por vencida.

—¿Que van a estudiar? ¿Un viernes por la tarde?

—Ya lo sé, pero ¿qué querías que hiciera?

—Pues decirle que no, que está castigada y que, por lo tanto, tiene que estar en casa.

—Me ha conseguido convencer. Lo siento.

Paco suspira y se sienta en la mesa. La pequeña Erica imita a su padre y se coloca junto a él. La última en ocupar su lugar es Mercedes. Apenas hablan durante la comida, una de esas comidas en que sobran las palabras o quizá precisamente sean necesarias para zanjar temas pendientes. Sin embargo, la que rompe el silencio es la pequeña de la casa.

—Papi, ¿qué es tener *secso*?

Su padre no puede creer lo que ha oído y mira a su mujer con los ojos como platos.

—¿Cómo?

—Eso, que qué significa tener *secso*.

—¿Tener sexo?

—Sí, eso, tener *sekso*.

Los padres vuelven a mirarse entre sí, sin saber muy bien qué explicación darle a Erica. ¿No es un poco pronto para tener ese tipo de conversaciones con ella?

—Princesa, ¿dónde has oído tú eso? —interviene Mercedes, tratando de mostrar calma.

—Pues... —la niña juguetea con el tenedor y una croqueta que no se le antoja nada comer—, el otro día oí que Paula lo decía por teléfono. ¿Qué es?

Paco y Mercedes sienten al mismo tiempo una especie de escalofrío interior. ¿A estudiar a casa de Cris? ¿Un viernes por la tarde? ¿La tardanza de anoche?

Ambos suspiran. ¿Y ahora qué?

—Por la cara que tienen, no debe de ser algo muy bueno —termina diciendo Erica ante el silencio de sus padres.

La niña se levanta de la mesa y corre a buscar el postre dejando la croqueta en el plato.

Capítulo 8

Ese mismo día de marzo.

La tarde continúa avanzando en la ciudad.

Ángel y Paula caminan lentamente por sus calles. Tomados de la mano, con miradas y sonrisas cómplices. Solo hace unas horas que se conocen personalmente, casi un día, pero tienen la sensación de llevar juntos toda la vida.

Antes han compartido una pizza en un bonito restaurante italiano. Entran en una cafetería, donde ella pide un helado de vainilla y chocolate, y él un capuchino. Están sentados uno enfrente del otro. De vez en cuando unen sus manos.

Ella le invita a que pruebe su helado y, cuando tiene la cuchara cerca de su boca, la sube y le mancha la nariz. Resulta muy gracioso ver a alguien como Ángel con la nariz cubierta de helado de vainilla y chocolate. Pero es la propia Paula la que se levanta y, con una servilleta, arregla su travesura. Luego, un beso en los labios. Cariñoso. Dulce.

—¿Quién iba a pensar esto hace dos meses...? —comenta Ángel observando cómo la chica se sienta de nuevo al otro lado de la mesa.

Hace dos meses el usuario «Lennon» y la usuaria «Minnie16» discutían acaloradamente en un foro de música sobre un tema que ni ellos mismos recordaban. La discusión terminó en una tregua, y la tregua terminó en risas. Y al cabo de dos días, las risas continuaron en el Messenger.

Enseguida se entendieron y comenzaron una extraña relación. Sí, se gustaban. Hablaban cada día. Horas. Sin embargo, por deseo de Ángel, no intercambiaron ni fotos, ni teléfonos. A Paula no le importaron tales condiciones. En algún momento tuvo sus dudas, pero lo que verdaderamente deseaba era hablar con él. Aquel periodista le gustaba cada vez más. Sentía como un cosquilleo siempre que aparecía conectado en su computadora y aquella lucecita naranja se iluminaba.

¿Cómo es posible que te atraiga alguien que ni siquiera sabes cómo es?

—Me encantas. Lo sabes, ¿verdad?

La chica se sonroja. Está acostumbrada a leer esa frase en su MSN, pero no a escucharla. Todo es sumamente extraño, pero al mismo tiempo embelesador.

Le brillan los ojos.

—Aún no puedo creer todo esto —comenta Paula.

—Pues está pasando de verdad.

—Eso parece. O puede que estemos soñando y en algún momento uno de los dos despierte. Entonces el otro desaparecerá.

—El helado en mi nariz parecía real —bromea Ángel.

Ella ríe. Le encanta su ingenio, su capacidad para decir lo apropiado en el momento justo. Maneja perfectamente los tiempos. Lo hacía antes, cuando eran invisibles; pero también ahora, que lo tiene delante. Ángel es sencillamente un tipo encantador.

—Estoy muy feliz. ¡Tengo ganas de gritar!

El chico la mira. Es perfecta: lista, divertida, cariñosa... Ni siquiera se han planteado la diferencia de edad. Para muchos podría ser inapropiada la relación entre una estudiante de primero de bachillerato y un periodista de veintidós años. Sin embargo, a ellos jamás les ha preocupado eso. También él tiene ganas de gritar.

—¡Vayámonos! Quiero llevarte a un sitio...

—¿Está muy lejos?

—No, aquí cerca.

Pagan y salen de la cafetería tras darse un nuevo beso cariñoso en los labios.

Caminan durante quince minutos hasta llegar a la puerta de cristal de un edificio de gran fachada. Paula lee en un cartel «La Casa del Relax».

—Esto no será...

Ángel la observa divertido y se ríe al entender por dónde van los pensamientos de Paula.

—No, amor. No es ese tipo de relax...

Paula suspira y de la mano entran en La Casa del Relax.

Una alfombra blanca conduce a la pareja hasta una especie de recepción, como si se tratase de un hotel. Allí, una chica morena con una bata blanca anota algo en unas fichas.

Paula mira a su alrededor y se da cuenta de que prácticamente todo lo que compone aquel lugar es blanco, negro o de los dos colores mezclados entre sí. A ambos lados de la sala, dos pequeñas fuentes ponen el sonido ambiente. Solo se oyen los chorros de agua. Nada más.

Un personaje bajito, vestido con un uniforme blanco, aparece de improviso y se acerca a ellos. Tiene el pelo blanquecino despeinado y un bigote cano cubre parte de su rostro.

—Hola, Ángel, ¡qué sorpresa! Cuánto tiempo sin vernos... —saluda amigable y efusivamente aquel hombrecillo.

—Buenas tardes, profesor Cornelio. Me alegro de volver a verlo. Está usted tan joven como siempre —responde con una sonrisa el muchacho mientras aprietan sus manos—. Le presento a Paula, una buena amiga mía.

La chica estrecha también la mano de aquel particular hombre que la mira de arriba abajo sonriendo.

¿«Buena amiga»? Sí, quizá de momento solo puedan definirse así.

Ángel y el profesor Cornelio intercambian unas palabras de cortesía, preguntan por sus respectivas familias y se cuentan una que otra anécdota del pasado. Hace bastante que se conocen, desde que Ángel estaba en el instituto y eran maestro y alumno. Charlan durante tres o cuatro minutos.

—Bueno, Ángel, imagino que habrán venido a algo más que a hacerle una visita a este viejo profesor.

—Claro. Nos gustaría entrar en una sala acorchada y que nos diera dos pases para la climatizada B.

Paula no puede evitar poner cara de extrañeza ante las palabras de Ángel. ¿«Sala acorchada»? ¿«Climatizada B»? Pero ¿dónde la ha metido?

—Perfecto. Enseguida Manuela les toma nota —dice señalando a la chica morena de recepción—. Bueno, me alegro de verte, amigo. Y a ti de conocerte. Espero que disfruten de todo.

El profesor Cornelio guiña un ojo a su exalumno y vuelve a darles la mano. A continuación, se introduce por un estrecho pasillo hasta desaparecer unos metros más adelante por otro. Ángel se acerca hasta Manuela y le indica lo que quiere. La joven morena le entrega una llave con un número y dos tarjetas de plástico.

—Vamos. Está al final de ese pasillo —señala el joven poniendo su mano sobre el hombro de Paula.

—Me tienes intrigada. No sé de qué se trata todo esto.

—No te preocupes, ahora mismo lo sabrás.

La pareja camina hasta llegar a una puerta negra. Ángel presiona un botón y, segundos más tarde, aparece un hombre de mediana edad con una bata blanca, semejante a la que lleva la chica de la recepción. El periodista le muestra la llave y los deja pasar.

Paula y Ángel entran en un salón de forma circular, inmenso, en el que todo es blanco y negro. La chica contempla hasta diez puertas cerradas de diez habitaciones, con sus respectivos números, que dan a aquella sala. Nunca había visto nada así.

—La suya es aquella, la número siete —indica el hombre de la bata blanca.

Ángel le da las gracias y conduce de la mano a Paula hasta la puerta de la habitación número siete. Pero la joven duda por un momento. ¿En qué sitio se encuentra? ¿Para qué van a entrar en aquella habitación? ¿Cuáles son las intenciones de Ángel? Por su cabeza pasan en dos segundos toda clase de pensamientos. ¿Pretende acostarse con ella en aquel extraño hotel? Habían hablado de sexo en sus largas conversaciones en la computadora, pero nunca se lo habían planteado. Bueno, ella sí se lo había planteado, pero no de manera «oficial». Le gustaría que él fuese el primero, pero ¿ahora?

La chica empieza a ponerse nerviosa y, cuando Ángel abre la puerta, se queda inmóvil, como petrificada, sin poder dar un paso más.

—¿Estás bien? —pregunta el chico, que se ha dado cuenta de que algo pasa.

—Bueno, yo...

—¿Qué te pasa, amor? ¿Te ha caído mal la comida?

—No, no es eso —dice Paula, agachando la cabeza. ¿Cómo le cuenta que quiere hacerlo con él, pero que no es el momento adecuado?—. Verás..., quizá no esté preparada... No estoy segura de que..., aquí...

Ángel la mira y empieza a comprender lo que le pasa. Está nerviosa. Tartamudea.

—No te preocupes, amor, he traído preservativos —termina diciendo con una gran sonrisa en la boca.

Paula entonces siente como si le recorriera una corriente eléctrica por todo el cuerpo. ¡Preservativos!

—Pero yo... No es que no quiera hacerlo contigo..., pero es que...

Paula no sabe qué decir. Inseguridad. Normalmente no duda. Temor. Normalmente no tiene miedo a nada. Presión. Normalmente controla todo lo que pasa a su alrededor. Es una chica de dieciséis años, casi diecisiete, pero sobradamente preparada. Como en aquel anuncio: una JASP. Sin embargo, ahora se siente la persona más pequeñita del mundo. Le sobrepasa la situación.

—Confía en mí. Todo estará bien.

A la joven le tiemblan las piernas; de la mano de Ángel, entra en la habitación número siete.

Sin embargo, el interior de aquel cuarto no es lo que esperaba. Está vacío casi por completo ¿Y la cama? No pretenderá que lo hagan en el suelo... O en ese sillón negro. Parece cómodo, pero para una primera vez...

Lo que más llama la atención de Paula es el silencio que hay en aquel sitio. Un silencio fuera de lo normal. Casi puede oír sus propios pensamientos.

—Es muy... romántico. —Eso es todo lo que consigue decir.

Ángel entonces empieza a reír sin poder contenerse.

—Amor, no te he traído a este sitio para que hagamos nada de lo que estás pensando. Hace un rato me has dicho que tenías ganas de gritar, ¿verdad?

—Sí.

—Pues eso es lo que vas a hacer: ¡gritar!

—¿Cómo? No te entiendo...

—Esta es una «habitación del grito». O también llamada «sala acorchada». Está recubierta de una serie de paneles para que el sonido ni entre ni salga de este recinto.

Ahora entiende aquel silencio tan sepulcral.

—¿Quieres decir que estas habitaciones están construidas solo para que la gente se desahogue gritando?

—Así es. Es una idea del profesor Cornelio. Hay días en los que el estrés nos supera y sentimos ganas de gritar como locos, pero no podemos. En plena ciudad, no se puede gritar así como así.

Es cierto. Paula piensa en lo que Ángel le dice. Si gritas en plena ciudad, te pueden tachar de loco o puedes alarmar a alguien.

Y sí, tiene ganas de gritar. Antes de felicidad. Ahora de alivio. Quiere soltar la tensión acumulada en esos minutos en los que sentía que perdía el control de la situación.

Por otra parte se siente ridícula. ¿Cómo ha podido pensar que Ángel la llevaría allí para acostarse con ella, sabiendo él que iba a ser su primera vez? Sí, definitivamente tiene muchas ganas de gritar.

—Entonces... ¿puedo gritar?

—Sí. Espera...

Ángel la besa en la frente. Luego se aleja hasta el otro extremo de la habitación.

—¿Preparado?

—Sí, ¡grita! —le dice el joven, mientras se pone las manos en los oídos.

Paula respira hondo, cierra los ojos, aprieta los puños y grita lo más fuerte que puede. No piensa en nada mientras lo hace, solo se libera. Es un grito de alegría, de felicidad, de pasión, de nervios, de ilusiones.

Ángel la observa. Sabe exactamente lo que está sintiendo. Él lo ha experimentado en varias ocasiones. Está soltando todo lo que lleva en su interior: adrenalina pura.

Quince segundos más tarde vuelve el silencio a la habitación del grito número siete. La joven jadea. Respira con dificultad tras el esfuerzo. Ha sido solo un momento, pero le ha parecido toda una vida. Aún cree oír su propia voz dentro de la cabeza. Se encuentra bien, incluso más ligera, como si hubiese perdido algún kilo.

—¡Ha sido bestial! ¡Qué sensación!

Ángel se acerca y la abraza rodeándola por detrás. Luego se besan.

—Vamos, aún nos queda la segunda parte de la terapia.

—¿Tú no gritas?

—Yo, con verte a ti hacerlo, ya me he liberado.

Salen de la sala insonorizada y se despiden del hombre de la bata blanca, entregándole la llave de la habitación.

—Imagino que debajo de la ropa no traerás un bikini o un traje de baño, ¿verdad? —dice Ángel mientras caminan.

—Claro, es lo más normal para ir al instituto... —ironiza la chica—. ¿Para qué quieres saberlo? ¿Es que tienes curiosidad por mi ropa interior o es que nos vamos a dar un baño?

—Las dos cosas —responde riéndose.

—Pues de la primera... ¡te vas a quedar con las ganas!

—Seguro que no pensabas lo mismo hace un rato, cuando tartamudeabas.

Paula le suelta la mano y le golpea en un hombro con el puño cerrado, pero sin fuerza.

—Tarado...

Y entre bromas llegan a un lugar al que Ángel antes había denominado como «Climatizada B». Una puerta de cristal separa a la pareja de una enorme alberca. No hay nadie en ella. Una mujer regordeta con bata blanca y que examina con atención una revista de crucigramas se encuentra sentada en la entrada. Al verlos llegar deja a un lado su pasatiempo y esboza la mejor de sus sonrisas.

—Bienvenidos. ¿Me pueden dar sus tarjetas, por favor?

Ángel le entrega las dos tarjetas de plástico que antes le habían facilitado en recepción. La mujer las pasa por una máquina lectora y las coloca en un fichero.

—¿Han traído ropa de baño?

—No. Ni toallas —señala apresuradamente el joven.

La mujer no abandona en ningún momento su agradable expresión. Anota algo en una libreta y se incorpora de su asiento. A continuación, abre la puerta de cristal.

—Síganme, por favor.

Paula y Ángel caminan detrás de la señora de los crucigramas. Los tres entran en aquella sala que prácticamente ocupa en su totalidad la enorme alberca. Paula entonces puede observar que no es una alberca cualquiera. A un lado y a otro llegan suavemente pequeñas olas que se forman desde el centro. Su simple visión ya transmite tranquilidad.

Una chica rubia de pelo rizado y con bata blanca acude a la llegada del trío.

—Silvia, facilita al señor ropa de baño y toallas para los dos —ordena la mujer en cuanto la chica rubia llega hasta ellos—. Usted acompáñeme, por favor —dice dirigiéndose a Paula.

La chica le hace caso y ambas entran por una puerta al final de la estancia. Ángel las ve alejarse y se queda solo, con el leve ruido de las olitas como única compañía.

Silvia llega con un traje de baño de color azul marino y dos toallas blancas.

—Creo que este le quedará bien. Allí está el vestidor para hombres donde puede cambiarse —explica la joven rubia de pelo rizado señalando la puerta contigua a aquella por la que Paula y la mujer regordeta han entrado.

El joven periodista da las gracias a Silvia y se introduce en el vestuario masculino. Primero se quita la chamarra y la camiseta, dejando libre su torso pulido y suave, y su vientre plano. Luego, el resto. Se desnuda completamente. Está bastante moreno pese a que hace tiempo que no toma el sol. Se pone el traje de baño azul y se mira en un espejo. Le llega hasta casi las rodillas. Hace un par de estiramientos a un lado y a otro para comprobar la elasticidad de la prenda. Sí, se siente cómodo con ella. Guarda su ropa en un casillero y sale de nuevo.

Paula aún no está y él no quiere entrar en la alberca sin ella. Mientras llega, piensa en todo lo que le está pasando, en estas maravillosas horas junto a aquella jovencita. Ni un día y, sin embargo, esa sensación de que llevan juntos toda la vida... Cree que existe esa química entre ellos por todas las horas que se han pasado hablando en la computadora. No se veían, no se escuchaban, y, no obstante, estaban conectados por algo inexplicable. Él le había contado cosas a ella que jamás había contado a nadie. Ella, igual. ¿Podía ser Paula la chica de su vida?

Pero Ángel enseguida se olvida de todo lo que está pensando. Ahí está ella.

Camina hacia él descalza. Se ha recogido el cabello en una coleta alta. Viene sonriendo. Su cuerpo solo está cubierto por un bikini negro. La parte de arriba esconde la juventud perfecta de una chica de dieciséis años. La parte de abajo deja sin respiración al más sereno de los mortales. Ángel traga saliva e intenta recobrar la compostura.

—Me han dado un gorro para que no se me moje el pelo, pero prefiero no ponérmelo. Odio tener la cabeza enlatada... —dice al llegar. Paula se da cuenta entonces de que Ángel la observa como quizá no lo había hecho hasta ahora. Incluso se pone algo colorada—. ¿¿Qué miras??

—A ti. ¡Estás increíble!

La joven suelta una sonrisilla nerviosa y se pone aún más roja.

—Gracias. Tú también lo estás.

El juego de miradas continúa un instante. Ya ha habido besos, caricias, roces. Pero es la primera vez que ambos notan que una llama distinta se ha encendido.

—¿Entramos? —pregunta por fin Ángel.

—Claro.

Tomados de la mano, la pareja entra en la alberca. El agua está tibia. Ambos sienten cómo las pequeñas olas chocan dulcemente contra sus piernas produciéndoles cierto cosquilleo. El agua, las olas, la compañía.

Avanzan hacia uno de los extremos y se sientan en un escalón, uno al lado del otro. Estiran las piernas, rozándose. Están más cerca que nunca, en ese mar templado de tranquilidad, con el leve ruido de las olitas.

—Esto es perfecto —dice Paula, que ha puesto su cabeza sobre el hombro de Ángel.

—Sí, es por las sales que le ponen al agua. Cada ola que tropieza con tu piel te abre los poros y penetra haciendo que tu cuerpo entre en un estado de relax.

—Lo decía por la compañía...

—Ah, yo no me puedo quejar tampoco —responde mientras la abraza sintiendo la desnudez de parte de su cuerpo.

—¿Vienes aquí a menudo? Te veo muy cómodo.

—Cuando estaba en la facultad venía de vez en cuando para relajarme. El profesor es un viejo amigo.

—¿Y has traído aquí a todas tus novias?

—¿Mis novias? Así que somos novios... —deduce Ángel acariciándole el pelo.

Paula se da entonces cuenta de lo que ha dicho instintivamente. Sin querer. ¿Son novios?

—Sí, lo somos.

Sin más, deja caer todo su cuerpo debajo del agua. Ángel la imita y se encuentra con ella. Al igual que las olas desaparecen al llegar a cada lado de la alberca, así desaparecen también Ángel y Paula de la superficie unos segundos para unir sus labios bajo aquel mar de paz y tranquilidad.

Pero en el amor, por motivos que se escapan a la razón, no todo es paz y tranquilidad.

Capítulo 9

Ese mismo día de marzo.

El amor no correspondido es el mejor amigo de la soledad.

Mario quiere estar solo. Lleva encerrado en su habitación desde que llegó del instituto. No ha comido fingiendo que le dolía el estómago, aunque lo que realmente le duele es el alma.

Está tumbado sobre la cama. No sabe ya en qué postura ponerse porque en todas se siente incómodo. También intenta dormir. Imposible. ¿Cuánto le durará esto? ¿Es proporcional el tiempo que llevas enamorado de alguien al tiempo que dura el dolor del desamor? Si es así, lo suyo va para largo.

¡Qué cruel es el destino a veces...! Justo el día en el que pensaba contarle a Paula lo que sentía por ella, se entera de que tiene novio.

Primero, esas rosas rojas. Luego, el beso a aquel desconocido, un tipo alto, guapo, maduro. Perfecto para Paula.

Pero es lógico que una chica como ella tenga pareja. Lo extraño sería que no fuera así o que estuviera con alguien como él. Sí, ahora más que nunca se siente inferior, muy inferior. No tiene a nadie a su lado. Quizá porque a la única persona que quiere a su lado jamás la conseguirá.

Ese sentimiento le hace derramar nuevas lágrimas. Hace ya un rato que no llora, pero, de nuevo, no puede evitarlo. Y en un momento los ojos se le encharcan.

—Eres un estúpido —dice en voz alta mientras se levanta en busca de un pañuelo de papel.

El paquete de clínex está junto a la computadora. ¿Música? Sí. Quiere oír algo que le ayude. Antes lo ha intentado con Maná, pero ha sido peor el remedio que la enfermedad. Todas sus canciones le recuerdan a ella: cada letra, cada acorde. Finalmente, se había dado por vencido y había dejado de escuchar a su banda preferida. Esperaba que esto fuera un mal transitorio. Compartir grupo favorito con la chica que te acaba de romper el corazón implica que, además de perderla a ella, pierdes las canciones que te la recuerdan.

Busca en el archivo de música. Canciones en inglés. Christina Aguilera. *Beautiful. Play.*

El chico vuelve a la cama. Se acuesta de lado con las manos juntas pegadas a la cabeza. Un nuevo pinchazo le atraviesa, el pinchazo de la angustia.

Suena la puerta y Mario rápidamente se seca en la manga de la camiseta las lágrimas que le quedan. Con desgana, se sienta en la cama.

—Pasa.

Su hermana, vestida de viernes por la tarde, entra en la habitación. Lleva una minifalda cortísima, unas botas que le llegan casi a las rodillas y demasiado escote.

—Me voy a dar una vuelta... —Miriam se da cuenta de que su hermano tiene los ojos enrojecidos. Además, esa canción...—. ¿Estás bien? Tienes los ojos rojos, ¿has llorado?

—No, será que me acabo de despertar.

—Será eso —dice la chica no muy convencida—. Si te pasa algo, puedes contármelo, ¿eh?

—No me pasa nada, no te preocupes.

Se observan en silencio hasta que ella vuelve a hablar.

—Bueno, no insisto. Me voy con mis amigas... —Miriam se queda por un momento pensativa. Quiere decir algo para animarlo—. ¿Sabes que una de ellas dice que estás muy bueno?

¿Una de sus amigas? ¿Paula?

—¿Quién dice eso? —pregunta tratando de mostrar calma, pero ansioso de conocer la respuesta.

—Diana. Dice que no estás nada mal.

Decepción.

—A Diana, hasta Bugs Bunny le parece que está bueno.

Miriam ríe ante el comentario de su hermano, aunque, en realidad, tiene razón.

—Bueno, pequeño, me voy. Por cierto, ¿cómo vas en Matemáticas? Creo que eres de los pocos de la clase que entienden algo...

—Porque a ustedes no les importa nada.

La chica vuelve a reír.

—Puede ser. Ya me echarás una mano... Bueno, ahora sí que me voy con estas. ¡Y escucha algo más alegre, hombre, que es viernes por la tarde! Seguro que cuando me vaya te dedicas a resolver derivadas. Las matemáticas parecen tu novia...

Miriam se despide con un besito imaginario y cierra la puerta.

¡Qué hermana tan divertida! ¿Derivadas? ¿Matemáticas? ¿A quién le importa todo eso cuando acaba de sufrir la mayor paliza de su vida?

—Las matemáticas son una mierda. Todo es una mierda.

Pero pronto Mario se iba a arrepentir de haber insultado a sus «queridas» matemáticas.

Capítulo 10

Ese mismo día de marzo. Ya ha anochecido.

Está sentada en uno de los sillones de la sala. Tiene las piernas cruzadas y una sonrisa de oreja a oreja a pesar de aquel «tenemos que hablar» que se ha encontrado cuando ha llegado a casa.

¿Le iban a echar otra bronca? ¡Qué más da! Es feliz. La tarde ha sido increíble. Tanto que ojalá hubiera durado para siempre. Aún saborea en sus labios el último beso de la despedida.

Minutos antes.

Paula: «Gracias por este día y por el de ayer. Han sido perfectos».

Ángel: «Nada habría sido perfecto sin ti».

Paula, suspirando: «Me tengo que ir. No hace falta que me acompañes hasta casa hoy».

Ángel: «Quiero hacerlo».

Paula: «No, no te preocupes, no vaya a ser que mis padres te vean. Sospechan algo».

Ángel: «Está bien».

Paula: «¿Hablamos esta noche?».

Ángel, pensativo, acaba de recordar que tiene que ir a

la sesión de fotos de Katia. ¿Le dice algo a ella? Mejor no. La llamará cuando termine: «Claro. Yo te llamo luego».

Paula: «Vale, pues me voy».

La pareja se despide con un largo beso y cada uno toma un camino distinto.

Sus padres entran en la sala, uno al lado del otro, susurrando, como si estuvieran preparando algún tipo de estrategia para abordar a su hija. Paco se sienta a la derecha de Paula y Mercedes a la izquierda. Parece que el ataque va a ser por tierra, mar y aire. Preparados, listos..., ¡ya!

—Paula, comprendemos que ya no eres una niña —empieza diciendo su madre—, aunque para nosotros eso es difícil de asimilar.

La chica aún no sabe muy bien por dónde van los tiros, pero aquel comienzo no le gusta nada: no parece una bronca de las habituales.

—Lo que tu madre quiere decir es que tienes casi diecisiete años y a esas edades se cometen errores —añade su padre.

—También se cometen errores a su edad, ¿no? —interviene Paula.

—Sí, sí, claro, cariño —se apresura a decir Mercedes—. Todos cometemos errores, pero hay algunos que son evitables. Quiero decir que es necesario...

—... tomar precauciones —dice Paco interrumpiendo a su mujer.

¿Precauciones? ¡Ah, precauciones! Paula empieza a entender hacia dónde se dirige aquella conversación.

—Eso, precauciones. Aunque si uno no está seguro de algo, es mejor no hacerlo hasta estar preparado... —indica Mercedes.

—Es decir, que si yo no estoy segura de aprobar el examen de Mate del viernes, mejor no lo hago, ¿no? —dice la chica sonriendo.

Sus padres se miran entre ellos. *Touchés.*

—A ver, Paula —insiste su madre—, tú sabes que nos lo puedes contar todo a nosotros. Y, si tienes cualquier duda, tu padre y yo estamos para resolverlas.

—Ya les lo cuento todo... —miente.

—Bueno, seguro que hay cosas que te guardas. Y es normal. También tienes tu vida propia...

—... pero las cosas importantes es bueno que las sepamos —concluye Paco.

—Eso es. Por ejemplo...

A Paula le da miedo oír el ejemplo que su madre va a poner.

—... por ejemplo, si tienes novio... Eso es algo importante, ¿no?

¡Bingo! Sabía que ese iba a ser el ejemplo.

—Depende de cómo se mire. Pero sí, parece algo importante.

—Sí que lo es —confirma su padre—. Y todo lo que conlleva tenerlo, también.

«Lo que conlleva tenerlo... Es una manera bonita y maquillada de decir "mantener relaciones sexuales"», piensa Paula.

—Pero estamos hablando de un ejemplo, ¿no?

—Sí, claro, claro... Es un ejemplo de cosas importantes de las que nos puedes hablar a nosotros sin ningún problema. De tener novio y, como dice tu padre, de todo lo que conlleva tenerlo.

Tras las palabras de Mercedes, el silencio se instala en la sala unos instantes.

Es la chica la que decide romperlo por fin.

—Papá, mamá: no se preocupen. Si me acuesto con un chico, tomaré esas precauciones de las que me hablan.

Y tranquilamente, Paula se levanta del sillón, da un beso a su padre, otro a su madre y sube a su habitación.

Paco y Mercedes la observan. Aún la ven como una niña, su pequeña. Es inevitable.

«Si me acuesto con un chico, tomaré esas precauciones de las que me hablan». ¡Qué frase para terminar la conversación! Se han quedado congelados.

Finalmente, es la mujer la que se dirige a su marido:

—¿Ves? No hay nada mejor que hablar las cosas...

Paco mira a su esposa y sonríe forzadamente.

—Sí, me he quedado mucho más tranquilo... —dice el hombre poniéndose la mano en la frente—. Voy por una aspirina.

—Tráeme a mí otra, por favor.

Y es que las farmacias podrían sobrevivir exclusivamente de los analgésicos vendidos a padres que se encuentran de golpe con el crecimiento de sus hijos... y todo lo que ello conlleva.

Esa noche de marzo, en otro lugar de la ciudad.

Se estacionan en una calle cercana al lugar en el que quedaron de verse. Héctor y Ángel se bajan del coche. Son cerca de las ocho y media, hora en la que se debían reunir con Katia para la sesión de fotos. La noche está muy oscura.

Héctor lleva un gran maletín con todo su equipo fotográfico y Ángel le ayuda con los focos.

—¿Crees que nos llevará mucho tiempo? —pregunta el joven periodista, que no se siente del todo cómodo con aquella situación.

—Pues espero que no. Necesito una foto para la portada y tres para páginas interiores. Aunque nunca se sabe...

Los dos llegan caminando a un parquecito en el que ya

están Katia y su representante. Ambos dialogan animadamente con dos chicas a las que Héctor ha llamado para que le ayuden con el vestuario y la peluquería y el maquillaje de la cantante.

La joven del pelo rosa es la primera en darse cuenta de la presencia del fotógrafo y el periodista y sale al encuentro de ellos.

—Buenas noches —saluda Katia sonriendo y dando posteriormente dos besos a cada uno—. Esta vez hemos llegado nosotros antes.

—Empate a uno —dice Ángel, que mira con curiosidad a la chica sin ocultar una gran sonrisa al verla.

La joven cantante esta vez sí va vestida de manera parecida a como normalmente lo hace en sus actuaciones. Lleva un vestido azul y rosa con mucho vuelo y que le llega hasta las rodillas, unas medias de colores salteados, bailarinas y guantes de terciopelo a juego con el resto de su vestimenta.

—¿Voy bien así?

—Sí, me gusta —señala Héctor—. De todas formas haremos un par de cambios de estilismo durante la sesión para darle distintos tonos al reportaje. ¿Te parece?

—Por mí, perfecto.

Ángel y Héctor saludan también al resto.

Es un sitio solitario. Tenía que serlo para poder trabajar tranquilos, alejados de la multitud que seguro se agolparía para presenciar una sesión fotográfica de Katia. Aquella chica ha conquistado a muchísimos fans en poco tiempo.

—¿Comenzamos? —pregunta Héctor, que ha elegido un viejo y enorme roble para sus primeras fotos.

Katia se sienta al pie del árbol. El fotógrafo le va indicando y pidiendo distintas poses:

—Levanta la barbilla. Sonríe. Eso es. —Clic—. Mira a la izquierda. Muy bien. —Clic—. Abre un poco las piernas.

No tanto. Eso es. —Clic—. Ahora ponte de pie. Mira a la cámara fijamente. —Clic.

Ángel está sentado en una banca del parquecito. No pierde detalle de la sesión. Observa atentamente cada movimiento, cada gesto de la cantante. Realmente es una chica que tiene algo. No solo es guapa, sino que, además, posee cierta magia. Aquellos ojos celestísimos son embrujadores. El periodista no sabe muy bien qué pinta allí, porque, como pensaba, no está aportando nada. Sin embargo, por alguna extraña razón, está contento de haber ido.

Los minutos pasan. La sesión fotográfica continúa. Diferentes lugares. Cambio de vestuario. Clic. Un poco de maquillaje por aquí. Retoques en el pelo por allá. La noche sigue avanzando y adentrándose en aquel pequeño parque retirado del bullicio de la ciudad. Un pequeño descanso antes de las últimas fotos.

Katia se acerca a Ángel y se sienta a su lado.

—¡Uf...! Estoy agotada. Parece que no, pero cansa. No podría ser modelo.

—Lo haces muy bien. Es como si llevaras en esto toda la vida.

—Bueno, forma parte de mi trabajo. Aunque no sea lo que más me gusta de él... —dice suspirando.

—Toda profesión tiene su parte incómoda.

—Me siento algo ridícula poniendo esas caras y esas posturas. Cuando me ha dicho que abriera un poco las piernas..., ¡qué vergüenza! Me ha entrado la risa por dentro. No sé cómo he aguantado.

Ángel ríe ante el comentario de la chica.

Katia lo mira. Le parece muy guapo. Sí. Y cuando sonríe...

—Ángel...

—Dime.

—Nada, que muchas gracias por venir.

—Pero si no estoy haciendo nada... Solo miro.

—Bueno, me da tranquilidad verte aquí. Como ya te dije, este tipo de cosas no son lo mío.

La voz de Héctor a lo lejos interrumpe anunciando que se terminó el descanso.

—Ve, rápido, que ya solo te queda la última tanda de fotos.

—¡Voy!

Katia sonríe, se inclina y le da un beso rápido en los labios ante la sorpresa del joven periodista que no tiene tiempo ni de reaccionar. La chica del pelo rosa se levanta y acude corriendo a tomarse las últimas fotos de la sesión.

Ángel está paralizado. ¿Qué ha sido eso? ¿Por qué Katia le ha dado ese beso?

Seguro que debe tratarse de un error. Sí, hoy en día mucha gente se da ese tipo de besos, ¿verdad? Un beso de amigos o algo así. Solo ha sido un beso cariñoso.

La sesión continúa. Katia está posando en un columpio. Se balancea suavemente. Clic. Lleva el pelo suelto y se le alborota con cada impulso. Héctor no pierde detalle con su cámara. Le pide que sonría. Clic. Ahora, que mire hacia la derecha con cierta melancolía. Clic. Tras ese gesto, Katia ve a Ángel. El joven periodista está como ausente, pensativo. ¿Qué estará pasando por su cabeza?

—Katia, no te balancees ahora —dice el fotógrafo—. Eso es. Ponte la mano derecha en la boca. Muy bien. Eso es, como si estuvieras imaginando algo. Piensa en tu novio, por ejemplo.

¿Novio? No existe ningún novio. Pero ella piensa en alguien.

—Muy bien. Ahora, una expresión de duda: baja los ojos, inclina un poco la cabeza a tu derecha y mira hacia el suelo. Eso es. Precioso. Ahora sonríe. Perfecto... Y, con esta última, hemos terminado.

Ángel sigue sentado, pensando en lo que minutos antes ha sucedido. Ve cómo Katia se baja del columpio, con su pelo rosa suelto. ¿Cómo es posible que le quede tan bien ese color? Su rostro es todavía el de una niña, nadie diría que tiene veinte años. Y aquellos ojos... Seguro que Héctor ha tomado fotos en las que sobresalga ese celeste tan llamativo. Sin duda, Katia es una tentación para cualquier hombre.

Finalizada la sesión, todos se reúnen en torno al fotógrafo. Ángel trata de evitar encontrarse con los ojos de la joven cantante. Sin embargo, termina sucumbiendo. La chica le sonríe cuando se da cuenta de que la está observando.

—Ha sido un bonito trabajo —indica Héctor—. Seguro que saldrá un reportaje fantástico.

—Estamos convencidos de ello —dice satisfecho Mauricio Torres, el representante de la cantante.

—La noche realza mucho la belleza de Katia —insiste el fotógrafo.

Sí, también Ángel piensa que serán unas fotos extraordinarias para acompañar su entrevista. Aquellos ojos celestes, las luces, la oscuridad de la noche... La noche... Entonces cae... ¡Paula! Tiene que llamarla. Mira el reloj. No es demasiado tarde aún.

—Discúlpenme un momento, tengo que hacer una llamada —dice el joven mientras se aleja del grupito, que continúa dialogando animadamente.

Katia es la única que no escucha lo que los otros están diciendo. Sus ojos están puestos en Ángel, que camina aceleradamente hacia un lugar retirado de los demás.

El periodista, cuando cree que está lo suficientemente apartado para que no le oigan, saca el celular de su bolsillo.

Está apagado. Ángel intenta encenderlo, pero es inútil: se ha quedado sin batería.

Vuelve a mirar el reloj. No pasa nada, no es demasiado tarde. Tiene que ir a la redacción de la revista por unos expedientes. Desde allí la llamará.

El joven regresa al grupo que, en su ausencia, parece que ha hecho planes para esa noche.

—Ángel, nosotros nos vamos a tomar algo. ¿Vienes? —le pregunta Héctor.

—No puedo. Tengo que recoger unas cosas de la redacción y mañana quiero madrugar.

—Pero si mañana es sábado... ¡Anda, hombre, ven! Es solo a tomar una copa para celebrar el trabajo bien hecho —insiste el fotógrafo.

—No, de verdad. Tengo que ir a la revista a buscar unos papeles y es tarde ya.

—Yo tampoco puedo ir —interviene Katia—. Estoy cansadísima. También a mí me toca madrugar.

—Vamos, chicos, solo una copa... —insiste Mauricio, que no le quita ojo a una de las chicas que ha ayudado en la sesión.

—Vayan ustedes. Yo llevo a Ángel a la revista, que me queda de camino.

El chico se sorprende ante la propuesta de la cantante.

—Muchas gracias, Katia, pero no hace falta. Yo tomo el metro y...

—No es ninguna molestia. El metro más cercano está muy lejos. Yo te llevo. Es lo menos que puedo hacer por ti después de que te hayas molestado en venir.

—Está bien... Si no quieren acompañarnos, los dejamos. Nosotros vamos a tomar algo —señala el representante de Katia, que ya ha hecho un par de amagos de pasarle la mano por el hombro a la maquilladora.

Los seis se despiden. Las dos chicas, Héctor y Mauricio Torres se van por un lado. Katia y Ángel, por otro. Caminan hacia el Audi rosa estacionado en una calle oscura, casi escondida.

Caminan en silencio. El periodista aún tiene en la cabeza el beso que ella le ha dado. No sabe cómo tomárselo. ¿Un gesto cariñoso o algo más? Incluso se siente un poco culpable. ¿Ha tenido él algo que ver en aquello?

Las estrellas iluminan un cielo despejado. La luna se deja ver en la noche, que ya está bien avanzada. Aunque para Katia y para Ángel la velada no ha hecho más que empezar.

A esa misma hora, en otro punto de la ciudad.

Tumbada en la cama, espera a que él la llame. Lleva así cerca de media hora.

¿Por qué no la ha llamado ya?

Paula está ansiosa por volver a oír su voz. Son tantas sus ganas que no puede más y decide ser ella quien lo llame. Busca su número y lo marca. Decepción: tiene el celular apagado. La desilusión es tan grande que hasta le dan ganas de llorar. Pero ¿por qué? Si han pasado dos días increíbles... Los dos mejores de su vida.

«¡Qué tonta soy!».

Pero no puede dejar de pensar en él. ¿Qué estará haciendo Ángel ahora?

Tiene que serenarse un poco. Todo está bien. Solo debe distraerse y no obsesionarse. Ya se lo dice su madre a veces: la vida tiene muchas cosas como para dedicar todo tu tiempo únicamente a una. Ya llamará.

Enciende su computadora para oír música. Buen remedio para pasar el tiempo. Elige *Apologize*, de One Republic.

Precioso tema que ha descubierto hace poco. Pero la música no es suficiente para olvidarse de todo. Necesita algo más. Ya lo tiene: *Perdona si te llamo amor*. Puede ser un buen antídoto meterse otra vez en el mundo de Niki y leer sus aventuras con aquel publicista mucho mayor que ella. Qué historia de amor... En cierta manera, se siente identificada con la protagonista. Ella está viviendo una experiencia parecida.

Agarra el libro y lo abre por donde lo había dejado. Aquel separador... Recuerda entonces al chico del Starbucks. Con todo lo que ha vivido en las últimas veinticuatro horas, apenas había pensado en él. Era muy guapo, con esa sonrisa perfecta.

Va al final del libro y lee de nuevo la dirección de correo de aquel desconocido: alexescritor@hotmail.com.

Siente curiosidad. ¿Por qué no? La chica se sienta de nuevo ante su PC, abre su MSN y agrega la dirección del joven del Starbucks.

¿Estará conectado?

Paula no conoce la razón, pero siente un ligero cosquilleo por dentro.

Transcurren unos minutos y no hay señales de que aquel chico esté en su computadora. La joven se impacienta.

«¿Qué le pasa a todo el mundo esta noche, que nadie responde?».

El ruidito característico del Messenger le anuncia que uno de sus contactos acaba de conectarse. Es Mario.

Paula, sorprendida, lee el nuevo *nick* de su amigo: «La vida es una mierda. El amor es una mierda. Las matemáticas son una mierda». Además, la imagen de su ventana es una rosa negra.

«Pobre. Seguro que alguna chica lo ha rechazado. Qué pena, con lo buen chico que es. Algunas no saben lo que se pierden...».

Quiere decirle algo, pero no sabe por dónde empezar. Bueno, lo que importa es que se anime y que vea que hay más caminos. Que esa chica se lo pierde. Pero en ese momento un nuevo contacto del MSN de Paula se conecta. Alexescritor está en línea.

En ese mismo momento, en otra parte de la ciudad.

Está conectada. ¿Habrá leído el *nick*?

Mario no sabe qué hacer. ¿Le escribe? ¿Espera a que sea ella la que le diga algo? Tiene ganas de explicarle cómo se siente: contarle que tiene el corazón roto; desahogarse y soltarlo todo... Pero, por otro lado, eso es imposible. Ella es precisamente el motivo de su dolor. No puede hablarle como si nada. Aquello es una tortura. Un laberinto sin salida. Su cabeza, además, no deja de reproducirle la imagen de Paula besando a aquel chico a la salida del instituto. Y, cada vez que lo recuerda, siente que se quiere morir. Es como en aquel tema de Mecano que le viene a la mente, *Cruz de navajas,* cuando el protagonista de la canción, que casualmente se llama Mario, encuentra a su chica, María, besando a otro en la calle.

¿Le dice algo?

¿Y si ahora está hablando con él? O, lo que es peor, ¿y si están juntos en su habitación?

Ese último pensamiento desmorona por completo el ánimo de Mario. No tiene ganas de nada. Y, sin pensarlo más, apaga la computadora y vuelve a la oscuridad de su cuarto.

Capítulo 11

Viernes de marzo por la noche.

Llega a casa con ganas de escribir. Se siente inspirado. Rápidamente, Álex enciende la computadora para adentrarse en su novela. Julián y su protagonista femenina, a la que ha puesto el nombre de Nadia, le esperan en *Tras la pared*. ¿Escena de sexo? Quizá.

Mañana comenzará con su plan. Desea que el señor Mendizábal tenga todo listo temprano. ¡Qué gran favor le está haciendo! Aunque los resultados son completamente inciertos: es una idea un poco descabellada, pero su intuición le indica que puede funcionar. No pierde nada por intentarlo.

Antes de ir al Word, pasa por su MSN para mirar el correo electrónico. Alguien desconocido lo quiere agregar. Acepta.

Es una chica. Tiene escrito en mil colores su nombre, Paula, y su *nick* es «Mariposas bailan en mi pecho. TQ. Gracias por todo».

¿Será la chica del Starbucks? Está conectada. ¿Le escribe? Pero ella se anticipa.

—Hola. ¿Se puede pasar?

Álex lo piensa. Te ní muchas ganas de escribir, pero la curiosidad le gana. Y, con esa chica, la curiosidad es aún mayor.

—Sí, adelante, aunque no sé muy bien quién eres.

—¿No me reconoces?

—Tengo una ligera idea, pero no estoy muy seguro. ¿No me vas a decir quién eres?

—Soy Paula. Lo dice en mi *nick*. ¡Qué poco te fijas!
—Un icono sonriente termina la frase.

—Ya me había fijado en eso, pero no conozco a ninguna Paula.

—Sin embargo, yo sí sé quién eres.

—Es normal: tú me has agregado.

—Claro, porque tú me diste tu dirección. Bueno, más bien me la escribiste.

«¡Es ella!»

—¡Ah! Entonces eres la chica de la cafetería. Ya no me acordaba de que te había dado mi MSN —miente.

—Seguro. —Icono guiñando un ojo.

—Pues soy Álex, encantado.

—Yo, Paula. Encantada.

¿Y ahora? ¿Por dónde llevar la conversación? Ambos están unos segundos sin decir nada. Finalmente, Álex opta por el camino más sencillo.

—¿Has terminado ya el libro?

—¿*Perdona si te llamo amor*? No. Precisamente estaba leyéndolo antes de agregarte.

—Ah.

—Por cierto, un gesto muy... ¿simpático? Me refiero al de escribirme al final tu correo y cambiarme el libro.

Álex se sonroja. ¿Se está riendo de él? No. Si al final ha decidido agregarle, será por algo, ¿no?

—Yo soy así.

—Ja, ja, ja.

—¿Qué te hace tanta gracia?

—Tú. Que seas así.

—Te recuerdo que fuiste tú la que se manchó el labio y la nariz de café o lo que fuera aquella bebida. Y la que se dio un golpe en la cabeza al levantarse.

—Ya no me acuerdo de eso.

—Tienes mala memoria.

—He estado muy ocupada.

—¿Leyendo el libro?

—Más bien viviéndolo.

Álex no ha entendido esa última frase, pero no pregunta sobre lo que ha querido decir.

—¿Y qué te está pareciendo?

—¿Eso no me lo preguntaste ya ayer?

—Sí, pero te fuiste a hablar por teléfono.

—Ajá. Pero, cuando regresé, eras tú el que se iba.

—Tenía clases.

—¿Clases de...?

—Saxofón.

—¿Tocas el saxofón? ¡Qué padre!

—Bueno, me gusta la música. Hablando de música..., mira esto.

Álex le pasa a Paula el siguiente archivo:

http://es.youtube.com/watch?v=4w7ShnVt3dE

La chica lo abre. Es un montaje de *Perdona si te llamo amor* con una preciosa canción italiana de fondo. Durante cuatro minutos y veinte segundos, ambos disfrutan del video.

—¡Me encanta! —escribe Paula mientras vuelve a ponerlo—. ¿Lo has hecho tú?

—Sí, aunque la canción no tiene que ver con la película.

—¡Ah!, ¿también hay una película?

—Claro, de ahí son las imágenes que ves. Pero el tema que he puesto es de Massimo Di Cataldo y se llama *Scusa se ti chiamo amore.*

Paula no escribe. Ve terminar el video una vez más. Le entusiasma la canción. Es preciosa. Va a ponerla otra vez cuando mira el reloj de su computadora. Esto la lleva a pensar en Ángel. Es tarde y aún no la ha llamado.

Sin decir nada a Álex, toma su celular y marca el número de su chico. Nada. Apagado. ¿Pero dónde se ha metido?

Siente el cuerpo flojo y los brazos pesados. Nota cómo le pican los ojos y cómo se le forma un nudo en la garganta. ¿Qué estará haciendo?

—Hola. ¿Sigues ahí?

Es la frase con la que Paula se encuentra al volver a la computadora unos minutos más tarde. De repente, se le han quitado las ganas de todo. Echa de menos a Ángel. Quiere oírlo. Siente una gran impotencia por no poder comunicarse con él de ninguna forma.

—Sí, estoy aquí. Perdona, me llamaron —miente Paula—. De todas formas me tengo que ir ya.

—Sí, yo también. Se ha hecho tarde y mañana madrugo.

—¿Un sábado? ¿También tienes clases?

—No, pero tengo una cita para que me den una cosa.

—Bueno, no te entretengo más entonces. Que descanses.

Es una pena. Se va. Y quién sabe hasta cuándo. ¿Qué impresión le habrá causado a Paula? Tiene ganas de conocerla más. Una idea sacude en esos momentos la cabeza de Álex. ¿Se atreve a proponérselo? Lo medita unos instantes y por fin se decide:

—Paula, antes de que te vayas... ¿Tienes algo que hacer mañana por la mañana?

La chica lee con sorpresa la pregunta de aquel chico. Le ha dado muy buena impresión. No solo es guapísimo y con una sonrisa perfecta, sino que es simpático, y le gusta su capacidad de conversación. Sin embargo, la última frase la desconcierta un poco.

—¿Por qué me lo preguntas?

—Es que necesito ayuda, alguien que me eche una mano por la mañana.

—¿Qué tipo de ayuda?

—Ven conmigo y lo verás.

—¿Me estás pidiendo que vaya contigo, que apenas te conozco, un sábado temprano, para ayudarte a algo que no me vas a decir lo que es? ¿No te parece todo un poco extraño?

—Mirándolo así, suena raro... Pero quiero que vengas conmigo. —Ahora es Álex el que pone un icono guiñando un ojo.

Paula no sale de su asombro. ¡Qué atrevimiento! Pero en realidad siente curiosidad. Y la compañía no está nada mal. Además, mañana por la mañana no tiene cosas que hacer. Pensaba que tal vez pudiera pasar el día con Ángel, pero eso, a estas alturas de la noche, lo ve como algo imposible. No es nada malo ayudar a un amigo que la necesita, ¿no? Pero ¿ese chico puede considerarse un amigo? ¿Y qué tipo de ayuda necesita? Cuánto misterio.

—No sé, Álex. ¿No me puedes decir para qué es?

—No, tendrás que confiar en mí.

Paula suspira. Se pone de pie. Agarra el celular y vuelve a llamar a Ángel. Una vez más se encuentra con una voz grabada indicando que el celular al que llama está apagado o fuera de cobertura. Impotente, molesta, triste, lanza el teléfono contra la almohada de su cama.

—Está bien. ¿Dónde nos vemos y a qué hora?

¿Ha aceptado? Álex no se lo puede creer. ¡Ha aceptado!

Precipitadamente, escribe la dirección del lugar en el

que deben reunirse a las diez de la mañana y le explica cómo ir.

Una curiosa felicidad le inunda, aunque no entiende la razón de esa alegría repentina.

—Espero que esto no sea una broma —añade Paula.

—No lo es. Te agradezco mucho que vengas a ayudarme.

—Me vas a tener en ascuas hasta mañana, ¿verdad?

—Sí.

—Bueno, no insisto más. Por fin he dado con alguien más testarudo que yo.

—No soy testarudo —responde Álex.

—Sí lo eres.

—No.

—¿Ves como sí lo eres?

—Bueno, quizá un poco.

Ambos sonríen al mismo tiempo, cada uno en su habitación. En la distancia. Sin tan siquiera ver que el otro también está sonriendo. Paula olvida por unos segundos a Ángel: por unos instantes, nada de lo que ha ocurrido en esos dos días ocupa su mente.

—Bueno, Álex, te veo mañana entonces.

—Muy bien. Te esperaré. Buenas noches.

—Buenas noches. Un beso.

—Otro.

La chica desconecta su Messenger. Luego escucha una última vez la canción de Di Cataldo. Se tumba en la cama y se queda dormida con el celular debajo de la almohada.

Álex permanece en la computadora. Esta conversación lo ha inspirado aún más de lo que ya estaba. Mientras escribe, no deja de pensar en el día siguiente. Sí: mañana puede ser un gran día.

Esa misma noche.

Katia conduce su Audi rosa con capota negra por las calles de la ciudad. A su lado está Ángel. Apenas han cruzado palabra. La cantante lo mira de reojo de vez en cuando. No parece muy contento, sino más bien preocupado.

Van en dirección a la redacción de la revista donde él trabaja. Un semáforo en rojo. El coche se detiene. Ella aparta la vista de la carretera y se gira hacia él.

—¿Estás enfadado?

Ángel no dice nada. Ni siquiera la mira.

—Bueno, queda claro. Estás enfadado —protesta Katia, apretando con fuerza el volante con las dos manos.

El semáforo cambia a verde y el Audi rosa acelera haciendo chirriar las ruedas.

—No estoy enfadado —dice por fin Ángel.

—Pues lo parece.

—Es solo que...

Katia frena bruscamente. En un lugar prohibido, se estaciona en doble fila ante la mirada atónita de su acompañante.

—No nos vamos de aquí hasta que me cuentes qué te pasa.

—Pues... Supongo que es una tontería.

—Suéltalo ya.

—¿Por qué me has besado?

La chica del pelo rosa cambia su expresión. Muestra entonces una de esas sonrisas tranquilizadoras.

—¡Era eso! Te ha sorprendido que te diera un beso en los labios...

—Es normal. No todos los días una chica que acabas de conocer te besa en los labios sin esperarlo.

—Así que te tendría que haber avisado... ¿Con un cartelito, quizá? —se burla ella.

—No me ha hecho gracia —señala Ángel frunciendo el ceño.

—No te enfades. Ha sido un pico cariñoso. Nada más.

—¿Sueles ir dando por ahí «picos cariñosos» a todo el mundo?

Katia mira hacia arriba haciendo como que piensa.

—Pues... contándote a ti ya van... sesenta y cuatro —responde y suelta una pequeña carcajada a continuación. Luego vuelve a hablar más serena ante los ojos acusadores del chico—. Ángel, no le des más vueltas. Ha sido solo un impulso cariñoso. Nada más.

El joven periodista no lo tiene tan claro. Ni eso, ni otras cosas. Puede que Katia esté haciendo ahora como que ha sido algo sin importancia, no premeditado. Pero la realidad es que lo ha besado en los labios. Pero ¿y él? ¿Qué ha sentido cuando ha notado los cálidos y dulces labios de la chica del pelo de color rosa? Eso tal vez lo confunde más.

—Está bien. Si tú dices que ha sido un detalle cariñoso e impulsivo, te creo. Pero a partir de ahora solo nos damos la mano, ¿eh?

Katia sonríe y Ángel también termina haciéndolo.

El Audi rosa se vuelve a poner en marcha.

La noche es un entramado de luces y oscuros. De sonidos. De ruidos indescifrables. Katia canta en voz baja mientras conduce. Ángel está más tranquilo, aunque algo en su interior parece alborotado.

De nuevo un enfrenón brusco. El coche se detiene.

—¿Qué pasa ahora? Tienes que aprender a frenar, ¿eh? Si no, en dos meses no tienes discos de freno.

—¿Te parece que entremos ahí a tomar una copa? Estoy seca —dice Katia señalando un pequeño *pub*, cuyas letras luminosas rezan «Rounders».

—Katia, tengo que recoger los papeles de la redacción. Y mañana debo madrugar.

—Por favor... Por favor —ruega ella. Ahora más que nunca parece una chica de quince o dieciséis años.

—No puedo, Katia. De verdad que...

—Déjame invitarte aunque solo sea a una copa. Para compensarte que hayas venido y como disculpa por el beso. Por favor. Por favor...

El periodista se niega unas ocho veces. Katia insiste con sus «por favor, por favor» otras tantas.

—¡Bueeeno! Pero una, y nos vamos —termina por claudicar.

La chica aplaude y va a darle un beso, pero se da cuenta y termina alargando la mano para estrecharla. Ángel sonríe y se la da también a ella. Nota su piel suave. Sus dedos pequeños, afilados.

Estacionan el coche y entran en el *pub*. Está vacío. Solo ven a dos meseras vestidas de negro detrás de la barra, charlando entre ellas. La luz es tenue y la música *dance* no está muy alta.

«¡Paula!», recuerda de pronto Ángel al mirar el reloj. No la ha llamado. Se lleva las manos a la cabeza. Puede que incluso ya esté dormida. Saca de nuevo el celular de su bolsillo y trata de encenderlo. Nada, no tiene batería.

—Si quieres te presto el mío —señala Katia al ver que el teléfono del chico no funciona.

—Gracias, pero no me sé el número de memoria.

—¿Es a tu chica a quien quieres llamar?

—Sí.

—No quiero ser una molestia. Si quieres, nos vamos.

—No te preocupes. Tomamos una copa y la llamo cuando llegue a la redacción, que tengo un cargador allí.

—Bien. Entonces, ¿qué te pido?

El *dance* deja paso a una canción brasileña lenta, pegadiza, dulzona: *Medo de amar*, de Ivete Sangalo y Ed Motta. Es como si el encargado de poner la música en aquel sitio quisiera que la pareja se uniera un poco más. Ángel acerca sus labios al rostro de Katia. Lo hace de forma inocente, sin ninguna intención, tan solo para decirle lo que quiere beber: una cerveza. Pero está muy cerca de ella y puede aspirar todo su aroma...

Una de las meseras, la que parece más joven, peinada con dos trenzas, atiende a la chica del pelo rosa. Enseguida le entrega dos botellitas verdes de Heineken. Katia paga y le pasa una de las cervezas a Ángel.

—¡Brindemos! —propone ella sin parar de sonreír ni un segundo.

—¿Por qué quieres brindar?

—Por la mejor entrevista que me han hecho nunca.

—¿La de *Los 40 Principales*? —ironiza él.

—Claro. Aunque nada tienes que envidiarles tú... —contesta ella acercándose un poco más. Prácticamente no hay espacio entre ambos en aquella barra.

—Brindemos entonces.

Chocan sus botellitas y dan un pequeño trago al unísono. En la tímida luz del recinto, Ángel sigue hipnotizado por los celestes ojos de aquella chica. Pero, al mismo tiempo, le viene a la cabeza Paula. Su gesto se tuerce entonces al pensar en ella. Está en un *pub* tomando una copa con una preciosa muchacha de veinte años, que además es famosa y lo ha besado. No la ha llamado por teléfono. Bueno, no ha podido. Pero eso no es excusa. ¿Qué estará pensando Paula? ¿Se habrá preocupado? ¿Molestado? Espera compensarla mañana de alguna forma. Aquellos dos días han sido como una pequeña vida. Una bonita historia propia de un cuento, un cuento muy real. Pero, ahora, ¿la habrá fastidiado? ¿Por qué no le ha contado nada de la sesión fotográfica?

—Hola. —El rostro de Katia aparece justo enfrente del suyo—. ¿Estás aquí?

—Sí. Estaba intentando traducir la letra de la canción —miente Ángel.

—¡Qué mentiroso! No sabes mentir. A ver si esto te espabila...

Katia golpea con la parte de abajo de su botella el cuello de la botella de Ángel. La espuma sube rápidamente y la cerveza comienza a salirse precipitadamente. El joven periodista se agacha con el botellín en la boca y bebe todo lo rápido que puede para evitar manchar el suelo del local.

La cantante vitorea y salta, animándolo para que beba más deprisa. Ríe. También lo hacen las dos meseras, que ya han descubierto que aquella pequeña chica con el pelo de color rosa es la conocidísima Katia.

Pese a los esfuerzos de Ángel, pequeñas gotas se han instalado en su camiseta y en su pantalón. Además, un charco de cerveza se ha formado a sus pies. Avergonzado, pide un trapeador a la mesera de las trenzas. Esta sale de la barra y ella misma limpia lo que se ha vertido.

—Perdona. Yo...

—No te preocupes, si no ha sido nada... —La chica termina de recogerlo todo y regresa detrás de la barra con una sonrisa.

Katia vuelve a acercarse.

—Le has gustado —le susurra al oído.

—¡Qué dices! La cerveza se te ha subido —responde Ángel divertido. Siente un poco de calor en sus pómulos después de estar bebiendo sin parar unos segundos.

—Las mujeres tenemos ese instinto. Detectamos cuando a una chica le gusta un chico y viceversa. Además, no es extraño que gustes a las chicas. Eres un tipo muy interesante.

La mesera vuelve a acercarse a la pareja. La música brasileña desaparece. Suena *Wherever you will go*, de The Callings. La chica de las trenzas pone encima del mostrador dos vasitos y sirve un líquido azul en ambos.

—Cortesía de la casa. Espero que les guste.

Katia da las gracias. Coge su trago y lo toma de golpe. Está fuerte. Cierra los ojos y arruga la nariz. Cabecea de un lado a otro.

—¡Qué bueno! —comenta dando un pequeño grito—. ¡Guau! Ahora tú.

Ángel duda. No cree que sea una buena idea tomarse aquel vasito. La mesera que ha limpiado la cerveza del suelo y les ha invitado el trago lo está mirando. No le queda más remedio. Sonríe, lo agarra y se lo bebe sin pestañear.

La garganta le arde. Sí que está fuerte, pero intenta que no se le note. No solo le quema la garganta, también el estómago. La mesera de las trenzas le sonríe. Él también sonríe.

Sin decir nada, la chica vuelve a llenar los vasitos de azul y también se sirve uno para ella. En esta ocasión, los tres beben a la vez, de golpe, sintiendo la llama del alcohol por el esófago. Al segundo trago le sigue un tercero inmediato.

—Tú eres Katia, ¿verdad?

Un atractivo cuarentón con el pelo cano, perfectamente cortado, vestido de negro, aparece detrás de la pareja. No está solo. Una bella veinteañera le acompaña.

—Sí, soy yo. ¿Y tú eres un admirador? —dice la joven, aún convaleciente del último trago.

—Pues sí, lo soy. Pero también el dueño de este local —señala el hombre sonriendo.

—Ah, qué honor. Tienes un sitio muy acogedor.

—Gracias. Espero que la estén pasando bien y que mis chicas los estén tratando perfectamente. Me gustaría invitarles a tu amigo y a ti a una copa.

—Muchas gracias, pero nos íbamos ya. ¿Verdad, Ángel?

El periodista parece distraído. Ausente. Quizá aquel tercer vasito de licor...

—Perdona, ¿qué me decías? No te oí por la música. *Starlight*, de Muse.

—Te decía que nos íbamos.

—Pero no se vayan aún... —interrumpe el dueño de Rounders—. Dejen que les invite a una copa. No todos los días tengo en mi local a una estrella del pop.

A Katia empieza a no hacerle ninguna gracia todo aquello. La camarera coquetea con Ángel, al que le acaba de servir un ron con Coca-Cola.

Katia suspira y pide una Fanta de naranja. Tiene que manejar. Quizá esos minutos le vengan bien para bajar los tragos.

El cuarentón de pelo cano le habla, y le habla, más y más, casi obviando a la chica que va con él, que se limita a reírle los comentarios. Katia ni le presta atención, pero sonríe por educación. De vez en cuando intenta que Ángel participe.

Pero Ángel no escucha. Habla con la mesera de las trencitas. Esta juguetea con su pelo mientras dialogan.

En la cabeza del periodista todo está confuso. Está alegre, pero no sabe por qué. Cree que está pasando algo por alto, pero no consigue recordar muy bien qué es. Está allí con Paula. No, no es Paula. La chica que lo acompaña es Katia. Claro, Katia. La misma que lo ha besado. La del pelo rosa. No. La de las trenzas, no. ¿Qué demonios era ese líquido azul? ¿Y Paula?

La música sube de intensidad en el local. Todo está más oscuro y ya no se encuentran solos. Han ido entrando algunos grupitos de amigos, incluso una que otra pareja. Fluye el viernes noche.

El dueño del *pub* no se ha apartado ni un segundo de Katia, quien empieza a estar verdaderamente harta de todo aquello. Necesita unos minutos de relax. Se levanta y entra en el cuarto de baño.

Ángel, mientras, está tomando su segundo ron con Coca-Cola. Entre uno y otro ha bebido dos tragos azules más. Todo es muy confuso para él, que ya ni entiende lo que su nueva amiga le está diciendo.

Está sonando *In my eyes*, de Milk Inc, cuando Katia sale del baño. Se ha mojado la cara para refrescarse. Tiene la intención de agarrar a Ángel y marcharse de aquel sitio cuanto antes.

Pero ¿qué ve? No puede ser... ¿Aquella mesera no está demasiado cerca de Ángel? Tiene su cabeza hundida en el cuello del joven periodista. No le estará...

La chica del pelo rosa camina a toda prisa abriéndose paso entre la gente. Alguno la reconoce. Eso da lo mismo ahora. La canción está en su pleno apogeo. Katia llega hasta donde están Ángel y la chica de las trenzas. Con sus manos la aparta y mira a Ángel.

—Cariño, nos vamos.

Y sin pensarlo dos veces, le da un profundo beso en los labios ante la mirada desafiante de la mesera.

Ángel cierra los ojos y responde al beso de Katia. No sabe lo que está haciendo, pero se deja llevar. Acto seguido, la chica lo levanta como puede del taburete en el que está sentado y, sujetándolo por un hombro, lo saca a duras penas del local. Un par de chicos que han visto toda la escena la ayudan.

—Mi coche está allí —dice la cantante señalando el Audi rosa al otro lado de la calle.

—¿Tú eres Katia, verdad? —pregunta el más alto de los que la están ayudando.

—¡Síííí! ¡Es la gran cantante Katia! —grita de repente Ángel desembarazándose de los muchachos.

El joven tose, se aclara la garganta y empieza a cantar un desafinadísimo *Ilusionas mi corazón*. Chilla lo que pretende ser una dulce melodía. Los dos chicos que los acompañan se miran perplejos ante el espectáculo que Ángel está montando en plena calle. Pero, por alguna extraña razón, también ellos empiezan a cantar el tema más famoso de Katia, a cual peor. La cantante no sabe si reír o llorar. Finalmente, opta por lo primero, aunque su sonrisa dura solo un instante, ya que el periodista comienza a dar otras muestras de los efectos de las mezclas del alcohol. En un descuido, Ángel cae de bruces contra el suelo quedando bocarriba. Katia y los dos jóvenes acuden inmediatamente a auxiliarlo. Parece que no se ha hecho nada. Lo incorporan de nuevo, aunque casi vuelve a irse al suelo. Afortunadamente, entre todos evitan la caída.

—Al coche —señala Katia.

Ángel parece que está peor. Incluso vomita dos veces en el corto trayecto hasta el Audi rosa. Finalmente, y con mucho trabajo, consiguen introducirlo en el asiento del copiloto del vehículo.

Katia da las gracias a los dos chicos y estos le piden el número de teléfono. La cantante sonríe y arranca. Atrás quedan los muchachos, que observan perplejos cómo se aleja aquel coche tan particular.

—¡Ángel! ¡Ángel! —grita la chica al percatarse de que su acompañante se está quedando dormido—. ¡No te puedes dormir ahora!

El periodista abre los ojos ante el zarandeo de Katia, que tiene la vista puesta tanto en la carretera como en él.

—¿Paula? —dice balbuceando mientras ve con ojos borrosos que una chica está al volante.

—¿Qué Paula? Soy yo, Katia. ¡No te duermas! —vuelve a chillar al ver que se le cierran otra vez los ojos.

El joven se deja caer hacia la puerta y apoya su cabeza en el cristal de la ventanilla. Katia se echa sobre él y trata de ponerlo recto. El coche zigzaguea y está a punto de salirse de la calzada. La chica de pelo rosa evita la colisión y respira hondo. Está muy estresada.

—¿Qué ha pasado? —pregunta Ángel, que se ha despertado momentáneamente por el zarandeo del coche.

—¿Que qué ha pasado? ¡Carajo, casi nos matamos! —La chica se seca la frente con un pañuelo de papel y trata de tranquilizarse—. Bueno, ¿dónde vives?

Al periodista la pregunta le parece un enigma imposible de resolver.

—Mmmmm. ¿En mi casa?

—¿Y eso dónde es?

—Mmmmmm.

—No me digas que no te acuerdas.

El joven se echa a reír. Pues no, no se acuerda de la dirección de su edificio.

—Pues tendrás que dormir hoy conmigo —dice Katia, a quien esa idea no parece molestarle demasiado.

—Bueno —contesta escueto Ángel con una sonrisa en la boca.

El Audi rosa atraviesa la ciudad. Apenas hay tráfico. La chica abre la ventanilla del asiento de Ángel para que el frío de la noche golpee su rostro. Él cierra los ojos y se siente como si viajara en una nube. Sin embargo, no sabe muy bien cómo se encuentra.

Pasados unos minutos, el coche por fin se detiene. Todo está oscuro salvo por unas pequeñas luces.

—¿Dónde estamos? —pregunta el chico aún sin bajarse.

—En el garaje de mi edificio. Ahora tienes que portarte bien y ayudarme.

Ángel dice que sí, aunque no sabe ni a qué ni por qué. Katia sale primero y ayuda a bajar al periodista. Caminan lentamente hasta un elevador. Parece que Ángel, aunque no sabe dónde está, al menos ya puede caminar casi por sí solo.

—Es en el ático —dice la chica ya dentro del elevador.

Ambos permanecen en silencio dentro del pequeño espacio. Aun borracho, es guapísimo. Y deseable.

El elevador llega a su destino. Una alfombra roja adorna la última planta del edificio. La pareja camina agarrada. Pese a su pequeña estatura, Katia es sorprendentemente fuerte. Ella también ha notado los músculos de Ángel bajo aquella camiseta. Sí, es muy deseable.

Por fin llegan ante la puerta del ático de Katia. El chico se apoya con dificultad en la pared mientras la cantante busca las llaves dentro del bolso.

—Aquí están —dice ella sonriendo—. Apóyate en mí.

Abre la puerta y juntos entran en aquel acogedor departamento, único testigo del resto de la noche.

La chica enciende la luz, primero la del pasillo de entrada y luego la del salón. El ático no es muy grande, pero impresiona por lo ordenado que está todo. Muebles de diseño oscuros contrastan con paredes de color pastel. Un gusto exquisito.

Los pasos de Ángel son inestables y tiene que valerse de Katia y de las paredes para no caerse. Vuelve a estar mareado.

—Ven, siéntate aquí —dirige ella al periodista ayudándolo a llegar a uno de los tres sillones que componen aquella habitación.

Ángel obedece. Intenta acomodarse, pero se escurre. Katia se ríe al verlo.

—Mejor túmbate en el sofá —le dice señalando el sofá de tres piezas en el que está ella.

Repetición de la maniobra anterior. Cada pequeño movimiento es una hazaña. Por fin, logra que Ángel termine tumbado bocarriba. Con las manos se tapa los ojos.

—La..., la luz —protesta él levemente.

—¿Te molesta? Espera, enciendo la lámpara pequeña para que no te moleste.

La luz ahora es más acogedora, más íntima, propia de una velada de enamorados.

Ángel aparta sus manos de la cara y las coloca sobre el pecho. Está más tranquilo.

—Voy a cambiarme. No te vayas, ¿eh? —bromea Katia.

El chico no oye lo que le dice. No entiende qué es lo que ocurre. Es como si todo le diera vueltas. Se siente muy cansado: le pesa todo el cuerpo, en especial la cabeza, y el estómago le da punzadas. ¡Paula! La tiene que llamar. Sí. Tiene que telefonear a Paula. Pero ahora no. Cuando desaparezca el dolor de cabeza. Cuando haya descansado, la llamará. Sí. ¿Qué hora será?

En otra habitación, Katia se desnuda. Qué nochecita. Cuando invitó a Ángel a que tomaran una copa, jamás pensó que aquello pudiera terminar así. Aquel chico no parecía que fuese capaz de emborracharse y perder de esa manera la compostura. Siempre tan atento, siempre tan bien puesto. Sin embargo, ahora lo tiene acostado en un sofá de su salón, bebido y mareado. Aun así, no puede evitar sentir cierta atracción por él. ¿Y ahora qué?

La cantante se cambia de ropa. Se viste solo con un camisón blanco de tirantes que no le llega a las rodillas y unas braguitas blancas. Descalza, pasa por el baño y vuelve a la sala.

Ángel continúa en la misma posición en la que lo había dejado. Respira profundamente. Parece dormido.

—Hola. He vuelto. ¿Me oyes?

El periodista cree escuchar que alguien le está hablando y refunfuña.

—Parece que sí, que me oyes —comenta ella sonriendo—. No puedes dormir ahí. Quedarás en mala postura y mañana no podrás ni moverte...

Pero Ángel no reacciona.

La chica suspira. No puede dejarlo ahí tirado.

Con mucho cuidado baja primero sus pies del sofá. Ángel protesta, pero termina sentándose. Luego, ella le toma de la mano y le pide que se levante.

—Vamos, un pequeño esfuerzo más.

El joven no se resiste y, ante el tirón de la chica, consigue ponerse de pie. Otra vez Katia carga con él como puede, apoyando un brazo de Ángel en sus hombros y forzándolo a que camine.

Los dos entran en el dormitorio y se sientan en la cama. Katia lo mira. Está con aquel chico a solas en su dormitorio. El deseo la consume. Quizá desde que lo vio por primera vez, ha deseado un momento como este.

—Levanta los brazos —le indica.

Él no hace caso, pero ella le ayuda a quitarse la camiseta. El deseo se está haciendo cada vez mayor. La imagen de su torso desnudo la enciende un poco más.

Katia acaricia el pecho de Ángel. Lo besa. El chico no opone resistencia. Parece que poco a poco está mejor. Aún le duele mucho todo y no se ubica, pero han desaparecido las arcadas. Alguien parece que le está besando. Primero ha sentido besos en su pecho. Ahora le besan los labios. ¿Paula?

Katia se quita el camisón. Solo sus braguitas blancas evitan una completa desnudez. Vuelve a situar sus labios sobre los de Ángel. La pasión que siente en estos instantes es incontenible.

Coloca los pies de Ángel encima de la cama. Le quita los zapatos y estira su cuerpo sobre las sábanas. Ella se sitúa sobre él, sentada sobre su pantalón. Se flexiona y lo vuelve a besar. Toma las manos de Ángel y las sitúa sobre sus pequeños pechos.

Sin embargo, cuando busca sus ojos, su mirada, Katia se da cuenta de que aquello no está bien.

Tiene muchísimas ganas de hacer el amor, pero quizá ese no es el momento. Se está aprovechando de él y eso la corroe por dentro. Además, aquel chico tiene novia. Tal vez, si él estuviera sereno y la eligiera a ella, todo sería distinto.

La cantante sale de la cama y vuelve a ponerse el camisón.

Ángel apenas se mueve.

—Es una pena que no estés en condiciones. Quién sabe si un día de estos... Que descanses.

La chica lo besa en la frente, lo tapa con una sábana y una manta, y sale de la habitación cerrando tras de sí la puerta y la tentación.

Ángel dormirá toda la madrugada sin saber que esa noche ha estado a punto de serle infiel a Paula.

Capítulo 12

Al día siguiente, muy temprano por la mañana.

Una brisa matinal entra por la ventana. Ángel se despierta. Siente frío en su torso desnudo. Abre los ojos y recorre con ellos la habitación que está casi a oscuras. Entonces se da cuenta de que aquella cama no es la suya. Da un brinco y rápidamente se lleva las manos a la cabeza. Le duele.

¿Dónde está?

Lo último que recuerda es aquel *pub* al que fue con Katia: la cerveza, los tragos azules, la mesera con trenzas... ¡Uf! Luego todo es muy confuso. Lagunas.

Incluso le parece que ha soñado que alguien lo besaba.

Se sienta en aquella cama e intenta acordarse de más, pero le resulta imposible. Tiene tal dolor de cabeza que es incapaz de pensar.

Entonces decide que lo principal en esos momentos es averiguar qué hace allí.

Se pone la camiseta y los zapatos. Se mira en un espejo que encuentra en una de las paredes del cuarto: tiene los ojos hinchados y enrojecidos. Suspira y, lentamente, sale de la habitación. No se oye nada ni se ve a nadie.

¿De quién será aquel departamento?

Ángel entra en la sala en la que la noche anterior había estado acostado en uno de los sofás. Un pequeño fogonazo le viene cuando lo ve. Sí. Sabe que una luz lo cegó y que luego, desde allí, caminó hasta el dormitorio. Pero apenas son vagos recuerdos en su mente.

—Buenos días, caballero, veo que ya puedes andar tú solo... —dice una voz a su espalda.

El joven se gira y contempla a la chica del pelo rosa en todo su esplendor. Lleva un camisón blanco que le tapa lo justo, con las piernas al descubierto. Está seductora. Descalza, camina hacia él y le besa en la mejilla.

—¿Ka..., Katia? ¿Cómo he llegado hasta aquí?

La chica lo mira fijamente y sonríe.

—¿No te acuerdas de nada?

—No —responde él muy serio.

—¡Qué lástima! Con lo bien que la pasamos...

—¿Que la pasamos bien?

El periodista no sabe cómo encajar aquello. ¿Pero qué demonios han hecho? El beso en el parque..., las copas..., el dormitorio... Su pecho desnudo... No habrán...

—¡Claro! No entiendo cómo puedes haber olvidado nuestra noche loca de pasión —dice Katia muy expresiva, como si verdaderamente estuviera actuando en un drama. Hasta se lleva teatralmente la mano a la frente—. ¡Ay, pobre de mí! —gimotea, adoptando la expresión de una niña a punto de iniciar un puchero.

Pero, pese a la comedia de la cantante, Ángel no entiende nada. Está preocupado. Y enseguida piensa en Paula. No la llamó, ¿verdad? Casi prefiere no haberlo hecho, porque seguramente no habría sido una llamada afortunada.

—Tengo que irme.

—Espera, Ángel. Me visto y te llevo a tu casa.

—Déjalo. Creo que anoche ya hiciste bastante por mí.

La chica nota cierto aire hostil en la contestación.

—No me digas que estás enfadado.

—No, pero no sé qué hago aquí ni cómo llegué a tu casa. Ni siquiera me acuerdo de si ocurrió algo entre los dos. Además, no llamé a Paula, y ahora mismo debe de odiarme o estar muy preocupada.

Katia no sabe si contarle lo que estuvo a punto de pasar entre ellos. Siente vergüenza de sí misma y se lo calla.

—No te pongas a la defensiva conmigo. Yo solo te ayudé. Te sentó mal el alcohol y... no tuviste una buena noche.

La chica se acerca para darle un abrazo, pero, cuando lo intenta, Ángel se aparta.

—Tengo que irme. Luego te llamo.

Avergonzado, abre la puerta del departamento y sale del ático todo lo deprisa que sus piernas le permiten.

Esa misma mañana de marzo, en otro punto de la ciudad.

No la ha llamado. Ni un maldito mensaje.

Paula está enfadada. También preocupada. No comprende qué ha podido pasarle a Ángel para que ni siquiera tuviera el teléfono encendido. ¿Lo habrá desconectado a propósito?

¿Y si se ha asustado? Quizá se ha dado cuenta de que ella es solo una niña. O ha visto que todo iba muy deprisa y se ha echado para atrás.

Aquellos dos días habían sido tan intensos, tan bonitos... ¿Por qué aquel final tan extraño? A lo mejor ella está exagerando. Sí, será eso. Habrá algún motivo razonable para explicar la desaparición de Ángel y está deseando escucharlo. ¿Y si no lo vuelve a ver?

¡Qué lío!

No quiere salir de la cama. Es sábado, temprano. Tiene un nudo en la garganta y ganas de llorar, pero se ha quedado de ver con Álex para ayudarlo con algo que ni tan siquiera sabe lo que es.

«Me meto en cada lío... ¿Por qué tuve que decirle que sí?», piensa bajo las sábanas.

Ni ella misma lo sabe. Finalmente se levanta de la cama gruñendo. Solloza y mira su celular: sigue sin noticias de Ángel.

Se despereza delante de la ventana y comprueba que el día fuera es soleado. Esto la anima un poco.

Mientras se viste, continúa en la búsqueda de respuestas. Seguro que hay una explicación que se le escapa. Pasados unos minutos se da por vencida: es mejor no pensar más, olvidarse de ello y tratar de disfrutar de la mañana, sea lo que sea lo que esta le depare.

Y a todo esto ¿qué querrá Álex? ¡Qué chico tan misterioso! Lo conoce de un ratito en una cafetería. Su primer encuentro parece sacado de una película de esas romanticonas. Se acuerda de ¿*Conoces a Joe Black*?, cuando Brad Pitt aparece en aquella cafetería y termina desayunando con la protagonista de la historia. «Me gustas mucho», le dice él en un momento de la escena. Ella le contesta lo mismo.

¿Le gustará ella a Álex? No, eso es absurdo. Si no la conoce... Pero existen los flechazos. Y a ella, ¿qué le inspira él? Parece simpático. En el Messenger también le ha dado una grata impresión: locuaz, inteligente, educado, soñador. Pero, pensándolo bien, en realidad no sabe nada de él.

Termina de vestirse. Se peina y baja la escalera. Toca mentir otra vez a sus padres. En la cocina está su madre, quien, cuando la ve lista para salir, se sorprende muchísimo. Paula la saluda con un beso y va al refrigerador, del que saca un cartón de leche. Se sirve en un vaso y se sienta a la mesa.

—¿Te has vestido para salir? —pregunta Mercedes, que aún no sale de su asombro.

—Sí, voy a casa de Miriam. Tenemos examen de Matemáticas el viernes.

—¿Y vas a estudiar un sábado tan temprano?

Lo cierto es que aquello, se mire por donde se mire, suena extraño. Pero Paula decide continuar con el engaño utilizando todos sus recursos. Bebe un sorbo de leche y, muy tranquila, contesta:

—Sí, nos va a ayudar Mario. Sabes quién es, ¿no? El hermano de Miriam.

—Sé quién es. Jugaban de pequeños juntos. Hace tiempo que no lo veo.

—Ya lo traeré algún día a casa para que lo veas. Es un buen chico y un as en matemáticas.

¿Traerlo a casa? ¿Será Mario el chico que le gusta a su hija? Paula no suele hacer concesiones al hablar de chicos. «¿Está preparando el terreno?», piensa su madre.

—Me sigue pareciendo muy raro eso de que se vean los tres un sábado por la mañana para estudiar.

—Pues no tiene nada de extraño. Tenemos examen y este chico nos ayuda.

—Bueno, ya llamaré y preguntaré por ti, a ver qué tal les va —dice Mercedes sin darles demasiada importancia a sus palabras.

El comentario alerta a Paula. ¿Sería su madre capaz de llamar a casa de Miriam para preguntar por ella? No pensaba que lo dijera de verdad. Pero ¿y si iba en serio?

—Me voy —dice posando el vaso de leche, ya vacío, en la mesa.

Paula besa a su madre y sale de la cocina hacia el salón. Su hermana está viendo dibujos animados en la televisión. Tiene la boca manchada de chocolate.

—¿Te vas? —le pregunta la niña rubia cuando ve que Paula se encamina hacia la puerta.

—Sí, tengo un compromiso —contesta Paula—. No comas tantas galletas, Erica.

—La última.

—La última.

La chica le limpia la boca a su hermana pequeña y le quita el paquete de galletas.

—Paula, ¿te vas a tener *sekso*? —pregunta la cría inocentemente.

Su hermana mayor se queda boquiabierta al oír aquello. No sabe que fue precisamente la pequeña la que, sin querer, puso sobre aviso a sus padres.

—¡Qué adelantada estás tú!, ¿no? —le dice alborotando su rubia melena.

Le da un beso y se va. Erica se queda con las ganas de saberlo. ¿Por qué todo el mundo pone esa cara tan rara cuando ella pronuncia la palabra *sekso*?

Se levanta y toma otra galleta de chocolate prometiéndose a sí misma que esta será la última.

Paula cierra la puerta de su casa. Camina unos pasos y, cuando está a cierta distancia, saca su celular del bolso. Tiene que atar todos los cabos por si acaso.

Marca el número de Miriam y espera unos segundos. Nada, no contesta. Insiste, pero con el mismo resultado negativo.

¿La llama luego? No está segura de que su amiga se vaya a despertar antes de las dos un sábado.

Medita qué hacer y, tras dudarlo mucho, marca otro número. En este caso tiene más suerte.

—¿Paula? —contesta una voz adormilada al otro lado del teléfono.

—Hola, Mario, perdona por llamarte tan temprano y en sábado, pero tengo que hablar contigo.

El chico no dice nada. Se acaba de despertar. ¿O está soñando todavía?

—¿Mario? ¿Sigues ahí?

—Sí, sí. Aquí estoy. Dime, Paula, ¿de qué tienes que hablar conmigo?

Sus sensaciones son extrañas. Una mezcla rara entre confusión por la llamada, alegría por oírla y hablar con ella, incertidumbre por no saber de qué se trata aquello... Y todo aderezado con el desconcierto propio de quien se acaba de levantar.

—Pues verás... —La chica titubea. No sabe cómo enfocar el asunto—. Resulta que tengo que salir de casa esta mañana. De hecho estoy ya fuera. Y le he dicho a mi madre que me iba con ustedes a estudiar matemáticas para el examen del viernes. He llamado a tu hermana para que me encubra si mi madre llama a su casa, algo que no sucederá, pero nunca se sabe. Y, como Miriam no me contesta el teléfono, tú eres mi último recurso.

Así que era por eso... Las últimas palabras rompen un poco más el astillado corazón de Mario.

—Tu «último recurso»...

Paula comprende que no ha estado acertada con aquella definición por el tono con que el chico ha recalcado sus palabras.

—Bueno, a ver... No quería decir que...

—No te preocupes. Ahora despierto a Miriam y se lo cuento.

Su voz es triste, como apagada por el sueño o por el cansancio. Está cansado de imposibles. De esperanzas. De amarla. De sufrir en silencio. De compartir grupo preferido. Mario está cansado de todo, y eso se hace palpable en su voz.

«Soy el último recurso —piensa—. El último en la lista para todo».

Paula recuerda el *nick* de Mario en el MSN el día anterior. Ni siquiera le preguntó cómo estaba ni qué le había pasado para escribir aquello. «La vida es una mierda. El amor es una mierda. Las matemáticas son una mierda».

—Oye, Mario, ¿estás bien?

—Sí, ¿por qué no iba a estarlo? —responde fríamente.

—Bueno, ayer estaba muy ocupada en la computadora y vi el *nick* de tu Messenger de casualidad.

Lo vio, pero estaba muy ocupada. Bonita excusa.

—Un día tonto. No te preocupes. —Ahora su voz suena más gélida aún.

—¿Es por una chica?

La pregunta sorprende a Mario. Paula no entiende nada. ¿O tal vez está hablando de ella misma? Dicen que las mujeres tienen un sexto sentido para darse cuenta de esas cosas. ¿Sabe Paula de su amor por ella?

—No te preocupes. Una mala racha. Estoy bien.

—Vamos, Mario. Puedes contármelo: somos amigos.

Aunque habla de amistad, siente que le ha fallado en cierta manera al chico. Se conocen desde pequeños, cuando jugaban juntos. Pero desde hace un tiempo se han ido distanciando. Tal vez por culpa de ella. Sí. Ahora, cuando iba a su casa era para ver a Miriam. Paula comprende que no sabe mucho de él.

Ni Álex ni Ángel están en la mente de la joven en esos momentos. Realmente está preocupada por aquel chico. Su voz suena tan triste al otro lado del teléfono... Y ella no sabe por qué es ni cree que se lo vaya a contar. Debería hacer algo para recuperar su confianza, debería acercarse de nuevo a él.

—Estoy bien. De verdad. Me acabo de despertar...

—¿Tienes algo que hacer la semana que viene? —pregunta Paula de repente.

—¿La semana que viene?

—Sí.

El chico cada vez comprende menos. Otra vez se pregunta si está soñando.

—Pues creo que no. ¿De qué día de la semana hablas?

—De lunes a jueves. ¿Tienes algo que hacer por las tardes?

—Imagino que estudiar.

—Bueno, estudiaré contigo. Verás, voy muy mal en matemáticas, como ya has podido comprobar... Necesito ayuda para aprobar el examen del viernes. Si repruebo, mis padres me matan. Así que podrías darme algunas clases; si quieres y puedes, claro.

Definitivamente está soñando. Aquello debe tratarse de eso o de una broma. Paula y él estudiando juntos. Solos. ¿Es real? ¿Es buena idea?

—¿Mario? Te has quedado callado... Si no puedes, no pasa nada.

—Sí que puedo.

—Muy bien —señala Paula sonriendo—. Pues el lunes en el instituto ya lo hablamos más tranquilos y nos ponemos de acuerdo, ¿te parece?

—Claro.

La chica mira el reloj. Se le está haciendo tarde.

—Mario, te tengo que dejar. Anímate, ¿eh? Un beso.

—Pásalo bien. Un beso, Paula.

Cuelgan.

En la habitación de Mario se amontonan muchos sentimientos contrapuestos. El cansancio sigue presente, pero una pequeña sonrisa brota de nuevo. El corazón vuelve a latir con esas punzadas únicas del enamorado. El cielo sigue oscuro, pero un fino rayo de luz alimenta a aquel adolescente de dieciséis años.

Camina hacia su PC. *Play. Clavado en un bar.* La música de Maná vuelve a sonar en aquella habitación.

Capítulo 13

Esa misma mañana de marzo, en otro punto de la ciudad.

No sabe qué hacer. Ángel lleva un rato dando vueltas, pensando. ¿Qué le dice a Paula?

Aún le duelen la cabeza y el estómago. Siente vergüenza de sí mismo. ¿Cómo es posible que se comportara de esa manera? Se emborrachó, perdió la noción de la realidad, el control. Ni tan siquiera sabía si entre él y Katia había ocurrido algo. ¿Dos días con Paula y ya le ha sido infiel?

Está desquiciado. Querría desaparecer ahora mismo.

Cuando ha llegado a casa, ha puesto el celular a recargar. Un aviso tras otro, le han ido apareciendo en la pantalla las diferentes llamadas perdidas. De Paula hay unas cuantas. Ha metido la pata hasta el fondo.

Y ahora vienen las excusas, las mentiras, los perdones. Porque Paula no puede enterarse de lo que ha pasado. Si llegara a saberlo...

Se pregunta si los besos que soñó habrán sido reales. Si tal vez Katia aprovechó la oportunidad de que él no sabía lo que hacía. En todo caso, el único culpable es él mismo.

¿Qué hacer? ¿Qué decir?

«Paula, fui a la redacción, entré en el baño y me quedé encerrado porque la limpiadora no se dio cuenta de que estaba dentro. El celular se debió de quedar sin batería».

Suena a cuento chino.

«Se me cayó el teléfono en una cubeta de agua y hoy, por arte de magia, de nuevo funciona».

Poco convincente también.

Mentirle le parece horrible, pero peor sería perderla. Y está seguro de que, si le cuenta la verdad, tal vez lo perdone, pero no volverá a confiar en él.

¿Por qué tuvo que aceptar el ir a tomar algo? ¿Por qué bebió?

Katia... Esa es quizá la respuesta que no quiere ver ni creer. ¿Por Katia?

Pero él está con Paula. La quiere. Sí. Su corazón es de ella. Y será bonito construir una historia juntos. Complementados. Unidos. Pero para ello tiene que salir de esta.

Mira el reloj. Sigue siendo muy temprano. Siente ganas de oír su voz, pero tampoco quiere despertarla después de haberla dejado plantada la noche anterior. Además, aún no sabe qué decirle.

¿Un mensaje? Eso sería más ruin aún. Hay que dar la cara. Mintiendo, pero al menos dar la cara.

El teléfono de Ángel suena. No es Paula, es Katia.

El chico duda si contestarlo. No lo hace. Para. Unos segundos más tarde vuelve a sonar.

—Hola, Katia —responde, finalmente, con seriedad.

—Hola, Ángel. ¿Qué tal te encuentras?

La voz de la cantante suena apagada, tristona. El chico no lo sabe, pero, mientras habla con él, Katia juguetea con un interruptor. La luz de la sala se enciende y se apaga reiteradamente. Está nerviosa, intranquila. No ha parado de pensar en él ni un segundo desde que se marchó.

—Pues me duele la cabeza. Debe de ser por la resaca. Se puede decir que he estado mejor.

—Lo siento. Espero que te mejores.

—Gracias.

Un silencio frío se abre entre los dos. Ángel está a punto de despedirse y colgar, pero la chica habla antes.

—Ángel..., quiero que sepas que no pasó nada entre nosotros.

—Mira, Katia...

—De verdad, créeme. Pudo pasar. Habíamos bebido los dos, estábamos solos en mi departamento... Pero no ocurrió nada.

Ángel quiere saber si los besos que soñó fueron reales, pero prefiere no preguntar nada.

—Está bien. Mejor así. De todas maneras no estoy orgulloso de mi comportamiento.

—Vamos, no te tortures. Se nos fue la mano un poco, pero ya está. No hay que darle tanta importancia.

—Bueno.

La chica del pelo rosa continúa maniobrando con el interruptor. Está tensa. Ve a Ángel distinto. Por un momento piensa lo peor. No quiere perderlo.

—Ángel..., quisiera ser tu amiga.

El joven periodista no dice nada. En su cabeza reina la confusión. No tiene ganas de seguir con aquella conversación, pero, por otro lado, tampoco él quiere perderla.

—Katia, no sé qué decirte. Deja que descanse, que me recupere un poco. Esta tarde o mañana te llamaré. ¿OK?

—OK —contesta no muy convencida, pero lo acepta. No le queda más remedio—. Te esperaré. Un beso.

—Un beso.

Mientras Katia deja el interruptor bajado, apagando la luz de la sala, Ángel se sienta preocupado, pensando en una buena razón para explicarle a Paula por qué no la llamó la noche anterior.

Diez y pocos minutos de la mañana de ese sábado de marzo, en otro punto de la ciudad.

Álex dialoga animadamente con el señor Mendizábal. Ya lo tiene todo listo. No puede negar que está nervioso, pero no por lo que va a hacer, sino porque no está seguro de que Paula acuda a la cita. Quizá se eche para atrás.

Sin embargo, todas las dudas quedan disipadas cuando ella aparece delante de la puerta de cristal.

Mira a un lado y a otro despistada, hasta que Álex sale a su encuentro.

—Hola. Me alegro de verte —indica el joven mientras se le acerca.

Está muy guapa. Se ha recogido el pelo en una coleta, lo que le da cierto toque infantil. Sonríe mostrando su blanquísima dentadura.

Dos besos.

—Hola. Yo también. Perdona por el retraso.

Está muy guapo. Y sigue luciendo esa maravillosa sonrisa que recordaba del otro día cuando se encontraron en la cafetería. Pese al frescor de la mañana, lleva manga corta.

—No te preocupes. Mientras te esperaba he estado preparándolo todo para irnos cuanto antes.

—Me tienes en ascuas. ¿Aún no me vas a decir a qué quieres que te ayude?

—Enseguida lo sabrás. Pasa.

Álex deja entrar delante a Paula en el establecimiento. Es una reprografía. El ruido de las máquinas fotocopiadoras inunda el local.

Un hombre que ronda los sesenta años se aproxima a la pareja.

—Señor Mendizábal, le presento a mi amiga Paula.

Ambos intercambian sonrisas y curiosas miradas.

—Encantada, señor.

—Lo mismo digo, jovencita. Este muchacho tiene buen gusto para las chicas. Parece que es tan buen músico como conquistador.

El hombre suelta una gran carcajada. Paula enrojece velozmente. También Álex parece avergonzado.

—No exagere, Agustín. Que usted, en nada de tiempo, me ha superado.

—El alumno nunca podrá superar al maestro.

¿Alumno? ¿Maestro? ¿Quién es quién? La chica no entiende lo que están hablando. Sabe que Álex toca el saxo, pero...

—¿Usted le da clases a Álex? —pregunta ella, un poco desconcertada y queriendo caer simpática.

—¡¿Bromeas?! —exclama sorprendido Agustín Mendizábal—. Este chico es el mejor músico que he conocido en mi vida. Por eso le pedí que nos diera clase a mis amigos vejestorios y a mí.

—Vuelve a exagerar. Sus amigos y usted están muy adelantados para el poco tiempo que llevamos. Y lo que me divierto yo en las clases...

Paula está sorprendida. Así que el chico guapo de la sonrisa perfecta no recibe clases, sino que las da. Increíble.

—Jovencita, imagino que Álex ya te habrá impresionado con su saxo —dice el señor Mendizábal, con media sonrisa picarona.

—Pues... no. Aún no he tenido la oportunidad de escucharlo —responde Paula, que todavía está colorada—. Nos conocemos desde hace poco tiempo. Pero tal como usted lo describe, tiene que hacerlo muy bien.

La joven termina su frase con una mirada de admiración al chico. Profesor de saxofón siendo tan joven. Debe de ser un genio.

—Me van a poner rojo. Déjenlo ya.

—Es verdad. Basta de piropos, que al final se los creerá y nos subirá el precio de las clases —señala el hombre, riéndose de nuevo. Entonces se agacha para recoger algo tras el mostrador y desaparece de la vista de los jóvenes—. Bueno, aquí está lo que me pediste.

El señor Mendizábal coloca sobre el mostrador dos mochilas llenas de finos cuadernillos plastificados. Paula no puede calcular a ojo cuántos habrá en cada una. Unos treinta tal vez, quizá alguno más. A simple vista, todos parecen iguales.

—Pues muchas gracias, Agustín. ¿Cuánto le debo?

Álex saca su cartera para pagar.

—Pero ¿estás de broma, muchacho? Esto va por mi cuenta.

El joven insiste en pagar todos los juegos de fotocopias que le han hecho, pero es inútil tratar de convencer a aquel hombre.

—Por todos los días que te quedas más tiempo con nosotros, lo que nos aguantas y lo bien que nos tratas. No pienso aceptar ni un euro tuyo.

—Muchas gracias, señor Mendizábal —termina por responder Álex mientras se guarda la cartera en un bolsillo trasero de su pantalón de mezclilla.

El muchacho toma las dos mochilas con las carpetas y se cuelga una de cada hombro.

—Pásenla bien y espero volver a verte, jovencita. A ti te espero el lunes, como siempre.

Los jóvenes se despiden de Agustín Mendizábal y salen de la reprografía.

Paula está desconcertada. ¿Para qué querrá tantas copias de lo mismo? ¿Qué serán aquellos papeles?

Ya en la calle, Álex señala una banca a Paula para que se sienten.

—Te lo voy a explicar todo. Seguramente te parezca una tontería, pero se me ocurrió y al menos voy a ver qué pasa.

En la banca da el sol. Paula parece más rubia y a Álex se le nota más el bronceado de sus brazos. El chico deja las dos mochilas en el suelo junto a él y saca dos de los cuadernillos. Uno se lo da a Paula y otro se lo queda.

—«Tras la pared» —lee en voz baja la chica.

—Sí. *Tras la pared* es el título del libro que estoy escribiendo.

—¿Eres escritor? —pregunta ella sorprendida.

—Dejémoslo en que soy alguien que escribe. O intenta hacerlo. Para ser escritor me falta mucho.

Paula abre con curiosidad aquel delgado cuadernillo. Son las primeras catorce páginas del libro que Álex está escribiendo.

—¿De qué trata?

—De un escritor que se obsesiona con una chica mucho más joven que él.

—¿Cuánto más joven?

—Él tiene veinticinco y ella catorce.

Paula arquea las cejas. Ángel tiene veintidós y ella dieciséis. Casi diecisiete.

—¿Y tú cuántos años tienes? —pregunta la chica sin apartar los ojos del cuaderno.

—¿Yo? Pues... veintidós.

Como Ángel. Qué casualidad. Aunque Álex parece un par de años o tres más joven.

—Yo, dieciséis. El sábado que viene cumplo diecisiete.

Es cierto. Ahora, al decirlo, se da cuenta de que tan solo falta una semana para su cumpleaños. ¿Lo celebrará? No ha pensado en nada.

—Imaginé que andarías por esa edad —contesta el joven sonriendo.

Cada vez que Álex sonríe, Paula siente un cosquilleo en su interior. No se explica por qué y tampoco quiere descubrirlo. Simplemente le gusta su sonrisa desde el primer momento en que lo vio en aquel Starbucks.

—Bueno, ¿y para qué has hecho tantas copias del principio de tu libro? ¿Las vas a mandar a las editoriales?

—No. Al menos no de momento.

—¿Entonces?

—Pensarás que soy tonto... o que estoy un poco loco. O tal vez que soy demasiado romántico...

—Quizá ya lo piense —dice riendo ella.

Álex se sonroja. A lo mejor no ha sido buena idea contar con Paula para aquello. Por un instante cree que está haciendo el ridículo, pero ya no puede dar marcha atrás. Ella le va a ayudar con su plan.

—Es normal —contesta él tratando de mostrarse sereno—. Mira, abre el cuaderno por la primera página y léela.

Paula obedece y, mientras lee, escucha la voz de Álex:

Hola, querida lectora o querido lector. Espero que esté teniendo un buen día. ¿Sorprendido? Yo lo estaría. No me extenderé mucho para no hacerle perder tiempo. Esto que acaba de encontrar es el comienzo de *Tras la pared*, una novela que en estos momentos se está escribiendo. Cada día coloco un trocito en www.fotolog.com/tras_la_pared. Es la historia de Julián, un escritor en cuya vida se cruza una chica de catorce años.

¿Qué es lo que busco o pretendo con este adelanto de catorce páginas? Que lo lea. Y, si le gusta, puede seguir la historia en la dirección que he puesto arriba. Como ya he dicho, cada día escribiré un fragmento.

También le pido que, una vez que haya leído este cuadernillo, si así lo ha decidido, deje la carpetita encontrada en otro lugar visible para que otras personas puedan leerlo. Una especie de boca en boca.

No sé si tendrá éxito, pero fue una idea romántica que tuve y no pude, ni quise, refrenarla. Yo solo quiero saber si realmente valgo para esto. Y cuanta más gente opine, mucho mejor.

Así que le ruego que no se quede con *Tras la pared* y, por favor, tras leerlo y anotar la dirección indicada, déjelo en algún lugar donde más personas puedan verlo.

No es un juego. Bueno, realmente sí lo es. Pero, más que un juego, es el intento de cumplir un sueño: el de ser escritor. Y usted está formando parte de ello y puede cambiar la vida de una persona.

También le dejo la posibilidad de comunicarse conmigo a través de traslapared@hotmail.com. Así podré saber si esta locura está teniendo éxito.

Y nada más, querida lectora, querido lector. Espero no defraudarle en las siguientes páginas y que, de una u otra manera, este proyecto llegue a su meta.

Muchísimas gracias por su respeto, amabilidad y especialmente por su tiempo.

Se despide atentamente,

El autor

Paula no sale de su asombro. Aquella idea es...

—Si he entendido bien, lo que pretendes es dejar estos cuadernillos por la calle y que la gente los encuentre...

—Así es, pero no en cualquier sitio. Tenemos que buscar lugares en los que las personas que den con ellos realmente crean en esto. Como un golpe del destino. Como si fuera el cuadernillo el que encontrara a la persona indicada, y no al revés.

A Álex se le iluminan los ojos al hablar. La chica lo mira embelesada. No había oído una idea tan romántica jamás.

Quizá aquello no sirviera de nada, pero qué bonito intento de cumplir un sueño. ¡Y ella estaba formando parte de eso!

—Y quieres que yo te ayude a buscar los sitios adecuados para dejarlos...

—Pues sí. Si tú quieres, claro.

—¡Por supuesto! Pienso que estás muy mal de la cabeza. —Y suelta una carcajada—. Pero me encanta la idea que has tenido. Será muy divertido.

Álex esboza una tímida sonrisa. Por lo menos piensa que va a ser divertido. No está mal. Loco, pero divertido. Y lo será. Con ella aún más.

De una de las mochilas saca diez cuadernillos y los mete en la otra. Después se la coloca en la espalda. La menos pesada se la da a Paula.

—Para ti —dice entregándole la mochila más ligera a la chica.

—¡Hey! No hacía falta que me quitaras ninguno... Estoy fuerte —indica mientras se remanga y enseña el bíceps del brazo derecho.

El muchacho la mira divertido y la ayuda a colocarse la mochila en la espalda. Con un pequeño saltito se la acomoda mejor.

—Podemos irnos.

—Un momento —interviene Álex—. Aquí es donde ha comenzado todo, así que aquí dejaremos el primero.

Y, esperando que nadie lo vea, haciéndose el despistado, deja caer el fino cuadernillo sobre la banca en el que han estado sentados.

—¿Nadie nos puede ver? —pregunta la chica al observar la estrategia de Álex.

—Mejor que no. Perdería de alguna manera la magia. O quizá nos devolverían el cuaderno como a quien se le ha olvidado o caído algo...

—Bueno. Sigo pensando que estás mal de la cabeza, pero me gusta todo esto. El próximo me toca a mí.

—Muy bien.

Paula no sabe por qué, pero está muy ilusionada. Se siente como si volviera a la infancia. Es como una prueba de ingenio, como ir a la caza del tesoro, solo que ellos son los que esconden el cofre, no los que lo buscan.

Los dos chicos caminan pausadamente, uno al lado del otro. Miran a izquierda y derecha constantemente. Buscan un lugar donde ella entregará al destino la copia número dos del comienzo de *Tras la pared*. El sol continúa brillando en aquella mañana de marzo.

De repente Paula sale corriendo. Álex la sigue sin correr, pero caminando deprisa.

—¿Qué te parece aquí? —pregunta ella refiriéndose a un gran árbol que da sombra en una pequeña plaza.

Álex lo observa con atención. Es viejo, robusto. El tiempo lo ha mermado, pero conserva algo de imperial. Está como desubicado, rodeado de delgados y jóvenes árboles que lo escoltan. La sensación es que no pertenece al lugar en el que se encuentra enraizado.

—Me gusta —contesta alegre.

Paula está satisfecha con su hallazgo. Espera a que pasen de largo un par de personas y, cuando cree que no la ve nadie, se agacha nerviosa y deposita el cuadernillo al pie del viejo árbol. Rápidamente, agarra a Álex del brazo y continúa andando como si nada hubiese pasado. Una sonrisa ilumina la cara de la joven por completo.

Una biblioteca es el siguiente objetivo. ¡Qué mejor sitio para dejar el adelanto de un libro! La pareja entra. Paula vigila mientras el chico esconde uno de los ejemplares bajo la alfombra de la entrada. No lo cubre totalmente, deja la mitad al descubierto. Nadie los ha visto.

Ahora están en una juguetería. Mientras Álex conversa con la encargada para entretenerla, Paula sitúa un cuadernillo detrás de un pingüino gigante de peluche.

Visitan una tienda de discos antiguos. Dentro del vinilo *Abbey Road*, de los Beatles, la chica, por indicación de Álex, introduce otro de los cuadernillos plastificados.

Los siguientes emplazamientos en los que dejan un cuadernillo de *Tras la pared* son debajo de un cojín en forma de corazón en una tienda de regalos, en el columpio de un parquecito, al lado de unas rosas en la entrada de una floristería, en la puerta de un colegio y en el portal de una casa de época. También eligen las escaleras mecánicas de unos grandes almacenes, una tienda de golosinas, los pies de una estatua y el asiento de un convertible estacionado que impresiona a Paula.

Toman el metro. En la estación sueltan alguno, dentro del vagón dos o tres más, bajo los asientos... Hasta en una máquina de Coca-Cola. Y en una cabina de fotos instantáneas.

Empieza a hacer un poco de calor. Es más de mediodía. La pareja lleva caminando casi dos horas.

—¿Quieres que entremos en aquel Starbucks? —pregunta Álex.

La chica asiente. Recuerda entonces la primera vez que se vieron. ¡Qué coincidencia! Ella llegó allí de casualidad, mientras esperaba a Ángel. Él, antes de sus clases. Se encontraron debajo de la mesa cuando él fue a ofrecerle un pañuelo porque ella se había manchado de caramelo. Qué vergüenza pasó... Y luego, *Perdona si te llamo amor*. Lo que es el destino. Dos personas leyendo el mismo libro, en el mismo lugar, al mismo tiempo...

Paula y Álex piden sus bebidas. En esta ocasión algo fresquito para saciar la sed y mojar los labios. Suben a la planta alta de la cafetería y se sientan. Hablan animadamente de la experiencia: de si aquel tipo los miraba como si supiera que iban a esconder algo; de aquella señora que no se iba nunca; de si seguro que en determinado sitio el que lo encuentre lo leerá...

Sonríen. Paula se siente parte del cuento de Álex, un cuento no escrito, pero que está viviendo. Es guapo. Muy guapo. Y tiene esa sonrisa...

—¿Me esperas un momento?

—¿Adónde vas? ¿A esconder algún cuadernillo?

—No, al baño. Ya sabes..., cada mes, las chicas... —insinúa Paula tranquilamente, pero haciendo enrojecer a Álex.

Mete su mano en el bolso y esconde lo que necesita bajo la manga. Sin querer, lo deja abierto.

—Te espero aquí —dice el chico, que se maldice por la pregunta anterior.

Paula sonríe y entra en el baño.

Álex absorbe su bebida por el popote de plástico. Está muy feliz. ¿Qué más puede pedir? Está intentando cumplir un sueño y ella es su ayudante. Pero ¿qué siente realmente por ella? No es momento de planteárselo. Ahora toca disfrutar de este día, de estos instantes de juego. Su locura podría ser el principio de algo. ¿Quién sabe?

Sin esperarlo, una música sale del bolso abierto de Paula, acompañada de un sonido vibrador. Está excesivamente alta. Toda la gente que se encuentra en la cafetería mira hacia él. El teléfono, por el impulso de las vibraciones, se sale del bolso. El tema de The Corrs suena con más fuerza aún.

Álex no sabe qué hacer. Se oye incluso un «shhhh» desde alguna mesa. No quiere, pero tiene que contestar.

—¿Sí...?

—¿Paula? —pregunta la otra persona, que sin duda no esperaba oír una voz masculina.

—No, soy un amigo. Ella está en el... Ahora no está. ¿Quién la llama?

—Otro amigo. Ya la llamaré.

—Pero si viene ense...

A Álex no le da tiempo a decir nada más porque Ángel acaba de colgar.

El chico se queda pensativo unos segundos antes de meter de nuevo el celular en el bolso. Ha visto el nombre de quien ha hecho aquella llamada. ¿Quién será ese Ángel? Tal vez el novio de Paula. Pero no, se ha presentado como un amigo. Sin embargo, ¿por qué ha colgado de esa manera?

Paula regresa del baño. Álex observa su caminar resuelto, alegre, juvenil. Es una chica increíble. Tarde o temprano tendrá que plantearse qué siente de verdad por ella.

La chica se sienta sonriente frente a él.

—Te han llamado por teléfono. No iba a contestar, pero tienes la música demasiado alta y todo el mundo miraba. No me ha quedado más remedio que contestar... Perdona.

La joven se alarma. ¡Sus padres! Reza para que no hayan sido ellos. A toda prisa saca el celular del bolso y busca en «Llamadas recibidas».

—Lo siento si he hecho mal... —insiste Álex al verla tan preocupada.

Paula respira hondo. No han sido sus padres, ha llamado Ángel. Entonces cae en la cuenta de que en las últimas horas no ha pensado en él. Por fin se ha dignado a dar señales de vida. Siente la tentación de llamarlo, pero no es el momento. Tampoco, quizá, es lo que debe hacer después que la dejara plantada anoche. Se debate entre estar enfadada, aliviada, molesta o alegre. Definitivamente, cree que no es buena idea llamarlo. Ya volverá a hacerlo él.

Con tranquilidad vuelve a guardar el teléfono celular en el bolso y sonríe a su acompañante como si nada.

—¿Está todo bien? —quiere saber él.

—Muy bien —responde ella.

Pero Álex no le cree. Detecta cierto malestar, quizá con él o tal vez con el chico de la llamada.

—Casi he terminado, ¿nos vamos? —propone Paula buscando cambiar de tema. No quiere pensar en Ángel.

—Sí, yo también he acabado.

La joven da un último sorbo y se seca los labios con una servilleta de papel.

—¿Dejamos aquí otro de los cuadernillos?

—Sí, es buena idea.

La pareja se levanta y, sobre la mesa en la que han estado tomando sus bebidas, abandonan a su suerte otro de los cuadernillos de *Tras la pared*.

En ese mismo momento, ese día de marzo, en otro lugar de la ciudad.

En el departamento suena el estribillo de *She will be loved*, de los Maroon 5.

Ángel está desconcertado. Camina nervioso de un lado a otro de la habitación. Sinceramente, no sabe lo que pensar. ¿Quién es ese tipo que le ha contestado el teléfono? Ha dicho que era un amigo de Paula. Pero ¿desde cuándo los amigos contestan el teléfono de sus amigas? Parecía un chico joven. Tenía hasta la voz bonita.

Está nervioso. ¿Celoso? No, él no es celoso. O eso es lo que dice. Además, ¿qué razones tiene para estarlo? Ninguna.

Le duele la cabeza. La resaca continúa, y eso no le deja reflexionar con soltura.

En cierta manera se merece que Paula lo deje por otro.

Pero ¿qué dice? Eso no puede ser. Si solo metió la pata anoche, y únicamente llevan saliendo dos días...

Tal vez Paula le haya estado ocultando algo todo ese tiempo. Una pareja, un amorío, un medio novio, un amante. Quizá él es solo uno más.

Tiene que tranquilizarse. No sabe ni lo que dice. ¿Un amante? Está hablando de una chica de dieciséis años... ¿Desde cuándo las adolescentes tienen amantes?

Ángel se sienta, cruza las piernas, pone la mano derecha en la barbilla, descruza las piernas... Agarra una revista y la ojea pasando las páginas rápidamente. Pronto se cansa de ella y la suelta.

¿Quién era ese?

No puede hacer una montaña de un grano de arena. Posiblemente era un amigo de clase. Sí, eso. Habrán quedado de verse para estudiar. ¿Un sábado? Es que es sábado. Y los sábados por la mañana no se estudia.

Pasan unos minutos.

¿A qué espera Paula para llamar? ¿Estará enfadada? Tiene derecho a estar molesta por lo del día anterior. Pero ¿quién era ese? No ha tardado mucho en buscarse a alguien que la consuele...

Pasan más minutos.

Paula no da señales. ¿No le va a llamar?

Ángel agarra el celular. Busca el número de Paula. No, no es buena idea que la llame. No le toca a él. Además, ¿y si aparece de nuevo el chico de antes?

Ya llamará ella.

Sí, lo hará.

Capítulo 14

Ese día de marzo, en algún lugar de la ciudad.

Álex y Paula continúan su misión tras descansar un buen rato sentados en un restaurante de comida rápida, donde han comido un par de sándwiches cada uno. Ya han repartido más de cincuenta cuadernillos de *Tras la pared* y sus mochilas cada vez son más ligeras.

Desde que salieron del Starbucks, la chica está menos habladora. Sonríe poco. Álex lo ha notado y cree saber el motivo o, al menos, lo intuye. Posiblemente, aquella llamada tiene que ver con que esté más distante, como ausente. Aun así, la joven se muestra en todo momento agradable, tratando de que no se note demasiado que algo le pasa. Intenta participar lo máximo posible de la aventura, pero, cuando Álex no la mira, se evade. Se distrae pensativa. Él lo sabe, pero no quiere meterse donde no lo llaman.

De vez en cuando, Paula abre su bolso y mira si Ángel la ha vuelto a llamar. Sabe que no, pues el tono de The Corrs no ha sonado, pero no puede evitar comprobarlo. ¿Debe llamarlo ella? No, ya lo hizo suficientes veces anoche. No es por orgullo: simplemente cree que es él quien debe dar el paso.

—Entremos allí —propone el chico señalando un gran edificio.

Entran en la Fnac. Álex le propone dejar un cuadernillo en cada planta. Será difícil que no los vean porque hay
muchos dependientes por todas partes, pero eso no es im-
pedimento para ellos.

En la zona de música Paula se coloca los audífonos
para oír uno de los CD que están de promoción. Es una
recopilación de bandas sonoras. Tras saltar varias, se detiene en la de *Philadelphia*. Bruce Springsteen conquista sus
oídos. Álex, a su lado, trata de colocar uno de los cuadernos sin que nadie lo vea. Ella lo tapa con su cuerpo mientras él disimula que busca un CD en uno de los estantes.
Tras comprobar que no es observado, lleva a cabo su cometido. Conseguido.

El chico le guiña el ojo y sonríen cómplices.

Alguien, en algún momento, encontrará ese cuadernillo si busca uno de aquellos compactos. Luego tendrá que
decidir si sigue las instrucciones indicadas por el autor o
no. Quizá el fin de aquella fina plastificación sea el bote de
basura de alguna esquina o el contenedor de alguna calle.
Solo el destino sabe lo que ocurrirá y a quién asignará ese
ejemplar.

Los chicos llegan a la zona de los DVD. Hay más gente
que en la planta reservada a la música.

Álex tiene claro dónde va a soltar el próximo cuadernillo. En voz baja se lo comenta a Paula para que busque y se
separan.

La chica vuelve a abrir el bolso: no hay ninguna novedad en su celular. Esperar llamadas de Ángel, que luego no
llegan, empieza a convertirse en costumbre. Cierra el bolso
y se centra en encontrar lo que Álex le ha indicado.

Sin embargo, es el joven el que da con el CD junto al
que tiene previsto dejar el próximo cuadernillo. Álex agarra el estuche de *El caso Thomas Crown*, una de sus películas

preferidas. Aquella escena en la que el protagonista devuelve el cuadro le parece sublime. Recuerda a los hombres de traje con el sombrero y el maletín. El director no podía haber elegido mejor melodía para el final que aquel *Sinnerman*. Lo que ellos están haciendo con los cuadernillos en la Fnac se parece en cierta manera a lo que hace Pierce Brosnan en esa secuencia: colocar delante de todo el mundo algo sin que nadie se dé cuenta.

Paula llega hasta el joven, que sigue recordando fragmentos de la película. Álex le muestra la carátula.

—¿La has visto? —le pregunta a la chica mientras saca disimuladamente de su mochila otro cuaderno.

—No, pero, si tú crees que es buena, la veré.

El chico sonríe. Nunca olvidará aquel día. ¿Qué será de ellos cuando la historia de los cuadernillos de *Tras la pared* haya terminado? ¿Cuál será su relación? Desea conocerla más, saber todo de ella. Pero es mejor no pensar en eso de momento. Aún queda jornada por delante y trabajo por hacer.

Álex y Paula repiten el procedimiento anterior. Ahora es él quien la cubre. La chica comprueba que no mira nadie e introduce el DVD junto al cuaderno dentro de la estantería. Nuevo éxito.

—Muy bien, uno menos —dice el joven mientras se dirigen hacia la escalera mecánica—. Subamos a los libros.

Álex también tiene claro el siguiente paso y se lo cuenta a Paula en el trayecto.

Los dos van juntos esta vez. Caminan dejando atrás diferentes secciones. No hay demasiadas personas. La más visitada es la zona reservada a la literatura extranjera.

Por fin llegan a la sección que buscaban. Entre los dos examinan cada estantería hasta que Paula ve el libro en el que van a esconder el próximo cuadernillo.

—Está ahí, hasta arriba —señala ella sonriente.

Álex ya lo ha visto. Se pone de puntillas para agarrarlo. Primero lo roza con sus dedos, luego consigue sacar un poco de la cubierta de la novela. Casi lo tiene ya, pero, cuando va a atraparlo, el libro cae.

Paula pone las manos para impedir que choque con el suelo; en el intento, su cara y la de Álex quedan a pocos centímetros. Sus ojos están cerca. Tanto como sus labios. Casi pueden sentir la respiración agitada del otro. El pelo de ella toca la camiseta de él. El tiempo se para por unos instantes para los dos.

—Perdona, casi te doy con el libro en la cabeza —se disculpa por fin Álex apartándose torpemente.

—Se hubiera maltratado el libro. Mi madre dice que tengo la cabeza muy dura.

Sonríen. Existe cierto nerviosismo en ambos. Incluso cuando Paula le da *Perdona si te llamo amor* al chico, para que esconda el cuadernillo dentro, sus manos se tocan. Piel con piel. Más tensión acumulada, más tensión contenida.

Álex coloca la novela de Moccia en su lugar.

—Espero que no nos haya visto nadie.

—Seguro que no —confirma la chica.

Las mochilas se han ido vaciando, pero ahora pesan otras cosas. Paula y Álex siguen subiendo plantas en la Fnac y escondiendo cuadernillos en cada una de ellas. No conversan tanto. Lo cierto es que apenas cruzan una palabra y, cuando sus ojos se encuentran, procuran apartarlos rápidamente.

Una vez que completan su propósito, salen a la calle.

El sol ya no ilumina tanto. Hay más sombras en la calle. Hasta hace un poco de fresco. La tarde está avanzando irremisiblemente. La aventura de los cuadernillos llega a su punto final, al menos de momento.

—Tengo que irme ya. Si no vuelvo pronto a casa, mis padres...

—Entiendo. ¿Quieres que te acompañe?

—¡Qué va!, no te preocupes. Aún te quedan algunas carpetas por dejar. Yo tomo el metro.

Álex se viene abajo, pero no se lo dice. Quizá con el final de aquella curiosa historia también termine su relación. Si por él fuera, mañana volvían a repetir la experiencia.

—Ha sido divertido —comenta él, esperando su sonrisa.

La obtiene. Paula afirma con la cabeza y muestra una dulce sonrisa.

El momento de la despedida es incómodo. Ni uno ni otro saben qué hacer ni cuándo será la próxima vez que se vean.

—Bueno, me voy. Imagino que seguiremos en contacto.

—Eso espero. Gracias por tu ayuda... Adiós.

Álex se acerca para darle dos besos. Está tenso, nervioso. Ella también.

Entre la torpeza de uno y otro, giran la cara para el mismo lado, y el beso de Álex termina casi en los labios de Paula.

Es lo último que hacen. La chica se gira y elige la calle de la derecha. El chico la mira hasta que desaparece y se va hacia la izquierda.

¿Y ahora?

Álex no quiere pensar. Quiere saborear lo que ha vivido; quiere disfrutar con el recuerdo de ese día; quiere sonreír. Pero es imposible. Imposible no buscar más allá. El pecho le late deprisa y eso es un problema, un gran problema.

¿La quiere? Eso no puede ser. Se acaban de conocer. Además, es muy difícil que vuelvan a coincidir.

Necesita evadirse. Piensa en su saxo y solo desea llegar a casa para descargar en la música toda la intensidad del día.

Paula está a punto de entrar en el metro cuando en su bolso comienza a sonar *Don't stop the music*. Es Miriam. En el instante que tarda en contestar piensa lo peor. ¡Sus padres han llamado a su amiga!

—Dime, Mir —responde temblorosa.

—¡Cariño!, pero ¿dónde te metes?

—Pues...

—Ya me avisó mi hermano de todo. No te preocupes, tus padres no han llamado.

Paula resopla aliviada.

—Menos mal porque, si no, qué problemón.

—Les habría dicho cualquier excusa por la que no podías contestar el teléfono. Te habría llamado inmediatamente y luego tú los habrías llamado a ellos. Sin ningún problema.

—Veo que pensaste en todo. Muchas gracias por cubrirme.

—De nada, cariño. Espero que lo hayas pasado muy bien con Ángel.

¡Ups, Ángel! ¿Se lo dice? ¿Le cuenta a su amiga que en realidad con quien ha pasado toda la mañana es con Álex?

—La verdad es que...

—Nos tienes que contar los detalles. ¡Qué historia tan bonita...! Ojalá tuviera yo algo como lo suyo.

—Verás, Miriam, lo cierto es...

Se oye un grito de fondo. Es la madre de Miriam, que llama a su hija para que recoja algo que ha dejado tirado en alguna parte.

—Cariño, te tengo que dejar. Espero que salgas con nosotras esta noche y nos des envidia de tu romance. Un besoooo.

Y con ese largo beso Miriam cuelga.

Es verdad. Es sábado, lo que significa salida con las Sugus. Pero, después de la paliza que se ha dado con los cuadernillos, le quedan pocas ganas de fiesta.

Tiene que pensarlo. Eso y otras cosas.

Su amiga ha nombrado varias veces a Ángel. ¿Se siente culpable de haber pasado todo el día con Álex? Es solo un amigo, ¿no?

Antes de entrar en el metro, Paula mira su celular. Está indecisa. Quizá sea hora de llamar a Ángel. Busca su número en la guía de contactos, un número que solo tiene desde hace dos días, cuando se conocieron en persona. ¡Dios, es que solo hace dos días que se conocen! ¿Y ya está detrás de él? Ayer, ¿cuántas veces lo llamó?

Paula rápidamente encuentra el teléfono del chico. Tiene muchas ganas de hablar con él, escuchar su voz, pero ¿y si vuelve a no encontrarlo? ¿Y si no lo contesta? Además de ansiosa, parecerá una pesada. Duda unos instantes para, finalmente, guardar el celular en el bolso y entrar en el metro.

Sí, es él quien tiene que llamar.

Hacia esa hora de ese mismo día de marzo, en otro lugar de la ciudad.

Han pasado varias horas. Paula no ha llamado.

Ángel no puede quitarse de la cabeza la voz de aquel chico que le contestó el teléfono cuando la llamó.

Sigue sin poder creer todo lo que está pasando: la borrachera, Katia, la noche fuera de casa, la llamada... ¡Cómo le gustaría retroceder un día y volver a La Casa del Relax con Paula! O tal vez dos y regresar a la noche en la que se besaron por primera vez. Como en aquella película de Bill Murray y Andie MacDowell, *Hechizo del tiempo*, en la que el protagonista siempre se despierta a las seis de la mañana del 2 de febrero, el Día de la Marmota. Ángel pediría empezar la historia desde su llegada al Starbucks y terminarla en la despedida después de aquel baño relajante, y que eso se repitiese una y otra vez, cada día de su vida.

Pero esas cosas únicamente suceden en las películas y en los sueños, quizá en alguna novela también.

Está casi anocheciendo. Lleva todo el día dándole vueltas al asunto. De su trabajo, no ha hecho nada de lo que tenía previsto para hoy.

¿Y si no le ha llamado porque ha pasado todo el día con ese chico? No, eso no puede ser. Seguro que habrá alguna razón que lo explique. Llamará.

Casi anocheciendo, ese día de marzo, en otro punto de la ciudad.
Paula llega a casa. Se da una palmada en la frente: ¡no ha llamado ni siquiera para avisar que no iba a comer! Estaba tan concentrada con los cuadernos y pensativa con el tema de Ángel que lo ha olvidado por completo. Se teme otra charla como la del día anterior o una bronca como la del jueves.

Pero nada de eso ocurre. Es extraño. Sus padres no la someten a la habitual tanda de preguntas ni le sueltan ningún sermón. Se limitan a sonreírle y a preguntarle qué tal va con el examen de Matemáticas. La chica contesta sorprendida y después sube a su habitación.

Lo que ella no sabe es que minutos antes...
Paco: «¿Dónde se ha metido esta chica? Ni ha llamado para decir que no venía a comer».
Mercedes: «Ha ido a estudiar con Miriam y con su hermano Mario. No te preocupes».

Paco: «¿Mario? ¿Hay un chico de por medio en esto? ¿Tú crees que él puede ser...?».

Mercedes: «No lo sé, quizá. Ya nos lo contará».

Paco: «Uf».

Mercedes: «No te preocupes, estará por llegar. Llevo todo el día pensándolo y creo que a lo mejor la estamos presionando demasiado».

Paco: «¿Que la presionamos demasiado? Pero si solo tiene dieciséis años... ¡Es una niña!».

Mercedes: «Ya no es tan niña: el sábado cumple diecisiete. Recuerda qué hacíamos tú y yo ya a esa edad...».

Paco lo piensa y se echa las manos a la cabeza.

Paco: «Voy a llamarla ahora mismo».

Mercedes: «No, no lo hagas. Eso será peor. Parecerá que la queremos controlar».

Paco: «Es que tenemos que controlarla un poco. Es una niña. No puede hacer lo que quiera y cuando quiera. También tiene responsabilidades».

Mercedes: «Paula no es tonta. Y es una buena chica. Pero, si estamos todo el día diciéndole lo que tiene o no tiene que hacer, se rebelará más».

Paco: «Y entonces ¿qué propones tú? ¿Que no le digamos nada?».

Mercedes: «Tampoco es eso. Pero dejemos que tome sus decisiones. Si comete un error grave, pues intervendremos. Quizá nos cuente más cosas si ve que confiamos en ella».

El marido guarda silencio unos segundos. Solo espera que su hija no esté en esos momentos haciendo lo que él hacía a su edad.

Paco: «Está bien. No me gusta demasiado la idea, pero te haré caso».

La mujer se acerca sonriente y besa a su esposo en la comisura de los labios.

Mercedes: «Es lo correcto».

Y, tras besarle de nuevo, sube las escaleras ante la atenta mirada de su marido.

Cuando Paula llega a su habitación, lo primero que hace es quitarse los zapatos. Está molida.

«Me parece que el Sugus de piña se queda esta noche en casita», piensa mientras se mira las plantas de los pies y los talones hinchados.

Sin noticias de Ángel. Suspiros. No debe llamarle, pero está llegando al límite.

Conecta la PC pensando que quizá esté ahí, en el MSN, como los dos últimos meses.

No. Solo están sus amigas. Rápidamente es invitada a una charla múltiple. Acepta.

Es el comienzo de una interesante noche de confesiones.

Capítulo 15

Ese día de marzo, por la noche, en un lugar de la ciudad.

Lleva todo el día dándole vueltas a la conversación telefónica de la mañana. Incluso se ha tenido que convencer de que no había sido un sueño. No. Paula, realmente, lo había llamado. De eso no hay duda, aunque estaba recién levantado. Sin embargo, Mario no está del todo seguro de si ha interpretado bien lo que la chica le ha querido decir al final de la llamada.

¿Realmente van a verse cada día por las tardes durante toda la semana para estudiar matemáticas? Eso era lo que había dicho ella, ¿no? Sí, era eso, ¿verdad? Pero ¿por qué tenía tantas dudas entonces? Quizá por su falta de seguridad; quizá porque no confía en sí mismo, quizá porque está enamorado de Paula y no es capaz de imaginarse que pueda pasar algo así... Quizá porque se está volviendo loco.

Su cabeza, que se resiste a dejar de pensar, funciona a mil por hora: un millón de imágenes, palabras, hipótesis, conjeturas.

Pero no saca nada en claro. Aunque lo intenta. A ver: Paula va a ir a su casa, y eso está bien. Se van a quedar a solas cuatro días. Cuatro tardes. Ella y él. Como ha soñado tantas y tantas veces. Eso también está bien. Pero es para estudiar. Eso ya no está tan bien. ¿Podrá concentrarse? Si la chica acude a él para que la ayude a aprobar un examen, no puede fallarle. Por lo tanto, debe ser responsable y controlar tanto sus nervios como sus emociones por estar junto a ella. ¿Y qué hay de sus sentimientos?

Mario piensa entonces en lo que vio a la salida del instituto. Aquel beso. Recuerda también las flores que recibió Paula en clase. Todo eso le provoca una gran tristeza. Un abatimiento absoluto.

Pero, por otro lado, no sabe si la relación con aquel chico es algo serio o un simple capricho. ¿Y quién dice que Paula no vaya a enamorarse de él durante esa semana?

No, eso es hacerse falsas ilusiones. ¿Cómo una chica como Paula iba a fijarse en alguien como él? Es imposible.

Mario vive en un carrusel continuo de sentimientos, sentimientos que van subiendo y bajando como los caballitos de ese carrusel. Cada minuto es una historia distinta; y cada sensación, un acontecimiento. El corazón le late muy deprisa y la cabeza le va a estallar.

¿Tiene motivos para ilusionarse? ¿Vale la pena seguir enamorado de Paula y no intentar olvidarla? Eso es engañarse a sí mismo. No puede olvidarla. No, no puede. Y, además, ¿cómo va a hacerlo si va a verla a solas cada día la próxima semana?

¡¿Por qué todo es tan difícil?!

Tumbado en la cama bocarriba, lanzando y atrapando al vuelo una pequeña pelota de espuma, escucha cómo llaman a su habitación.

—¿Estás visible? —pregunta su hermana tras golpear con los nudillos la puerta.

—Pasa —contesta Mario sin mucho entusiasmo.

Miriam entra en el dormitorio. Lleva una mochila colgada en la espalda y no va vestida de sábado por la noche.

—Me voy. Pasaré la noche fuera.

Mario se incorpora y mira con extrañeza a su hermana.

—¿Adónde vas?

—Pues hemos quedado todas en casa de Paula. Dormiremos allí. No vamos a salir, pero a cambio tendremos una noche de chicas: chismes, dulces, película romántica y todas esas cosas.

¿En casa de Paula? Daría lo que fuera por pasar una noche así al lado de ella.

—¡Qué miedo de dan! No iría a una de esas piyamadas con ustedes ni aunque me pagaran —miente.

—Ya quisieras tú que te invitáramos, aunque solo fuera diez minutos. Si vieras el modelito de piyama de Diana...

—No me interesa Diana.

—Mario, aunque seas mi hermano, sigues siendo un tío —dice con una gran sonrisa de oreja a oreja—. Me voy, que se me hace tarde. No me eches mucho de menos.

—Descuida. Pásenla bien.

—Lo haremos.

Y, sin dejar de sonreír, la hermana mayor sale de la habitación.

Mario vuelve a tumbarse. Recupera la pelota de espuma y vuelve a lanzarla hacia el techo del cuarto. Está pensativo. Se pregunta si su nombre saldrá en aquella reunión de adolescentes adictas al helado con nueces de macadamia y a la prensa del corazón. Quién sabe...

Ese mismo día de marzo, por la noche, en un lugar alejado de la ciudad.

Tiene los labios pegados a la boquilla del saxofón. Su pecho se infla y desinfla en el esfuerzo por hacer sonar aquel mágico instrumento. La melodía del saxo es melancólica, embrujadora. Seductora.

Álex se deja llevar por la música que él mismo regala. Cada nota hoy está inspirada en Paula, porque, aunque lo intenta, no puede dejar de pensar en ella. No entiende cómo ha llegado a eso, pero no puede negar la evidencia, aunque es posible que esta historia le acarree problemas.

La noche cae y la música continúa. Álex está tan ensimismado que no se da cuentad de que alguien ha entrado en la casa.

Esa persona oye el sonido del saxo. El chico sigue sin saber que ya no está solo. Unos pasos avanzan por el estrecho pasillo hasta llegar a la escalera. La trampilla se abre y la música cesa. Ante Álex aparece una bonita chica morena de pelo ondulado:

—Sigue, sigue. No pares por mí. Me encanta escucharte.

Vuelve a colocar sus labios en el saxo y la música continúa en la noche.

Cuando termina, la recién llegada aplaude esbozando una pícara sonrisa.

—Sigues haciéndolo todo igual de bien, hermanito.

—Has llegado antes de lo que esperaba. ¿No me dijiste que vendrías el lunes?

—Sí, pero decidí adelantar mis planes un par de días y disfrutar del fin de semana aquí. Además, me aburro en casa. Por cierto, no deberías dejar la puerta sin cerrar con llave...

—Estamos lejos de la ciudad. Por aquí no hay mucha gente.

—Ahora estoy yo.

Álex tuerce el labio y baja la mirada con cierta disconformidad ante la observación.

—¿Tienes las maletas en el coche?

—Sí. ¿Bajamos?

El joven asiente sin decir nada. Le resulta incómoda la presencia de Irene. Aún se pregunta cómo ha aceptado que se instale con él hasta junio, lo que significa decir adiós a su deseada soledad. Pero ¿cómo se podía negar?

—¿Cómo está tu madre? —pregunta mientras caminan en busca del equipaje.

—También es la tuya —le recuerda Irene.

—Solo legalmente.

La madre biológica de Álex falleció cuando él todavía era un niño y su padre se casó después con la madre de Irene, hacía ya diez años. Los cuatro habían vivido juntos hasta la muerte del padre del chico. Desde el principio, la relación entre madrastra e hijastro no había sido buena. Por eso Álex no dudó en buscarse la vida por su cuenta en cuanto su padre falleció. Con respecto a Irene, nunca quedó demasiado claro qué tipo de sentimientos albergaba hacia su hermanastro. Incluso cuando vivían juntos, sus amigos bromeaban con que aquella relación se parecía a la de Sarah Michelle Gellar y Ryan Phillippe en *Juegos sexuales*.

—Pues mamá está bien —añade Irene—. Pero no tiene ningún tipo de estabilidad emocional: es tan inmadura... O quizá es que quiere representar el papel de una mujer más joven de lo que realmente es. Le asustan los años. Te manda saludos.

Mientras Irene habla, llegan al coche. Varias bolsas de mano y cinco maletas, tres de ellas de gran tamaño, inundan la cajuela y la parte de atrás del Ford Focus negro. Álex traga saliva.

—No has dejado nada en casa, por lo que veo —suspira.

—¡Qué dices! Solo he traído la mitad... —contesta la chica sorprendida—. Voy a estar tres meses aquí y necesito sentirme cómoda con mis cosas, ¿no?

Álex casi no oye lo que su hermanastra le está diciendo. Agarra una de las maletas, la más pesada, y entra en la casa. Irene le sigue cargando con la más pequeña.

—Tenía que habérmelas comprado con ruedas —señala la chica.

—Hubiera sido un detalle —añade él resoplando.

La joven sonríe maliciosa al ver el esfuerzo de Álex.

Cuando hace unas semanas se le presentó la posibilidad de realizar un curso en la ciudad de Liderazgo Estratégico, no dudó en llamar a su hermanastro y solicitar acomodo en su casa para el tiempo que duraran las clases. Sabía que no se negaría. El curso le abría una interesante oportunidad laboral dentro de su empresa y, además, era una ocasión inmejorable para estar cerca de él. Como en el pasado. Seguía tan guapo como siempre. Le encantaba su sonrisa, aunque con ella delante brotara a cuentagotas.

No siempre había sido así. Siendo adolescentes estaban más unidos, y hasta se habían permitido cierto flirteo. Pero, conforme iban creciendo, Álex comenzó a volverse más arisco y distante con ella. En ocasiones se palpaba una fuerte tensión entre ambos, derivada del hecho de que dos chicos jóvenes y suficientemente atractivos el uno para el otro vivieran bajo el mismo techo. Eran hermanastros, pero no familiares de la misma sangre. Las especulaciones que la gente hacía sobre ellos divertían a Irene y molestaban a Álex. Era complicado convivir con rumores de todo tipo.

—Un esfuerzo más, que ya es la última —anima burlona la chica, que camina al lado de su hermanastro.

La mirada de Álex fulmina a Irene. Le ha tocado llevar

las cuatro maletas más pesadas mientras ella se ha encargado de la más pequeña, las bolsas y un neceser. Por fin concluyen con la ardua tarea.

La chica, fingiéndose derrotada por el cansancio, se deja caer en un sillón. Sin embargo, no tarda en darse cuenta de que se ha sentado encima de algo. Es uno de los cuadernillos de *Tras la pared*. Lo ojea con curiosidad.

—¿Lo has escrito tú? —le pregunta a Álex, que todavía no se había percatado del descubrimiento de su hermanastra.

—Sí —contesta con cierta vergüenza.

—¿Puedo leerlo?

—Ya lo estás haciendo... —señala el joven, visiblemente azorado.

Sin embargo, la joven cierra la carpeta y sonríe.

—Pero ahora no. Antes de irme a la cama, porque tengo cama, ¿no?

—Tienes cama.

—Bien. Si no, estaba dispuesta a compartirla contigo, como buenos hermanos.

—Irene...

—Era una broma, hombre —concluye sonriendo la chica mientras se levanta del sillón—. Me voy a dar una ducha.

—Ahora te doy toallas limpias.

—Gracias, hermanito. —Y, caminando graciosamente, desaparece.

Álex se levanta también para ir por las toallas, pero en su mente no cesa la idea de que van a ser unos meses muy largos.

Adorada y perdida soledad.

Esa noche, ese día de marzo, en la ciudad.

Cuatro adolescentes están sentadas sobre una manta rosa que cubre la única cama de la habitación. Dos sacos de dormir están siendo rifados en esos momentos.

—Pero si a mí me da lo mismo dormir en un saco que en la cama... —insiste Paula.

—No, no y no. Aquí vamos a jugárnoslo entre las tres a ver quién duerme en la cama contigo y quién en el suelo. Tu cama es tu cama.

Las palabras de Diana hacen suspirar a la anfitriona, que finalmente se da por vencida.

—Cris, tú, que eres la más inocente de nosotras, o eso nos haces creer, lanza los dados. Con el número que salga, sorteamos contando a partir de mí a quién le tocará el placer de compartir edredón con la señorita García.

—¡Cómo te gustan estos numeritos, Diana! —protesta Miriam sin demasiado entusiasmo.

Cristina agarra el cubilete, introduce los dados y los lanza encima de la manta rosa. Un tres y un cuatro.

—Siete.

—Bien, cariño. No sé cómo repruebas tantos exámenes de Mate... —bromea Miriam.

—¡Graciosa! —contesta la chica alzando su dedo medio—. Uno, dos, tres, cuatro, cinco, seis y... siete. ¡Me tocó! —exclama victoriosa Diana—. Pues nada: perdedoras, a sus aposentos.

Cris y Miriam intentan dar un golpe en la nuca a la vencedora, que con habilidad se escabulle entre las sábanas.

Vuela alguna almohada que otra. Incluso alguna se golpea contra la pared del dormitorio. Se oyen varios lamentos simulados y uno que otro insulto. Jadeantes y agotadas, deciden concluir la batalla. La guerra de las piyamas llega a su fin.

Tras peinarse un poco y estar seguras de que todo se encuentra en su sitio, cada una ocupa el lugar designado por el azar de los dados. Durante la noche no han hablado demasiado. Película romanticona, pizza hawaiana, helado de nueces de macadamia, bromas infantiles y cariñosos insultos... Sin embargo, queda algo por tratar: el tema estrella de la velada como último punto del día.

—Bueno, Paulita, cuéntanos, que nos tienes en ascuas. Con tu Ángel de la guarda, ¿qué tal? ¿Te ha enseñado ya sus alas?

Las chicas de los sacos de dormir sonríen al escuchar a Diana. Ninguna ha sacado todavía la cuestión, pero todas se mueren por saber más.

—¿Qué alas? Se te va mucho la cabeza a ti.

—Vamos, cuéntanos cómo fue la cita de ayer. ¿Y qué ha pasado hoy? Somos tus amigas, las Sugus. Y, si alguien se come al Sugus de piña, el resto tiene que saberlo, ¿no?

Paula sí acierta con la mano en la nuca de su amiga, acostada a su lado. No sabe por dónde empezar ni está segura de querer contarles todo. Piensa en Ángel, en que se va el día y no han hablado. Él no ha sido capaz de llamarla de nuevo. Y ella, por testarudez, tampoco lo ha hecho. ¡Quién iba a decirlo, después de todo lo extraordinario del día anterior!: las flores, la habitación del grito, la alberca, el helado, los besos... También piensa en Álex y las horas tan especiales que ha vivido junto a él, con todo ese juego de los cuadernos. Casi estampan sus labios el uno en el otro. ¿Qué hubiera pasado entonces?

—Pues..., verán... La verdad es que...

A Paula se le enrojecen los ojos. De repente siente una gran angustia dentro.

—¡Oh, oh...! —susurra preocupada Miriam, que, con un rápido movimiento, se sienta sobre su saco—. ¿Qué ha pasado? ¿Se pelearon?

Las otras dos amigas también se incorporan.

—No lo sé.

Diana abraza a su amiga por la espalda.

—Cuéntanos qué ha pasado, anda —le dice mientras le aparta el pelo de la cara.

Finalmente, Paula se decide. Durante quince minutos explica a sus amigas todo lo que le ha ocurrido. Estas la escuchan atentamente y apenas la interrumpen. Un gran suspiro acompaña al final de la historia.

Por unos instantes, las cuatro guardan silencio, hasta que Diana decide intervenir.

—Así que no solo atrapas al periodista guapo, sino que te quedas de ver con un tipo que conoces en una cafetería, que también está guapo y es escritor... ¿Me pueden decir por qué yo no encuentro nada así? ¿Qué tiene ella que no tenga yo?

—Es más guapa —señala rápidamente Cris.

—Tiene mejor trasero —dice Miriam.

—Es más sociable —añade Cristina.

—Más pecho, saca mejores calificaciones...

—¡Bueno, bueno! ¡Ha quedado claro! —grita Diana, sonrojada—. Se trata de ayudar a Paula, no de que me hundan a mí. Voy a tener que ir a buscar más helado.

Las dos chicas del suelo ríen ante la reacción de Diana. Paula se da cuenta de que, sin querer, también está sonriendo.

—Y, entonces, ¿qué vas a hacer? —pregunta Cris.

Paula se toca el pelo. Lo peina nerviosa con las manos, echándolo hacia atrás.

—No lo sé.

—Lo primero que tienes que hacer es arreglar las cosas con Ángel. Bonito par de testarudos los dos... —protesta Miriam.

Cristina asiente con la cabeza a la propuesta de su amiga.

—¡Vamos a llamarlo! —dice Diana, que de improviso se pone de pie sobre la cama y a saltos intenta llegar hasta el celular de Paula.

—¡No! ¡Ahora no! ¡Es muy tarde!

Paula intenta detener a su amiga agarrándola por una pierna. Sin embargo, esta jala con fuerza y escapa.

—¡Qué va a ser tarde! Nunca es tarde para el amor.

Diana alcanza el aparato que está en el escritorio y empieza a investigar en la lista de contactos.

—Diana, por favor, suelta mi celular.

Paula se pone de pie sobre la cama y entre un revoltijo de mantas y sábanas avanza hasta su amiga, que afanosa continúa la búsqueda.

—Andrea, Andy, Andrés Gómez... Aquí está. Ángel...

—No lo llames. Es muy tarde. Estará durmiendo.

—¿Un sábado? ¡Por favor! Estará por ahí de fiesta o en su casa, de juerga.

—¡Que sueltes el celular! —grita Paula desesperada.

—Este botoncito verde es para llamar, ¿no? A ver...

La chica presiona el botón y se coloca el teléfono en la oreja.

—¡Diana! ¡No!

Sin pensarlo, Paula salta desde la cama sobre su amiga. Diana no puede esquivarla y chocan golpeándose las cabezas. El celular se escurre de las manos de Diana y, antes de que suene el primer *bip*, cae al suelo abriéndose por la mitad.

Miriam y Cristina, asustadas, se levantan y se acercan presurosas hasta las otras dos chicas.

—¡Por Dios, qué trancazo! ¿Están bien?

—¡Qué dolor! Pero tú... ¡¿te crees Gatúbela?! —exclama Diana sin parar de frotarse el lado derecho de la sien, que es donde se ha dado el golpe.

Paula está tumbada en el suelo también quejándose. Se pasa varias veces la mano por la cabeza para comprobar que no sangra.

—La culpa ha sido tuya por hacer lo que no debías. Qué cabeza más dura tienes.

—Tú no puedes hablar de cabeza dura. Ya verás el cuerno que me va a salir aquí...

—Para tener cuernos, hay que tener novio o ser una cabra —comenta Cris riéndose, al darse cuenta de que sus dos amigas están bien.

—Creo que Diana va más por la segunda opción —se burla Miriam.

Todas sonríen menos Diana, que ya se ha puesto de pie. También Paula, que sigue palpándose la zona golpeada.

—Están muy graciosas hoy, ¿no? Además, esta me intenta matar a cabezazos. ¡Y pensar que tengo que pasar la noche con ella en la misma cama! Tendré que dormir con un ojo abierto por si acaso.

Paula no dice nada y sonríe ante los exagerados lamentos de su amiga. Mientras Diana sigue refunfuñando, recoge las dos partes del celular que aún permanecen en el suelo y suspira.

—¿Se ha roto? —pregunta Cristina.

—Pues no lo sé —contesta Paula mientras une las mitades.

Intenta encenderlo, pero nada. Vuelve a probarlo, pero sigue sin funcionar.

—Parece que no funciona —apunta desolada.

El teléfono pasa por las manos de las cuatro amigas, pero ninguna consigue encenderlo.

—Nada, esto no funciona. Vas a tener que esperar a que te lo arreglen el lunes... —comenta Miriam.

—Lo siento, Gatúbela. Es culpa mía —señala Diana, avergonzada.

Paula se acerca a ella y le da un beso en el lugar donde la golpeó. Diana le corresponde con un cariñoso abrazo.

—Chicas, vayámonos a dormir. Mañana será otro día.

Todas están de acuerdo y, tras los correspondientes besos y abrazos de buenas noches, se acuestan en sus respectivas camas.

La luz se apaga.

También el ánimo de Paula está un poco apagado. No ha hablado con Ángel y ahora siente que tenía que haberlo llamado. Nota un gran vacío dentro. Tiene miedo; miedo de perderlo. Quizá el que el teléfono se haya roto sea la señal, el indicio de que aquella historia que acaba de empezar quién sabe si ha terminado.

La mañana siguiente traerá la respuesta.

Capítulo 16

Esa noche de sábado de marzo, en las afueras de la ciudad.

Hola.

Encontré tu cuadernillo con las primeras páginas de *Tras la pared* y solo quería decirte que me encantó; me encantó la historia, me parece que está muy bien escrita, tiene ritmo y engancha; pero lo que más me gustó es la idea increíblemente creativa, fresca y romántica de difundirla. Eres una de las miles de personas que hacen que esta vida tenga misterio, encanto y aventura. Gracias. (Tal vez te haya llamado la atención lo de «miles». ¿Te parecen muchas? No tantas, desgraciadamente. Piénsalo. Somos muchos millones).

Voy a retener tu historia una semana, lo siento, pero es que tengo interés en que la lea un amigo mío al que también le gusta escribir. Pero, no te preocupes, para compensarte mañana fotocopiaré el cuadernillo, lo meteré en una carpeta exactamente igual a la tuya y lo dejaré en algún sitio en el que crea que va a tener éxito. (¿Qué te parece un Starbucks?).

Bueno, no divago más. Solo desearte que tengas la suerte que esperas y que te mereces.

Un saludo,

María

Este *e-mail* es lo primero que Álex encuentra al abrir su cuenta de correo electrónico. No puede evitar una gran sonrisa. La aventura de los cuadernillos obtiene sus primeros frutos. Enseguida contesta a María para darle las gracias por sus palabras.

No deja de sonreír. Está entusiasmado.

Mientras redacta la respuesta, piensa en Paula. Ella forma parte de aquella historia. Le hubiera encantado estar junto a ella y que juntos hubiesen descubierto el *e-mail*. Pero Paula no está allí.

Una sombra de desilusión frena su euforia. ¿Volverán a verse? Cae en la cuenta de que no le ha pedido el teléfono, ni ella tampoco ha hecho nada por conseguir el suyo. La ilusión se desvanece por completo.

Hablarán por MSN, sí. Pero ¿quién sabe cuándo? Quiere volver a verla ya. Lo desea con todas sus fuerzas.

El recuerdo de sus rostros a pocos centímetros en la Fnac al caerse *Perdona si te llamo amor* de la estantería le devuelve la sonrisa. Fue uno de esos momentos mágicos que quedan en la retina para siempre. Sueña despierto. Busca en sus archivos y pone el video que el día anterior ella y él vieron juntos. Separados, pero unidos por aquella canción y la historia de Federico Moccia.

—Bonita canción.

Una voz femenina irrumpe a su espalda.

Álex se gira y ve a Irene caminando hacia él. Lleva una piyama más propia del verano que del mes de marzo, con una camiseta descolgada de hombros y un pantalón excesivamente corto.

—No te he oído llamar.

—No he llamado. La puerta estaba abierta y he entrado.

—Pues es de buena educación llamar a los sitios antes de entrar.

—Lo tendré en cuenta.

La chica se acerca hasta Álex y se inclina a su lado para observar lo que está viendo en la PC. Huele muy bien.

—¿Has hecho tú ese video? —le pregunta sorprendida.

El joven percibe su aliento y su perfume muy cerca, demasiado cerca, tanto que aparta un poco su cara de la de Irene. Luego presiona el *stop* y detiene el video.

—Sí, pero ya terminó.

—¡Hey, no lo apagues! Quiero verlo.

La chica estira su brazo para alcanzar el ratón de la computadora apoyando su pecho en el hombro izquierdo de Álex, que siente un escalofrío con el contacto. Sin embargo, reacciona a tiempo y evita que su hermanastra consiga su objetivo interponiendo su cuerpo entre ella y la computadora.

—Para, Irene. Pareces una niña pequeña.

—Solo tengo dos meses menos que tú... —protesta.

Irene desiste de su empeño y, quejosa, se sienta en la cama. Luego se deja caer en ella bocarriba. Álex la mira de reojo y suspira.

—¿No tienes sueño? Estarás cansada del viaje.

—Sí, lo estoy.

—Pues ya sabes, a la cama.

—Estoy en ella.

—A la tuya.

—Aguafiestas.

—Sigo pensando que te comportas como una niña pequeña.

Irene se levanta de la cama resoplando, pero con cierto aire divertido en su expresión. Se acerca a Álex de nuevo, se agacha y lo besa en la mejilla.

—Me voy a mi cuarto. Buenas noches, hermanito.

Lentamente, Irene se acerca hasta la puerta y sale de la habitación. Su hermanastro la contempla inquieto. Paciencia. Van a ser unos meses difíciles con ella en la misma casa.

Intenta rehacerse, volver al instante en el que estaba antes, pero es imposible. Lo mejor es irse a dormir.

Es el final de un día mágico que no sabe si se volverá a repetir.

Esa misma noche, en el centro de la ciudad.
Ángel se despierta dando un brinco.
—¡Paula!
Nadie responde a su voz. Está completamente solo, tumbado en uno de los sillones de su departamento. Todo está oscuro. Únicamente una tenue luz penetra por una de las ventanas. Mira el reloj en la penumbra: apenas consigue ver que es la una de la madrugada Se ha quedado dormido. Y, además, ha tenido una pesadilla.

Ha soñado que estaba dentro de una alberca. Reinaba la tranquilidad. El agua era de un azul profundo. De pronto aparecía ella, Paula, con la misma ropa de baño que el día anterior, cuando juntos disfrutaron en La Casa del Relax. La chica se sienta a su lado. No hablan, solo se observan. Ríen. Todo parece tranquilo. No existe el ruido. Nada se interpone entre la pareja de enamorados. Paula cierra los ojos y Ángel la imita. Espera ansioso el beso de su joven amada. Espera. Y espera. Pero este no llega. ¿Y sus labios? Extrañado, vuelve a abrir los ojos. Paula no está. ¿Adónde ha ido? Busca a su alrededor. No hay nadie. Pero, un momento..., ¿qué es aquello? Una sombra se desplaza bajo el agua lentamente a unos pocos metros. ¿Es ella? ¡Es ella! La chica se aleja despacio, bocabajo, mecida por unas extrañas olas que la alberca está provocando. Tiene los brazos en cruz. Ángel grita, pero de su boca no sale ningún sonido.

Lo intenta una y otra vez con el mismo resultado. Nervioso, prueba a nadar tras ella. Es inútil: no consigue moverse. Un fuerte chapoteo suena en alguna parte. Parece que alguien se ha lanzado a la alberca. Sí. Ángel comprueba cómo un socorrista nada hacia la chica. Su agilidad es asombrosa, tanta que en pocos segundos alcanza a la joven. Acto seguido le da la vuelta y la examina con cuidado. El socorrista agarra con delicadeza a Paula por debajo de la espalda y la nuca y la conduce hacia uno de los bordes de la alberca. Él solo consigue sacarla del agua sin aparente dificultad. La muchacha parece inerte. Sin embargo, en ningún momento en el rostro de aquel musculoso joven brotan signos de tensión. Ángel vuelve a tratar de nadar. Fracasa. Es como si le hubiesen atornillado los pies al fondo de la alberca. ¿Cómo estará Paula?

El socorrista tumba a la joven en el suelo y se sitúa agachado a su lado. Le acaricia el pelo mojado y se inclina. Su boca se aproxima a la de ella, que permanece con los ojos cerrados. Los labios de ambos se unen. No es el habitual boca a boca que se realiza en estos casos. Parece un beso. Sí, no hay dudas de que es un beso.

Ángel deja de gritar en silencio. No puede creer lo que está viendo. Su incredulidad es mayor cuando Paula comienza a reaccionar. Abre los ojos y contempla agradecida a su fornido salvador sin despegar sus labios de los de él. Vuelve a cerrar los ojos y el beso continúa ante los ojos de Ángel, que de nuevo, desesperadamente, grita el nombre de la chica de la que está enamorado.

¡Paula!

Esa misma noche, en otro punto de la ciudad.
La música está a todo volumen en la discoteca.

Katia acaba de terminar su actuación en una de las salas, la mayor de todas. Más de quinientas personas se han congregado para escuchar a la cantante más popular del momento en un concierto privado.

Pero hoy no ha sido su mejor día. No tiene la cabeza donde la tiene que tener: en el escenario. Su mente está perdida en otra dirección.

La joven del pelo rosa, coctel en mano, entra acompañada de un actor poco importante en uno de los salones VIP del inmenso local. Una pareja amiga que ambos tienen en común los ha presentado y los siguen sonrientes detrás. Es el precio de la fama.

Durante buena parte de la noche, entre copas, mentiras y piropos, el actor intenta seducir a la cantante. Sin embargo, Katia rehúye cualquier aproximación y, bien entrada la madrugada, sube a su Audi rosa y se marcha de la fiesta. En su nuevo y caro reloj, las agujas marcan las cuatro de la madrugada. Ni un solo minuto ha dejado de pensar en Ángel.

Esa madrugada de marzo, en otro punto de la ciudad.

¡Será posible...! No hay forma de que pegue ojo. Las cinco de la madrugada.

Está desesperado. ¿Por qué está así de nervioso? Mario sabe la respuesta: Paula.

El lunes ella y él estudiarán juntos a solas. Lleva todo el sábado haciendo planes: qué se pondrá, qué le dirá, qué explicará...

Demasiada presión. Tanta que lleva dando vueltas en la cama cuatro o cinco horas. Cuando cierra los ojos, inmediatamente su corazón se acelera incomprensiblemente, y entonces los vuelve a abrir. Como platos.

No puede ser. Debe encontrar algo que lo haga dormir. ¿Contar ovejitas? Qué estupidez.

Sin embargo, Mario cierra los ojos y lo intenta.

Nada que hacer. Sí, realmente aquello había sido una estupidez.

Esa misma madrugada de marzo, en el centro de la ciudad.

Las seis de la mañana. Ángel se duerme y despierta cada media hora. Está siendo una noche horrible. Tiene un sentimiento de culpabilidad enorme. Puede perder a Paula por una testarudez. Aunque, ¿quién era aquel tipo que le contestó el teléfono?

Da igual quién fuera. Eso ahora es secundario. Quiere a Paula. La necesita.

Una vez más se levanta de la cama. El teléfono está en una mesita. Lo agarra y lo vuelve a mirar. Qué estúpido ha sido. Suspira y lo suelta de nuevo.

Regresa a la cama. Son las seis y cuarto de la mañana. Ni una manta ni una sábana están en su sitio. En aquel amasijo de ropa intenta recobrar el sueño.

Pero esta vez no por mucho tiempo, ya que un ruido repentino e incesante sobresalta a Ángel, que de un tremendo brinco sale de la cama. Es el ruido de su teléfono celular, que a las seis y veinte asusta al silencio de la madrugada.

Capítulo 17

Casi de día, ese domingo de marzo, en una parte de la ciudad.

Una mano balancea delicadamente el hombro de Paula, con tacto y cuidado para no sobresaltarla. Sin embargo, la chica no se despierta y duerme profundamente. El ritmo de su respiración es acompasado y constante. El segundo intento se produce con un poco más de vehemencia.

—Paula... ¡Paula...!

Primeros resultados: la joven agita la cabeza y trata de apartar la mano inconscientemente, como quien intenta quitarse de encima una mosca.

—Paula, despierta. Paula...

Los susurros al oído, ya no tan suaves, y el incesante vaivén de hombros, ahora ya decididamente más fuerte, por fin consiguen que Paula abra los ojos. Despacio, muy despacio. La lámpara de la mesita de noche está encendida. Entre nubes y pestañas, consigue ver a su compañera de cama. Ojerosa, contempla cómo Diana asoma una sonrisilla maligna entre dientes.

—¿Qué pasa? ¿Qué hora es?

—Temprano, pero es hora de despertarse.

No puede jurarlo, pero tiene la impresión de que, mientras su amiga le habla, le acerca un objeto para que Paula lo agarre. ¿Es eso un teléfono celular? ¿Su teléfono celular? Tampoco está segura, pero ¿no estaba roto ayer por la noche antes de irse a dormir?

La sorpresa y la extraña felicidad en la cara de Diana logran que su proceso normalmente lento para despertarse avance más deprisa de lo habitual.

—Toma, es para ti.

Paula duda, pero termina agarrándolo. No sabe muy bien qué hacer con él.

—¿Qué hago con esto?

—¡Responde, tontita! ¿Es posible que ya ni sepas hablar por teléfono...? ¿Tan fuerte fue el golpe en la cabeza de ayer?

La chica no entiende nada. No está tan despierta como para entender qué está pasando.

—¿Sí...?

—¿Paula?

Un escalofrío que va desde su abdomen hasta su cuello la recorre por dentro.

¡Es la voz de Ángel!

Desconcertada, mira a su amiga que, sonriente, le hace señas para que siga hablando.

—¿Ángel?

—Hola, Paula.

Parece contento. Su voz suena serena, pero animada.

—¿Pero...? ¿Cómo...?

—Tranquila, Diana me lo ha contado todo.

—¿Diana?

La chica atraviesa con una mirada fulminante a su amiga, que no para de sonreír.

—Sí. Me ha dicho que por su culpa se te cayó el celular al suelo y se abrió por la mitad cuando me ibas a llamar. Que lo intentaron arreglar, que incluso pusiste la tarjeta en sus teléfonos, pero fue imposible. Hasta que, por fin, hace un rato ella lo ha logrado reparar después de mucho intentarlo.

Qué sorpresa. Diana se ha pasado parte de la noche intentando arreglar su celular... ¡Y lo ha conseguido! Paula cambia su mirada asesina por ojos vidriosos y agradecidos. No solo eso, sino que además se ha autoinculpado de que no le llamara.

—Es una gran chica... Lo que no entiendo es cómo sabía el código pin de mi teléfono —se pregunta la joven.

—Mensa... ¡Porque estaba claro que era la fecha de tu cumpleaños! —responde Diana en voz baja.

—Paula... —interrumpe Ángel—. Paula, te tengo que pedir disculpas.

La joven calla. Quizá ella también deba hacerlo, por haber sido tan testaruda.

—Ángel, mira...

—Paula, déjame terminar. He sido un estúpido. Te tenía que haber llamado anteayer por la noche y no lo hice. Te tenía que haber llamado ayer... y tampoco lo hice, después de que me contestara el teléfono aquel chico.

—Yo...

—Paula, perdóname. Necesito verte.

—¿Verme? ¿Cuándo?

—Ya.

Siente frío y calor a la vez. Vuelve a notar ese cosquilleo.

—Pero, Ángel, ¿ahora? Si ni ha amanecido... ¿Cómo...?

—Sí ha amanecido: mira por la ventana.

¡Qué tontería! Se nota que está oscuro todavía. Paula se levanta y se dirige a la ventana para comprobar que no está loca. Descorre las cortinas. Efectivamente, aún es de noche. Sin embargo, casi se desmaya cuando un chico alto con una preciosa sonrisa la saluda con una mano mientras con la otra sostiene un teléfono celular.

—¡Estás aquí! —grita descontrolada.

Miriam y Cris, que aún estaban dormidas, se despiertan al oír la voz de su amiga.

—¡Sí, soy yo! Veo que no te has olvidado de mí... —responde jocoso Ángel.

—¡Qué tonto! ¿Cómo me voy a olvidar de ti?

Mientras Paula conversa por el celular, sus dos amigas, aún somnolientas, hacen continuos gestos queriendo saber qué está pasando. Diana se une a ellas y en voz baja les cuenta todo.

—Bueno, ¿bajas?

—Pero ¿cómo voy a bajar?

—Seguro que hay unas escaleras que llevan a la planta baja.

—¡Qué gracioso te has levantado!, ¿no? —protesta la chica que, sin embargo, no puede evitar una risilla nerviosa al final de la frase.

—Debe ser el sueño, apenas he dormido.

—¿No has dormido? ¿Y qué has hecho toda la noche?

—Pensar en ti.

Aquellas palabras derriten a Paula.

Se pone más nerviosa, no sabe qué decir. De pronto descubre que está en piyama. Una de esos de ositos tan infantiles. Se le escapa un «¡ups!» y corre las cortinas de nuevo para que Ángel no la vea.

—No te escondas. Si ya he visto tu bonita piyama...

Paula enrojece. ¿Cómo la conoce tanto? Sigue sin saber qué contestarle. Está en blanco.

Diana, junto a Miriam y Cris, que ya se han enterado de todo, la observan. Paula vuelve a apartar las cortinas y de nuevo se ven el uno al otro. Ambos sonríen.

—Así está mejor —comenta Ángel—. Bueno, ¿qué vas a hacer?

—No lo sé.

—¿No quieres bajar?

—Sí, claro, claro que quiero, pero...

Una zapatilla cruza la habitación e impacta en la espalda de Paula.

—¡Ay!

—¿Te ocurre algo?

—No es nada... Espera un momento, Ángel.

Paula se gira y mira furiosa a las tres chicas, que ríen.

—Se pasan.

—Anda, mujer. ¿Quieres irte con él ya, por favor? —reclama Diana.

—Pero ¿cómo? Mis padres... —les dice a sus amigas, tapando el celular con una mano para que Ángel no la oiga.

—¡Ve con él!

—Pero si me cachan...

—Déjate de tonterías y ve con el chico, que para algo ha venido hasta aquí.

Paula suspira. Sí, tienen razón las Sugus. Ángel ha ido hasta su casa solo para verla. Quiere y tiene que ir con él. Con un poco de suerte, sus padres no se enterarán de nada.

—Ángel.

—Dime, amor —contesta cariñosamente.

Amor. La ha llamado «amor». *Perdona si te llamo amor.*

Un extraño *flash* atraviesa su mente: el libro, Álex... Qué sentimiento más raro acaba de tener. Confusa, reacciona.

—Dame diez minutos y estoy contigo.

—Aquí te espero —confirma, feliz, el joven.

—Un beso, te veo ahora.

—Otro beso.

Paula abandona la ventana y cuelga. Sus amigas rápidamente se arremolinan a su alrededor. Están como locas. No han perdido detalle de la conversación.

—¡Te fugas con el periodista! —grita emocionada Diana.

—¡Qué romántico! —interviene Cris.

—Shhhh... No griten. Van a despertar a mis padres y entonces se acabó la fuga. ¿Qué digo de fuga? No me fugo con nadie...

—Huida al amanecer. Sí que suena romántico.

—No huyo, Miriam. Solo voy a bajar a verlo. Es que... ¡están locas! —exclama en voz baja—. Déjenme, que tengo que vestirme.

Entre comentario y comentario de las Sugus, Paula se viste y se peina a toda velocidad. Incluso tiene tiempo para pintarse un poco y concluir con un toque de su perfume con aroma a vainilla.

—¿Qué tal estoy? —les pregunta, mordiéndose el labio, a sus amigas, que la repasan de arriba abajo.

Se ha puesto una camiseta blanca con un suéter rosa tejido encima y unos ajustados patalones de mezclilla.

—Psss... Pasable. Insisto: no sé qué tienes tú que no tenga yo —responde Diana.

Las otras dos enseguida golpean a la chica, que se defiende como puede del ataque de sus amigas.

—No le hagas caso. Estás preciosa, como siempre —dice Miriam, que mantiene tapada la boca de Diana con sus manos.

—No es verdad. Pero, bueno, es lo que hay —comenta resignada.

La chica suspira y agarra un pequeño bolsito rosa a juego con su ropa.

—No te olvides de meter ahí la caja de condo...

Miriam y Cris se lanzan encima de Diana otra vez. Las tres fingen una nueva pelea en la cama de Paula.

—Están locas. Me voy. Deséenme suerte. Y, sobre todo,

no salgan de la habitación hasta que yo haya vuelto, que si se encuentran con mis padres son capaces de cantar. Y, si entran, háganse las dormidas. ¡Y las luces apagadas!

—¡Vete ya! —gritan las Sugus casi al unísono.

Vuela una almohada y otra zapatilla que Paula esquiva. Les saca la lengua y con mucho cuidado abre la puerta de la habitación.

Un molesto chirrido la sobresalta. ¡Uf! De puntillas, por fin sale de su cuarto, cerrando sigilosamente. Con mucha precaución llega hasta la escalera, que baja agarrando muy fuerte la barandilla y dando pasitos muy pequeños y controlados.

Siente escalofríos. Como la descubran..., ¿qué podría contar? ¿Iban a entender sus padres que fuera, a las tantas de la madrugada, hay un chico que conoció por Internet, más de cinco años mayor que ella, esperándola?

La respuesta sería clara: cadena perpetua en su cuarto hasta la emancipación.

Cuando llega al final de la escalera se siente aliviada. Parece que lo peor ha pasado. Incluso, más valiente, acelera el paso hasta la puerta de salida de la casa. Está a un paso de la «fuga». Precaución al abrirla. Esta vez no hay ningún tipo de chirridos. Tampoco tiene problemas para cerrarla. Misión cumplida.

Y ahí está él.

¿Corre hasta sus brazos? ¿Camina? ¿Espera a que él vaya hacia ella?

No le da tiempo a pensar más. Es Ángel el que, andando deprisa, se acerca hasta ella. Está muy guapo. Sonríe constantemente. El cosquilleo en el estómago de Paula es insoportable esos pocos segundos. Un nudo en la garganta casi le impide respirar. ¿Es eso la felicidad? ¿Deseo?

No lo sabe, pero en cuanto tiene delante a su chico salta sobre él, como el viernes a la salida del instituto. Y lo besa. Agarrada de su cuello lo besa con pasión. Ángel le corresponde. Durante dos minutos sus labios no se separan. Finalmente, Paula se deja caer y sus cuerpos se despegan.

—Vamos a dar un paseo —señala él.

—Sí, mejor, no vaya a ser que mis padres me vean...

—Tus padres, no sé. Pero tus amigas...

El joven señala la ventana del dormitorio de Paula. Luego saluda con la mano. Allí, Miriam, Diana y Cris responden al saludo agitando sus manos como quien despide a un familiar que se aleja en barco.

A Paula no le satisface tanto el entusiasmo general y recrimina a sus amigas con gestos para que corran las cortinas y se acuesten.

—¡Qué chicas!

—Buenas chicas —puntualiza Ángel.

—Cuando quieren... Anda, vayámonos a algún lugar más tranquilo.

—Voy donde me lleves. Tú conoces esto mejor que yo.

Piensa por un momento. Un sitio... Sí, ya sabe dónde.

Aún es de noche en la ciudad. Pero la brisa fría anuncia el pronto amanecer. La pareja camina de la mano. Sueltan alguna broma que otra. Sonríen.

—¿Por qué no me llamaste por la noche? Estuve esperándote y luego te llamé un montón de veces, pero lo tenías apagado —suelta de repente Paula.

Ángel duda. Quiere ser franco con ella. No quiere mentirle, pero sabe que tampoco puede decirle la verdad completa. No debe contarle lo de Katia, su borrachera...

—Tuve que ir a una sesión de fotos. Nos entretuvimos más de la cuenta y me quedé sin batería en el celular. Tuve que esperar al día siguiente para llamarte.

—¡Ah!

¿Solo eso? Paula se siente un poco culpable. Le ha dado demasiadas vueltas a la cabeza. Solo era eso: no había podido llamarla. ¿Cómo podía ser tan testaruda?

—Lo siento.

—No pasa nada, Ángel.

Los dos continúan caminando, ahora en silencio. El cielo empieza a clarear.

—¿Te puedo preguntar quién era aquel chico que me contestó el teléfono?

Aquello sorprende a Paula. Ya lo había olvidado. ¿Qué le cuenta sobre Álex? No puede decirle lo del libro, ni que casi terminan besándose. Ni que tiene una sonrisa preciosa.

—Un amigo. Me pidió que le ayudase con un... trabajo. Cuando llamaste, yo estaba en el baño de una cafetería. Y él lo contestó porque hacía mucho ruido y la gente lo miraba.

—¡Ah!

Ángel se siente mal. Ha llegado a sentir celos, algo impropio de él. Pero ¿por qué? Confía en ella. Él no es así. ¿Qué le ha sucedido?

De nuevo el silencio entre ambos. Sin embargo, sus manos se aprietan con fuerza.

Paula y Ángel llegan hasta una escalinata que conduce a una especie de parque. Parece interminable.

—Llegamos. Tenemos que subir hasta arriba.

El joven alza su vista y resopla.

—Si es lo que quieres... Aunque no sé si estás en forma.

—Más que tú.

La chica, herida en su orgullo, se pone delante e inicia la ascensión. Ángel no tarda en alcanzarla y, juntos, de la mano, suben peldaño a peldaño aquella infinita escalera de piedra.

El frío es más intenso. El calor entre ellos también.

—¡Y cien! —señala ella saltando sobre el último escalón.

—¿Cien? Yo he contado noventa y nueve.

—Son cien, he subido esta escalinata un montón de veces.

—Son noventa y nueve.

—Son ci...

Pero antes de que Paula consiga decir nada, Ángel deposita sus labios en los de ella. La chica intenta resistirse, pero termina rindiéndose al beso. Cierra los ojos y poco a poco se va dejando llevar. Ambos caen en el último escalón mientras el sol comienza a salir en la ciudad, dándole luz al amor y la pasión.

Capítulo 18

Esa mañana de marzo, en un sitio alejado de la ciudad.

Vivir lejos del centro tiene sus inconvenientes: debes desplazarte para comprar cualquier cosa, no tienes nada a mano y a veces te sientes aislado del mundo. Pero también cuenta con muchas ventajas. Una de ellas es que el aire es más puro; otra, que no hay aglomeraciones de gente, y otra es que un domingo por la mañana puedes salir a correr sin tener que preocuparte de coches, semáforos o borrachos que regresan con la resaca de la noche anterior.

Hace pocos minutos que ha amanecido. El sol vuelve a brillar un día más en aquel mes de marzo. El invierno parece que acabó hace siglos. Los árboles se despiertan húmedos y brillantes del rocío caído y agitados por una leve corriente de aire frío. Pero a ella no la detiene una simple brisilla matinal.

Irene abre la puerta de la casa, después de atarse con fuerza los cordones de sus Nike rosas, y comienza a correr. Lleva unas mallas negras muy ajustadas y una sudadera blanca con capucha, bajo la cual esconde una camiseta sin mangas, también negra, de la misma marca que el calzado.

La música de su MP3, oculto en uno de los bolsillos, la acompaña, aunque hubiera preferido otra compañía.

«Así que Paula...».

Unos minutos antes.

¡Qué bien ha dormido! No sabe si por la cama, por el cansancio del viaje o por saber que a pocos metros está su hermanastro, incluso tal vez con menos ropa que ella. Aunque ese detalle también le provoca otro tipo de sensación.

Nunca lo ha confesado, ni tan siquiera a sus mejores amigas, pero Irene piensa que Álex es el chico de su vida. Los caprichos del destino le han dado la oportunidad de conocerlo muy de cerca, de vivir con él mucho tiempo, a pesar de las condiciones poco adecuadas. ¡Hermanastros! En cierta manera, una relación con Álex es algo parecido a cometer incesto. Muchos lo considerarían como tal. Pero, por otra parte, no son de la misma sangre, y ella hace tiempo que abandonó cualquier complejo y prejuicio por ese «pequeño» detalle.

Este curso, esta visita temporal de tres meses, es justo lo que necesitaba: dispone de trece semanas para intentar seducir a su hermanastro.

Semidesnuda, se mira en el espejo que hay en la habitación que va a ser la suya en las próximas fechas. Sí, sin duda, armas tiene.

Echará de menos el gimnasio, pero va a vivir en un sitio ideal para hacer deporte al aire libre. Nada mejor que proponerse correr todas las mañanas antes de ponerse a funcionar. ¿Empieza hoy? Por supuesto. Está descansada, pletórica. Los domingos son perfectos para empezar con algo. Todo el mundo habla de iniciar nuevas experiencias el lunes, con el comienzo de la semana. Ella no. Ganarles un día a los demás, a los que dudan y dudan y no terminan nunca de hacer las cosas, le hace sentirse fuerte, distinta. En realidad, el curso de liderazgo al que va a asistir debería impartirlo ella.

¿Querría Álex correr con ella? Probablemente no. No, seguro, pero por preguntar no pierde nada. Ataviada solo con las mallas negras ajustadas y un brasier deportivo, camina hasta el cuarto de su hermanastro. Con sigilo abre la puerta y entra en la habitación.

No está del todo oscuro, ya que una leve luz entra por la ventana. Ve lo suficiente como para contemplar la espalda desnuda de Álex, que duerme bocabajo. La ropa de cama del chico solo le tapa hasta la cintura. Está más musculoso que la última vez que lo vio sin ropa. Más perfecto aún si cabe.

Y es que ¿qué chica se podría resistir a vivir bajo el mismo techo que Álex sin enamorarse de él?

¿Tendrá novia? No parece, pero le da igual. Confía en ella misma. Tres meses...

Álex se gira y se coloca de costado. Irene avanza hasta la cama y despacio se tumba en el espacio que Álex ha dejado libre. Tiene la espalda y la nuca de su hermanastro a pocos centímetros. Siente la tentación de abrazarlo, pero lo que hace es soplar en su cuello. El joven se estremece y se da la vuelta. Aún duerme.

Ahora los ojos cerrados de Álex están enfrente de los de Irene. Sus bocas muy cerca, tanto como sus cuerpos. La joven acerca aún más sus labios a los de él. Y sopla. Levemente, dulce.

Álex vuelve a estremecerse, pero esta vez sí se despierta. Tiene delante a una chica, cerca, muy cerca. Y, enseguida, enlaza sus sueños de esa noche con la realidad.

—Paula... —murmura.

—¿Paula? ¿Quién es Paula?

No es la voz de Paula. ¿Quién...?

—¡Irene! —grita mientras se aleja de su hermanastra—. ¿Qué haces en mi cama?

—Dormir contigo —bromea la chica.

—¿Cuánto llevas aquí?

—Un par de... minutos.

La chica sale de la cama. A pesar de que la luz es escasa, Álex puede ver el cuerpo modelado de su hermanastra, apenas cubierto en su busto y vestido con aquellas mallas ceñidas.

—¿Qué..., qué quieres? —tartamudea sorprendido.

—Voy a correr un rato. ¿No vienes?

Una sonrisa invade el rostro de la joven, satisfecha de la impresión causada.

—¿A correr?

—Sí. Voy a aprovechar este magnífico lugar y correré por las mañanas para conservar la figura. ¿O es que crees que esto se mantiene solo? —dice pasando su mano por abdomen y muslos.

—No, no voy. Es domingo y muy temprano. Es lo que menos se me antoja.

—Muy bien, como quieras. Hasta luego, hermanito.

Y sale de la habitación sonriendo, convencida de sus posibilidades.

Minutos después.

El sol cada vez hace más notoria su presencia. Será un día caluroso, dentro de lo que cabe en el mes de marzo.

Mientras corre, Irene piensa. «Paula», ese es el nombre de su rival.

Se pregunta cómo será. ¿Guapa? Sí, seguro que Álex no se ha fijado en una cualquiera. Pero le da lo mismo cómo sea. Tiene un objetivo claro, y no hay chica que se pueda cruzar en su camino.

Motivada por su fortaleza mental, acelera el paso. En su MP3 suena *Ilusionas mi corazón*, de esa cantante de pelo rosa que está tan de moda.

Capítulo 19

Esa misma mañana de marzo, en algún lugar de la ciudad.

¿Es posible que tomar chocolate con churros se convierta en un encuentro romántico? Sí, al menos para Paula y Ángel.

Sentados en una cafetería, uno frente al otro, la pareja desayuna con la música de la radio de fondo. Suena *Volveré junto a ti*, de Laura Pausini. Después de mil arrumacos, abrazos y besos en el parque de los cien escalones, están hambrientos.

—Vamos a jugar a una cosa —dice la chica, muy feliz después de la reconciliación.

—¿Quieres jugar más? ¿Aquí, delante de todos? —bromea Ángel.

—No seas tonto. Ya has tenido tu ración por hoy, al menos por esta mañana.

—¡Qué dura eres...! —protesta—. ¿A qué quieres jugar?

Paula sonríe. Solo de imaginar lo que le va a proponer hace que, por dentro, le dé la risa, pero debe contenerse.

—Tú, de pequeño, ¿no hiciste nunca una fiesta de chocolate con churros?

El joven responde tras pensar en ello unos momentos:

—No, no recuerdo nada parecido.

—Te estás haciendo mayor, cariño. Ni siquiera recuerdas tu infancia.

—Que no, ya te digo que no me suena eso del chocolate con churros en una fiesta —señala fingiendo que se indigna.

—Bueno. Te explico: consiste en que, con los ojos vendados, uno le dé al otro de comer. Mojas el churro en el chocolate y me lo das. Y, luego, yo a ti.

—Estás bromeando, ¿verdad?

—No, no. Es en serio, te lo juro.

Paula cruza los dedos medio e índice de su mano derecha y se los besa.

—¿Me estás diciendo que nos vamos a vendar los ojos y nos vamos a dar de comer los churros mojados en el chocolate, aquí, delante de todo el mundo?

—Sí, eso es.

La sonrisa de Paula le ocupa toda la cara. Ángel no sabe si su chica está hablando en broma o lo dice de verdad. Sí, parece que va en serio.

—Estás loca...

—¿No te atreves? —pregunta desafiante.

—Pues...

—¡Cobarde!

El joven periodista empieza a tomarse aquella afrenta como algo personal. ¿Que no se atreve?

—Bueno, acepto. Juguemos.

—¡Muy bien! ¡Valiente! ¡Así me gusta! —exclama la muchacha, aplaudiendo.

—¿Y quién gana?

—El que se manche menos la cara.

Ángel no tiene muy claras las reglas del juego, pero no puede consentir que Paula piense que es un cobarde.

—Bien, pero ¿con qué nos vendamos?

—Espera.

Paula se levanta y se dirige a la barra de la cafetería. Dialoga con un mesero y, pocos instantes después, este vuelve con cuatro servilletas de tela. Cuando la joven regresa a la mesa, le dice a Ángel, sin poder parar de sonreír:

—Toma, dos para ti y dos para mí. Una para que te la pongas en los ojos y otra para que te cubras y no te manches la ropa.

El chico agarra las dos servilletas que Paula le da. Mira hacia un lado y otro: solo hay un par de ancianos y una pareja en toda la cafetería. Pero ¡qué vergüenza...! Aunque él no se va a echar para atrás.

—Anda, juguemos.

—Bueno, y sin trampas, ¿eh? No vale mirar, que te conozco, periodista.

¿Cómo puede decirle eso? Él jamás hace trampas.

—¡Por supuesto que sin trampas! ¡¿Por quién me tomas?!

Paula suelta una pequeña carcajada sabiendo que ha herido el orgullo de su chico a propósito. A continuación, agarra una de las servilletas y se la anuda en el cuello de la camiseta para no manchársela. Ángel la imita. Acto seguido, se tapa los ojos con la otra servilleta, atándosela por detrás de la cabeza.

—Comprueba que no veo nada —le dice a Ángel.

El chico la obedece y hace varios gestos delante de ella para asegurarse. Efectivamente, parece que no ve nada.

—Muy bien. Ahora, yo.

—Bueno. Como comprenderás, yo no podré comprobar si me haces trampa o no. Pero confío en ti, cariño.

Ángel resopla y, tras observar que nadie lo mira, se pone la servilleta, en forma de venda, sobre los ojos.

—Ya está. No veo nada.

Y es cierto. No ve absolutamente nada. No le gusta ganar haciendo trampas.

—Perfecto. Confío en ti, ¿eh? —dice la chica, que en esos momentos, lentamente, se quita la servilleta de los ojos—. Empieza tú.

Paula apenas puede contener una enorme carcajada al ver al pobre Ángel, muy serio, buscando el churro para mojarlo en el chocolate. Sin embargo, logra reprimirse para continuar con el juego.

El chico por fin atrapa el churro. Lo moja en la taza y, con torpeza, busca la boca de ella.

—Vamos, cariño, estoy preparada. ¿Qué esperas?

Ángel se inclina hacia delante con el brazo estirado. Las gotas de chocolate caen sobre la mesa. Paula esquiva el churro. El chico lo intenta por la derecha, ella mueve su cara hacia la izquierda y repite la maniobra cuando él se aproxima por el lado contrario.

—Pero ¿dónde estás? —pregunta, desesperado, después de varios intentos fallidos.

—¡Pues aquí! ¿Dónde voy a estar? ¡Qué mala puntería tienes, cariño!

La chica no puede evitar ahora la carcajada ante el malestar de Ángel, que sigue insistiendo. Benevolente, por fin, Paula se deja rozar con el churro empapado de chocolate y le permite que le manche un poco la cara.

Su chico sonríe, pero ella no le deja mucho margen y muerde el churro.

—¡Bien! —grita mientras lo mastica—. ¡Por fin has encontrado mi boca!

—Uf, parecía que habías desaparecido... Pero creo que no te he manchado mucho, ¿no?

—Luego lo vemos. Ahora me toca a mí.

Paula se tiene que poner las dos manos en la cara para

soportar la risa. Apenas puede respirar. Ángel, enfrente, abre la boca esperando que la chica le dé su desayuno. Esta empapa un churro todo lo que puede y lo dirige al rostro de Ángel.

El primer impacto es en la frente, y por toda esa zona Paula restriega bien el chocolate.

—Pero ¿qué haces? ¡Mi boca está más abajo! —exclama Ángel.

—Perdona, cariño. ¿Más abajo?

La chica vuelve a mojar el churro, y, tras pasarlo por los labios de Ángel evitando que este llegue a morderlo, extiende todo el cacao por su barbilla y pómulos.

—¡Paula! ¡Me estás ensuciando todo!

Ángel no sabe si reír o llorar. Tiene la cara cubierta completamente de chocolate.

—¡Perdona! ¡Pero es que no lo coges!

—¿Cómo que no?

—Bueno, voy otra vez.

La pareja que se encuentra en la cafetería los mira divertida. Estos enamorados...

Paula moja por tercera vez el churro y esta vez sí lo coloca justo delante de la boca de Ángel, inclinándose sobre él.

—¡Muerde!

Ángel le hace caso y da un mordisco a su presa.

—¡Muy bien, cariño! —vitorea Paula, que definitivamente no puede parar de reír.

A continuación, le quita la venda a Ángel, que se encuentra a su chica justo delante sin los ojos tapados.

—Pero tú... ¡me has hecho trampa!

—Sí. Pero... ¡tú te llevas el premio!

La joven acerca su rostro al de él y lo besa en los labios. Beso de chocolate.

Ángel no protesta y responde al beso de su chica.

Dulce desayuno.

Segundos más tarde, Paula jala su silla y se sienta junto a él. Con la servilleta que no se ha manchado, limpia la cara de Ángel mientras no puede parar de reír ante las quejas de este.

—Eres una tramposa. No voy a jugar contigo a nada más.

—Ya lo veremos.

Bromistas y alegres, pelean con la servilleta.

En la radio, en esos momentos, comienza a sonar una canción que a los dos les resulta muy familiar.

—¡Escucha! ¡Es el tema de Katia! ¡Me encanta esta canción!

—Es cierto, no la había reconocido —miente Ángel algo más serio.

—¡Qué bonita es!

—Sí, no está mal.

La joven continúa arreglando el desaguisado que ha hecho en el rostro de Ángel.

—¿La has vuelto a ver?

La pregunta toma desprevenido a Ángel.

—¿A quién?

—Pues a quién va a ser, a Katia.

Ángel duda qué contestar. No puede contarle nada. Además, si antes no lo hizo..., ahora sería mucho peor.

—No, no la he vuelto a ver.

—¡Ah, qué pena! Bueno, si la vuelves a ver, pídele un autógrafo para mí.

Ángel traga saliva.

—¿Tanto te gusta?

—Muchísimo, y además... me recuerda a ti.

¡Uf, lo que le faltaba por oír! Se siente muy culpable.

—Bueno..., veremos qué...

Pero Paula interrumpe a su chico, alarmada al darse cuenta de la hora que es.

—¡Dios, es tardísimo! Mis padres tienen que estar a punto de despertarse. ¡Corramos!

Justo en ese momento, en otro lugar, en la habitación de Paula, donde Cris, Miriam y Diana cuchichean sobre qué estará haciendo la pareja, la puerta se abre lentamente.

Esa mañana de marzo, en un lugar apartado de la ciudad.

El silbido de la cafetera quiebra el silencio que reina en la cocina. El café está subiendo. Apaga el fuego y deja que termine de hacerse. Cuando el silbido cesa, lo sirve en una taza con una gota de leche.

Y es que no ha podido seguir durmiendo.

Álex lleva despierto desde que su hermanastra entró en la habitación. ¡Qué idea! ¿A quién se le ocurre levantarse un domingo tan temprano para irse a correr? Pero así es Irene: siempre impredecible.

Aquella chica lo pone nervioso, en todos los sentidos. Tiene que reconocerlo: físicamente, siempre había sido muy atractiva, provocadora. Pero ahora tiene un toque seductor, inquietante. Y es mucho más mujer que la última vez que la vio, sin abandonar aquel carácter infantil que a veces sacaba a la luz.

La tentación en casa.

Pero no: es su hermanastra y eso nunca cambiará. No tienen la misma sangre, pero sí son familia. Y eso imposibilita cualquier tipo de relación entre ellos. Además, está Paula.

Paula...

¿Qué estará haciendo ahora? No lo recuerda bien, pero cree que ha soñado con ella.

Se muere por verla de nuevo. Ayer fue uno de esos días mágicos por los que vale la pena arriesgarse. Se alegra de haberle pedido ayuda. *Perdona si te llamo amor* casi une sus labios. ¿Qué hubiese pasado si la hubiera besado?

Inmerso en sus pensamientos, Álex agarra la taza de café y se sienta delante de su computadora portátil. Ya que se encuentra solo y despierto, debe aprovechar.

Antes de adentrarse en *Tras la pared*, examina su correo electrónico. Encuentra un *e-mail* de esos encadenados: «Envía este mensaje a diez contactos y el amor llamará a tu puerta durante el día de hoy». Odia ese tipo de correos, pero, esta vez, selecciona a diez personas al azar y lo reenvía. ¿Por qué lo ha hecho?

No le da más importancia y sigue comprobando los *e-mails*. Publicidad, más publicidad y nada más. No hay ni rastro de personas que hayan encontrado el cuadernillo, exceptuando el correo del día anterior mandado por María.

«Es pronto. Y domingo. La gente duerme», se convence a sí mismo.

No quiere impacientarse con ese tema. Realmente, no sabe cuál será el resultado del experimento, pero una ligera decepción le embarga al no recibir nuevas noticias.

Cierra su cuenta y abre el archivo que contiene la novela.

Piensa unos minutos. Tiene que describir a Nadia, la chica protagonista con la que Julián se obsesionará. Cierra los ojos y la imagina. Sí, ya la tiene. Escribe:

Tendría entre catorce y quince años, aunque trataba de parecer algo mayor. El pelo liso le caía por los hombros en una cascada rubia interminable, adornada con una fina trencita azul. Sus grandes ojos verdes, pintados con gusto exquisito, transmitían la mágica unión de la inocencia y la sensualidad. Los labios carnosos, dibujados de rosa, estaban ligeramente abiertos al caminar. Su ropa invitaba a imaginar más allá: una camiseta ajustada y con ligero escote no pretendía ocultar las formas redondeadas y exuberantes que escondía debajo; y unos *shorts* minúsculos dejaban paso a unas piernas larguísimas, eternas. Era un ángel que desfilaba, más que caminar, hacia mí. Sostuve la puerta para que aquella niña, con doctorado de mujer, pasara. El flechazo fue completo cuando un irresistible olor a vainilla me impregnó a su paso.

Lee una y otra vez lo escrito. No ha podido evitar el detalle de la vainilla, el mismo olor del perfume de Paula. Paula... Enseguida le viene a la cabeza el correo encadenado que ha recibido: «Envía este mensaje a diez contactos y el amor llamará a tu puerta durante el día de hoy».

Si fuera verdad...

En ese momento, el timbre de la puerta de entrada suena. Pero... ¿quién...? El amor llamando a la puerta...

Álex no puede evitar una sonrisa. Caprichoso destino.

Cierra su laptop y camina tranquilamente hacia la entrada. Siempre tan impredecible...

—O no cierras o te llevas las llaves, Irene —dice, sin ni siquiera comprobar que es su hermanastra la que ha llamado, mientras abre la puerta.

Y la ve.

Un escalofrío recorre el cuerpo de Álex, similar al que sintió por la noche cuando la chica se le echó encima para tratar de alcanzar el ratón de la computadora.

Se ha quitado la sudadera, que lleva atada a la cintura. La camiseta negra sin mangas se ajusta perfectamente a su sensual cuerpo. Su frente brilla del sudor de la carrera. También su cuello resplandece.

—Perdona, hermanito, ni me di cuenta. ¿Seguías durmiendo?

Irene entra en la casa, rozando con su cuerpo el de Álex al pasar.

—No..., no. Estaba tomando café.

—¡Ah, qué bien! Justo lo que necesito. ¿Queda para mí?

—Sí. Hace poco que lo hice. Incluso puede que esté aún caliente.

—Perfecto. ¿Lo tomas conmigo?

El joven no encuentra motivos para negarse y acompaña a su hermanastra hasta la cocina. Él mismo se encarga de servirle.

—¿Cómo lo quieres?

—Con mucha leche, por favor.

Irene ha dejado la sudadera encima de una silla y con un pañuelo de papel seca su frente. Cuando Álex se acerca con el café, pasa lentamente el pañuelo por su cuello, desde la barbilla al escote.

—¿Está bien así?

La chica se inclina para mirar el interior de la taza mientras deja el clínex a un lado.

—Sí, perfecto —señala con una gran sonrisa—. Álex, ¿te puedo hacer una pregunta?

—Sí, pero rápido, que tengo cosas que hacer —contesta mostrándose lo más distante posible.

—¿Tienes novia?

—No.

A pesar de su sorpresa, el chico contesta con frialdad.

—Y esa Paula, ¿quién es? Soñabas con ella cuando te desperté...

Si la primera pregunta tomó desprevenido a Álex, la segunda la supera. Sin embargo, trata de reaccionar de la misma manera.

—No recuerdo lo que he soñado. Y tengo dos o tres amigas que se llaman así.

—Ah, muy bien. Es un nombre muy bonito y muy común.

—Sí, es bonito —responde simulando indiferencia—. Y ahora, si me perdonas, voy a subir a seguir con lo que estaba haciendo.

El joven abandona la cocina ante la mirada atenta de su hermanastra, que no le pierde de vista hasta que desaparece. Y sí, los ojos de Álex lo han delatado: esa Paula es su rival.

Capítulo 20

Esa mañana de domingo de marzo.

Un rayo de sol entra por la ventana de la habitación de Paula. Miriam se asoma buscando desesperadamente la llegada de su amiga. Si no se da prisa, seguro que la van a descubrir.

—Pero ¿dónde se ha metido esta niña? —pregunta la mayor de las chicas, que vuelve a correr las cortinas y a tumbarse en su saco de dormir.

—Qué preguntas haces... Como si no fuera obvio —contesta Diana, que está sentada en la cama sobre sus piernas—. Y no es tan niña: tiene ya una edad en la que...

—Siempre estás con lo mismo.

—Pues porque algún día tiene que ser su primera vez. Todas hemos pasado por eso.

—Ya lo hará cuando quiera hacerlo.

—No es una niña ya —insiste Diana.

—Hablas como si tú fueras mucho mayor que ella.

—Y lo soy.

—Un mes —puntualiza Miriam.

—Suficiente.

Miriam resopla. No tiene ganas de meterse en una batalla dialéctica con Diana. Está preocupada por Paula.

—¿De verdad creén que ella y el periodista estarán...? —insinúa Cris, que es ahora la que mira por la ventana.

—No —asegura rotunda Miriam.

—¿Y por qué no? Lo mejor de las peleas son las reconciliaciones. Y ya sabemos todas lo que implican —explica Diana.

—A ti no te hace falta reconciliarte con alguien para acostarte con él.

—¿Qué insinúas? ¿Que yo me tiro al primero que pasa por mi lado?

—O al segundo —añade Miriam.

—Serás... ¡Ah! A ti lo que te pasa es que estás resentida conmigo.

—No estoy resentida.

—Sí estás resentida...

—¡Chicas! ¡Basta ya! —interviene Cris, que ve que aquella conversación se calienta por momentos—. No se peleen. Como nos oigan los padres de Paula...

Miriam y Diana se miran. Cristina tiene razón.

—Perdona, no quería pasarme —se disculpa Miriam.

—No te preocupes. Yo también he estado muy grosera —responde Diana.

—¡Así me gusta, Sugus! —exclama Cris, que se sienta en la cama y les estampa dos besos en las mejillas.

En ese momento, la perilla de la puerta de la habitación gira lentamente.

Solo Miriam se da cuenta.

—¡Viene alguien! ¡Háganse las dormidas! —ordena en voz baja.

La puerta se abre muy despacio, mientras las tres chicas rápidamente tratan de disimular que duermen, Cris y Diana en la cama, y Miriam en uno de los sacos de dormir.

Alguien entra sigilosamente en el dormitorio. Camina prudente hacia la cama, hasta el lado en el que Paula suele dormir y que ahora ocupa Diana.

—Paula, ¿estás despierta? —pregunta con dulzura y sin alzar la voz.

—¡Nooo! —grita Diana dando un brinco.

Erica se lleva un gran susto y también grita. La pequeña tropieza y cae sobre el saco de dormir en el que está Miriam. Esta la abraza con fuerza al ver a la niña sollozando.

—Pero, Diana, ¿por qué la asustas?

—Si no ha sido nada, ¿verdad, enana?

La chica alarga su brazo para acariciar a la pequeña, quien, sin embargo, y con lágrimas en los ojos, lo aparta de un manotazo.

—¡Déjame, tonta!

—Vaya, qué carácter tiene esta canija...

—Es que te pasas con el susto que le has dado a la pobrecilla —interviene Cris, que baja al saco de dormir en el que la niña continúa abrazada a Miriam.

Erica se va calmando, aunque todavía jadea agitada del sobresalto, y con la mirada busca a su hermana.

—¿Y Paula?

Las tres Sugus se miran entre ellas.

—Ahora viene. Ha ido a... —comienza diciendo Miriam, que se bloquea en mitad de la frase.

—Al baño. Ha ido al baño —continúa Cris.

—En el baño no estaba —afirma Erica muy segura.

—¿No? Pues habrá bajado por un vaso de leche. Ahora subirá.

La niña no parece muy convencida de las explicaciones de esas chicas. Sobre todo no confía en aquella tonta que la ha asustado, a la que mira con odio y le saca la lengua. Diana le responde con el mismo gesto, pero más prolongado.

—Pues voy a ver si la veo abajo...

—No, quédate aquí con nosotras. ¿Quieres que te contemos un cuento? —le pregunta Miriam, que no sabe lo que hacer para distraerla.

Erica lo piensa y termina aceptando.

Entre las tres Sugus cuentan a la pequeña una historia improvisada de una princesa rubia de pelo largo y un príncipe muy guapo que la rescata de un temible dragón. Y cuando la historia está a punto de llegar a su fin, la puerta del cuarto vuelve a abrirse.

Jadeante, Paula entra en su habitación sin ni tan siquiera darse cuenta de que su hermana está allí.

—Perdonen que haya tardado tanto. ¿Alguna novedad?

Entonces es cuando la recién llegada observa que la pequeña está en medio de sus amigas. Erica mira a su hermana sorprendida y piensa que es muy descarada porque, en vez de ir por un vaso de leche, ha tomado chocolate. ¿O de qué, si no, puede ser aquella mancha marrón en la camiseta blanca?

Esa mañana, en otro lugar de la ciudad.

Después de acompañar a Paula a su casa, Ángel toma un taxi que lo lleva a la redacción de la revista. El sábado, con todo el asunto del teléfono y la resaca, no hizo nada, y no quiere que todo el trabajo se le acumule para la mañana del lunes. No hay nada peor que comenzar la semana con un montón de cosas que hacer.

La radio del coche se oye muy baja, pero el chico puede distinguir el tema *She's so high*, de Blur.

Durante el trayecto, el joven periodista sonríe al recordar el episodio de los churros. ¡Qué imaginación tiene esa chica! Su chica. A nadie más que a ella se le podía haber ocurrido aquel juego en medio de una cafetería. Aún cree saborear en sus labios los besos de chocolate. Y los de antes, en el parque de los cien escalones. Dulces labios. Dulces besos.

Ángel se recuesta sobre el asiento trasero del taxi con los dos brazos abiertos apoyados en la tapicería. Experimenta una placentera sensación de tranquilidad, la misma que había extraviado el día anterior. ¡Y pensar que por su imprudencia y testarudez podía haber perdido a aquella maravillosa jovencita...! No volverá a pasar. Se lo promete una y otra vez a sí mismo.

La canción de Blur termina. El presentador anuncia alguna noticia que Ángel no consigue escuchar. A continuación, presenta el próximo tema.

Pese a que es casi inaudible, el chico enseguida reconoce la melodía. No puede ser, parece que le persigue... Suena la dulce voz de Katia cantando *Ilusionas mi corazón*. Hace un rato, mientras desayunaba con Paula, también sonó en la cafetería. Además, a ella le encanta. ¿Dónde está la cámara oculta?

Por si no fuera bastante, el taxista sube el volumen de la radio y comienza a tararear el pegadizo estribillo.

Ilusionas mi corazón.
Nunca pensé que pudiera amar
como te amo a ti, mi amor,
como te quiero a ti, jamás.
Y en esta historia de dos,
que no tiene escrito el final,
tú eres mi cielo, mi sol,
tú eres mi luna, mi mar.

La tranquilidad desaparece. Los recuerdos del viernes por la noche regresan. El remordimiento. Había pasado la noche en casa de la chica del pelo de color rosa, haciendo quién sabe qué. Katia le había asegurado que no había pasado nada entre ellos, y eso era un consuelo. Pero se siente avergonzado por su actitud, por emborracharse hasta el punto de no recordar nada de lo sucedido. Y por mentir a Paula.

Esa era la peor parte de todas. No le gusta no decir la verdad, aunque en este caso es necesario. Pero ¿y si Paula algún día se entera de todo? ¿Cómo le explica que pasó la noche en casa de otra chica? Sin duda, ella no se creería que solamente estuvo durmiendo. No. Y todavía menos después de mentirle.

Si algún día la verdad saliese a la luz, sería el fin de la relación con Paula. Afortunadamente, solo él y Katia saben lo que pasó. Él no va a decir nada, ¿y Katia?

La canción continúa sonando en el aparato de radio. Al taxista, un hombre con poco pelo y de unos cuarenta años, parece entusiasmarle, porque se sabe toda la letra del tema.

Ángel no termina de confiar en Katia. Es cierto que, cuando está cerca de ella, siente una especie de atracción. Hay química. No es como con Paula, pero la cantante le gusta de alguna manera. Sin embargo, lo mejor es que se mantenga alejado de ella. Sí, es la opción más adecuada. Cuando vuelvan a hablar, le pedirá por favor que entienda su postura. Que tiene novia y que si siguen viéndose pueden cometer un error. Ese que casi sucede el viernes por la noche. ¿Cómo se lo tomará ella?

El presentador del programa interrumpe la canción antes de que esta finalice, hablando por encima del último estribillo:

Esto fue *Ilusionas mi corazón*, el *hit* del momento. Esperamos que Katia se reponga cuanto antes de su accidente y pronto la tengamos presentando el segundo *single* de su disco.

Ángel no puede creer lo que acaba de oír. ¿Un accidente? ¿Cuándo?

—Pobre chica —murmura el taxista.

—¿Qué es lo que ha pasado? —pregunta el periodista, alarmado, al tiempo que asoma su cabeza por el hueco entre los asientos delanteros.

—No han dicho mucho, pero al parecer esta noche, después de salir de una fiesta, ha tenido un accidente de tráfico.

¡Un accidente de tráfico! La imagen de Katia arrolla todos los pensamientos de Ángel: el momento en el que la vio por primera vez en la redacción de la revista, la sesión de fotos, el beso...

—¿Y es grave? ¿Han dicho si está bien?

—No han dicho nada, solo que está internada y que seguirán informando.

—¿Sabe el hospital en el que está?

—Sí, no está lejos de aquí.

—¿Puede llevarme hasta allí, por favor?

El taxista asiente. Gira hacia la derecha y pone rumbo al centro médico en el que la cantante más escuchada del momento ha sido ingresada durante la madrugada.

Capítulo 21

Esa mañana de marzo, en algún lugar de la ciudad.

—Bueno, pero además de tantos besitos y abracitos, ¿ha habido...?

Diana escucha atentamente a Paula, que, sentada en la cama, cuenta a sus amigas su desayuno con Ángel, después de que la pequeña Erica saliera de la habitación.

—No, no ha habido sexo.

—El chico estará desesperado ya —insiste Diana.

—Déjala, no la presiones. Si se conocen desde hace tres días... —protesta Miriam.

—Tres días, más dos meses de computadora. ¿Crees que el chico durante ese tiempo no era humano?

—Si la quiere..., esperará lo que sea necesario.

—Ya, Miriam, no me fastidies. Ningún chico espera lo que sea necesario.

—No sé qué clase de chicos conoces tú...

—¿Ya van otra vez? ¡Qué mañana me están dando! —interviene por fin Cris—. No se peleen más. Además, aquí la que decide es ella. ¿Tú qué piensas, Paula?

Las tres Sugus observan fijamente a su amiga, que duda por un instante lo que va a decir.

—Pues... Sí, tengo ganas. Creo que Ángel es el chico adecuado. Pero, por otro lado..., quiero que sea especial.

—¡En tu cumpleaños! —dice Diana.

—¿Qué pasa en mi cumpleaños?

—Pues que es un día perfecto para estrenarte.

Las cuatro guardan silencio hasta que Miriam vuelve a hablar:

—Ya sabes lo que pienso de esto. Que eres tú la que tienes que decidir cuándo estarás preparada. Pero, si tienes ganas de hacerlo..., puede ser una buena ocasión.

—¡Aleluya! Una cosa en la que Miriam me da la razón...

—No te doy la razón.

—¿No? ¿Y qué has hecho?

—Otra vez. ¡Vaya dos...! —Ríe Cristina.

El resto de Sugus también ríen.

—No sé, chicas. ¿Y cómo se lo propongo? ¿Qué le digo?

—Pues el sábado, después de la fiesta de tu cumpleaños... —empieza a decir Diana, que de repente se queda callada.

—¡Ah! ¿Voy a tener fiesta de cumpleaños?

—Bocona —murmura Miriam, tapándose los ojos con las palmas de las manos.

—Teníamos que haberla planeado sin contar contigo, Diana —señala riendo Cristina.

—¡Bueno, bueno! La regué, lo siento, se me escapó.

—No te preocupes, me hubiera enterado igual. Son incapaces de guardar un secreto así —indica Paula—. Sigue, ¿qué decías de después de la fiesta?

Diana suspira, no muy aliviada tras su metedura de pata.

—Pues que, después de la fiesta, se van a un hotelito..., y allí... Bueno, eso ya sabrás tú. No necesitas detalles, ¿no?

—¿Y creen que él querrá?

Las tres Sugus no pueden evitar una carcajada ante la atónita expresión de Paula.

—¿Que si querrá? Estás de broma, ¿no? —apunta Cris.

—No habrás terminado de decirle lo del hotel y verás la llave de la habitación en sus manos.

—¡Qué exageradas! —exclama Paula tras las últimas palabras de Diana.

—Ya lo comprobarás.

—Sigo sin verlo claro. El hotel cuesta dinero y estoy sin un euro. Luego están mis padres...

—Teníamos pensado regalarte otra cosa, pero del hotel nos podríamos encargar nosotras, ¿verdad, chicas? —dice Miriam—. Será nuestro regalo de cumpleaños.

Las otras dos Sugus asienten con la cabeza.

—Y tus padres, por ser el día de tu cumple, te dejarán hasta más tarde. Nosotras les diremos lo de la fiesta y todo solucionado —continúa diciendo la mayor de las chicas.

—¿Dónde piensan celebrar la fiesta?

—En mi casa —dice Miriam—. Ya se lo he dicho a mis padres, que casualmente el fin de semana se van de viaje. Después saldremos a dar una vuelta y ustedes dos se pueden marchar al hotel.

—Vaya, Sugus de melón, veo que piensas rápido... —bromea Diana.

—¿Desde cuándo soy el de me...? Tú sí que...

Miriam golpea con una almohada la cabeza de Diana.

—Y con tu amigo el escritor, ¿qué hacemos? —pregunta Cris.

—¿Con Álex?

—Claro. ¿Vas a juntar a los dos en la misma habitación?

Paula se queda pensativa. Álex. ¿Qué pasa con Álex? ¿Le había dicho que tenía novio? No. ¿Y eso qué importa? ¿O sí importa?

—Pues no tengo ni su celular, pero imagino que hablaré por MSN con él esta semana. Y habrá que invitarlo, ¿no?

—¡Huy...!

—¿Qué pasa, Diana?

—Nada, no he dicho nada.

—Has dicho «huy».

—Cosas mías. No tiene importancia.

En ese instante suena la puerta del dormitorio.

—¿Puedo pasar? —pregunta Mercedes desde fuera.

—Sí, mamá, pasa.

La mujer entra en la habitación con un gran cucurucho de papel cerrado en las manos.

—Chicas, el desayuno. El preferido de Paula. Hemos ido por churros. Y abajo hay preparados cuatro chocolates bien calientes.

Las Sugus sueltan una carcajada, mientras Paula suspira profundamente. No cree que pueda probar ni uno solo más.

—¿He dicho algo gracioso?

—No, mamá, es que están insoportables esta mañana. Ahora vamos.

—Pero rápido, que se enfrían.

Mercedes sale de la habitación confusa por la reacción de las chicas. ¿Qué habrá dicho para que se rían tanto?

Esa misma mañana, en otro lugar alejado de la ciudad.

El agua caliente moja el cabello de Álex y se desliza por todo su cuerpo. Está tenso. Sus hombros están agarrotados. Ha pensado que una buena ducha antes de continuar escribiendo le vendría bien.

Tiene la radio encendida dentro del cuarto de baño, sintonizada en una emisora musical. Después de un pequeño paréntesis en el que han explicado que la cantante Katia está ingresada en un hospital de la ciudad tras sufrir un accidente de tráfico, suena *Tantas cosas que contar*, de La Oreja de Van Gogh.

Tantas cosas tendría él que contar...

El joven intenta olvidarse por unos minutos de Irene, de su libro, de sus historias. Y de Paula.

Misión imposible.

Mientras los cálidos chorros azotan su piel, la imagen de la chica de dieciséis años vuelve a presentarse. ¿Está empezando a obsesionarse?

Recuerda algo. Su cumpleaños... Sí, le dijo que cumplía diecisiete el sábado de la próxima semana. ¿Qué le podría regalar? Aunque, bien pensado, ¿es oportuno regalarle algo? ¿No estaría pasándose?

En realidad, ni siquiera son amigos: son casi desconocidos, apenas han compartido un día juntos. Un día mágico, maravilloso, distinto..., pero solo un día. Y quizá para Paula solo ha sido un día más.

Tal vez él sea eso: solo uno más, uno de los tantos chicos que seguro llenan la vida de la joven. Esa idea lo desmoraliza.

Álex toma el bote de jabón en gel y deja caer un poco en sus manos. Con suavidad lo extiende, primero por sus piernas y posteriormente por sus brazos, por el abdomen y por el pecho. Instantes más tarde se enjuaga con el agua ya más tibia.

Quiere verla. Es en lo único que piensa. ¿Cómo es posible que no pueda quitársela de la cabeza?

De todas formas, tendrá novio. No es posible que una chica así ande sola por el mundo.

Coloca la regadera en el soporte, sobre su cabeza, y abre un poco más las llaves para que el agua salga con más presión, con más fuerza. En sus oídos suena como una cascada que le transporta unos minutos al más absoluto relax.

No existe otro sonido: solo el del agua. Ni siquiera puede escuchar que en la radio acaban de poner *Don't speak*, de No Doubt.

Satisfecho, Álex decide dar por terminada la ducha. Cierra las llaves y agarra una toalla blanca con la que comienza a secarse aún dentro del cancel. Con el cuerpo todavía húmedo, sale de la ducha anudándose la toalla a la cintura.

—¡Ah, por fin has terminado! —La voz de Irene le sorprende, tanto que está a punto de resbalar.

Su hermanastra sonríe con un cepillo de dientes en la mano. La chica no puede evitar mirar de arriba abajo al joven.

—¿Qué estás haciendo aquí?

—Lavarme los dientes después de desayunar. Hay que hacerlo cuatro veces al día, por lo menos.

—¿Pero no has visto que estaba duchándome yo?

—Sí, y he llamado a la puerta varias veces, pero no me has contestado.

—No te oí por el ruido del agua.

—Me lo supuse. No te preocupes, no me molesta que te duches mientras me lavo los dientes.

Álex no da crédito a lo que oye.

—¿Cómo dices?

—Pues eso, hermanito. No te molestará que haya entrado, ¿no? A estas alturas...

—¡Por supuesto que me molesta! Es mi intimidad.

—Ay, no seas cascarrabias. ¿Crees que me puedo asustar de verte desnudo?

La joven sonríe pícara y vuelve a repasar a su hermanastro. Su torso reluciente y mojado es irresistible. Si fuera por ella...

Por el contrario, Álex resopla desesperado.

—Irene, si vas a vivir aquí, tienes que aceptar unas normas. Y respetarlas.

—¡Uf, eso de las normas...!

—Pues las hay. Deben existir.

—Lo que tú digas. Cuéntame.

La chica se inclina y bebe un trago de agua que comienza a remover dentro de su boca.

—En primer lugar, tienes que llamar a la puerta antes de entrar en mi habitación o en el cuarto de baño.

Irene escupe el agua y se seca cuidadosamente con la mano la comisura de los labios.

—¡Si lo he hecho, hermanito! Pero no me has oído, ya te lo he dicho.

Álex empieza a enfadarse.

—Pues la siguiente norma es que, si yo estoy duchándome o durmiendo, no entres.

—Creo que podré hacerlo —contesta ella sonriendo—. ¿Más normas?

—No pasees por la casa con poca ropa.

—Eso no lo he hecho.

—Por si acaso.

Irene suelta una carcajada.

—De acuerdo. Me portaré bien. ¿Alguna cosa más, hermanito?

—Sí: no me llames hermanito, por favor.

La joven vuelve a reír escandalosamente, pero acepta la regla. A partir de ahora solo llamará a su hermanastro por su nombre.

Esa misma mañana de marzo, en un lugar de la ciudad.

Ángel llama a la puerta de la habitación en la que Katia descansa.

Paradójicamente, una de las enfermeras le ha preguntado si era el novio de la cantante. En principio ha dudado, pero no lo ha negado temiendo que solo dejaran pasar a familiares e íntimos.

—Adelante, entre.

Una joven voz femenina que no reconoce lo invita a pasar. El periodista abre la puerta con cuidado y entra en la habitación.

Al fondo, Katia está acostada, tapada con una sábana blanca. La chica del pelo rosa sonríe al verlo. Su acompañante, sentada en una silla junto a ella, también lo hace. La desconocida es una joven rubia con mechas de color chocolate, de unos veinticinco años, con cierto parecido a Katia.

—Hola, Ángel —dice tímidamente la muchacha, que hace un gran esfuerzo para incorporarse—. ¡Qué alegría verte!

Él se acerca hasta las dos chicas sonriendo. Tumbada en aquella cama, no parece la misma Katia de estos días. Tiene un ojo morado y una pequeña venda que cubre parte del lado izquierdo de su frente.

—¡No te muevas! ¡Qué necia eres a veces! —le recrimina la joven rubia, que se levanta de la silla para recibir al recién llegado—. Hola, soy Alexia, la hermana mayor de este elemento.

—Yo soy Ángel. Encantado.

—Igualmente. Algo he oído hablar de ti.

Dos besos.

Como su hermana, Alexia tiene cierto encanto en sus facciones. Su rostro no es tan aniñado y es más alta que la cantante, pero igual de atractiva que ella.

—¡Hey! Y para mí ¿qué? ¡Que soy la enferma! —protesta infantilmente Katia, tratando de alzar la voz inútilmente.

Ángel se aproxima a ella y también le da dos besos con

cuidado para no lastimarla. Tiene la piel fría. Sin embargo, el lento roce de sus labios con su mejilla es cálido.

—Qué susto me has dado. ¿Cómo te encuentras?

—Bien. He tenido mucha suerte.

—¿Algo roto?

—¡Qué va! Esta niña es de granito, ahí donde la ves, tan poca cosa que parece... —interviene Alexia—. Rasguños, moretones y un golpe en la cabeza por el que tendrá que estar aquí hasta mañana en observación. Pero poco más.

Ángel sonríe. Se siente aliviado. Cuando oyó en la radio del taxi la noticia, pensó en lo peor.

—¿Cómo fue?

Katia suspira.

—Salí de una fiesta en la que había dado un concierto e iba conduciendo tranquilamente hacia mi casa cuando un coche se me apareció de frente por mi carril. Lo esquivé como pude y choqué contra una farola. La bolsa de aire y el cinturón han evitado que me hiciera más daño.

—Menos mal. Sí, has tenido suerte. ¿Al otro le ha pasado algo?

—No. Ni se paró. El accidente lo tuve solo yo.

—Los sábados son peligrosos para conducir de noche. Hay mucho loco suelto —señala su hermana, que acerca otra silla a la cama para que Ángel se siente también.

—Y tú, ¿cómo te has enterado? Iba a llamarte luego.

—Lo escuché en la radio. Ya están dando la noticia.

Katia se lamenta. Pronto aquel hospital estará lleno de curiosos y periodistas. Y el que verdaderamente le importa ya está allí junto a ella.

—Si no me equivoco, tú eres periodista, ¿verdad?

—Sí, trabajo en una revista de música. Gracias a ello conocí a tu hermana, que amablemente nos concedió una entrevista.

—Ya me ha comentado algo.

Alexia parece muy informada de todo. ¿Qué le habría contado Katia sobre él? ¿Y hasta dónde?

—Pero, tranquilas, vengo como amigo, no como profesional —asegura el joven.

—Ya. Seguro que terminas escribiendo en tu revista una noticia sobre el accidente donde cuentas hasta el color del camisón que me han puesto —bromea la cantante.

—No, no, te aseguro que...

—Ya lo sé, tonto —se burla Katia, que toma la mano de Ángel y la aprieta con toda la fuerza que puede.

Con él allí, se siente mucho mejor. Le encanta que haya venido a verla. No lo esperaba después de todo lo que había pasado el viernes por la noche y el sábado por la mañana. Para ser sincera, creía que no lo volvería a ver. En cierta manera, está contenta de que aquel accidente los haya vuelto a unir.

Los tres conversan animadamente durante un rato, hasta que una enfermera entra en la habitación con un carrito en el que porta una bandeja con un plato tapado, dos vasitos pequeños y un bote con pastillas.

—Señorita, le traigo algo para que coma y unas pastillas para el dolor de cabeza.

—Gracias.

La enfermera entrega la bandeja a la chica y abre el tarrito con los analgésicos, del que saca uno para colocarlo sobre una servilleta, junto a uno de los vasos.

—Mientras comes, me voy un rato fuera. Ahora vengo, hermana. Ángel, ¿me haces compañía?

—¿Se van?

—Solo un momento, me ponen nerviosa los hospitales. Necesito un té de tila, algo. ¿Vienes, Ángel?

El chico se extraña con la propuesta, pero no se opone.

Se encoge de hombros ante la mirada suplicante de Katia y sale de la habitación detrás de Alexia.

La hermana de la cantante camina de manera elegante, recta, haciendo sonar con suficiencia sus altos tacones en el suelo del hospital. Ángel la sigue detrás a pocos pasos.

—¿Vamos a la cafetería? —le pregunta Alexia, deteniéndose para que su acompañante la alcance.

—Muy bien.

Andan por el pasillo, uno al lado del otro, hacia el elevador. Al entrar, la chica presiona el botón que los lleva a la planta baja.

Apenas se miran. Es una de esas situaciones incómodas de elevador, hasta que Alexia habla.

—Y ¿cómo es que, siendo de la prensa, te han dejado entrar?

La pregunta sorprende a Ángel, que improvisa la respuesta tras un instante.

—No me han preguntado si era periodista —contesta dubitativo.

—Claro. Si hubieras dicho que lo eras, no te habrían permitido subir.

—No he venido en misión informativa —insiste sonriendo.

Planta baja. La puerta del elevador se abre. La cafetería está a pocos metros. El olor del café recién hecho se confunde con el de algún tipo de guiso que han empezado a preparar para el almuerzo de los enfermos.

La pareja entra en aquel lugar lleno de batas blancas.

—Creo que hay que pedir en la barra —señala Alexia.

Así es. Café con leche para él y té de tila para ella.

El mesero, un señor bajito con bigote canoso, los sirve en pequeños vasitos blancos de plástico.

—¿Nos sentamos? —pregunta la joven.

El periodista asiente. Se deciden por una mesa esquinada del fondo. No hay nadie a su alrededor. El chico deja que ella elija silla y él ocupa el lugar de enfrente.

Ángel da un sorbo a su café caliente. Demasiado amargo.

—¿Has dicho que eras de la familia? —pregunta Alexia, retomando la conversación del elevador.

De nuevo desprevenido.

—Algo así.

—¿Algo así?

—Sí. Me han preguntado que si era su novio... Temí que no me dejaran pasar si lo negaba.

La chica sonríe maliciosa.

—¿Y lo eres?

—¿Su novio? ¡No! Solo somos amigos.

Ángel se sorprende a sí mismo cuando pronuncia la palabra amigos. ¿Desde cuándo lo son? Parece como si se conocieran de toda la vida y tan solo hace tres días que se vieron por primera vez en la redacción de la revista.

—¿Sabes?, Katia me ha hablado de ti.

El joven empieza a sentirse incómodo. La conversación se parece cada vez más a un interrogatorio.

—¿Y qué te ha contado?

—No demasiado: que la entrevistaste y quedó muy satisfecha, por cierto. También que fuiste a una sesión de fotos porque ella te lo pidió. ¡Ah!, y que casi se acuestan el otro día —responde irónica Alexia.

El rostro de Ángel se torna pálido. Afortunadamente, está en un hospital. ¿Qué mejor sitio para sufrir un colapso?

—No fue así exactamente. Lo que pasó fue que...

—No te justifiques, no necesito explicaciones.

La sonrisa de la joven toma otro cariz. Ahora es serena, tranquilizadora.

—Quiero dártelas.

—No hace falta, sé lo que pasó. Todos podemos cometer un error. En todo caso, es asunto suyo.

—Pero entre tu hermana y yo no hubo...

—Tranquilo, lo sé. Katia me lo cuenta todo. O casi todo. Soy su hermana mayor y una de las pocas personas en las que confía desde que está metida en el mundo de la música.

—Tiene que ser complicado para ella distinguir en quién confiar ahora que es una estrella.

—Mucho. Era desconfiada antes, y ahora mucho más. Constantemente se le acerca gente, casi toda por interés. Pero contigo...

—¿Conmigo?

—Pues que hace poco tiempo que se conocen y, sin embargo, te ha tomado cariño.

Ángel vuelve a beber un poco de café. Se pregunta hasta dónde llegará el «cariño» que le tiene la chica del pelo rosa.

—A mí también me cae bien.

—Lo sé. Se nota que le tienes aprecio. Que hayas venido hasta aquí es significativo. Por eso tengo que pedirte algo.

El periodista se frota la barbilla. Está expectante y nervioso.

—¿De qué se trata?

—Yo tengo que irme dentro de un rato y no puedo quedarme más tiempo hoy con mi hermana. Tengo un compromiso al que no puedo faltar. Mauricio, su representante, a quien también conoces, está de viaje. Somos las dos únicas personas cercanas en las que Katia confía. Bueno, creo que somos tres ya —dice la chica, esbozando una nueva sonrisa afectuosa—. Me gustaría que te quedaras con mi hermana hasta que mañana salga del hospital.

El impacto de las palabras de Alexia es mayúsculo. Una vez más toma por sorpresa a Ángel.

—No creo que tu hermana quiera.

—¿Bromeas? Estará encantada. La cuestión es si quieres tú. Por Katia no habrá problema. Además, me quedaría mucho más tranquila si alguien la acompaña hasta que mañana la den de alta.

Ángel aproxima el vasito de plástico a su boca y, de un último sorbo, termina el café. En esos breves instantes analiza rápidamente lo que le acaban de pedir. No cree que pasar tanto tiempo a solas con Katia sea una buena idea. Pero, por otra parte, ¿cómo se puede negar a hacer ese favor? Además, si no es con él, posiblemente la chica pasará el resto del día sola en aquella fría habitación de hospital. ¿Y si le ocurre algo imprevisto? Los golpes en la cabeza son muy traicioneros.

—Está bien, lo haré.

Alexia sonríe satisfecha. Se levanta y besa en la mejilla al joven.

—Muchas gracias. Mi hermana tiene mucha suerte de contar con un amigo como tú.

Ángel le devuelve una sonrisa forzada. No está convencido de su decisión, pero ¿qué podía hacer?

Y todavía le queda por resolver una cuestión mayor: ¿qué le cuenta a Paula ahora?

Capítulo 22

Esa misma mañana de marzo.

No ha conseguido dormir en toda la noche. Ni ovejitas, ni cabras, ni elefantes..., ni aunque hubiese intentado contar ornitorrincos habría pegado ojo.

Mario se frota con los dedos los párpados. No quiere mirarse en el espejo para no asustarse por el tamaño de sus ojeras, que esa mañana deben de ser enormes.

¿A qué viene tanta intranquilidad? La respuesta está clara: teme no dormir nada de nuevo por la noche y presentarse al día siguiente ante Paula con cara de zombi. No es precisamente esa la mejor imagen que uno desea tener delante de la chica de la que está locamente enamorado.

Sentado con una taza de chocolate caliente en las manos, mira la tele sin saber lo que está viendo. Hay una carrera de caballos en la que Piccolo Mix se impone a sus rivales.

Alguien acaba de llegar a casa. No puede ser otra que Miriam, que ha pasado la noche fuera. Efectivamente, el escandaloso «¡Mamá, ya estoy aquí!» delata a su hermana mayor. Viene de casa de Paula. ¿De qué habrán hablado en la piyamada?

La chica se encamina hacia su habitación cuando, de reojo, ve a su hermano. Bostezando, cambia de dirección y se dirige a la sala-comedor.

—Hola, ¿qué haces despierto tan temprano? Es domingo.

—Ya no es tan temprano. Hay que aprovechar el tiempo —contesta Mario con voz queda.

Miriam se sienta enfrente de él y observa entonces sus ojos.

—¡Qué ojeras! ¿Has dormido bien?

—Muy bien —miente.

—Tienes los ojos de un vampiro, como...

—¿Edward Cullen? —ironiza Mario, anticipándose.

—Más bien pensaba en Drácula —bromea la chica sonriendo—. En serio, tienes mala cara.

—Gracias. Yo también te quiero.

Miriam se gira para contemplar cómo, en la televisión, entregan el premio al *jockey* ganador.

—¿Qué estás viendo?

Realmente no lo sabe. Lleva un rato con la televisión encendida, pero solo para que le haga compañía mientras desayuna y mientras piensa.

—Pues... esto. ¿No lo ves?

—Sí, lo veo. ¿Y qué es?

Mario se fija bien en la pantalla. Un hombre de constitución pequeña pero atlética, y cubierto con un casco rojo, levanta un trofeo. A su lado, una mujer vestida elegantemente acaricia a un caballo.

—Carreras de caballos.

—¡Ah! —exclama sorprendida—. Bonita manera de pasar el domingo por la mañana. ¿Te levantas siempre para esto?

El chico resopla. ¿Por qué tiene que soportar las absurdas preguntas de su hermana? Ya tiene bastante con sus propios asuntos.

—Claro, para ti es extraño porque hasta las dos no sueles dar señales de vida.

—Para eso están los fines de semana, ¿no?

—Si andas toda la noche por ahí, sí —responde cortante—. Por cierto, ¿qué tal la pasaste?

—Eres un chismoso —señala Miriam divertida.

—¡Hey! No te he preguntado sobre lo que han hablado, sino si la has pasado bien.

Aunque intenta disfrazar su interés, se muere de ganas por saber los detalles de lo acontecido en la noche de chicas en la casa de Paula.

—Ya. A mí no me engañas. A ti lo que te pasa es que te gusta una de mis amigas.

Mario enrojece. ¿Tanto se le nota? No, no puede ser. Le estará tomando el pelo.

—¿Una de tus amigas? Estás loca.

—¿Y por qué te has puesto colorado, hermanito?

¡Mierda, maldita sea! Es lo que pasa por tener la piel tan blanca.

—Es el chocolate, que está muy caliente.

—¡Buen intento! Prueba con otra excusa.

—¡Es cierto! ¡Quema! Pruébala...

Mario ofrece la taza a su hermana; a esta, el olor del cacao le revuelve el estómago y la retira rápidamente de delante. La madre de Paula las ha obligado a terminarse todos los chocolates con churros.

—No, gracias. Ya he desayunado —dice quejosa.

—Pues no me llames mentiroso.

Miriam vuelve a bostezar descaradamente. No son horas para estar despierta un domingo.

—Tranquilo, ya no te molesto más. Me voy a la cama. Pero tenemos pendiente una conversación.

La chica se levanta del asiento y, sin parar de bostezar, se marcha a su habitación.

Mario respira profundamente, aunque ahora le asalta una duda: ¿a cuál de sus amigas se estaría refiriendo Miriam?

Capítulo 23

Esa mañana de marzo.

Gentilmente, Ángel abre la puerta y deja pasar delante a Alexia. Apenas se han dirigido la palabra en el camino de vuelta a la habitación. Ella, sonriente, satisfecha, haciendo resonar con fuerza sus tacones en el silencio impávido del hospital; él, reflexivo, pensativo, analizando lo que podría acontecer en las próximas horas.

Katia sonríe al ver entrar de nuevo a su hermana y a su amigo. ¿De qué habrán estado hablando?

—¡Cuánto tardaron!

—Quejumbrosa. Desde pequeña lo has sido.

—Me aburría. Ya creía que se habían fugado.

—Pues no andabas muy desencaminada. Lo estábamos planeando, ¿verdad, Ángel?

El joven periodista no escucha lo que le acaban de decir. Está ausente. Piensa en Paula, en lo que le tiene que contar. No quiere mentirle y, sin embargo, no sabe cómo explicarle aquello. Va a pasar la noche con una chica que no es ella. Además, si dice la verdad, ¿cómo justifica que acompañe a alguien que se supone que es casi una desconocida?

—¡Ángel!, ¿me has oído? —insiste Alexia al verlo despistado.

El chico reacciona al oír su nombre.

—Discúlpenme. ¿Qué decían?

—Que se van a fugar y me van a dejar aquí tirada, sola y enferma —protesta Katia, que se da cuenta de que a Ángel le ocurre algo.

¿Estará pensando en su novia? A pesar de todo, la cantante no olvida que aquel chico por el que está empezando a sentir algo muy fuerte tiene pareja. La cuestión es saber si realmente la relación va en serio, si la quiere. ¿Podría tener una oportunidad?

—En absoluto —responde él sonriente—. De hecho, estaré contigo hasta que te recuperes.

—¿Cómo? —pregunta con extrañeza la joven del pelo rosa.

—Ángel se ha prestado voluntario a quedarse contigo hasta que mañana te den de alta.

Katia mira a Ángel sorprendida. Él sonríe y asiente con la cabeza.

—No hace falta.

—Lo hago encantado.

—Te digo que no hace falta: estaré bien, solo es un día.

—Hermana, eres una testaruda. Si el chico quiere hacerlo, déjalo. Yo me quedo más tranquila sabiendo que no estás sola.

—No estoy sola: esto está lleno de enfermeras y médicos. Y él tendrá cosas que hacer.

De nuevo Ángel y Katia cruzan sus miradas.

—No tengo nada que hacer hoy. Es domingo —miente, intentando no pensar en todo el trabajo que se le va a acumular para el día siguiente.

—Pero...

—No se hable más, hermana: Ángel se queda contigo.

Otra sonrisa. Le encanta cuando lo hace. Es guapísimo. Resignación, dulce resignación.

—Imagino que, por mucho que me oponga a la idea, no voy a conseguir convencerte de que no hace falta que te quedes.

—Tú lo has dicho.

Katia suspira. Se siente nerviosa, y halagada, y en el fondo está muy feliz. No puede disponer de mejor compañía para pasar aquellas horas encerrada en un hospital. Y sonríe.

—Está bien. Muchas gracias, Ángel. Espero no causarte demasiadas molestias.

—No te preocupes. La pasaremos bien.

Alexia mira a su hermana y le guiña un ojo. Ahí tiene la oportunidad que necesitaba. Un día entero, con su noche incluida, a solas con él. Una partida con muy buenas cartas en la mano.

Desde que le hablara por primera vez de Ángel, sospechó que le gustaba de verdad. Ahora estaba completamente segura. El brillo de sus ojos al verlo sonreír la delataba. Aquel accidente, dentro de lo malo, podía ser el principio de algo bueno. En el mismo momento en que el periodista entró por la puerta de la habitación, supo lo que tenía que hacer: una oportunidad perfecta. Él no se negaría a hacer aquel favor. Trabajo concluido. Ahora le correspondía a Katia enamorarlo. Y, por lo que intuía, era algo bastante factible.

—Bueno, chicos, ya que está todo solucionado, me voy.

—¿Ya te marchas?

—Sí. Tengo un compromiso al que no puedo faltar. Y puesto que Ángel se queda contigo, puedo ir sin preocuparme.

—Está bien. Ya te llamaré para contarte qué tal me encuentro.

—Estoy convencida de que estarás muy bien.

Alexia sonríe. Se acerca a su hermana y le besa la mejilla. Luego se dirige a Ángel y también le da dos besos.

—Muchas gracias —susurra a su oído—. Cuídamela.

Y ante la mirada de los dos chicos, acompañada de su característico taconeo al caminar, Alexia sale de la habitación contenta por su perfecto papel de Celestina. Es el turno para los actores principales.

Capítulo 24

Esa tarde de marzo, en algún lugar de la ciudad.

Es divertido pasar el tiempo con él. Cuando está con Ángel, el tiempo vuela. El destino los unió y Cupido se encargó del resto.

Tumbada en la cama, con los pies hacia arriba y las manos debajo de la cabeza, Paula piensa en su chico. Su novio. Su Ángel.

¡Qué cara puso con la broma de los churros! Y cuando apareció al amanecer... ¡Madre mía! «Mira por la ventana», le dijo. ¡Qué tonto!

Adorable. Un amor.

Y sonríe.

Cada acontecimiento que comparten es especial. ¿Sería así cada día de cada mes de cada año?

No cree en los «para siempre», pero no le molestaría que aquel atractivo periodista llegado de manera casual se quedara toda la vida con ella.

Mariposas en el estómago. Sonrisa tonta. Ojitos brillantes.

En eso consiste el amor, ¿no?

Y el amor trae consigo... sexo.

Le preocupa. Sabe que para él no va a ser la primera vez. ¡Uf! Podría haberla esperado, así los dos estarían igual de nerviosos. ¡Qué cretino!

¿Cuándo habrá sido la última vez que se acostó con una chica? No lo sabía. Ni se lo había preguntado. ¿En los dos últimos meses? No. Por favor, que no haya estado con nadie en este tiempo.

Se da la vuelta y agarra con fuerza la almohada.

No quiere ni pensarlo. Su Ángel, en la cama con otra. Desnudos. Intimando. Explorando sus secretos más recónditos. Murmurando en la oscuridad de una habitación. ¡Uf!

«Olvídate de eso. ¡Olvídalo!».

Y el sábado será ella quien esté desnuda frente a él. ¿Y si no le gusta su cuerpo? Ya la vio en la alberca con muy poca ropa, pero, claro, no es lo mismo. ¿Y si no sabe qué hacer en ese momento? Va a parecer una chiquilla temerosa, una niña al lado de un hombre.

Paula entierra la cabeza en la almohada. No, no debe preocuparse por esas cosas. Todo saldrá bien. Hay que dejarse llevar. El sexo es algo natural, ¿verdad?

Sacude su rostro con fuerza contra la almohada y deja escapar la tensión con un gritito que se evapora tímido en la habitación.

Su primera vez. Le tiemblan las piernas y siente calor en las mejillas.

Otro grito agudo, que controla para que no salga del dormitorio.

Ángel. Ángel. Ángel.

Tiene ganas de verlo ya, de volver a escuchar su dulce voz. De besarlo. ¿Y si lo llama?

No. No puede ser. Más tarde. Además, estará trabajando. Cuando se han despedido le ha dicho que iba a la redacción de la revista a adelantar trabajo para no encontrarse muy agobiado mañana.

—¿Puedo pasar? —pregunta una vocecilla por sorpresa desde el umbral de la puerta—. No estaba cerrada del todo.

Erica asoma su rubia cabecita en el cuarto.

Paula deja la almohada y sonríe a su hermana pequeña.

—Sí. Pasa, princesa.

La niña camina veloz hacia su hermana y se lanza a sus brazos.

—Ya se han ido las dos chicas y la bruja, ¿verdad?

—¿La bruja?

—Sí, esa fea, morena, con el *pirzin* en la nariz y que se cree una mujer.

Diana. Paula no puede evitar soltar una carcajada ante la descripción que hace Erica.

—No te cae muy bien Diana, ¿verdad?

La pequeña agita su cabeza de un lado a otro. ¿Cómo le iba a caer bien semejante monstruo? No entendía cómo podía ser amiga de su hermana.

—Muy mal. Es horrible. Peor que eso: es como diez veces mil de horrible.

—No es tan mala. Pero a veces hace tonterías. Si fuera mala, no sería mi amiga.

Erica sigue sin creerlo. Esa chica es malísima, pero prefiere no hablar más de ella y cambiar de tema.

—Oye, Paula, ¿te has enterado?

—¿De qué, princesa?

La hermana mayor acaricia el largo y suave pelo rubio de la pequeña. Recuerda que, cuando era una niña, lo tenía igual.

—Han dicho en la tele que esa cantante que te gusta tanto ha tenido un accidente.

—¿Qué cantante? —pregunta preocupada.

Desde que las chicas se marcharon no ha hecho otra cosa más que pensar en Ángel acostada en su cama. No sabe nada del mundo.

—Esa con el pelo rosa.

—¿Katia?

—Esa.

Paula deja de acariciar a su hermana y presta toda su atención a lo que le dice.

—¿Cuándo? ¿Qué le ha pasado?

—No me he enterado muy bien. Solo sé eso.

En ese momento el teléfono suena. La melodía es inconfundible, The Corrs...

—¡Qué bonita canción! ¿Cómo se llama? —pregunta la niña.

—*Angel.*

—Me gusta mucho.

—Es muy bonita. Ahora, princesa, ¿te importa dejarme sola un momentito mientras hablo por teléfono?

—¿No será otra vez la bruja? —pregunta aterrada la niña.

Paula sonríe ante la mirada curiosa de su hermana y presiona el botón que descuelga su celular.

—Espera un momento, bruja, mi hermana está aquí —contesta divertida, antes de que Ángel hable.

Pero no hace falta que Paula le diga nada más a Erica. La pequeña sale del dormitorio y cierra la puerta. No quiere saber nada más de la bruja del *pirzin* en la nariz.

—¿He oído mal o me has llamado «bruja»? —pregunta el chico, que no está seguro de haber escuchado bien.

—Sí. Exactamente eso —responde sonriente ella.

—¿Y desde cuándo «bruja» es un apelativo cariñoso?

—Nadie dijo que estuviera siendo cariñosa.

Paula suelta una carcajada.

Ángel se encoge de hombros en uno de los pasillos del hospital cercano a la habitación en la que descansa Katia.

—Cariño, recuérdame que no te invite más a desayunar chocolate con churros. Tanto azúcar se te ha subido a la cabeza.

—¡Pero si no has atinado ni uno! Si no es por mi madre, esta mañana me habría muerto de hambre —miente la chica, que aún no ha sido capaz de quitarse su primer desayuno de la cabeza.

—Tramposa. Eso es lo que eres, una tramposa.

—Todavía estás dolido, ¿eh?

—¡Por supuesto! —exclama el periodista, tratando de ponerse serio.

—Pobrecito... Ya te compensaré. ¿Qué te parece esta tarde? Creo que podré escaparme un rato.

Un breve silencio se produce tras las palabras de Paula.

—Esta tarde... —comienza a decir Ángel dubitativo.

—¿No puedes?

—Pues no. Esta tarde no voy a poder verte.

—Vaya...

La chica se deja caer en la cama. Decepción. Tenía muchas ganas de verlo.

—Para eso te llamaba precisamente. Me ha surgido algo y estaré toda la tarde ocupado.

—¡Qué pena! Quisiera... estar contigo.

Tartamudea. Su voz se apaga con cada palabra que pronuncia.

Ángel se frota la frente con la mano con la que no sostiene el celular. Se siente muy culpable.

—Lo siento, de veras. Yo también quiero estar contigo.

Entonces Paula recuerda lo que Erica le acaba de contar.

—¿Es por Katia?

La pregunta atraviesa como un cuchillo al joven. Se apoya en la pared y piensa rápidamente qué decir. ¿A qué se refiere exactamente?

—¿Por Katia? —pregunta, intentando ganar tiempo.

—Sí. Mi hermana me ha dicho que ha tenido un accidente. Tienes que cubrir la noticia para la revista, ¿verdad?

¡Cubrir la noticia! Eso es. ¡Cómo no se le había ocurrido antes!

Le duele no decirle todo, pero no puede explicarle la verdad.

—Pues sí. Estoy en el hospital ahora.

—¿Qué le ha pasado?

Aunque sabe exactamente lo que ha sucedido, no puede darle detalles que le hagan sospechar.

—Ha tenido un accidente con el coche esta noche después de salir de una fiesta. Tampoco dan muchos más datos.

Suspiros a ambos lados del teléfono.

—¿Está bien? ¿Es grave? —pregunta Paula preocupada.

—Parece que no. Se recuperará pronto.

—¡Menos mal! —responde Paula aliviada—. ¿La has visto?

¡Uf! ¿Más mentiras? No hay más remedio.

—No. No dejan pasar a la prensa.

—Comprendo.

—Ya nos avisarán si la dan de alta.

Ángel se va encontrando peor por momentos, como si le apretaran desde el cuello hasta el estómago. Justo cuando pensaba olvidarse de Katia, llega aquel accidente. Y, luego, la petición de Alexia.

No solo es que no se terminen las mentiras con Paula, sino que aumentan. Sin freno. Pero ¿qué puede hacer? ¿Es esa la mejor solución?

Sí. Sufriría muchísimo si se enterase de que ha estado viendo a Katia; y poner en riesgo su relación con la joven es lo último que desea ahora mismo.

—Pobrecilla. Parece buena chica, y me encantan sus canciones.

Paula tararea el estribillo de *Ilusionas mi corazón*.

Ángel sonríe. Sí, realmente, y pese a todo, Katia es una

chica que lo cautiva. Recuerda la entrevista en la revista. Le encantó aquella cantante pequeñita que llenaba tanto espacio con su presencia.

—Paula, tengo que colgar ya. Siento de nuevo no poder verte esta tarde.

—No te preocupes, lo entiendo. Espero que te sea leve la guardia.

—Eso espero.

—Un beso, brujita. Te quiero.

—Ídem.

Y cuelgan.

Ángel mira al techo del pasillo del hospital. Aunque piensa que no tenía otra alternativa, está avergonzado.

Paula mira al techo de su habitación. Realmente tenía muchas ganas de estar con él. Pero no todo lo que se quiere en esta vida se puede tener.

Capítulo 25

Esa tarde de marzo, en un lugar alejado de la ciudad.

La mochila es mucho menos pesada que el día anterior. Apenas son unos quince cuadernillos los que van dentro.

Hace diez minutos que Álex ha mirado su correo electrónico. Nada, sin señales de alguien que haya encontrado una de aquellas carpetas transparentes.

Pero desilusionarse más no sirve de nada. Tiene que terminar la tarea de repartir los que le quedan. Solo. Eso es quizá lo que le provoca mayor desazón. Paula no le ayudará esta vez.

Con la mochila colgada en la espalda, abre la puerta de la casa.

—¿Te vas?

Irene aparece de alguna parte. Va vestida con un suéter blanco que le llega hasta los muslos, a los que no alcanza a cubrir un *short* de mezclilla desgastado. Calcetines azul celeste, sin zapatos. El pelo lo lleva recogido en dos coletas. Inocencia y sensualidad en una.

Álex la contempla de arriba abajo. Es realmente sexi.

—Sí, voy a hacer unas cosas. Vuelvo dentro de un rato.

—¿Vas a repartir por ahí los cuadernillos de tu libro?

El chico arquea las cejas.

—¿Cómo lo sabes?

—Te espío. ¿No te habías dado cuenta?

—Irene...

—Es una broma, tonto. Vi la mochila preparada. Ya te dije anoche que le echaría una ojeada a lo que escribes. Leí en la primera página el mensaje que dejas a los que lo encuentran. Eres muy ingenioso.

Álex resopla. Por un momento pensó que verdaderamente su hermanastra lo espiaba, y no le hubiera extrañado.

—Gracias.

Los ojos de Álex recorren sin querer las largas piernas de Irene, aunque rápidamente vuelve a alzarlos con pudor.

Tres meses.

—¿Y está dando resultado?

—¿Qué cosa? —pregunta confuso.

—Lo de los cuadernillos, hombre. Que si hay mucha gente que se haya puesto en contacto contigo.

—Pues no, solo una chica.

—No te preocupes. Es una buena idea: debes tener paciencia.

—Ajá.

—Espera, me visto un poco y me voy contigo. Quiero ayudar.

—No, no te preocupes. Prefiero hacerlo solo.

La chica se muerde el labio. ¡Qué seco es a veces! Finge que no le molesta el rechazo y sonríe.

—Está bien. Si no quieres que te acompañe, no insisto.

—Vengo dentro de un rato. Hasta luego.

Álex sale de la casa y cierra la puerta sin mirar más a su hermanastra.

—¡Pásala bien y no te ligues a desconocidas! —grita Irene desde el interior.

¿Y ahora? Está sola. Camina descalza hasta la sala, entra

y se tumba en el sillón. Cómo le gusta Álex, aunque la trate de esa manera la mayoría de las veces. Acabará cayendo en sus brazos. Seguro.

Un equipo de música en una de las esquinas de la habitación llama su atención. Se levanta y se dirige hacia allí. No hay ningún CD puesto, pero al lado hay una torre con más de cien compactos. Elige uno de Coldplay: *Yellow. Play.* Sube el volumen. Más. Más. Está sola, puede escuchar la música todo lo alto que quiera.

Tras regresar al sillón, sentada con las manos apoyadas en la cara, se le ocurre algo. Sí, ¿por qué no? Ya lo había hecho otras veces cuando vivían juntos. Se incorpora y sale de la sala. De puntillas, como para que nadie pueda oírla, llega a la habitación de Álex.

Toc, toc.

Sonríe.

—¿Ves? He llamado, para que luego no me riñas.

Irene entra en el cuarto de su hermanastro. Todo está muy ordenado, como siempre. Hasta la cama está tendida. Le divierte la situación: antes ella misma se ha autoinculpado de espiarlo, y era una broma. Ahora...

Recuerda cuando eran unos adolescentes y ella, en una de sus «visitas» clandestinas, descubrió la carta que una chica le había mandado a Álex por San Valentín. Lo llamaba «amor», «corazón», «cielo»... Le decía que lo quería mucho. ¡Vaya tipa! ¡Qué sabría aquella tonta del amor! Irene tomó «prestada» la carta y «sin querer» se le cayó en la chimenea. Nadie supo de aquello, ni de la cartita de San Valentín. Afortunadamente, Álex tenía buen gusto y no quiso nada con aquella chica.

Quizá pueda encontrar algo que la lleve a saber más de esa tal Paula.

Primero mira en los cajones del escritorio, uno por

uno, con cuidado de no cambiar nada de lugar; luego revisa el clóset, las estanterías, los cajones de la mesita de noche... Carpetas, cuadernos, archivadores.

Nada interesante. Y ningún rastro de Paula.

¿Y si mira en la laptop? Es arriesgado. Pero quien no arriesga no gana.

Irene enciende la computadora. Bien, no necesita contraseña de acceso a Windows. Una pantalla de pronto aparece en el escritorio: es el MSN de Álex, que tiene activada la opción para que se abra automáticamente cuando se reinicia la PC.

—«Alexescritor», qué poco original —murmura.

La chica rastrea entre los contactos de su hermanastro. Está segura de que allí encontrará lo que busca. Lee atentamente, uno por uno, los *nicks* de cada agregado. Tiene muchos en «no admitidos», posiblemente para que nadie lo moleste cuando está escribiendo.

—¡La de cursiladas que pone la gente en estos sitios! —comenta en voz baja, cabeceando de un lado para otro.

Ninguno le llama la atención especialmente hasta que, al final, escrito en múltiples colorines, aparece uno significativo: «Paula. Mariposas bailan en mi pecho. TQ. Gracias por todo». Está admitida, pero desconectada.

¿Será esa la Paula con la que sueña Álex? Necesita comprobarlo. La suerte le vuelve a sonreír. Es MSN Plus y, además, su hermanastro guarda las conversaciones en la PC.

Irene abre el archivo que pertenece a aquella dirección. Solo hay una charla entre ellos. Fue el viernes por la noche. ¡Se conocieron hace nada! Y se encontraron ayer por la mañana para que Paula le ayudara a algo. ¿Tendría que ver con los cuadernillos? Eso cree. Casi está segura.

La chica relee el texto dos veces. Una tercera. Ya no tiene dudas. Por la manera en la que se comportó su hermanastro, esa Paula es su rival. Y por su forma de escribir parece jovencita; calcula que tendrá entre dieciséis o diecisiete años. Un bebé a su lado.

—Así que a mi hermanito le gustan las adolescentes.

Sonríe maliciosa, y continúa con su investigación.

En la ventanita del MSN, Paula no tiene una foto personal, sino un osito de peluche con un corazoncito. Le gustaría verla, saber el aspecto que tiene. Quizá le pasó alguna fotografía por *e-mail*.

Irene, esperanzada, busca entre los documentos de imágenes de Álex, pero en esta ocasión no encuentra nada.

«Conociéndolo, seguro que es un bombón», deduce.

Irene imagina cómo es Paula: alta, muy guapa de cara, pelo largo, ojos claros o color miel, pero, en todo caso, muy atrayentes. Y seguro que tiene un cuerpo perfecto. Su hermanastro no se merece menos. Posiblemente, harían buena pareja. Aunque nadie es mejor pareja para Álex que ella misma.

Examina de nuevo el *nick*. Aquella chica quiere a alguien y le da las gracias por algo. ¿No será a él? No, no puede ser: se conocen desde hace muy poco tiempo y los jóvenes de hoy en día dicen «te quiero» con mucha facilidad; sin embargo, lo de las mariposas es indicativo de que está enamorada o de que empieza a sentir algo fuerte por alguien.

Podría ser otro chico. Mejor. Así aquella niña no sufrirá cuando se entere de que ella es la nueva pareja de Álex.

A Irene le fascina tanta seguridad en sus posibilidades. No siempre había sido así, pero ahora las cosas han cambiado. Sabe lo que quiere y va a pelear por ello. Está en el sitio y en el momento adecuados y posee armas suficientes para seducir a su presa. No se le va a escapar.

De repente, un sonido en la PC anuncia que uno de los contactos acaba de conectarse. Qué error más tonto. Debería haberse asegurado de que estaba en «no conectado». Vaya, y es Paula además. ¡Qué coincidencia! ¿Y ahora qué?

Irene se muerde las uñas. La curiosidad la está matando. Pero ¿qué le dice?

Durante un par de minutos, reflexiona.

Si le habla, podría meter la pata y ser descubierta: tarde o temprano, Álex y Paula se verán y comentarán algo de la conversación. ¿Qué puede hacer?

Otros tres minutos en silencio. La chica tampoco dice nada.

—Mucho interés no tiene precisamente —comenta, acercando su cabeza un poco más a la pantalla de la laptop.

Irene mira el pequeño reloj de la computadora. Se le empieza a hacer tarde y lo que menos desea es que su hermanastro la descubra allí. Eso sería catastrófico, ya que entonces él nunca más confiaría en ella.

Y, cuando está a punto de cerrar el MSN, una lucecita naranja indica que Paula le ha escrito.

«Mierda. ¡Qué oportuna!», piensa Irene.

Nerviosa, abre la página de la conversación.

—Hola, ¿muy ocupado? ¿O simplemente no quieres hablar conmigo?

La frase está en letras rosas y adornada con tres iconos. El último, el que cierra la pregunta, es una tortuguita con un gorro de vaquero que guiña un ojo.

Aquello es como deshojar una margarita. ¿Le contesta o no le contesta? Tiene ganas de seguir jugando con la situación que se le ha presentado, pero, finalmente, la razón la vence. No puede arriesgar tanto.

Irene resopla y cierra el MSN sin escribir nada. Luego apaga la PC y de puntillas sale de la habitación de Álex.

Esa tarde de marzo, en un lugar de la ciudad.

¡Qué raro! No le ha contestado y ha salido del MSN sin más.

Paula espera unos minutos. Quizá Álex se ha desconectado por un problema en su computadora, pero, pasado un tiempo, comprende que no es así. Se resigna.

Qué día más tonto... Por una parte, Ángel no puede encontrarse con ella: está demasiado ocupado trabajando y cubriendo la noticia del accidente de Katia. Y, por otra, Álex primero no le dice nada en el MSN y luego se desconecta sin responderle. ¡Qué pena! Cuando lo vio conectado, le entraron unas ganas tremendas de hablar con él.

No le va a quedar más remedio que ponerse a estudiar matemáticas. ¡Uf, las odia!

Mañana ha quedado con Mario para estudiar en su casa. A ver qué sale de todo aquello. Espera aprobar el examen y, además, acercarse un poco más a su amigo. Lo que Paula no sabe es todo lo que esas tardes van a dar de sí.

Capítulo 26

Esa tarde de marzo, en algún lugar de la ciudad.

Ángel mira por la ventana de uno de los pasillos del hospital. Está anocheciendo. Algunas farolas ya dan luz en la incipiente oscuridad que ennegrece las calles.

Cae la noche de un domingo extraño. Muy extraño. Lo comenzó con Paula, desayunando. Enamorado: bromas, churros, besos, chocolate, risas... Y lo terminará con Katia. Durmiendo junto a ella, en la cama de al lado, vacía de pacientes. No está seguro, pero puede ser que la propia Alexia se haya encargado de hablar con los responsables del hospital para que nadie comparta habitación con su hermana pequeña.

Solos una vez más. Como el viernes, cuando aceptó tomar aquella copa, que fueron dos, que luego pasaron a ser tres y de las que terminó perdiendo la cuenta con el transcurso de las horas. Pero le dolió más perder la dignidad. Y, sobre todo, tener que mentir.

Ahora, enredado en esa mentira, no puede volver atrás. Sería perjudicial para él y también para Paula, para la relación entre ambos.

Mira la luna. Es la misma luna de marzo que vio cuando besó por primera vez a aquella chica de dieciséis años; la misma luna de marzo que fue testigo del roce de labios entre él y la chica del pelo rosa entre fotografía y fotografía.

¿Cómo le pueden pasar tantas cosas en tan poco tiempo? Se siente abrumado. Sus ojos se pierden en un horizonte de altos edificios y estrellas relucientes que acaban de salir a embellecer el firmamento. Es de noche en un domingo extraño.

Un hombre de porte elegante, ataviado con una bata blanca, camina hacia él. Es el doctor que se encarga de atender a Katia.

—Ah, está usted aquí —dice jovial.

—Sí. ¿Ya ha terminado de examinarla? ¿Está bien?

—Perfectamente. La podríamos dar de alta ya, pero prefiero que se quede aquí hasta mañana. Así estaremos más seguros de que todo va correctamente.

—Muy bien. Yo pasaré esta noche con ella.

El médico asiente con una sonrisa.

—Si me permite un consejo...

—Dígame.

—Si usted es una persona discreta, y no quiere mucho alboroto con la prensa, no salga demasiado de la habitación.

—Los periodistas son unos entrometidos, ¿verdad? —ironiza el chico, sin dar a conocer su profesión.

—Mucho. Si usted supiera...

Ángel sonríe.

—Gracias, seguiré su consejo.

El doctor le da una palmadita en el hombro.

—Cuando quiera puede volver a la habitación. Creo que una chica le espera ansiosa.

—Gracias de nuevo, doctor.

El médico se despide cortés y se aleja del joven periodista, que toma el camino contrario hasta la habitación de Katia. Ángel da dos golpes suaves en la puerta y, tras el permiso de la chica, entra.

—¡Ya te echaba de menos! —exclama la cantante desde la cama.

—Si solo he estado media hora fuera...

El chico jala una silla y se sienta a su lado.

—Mucho tiempo —comenta ella señalando una peque-ña ventanita, la única que hay en el cuarto—. Mira, hasta es de noche.

Ángel sonríe. Le encanta esa actitud. No sabe por qué, pero, cuando Katia adopta la postura de niña refunfuño-na, le gusta. La ve siempre tan segura de sí misma, tan provista de medios para conseguir lo que desea que, cuan-do desenfunda su lado inocente, lo enternece. ¿Y algo más?

—Sí, he visto anochecer desde uno de los pasillos.

—¡Muy bonito, y yo aquí con el doctor...!

—Es un buen hombre. Me ha recomendado que tenga cuidado con los periodistas.

—También me lo ha dicho a mí, pero creo que espe-cialmente debo tener cuidado con uno. ¿Tú qué crees?

—Tal vez —contesta acariciándose la barbilla—. Hay un tipo de la competencia que hace preguntas terribles. Me parece que lo he visto por aquí.

—¿Te burlas de mí, señor periodista?

De nuevo la Katia niña, esa chiquilla que simula que se enfada, que representa el papel de chica ingenua e inofensiva.

Ángel se divierte. No le contesta con palabras, sino con una sonrisa. Se levanta de la silla y se tumba en la otra cama sin tan siquiera destenderla. Nota un gran cansancio por primera vez en el día. Mira hacia el techo y cierra los ojos con la nuca pegada a la almohada.

Katia se recuesta hacia el lado desde el que puede ver a su acompañante. Un hormigueo le recorre el cuerpo.

—Ángel, ¿estás dormido?

—No, no me ha dado tiempo —bromea.

Sigue contemplándolo. Recuerda la versión que ella

misma ha incluido en su disco de *Can't take my eyes off of you*: «No puedo apartar mis ojos de ti».

—¿Qué tal te va con tu chica?

Ángel vuelve a abrir los ojos tras oír aquello. Se reclina hacia el lado desde el que puede ver a Katia. Sus miradas se encuentran.

—¿Con Paula?

—Sí. Es tu novia, ¿no?

—Algo así. Estamos empezando.

—Esa es la mejor parte. Cuando se comienza con una historia, todo es bonito, ilusionante.

Los ojos de Ángel se vuelven a cerrar. Cansancio. Sueño. Piensa en Paula, en qué contradictorio es todo: sale con una chica y resulta que pasa dos noches con otra.

—Sí, todo es... muy bonito... al principio —balbucea—. Aunque también... difícil.

Los ojos de Katia parpadean lentamente. No aguantan más abiertos.

Envidia a esa Paula. Cómo le gustaría estar en su lugar: cambiaría todo el éxito, todos los discos vendidos, todos los seguidores, por una vida junto a él.

—Muy difícil —suspira somnolienta por el efecto de las pastillas que se ha tomado.

Espera que él vuelva a hablar, pero solo recibe silencio.

Sin añadir tampoco nada más, se deja llevar por el letargo de sus párpados, que se cierran definitivamente. Y sin darse cuenta, casi al mismo tiempo, Ángel y Katia se duermen con sus rostros, uno enfrente del otro, unidos por Morfeo.

Esa misma noche, en otro lugar de la ciudad.

Aburrida. Es lo único que se le ocurre para definir la tarde del domingo.

Paula echa de menos a Ángel. No ha querido molestarlo con tontas llamadas. Estará trabajando, seguramente atento por si Katia sale de la habitación del hospital o por si dan a conocer alguna noticia acerca de la salud de la cantante.

A lo largo del día ya han informado de que solo ha sido un susto, que se repondrá perfectamente y que pronto volverá a los escenarios. ¡Menos mal!

Es un alivio saber que está ilesa del accidente. Con lo que le gustan sus canciones. ¡Pobre chica!, parece tan pequeñita, tan frágil... Sin embargo, transmite como nadie cuando actúa. Sus ojos, su voz, sus gestos... emocionan.

Y también se ha quedado con las ganas de hablar con Álex. ¡Qué tonta, ni siquiera le pidió su número!

Aquel chico es distinto. Nunca había conocido a alguien tan romántico. ¿A qué persona se le podría ocurrir repartir al azar su propia novela en forma de cuadernillos? ¿Estará teniendo suerte? ¿Le habrá contestado alguien? No se ha conectado en toda la tarde. ¿Se volverán a ver?

Extraño domingo. Empezó viendo por la ventana de su dormitorio a Ángel hablándole desde el teléfono celular. ¡Dios! Luego, caricias y besos en el parque de los cien escalones. Porque está convencida de que son cien y no noventa y nueve. ¡Qué tonto...! Y después el desayuno con la broma del chocolate: el mejor desayuno de su vida.

Pero más tarde, nada. Vacío.

Se pone la piyama. No tardará mucho en irse a dormir. Antes enciende la PC para ver si Ángel está conectado. O quizá esté Álex.

Ninguno de los dos. Una luz naranjita sobresale en esos momentos en la barra de herramientas inferior de la computadora. Es Miriam.

—Hola, feísima.

—Hola, tontita.

—¿Qué haces?

—Pues me iba ya a la cama, miraba el correo antes —miente Paula—. ¿Y tú?

—Tonteaba un poco con unos, pero ya me aburrí.

—Ah.

—¿Te pasa algo? —pregunta Miriam—.Te noto seria. Que no escribas con iconos es mala señal.

—Estoy bien, solo que me he aburrido mucho esta tarde.

—¿Y tu Angelito?

—Cubriendo la noticia del accidente de Katia.

—¡Es verdad! ¡Qué fuerte!, ¿eh?

—Sí, mucho, pero está bien. Aunque, por eso, Ángel se ha pasado todo el día en el hospital.

Paula se levanta de la silla. No quiere hablar más. Va a despedirse de su amiga.

—Oye, ¿has hablado últimamente con mi hermano?

—¿Con Mario? Sí, ayer mismo, cuando les avisé por si mi madre llamaba a su casa.

—¿Y no lo notaste raro?

La chica vuelve a sentarse.

—Sí, un poco. Tenía un *nick* extraño el otro día.

—¿Un *nick* extraño?

—Sí, se quejaba de algo, no recuerdo muy bien de qué. Me preocupó.

—No me di cuenta.

—¿Ha tenido problemas con alguna chica? ¿Algún desengaño amoroso?

Miriam piensa por un momento. No. Definitivamente, no.

—Que yo sepa no, pero tengo una teoría.

—¿Cuál? —pregunta expectante Paula, que se balancea en su asiento.

—Creo que le gusta una de las Sugus.

¡Vaya, así que era eso! Sí, encaja con lo que ella piensa.

—Tiene sentido.

—Creo que es Diana —señala Miriam bastante convencida—. El otro día le hablé de un comentario que hizo ella sobre él y se hizo el duro. ¿Y si se ha enamorado?

—Puede ser.

—¡Madre mía!

—¿Te imaginas a Diana de cuñada?

—¡Calla, loca!

Carcajada silenciosa en la habitación de Paula. Pero realmente le preocupa su amigo.

—Quedé de verlo esta semana para estudiar en casa de ustedes. Intentaré sacarle alguna información.

—Veo que salir con un periodista te ha afectado, ¿eh? —Icono sonriendo y guiñando un ojo.

—¡Qué tonta...! Me preocupa tu hermano.

—Lo sé. Pues espero que te enteres de lo que le pasa y me lo cuentes. A mí no me dice nada nunca.

—Porque siempre estás molestándolo al pobre —explica Paula, y añade un emoticón amarillo sacando la lengua.

—Eso no justifica nada, listilla, aprendiz de periodista —responde Miriam con el mismo icono.

Paula contesta con un emoticón levantando su dedo medio y Miriam con otro haciendo el gesto surfista. Y tras varios insultos «cariñosos», besos y «te quiero», se despiden.

¿Periodista? No es mala idea, aunque nunca se lo había planteado. Quizá. Al menos tendría contactos, ¿no?

Capítulo 27

Esa noche de marzo, en un lugar alejado de la ciudad.

Luna. Estrellas. Álex mira el negro cielo manchado de gotitas luminosas desde su pequeño rincón en la azotea de su casa, a las afueras de la ciudad. En el centro, seguro que los altos edificios no le permitirían deleitarse con aquel espectáculo. Se siente minúsculo ante tanta inmensidad, y afortunado.

Una suave brisa enfría la noche.

En sus piernas sostiene la laptop. Está cansado. Ha repartido solo todos los cuadernillos que le quedaban. ¡Cómo le hubiera gustado tenerla a su lado! Paula no desaparece de su cabeza. Al contrario, le resulta difícil hacer algo sin que aquella chica invada sus pensamientos.

No está conectada. Hoy no han hablado en todo el día. ¿Pudo ser ayer el final? Se niega a creerlo.

Mira su *fotolog*, en el que, cuando puede, añade un fragmento de *Tras la pared*. Muchos comentarios lo felicitan por su trabajo. Cada vez hay más gente que se está aficionando a lo que escribe. Durante media hora les contesta a todos. Y así se anima, pese a que sigue sin saber nada de Paula.

Sin embargo, pronto el pesar vuelve a su ánimo. No hay

ninguna noticia de las personas que han encontrado los cuadernillos por la calle. Suspiros untados con paciencia.

No debe caer en el pesimismo. Nueva idea, nueva ilusión, nueva locura: el plan B.

Se le ha ocurrido en el autobús de vuelta a casa. Se trata de llevar *Tras la pared* a otro nivel. Es una sinrazón, una irrealidad, una misión imposible, pero no pierde nada por probar.

Álex sueña con ser escritor. Cuanto más se dé a conocer, más lectores tendrá; cuantos más lectores, más posibilidades habrá a la hora de encontrar una editorial una vez que concluya el libro. Así que necesita factores especiales para que todo esto se produzca: los cuadernillos y el plan B.

Abre Google y busca algunas direcciones. Son *links* de diferentes discográficas. De cada página, copia la ciudad, el código postal y la calle donde tienen su sede, y las pega en un archivo de texto.

Terminado el trabajo, redacta un documento base que va a utilizar como plantilla para todos sus envíos.

Buenos días, tardes o noches:
Para mí, buenas noches, ya que le escribo cuando la luna y las estrellas me cobijan.

En primer lugar, muchas gracias por abrir este sobre y perdón por las molestias causadas.

Le habrá sorprendido este envío. Es lógico. A mí también me pasaría. Le explico: soy un chico que pretende ser escritor. Algo difícil, lo sé, pero estoy poniendo todo mi empeño y mi esfuerzo en ello, y no solo escribiendo, sino moviendo todo lo que esté a mi alcance para al menos tener la oportunidad de ser leído. Y quién sabe si algún día alguna editorial se fijará en todo esto...

Lo que le mando en esa funda transparente son las catorce primeras páginas de *Tras la pared*, la historia que en estos momentos estoy escribiendo. Solo pretendo divertir, entretener. Quizá es demasiado romántico, tal vez es irreal; a lo mejor infantil, juvenil, adolescente. Da igual: es en lo que ahora mismo ando metido, y estoy satisfecho con ello. Aunque la verdad es que me queda mucho por aprender.

Hace unas semanas comencé a escribir esta historia en Internet. En un *fotolog*. Pero ¿por qué no seguir intentando crecer? ¿Usar la imaginación para posibilitar que más personas conozcan lo que hago? Y en ello estoy.

Lo que pretendo: en esta historia, la música es una parte muy importante de la trama. A lo largo de todo el libro introduzco canciones que los personajes en un momento u otro escuchan. Pero... ¿por qué no una dedicada en exclusividad para *Tras la pared*? Ya sé que esto es un atrevimiento, una osadía por mi parte. No tendrá tiempo ni para respirar, así que, para dedicarlo a componer una canción para mi libro, será casi imposible. En ese «casi» sostengo mi esperanza. Contar con un tema creado por usted para mi novela sería la guinda definitiva para esta aventura.

Cuanta más gente consiga que nos conozca a la historia y a mí, más posibilidades tendré con una editorial. Es un sueño, mi sueño, y usted está formando parte de él. Y, si quiere, puede colaborar.

La dirección de mi *fotolog*, por si le interesa, es: http://www.fotolog.com/tras_la_pared.

Y mi MSN, para cualquier cosa que necesite: traslapared@hotmail.com o alexescritor@hotmail.com.

Nada más. Le vuelvo a pedir perdón por mi atrevimiento.

Gracias por su atención y disculpe por las molestias.

Atentamente,

El autor

El joven repasa varias veces lo que ha escrito. ¡Es una locura! Pero solo es una locura más, y no va a frenarla.

Vuelve a examinar la lista de cantantes y discográficas a los que va a enviar el cuadernillo. No pierde nada, solo puede ganar. Y, si esta vez sale bien, la victoria será grandiosa.

Entonces recuerda algo que ha oído en la radio del autobús. Claro, le falta por incluir a esa cantante que ha tenido un accidente esta mañana. Afortunadamente, han dicho que estaba bien.

Busca en Internet la discográfica a la que pertenece. Ahí está: una foto de Katia presenta la página. ¡Qué gran éxito está teniendo!

Álex copia la dirección y la pega en el documento. Vuelve a mirar la foto de la cantante de pelo rosa. Es bastante guapa, tiene algo especial, sin duda.

Sí, ella será la primera a la que envíe su nueva idea marcada por el atrevimiento y la locura.

Capítulo 28

Esa misma noche de marzo, en un lugar de la ciudad.

Lleva despierta desde hace un rato. Abre los ojos. Lo mira, comprueba que sigue allí y vuelve a cerrarlos. No se ha marchado.

Sonríe. Ángel duerme en la cama de al lado. ¿Cuánto tiempo hace que no siente algo así por alguien? Mucho. Ni lo recuerda. Ha tenido relaciones pasajeras y uno que otro novio de quita y pon. Sí, le gustaban, pero no le latía el corazón como lo hace ahora.

Con todos los hombres que se le acercan, y se tiene que ir a enamorar de uno imposible. ¿Imposible? ¿Imposible por qué? Porque no se ha fijado en ella. Porque quiere a otra. Porque tiene novia.

¿Y?

Que tiene novia.

Pero han empezado la relación hace muy poco tiempo. ¿Y si aquella Paula no fuera la chica de su vida? ¿Y si la chica de su vida fuera ella? Estaría desperdiciando una oportunidad. Es más, nunca sabría qué habría pasado entre ambos.

Katia vuelve a abrir los ojos. Lo mira otra vez. Está guapo incluso mientras duerme. Enseguida los cierra sonriente.

Está allí. Eso querrá decir algo. Ni siquiera ha tenido que llamarlo para que acudiera a verla al hospital. Y, además, se ha quedado a pasar la noche, aunque está segura de que, en eso, su hermana ha tenido mucho que ver.

¿Tiene alguna posibilidad? ¿Y si le cuenta lo que siente? Quizá a él le pase lo mismo. Tal vez él también esté empezando a experimentar algo parecido. Pero, si no es así, ¿puede perderlo para siempre si le confiesa su amor?

La chica del pelo rosa se agita nerviosa bajo las sábanas blancas de aquella cama de hospital. Le duele la cabeza y no precisamente por el golpe del accidente.

De todas formas, mañana todo habrá acabado. Mañana, cuando la den de alta, se despedirán. Él seguirá con su vida, con sus entrevistas, con sus artículos. Con su Paula. Y ella sufrirá el acoso de los medios, de los interesados, de los admiradores. Todos querrán saber qué ha pasado, si está bien... ¡Uf!

Se agobia.

Pero abre los ojos y lo observa una vez más. Eso la ayuda a tranquilizarse. Respira hondo y se relaja. Aún queda noche por delante, horas compartidas, minutos en los que estarán juntos. No dormirá más: quiere disfrutar de esos instantes; de él, aunque esté dormido. Puede mirarlo y soñar despierta.

Dentro de Katia brota un fuerte impulso, una sensación inexplicable. Se desembaraza de las sábanas y, con cuidado, se sienta en la cama. Se tambalea un poco, las piernas le tiemblan, pero consigue ponerse de pie.

Lentamente, descalza, camina hasta la cama de Ángel. Su dulce expresión mientras duerme le cautiva un poquito más. Ella sigue sintiendo algo arrollador en el interior de su pecho. Lo mira, fija sus ojos vidriosos en su rostro, se inclina despacio y lo besa. No tiene miedo de que despierte, pero el beso es delicado, casi imperceptible, solo un roce de labios: una caricia que su boca hace a la boca de aquel chico, que no parece enterarse de que le están dando un beso de auténtico amor.

Esa misma noche de marzo, en ese mismo punto de la ciudad, en la cama contigua a la de Katia.

Se despierta. Parpadea y abre los ojos lentamente. ¿Qué hora debe de ser? Muy tarde. La noche está bien entrada y una tenue luz ilumina la habitación.

Allí, acostada frente a él, continúa ella. La observa detenidamente. Es una chica preciosa. Su cara transmite algo especial incluso dormida.

Pero él tiene ya a Paula. ¿Y qué hace allí?: un favor. No se pudo negar a lo que le pidió Alexia. ¿Cómo iba a hacerlo? Pero no deja de pensar que ese no es su sitio.

Son demasiadas mentiras en muy poco tiempo. Ha entrado en un peligroso círculo de falsedades o verdades a medias del que no puede salir. Desea que aquello quede en el olvido, como si nunca hubiese pasado. Sobre todo por Paula, que sufriría si se enterase de la verdad.

Suspira levemente. Está cansado: preocupaciones, responsabilidades... Peter Pan huyendo del país de Nunca Jamás.

Y cuando salga de aquel hospital será mucho peor. Mañana le espera un día duro. No ha adelantado nada de trabajo durante el fin de semana y además deberá dar explicaciones tanto a su jefe como a Paula de lo que ha pasado en el hospital.

Se pregunta cómo va a enfocar el tema. Por un lado está la noticia del accidente de Katia. Tendrá que escribir sobre ello irremediablemente. Y, por otro lado, la parte personal. Ahí surgirá un conflicto consigo mismo, saber qué puede contar y qué no. Es una situación nada fácil.

Y a Paula le tendrá que decir más mentiras. Se promete que serán las últimas e intenta convencerse de que será así.

Pero ya pensará en eso mañana, ahora tiene que descansar. Cierra los ojos de nuevo e intenta dormir. No hay manera. Minutos más tarde sigue despierto. No consigue conciliar el sueño. Entonces percibe algo. Como si alguien se desplazara lentamente por la habitación. Sí, está más cerca. Abre un ojo a medias, con un párpado tembloroso, y ve cómo Katia se inclina sobre él y deposita sus labios en los suyos. Suave, demasiado suave. No es un beso caprichoso, es un beso con cariño. ¿Agradecimiento? ¿Despedida? ¿Amor?

Ángel se deja llevar, y sin decir nada, lo acepta y sigue haciéndose el dormido.

La cantante regresa a su cama y él, perdido, confuso, no pegará ojo en toda la noche.

Capítulo 29

A la mañana siguiente de un día de marzo, en algún lugar de la ciudad.

Lunes. Odia los lunes. ¿Por qué tienen que existir? Con lo bonitos que son los fines de semana... Pero todo lo bueno se termina pronto.

Paula corre de un lado para otro de la casa. Va desde su habitación al cuarto de baño, pasa otra vez por su dormitorio y baja a la cocina a desayunar. No tiene tiempo ni para beberse sentada la leche con chocolate. De pie, da un mordisco a un poco de pan tostado que mastica a trompicones mientras llega a la sala. No quiere perder el autobús como le pasó tres veces la semana pasada. Pero no puede olvidarse de nada.

Mercedes la observa inquieta y le pregunta si ya lleva esto y aquello. Está todo. O eso cree.

Tres minutos para que pase el autobús. Le da un beso rápido en la mejilla a su madre y sale disparada hacia la parada con la mochila de las Chicas Superpoderosas a cuestas. ¡Tiene que conseguirlo!

Avanza veloz por la acera. ¡Uf! El semáforo está en rojo. Impaciente, da pequeños saltitos sobre los talones. Por fin, verde. Camina aún más deprisa. Cruza un paso de peatones y da vuelta a la derecha.

Como si fuera el anuncio aquel en el que dos novios llegan a encontrarse a la vez, Paula y el autobús coinciden de frente, cada uno en un extremo de la calle. La chica corre todo lo que puede.

El vehículo se detiene delante de la marquesina. Hay una pequeña cola que cada vez se hace más corta. Sube el último pasajero. ¡Que se va!

El conductor cierra la puerta delantera, pero, cuando mira a un lado y a otro para arrancar, ve llegar jadeante a una chica gesticulando para que no se marche sin ella. El hombre frena y espera a la joven. ¿Por qué no se levantarán cinco minutos antes?

Paula, con las mejillas sonrosadas y el aliento entrecortado, sube y da las gracias al chofer del autobús. Exhausta, abre la mochila de las Chicas Superpoderosas en busca del boleto del abono mensual. ¡Mierda! Pues no lo ha cogido todo... Siempre le pasa igual. Así que no le queda más remedio que pagar el pasaje.

Lamentándose y maldiciendo su olvido, camina por el estrecho pasillo. Caras adormiladas, la mayoría conocidas, habituales en la travesía; uno que otro saludo y una que otra mirada furtiva de alguien que se gira cuando pasa por su lado. Se da cuenta, pero no le molesta. Está acostumbrada.

Menos mal, un sitio libre al fondo. Un chico con un gorro negro de lana de Ralph Lauren se levanta para que pase junto a la ventanilla. Buen compañero de viaje.

Se parece a Álex, piensa. Sí, se da un aire. Aunque su Álex es un poco más guapo. Un momento, ¿desde cuándo es «su» Álex? Bah, no tiene importancia.

Respira hondo un par de veces, tratando de no hacerse notar demasiado. Aún acusa el esfuerzo de la carrera. Saca el MP3 con cuidado para no molestar al muchacho del gorro negro. Sin embargo, no puede evitar que sus codos choquen. Se excusa y sonríe. El chico, serio, no dice nada y, tras un breve repaso a la sonrisa de Paula, vuelve a mirar hacia delante. ¡Qué grosero! Otro al que no le gustan los lunes... Pero podía ser más simpático, ¿no?

Deberá prestar más atención en sus movimientos para no molestarlo. Guapo, pero poco cortés. No como Álex.

¿Álex? Otra vez le ha venido a la mente su amigo escritor... ¿Qué le va a hacer si se parecen?

Busca en su pequeño reproductor una canción de Coldplay. Ya está: *The scientist*.

Paula apoya la cabeza en el cristal y cierra los ojos. El traqueteo del autobús mece sus pensamientos. Lunes. Quedan cinco días para su cumpleaños. Diecisiete añotes. Suspira. Se hace mayor. Eso es bueno, ¿no? No lo sabe. No es de esas chicas que quieren crecer y llegar rápidamente a los dieciocho. Aunque tendrá sus ventajas, claro.

El sábado se terminan los dieciséis. Y quizá no solo eso sea lo que se acabe.

Su virginidad... Un escalofrío le recorre todo el cuerpo. Abre los ojos muchísimo. El sueño desaparece por completo. ¡Madre mía! ¡Va a acostarse con un chico! Y pensar que hace nada estaba jugando con sus muñecas...

Intenta tranquilizarse. El sexo es algo normal. Todas sus amigas ya lo han hecho alguna vez. No tiene que preocuparse, solo disfrutar de ese momento único e irrepetible. Y Ángel es el adecuado para dar el paso, ¿verdad?

No tiene noticias de él desde que hablaron ayer por la tarde por teléfono. Seguro que ha pasado un domingo aburridísimo allí, en el hospital, pendiente de cualquier noticia sobre Katia. Pobrecillo, es duro eso de ser periodista sin horarios fijos.

Paula se siente un poco culpable, quizá debería haberlo llamado para preguntarle qué tal estaba.

¡Bien! El tipo guapo, pero antipático, del gorro se va. Paula aprovecha el momento y saca su celular de la mochila de las Chicas Superpoderosas. Seguro que a Ángel le hace mucha ilusión recibir un SMS.

A su lado ahora se sienta una chica mayor que probablemente vaya a la universidad. No lleva mochila, sino una carpeta a punto de reventar. También escucha música.

Paula, dubitativa, comienza a escribir el mensaje, al tiempo que suena *Algo contigo*, de Rosario Flores:

> Amorrrr. Cómo fue todo ayer. Espero que no te aburrieras mucho. Te echo de menos. Ahora voy para el *insti*. Cómo me gustaría ir junto a ti... Quiero verte. ¿Esta tarde?

Pero entonces recuerda que esa tarde tiene ya cosas que hacer. Ha quedado en reunirse con Mario para estudiar. No podrán verse. Eso la entristece. Borra las últimas palabras y continúa escribiendo:

> ... Cómo me gustaría ir junto a ti. Esta tarde tengo que estudiar, no puedo verte. Pero te llamaré. Un beso. Te quiero mucho, mi periodista.

Enviar.

El autobús se detiene. Es la parada de Paula, que se da cuenta de casualidad. La chica universitaria sí le sonríe cuando se levanta para dejarla pasar.

A clase ya ha llegado alguien que no sonríe tanto. Pero la semana no ha hecho más que comenzar.

Esa misma mañana de marzo, en otro lugar de la ciudad.
El pitido del celular lo despierta. Un mensaje. Ángel

protesta por no haber cambiado aquel sonido estridente por otro un poco más suave. A ciegas, y tras dar varios manotazos en falso, alcanza el teléfono que antes de acostarse dejó en la mesita junto a su cama. Le duele todo el cuerpo, especialmente la cabeza. No ha podido dormir más de media hora en toda la noche, que se ha hecho larguísima en aquella habitación de hospital.

El SMS es de Paula. Le dice que espera que no se haya aburrido demasiado y que le encantaría estar junto a él en ese momento. No puede verlo por la tarde porque tiene que estudiar, pero que ya le llamará.

Un asfixiante sentimiento de culpabilidad inunda al periodista. Todo aquello se le ha escapado de las manos.

Por un instante, se vuelve valiente y piensa en llamarla para contarle toda la verdad. Pero enseguida se echa atrás. No puede hacer eso: sería perjudicial para todos, sobre todo para ella.

Relee la pequeña pantallita de su teléfono un par de veces más. Cada palabra hace que se sienta peor. Por fin, deja de torturarse y suelta otra vez el celular en la mesita. Suspira. Se tumba bocarriba en la cama con las manos en la nuca. Se lamenta una y otra vez de todo lo que está pasando, pero no puede volver atrás. Las cosas han salido así y ya no tienen solución.

Y para colmo de males, el beso de Katia.

Ángel se gira hacia la izquierda y la mira. Durante toda la noche ha especulado acerca de los motivos de aquel beso. Sin éxito, porque no ha llegado a ninguna conclusión satisfactoria. ¿Estará enamorándose de él? No, eso es imposible. ¿Cómo una cantante famosa, que conoce desde hace tan solo cuatro días, se va a enamorar de él, un periodista cualquiera de una revistucha de música?

Pero, entonces, ¿por qué lo besó? Sin respuesta.

Otra vez el teléfono de Ángel vuelve a sonar. En esta ocasión no es un SMS, sino una llamada. El jefe.

Ahora que lo piensa, es extraño que no le llamara ayer por el asunto de Katia.

Lo agarra y contesta con firmeza.

—Buenos días, don Jaime.

—¿Buenos? ¡No sé qué tienen de buenos!

Mal asunto: el jefe está en uno de esos días que tienen todos los jefes. Ángel intenta seguirle la corriente.

—Es cierto, los lunes son horribles.

—¿Lunes? ¡Qué importa que sea lunes!

—¿Qué le ocurre, don Jaime?

—¡Que estamos jodidos! Resulta que abro el periódico mientras me tomo el café y... ¿qué veo? ¡Katia ha tenido un accidente! ¡Y yo me entero veinticuatro horas más tarde! Ayer me desconecté del mundo, en mi casita de campo, y resulta que se produce un acontecimiento de este tipo. ¡Estamos jodidos!

—Pero, don Jaime...

—¡Qué don Jaime ni qué nada! ¿Cómo es posible que una de las pocas revistas de música que existen en el país no esté en el lugar donde se produce un hecho tan relevante? ¡No tenemos perdón de Dios!

—Pero, don Jaime...

—Bueno, Ángel, vente cuanto antes a la redacción, que tenemos que ver cómo afrontamos esta crisis. O, mejor aún, corre al hospital en el que está internada Katia y a ver si aún encuentras algo por allí. Aunque las noticias hablan de que hoy la daban de alta, así que puede que ya esté fuera. ¡Somos lo peor! ¡No merecemos llamarnos periodistas!

Al joven casi se le escapa una carcajada cuando oye los gritos de su jefe. Vuelve a mirar a la cantante de pelo rosa, que ya se ha despertado al oír el ruido del teléfono. Ángel le sonríe amablemente. Ella se frota los ojos y también sonríe. Al final se quedó dormida. Malditas pastillas.

—Buenos días —susurra ella.

—Buenos días —contesta él, en voz bajita, tapando con la mano el celular para que no lo oigan.

Es curioso. Pensaba que cuando volviera a hablar con Katia se sentiría incómodo. Sin embargo, sucede lo contrario.

—¡Ángel! ¡¿Me has oído?! ¡Corre al hospital! —exclama desesperado Jaime Suárez al otro lado de la línea.

—Ya estoy allí, don Jaime —responde con tranquilidad.

—¿Cómo? ¿Que estás dónde?

—En el hospital. Ayer me enteré temprano de lo sucedido y he estado cubriendo la noticia.

—¡No jodas! ¡¿Y por qué no me llamaste?!

—Sabía que usted se había tomado el día libre —miente—, y no quería molestarlo. Así que me decidí a cubrir yo la noticia. Hoy le pasaré un informe completo de todo.

—Tú..., tú... eres bueno, Ángel. Eres muy bueno.

La imitación de Jaime Suárez de Robert De Niro en *Analízame* deja bastante que desear, pero Ángel sonríe satisfecho. Por fin algo positivo de aquella historia.

Katia lo observa atentamente. No entiende muy bien lo que ocurre, pero le da igual. Él sigue allí, junto a ella. Y, a pesar de que aquel maravilloso chico no se enterara de nada, aún saborea el dulce beso de anoche. Lo único malo es que pronto se separarán.

—Gracias, don Jaime, cumplo con mi trabajo. Además, solo he hecho lo que usted me dice: un periodista no tiene horarios y debe hacer lo posible por llegar a la noticia.

—Aprendes rápido, muchacho. Pero la próxima vez ¡avísame!

—Lo haré.

—Espero ese informe cuando hayas terminado ahí. Hasta luego, Ángel.

Jaime Suárez cuelga antes de que pueda despedirse de él.

—¿Tu jefe? —pregunta Katia, que se sienta en la cama y abraza la almohada apretándola contra su vientre.

—Sí. Estaba muy preocupado porque no teníamos cubierta la noticia del mes.

—¿Cuál es esa noticia?

Ángel sonríe divertido ante la ingenuidad de la chica.

—Pues resulta que el sábado por la noche una famosa cantante tuvo un accidente de tráfico.

A Katia le cuesta procesar la información. Se acaba de despertar y lleva un día entero a base de pastillas. Cuando se da cuenta de que habla de ella, gruñe y le saca la lengua.

—Qué noticia. Eso no es importante.

—¿Bromeas? Es un notición. Aunque, si te hubiera pasado algo grave, lo habría sido más.

La cantante deja escapar un «oh» con la boca muy abierta al escuchar las palabras de Ángel. Él enrojece al comprender su metedura de pata.

—Perdona, no quería decir que...

—No, no, perdóname tú por no haberme matado con el coche...

La frase hiela el corazón del chico.

—Lo siento.

Un incómodo silencio se instala entre los dos.

Katia se levanta de la cama. Está seria, molesta. Camina hasta el cuarto de baño. Pasa al lado de Ángel, pero ni lo mira. Continúa un poco mareada, aunque está mucho mejor que el día anterior.

Entra y cierra con llave, no vaya a ser que se atreva a seguirla. Se mira en el espejo. Su imagen le muestra las secuelas de las últimas horas. Maldice el accidente, sus heridas, las pastillas. Maldice a Ángel.

¡Será tonto! No se da cuenta de nada. ¿No piensa cuando habla o qué? Ni tan siquiera se enteró de su beso. Es un tonto.

Pero está enamorada de ese tonto. Suspira delante del espejo y quiere llorar, aunque no puede permitirse ese lujo. Ella no llora por un chico. Sin embargo, una sorprendente angustia aprisiona su pecho y le sube hasta la garganta. Le escuecen los ojos, ahora enrojecidos. Se ahoga. ¡Malditas pastillas!

Recuerda la letra de aquella canción: «Y si tú no estás, yo no puedo respirar».

Abre la llave y coloca la cara debajo del chorro del agua fría, que sale con mucha fuerza. Tiene que tranquilizarse. Ella es una chica fuerte y no va a llorar.

Gotitas de agua fría le salpican el camisón. Incluso alguna va a parar a su cuello provocándole escalofríos.

Poco a poco va encontrando la calma. Así está mejor. Cierra la llave y vuelve a mirarse al espejo.

—No vas a llorar —se dice a sí misma.

Agarra una de las toallas blancas que encuentra perfectamente dobladas en una encimera. Está suave, como los labios de Ángel. Suaves y peligrosos labios. ¿Cómo iba a pensar ella que se iba a enamorar de un periodista con novia?

No puede continuar así. No va a pensar más en Ángel. El destino los ha unido en un mal momento. Es una historia imposible.

Eso es. Cuando ahora se despidan, será el final de aquel capricho. «Solo es un chico más. Un flechazo que no va a ninguna parte», piensa.

Otra vez la letra de aquella canción: «Yo te quiero y sin ti no sé caminar».

Deja la toalla colgada junto al lavabo y se peina un poco con las manos. Piensa que tiene un aspecto horrible. Pero eso da lo mismo. Sonríe.

—No vas a llorar.

Con determinación quita el cerrojo de la puerta y la abre decidida. Ángel está enfrente, de pie. ¡Qué guapo es! Se le iluminan los ojos. ¿Por qué le tiene que pasar esto a ella?

El periodista la recibe con una sonrisa dulce, cariñosa: una súplica de perdón.

Katia agacha la cabeza. No la impresiona. ¿O sí?

¡Uf, claro que sí! Se derrite ante esa sonrisa, ante esos ojos azules. No quiere mirarlo. Camina hacia la cama deprisa. Se tumbará en ella, se despedirán y fin.

Sus pies descalzos avanzan veloces. Él no se mueve, no deja de sonreír.

Al pasar al lado de Ángel, su brazo roza el de él, piel con piel. Y se estremece. Se quiere morir.

—Katia, perdóname. Soy un bocón. Un estúpido. Pero de verdad que no quise decir nada para ofenderte...

La cantante se detiene cuando lo sobrepasa y escucha lo que dice. Y tiene razón. Es un estúpido, pero no por aquellas palabras tontas, sino por no quererla a ella. Por amar a otra.

—No te preocupes. Perdonado.

Tiene la tentación de darse la vuelta, saltar sobre él y abrazarlo como nunca antes lo hayan abrazado. Agarrarse con sus piernas a su cintura y no soltarlo jamás. Pero se limita a girar la cabeza y sonreír. Debe olvidarse de Ángel.

—Ha entrado el médico mientras estabas en el baño. Te van a dar de alta cuando confirmen que todo está bien.

—Ah, bueno.

—Y yo... me tengo que marchar. Tengo mucho trabajo

y, además, debo pasarle un informe a mi jefe de la noticia de tu accidente. Por supuesto, lo explicaré todo sin dar detalles personales.

—Confío en ti. Muchas gracias por estar a mi lado.

—No es nada. Y... perdona otra vez por lo de antes.

Katia lo mira con simpatía. Finge. Quiere que se vaya ya, olvidarse de él para siempre. Aunque la realidad es que le diría que se quedara allí con ella, que la tumbara en una de las camas y le hiciera el amor obviando a médicos y enfermeras.

—No te preocupes. Un malentendido.

—Bien, entonces me voy. Cuídate. Ya nos veremos.

—Ya nos veremos.

Ángel camina hasta la puerta y sale sin decir nada más.

Atrás quedan el beso, los deseos, las palabras, las sonrisas... y la sensación de que tardarán mucho tiempo en volver a verse. Ninguno de los dos puede sospechar lo que el futuro les deparará esa misma semana.

Capítulo 30

Esa misma mañana de marzo, en un lugar alejado de la ciudad.

El canto alocado de un pájaro que revolotea cerca de la ventana de la habitación anuncia una nueva jornada soleada. En todo el mes de marzo no ha caído ni una sola gota de lluvia.

Álex abre la ventana y recibe en su pecho desnudo la brisa de la mañana. Inspira el aire frío y lo suelta despacio. Repite la acción un par de veces más. Esa es la mejor manera de despejarse.

Camina descalzo hasta el clóset y, tras rebuscar en cajones y perchas, elige la ropa con la que se va a vestir. Sobre su esbelto torso deja caer un fino suéter *beige* que enseguida se remanga. A continuación, se sienta en la cama y se pone una mezclilla negra y unos calcetines del mismo color. Debajo de una silla tiene unas botas marrones de agujetas con las que se calza. Duda si llevar la chamarra. «Sí, por si acaso». Aunque nunca tiene frío.

Pasa por el baño para peinarse un poco y echarse sobre el cuello y las muñecas una esencia de Loewe. Se mira en el espejo sin demasiado interés. Mañana tendrá que afeitarse.

Y regresa a su cuarto. Desconecta la computadora portátil del enchufe de la pared y lo introduce en un maletín negro. En uno de los bolsillos mete el celular que ha dejado cargando toda la noche.

¿Listo? No. Queda lo más importante. Encima de la silla, bajo la que estaban las botas que ahora lleva puestas, están los sobres que anoche dejó preparados y que imprimió en casa para enviar a las discográficas y los cantantes elegidos para su locura. Dentro, cuadernillos de *Tras la pared* con una extraña petición. ¿Alguien se animaría a escribirle una canción para su historia? Probablemente no. Pero sigue pensando que no pierde nada por intentarlo.

Baja trotando por la escalera, cargado con el maletín, la chamarra y los sobres.

Desayunará fuera.

Una bocanada de aire frío le golpea cuando abre la puerta de la casa. Oye el silbido del viento y también al pajarillo madrugador de antes, que tal vez esté buscando una hembra con la que pasar el día.

Pero no es lo único que Álex escucha. El ruido del motor de un coche indica que no está solo. La ventanilla de un Ford Focus negro se abre e Irene asoma la cabeza sonriente.

—Buenos días, hermanito. —Los ojos del chico fulminan a su hermanastra—. Perdona, quería decir Alejandro.

Lo ha hecho a propósito.

—Buenos días. Con que me llames Álex me basta.

—A sus órdenes, Álex —dice divertida—. No sabía que estabas levantado.

En realidad sí lo sabía. Estaba en el coche cuando Álex se ha asomado a la ventana. Sabía que no tardaría mucho tiempo en salir de casa y lo ha esperado.

—Pues ya ves que te equivocabas.

Irene mira curiosa el montón de sobres que lleva bajo el brazo. ¿Para quién serán?

—Veo que vas cargado. ¿Quieres que te lleve a alguna parte?

—No —contesta rotundo, sin pensar.

—Vamos, hombre. No seas testarudo. Tengo tiempo hasta que empiece el curso. Me iba más temprano para desayunar antes.

No quiere decirle nada a su hermanastra de que tenía la misma intención.

—No hace falta. Tomaré el autobús —insiste.

Pensándolo bien, no estaría mal que lo llevara. Se ahorraría la espera en la parada y, además, llegaría antes.

—¡Qué terco eres! Si no me cuesta ningún trabajo...

Álex cabecea y termina cediendo.

—Bueno, pero con que me dejes cerca del metro me sirve.

—¡Ay, chico, mira que eres!, ¿eh? Entra, anda.

El joven se acerca hasta el coche por fin y trata de abrir la puerta del copiloto sin éxito; parece atascada.

Irene lo observa con su permanente sonrisa en la boca. Se baja y acude junto a su hermanastro. Álex no la puede ver bien hasta que ella da la vuelta al Ford Focus y llega a su lado. Y casi pierde la respiración: Irene se ha puesto un vestido más propio de fiesta de Año Nuevo que de un primer día de clase; es negro, corto y espectacularmente escotado, tanto que casi puede intuir la copa de su brasier oscuro.

—¡Qué frío! —exclama la chica agitando los brazos. Llevaba un rato dentro del coche sin la chamarra—. Es que a veces se atasca. Espera.

Haciéndose hueco entre el vehículo y su hermanastro, rozando sus piernas con el pantalón de él, Irene sujeta con fuerza la puerta y, de un golpe seco, la abre. En el impulso, la chica aprovecha para juntar aún más su cuerpo con el de Álex, que, atónito, ni se mueve.

—*Voilà*, ya puedes pasar.

La joven regresa al asiento del conductor y se pone el cinturón de seguridad. No le ha pasado desapercibido el comportamiento de su hermanastro. Sonríe: poco a poco va hilando su red. Álex, por su parte, no sabe si arrepentirse o no de la oferta de Irene. Quizá hubiera sido mejor tomar el autobús. Aunque de una cosa está seguro: de momento, no va a necesitar la chamarra.

Capítulo 31

Esa misma mañana de marzo, en un lugar de la ciudad.

—¡Mario!, ¿me prestas la tarea de Física? No he hecho nada en el fin de semana.

La agudísima voz de Cándida Palacios llega a oídos de uno de los que todos consideran cerebritos de la clase; alguien que nunca falla, ni siquiera en lunes. ¡Qué diferencia con su hermana Miriam, la repetidora de la última fila...!

Sin embargo, esa mañana todo parece distinto.

—Perdona, Candy. ¿Qué decías?

—¡Los ejercicios de Física! Que no los tengo hechos y como me los pidan será mi fin. Además, el Quiñónez me la tiene en la mira. Seguro que tiene algo en contra de los gordos. Es un *gordofóbico*.

Cándida Palacios, Candy, es la gordita oficial de clase. Lejos de avergonzarse por su físico, asume su aspecto como algo natural. Incluso ella misma bromea con sus compañeros respecto a su peso. Aunque no siempre ha sido así.

—Esa palabra no existe. Y, de existir, sería *gordófobo*.

—Da igual, llámalo como quieras. El caso es que me prestes los ejercicios, por favor, que el tipo la trae conmigo.

—No los he hecho.

—¿Cómo? Me estás viendo la cara...

—Te lo digo en serio, Candy. No los tengo.

Un compañero pecoso y de piel blancuzca, con claros problemas de acné juvenil, al que llaman Nolito sin que nadie sepa muy bien el motivo, escucha atónito lo que Mario acaba de decir.

—No lo puedo creer. ¡Yo también te los iba a pedir!

—Pues lo siento, chicos. Estoy como ustedes.

—¡Carajo! ¡Y quedan menos de cinco minutos!

Candy y Nolito se van rápidamente en busca de otro de los cerebritos de la clase, sin estar muy convencidos de que Mario no tenga hechos los problemas de Física. Pero no es momento de discutir, sino de encontrar alguna alma caritativa que los salve de aquel punto negativo seguro si el Quiñónez se aventura a pedirles los ejercicios.

No saben que lo cierto es que Mario no hizo la tarea, y no ha sido por falta de tiempo. Lleva dos noches sin dormir. Al comprender que su insomnio no le iba a permitir pegar ojo, ha estado ocupado con otras cuestiones y no precisamente con la tarea de Física ni de ninguna otra materia.

Ahora está sentado en su lugar habitual de clase. Espera ansioso la llegada de Paula. Quizá llegue tarde, como tantas y tantas veces. La semana pasada solo dos días logró entrar en clase antes de la hora. Suspira profundamente. Quizá ella ya se ha arrepentido de lo que hablaron el sábado.

Esa idea le asusta y, por un momento, duda. Mira hacia la puerta, pero, aunque no dejan de entrar chicos y chicas protestando por el comienzo de la semana o contando a voces lo que han hecho el sábado y el domingo, ninguno de ellos es su amada. Hasta entra esa libidinosa de Diana, acompañada de su hermana y la otra chica de las Sugus. Vaya grupito.

El corazón de Mario se acelera de pronto. Detrás del

trío de amigas aparece Paula, que llega corriendo y le da una nalgada a Diana. Esta se revuelve y le llama algo poco cariñoso, aunque entre ellas es señal de unidad y fraternidad. Mario no entiende cómo esos insultos se han convertido en saludos y despedidas entre las chicas.

Está guapísima. Va vestida con un pantalón de mezclilla azul fuerte muy ajustado, una camiseta verde con el cuello en V blanco y un abrigo-chamarra negro desabrochado que le llega hasta debajo de las rodillas. Lleva el pelo recogido con una liga verde y tiene las mejillas ligeramente sonrosadas de la más que probable carrera para no llegar tarde.

Las Sugus ocupan sus respectivos sitios en una de las esquinas de la clase, pero no se sientan en las sillas, sino sobre las mesas. Parecen divertirse hablando de esto y de aquello. No le dan ninguna importancia a no tener los ejercicios hechos. Hablan a gritos y ríen a carcajadas haciéndose notar. Incluso la mirada de alguno se desvía hasta los pantalones de Diana, excesivamente bajos: el comienzo de un triangulito naranja acelera el pulso a más de uno. Un aguafiestas le gasta una broma acerca de la excelente vista. La chica se sube el pantalón y alza el dedo medio, dedicándoselo a todos sus admiradores.

Varios chicos más se acercan hasta Mario en una constante cascada de irresponsabilidad escolar. Acaban de llegar y aún no están al tanto de lo que Candy y Nolito ya saben. Ante la asombrosa noticia, unos se rinden y esperan que la suerte no les sea esquiva esa mañana. Otros aún pelean por conseguir los ejercicios en los dos últimos minutos, antes de que el timbre suene y llegue el Quiñónez.

Entre dos de sus compañeros, Mario contempla cómo Paula se levanta y, esquivando mesas, sillas, mochilas y alumnos, se acerca hasta él. Su corazón se dispara. También él se incorpora.

—¡Mario!, ¿qué tal el fin de semana? —pregunta la chica. Parece muy feliz.

—Pues como todos —contesta tímidamente.

—Recuerda que hemos quedado de vernos para estudiar en tu casa, ¿eh?

—¡Es verdad! No me acordaba.

Tal vez ha mentido un poquito. De hecho, no ha pensado en otra cosa desde el sábado por la mañana.

La campana suena. *Alea jacta est:* la suerte está echada para todos. El profesor de Física no tarda ni diez segundos en cruzar el umbral de la puerta de la clase. Candy está en medio y el Quiñónez la apremia para que ocupe su sitio inmediatamente. La chica refunfuña y le llama «*gordofóbico*» entre dientes. «Se va a carajo, porque he conseguido los ejercicios».

—Bueno, Mario, luego nos vemos. Y no hagas planes para hoy, que tienes una cita conmigo.

Paula se aleja rápidamente hacia su esquina, donde las Sugus ya ocupan sus sillas. Diana comprueba la altura de su pantalón, aunque nadie se sienta detrás. La clase da comienzo.

El Quiñónez pide los ejercicios a dos pobres desgraciados que ponen excusas absurdas por las que no han podido resolver los problemas.

Mario ni se inmuta. Prevé un lunes especial, mágico. ¡Qué importa no tener los ejercicios hechos cuando por la tarde le espera su musa! Una cita, como ella ha dicho..., aunque solo sea para estudiar.

Los ojos se le cierran. Ahora es cuando por fin el sueño le golpea con fuerza. Definitivamente, Morfeo es un caprichoso. Y no sabe cuánto.

La mañana se consume a fuego lento. Paulatinamente, las clases se hacen más y más insufribles. Si normalmente ya lo son, los lunes todo parece mucho peor. Los profesores son más ogros y las profesoras más brujas. Los lunes solo deberían servir para comentar lo que ha pasado en el fin de semana.

Afortunadamente, cada desierto tiene su oasis y todo lunes, su recreo.

Para las cuatro Sugus, especialmente, el comienzo de cualquier semana es insoportable. Están sentadas en una banca delante de la puerta del instituto. Han comprado diferentes golosinas y botanas que devoran entre bromas, comentarios y quejas.

Un chico mayor, bien parecido, pasa por delante de ellas. Quizá se trate de un universitario, incluso podría ser un becario dirigiéndose a su primer trabajo. Todas lo siguen con la mirada: miradas distintas, miradas personificadas, que translucen una manera de ser particular. Diana silba por lo bajo y piensa lo que aquel chico guapo daría de sí; Miriam observa atenta, pero con discreción; Cris se siente atraída, pero rápidamente, con timidez, aparta sus ojos, y Paula casi ni se fija. Ella ya tiene a su «madurito».

El sol de marzo baña sus cabellos: recogidos, sueltos, más largos, más cortos, rubios, morenos... Son guapas, jóvenes, afortunadas y atrevidas. Aunque odien el lunes por la mañana.

—No voy a ir a Filosofía. No podría soportarlo —dice Diana mientras mete la mano en el paquete de papas Lay's al punto de sal de Cris.

—Vamos, no faltes, que la semana que viene es el examen final —le advierte Miriam.

—¡Bah!, voy a reprobar igual...

La mano de Diana vuelve al interior de la bolsa de papas. Toma una y la mastica escandalosamente.

—A mí la que me preocupa es Matemáticas —interviene Paula.

—Has quedado de verte hoy con mi hermano para estudiar, ¿verdad?

—Sí. Veremos si consigue explicarme lo de las derivadas, porque no entiendo nada.

—Hablando de Mario, está raro últimamente, ¿no? —observa Cris.

Paula mira a Miriam. ¿Les cuentan lo que piensan? Sí, ¿por qué no? Son las Sugus. Ya lo dice su lema, inspirado en *Los tres mosqueteros*, película con esa banda sonora de Bryan Adams que tanto les gusta: «Uno para todas y..., mejor, uno para cada una».

—Yo pienso..., bueno, Paula y yo pensamos que le gusta Diana.

La chica casi se atraganta con la papa al oír su nombre.

—¡Qué dices! ¿Cómo voy a gustarle yo?

—Hay gente para todo —dice sonriendo Cristina.

—¡Hey, tú, mosquita muerta! No te pases.

Las otras tres amigas ríen. Diana da con su cadera a la de Cris y le roba una nueva papa.

—Oye, ¿por qué no te compras tú un paquete? O mejor: dile a Mario que te invite.

—Ya párenle, ¿no? —protesta la aludida—. ¿En qué se basan para decir eso?

—Intuición. Además, como dice ella, está muy raro. Casi no duerme. El otro día me lo encontré con los ojos vidriosos —señala Miriam.

—Le tienes roto el corazón. Hoy no había hecho ni la tarea —continúa Cristina, que se ha alejado lo suficiente de Diana para que no alcance su bolsa de Lay's.

—¡Son unas exageradas! ¿Y si no es así? Puede estar raro porque ese chico siempre ha sido un poquito raro.

—¡Oye, que es mi hermano!

—Eso no es un punto a su favor, precisamente.

—¡Qué tonta!

Ahora la única que no ríe es Miriam.

—El caso es que tenemos que enterarnos de si esto que pensamos Miri y yo es verdad. Quedé de verme con él para estudiar Mate durante toda la semana y de paso investigaré.

—Lo de estar liada con un periodista te está afectando, ¿eh? —bromea Diana.

—Eso mismo le dije yo —señala Miriam, que vuelve a sonreír.

—No puedo creer que estén de acuerdo ustedes dos en algo.

—Será la última vez. Lo juro —asevera divertida la mayor de las chicas.

Todas ríen sin excepción esta vez.

Paula piensa entonces en Ángel. ¿Qué estará haciendo ahora? ¿Seguirá en el hospital? ¡Cómo le gustaría estar con él! Y pensar que todavía le quedan unas cuantas horas de tortura... Además, esta tarde no podrán verse.

—Bueno, y tú, ¿qué piensas de Mario? —pregunta intrigada Cristina.

Diana reflexiona unos segundos.

—No está mal. Diría que tiene su punto. Hablo físicamente, claro.

—Siempre pendiente del físico... Es un chico encantador —comenta Paula.

—Sí, yo estaré pendiente del físico, pero tú no te quedas atrás. ¡Anda, que mira el novio que te has echado, guapa...! Y el otro, el escritor, también es feo. Así que predica con el ejemplo.

—Pero son dos grandes personas —se apresura a señalar Paula—. Además, Álex es solo un amigo.

—¿Están buenos o no, chicas?

Las otras dos Sugus miran a Paula y confirman, afirmando con la cabeza, las palabras de Diana.

—Mario es muy lindo también —insiste la chica, queriendo cambiar de tema cuanto antes.

Es cierto. Ángel es guapo y muy atractivo. Le encanta su físico. Y Álex es todo lo que una chica podría pedir. Su sonrisa encantadora y sus ojos la cautivan. Pero a ella le gustan por cómo son como personas. El físico da la casualidad de que en este caso acompaña.

Pero ¿por qué mete a Álex en esto? No. Es solo un amigo, al que apenas conoce.

Un odioso sonido estropea la reunión: la sirena anuncia el final del recreo y el regreso a las clases.

—Me voy a la sala de computadoras, ¿alguien viene? —pregunta Diana, decidida a no tener que oír nada del tal Aristóteles. ¿Por qué tienen que estudiar a esos señores que murieron hace miles de años y que probablemente estaban todos locos? Solo hay que leer las cosas que dijeron. Si hoy en día a un tipo le diera por comportarse así, lo máximo que conseguiría sería salir en *Cuarto Milenio* o en uno de esos programas de testimonios que hacen por la tarde.

—Yo me voy contigo —responde Paula ante la sorpresa de las otras tres Sugus—. No voy mal en Filosofía y quiero ver si Ángel está conectado al MSN.

Un largo «oh» sale de las bocas de sus amigas.

—Yo voy a clase. Reprobaré igual, pero no puedo faltar más —se resigna Miriam.

—Yo también voy. Tengo que aprobar; si no, mis padres... —indica Cris.

Las cuatro chicas entran de nuevo en el instituto.

Antes de separarse, a lo lejos, ven a Mario que se dirige solo a clase. Lleva un vasito de plástico entre las manos. Lo que está bebiendo debe de estar caliente porque no para de soplar.

—Allí va tu príncipe azul —dice Cristina dándole un codazo a Diana.

—Mira que estás tontita hoy, ¿eh, nena?

—¡Mario! ¡Mario, espera! —le grita su hermana.

El chico se para y mira en la dirección de donde le llegan las voces. Es Miriam. Y con ella va Paula. Se pone nervioso y deja caer el café caliente al suelo. «¡Mierda!». Lo necesitaba porque se está quedando dormido todo el rato. Durante la mañana ha cerrado los ojos una decena de veces.

—¡Pobrecillo! Te ha visto y se ha puesto tenso —bromea Paula.

Diana enrojece. ¿De verdad que aquel chico se ha fijado en ella? ¡Pero si son completamente distintos! Como el agua y el fuego. Él es uno de los cerebritos de la clase y ella una de las consideradas rebeldes. Ella es una Sugus, a veces difícil de tragar.

—No digas tonterías, se habrá quemado.

—Arde de pasión por ti.

Las carcajadas de las tres chicas tras las palabras de Cris avergüenzan aún más a Diana. ¿Qué le pasa? ¿Por qué siente arder sus mejillas?

Mario se agacha, recoge el vasito de plástico y lo tira a un bote de basura. ¡Qué torpe! Además, con Paula mirándolo... Vaya ridículo. Se están riendo de él. La única que no lo hace es Diana. Esa chica no le cae nada bien. Si aprendiera a mantener la boca cerrada, igual no estaría tan mal. Fea no es, desde luego.

Sí, no está mal el chico. ¿Por qué la mira? Al final, ¿van a tener razón sus amigas? No, no puede ser. Es imposible.

¿Por qué esa libidinosa lo mira? Seguro que se ha manchado los pantalones y hará una broma estúpida en clase.

—Bueno, chicas, nos vamos, que, si no, no nos van a dejar entrar en clase. ¿Quieres que le diga algo a mi hermano?

—Vamos a dejar ya el temita, ¿no? Son muy pesadas.

—Bueno, vayámonos nosotras también, que, como nos vea el de Filosofía aquí, no podremos faltar a clase. Luego nos cuentan qué han hecho.

—Vale. Adiós.

Besos imaginarios en el aire.

Cris y Miriam se despiden y salen corriendo hasta donde está Mario, que ve extrañado cómo las dos se le acercan. ¿Y Paula? ¿Falta a clase? ¿Dónde va con la libidinosa? Alguien debería decirle a esa chica que lleva el pantalón demasiado bajo.

Diana camina junto a Paula hacia la sala de computadoras. Echa un vistazo atrás y ve a sus dos amigas entrando en clase con Mario. «Sí, la verdad es que es lindo».

Capítulo 32

Esa misma mañana de marzo, en otro lugar de la ciudad.

¡Qué cola había en Correos! Álex ha tenido que esperar más de media hora para que lo atendieran. Por fin, ha enviado los sobres con el cuadernillo de *Tras la pared* a las discográficas.

—Te espero si quieres, aún queda un rato para que empiecen mis clases —le dijo Irene desde el coche.

—No te preocupes, yo sigo solo. Gracias por traerme —contestó con frialdad.

El trayecto desde la casa de Álex hasta el edificio de Correos transcurrió entre indirectas de ella y evasiones de él; sonrisas de una y cambios de tema del otro. La chica, al sentarse, se había subido el vestido negro un poco más de lo normal para dejar a la vista del joven sus preciosas y trabajadas piernas.

Ahora Álex está sentado en un Starbucks. Saborea una rebanada de pastel de pomelo y un *caramel macchiato*. Tiene la laptop abierta y piensa acerca de lo que va a escribir. No está especialmente inspirado hoy. Las piernas de su hermanastra sacuden de vez en cuando su mente. Se acusa a sí mismo por ello e intenta encontrar algo que le aparte de esa visión.

Debe centrarse en Nadia, Julián y el resto de personajes de *Tras la pared*. Cierra los ojos e imagina el capítulo.

«Concéntrate, concéntrate, concéntrate».

Si estuviera solo, caminaría de un lado para otro repitiendo una y otra vez la misma palabra, pero no es el caso: una pareja de chicos jóvenes, que posiblemente se esté volando las clases, se besuquea sin rubor en un sofá de la esquina; dos alegres extranjeras conversan animadamente en otro de los sillones de la cafetería y un ejecutivo tiene cuidado de no mancharse el traje al sorber su *latte* con doble de café.

Álex mira por el gran ventanal que tiene a su izquierda. Un autobús lleno de adolescentes acaba de parar delante de uno de los teatros de la ciudad. Los jóvenes bajan a toda prisa y, entusiasmados, corren para agarrar una buena posición en la entrada ante la desesperación de tres desorientadas profesoras que ven perdida la batalla. Es un pase especial para varios colegios de la representación de *High School Musical* en su versión en castellano.

Álex resopla. Tiene que concentrarse.

Abre el reproductor de Windows Media Player y busca un tema en sus archivos de música. El *Nocturno Opus 9* n° 2 de Chopin para piano. Auriculares y *play*. Volumen al máximo. Es el momento de entrar en trance.

En un pequeño bloc que tiene a su lado escribe palabras sueltas. En voz baja, habla solo, traza ideas en el aire y las enlaza unas con otras. Poco a poco la inspiración crece. Los dedos se hacen ágiles y las pulsaciones en el teclado de su computadora portátil más veloces.

La sinfonía de Chopin se repite una y otra vez en los oídos de Álex, que ya ni siquiera la oye. Está completamente dentro de la historia, como si la viviera en primera persona. No existe nada más en el mundo.

Tres cuartos de hora más tarde, relee lo que ha escrito:

Pero cuando se abrió la puerta del elevador, todos mis propósitos se difuminaron. Sentada, casi tumbada, en el descanso de la escalera entre el segundo y el tercer piso, agazapada contra la pared, dormía la chica de la trencita azul. Su melena caía salvaje y despeinada por su cara, y sus manos unidas, apoyadas en la cabeza, hacían de frágil almohada.

Era preciosa. Su rostro, inocente, juvenil. Su nariz pequeñita transmitía dulzura, justo lo contrario que sus labios, carnosos y deseables. Pero aquella musa rubia no solo era un hechizo de belleza. Mis hormonas se dispararon en un segundo al contemplar cómo sus pantalones de mezclilla blancos dibujaban un perfecto trasero.

Rápidamente aparté la vista, avergonzado. Pero ¿¡en qué estaba pensando!? Aquella niña no tendría más de quince años... Me culpé por el desliz, aunque no tardé demasiado en volver a mirarla. Entonces no pude evitar fijarme también en su camiseta escotada. Demasiado escotada.

¿Otra vez? ¿Qué estaba haciendo? Sacudí la cabeza de un lado para otro y decidí firmemente no observarla más para no caer otra vez en la tentación.

Hui del deseo caminando hasta la puerta de mi departamento. Una vez dentro estaría a salvo. Tembloroso, no acertaba con la llave.

Una leve tos rompió el silencio reinante en todo el edificio. Me giré y comprobé que la musa seguía con los ojos cerrados.

«Pobrecita, se resfriará. O tald vez quede en mala postura», pensé.

No podía consentirlo. Engañándome a mí mismo y a mis motivos, creí que mi obligación era despertarla. Guardé la llave de nuevo y, nervioso, me acerqué hasta ella.

Temía tocarla. Pero, volviéndome valiente, agité con suavidad su hombro. La chica enseguida abrió los ojos y reparó en mi presencia.

—¿Me está mirando los pechos? —preguntó sonriente, dejando ver unos dientes blanquísimos.

Instintivamente, mis ojos buscaron su pronunciado escote. Unas décimas de segundo después, me di cuenta del error y subí hasta su mirada. Casi fue peor, porque aquellos ojos verdes me intimidaron todavía más.

—No... ¡Claro que no!

—No le creo. Es lo primero en que se fijan los hombres.

Cómo decirle que yo no era un hombre cualquiera, que no era uno de esos jóvenes salidos que seguramente estarían haciendo cola para salir con ella. Sin embargo, poco antes, ni su perfecto trasero, ni sus sensuales y prominentes pechos me habían pasado desapercibidos. En definitiva, yo era otro hombre más de la lista.

Álex sonríe satisfecho. No está mal del todo. Cuarenta y cinco minutos que ha aprovechado.

Decide darse un respiro antes de continuar. ¿Habrá alguna red habilitada para conectarse a Internet? Lo comprueba y sí, tiene suerte. La conexión de un tal Monseñor no necesita contraseña. Se conecta y abre el MSN, aunque a esa hora es poco probable que haya alguien. Sin embargo, casi inmediatamente, aparece el contacto más deseado de todos los que tiene.

Esa misma mañana de marzo, en otro lugar de la ciudad.

El rostro de Jaime Suárez es impenetrable, imposible de interpretar.

En todo el tiempo que Ángel lleva trabajando para él, nunca ha podido descifrar qué piensa su jefe de sus artículos hasta que los ha terminado de leer y le da su opinión. En esta ocasión no es diferente.

El periodista ha hecho un primer borrador del accidente de Katia. No ha utilizado todo lo que sabe, pero se ha metido de lleno en la noticia. Al fin y al cabo, es el que más la ha vivido, y eso se percibe en la redacción del artículo.

Irá publicado junto a la entrevista en el número del mes, lo que les garantiza un gran número de ventas.

—Ángel.

—¿Sí, don Jaime?

El jefe se levanta de su mesa y se quita los lentes de pasta con las que intenta disimular su edad. Muerde una de las varillas mientras echa una última ojeada al papel que tiene en las manos.

—Te quiero, muchacho.

El hombre sujeta con ambas manos la cara de su pupilo y le besa la frente ante la sorpresa de este, que no reacciona ni se resiste.

—Imagino que entonces el artículo está bien.

—¿Bien? ¡Está genial! —responde Jaime Suárez, que hace amago de volver a agarrar la cabeza del chico—. Yo pensaba que estábamos perdidos al no cubrir la noticia y resulta que tú no solo actúas por instinto y te vas al hospital por tu cuenta, sino que le das al artículo un toque personal e intimista, al mismo tiempo que informativo. Con un par de retoques, esto será un bombazo.

—Gracias, señor. Lo hago lo mejor que puedo.

—No seas modesto. Además se nota que... —el director de la revista hace una pausa y busca las palabras adecuadas—, que entre tú y esa chica hay buena conexión.

—¿Qué chica?

—¡Carajo, pues cuál va a ser! ¡Katia!

Ángel enrojece. Si él supiera...

—Bueno, es una gran chica.

—Vamos, vamos, que no nací ayer, muchacho...

La maliciosa sonrisa del jefe le hace dudar. Pero ¿a qué se refiere?

—Apenas la conozco: la entrevista, la sesión de fotos y poco más. Aunque es agradable hablar con ella.

—Me invitarás a la boda, ¿no? ¡No olvides nunca a quien te dio la primera oportunidad cuando te hagas famoso!

La fuerte risotada de Jaime Suárez vuelve a tomar desprevenido a Ángel. ¿Qué hace? ¿Le sigue el juego? Es lo mejor.

—Por supuesto, don Jaime. Usted será el padrino.

—Bien, bien. Así me compraré un traje nuevo, que el que tengo es de la boda de Ana Belén y Víctor Manuel.

—Pues sí que ha llovido desde entonces.

—No te creas. Hemos tenido muchos años de sequía.

Otra carcajada.

Ángel comprende que aquella conversación no da para más.

—Bueno, me voy a terminar el artículo.

—Muy bien, muchacho. Revisa esas correcciones que te he hecho.

El joven periodista mira la hoja donde ha escrito la noticia y observa algunas palabras metidas en círculos rojos. Nada es perfecto.

—Enseguida.

Se da la vuelta para salir del despacho, pero en ese instante el director de la revista recuerda algo que le tenía que decir.

—¡Ah, Ángel! ¡Espera!

—¿Sí, don Jaime?

—Tú sabes jugar al golf, ¿verdad?

—Algo. Tengo hándicap 7.

Jaime Suárez silba.

—Pues perfecto. Mañana hay un torneo benéfico al que acuden varios famosos, entre ellos uno que otro cantante. No nos queda demasiado espacio en el número para ello ni mandaremos fotógrafo, pero como premio a tu trabajo, y como hace buen tiempo, pásate tú por allí y de paso te llevas una cámara y tomas alguna foto. Aquí tienes la dirección y el número de teléfono —dice sacando una tarjeta de uno de los cajones de su mesa—. Llama para acreditarte.

—¡Ah, muy bien! Estaré encantado de ir.

—Y de paso te juegas unas bolas si quieres. Di que vas de mi parte, conozco al dueño.

—Gracias, don Jaime.

Y con una gran sonrisa, Ángel sale del despacho. ¡Perfecto! Le vendrá muy bien un día de relax jugando al golf.

La idea lo encandila. Pero no quiere distraerse aún.

Enciende su PC para terminar el artículo. El MSN salta también. No es momento para conversaciones, pero, justo en el instante en que va a cerrarlo, el *nick* de Paula aparece en su pantalla.

Capítulo 33

Esa mañana de marzo, en otro lugar de la ciudad.

La sala de computadoras está casi vacía. Apenas un par de estudiantes de los mayores disimulan que buscan información para unos trabajos cuando, en realidad, están navegando por otro tipo de páginas. Faltan a clase, a pesar de que pronto se verán agobiados por el examen para la universidad.

Cuando Paula y Diana entran, se las quedan mirando fijamente y luego comentan algo que a ambos les provoca una risilla tonta. Ellas ni se inmutan. Están acostumbradas a ese tipo de comportamientos.

Las chicas van al fondo de la sala. Es su hábitat natural. Se sientan una al lado de la otra en una de las esquinas. Las dos encienden su PC al mismo tiempo y esperan a que se inicie la sesión. Tardan demasiado porque son máquinas viejas, aunque finalmente el ruido característico de Windows anuncia que el equipo está listo.

Lo primero que hacen es ir al MSN. Teclean sus *nicks* con sus respectivas contraseñas. También va lento.

—A ver cuándo les da la gana de cambiar los cacharros estos... —protesta Diana, acostumbrada a su portátil de 6.1 megas.

Sin embargo tiene suerte. Su MSN es el primero en funcionar. Paula la mira con cierta envidia. El suyo aún no da señales de vida. Contempla ansiosa cómo los muñequitos de la página de inicio del Messenger giran y giran, pero el programa no se abre. ¡Con las ganas que tiene de hablar con Ángel...! Aunque seguramente no esté conectado.

—¡Vamos, arranca! —le grita a su computadora, zarandeando con las dos manos levemente la pantalla.

Sus ruegos sorprendentemente tienen efecto y el MSN se abre.

—Vaya, ¿desde cuándo tienes poderes mágicos, bruja? —bromea su amiga.

Paula sonríe y rápidamente ojea los contactos que están conectados. Solo hay tres: Diana y otros dos que le iluminan los ojos, Ángel y Álex. ¡Qué suerte!

Se pone nerviosa. ¿A quién le habla primero? A Ángel, claro.

—¡Hola, amor! —escribe ilusionada.

Mientras espera la respuesta de su chico, abre la pantalla de Álex.

—Hola, escritor —saluda, acompañando su frase con un emoticón guiñando el ojo.

Pero su mensaje no llega. En la pantalla aparece un aviso en rojo indicando que lo que ha escrito no ha podido ser enviado a su destinatario.

Repite el intento con el mismo resultado. En ese instante, una luz naranja surge sobre la barra de herramientas. Ángel ya ha contestado.

—¡Carajo! ¿Por qué no me deja hablarle a Álex?

Diana se levanta y se sitúa de pie detrás de su amiga para ver qué le pasa.

—¿Tienes dos conversaciones abiertas?

—Sí, con Ángel y Álex.

—No puedes, solo dejan una. Tienen restringidas las

computadoras de tal forma que solo puedas hablar con una persona en el MSN.

—¿Y eso por qué?

—Ni idea. No sé si es para que no se sature la red o algo así.

—Qué tontería... Dejan entrar en páginas porno a los hombres y yo no puedo hablar con dos chicos a la vez en el MSN. No lo puedo creer.

Diana se encoge de hombros y vuelve a su sitio.

A la lucecita naranja de la pantalla de Ángel se suma otra en la barra de herramientas de la PC. Es Álex. Hace clic sobre ella y ve su saludo.

—Hola, Paula, ¿cómo estás?

Intenta contestar, pero una vez más aparece el mensaje de error. ¡Qué desesperación! Paula se lamenta, tiene que elegir entre los dos. Debe cerrar una de las ventanas para poder hablar en la otra. Es una decisión que en principio tiene que ser sencilla. Ángel es su novio. Pero, para su sorpresa, duda. No está del todo claro. Le encantaría hablar con Álex para saber qué tal le va con la novela. A Ángel además lo puede tener siempre que quiera. De Álex no tiene ni el celular. Pero el periodista es su chico y quiere saber cómo se encuentra, sentir sus palabras cariñosas. Lo necesita.

Suspirando, cierra la página de Álex y abre la de Ángel.

—Hola, cielo, ¿cómo estás hoy? —lee Paula.

La chica se remanga y comienza a teclear. Está feliz por encontrarse con él, pero su alegría no es plena. Malditas computadoras del instituto.

—Bien. Faltando a clase.

—¿Y eso?

—No tenía ganas de ir a Filosofía y me he venido a la sala de computadoras. Quería hablar contigo. Te echo de menos.

Ángel no contesta inmediatamente. En realidad, no tenía previsto hablar por el MSN. Necesita terminar el artículo. Desde el despacho escucha cómo le llama su jefe.

—Espera un momento, ahora vuelvo.

Paula responde con un escueto «OK». ¿Adónde habrá ido? El pobre estará ocupadísimo.

Diana vuelve a levantarse y se sitúa otra vez detrás de Paula.

—¿Al final no has conseguido arreglarlo? —le pregunta.

—No, solo estoy hablando con Ángel.

—No se puede tener todo en esta vida.

—Sí —murmura entristecida.

—Si quieres, hablo yo con el otro.

Paula se gira y mira a Diana, que le guiña el ojo.

—¿Tú? ¿Con Álex?

—Claro. Recuerda que tenemos que invitarle para tu «fiesta sorpresa» del sábado.

Es cierto. El sábado, su cumpleaños... También ella tiene que hablar del asunto con Ángel.

—Está bien, agrégalo. Pero a ver qué le cuentas, ¿eh?

Diana memoriza el *nick* que Paula le dice y regresa una vez más a su computadora. Está satisfecha. Tiene el MSN de ese chico tan guapo. Anota la dirección en su MSN y presiona el *enter*.

Esa misma mañana de marzo, en otro lugar de la ciudad.

Revisa que su laptop funciona bien. Sí, todo en orden. No se ha caído Internet. Entonces, ¿por qué no contesta?

Álex está inquieto. Cuando ha visto que Paula se conectaba al MSN, algo inexplicable le ha recorrido por dentro y se le ha dibujado una sonrisa en la cara. Repentina felicidad. Sin embargo, su alegría se va desvaneciendo por segundos. La ha saludado y ella no contesta. Consulta el reloj de su computadora. Ahora debería estar en el instituto y Paula no parece una de esas chicas que faltan a clase. Quizá está en informática y el profesor no le deja hablar por el Messenger. Esta idea lo consuela levemente, porque lo convence de que existe algún motivo para que la chica, al menos, no le devuelva el saludo.

En ese instante, alguien le envía una solicitud a su MSN para ser agregado. Desorientado, Álex lee el *nick*: «Diana. ¿Quieres un Sugus de manzana? Cómeme. *Carpe diem*». No tiene ni idea de quién puede ser, pero acepta.

—Hola, ¿eres el escritor?

«¿El escritor?». Se pregunta si no será una de las personas que ha encontrado el cuadernillo, pero eso es imposible. Está en el otro MSN, no en el que ha hecho para *Tras la pared*.

—Quizá. Prefiero decir que soy alguien que escribe. Escritor, para cuando publique algo. ¿Y quién eres tú?

—Diana. Soy una amiga de Paula, la tontita esa que conociste el otro día en el Starbucks.

El chico sonríe. Parece simpática, aunque por el *nick* y por sus primeras frases supone que tal vez sea demasiado desinhibida.

—Yo me llamo Álex, aunque imagino que ya lo sabes.

—Claro que lo sé.

—Encantado de conocerte.

—Lo mismo digo. Oye, no tendrás por ahí una fotito tuya, ¿verdad?

—¿Para qué quieres una foto mía?

—Pues para qué va a ser, para saber cómo eres.

Álex duda qué contestar. Aquella chica no se anda con rodeos. No le gusta que las cosas vayan tan deprisa, pero, si se niega, quedará mal.

—Espera, la busco.

—Vale.

Entra en su archivo de imágenes. Carpeta «Fotos Álex». No tiene demasiadas, nunca ha sido un gran aficionado. Sonríe mirando alguna y recordando el momento en el que se la tomó. Tenía bastante olvidado aquel rinconcito de su PC. Finalmente se decide por una en la que sale de pie delante de la puerta de su casa con los brazos y las piernas abiertas, imitando al *Hombre de Vitruvio* de Leonardo da Vinci. Manda el archivo.

Diana acepta y enseguida recibe la foto. La observa atenta, incluso emplea el *zoom* del visor de imágenes. Resopla. Mira a su izquierda, donde una aburrida Paula tamborilea con los dedos sobre la mesa. «¿Cómo puede conseguir esos chicos?».

Sin decirle nada a su amiga, saca un CD de su mochila y guarda en él la foto de Álex. Luego la borra de la PC.

—Estás bien —dice escueta, sin querer dar excesivas muestras de su entusiasmo.

—Muchas gracias.

—Muchas de nada.

—Oye, ¿y Paula? Veo que tiene el MSN encendido. Pero la he saludado y no me contesta.

Diana piensa qué responder. Si le dice que está hablando con su novio y que solo les dejan tener abierta una conversación en el MSN, igual aquel chico se siente como segundo plato y se va.

—Ahora viene. Ha ido a la cafetería.

—Ah. Muy bien.

—Espérame un momento, Álex.

—OK.

Diana se gira hacia Paula, que se da cuenta y la mira inquieta.

—¿Qué? ¿Ya se hicieron amigos?

—Estamos empezando a conocernos —dice haciéndose la interesante—. Por cierto, me ha preguntado que por qué no lo has saludado y le he contestado que habías ido a la cafetería.

—Ah, gracias. Si llego a saber que Ángel me haría esperar tanto tiempo, habría hablado con él.

—¿No tenías tantas ganas de hablar con tu novio?

—Sí, muchas, pero le ha surgido algo y aún no ha vuelto. Apenas hemos cruzado dos frases.

—Es normal. Tendrá mucho trabajo o vete tú a saber si está ligando con la secretaria —comenta Diana.

—¿Qué secretaria?

—Yo qué sé. Todos los que trabajan tienen secretaria, ¿no?

—Ángel es solo un empleado de la revista. ¡No tiene secretaria!

—Bueno, bueno, no te enfades. Pero luego no digas que no te he avisado.

—Eres una tonta.

—Bueno, que yo solo te quería decir lo de la cafetería por si Álex te pregunta... Sigo hablando con él, no se vaya a ir a ligarse a su secretaria como el otro.

Diana vuelve a centrarse en la pantalla de su computadora mientras Paula protesta en voz baja por la tardanza de Ángel y las supuestas secretarias que su amiga intuye en todas partes.

—Ya estoy aquí. Perdona que haya tardado.

—No te preocupes, estaba mirando unas cosas —contesta Álex.

Mientras Diana hablaba con Paula, él examinaba su correo electrónico. Ninguna novedad respecto a los cuadernillos de *Tras la pared*.

—¿Tienes algo que hacer el sábado por la noche? —suelta Diana, siempre tan directa.

La pregunta le sorprende tanto a Álex que la tiene que leer dos o tres veces para estar seguro de lo que dice. Esa chica no pierde el tiempo. ¿No estará pensando en pedirle que salga con ella...?

—Pues no lo sé. Aún es lunes y me queda muy lejos el sábado.

Salida diplomática en espera de la propuesta.

—Pero no tienes planes de momento, ¿no?

—De momento no —responde resignado.

—Pues no los hagas. Es el cumpleaños de Paula y le vamos a hacer una fiesta sorpresa. Bueno, no es tan sorpresa, porque ella ya lo sabe. Queremos que vayas.

La sorpresa en realidad se la acaba de llevar él. ¿«Queremos»? ¿A quiénes incluye ese «queremos»?

—Es verdad, es su cumpleaños.

—Sí, se nos hace vieja nuestra Paulita. Diecisiete añotes ya.

—¿Tú cuántos tienes?

—Diecisiete también. Ja, ja, ja. Pero yo sigo siendo una preciosa jovencita, aunque muy madura, ¿eh?

—Claro, claro. Nadie dudaba de eso.

Álex sonríe para sí. No está mal la amiga. Es desenvuelta. Le recuerda un poco a Irene. Se pregunta si utilizará sus mismas armas.

Diana sonríe también. ¡Qué bueno está, por Dios! No es que esté tratando de ligárselo, es que ella es así.

—¡Uh! —Diana da un brinco en su asiento. Paula se ha acercado sigilosamente y le ha dado un susto. Estaba tan pendiente de la conversación con Álex que no se ha dado cuenta.

—¡Tonta! Me has asustado.

—De eso se trataba. ¿Qué haces?

—Hablo con el escritor. Lo estaba invitando a tu fiesta de cumpleaños sorpresa.

—¡Qué bien! Déjame saludarlo, anda... —dice empujando a Diana e intentando ocupar media silla.

—¡Qué haces! ¡Me vas a tirar! ¿Te ha crecido el trasero? —protesta Diana.

—¿¡Qué dices!? Mi trasero sigue perfecto. Igual es el tuyo, que con tantas papas fritas que le robas a Cris...

Las dos amigas forcejean divertidas por la posesión de la silla y del teclado. Por fin, Diana se da por vencida y deja que Paula escriba:

—¡Hola, Álex! ¿Cómo estás? Soy Paula.

Álex se pone nervioso. ¡Paula! Pero ¿y si es la amiga «disfrazada», haciéndose pasar por ella? Sin embargo, su emoción es tal que actúa como si hablara con Paula.

—¡Hola! Muy bien. Escribiendo, ¿y tú?

—Bien. Acabo de llegar de la cafetería —miente.

—Ya me lo ha dicho tu amiga.

—¿Qué tal el tema de los cuadernillos? ¿Cuántos te han contestado ya?

—Pues no muy bien. Solo una chica.

—Paciencia. Ya verás como responden muchos más. Cuando quieras, me llamas para volver a ayudarte.

—No te puedo llamar porque no tengo tu teléfono —indica Álex, aprovechando la ocasión. Perfecto.

Paula sonríe y se lo escribe.

Diana cada vez está con menos trasero apoyado en la silla. Mira a su amiga con odio. ¡Siempre consigue lo que quiere! Y ya podrá decir luego lo que sea, pero está ligándose claramente al escritor.

La campana anunciando el cambio de clases suena, sorprendiendo a las dos chicas. Deben abandonar la sala de computadoras.

—Álex, nos tenemos que ir. Acaba de sonar el timbre. Un beso —escribe a toda prisa. Diana a su lado le increpa para que también la deje despedirse. Paula se levanta y se dirige a su PC. Ángel no ha aparecido.

—Muy bien. Ya hablaremos. Un beso a las dos.

—Un beso muy fuerte, escritor. Ya nos veremos —termina escribiendo Diana antes de cerrar su MSN y apagar la computadora.

Paula, por su parte, también ha apagado el suyo con cierta tristeza. Antes ha dejado un mensaje en la conversación con Ángel: «Lo siento, me he tenido que ir a clase. Me hubiera gustado hablar más contigo, pero entiendo que estás trabajando. Un beso, cariño».

Cinco minutos más tarde, las chicas se reúnen con el resto de compañeros en la siguiente clase. Lengua española. Cinco minutos más tarde, Ángel lee el mensaje de Paula. A él también le hubiera gustado hablar más con ella. Sintiéndose culpable de nuevo, se sienta delante de su computadora y termina el artículo sobre Katia. Debe pensar algo con lo que compensar a su chica.

Capítulo 34

Ese día de marzo, después de las clases, en algún lugar de la ciudad.

—¡A las cinco voy a tu casa! —le grita Paula a Mario mientras corre hacia el autobús.

El chico quiere contestarle, pero no serviría de nada. Ella ya está de espaldas, lejos. Se traga las palabras, pero sonríe. ¡Por fin va a llegar ese momento que tanto lleva esperando!

Camina despacio, disfrutando de la vida. Se siente mejor. No quiere recordar las lágrimas ni las tristes letras de todas las canciones que ha escuchado en las últimas semanas. Tampoco quiere pensar en aquellas malditas flores ni en el beso que Paula se dio con aquel tipo tan guapo. Lleva mucho tiempo sufriendo en silencio, se merece su oportunidad. Necesita seguridad en sí mismo, algo que le falta casi siempre, pero para lo que ahora está preparado.

—¡Eh! ¿En qué piensas? —una voz femenina lo sorprende.

Diana está a su lado. Ni se ha dado cuenta de que la chica lleva unos segundos caminando detrás.

—¡Ah! Hola. En nada.

—Pues parecías concentrado en algo. Tienes una cara muy rara. ¿Estás enfermo?

«¿Qué pretende la loca esta?», se pregunta Mario. Es la primera vez que coinciden en la salida del instituto. Normalmente, ella es de las primeras en huir de clase, mientras que Mario se toma siempre su tiempo: coloca los libros en orden, examina que no se le ha olvidado nada y entonces, cuando la mayoría se ha marchado, es cuando sale del aula.

¿Qué hace acompañándolo hoy?

—No. Estoy algo cansado —contesta tratando de ser educado.

—¿No has dormido bien?

—Casi ni he dormido, para ser más exactos.

—A saber qué habrás estado haciendo —dice ella, burlona.

Mario no entiende nada. ¿Desde cuándo se toma aquella chica tantas confianzas con él? No le hace ninguna gracia, pero se reprime. No le va a aguar su momento. Nada ni nadie van a importunarlo. ¡Falta tan poco para su cita con Paula!

—Nada interesante.

—¡Huy, chico, qué soso estás!

Diana lo mira de perfil mientras caminan juntos. Es cierto, es lindo. Claramente se está haciendo el interesante con ella. Típica postura de algunos chicos que no quieren reconocer lo que sienten. Se hace el duro.

«¿Y esta, de qué va? Seguro que tiene ganas de bronca o de meterse con alguien y me ha tocado a mí», piensa Mario.

—Ya te he dicho que estoy un poco cansado. Además, yo soy soso por naturaleza.

—¡Ándale! No eres tan soso. Tienes tu tipo de humor. Es complicado seguirte, pero, bueno...

La chica se ríe. Mario sigue sin comprender. ¿Aquello era un piropo?

—No sé.

—Oye, ¿qué se siente al ser tan listo?

—¿Perdona?

—Pues eso. Creo que eres el chico más listo de la clase. Sacas unas calificaciones increíbles. Yo, por el contrario, estaré contenta si paso de curso. No soy nada inteligente. Me pregunto qué se siente al sacar esas calificaciones.

—No creo que sea cuestión de ser listo o no. Tiene más que ver con el tiempo que le dedicas a estudiar. Hay que esforzarse un poco, tampoco es tan complicado.

—¡Qué dices! Es dificilísimo todo lo que vemos. No entiendo nada.

Mario sonríe. Diana asumiendo una debilidad... No había hablado nunca mucho con ella, pero es la primera vez que aquella chica no parece una hormona con pantalones.

—Eso es porque no prestas mucha atención en clase. Siempre están echando relajo en la esquina.

—¡Ah! Así que te fijas en nosotras, ¿eh?

Diana sonríe pícara. Mario está a punto de contestarle que cada día sus ojos están clavados permanentemente en una de las cuatro alborotadoras de la clase.

—Es que hacen unos escándalos...

—Somos las Sugus. Es nuestra misión: ser difíciles de tragar.

Sin darse cuenta, ambos han caminado parte de su recorrido juntos. Han intercambiado sonrisas, pero llega el momento en el que se tienen que separar. Mario la observa. Sí, definitivamente, esa chica parece otra cuando se toma las cosas más o menos en serio. Diana nota cómo la mira. Cada vez está más segura de que aquel chico siente algo.

—Bueno, me voy por ahí —dice él señalando una bocacalle que se desvía del camino de ella.

—Y yo sigo por aquí.

La situación es incómoda para los dos. Deben despedirse y ninguno sabe cómo hacerlo. No existe la confianza suficiente para darse dos besos, pero se han acompañado mutuamente durante buena parte del trayecto de vuelta a casa.

—Pues mañana nos vemos en clase.

—Vale. No estudies demasiado.

—Y tú estudia algo.

Ambos ríen. Diana lo hace como pocas veces, con inocencia. Ha dejado a un lado su coraza de chica dura. Mario ha cambiado un poco su concepto sobre ella. No es tan desagradable como creía.

Sin decir nada más, cada uno sigue su camino tras despedirse con la mano tímidamente.

Capítulo 35

Esa tarde de marzo, en otro lugar de la ciudad.

—¿Lo besaste? ¿Y qué más?

—Nada más.

—¿Cómo que nada más? ¿Y él, cómo reaccionó?

—No reaccionó. Estaba dormido.

Katia hace un gesto de fastidio. Su hermana la contempla pensativa. Sabe perfectamente lo que está sintiendo. Al final ha sido peor el remedio que la enfermedad. Ella había provocado que Ángel pasara la noche en el hospital con buena intención, para que se quedaran a solas, durante horas, en la misma habitación. Creía que la atracción que aparentaban sentir el uno por el otro haría el resto. Y, sin embargo, se equivocó, y su hermana está más decaída ahora.

Las dos caminan juntas. Alexia ha ido a buscarla cuando la han dado de alta. Con la ayuda de los gerentes del hospital, han conseguido salir sin levantar demasiada expectación, esquivando a los medios de comunicación que esperaban en la puerta principal.

—¿Y ahora qué vas a hacer?

—Olvidarme de él. Está claro que ese chico no es para mí.

—¿Te vas a rendir tan pronto?

—No es que me rinda, Alexia. Es que él no siente nada por mí.

—¿Cómo sabes eso? Yo creo que le gustas. Si no, ¿por qué acudió al hospital interesándose por ti?

—Porque es un buen chico. Pero nada más.

—Si hacen muy buena pareja... No pierdas la esperanza tan pronto.

Katia suspira. Su intención es la de no volver a ver a Ángel. No puede dejarse llevar por todo ese conglomerado de sentimientos.

—Está decidido. Lo mejor tanto para él como para mí es que no nos volvamos a ver.

—No seas tan radical, hermana.

—En estos temas hay que serlo. Solo es un chico. Uno más. Vendrá otro.

Aunque intenta convencerse a sí misma, sus palabras van acompañadas de tristeza y melancolía. Quiere creer lo que dice, dejar de pensar en él, pero no es tarea fácil. Desde hace cuatro días, él es su vida. ¿Cómo ha podido llegar a eso? No lo entiende. Es incapaz de comprender cómo Ángel la ha conquistado de tal manera que no existe nada más en el mundo. Eso tiene que acabar.

Alexia está preocupada. Su hermana es dura, pero la ve titubear. Está pasándola mal. Lo sabe. Son hermanas y nadie mejor que ella puede adentrarse en sus sentimientos y comprenderlos. Aquel chico no es uno cualquiera, no es uno más, como quiere hacerle creer Katia. Quizá en esta ocasión sí sea lo mejor cortar por lo sano.

Sin embargo, ni una ni otra sospechan lo que sucederá más adelante.

Esa tarde de marzo, en otro lugar de la ciudad.

Pasea su lengua por la comisura de los labios rebañando una traviesa gota de mayonesa que se ha extraviado en el anterior mordisco al sándwich vegetariano. El hombre que está enfrente la mira disimuladamente. En realidad, no ha dejado de observarla en toda la mañana. Es su profesor. Cuando le anunciaron que tenía que dar clases en aquel aburrido curso sobre liderazgo en la empresa, jamás pensó que se encontraría con una alumna como esta. Tres meses con aquella jovencita espectacular sentada en primera fila... Y si iba así vestida en marzo, con el frío que hacía todavía, cómo iría en junio, con el verano a la vuelta de la esquina...

Irene está terminando de comer en una cafetería cercana al aula donde tiene las clases. Deja el pequeño trozo de sándwich que le queda sobre la envoltura de plástico, agarra su vaso y absorbe delicadamente la Coca-Cola por un popote verde. Sabe que la miran, pero le da igual. Está acostumbrada a levantar expectación. Además, ese tipo cincuentón que no le quita ojo es su profesor. Si juega bien sus cartas, tendrá una gran calificación cuando acabe el curso.

Está en el descanso del mediodía. Aún le quedan otras tres horas de clase por la tarde. Así, de lunes a viernes durante noventa días.

Pero valdrá la pena. Todo lo que sea por estar cerca de Álex.

Descruza las piernas y las cruza hacia el otro lado. La izquierda sobre la derecha. Oye toser y sonríe. El profesor se ha atragantado. Igual ha visto algo que no esperaba.

¿Cuál puede ser la clave para seducir a su hermanastro?

Hasta el momento solo ha coqueteado y flirteado con él, pero quiere más. Quiere que sea suyo, desea que se enamore perdidamente de ella y haga caso omiso de cualquier tipo de comentarios que puedan surgir alrededor. No tienen la misma sangre aunque pertenezcan a la misma familia.

Debe tener paciencia. A Álex las cosas no le gustan demasiado precipitadas. Irá actuando poco a poco, cociendo a fuego lento sus planes hasta que el chico no pueda más y se lance a sus brazos, y no se detenga ahí, sino que necesite más.

Irene se estremece con la idea. Incluso se retuerce en la silla con un escalofrío. Lo conseguirá, no tiene dudas, aunque tenga que pasar por encima de cualquiera que se interponga en su camino.

Da el último bocado al sándwich vegetariano. El profesor continúa disimulando, pero sus ojos se pierden en sus piernas y su escote. Irene vuelve a sonreír para sí. Lentamente, se sacude con cierta gracia las manos y chupa la yema de su dedo índice eliminando el último rastro de mayonesa, regalándole a aquel hombre unos segundos que no olvidará. La chica espera que tampoco se olvide de aquel instante a la hora de calificarla en junio.

Se pone tranquilamente de pie y se recompone el vestido negro. Recoge la envoltura de su comida y la arroja a un bote de basura. Exagerando el contoneo de sus caderas, sale de la cafetería sin que su profesor, ahora ya sin ningún disimulo, pierda de vista aquel último momento de seducción. Solo es un ensayo de la verdadera función reservada para la única persona que le roba el pensamiento.

Capítulo 36

Esa tarde de marzo, en algún lugar de la ciudad.

—¿Dónde vas?

Miriam se levanta de la mesa. Ha terminado de comer una ensalada César y de beber un vaso de agua. Sus padres no llegarán hasta la noche y han tenido que pedir a domicilio al Foster's Hollywood. Mario está dando los últimos mordiscos a uno de esos sándwiches de pechuga de pollo.

—Por ahí, con estas...

—¿Con qué estas?

Por un momento, el chico piensa que Paula también ha quedado de verla a ella y se ha olvidado por completo de su «cita» con él.

Miriam enarca una ceja y sonríe para sí. Le ha dado fuerte con Diana. Cuando ha llegado a casa, ha recibido una llamada de su amiga contándole cómo su hermano la había acompañado después del instituto. Es cuestión de tiempo que se conviertan en pareja.

—Pues con quién va a ser... Con Cris y con Diana —dice remarcando a propósito el nombre de la segunda.

—Ah, ya.

Bien. Menos mal. Sus temores se disipan. Claro, ¿por qué Paula se va a olvidar de él? Ella misma fue la que, a la salida de las clases, le recordó que se encontrarían a las cinco para estudiar.

Mira el reloj. Queda poco más de una hora.

—Bueno, hermano, me marcho. Luego vendrá Paula. Ya me contarás lo que le explicas del examen, porque yo no tengo ni idea de nada de lo que estamos viendo.

—Para variar.

—Qué tontito eres a veces, ¿eh?

—Podrías quedarte si quieres y así también te lo explico a ti.

Mario sabe la respuesta de antemano. Sin embargo, Miriam alza la vista hacia el techo, dubitativa. Su hermana es capaz de decir que sí solo para fastidiar, aunque no se le pueda estar pasando por la cabeza que él lleva esperando desde el sábado a que llegue ese momento.

—Mejor no —termina contestando, para alivio de su hermano, que disimula su satisfacción. Ha estado a punto de meter la pata.

—Como quieras. Pásala bien.

—Tú también.

La chica se acerca para darle un beso, pero enseguida se arrepiente al observarle un poco de cátsup en los labios. Sale de la cocina e instantes después se escucha cómo la puerta de la calle se abre y, a continuación, se cierra.

Mario está solo. A una hora de su ansiada velada con Paula.

Justo en ese momento, esa tarde de marzo, en otro lugar de la ciudad.

Las cuatro.

Está tumbada en la cama, bocabajo, dando golpecitos con los pies en el colchón. Tiene las manos apoyadas en la barbilla y mira impaciente el teléfono celular. Ángel podría llamarla para disculparse por ausentarse antes, cuando estaban hablando por el MSN. O Álex, para continuar aquella charla empezada en la computadora y explicarle algo más sobre el libro y los cuadernillos.

En cierto modo son parecidos: responsables, inteligentes, guapos, maduros. Ninguno de los dos se parece a uno de esos chicos de su edad, que solo piensan en el sexo, que dicen tonterías a todas horas y que presumen de lo que no tienen. Ángel y Álex han pasado ya por esa etapa. O quizá nunca fueron así. No se imagina ni a uno ni a otro subiéndose por las paredes a los dieciséis años en un ataque de hormonas.

Tiene puesta la radio. Suena *No hay nadie como tú*, de Calle 13. Tararea el estribillo una y otra vez y mueve sus hombros al son de la música: «No hay nadie como tú, mi amor».

Se pregunta si habrá alguien como Ángel. Su amor. No. Por supuesto que no.

Pero puede que la respuesta no sea tan sencilla. Y no comprende por qué en su mente aparece Álex.

En otro lugar de la ciudad, esa tarde de marzo.

Las manecillas del reloj del salón marcan las cuatro y cuarto. ¿Por qué le pican tanto los ojos? Mario termina de fregar los vasos, platos y cubiertos de la comida. Si viene Paula, todo tiene que estar perfecto. Se seca las manos con un trapo y, nervioso, vuelve a comprobar la hora. Aquellos cuarenta y cinco minutos se le harán eternos.

Abre el refrigerador. Bien, hay jugo de naranja, por si tiene ganas de algo fresquito; leche, por si prefiere un café o un chocolate, y también hay Coca-Cola y Fanta de naranja. Todo está controlado por esa parte.

¿Y ahora?

Cambiarse de ropa. No puede recibirla con la misma con la que lo ha visto en el instituto.

Sube a su habitación. Abre el clóset y examina su vestuario: camisetas, pantalones, camisas, suéteres. ¡Uf! Nada le gusta, todo está anticuado. Eso le pasa por no salir con chicas...

Se frota los ojos con las manos. Le escuecen.

Suspira. Sin querer, se ve en el espejo. Tiene el pelo fatal. Los ojos irritados, los párpados un poco hinchados. En su rostro contempla los dos días sin dormir. ¡Todo está mal! Y faltan treinta y cinco minutos para que llegue Paula.

Tiene que serenarse. Seguro que es cosa de su imaginación, de los nervios. Es natural sentirse inquieto cuando estás a punto de quedarte a solas con la chica a la que amas, a la que quieres desde siempre. Porque él está enamorado de Paula desde hace mucho tiempo. ¡Ha sufrido tanto en silencio...!

Es hora de calmarse.

Enciende su computadora portátil y elige una canción: *No hay nadie como tú*. Se tumba en su cama, le vendrá bien un reposo. Se está tomando todo esto como un examen a vida o muerte. Y tal vez lo sea, porque en su vida recuerda pocos momentos tan importantes como ese. Algunos tienen la suerte de disfrutar cada día de la chica de sus sueños; a él, ese privilegio no le ha sido otorgado.

Mira hacia arriba, sin prestar atención al techo blanquísimo de su habitación, con las manos detrás de la nuca. Piensa en Paula. Es como si la estuviera viendo, como si estuviera delante. Dentro de poco sucederá de verdad. No será un sueño: compartirán la realidad.

Escucha la canción que ha dejado en *replay*. Tararea el estribillo una y otra vez, sin saber que, a pocos kilómetros, la chica que quiere está escuchando exactamente el mismo tema en esos momentos.

Esa misma tarde de marzo, en otro lugar de la ciudad.

Paula está a punto de salir de casa. Se ha pintado un poco y se ha cambiado de ropa. Va solamente a estudiar, pero nunca está de más sentirse bien con una misma. Lleva su mochila de las Chicas Superpoderosas colgada en la espalda con todo lo necesario: cuadernos, libro de matemáticas, calculadora, lápices y plumas... Aunque no tiene como única misión aprender a resolver derivadas.

Abre la puerta y en ese instante suena su celular. Es Diana.

—Dime, Diana.

—¿Estás ya en su casa?

—¿Cómo?

—Que si estás ya en casa de Mario...

Paula mira sorprendida el reloj. Por un momento piensa que llega tarde, pero rápidamente comprueba que aún quedan veinticinco minutos para las cinco.

—No. Estoy yendo para allá ahora mismo. Me agarras justo saliendo de casa.

—Ah.

—¡Cuánto interés!

—¿Sabes que me ha acompañado a casa después del instituto? —exagera.

—¿Quién? ¿Mario?

—Claro, quién va a ser.

—¿Ves? Si ya te lo decíamos nosotras... Está perdido por ti.

La chica suelta una carcajada mientras camina para tomar el metro.

—Eso dicen estas también, pero no sé...

Las voces de Miriam y Cris se oyen de fondo cantando alegremente una cancioncilla infantil en la que dicen que Diana y Mario se quieren y son novios.

—Investigaré. No te preocupes.

—Bueno, a mí tampoco es que me guste. Lo que pasa es que, si alguien está interesado por mí, querría saberlo.

Un «¡que no le gusta, dice...!» suena de fondo, acompañado de unas risas exageradas. Diana se aparta el teléfono de la boca y manda callar a sus dos amigas, a las que también insulta.

—Las chicas no te creen demasiado, ¿eh? —dice Paula riendo.

—¡Bah! ¿Tú también? Son las tres iguales.

—Te conocemos, Diana.

—No tienen ni idea.

Paula llega a la entrada del metro.

—Diana, tengo que colgar, que estoy en la estación. Esta noche te llamo con lo que haya descubierto.

—Bueno. Tú investiga bien, aunque no es tan importante.

La chica vuelve a sonreír y, tras mandarle un beso, se despiden.

Sin saber lo que le deparará esa tarde, entra tranquilamente en la estación.

Esa misma tarde de marzo, en otro lugar de la ciudad.

Mario corre y descorre, cada veinte segundos, la cortina de la ventana de su habitación. Desde ahí es desde donde mejor se ve la puerta de la casa. Tiene que estar por llegar.

Le sudan las manos. Tiene seca la garganta y los labios un poco agrietados. Precipitadamente y a trompicones se dirige al cuarto de baño y busca a toda prisa un lápiz labial de cacao. Tras remover varios cajones, por fin da con él. Torpemente se pasa la barrita y se moja con saliva. Listo.

¿No son ya las cinco? Las campanadas de una iglesia cercana así lo certifican. ¿Y por qué no ha llegado aún?

No va a venir. Seguro que no viene. Claro. ¿Qué pinta una chica como Paula allí, con él? Estará con su novio, aquel tipo guapo de las flores, el de los besos. Hasta se acostarán juntos...

Mario mira su reloj constantemente. Cinco y un minuto. Cinco y dos. Cinco y tres... ¡Qué tonto ha sido creyendo que tendría su oportunidad!

Y entonces el timbre de la casa suena. Melodía celestial. Nunca jamás se alegró tanto de oír ese estúpido sonido metálico. El chico se asoma por la ventana. Es ella. ¡Qué guapa está! Lleva un suéter gris y un pantalón azul de mezclilla. El pelo suelto. Está preciosa.

Baja, intentando serenarse en cada escalón. Un hormigueo muy intenso le invade por dentro. ¡Qué nervios! No se puede creer que Paula esté ahí.

Final de la escalera. Cruza el pequeño pasillo. Temblando, llega a la puerta. Se santigua y abre.

Se quiere morir. No, no es momento de morirse. Está en el cielo. Ella enfrente de él, con una gran sonrisa, con los ojos iluminados. No oye lo que le dice. ¿Qué más da lo que hablen? Ahora es incapaz de pensar en nada. Está ahí: Paula, el amor de su vida, en su casa, entrando por la puerta. Le da dos besos. Él coloca la mejilla, no se atreve a poner sus labios en su cara. «No hay nadie como tú, mi amor» suena con fuerza. No, no hay nadie como ella. Como Paula, su Paula. Querida Paula. La ama y está ahí, subiendo a su habitación. Gasta una que otra broma. Un comentario, ¿qué ha dicho? Da lo mismo, se ríe. Ella también se ríe.

Qué bien. Comparten risas. Está feliz. Muy feliz. La vida por fin le regala ese momento especial. Su sueño.

¡Dios, está preciosa! La ama.

Le dice que se siente donde ella quiera. Paula mira a un lado y a otro, y le pregunta que si puede ser en la cama. Mario traga saliva. Claro, por qué no.

Estira un poco las mantas para que estén completamente lisas y ella, sonriendo, se sienta.

Él aparta un poco la silla del escritorio y ocupa su lugar. Empieza la clase de Mate.

No sabe si podrá concentrarse en números y letras que bailan sin ton ni son en sus cuadernos. ¿A quién le importa el examen del viernes? Quizá a ella, para eso ha venido. Tiene que contenerse y concentrarse. ¿Por qué sus ojos solo buscan sus labios? ¿Por qué no puede dejar de mirar su boca?

Lo sabe. Sabe que lo que más desea en el mundo es besarla, un beso que le transportaría a la felicidad plena. Pero eso es imposible. ¿O no?

Ahora Mario se levanta de su silla. Ella le pide que se acerque para explicarle por qué aquel número va allí y por qué aquella línea termina en aquel punto. Él intenta explicarlo, pero no es demasiado convincente. En realidad, no sabe lo que está diciendo.

Sin querer, se ha sentado también en la cama, junto a ella, muy juntos, pegados.

«No hay nadie como tú. No hay nadie como tú, mi amor».

Paula lo mira. No comprende nada de lo que le está contando, tal vez porque lo que Mario le está explicando no tiene ningún sentido.

Sus cuerpos se rozan. Sus caras están cada vez más cerca. La música más alta.

Quiere besarla. Tiene que saber muy bien. Una chica como aquella, como su Paula, debe de ser como el mejor fruto que uno pueda degustar. No cree que exista nada más dulce. ¿Qué hace? Su corazón le pide que la bese: «Bésala, Mario. Bésala».

Ella no habla. Ahora solo lo observa, y sus ojos se encuentran. Por fin: las miradas, el juego de miradas del que tanto hablan. Es una señal.

Sonríe. ¿Es otra señal?

Sí, a lo mejor es la señal que buscaba. La definitiva. ¿Cómo puede saberlo si nunca ha besado a nadie? Es el momento, la ocasión. El cielo le espera.

Ve cómo ella cierra los ojos. Ahora.

Mario cierra los ojos. Inclina su cuello hacia la derecha. Espera el contacto de sus labios. Oye su nombre. ¿Por qué lo llama? Sacude su hombro. ¿Es esto un beso?

No, no siente la humedad de su boca. Vuelve a oír que lo llaman. Ahora el zarandeo es mucho mayor. «¿Qué pasa?», piensa Mario. Abre los ojos. Es Miriam.

—¿Pero tú sabes la hora que es?

Mario mira su reloj.

«¡Carajo, las siete!». Se ha quedado dormido. De un salto se incorpora de la cama maldiciéndolo todo.

—Mierda.

—Paula te ha estado llamando al celular no sé cuántas veces y no se lo has contestado.

Mario agarra su teléfono. Diez llamadas perdidas. Hundido, sale de la habitación, entra en el cuarto de baño y, con los ojos hinchados, llora amargamente delante del espejo.

Capítulo 37

Esa noche de marzo, en un lugar de la ciudad.

Cuelga. Acaba de hablar con Miriam. Mario está bien, solo se ha quedado dormido. Paula suelta una carcajada en la soledad de su habitación. Buen susto se ha llevado... ¡Se pasa su amigo!

Menos mal que todo está bien.

Tiene que estudiar, pero no tiene absolutamente nada de ganas. Además del examen de Matemáticas, tiene otros siete entre esa semana y la siguiente, justo antes de las vacaciones de Semana Santa. El final del segundo trimestre siempre es muy problemático.

Con desgana abre el libro de filosofía y se tumba en la cama bocabajo. Lee una página y subraya lo más importante con un fluorescente amarillo chillón. ¡Uf! La pesada tarea le lleva más de un cuarto de hora. No está concentrada.

Lo intenta de nuevo con una segunda página. Aún es peor. En veinte minutos la ha releído unas ocho veces y no ha entendido nada.

Desesperada, arroja el libro al suelo.

Se gira y alcanza el celular. Tiene la esperanza de que haya algún mensaje o alguna llamada perdida que no haya oído, de Ángel o incluso de Álex. Pero no es así. Decepcionada, mete la cara contra la almohada unos segundos.

Cuando nota que le falta el aire, la saca y respira quejosa. Qué tonta está.

No sabe qué hacer. En todas las posturas está incómoda. Se levanta. Se acuesta. Se tumba. Se sienta. Media hora de aquí para allá recorriendo todos los recovecos de su dormitorio.

Entonces ve la mochila de las Chicas Superpoderosas y recuerda el día en que conoció en persona a Ángel. Pero esa tarde también apareció Álex. Allí, en el Starbucks, con aquella sonrisa... Tan... perfecto. Su mirada perdida tropieza casualmente con *Perdona si te llamo amor*, que descansa encima de su escritorio. Aún no lo ha terminado.

No va a estudiar más por hoy, así que sopesa la posibilidad de ponerse a leer. Sí, es una buena idea. Agarra el libro y, antes de lanzarse al colchón, se acerca a la computadora para poner música. Busca el video que le pasó Álex. ¿Dónde está? Lo encuentra por fin en su carpeta de archivos recibidos. Presiona el *play* del reproductor y comienza a sonar *Scusa se ti chiamo amore*, de Massimo Di Cataldo. El estribillo le apasiona:

> *Scusa se ti chiamo amore*
> *sei la sola parte di me che non so dimenticare*
> *scusami se ho commesso io l'errore*
> *di amare te molto più di me.*

Paula se acuesta en su cama. Se sumerge entre sábanas y mantas y, apoyada sobre el codo del brazo derecho, empieza a leer la novela de Moccia. Enseguida se transporta al mundo de Niki y Alessandro.

Cuando más metida está en la historia, el teléfono suena. No puede evitar un gesto de fastidio, pero se levanta y lo contesta.

—¿Sí...? —dice con la voz un poco apagada.

—Hola, Paula —el tono del chico del otro lado de la línea es aún más serio. Podría deducir que incluso triste.

—Hola, Mario.

—Lo siento de veras. No sé qué me ha pasado.

Paula sonríe. Le da pena, pero intenta mostrarse tranquila.

—No te preocupes, hombre. No pasa nada.

—Sí pasa. Me he dormido y te he dejado plantada. Es imperdonable.

—Vamos, no exageres... Tampoco es para tanto.

—No exagero. Soy lo peor.

—Ya, Mario, no seas tan duro contigo mismo. Nos quedan además tres días por delante. Mañana nos vemos y ya está. Hasta el viernes nos da tiempo de todo.

El chico no dice nada en ese instante. Paula hasta duda de si se ha cortado la comunicación.

—¿De verdad quieres quedar de verte conmigo otra vez para estudiar después de que te dejé plantada esta tarde? —pregunta. Su voz ya no es tan lúgubre.

—¡Pues claro! Un accidente así le puede pasar a cualquiera.

—A cualquiera...

La chica deja escapar una carcajada.

—Eso sí, con una condición.

—¿Cuál?

—Que te acuestes temprano y descanses. Me ha dicho tu hermana que llevas unos días en los que apenas duermes.

—Mi hermana sí que es una exagerada.

Un pitido en el celular de Paula le avisa que tiene un mensaje.

—Mario, te tengo que colgar. No te preocupes por nada, ¿OK? Mañana nos vemos en el instituto. Un beso.

—Vale. Gracias y perdona de nuevo. Un beso.

Fin de la llamada. Mario resopla más tranquilo en su habitación. Tendrá su oportunidad, después de todo. Se promete a sí mismo dormir esa noche. Se tomará un té de tila, lo que haga falta, pero dormirá.

Paula entra en la bandeja donde se almacenan los mensajes que le llegan. Es un MMS. Lo abre. La imagen corresponde a una foto del libro *Perdona si te llamo amor*. Acompañándola, una frase que dice: «Espero que te haya gustado tanto como a mí. Un beso. Álex».

Sonríe. Y nota que se siente bien, que su corazón se ha alegrado, tal vez más de lo que podía imaginar.

Rápidamente, vuelve a la cama y se tapa. Abre el libro por la página en la que lo ha dejado y, con una sonrisa perenne, continúa leyendo hasta que se topa con la palabra fin.

Esa misma noche de marzo, en un lugar a las afueras de la ciudad.

Por fin lo he terminado. Me ha encantado. Creo que *Perdona si te llamo amor* desde hoy es mi libro preferido. Hasta que lea el tuyo, claro. Un beso, escritor.

Álex lee una y otra vez el mensaje que Paula le ha mandado. En unos cuantos minutos se lo ha aprendido de memoria. Aun así, lo repasa nuevamente para ver si hay algo que se ha dejado por leer: una palabra, una coma, un punto, una abreviatura... Le encanta.

Enciende la computadora y rápidamente en su habitación suena *Scusa se ti chiamo amore*, de Di Cataldo.

Piensa en ella. En su corta, pero intensa historia juntos.

Estudia la tentación de volver a escribirle otro mensaje. Pero sería demasiado y no quiere parecer ansioso.

¿Cuándo la volverá a ver? El sábado. Su amiga Diana lo ha invitado a su cumpleaños. Hasta entonces falta demasiado tiempo. No aguantará tanto, necesita verla ya. Debe encontrar una excusa creíble para quedar con ella.

Además, tiene que pensar en un regalo, algo lo suficientemente bueno y original para esta chica.

Sentado en la silla, con la laptop delante, pierde la noción de la realidad. Todo gira en torno a Paula: la música, las palabras, el tiempo... La música... ¡Claro, ya está! Ya sabe exactamente lo que le va a regalar.

De un cajón saca una pluma de tinta azul y una libretita, y comienza a garabatear en ella. Entra en trance, como cuando escribe su novela. Pero no es suficiente, necesita algo más: unir la inspiración y el talento.

Esa misma noche de marzo, minutos más tarde, en ese mismo lugar alejado de la ciudad.

Entra rápidamente en la casa y cierra la puerta. ¡Qué frío hace fuera! Aquel vestido negro tan corto y escotado le va a terminar provocando un resfriado. Mañana irá a clase con pantalones de mezclilla. Seguro que a su profesor cincuentón tampoco le importa demasiado. Cuando han terminado se le ha acercado y le ha dado las gracias por aquel interesante primer día. El hombre apenas si la ha podido dejar de mirar desde el comienzo de la jornada. Sin duda, se lo ha ganado. No esperaba menos.

Irene enciende la luz del recibidor. Deja la chamarra y el bolso sobre una silla y sube por la escalera. Llega a la habitación de su hermanastro. La puerta está cerrada y parece que no hay luz dentro. ¿No está?

De repente, el sonido del saxo llega desde la azotea. ¿Cómo puede tocar allí arriba, con el frío que hace hoy? Camina hasta su dormitorio, donde se cambia de ropa. Se pone un pantalón gris de piyama y una sudadera del mismo color. Así al menos estará más abrigada para subir a verlo.

Demasiado tarde: Álex aparece bajando la escalera de la buhardilla con el saxofón en las manos. No se ha enterado del regreso de Irene y se sorprende cuando la ve.

—Hola, Álex —lo saluda con una amplia sonrisa.

—Hola —responde sin interés, aunque observando de arriba abajo a su hermanastra. Está muy guapa vestida así también. Se ha quitado el maquillaje y aquel vestido tan sexi, y ahora luce más juvenil y natural.

—¿Has visto?

—¿Qué cosa? —pregunta él, girándose y mirando a su alrededor buscando a lo que se refiere.

—Que no te he llamado hermanito. Lo he conseguido, por fin.

—Ah, era eso. Te lo agradezco.

—¿Cuánto?

—¿Cuánto qué?

—Que cuánto me lo agradeces... —La chica es ahora quien lo observa atentamente—. ¿Te encuentras bien? Estás muy despistado.

—Estoy muy bien. No te preocupes.

—Si tú lo dices...

El chico camina hacia ella aunque ni la mira cuando pasa a su lado. Deja el saxo en su habitación, sobre la cama, y baja hasta la cocina. Cada paso que da es seguido atentamente por Irene, que lo acompaña.

—¿Vas a cenar? —pregunta la hermanastra.

—Sí, aunque no tengo demasiada hambre. ¿Tú quieres algo?

—No, gracias. Me he parado a tomar una hamburguesa con un compañero de clase.

Álex no dice nada. El primer día y ya se ha ligado a uno. Tal como iba vestida, no le extraña. Aunque en realidad, sea cual sea la ropa que lleve, ligaría igual. Tiene que reconocer que aquella chica es de las más guapas que ha conocido. Si a eso le suma su sensualidad y su capacidad para llamar la atención, no cree que haya muchas como ella.

—¿Han ido bien las clases?

—Bueno, no ha estado mal. Tengo un profesor que me ha estado mirando las piernas todo el rato, pero por lo demás ha sido entretenido.

«Pobre profesor —piensa Álex—. No sabe lo que le espera...». Lo mismo que a él durante tres meses.

Corta un poco de queso y se lo come deprisa. Irene observa en silencio. Cuando acaba, lo guarda otra vez en el refrigerador y bebe un vaso de agua de la llave.

—Me voy a la cama.

—¿Ya? Qué poco has cenado...

—No tengo hambre, ya te lo he dicho.

—¿No será que estás enamorado? —insinúa maliciosa.

Álex no dice nada al respecto. Finge no inmutarse. Con un débil «buenas noches, Irene», abandona la cocina. ¿Y si lo está?

Entra en su habitación, agarra el celular y, tras pensarlo mucho, escribe:

Me alegro de que te haya gustado. También es uno de mis libros preferidos. Voy a volver a repartir cuadernillos. ¿Cuento contigo? Un beso.

Esperando una respuesta, que no llegará esa noche, se tumba en la cama preguntándose a sí mismo hasta qué punto es verdad lo que Irene ha insinuado.

Capítulo 38

Aquella misma noche de marzo, en dos lugares distintos de la ciudad.

¿Qué ocurre? ¿Qué le está pasando?

Paula cabecea de un lado para otro cuando lee el mensaje que acaba de recibir de Álex. Se destapa y se sienta sobre las rodillas en el colchón. Le ha vuelto a proponer que se reúnan para repartir cuadernillos. Y, ahora, ¿qué le dice?

Una tarde llena de trabajo. Quizá demasiado.

Ángel llega a casa y, quejoso, se quita los zapatos. Le ha tocado ir a una rueda de prensa que no le correspondía y luego arreglárselas para entrevistar individualmente a cada miembro del grupo. Su compañera se ha puesto enferma y, en una redacción pequeña como la de su revista, todos deben estar preparados para cualquier imprevisto. Aunque últimamente siempre es el mismo el que resuelve los problemas. Un periodista nunca tiene horarios. Se lo sabe de memoria.

No tiene ganas de cenar. Es tarde, muy tarde, incluso para llamar a su chica.

No le estará empezando a gustar Álex, ¿verdad? No, eso no puede ser. Su novio es Ángel. Sí, está segura de que quiere a su joven periodista. Claro que sí. ¿Qué chica no caería rendida a sus pies? Álex es solo un amigo, del que además casi no sabe nada. Aunque, pensándolo bien, al que primero conoció en persona y vio cómo era físicamente fue a él, no a Ángel. Por tan solo unos minutos de diferencia, eso sí. Todo entre ellos parece formar parte de un juego del destino. ¡Qué caprichoso es este a veces!

Mira el reloj. Sí, es demasiado tarde para llamarla. Probablemente esté durmiendo ya. Y no le ha mandado ni un SMS en toda la tarde. El trabajo le está robando demasiado tiempo de su vida personal. Justo ahora que ha encontrado a la chica de sus sueños, no puede disfrutar lo que quisiera con ella. ¡Pero si estos días ha visto más a Katia que a Paula! Este último pensamiento le hace sentirse culpable una vez más. Recuerda una frase que siempre le decían en la facultad: «La verdad, sea de la forma que sea y cuando menos te lo esperas, siempre sale a la luz». Solo espera que sus profesores se equivocaran.

Entra en el cuarto de baño. Agarra el cepillo, unta en él pasta dentífrica con sabor a fresa y comienza a lavarse los dientes. Es la tercera vez esta noche. Está nerviosa, presionada. Se mira en el espejo: se siente mayor; ya no es la niña que nunca tenía preocupaciones. Se sorprende a sí misma. No puede creer que mantenga una relación con un chico casi seis años mayor que ella. ¡Si solo tiene dieciséis años! Diecisiete el sábado. El sábado... Aún no ha hablado con Ángel de lo que tiene planeado.

Intenta sonreír a su propia imagen, pero se ve ridícula. Es como si todo en ese instante le viniera grande. ¿Está preparada?

Se quita la ropa. Son raras las ocasiones en las que Ángel duerme completamente desnudo a pesar de que nunca usa piyama. Mientras se pone una camiseta Nike sin mangas y un pantalón pirata deportivo, se observa reflejado en el cristal del clóset. Tiene ojeras y está despeinado. ¡Qué mala cara! Será por dormir tan poco y por el cansancio acumulado. ¿Por qué no la ha llamado antes? Debería haberlo hecho, al menos para contarle lo que tiene planeado. ¿Y si resulta que no puede? Da igual. Podrá.

Agarra el celular. ¿Qué le dice a Álex? ¿Que sí? ¿Que cuente con ella para repetir la aventura de los cuadernillos? ¿Y si aquello va a más? Estuvieron a punto de besarse en la Fnac. Menos mal que no pasó, se habría sentido tan culpable... Sin embargo, pudo suceder. Esconde el teléfono bajo la almohada. Tiene que reflexionar.

¿Se puede querer a dos personas a la vez?

Rápidamente, se da cuenta de que lo que está pensando es una locura.

No. Su novio es Ángel. El chico al que ama es Ángel. Y ya está. Fin.

Mete la mano bajo la almohada y recupera el celular. Piensa durante unos instantes y escribe un mensaje.

Ángel se mete por fin en la cama. Se ha obligado a comer algo. Poca cosa: una manzana y un yogur con trocitos de durazno.

Sí, definitivamente, lo mejor será darle a Paula una sorpresa. Si no puede, la convencerá para que haga un esfuerzo. Incluso llega a la conclusión de que ha sido mejor no hablar con ella hoy, así mañana tendrán más ganas el uno del otro. Se sienta en el colchón y programa la alarma del despertador. Temprano.

Un *bip* lo sobresalta. Tiene un SMS:

> Amor mío. Te quiero. Te quiero. Te quiero. Necesito verte. ¿Mañana? Después de clase tengo un ratito libre. ¿Podemos vernos? Comemos juntos. O no comemos, solo besos y abrazos. Te echo de menos. Te amo.

El corazón de Ángel se acelera cuando lee el mensaje que su chica le ha enviado. Desaparecen la fatiga y el cansancio, renacen la ilusión y la energía. La felicidad. Está a punto de llamarla, pero, si lo hace, está seguro de que se le escapará lo que le tiene reservado. Resiste la tentación de contarle todo y se limita a escribirle un mensaje.

Paula apaga todas las luces. Ya se siente mejor, más relajada. Mañana le responderá a Álex. Ahora toca descansar y no analizar más la situación. Se tumba en la cama, añorando los brazos de Ángel rodeándola. El sueño recae en sus párpados. Oscurece. ¿Con qué puede soñar? Dicen que, si deseas algo con mucha fuerza, aparecerá en tus sueños. Se concentra en lo que espera que sea un día especial. Murmura susurrando, casi inaudible:

—El sábado... El sábado.

Un ruidoso *bip* la devuelve a la realidad.

Su teléfono centellea en la noche cerrada de su habitación. No tiene dudas de quién le manda el SMS. Antes de abrirlo sonríe feliz. Sí, está enamorada de él.

Te quiero. Te amo tanto que siento que hasta me duele. Y te imagino a mi lado, en mis brazos, tumbada junto a mí. Ven. Ven conmigo, amor. Mañana nos vemos, sí o sí. Te echo de menos. Te quiero.

Con la vista ya borrosa, lee el mensaje una decena de veces. Lo ama, está segura. ¿Cómo ha podido dudarlo?

Finalmente, cierra los ojos y plácidamente se queda dormida. Mañana será un día lleno de emociones.

Capítulo 39

A la mañana siguiente, un día de marzo, en un lugar alejado de la ciudad.

Se quedó dormido con el celular sobre el pecho esperando una respuesta que no llegó.

Paula no le devolvió el último mensaje. No parece que le haya entusiasmado demasiado la idea de repetir lo de los cuadernillos. La magia de anoche ha desaparecido.

Sentado en el asiento del copiloto de aquel Ford Focus negro, Álex revisa constantemente su teléfono, cada vez con menos esperanza de recibir un SMS de Paula.

Suena *Todo*, de Pereza, en la radio del coche. Irene, mientras conduce, tararea bajito el estribillo. Está satisfecha. Hoy no ha tenido que usar demasiadas artimañas para convencer a su hermanastro de que vaya con ella. Le ha preguntado si lo llevaba a la ciudad y, para su sorpresa, le ha contestado tranquilamente que sí. Incluso se han tomado un café juntos en el camino. Es un paso adelante.

De vez en cuando mira de reojo a Álex. Parece distraído. Tiene la vista fija en la carretera, pero a cada minuto examina su celular.

—¿Esperas alguna llamada? —le pregunta curiosa.

—¿Una llamada?

—Sí. No paras de mirar el celular.

—Ah, eso. Es por la hora. Lo que miro es el reloj —miente.

Irene no se lo cree, pero no quiere insistir. Debe aprovechar la tregua que hay entre ambos esa mañana. Es un buen momento para profundizar en su relación.

—¿Nos echas de menos?

—¿Cómo?

—Que si nos echas de menos.

—¿A quiénes?

—Pues a quiénes va a ser, a mamá y a mí. Hemos pasado mucho tiempo viviendo juntos.

—Uno se acostumbra a vivir solo. No está tan mal.

—Ya. Pero ¿ni un poquito de nada? —dice sonriendo.

—Tú ya sabes que tu madre y yo nunca nos hemos llevado bien.

—Sí, esa es una batalla perdida.

—Perdida y acabada.

—Sí. —La chica guarda silencio. Sopesa si debe insistir con la pregunta para averiguar lo que realmente le interesa. Por fin se decide—. ¿Y a mí? ¿No me echas de menos a mí?

Álex no la mira. No puede ver los ojos brillantes de Irene que por un instante se han apartado de la carretera, buscando los preciosos ojos de su hermanastro.

—Tú estás aquí ahora. No puedo echarte de menos.

—¡Ya! —exclama—. Esa respuesta no vale.

—¿Quién dice que no valga?

—Pues yo. ¿De verdad que nunca te has acordado de mí en todo este tiempo en que no nos hemos visto?

La chica vuelve a mirarlo apartando la vista del tráfico. Esta vez Álex también se gira a su izquierda y se encuentra con su mirada.

—No quites los ojos de la carretera, Irene —protesta, sonrojándose.

—Tranquilo, soy una buena conductora.

—No lo dudo. Pero, si no miras hacia delante, podemos tener un accidente.

Irene no dice nada y devuelve su atención a la carretera.

—¿Por qué eres tan frío conmigo? —pregunta de repente.

—¿Qué?

—Ya, no te hagas el tonto. Eres muy arisco conmigo. De pequeños éramos uña y carne. Y de pronto, un día, me detestas.

—Yo no te detesto.

—Pues lo disimulas muy bien.

No hay coches delante. Irene acelera por la autopista. En un segundo pasa de ochenta a ciento veinte. Ciento cuarenta. Ciento sesenta.

—Oye, ¿no vamos muy deprisa? —pregunta preocupado Álex, que mira nervioso el velocímetro del Ford.

—¿Deprisa?

Irene pisa un poco más el acelerador. Ciento setenta.

—¿Quieres dejar de acelerar, por favor?

—No entiendo por qué huyes de mí.

—¿Qué dices?

Ciento ochenta.

—Nada.

La chica disminuye la velocidad de golpe y enseguida el coche vuelve a circular a cien. Ochenta. Álex respira. Irene sonríe como si nada hubiera pasado, como si aquella conversación no hubiese tenido lugar.

Ahora no se hablan. Ella, alegre, tararea canciones. Él, confuso, no entiende nada. ¿Qué ha sido aquello?

Mientras suena *Coffee & TV*, de Blur, Álex recibe un mensaje en su celular. Es Paula.

Perdona por no responder antes. Me encantaría repetir lo de los cuadernillos, pero estoy de exámenes hasta el tope. Perdóname. Ya nos veremos. Un beso, mi querido escritor.

El joven lee el SMS un par de veces. Sentimientos contrapuestos: está decepcionado porque no ha aceptado, pero por otra parte sonríe por el beso y por ese «mi querido escritor».

Irene lo ha observado todo. Sin que le diga nada, sabe perfectamente quién le ha enviado aquel mensaje a su hermanastro.

Esa misma mañana de marzo, en un lugar de la ciudad.

Menos mal que Diana ha mencionado a Álex. A Paula se le había olvidado por completo contestar el mensaje de la noche anterior. Espera que no se tome mal que haya declinado participar en un nuevo reparto de cuadernillos. Es lo mejor. Además, esta tarde tiene sesión de estudio con Mario. Si no se vuelve a dormir, claro.

Precisamente, ese es el centro de conversación de las Sugus antes de que comience la segunda clase.

—Seguro que estaba soñando contigo y por eso el pobre se durmió. Mi hermano es un caso perdido —bromea Miriam.

—¿Ya estamos otra vez con eso? Mira, nena, mejor preocúpate de no traer al instituto dos días seguidos el mismo pantalón, que ya te pasas.

—No es el mismo. Es parecido.

—Mismo color, misma marca, mismo roto en la rodilla... Ya, parecidos.

—Vaya, ahora resulta que también te fijas en mí. Pues te advierto que yo no soy segundo plato de nadie, ¿eh? O

330

mi hermano o yo —señala divertida la mayor de las Sugus, que suelta una carcajada a continuación.

—¡Cómo te pasas!

—¿Me das un besito, cariño?

Miriam rodea con una mano la cintura de Diana y aproxima sus labios a la cara de su amiga.

—¡Quita! ¿Serás...?

Paula y Cris ríen mientras Diana trata de desembarazarse del acoso de Miriam.

Sin que ninguna se dé cuenta, alguien se acerca hasta el grupo.

—Paula, ¿puedo hablar contigo un minuto?

La voz de Mario llega tímida y temblorosa. Las Sugus dejan la broma y lo observan en silencio.

—Claro, Mario. ¿Vamos fuera? Quedan tres minutos hasta que llegue el de Filosofía —indica tras consultar su reloj.

Mario acepta con la cabeza. La chica se levanta de su asiento y abandona la esquina de la clase seguida de su amigo. Los dos atraviesan el aula esquivando a compañeros, mesas mal puestas y mochilas en el suelo. Ella delante, saludando a cuantos encuentra. Él detrás, con la cabeza ligeramente agachada.

Un par de chicos dialogan escandalosamente en la puerta. Paula y Mario se distancian un poco para no ser molestados. No hay nadie más en el pasillo. La chica se apoya en la pared y espera a que Mario hable, aunque sabe lo que va a decir.

—Bueno, quería pedirte una vez más disculpas por lo de ayer.

No se había equivocado. Sonríe y trata de que sus palabras suenen lo más tranquilizadoras posible.

—No te preocupes, hombre. Le puede pasar a cualquiera. Ya lo hablamos ayer.

—Sí, pero no te lo había dicho en persona y tenía que hacerlo. Perdóname.

—Pues ya está dicho. Y, aunque no tengo nada que perdonar, para que te quedes tranquilo de una vez, te perdono.

—Gracias.

—Ahora olvidemos eso ya.

—Muy bien.

—No hay ningún problema para quedar esta tarde, ¿no?

—Ninguno.

—¿Has dormido esta noche?

—Sí, bastante.

En realidad solo han sido tres o cuatro horas, pero no quiere alarmarla.

—Entonces, ¿a las cinco en tu casa?

—Perfecto. Prometo no dormirme.

Mario esboza una bonita sonrisa que llama la atención de Paula. Vaya, nunca se había dado cuenta de que su sonrisa es preciosa... Le hace incluso atractivo. No es un chico que se ría mucho. Pensándolo bien, casi nunca lo hace. Así parece mucho más guapo y sus ojos brillan de una manera especial.

Es un momento de confusión. Ninguno dice nada. Paula se ha quedado en blanco, sin palabras. Está perdida en sus ojos. Mario no sabe cómo ni cuándo, pero ha dado un pasito hacia delante. ¿Por qué están tan cerca el uno del otro?

—Bueno, ¿qué?, ¿entran?

Diana los observa desde la puerta de la clase. Por su tono de voz, no parece demasiado contenta.

Los chicos se separan al instante. Cada uno retrocede un metro, como impulsados hacia un lado distinto del pasillo.

—Sí, ya es la hora —afirma Paula, tratando de sonreírle a su amiga, que permanece seria en la entrada del aula.

—Vamos —dice Mario, que aún se pregunta qué ha sido aquello.

Los dos caminan hasta el primero B. Mario entra en clase sin decir nada más. Paula va detrás, pero, cuando llega a la puerta, Diana hace una barrera con su brazo y le impide pasar. ¡Ups! ¿¡No se habrá puesto celosa!?

—Diana, yo...

—Mira quién viene por ahí...

La chica cree que se refiere al profesor de Filosofía. Ayer ella faltó a clase y seguro que le cae una buena bronca. Pero, cuando se gira, solo ve a un chico muy guapo, envuelto en un bonito abrigo negro.

—¡Ángel! —grita.

El periodista acelera su paso. Paula permanece inmóvil, incapaz de reaccionar, aunque una sonrisa inmensa le inunda toda la cara. Cuando está llegando hasta ella, por fin la chica se decide a salir a su encuentro. Diana los contempla con cierta envidia. Alguna vez le tocará a ella.

Los enamorados se encuentran y se besan, primero con pudor, con discreción. Pero la unión de sus labios desata la pasión y el segundo beso es mucho más intenso.

Diana se reúne con ellos y tose. La pareja por fin se separa.

—No quería molestar, pero es que viene el de Gimnasia por allí —dice señalando a un tipo calvo en pants que aparece al fondo del pasillo caminando apresuradamente.

Los tres lo saludan cuando pasa junto a ellos y continúa su camino hacia el gimnasio del instituto.

—Hola, Diana —dice por fin el chico, una vez que el profesor ya no está cerca.

—Veo que te acuerdas de mi nombre. Si es que no se

puede negar que dejo huella... —responde ella sonriendo, mientras se dan dos besos.

—¡Hey, no tan juntitos! —interviene Paula bromeando y jalando del abrigo de Ángel para atraerlo nuevamente a su lado.

Ángel la abraza y le da un cariñoso beso en la cabeza.

—Está a punto de venir el de Filosofía. Como los sorprenda aquí acaramelados, no te la vas a acabar.

Paula se separa de su novio y mira el reloj. Ya hace dos minutos que el profesor de Filosofía debería haber llegado.

—Es cierto —suspira—. Amor, ¿a qué has venido? ¡Qué sorpresa!

—¿No te alegras de verme?

—¡Claro! ¡Muchísimo!

Y se vuelven a abrazar.

—Yo también me alegro de verte. ¿Para mí no hay nada? —interviene Diana, abriendo los brazos.

—Eh, tú, quieta ahí. Que con Mario y Miriam ya tienes de sobra...

—¡Qué tonta eres! No sé cómo puedes quererla.

—Eso me pregunto yo también.

—¡Eh! Pero ¿qué dices?

Paula finge que se enfada y se da la vuelta. Ángel la rodea por detrás y le besa el cuello. Luego la gira con suavidad y, mirándola a los ojos, le da otro en la boca.

—¡Por Dios, qué empalagosos son! —protesta Diana.

—Envidiosa.

—Tonta.

—Imbécil.

—Bruta.

Ángel ríe. Aquella chica es muy diferente a Paula, pero le cae muy bien.

—Siento interrumpirlos, pero he venido para raptarte. Y si te ve tu profesor, no me dejará.

—¿Raptarme?

—Sí. Quiero llevarte a un sitio.

—¿A un motel? —pregunta Diana, dejando escapar una sonrisilla pícara.

Ángel y Paula se sonrojan, aunque tratan de mantener la compostura.

—No. Ya lo descubrirá. ¿Qué me dices? ¿Puedes escaparte hoy de clase?

—¿A cuántas clases faltaré?

—A todas.

Diana silba y Paula suspira. No quiere faltar tanto. Ayer ya se voló Filosofía. Y en nada comienzan los finales de la segunda evaluación. Pero no puede resistir la tentación y es incapaz de decir que no. Es Ángel.

—Bueno, está bien. Pero vayámonos ya, antes de que nos cachen.

—A paso ligero entonces. Hasta luego, Diana.

Ángel la toma de la mano y juntos corren por el pasillo.

—¡¿Qué digo si preguntan por ti?! —le grita Diana mientras los ve alejarse.

—¡Di que me han raptado! ¡Pero que no paguen el rescate!

La pareja cruza una puerta tomados de la mano y desaparece.

«¡Qué tonta es!», piensa Diana de Paula. Pero es su amiga y está feliz por ella. Aunque sigue sin entender cómo se las ingenia para que todos los chicos vayan detrás. ¿Mario? No lo reconocerá nunca, pero cuando los ha visto hace un momento juntos, tan cerca, un fuerte pinchazo la ha atravesado por dentro. Nunca se había sentido así. Pero no, eso no puede ser. Solo son amigos. Habrán sido imaginaciones suyas. Además, ¿qué importa? Ella y Mario no son nada. Casi ni amigos. Entonces, ¿por qué antes la ha pasado tan mal?

Diana entra tranquilamente en clase. Camina despacio hacia la esquina de las Sugus. En el trayecto no puede evitar mirar hacia la mesa en la que Mario ya está sentado. Él se da cuenta, es como si la estuviera esperando desde hace un rato, y la saluda con la cabeza. «Qué lindo es». La chica sonríe y le imita. ¡Uf!

Sin embargo, Diana se llevaría una gran decepción si supiera que a quien realmente aquel chico buscaba con la mirada no era precisamente a ella.

Capítulo 40

Esa misma mañana de marzo, en un lugar cercano a la ciudad.
Aquel martes es soleado, incluso hace calor. Demasiado calor. Eso puede indicar dos cosas: o que la primavera se ha adelantado unos días o que, en breve, el tiempo cambiará. Esa misma semana sabrán la respuesta.

Ángel paga al taxista. Abre la puerta y sale del vehículo con una pequeña mochila gris colgada del hombro izquierdo y agachando la cabeza. Paula se despide del conductor y también abandona el coche. Están en las afueras de la ciudad. Ante ellos aparece una enorme extensión, repleta de árboles de distintas especies.

—¿Dónde estamos? —pregunta la chica, que mira a su alrededor tratando de averiguar qué es aquel sitio.

—¿De verdad no sabes qué es esto?

—Pues no.

—Vale. Ven conmigo.

Ángel sonríe. Toma de la mano a Paula y la conduce hasta el comienzo de un empinado camino formado por ladrillos de color rojizo. En silencio, suben la cuesta. La chica está cada vez más expectante. ¿Dónde la ha llevado?

Un minuto más tarde, ya están en la cima del sendero. Desde allí, Paula contempla mucho mejor todo el paisaje. Hay árboles y caminos por todas partes, y hasta alguna pe-

337

queña charca, en la que diferentes patos disfrutan nadando alegremente de un lado para otro. Pero lo que más llama su atención son unas porciones de hierba de un verde más claro, situadas en varios lugares del terreno. En cada una hay colocada una bandera con un número.

—¡Es un campo de golf! —exclama.

—Muy bien. ¡Premio para la guapa señorita del suéter amarillo que lleva mi abrigo!

Ángel le ha cedido amablemente su abrigo para que no pase frío. Con las prisas, ni tan siquiera ha podido recoger sus cosas de clase. En el taxi le ha mandado un SMS a Diana para que se ocupe de todo.

—Tonto.

Paula trata de golpearlo con el codo, sin fuerza. Ángel la esquiva. Luego la abraza y la besa.

—Pues sí. Te he traído a un campo de golf. ¿A que no te lo esperabas?

—Claro que no. Pero yo no sé jugar al golf...

—Lo imaginaba.

—¿Entonces?

—Hoy vas a ser mi ayudante y mi cadi.

—¿Tu qué?

—Mi cadi.

—No sé qué es, cariño. Yo... es que no entiendo mucho de esto.

Ángel suelta una carcajada. Paula se molesta y refunfuña. El enfado dura pocos segundos, los que tarda él en acercar sus labios a los de ella.

—Te explico: el cadi es el que lleva los palos del jugador.

Por fin sabe a qué se refiere. Lo ha visto alguna vez en la tele: son esos señores con gorra que llevan una bolsa muy pesada y que caminan detrás de los golfistas de hoyo en hoyo.

—¿Voy a tener que cargar con tus palos?

Ángel vuelve a reír, aunque en esta ocasión con menos vehemencia para que ella no se moleste.

—No, amor. Los palos los llevaré yo. No te preocupes.

—Menos mal —dice resoplando—. ¿Y cómo te puedo ayudar?

El joven mira su reloj y busca algo con la mirada.

—Vamos allí. Te lo explico por el camino —le comenta Ángel mientras señala con el dedo un bonito edificio blanco situado en uno de los costados del terreno. Es la Casa Club.

De la mano, la pareja baja por el sendero hacia la entrada del campo.

—Hoy se disputa aquí un torneo benéfico —empieza a contar Ángel—. Vienen personajes famosos, actores, cantantes... Y me ha tocado a mí cubrirlo.

—Ah, ¡genial!

—Sí. Ayer me acredité. Y, como no podíamos mandar al fotógrafo, te he acreditado a ti como mi ayudante.

La chica se detiene y lo mira con sorpresa. Ángel, sin dejar de sonreír, también se para.

—¡Qué dices! No puedes hablar en serio...

—Por supuesto que sí. Serás mi fotógrafa. No te preocupes, solo incluiremos una foto de esto en el número de este mes. De todas las que tomarás, alguna saldrá bien.

—¡Madre mía!

—Y como el dueño del campo es amigo de mi jefe, cuando terminemos el reportaje nos dejarán ir a jugar unas bolas y vendrás como mi cadi, aunque realmente el que llevará los palos seré yo. Hace un día precioso. Pasearemos, comeremos por aquí y disfrutaremos de la naturaleza. ¿Qué te parece?

Paula sigue inmóvil. No aparta sus ojos de los de él. ¡Ella fotógrafa!

—Lo del paseo, la comida y todo eso está genial. Pero lo de que yo tome las fotos me parece ¡una locura!

—Si es muy sencillo... Espera.

Ángel abre el cierre de la pequeña mochila gris que lleva colgada. De ella saca una cámara fotográfica. Quita el protector del objetivo y mira por él un par de veces. Paula lo observa atenta y algo inquieta. No conoce demasiado del tema, pero la cámara parece muy cara.

—Amor, de verdad que yo...

—Toma, sácame una de prueba.

La chica duda. No quiere agarrarla.

—¿Y si la rompo?

—¡Qué la vas a romper! Toma. Tienes que apretarle aquí para tomar la foto.

Paula agarra con fuerza la cámara para evitar cualquier posibilidad de que se le caiga al suelo. Ángel se aleja unos pasos.

—¿Es digital? —pregunta mientras examina los distintos botoncitos del aparato.

—No, es de las antiguas, de las que han usado los profesionales toda la vida, con carrete. ¡Bueno, ya estoy preparado! ¡Dispara!

Resopla. No está segura de hacerlo bien. Se pone la mirilla en el ojo derecho y cierra el izquierdo. Ve a Ángel, sonriente. Ella también sonríe. Posa. ¡Qué guapo es! Podría haber sido modelo si hubiese querido.

Toquetea la máquina hasta que por fin averigua cómo funciona el *zoom*. Aproxima y aleja la imagen unas cuantas veces. Su chico, enfrente, no desespera, aunque comienza a dar pequeños golpecitos en el suelo con el tacón del zapato derecho.

—¿Todo bien? ¿Algún problema?

—Sí, uno. ¡Que no soy fotógrafa profesional!

—¡Ya, quejumbrosa! ¡Dispara ya!

Un «clic» suena mientras Ángel grita.

—¡Ups! Creo que te he sacado con la boca abierta.

El chico regresa junto a ella. No parece molesto y no lo está. Le divierte la situación; al contrario que a Paula, que se ha puesto colorada.

—No te preocupes, si es solo una de prueba para que sepas cómo funciona la cámara. Nada más.

—Soy muy torpe, perdona. No sé hacer nada bien.

—Hay algo en lo que eres la mejor.

Ángel pone sus dos manos en la cintura de Paula, se inclina un poco y la besa cerrando los ojos. La chica se estremece cuando siente sus cálidas manos palpando su piel bajo el suéter amarillo. Las siente primero en la espalda, luego le rozan el abdomen; casi tocan el borde de su brasier, pero él se detiene justo en el límite. Sabe hasta dónde debe llegar. Sin embargo, el corazón de Paula late muy deprisa.

Un par de minutos después, se separan.

—Uf. Sin duda, en esto no tienes rival.

—Ni tú, cariño —dice la chica, aún sobresaltada por el momento pasional.

—Venga, vamos. Si no, no habrá cantantes a los que fotografiar, que algunos le dan a la primera bola y se marchan.

De la mano, caminan hasta la Casa Club.

Paula no está muy convencida. La idea de ser ella la que tome las fotos no la entusiasma. Está segura de que meterá la pata y no será capaz de tomar ni una sola fotografía decente. Sin embargo, no va a quejarse más.

—Espérame aquí. Voy dentro a buscar las acreditaciones —dice Ángel una vez que están en la puerta del edificio.

Sin decir nada, obedece.

Ve una pequeña banca vacía y se sienta en ella. Piensa en todo lo que le está pasando últimamente. Es como un cuento. No, como una novela, una de esas románticas para adolescentes. Y ella es la protagonista. Se siente afortunada.

Mientras mira a ningún sitio y recuerda los últimos episodios de su historia, una chica se sienta a su lado. Lleva un curioso gorrito rosa y unas botas y una chamarra del mismo color. Todo perfectamente combinado.

Paula la observa de reojo. La chica se da cuenta y se gira sonriente. Entonces la reconoce. ¡Es esa joven actriz que sale ahora en un anuncio de chicles! ¿Cómo se llama? No lo recuerda. ¡Qué cabeza!

—Hola —le saluda la actriz amablemente.

Paula mira a su alrededor. ¿Es a ella? Sí, claro. No hay nadie más alrededor. No se lo puede creer. Está sentada al lado de una famosa y además le está hablando. Pero ¿cómo se llama?

—Hola —responde tímidamente.

—¿Vienes al torneo?

—Bueno, algo así.

—No tengo ni idea de golf —confiesa la actriz sin dejar de sonreír—. Seguro que ni le doy a la bola.

—Yo tampoco. Nunca he jugado.

—Pues ya somos dos.

¡Qué simpática! Y eso que dicen que todos los famosos se creen la gran cosa. Al menos esta chica no parece ser así.

Entonces a Paula se le ocurre algo. Sí, estaría bien para empezar.

—Oye, ¿te puedo tomar una foto? Es para mi revista. Soy la fotógrafa.

La joven actriz la mira un poco desconcertada. ¿No es demasiado joven para eso? Sin embargo, en un momento recupera su sonrisa.

—Claro. Encantada.

La chica se pone de pie, se asegura de que el gorrito está recto y se sitúa delante de la Casa Club. Paula agarra la cámara con fuerza. Espera no meter la pata. Juega con el *zoom* hasta que cree que tiene el encuadre perfecto. Es increíble: ¡está tomándole una foto con una cámara profesional a una estrella de la tele!

La actriz no deja de sonreír. Tiene la espalda apoyada en la pared del edificio, las piernas ligeramente abiertas y los dedos pulgares de ambas manos metidos en los bolsillos. ¡Qué bien lo hace!

Clic.

—Ya está. Muchas gracias.

—¿Quieres que hagamos otra? —pregunta la chica vestida de rosa.

—Sí.

—Espera. Si quieres me pongo junto a ese árbol —dice señalando un abedul.

—Perfecto.

Ahora la pose es diferente. Se inclina levemente hacia delante con una mano sobre la rodilla y la otra apoyada en el árbol. Sin duda, se desenvuelve perfectamente delante de la cámara. Paula la enfoca, ahora mucho más tranquila. Se siente una fotógrafa de verdad.

Clic.

—Ya. Gracias de nuevo.

Las dos regresan a la banca. Se sientan juntas, una al lado de la otra, como si fueran viejas amigas. Animadamente, conversan sobre la fotografía y su inexperiencia en el mundo del golf.

Minutos más tarde, un hombre muy bien vestido y que lleva una gorrita Nike sale de la Casa Club y se acerca hasta ellas. Va cargado con una pesada bolsa repleta de palos.

—Vamos. Ya tengo los pases —le dice a la joven actriz.

—Bueno, pues nada. ¿No me puedo librar de jugar? Con que esté aquí ya es suficiente, ¿no?

—No seas así. Pero si enseguida le encontrarás el modo... Por lo menos juega un par de hoyos.

La chica se levanta de la banca, suspira y se encoge de hombros. Luego mira a Paula y le sonríe.

—Pues allá vamos. Te veré en alguno de los hoyos. Encantada.

Paula también se pone de pie.

—Lo mismo digo. Y muchas gracias por las fotos.

La actriz se despide agitando la mano y desaparece con su acompañante por una de las laderas del campo.

La chica se sienta de nuevo. Trata de serenarse, pero es imposible. Está emocionada, tanto que ni se da cuenta de que Ángel ha vuelto.

—Ya tengo las acreditaciones. Luego vendré a buscar los palos.

—Ah, muy bien, amor.

—Toma.

El chico le entrega una tarjeta plastificada con un cordoncito que contiene inscrito su nombre. Paula la agarra y se la cuelga. Se siente importante.

—Cariño, ¿sabes lo que me ha pasado?

—Si no me lo dices, no —bromea Ángel mientras se cuelga también su acreditación.

Paula le saca la lengua y a continuación le cuenta su encuentro con la actriz del gorrito rosa. El chico sonríe cuando termina.

—Entonces, ¿estás orgulloso de mí?

—Mucho. Aunque se te ha olvidado un pequeño detalle.

—¿Un pequeño detalle? ¿Cuál? —pregunta arqueando las cejas.

—Que somos una revista de música, no de cine ni de televisión.

Paula chasquea los dedos. ¡Qué fallo!

Pero aunque aquellas fotos no le sirvan de nada a la revista, nadie le quita el gran rato que ha pasado con aquella actriz de la que aún no recuerda su nombre.

Capítulo 41

Esa misma mañana de marzo, en un lugar de la ciudad.

¿Dónde habrá ido?

El profesor de Filosofía ha preguntado por ella. Es el segundo día consecutivo que falta a su clase. Una tercera y no podrá presentarse la semana que viene al examen del trimestre. Diana ha dicho que Paula se encontraba mal y se ha ido a casa. Por supuesto, Mario no le ha creído.

La hora de Filosofía ha pasado lentamente para él, casi rozando la desesperación. Cada minuto se ha hecho eterno porque el reloj parecía que no avanzaba. No ha parado de mirar una y otra vez hacia el rincón de las Sugus, a la mesa libre en la que debería estar sentada Paula. No tiene ni idea de lo que le ha podido pasar.

Sin embargo, a Mario no solo le preocupa el paradero de su querida amiga. Durante aquella hora no ha dejado de darle vueltas y más vueltas al momento que han vivido en el pasillo. Tan cerca el uno del otro, en silencio, sin apenas distancia entre ambos. Aún podía sentir sus propios latidos a toda velocidad y la respiración entrecortada de ella. ¿Qué hubiera pasado si Diana no interviene? Posiblemente, nada. Pero ese instante hace que sus esperanzas con Paula hayan aumentado. Esta tarde, cuando vaya a su casa, volverá a intentar decirle lo que siente.

Esa misma mañana de marzo, en la misma clase en la que Mario piensa y piensa.

Ha estado toda la hora mirando hacia su esquina. Se siente halagada y también un poco emocionada. Incluso se han sonreído tres veces. No, han sido cuatro.

La hora de Filosofía para Diana ha pasado volando. Ni siquiera ha cruzado palabra con sus amigas. Míriam y Cris le han preguntado si estaba enferma. Quizá, o tal vez esté empezando a estarlo. Pero su enfermedad no es de las que se curan con fármacos ni antibióticos. Es la primera vez en su vida que se siente así.

No obstante, aún tiene dudas. Por mucho que lo intenta, no se le va de la cabeza la imagen de Mario y Paula en el pasillo con sus rostros excesivamente cerca. ¡Qué tonta! ¿Cómo puede tener celos de una de sus mejores amigas? Paula es una Sugus y, además, tiene novio. Y al escritor. Y él..., él va hacia ella en esos momentos. ¡Uf! No entiende por qué le sudan las manos. ¿Está nerviosa? No, nunca se pone nerviosa, y menos por un chico. Pero ahora es distinto. ¿Lo es?

—¿Qué le ha pasado a Paula? ¿Se ha puesto enferma?

—Pues...

Le cuesta hablar. Está temblorosa. Lo mira a los ojos. Son marrones. Dicen que los ojos marrones son demasiado corrientes, y, sin embargo, a ella le parecen unos ojos increíbles, especiales.

—¿Qué le ha ocurrido a la señorita García?

Como salido de ninguna parte, el profesor de Matemáticas ha llegado para dar su clase y sigilosamente se ha deslizado hasta ellos; así que Diana no puede contarle a Mario que Paula se ha ido con su novio a quién sabe dónde.

—Se ha puesto enferma y se ha tenido que marchar a casa —miente.

—Esa chica es frágil como el cristal de Bohemia. En fin, no sé si podré soportar su ausencia —señala irónico—. Dele recuerdos de mi parte y dígale que, aunque no le mande flores como otros, le deseo una pronta recuperación. Especialmente para el examen del viernes.

—Se lo diré de tu parte.

El profesor de Matemáticas hace una especie de reverencia y luego mira a Mario, que escucha atento la conversación entre ambos.

—Puede volver a su asiento, señor Parra. El maravilloso mundo de las derivadas, capítulo treinta y siete, está a punto de comenzar.

El chico sonríe débilmente y regresa al otro lado de la clase. Así que puede que sea verdad que Paula se haya puesto enferma. ¿Afectará eso a su «cita» de la tarde?

Esa misma mañana de marzo, en otro lugar de la ciudad.

—Quizá deberías haber ido.

Mauricio Torres está sentado en la enorme silla de su despacho revisando unos contratos publicitarios que le han ofrecido a su representada. Ella lo observa seria desde un sofá de tres piezas.

—No sé jugar al golf —responde Katia sin ningún tipo de expresividad.

—No hacía falta que supieras. Con estar allí habría bastado.

—No tengo ganas de nada, Mauricio. Y menos aprender a jugar al golf.

—Si yo te entiendo. Acabas de salir del hospital y aún estás convaleciente. No es sencillo superar tan deprisa un accidente de coche como el que tuviste. Pero cuanto antes nos pongamos las pilas, mejor. Y este acto benéfico hubiera sido una buena oportunidad para dejarte ver.

Katia no dice nada. Está triste, desganada. El accidente de coche influye un poco, pero lo que realmente la tiene así es otra cuestión. Está intentando por todos los medios olvidarse de Ángel. Pero cuanto más trata de no pensar en él, más lo hace. Es agobiante.

—¡Katia! ¡Vamos! ¡Anímate! —exclama su representante, que se ha levantado de su sillón y se ha sentado junto a ella.

La chica sonríe sin ganas.

—Ya, tranquilo. No te preocupes.

—Aún estamos a tiempo de llegar al torneo, ¿quieres que vayamos a ver si así te animas?

—Pero si no tengo ni coche.

En el accidente, el Audi rosa convertible quedó seriamente dañado. Los mecánicos le han dicho que hasta la semana que viene no estará disponible.

—Vamos en el mío.

—Déjalo, Mauricio. En serio. Prefiero irme a casa y descansar. ¿Me pides un taxi?

El hombre suspira. Está seriamente preocupado por ella. Ha perdido toda su vitalidad. El accidente la ha dejado maltrecha psicológicamente.

Katia tiene ganas de llorar. No entiende nada. ¿Cómo puede estar así por un chico que conoce desde hace tan poco tiempo? Quiere irse a casa, meter la cabeza debajo de la almohada y olvidarlo de una vez por todas. Tiene que hacerlo. O eso o se volverá loca. Ángel se terminó. Se terminó. Nunca más.

Nada más lejos de la realidad. No sospecha que el reencuentro con el joven periodista está cerca.

Esa misma mañana de marzo, en otro lugar de la ciudad.

¡Fantástico! ¡Qué sorpresa!

No lo esperaba, sinceramente. Pero cuando ha abierto su correo electrónico, Álex se ha encontrado con dos *e-mails* que le están alegrando la mañana.

Es increíble. Caminaba tranquilamente con una amiga y se nos ocurrió meternos en una cabina de fotografías instantáneas; y allí encontramos tu historia. *Tras la pared* es genial. Me encanta el protagonista. Y también Larry.

Eres buenísimo. Pero seguro que eso te lo han dicho un montón de veces y no soy nada original.

Te deseamos muchísima suerte mi amiga y yo. Y ya tienes dos compradoras de tu libro para cuando lo publiques, porque no tengo ninguna duda de que alguna editorial se fijará en ti y publicarás *Tras la pared*.

Tendrás noticias nuestras.

Muchos besos de Nerea y Susana.

Hola:

Me llamo Lucía, tengo diecisiete años y aún estoy emocionada con tu historia. Me encanta leer y te aseguro que lo que haces vale muchísimo. Estoy segura de que algún día iré a la librería y allí encontraré *Tras la pared* en alguna de las estanterías.

Además, sí que tienes imaginación para promocionar así tu libro. Es una idea genial. Hablaré a todos mis amigos de tu novela y haré unas cuantas copias para dejarlas por ahí, como has hecho tú; si no te importa, claro.

No me alargo más.

Encantada de conocerte y espero hacerlo un poco más con el tiempo.

Mucha suerte y un besote.

Sonríe. No puede evitar leerlos varias veces. Por fin la idea de los cuadernillos está teniendo algo de éxito. Había perdido un poco la esperanza. Hace un rato, cuando Paula le ha dicho que no podía ayudarlo, pensó en no continuar con sus intenciones de promocionar la novela de esa forma. Se limitaría a escribirla y ya está.

Sin embargo, aquellos correos le han dado fuerza y moral. Sí. Hará más copias y volverá a ponerse en manos del destino.

Esa misma mañana de marzo, en otro lugar de la ciudad.

Tiene calor. Y, aunque en esos días no esté haciendo el frío de otros años a esas alturas, en esta aula la temperatura es demasiado alta. Exagerada. Mejillas sonrosadas y alguna frente brillante. Quizá el profesor ha ordenado que pongan la calefacción para que sus alumnas vayan lo más ligeras de ropa posible. Ese no es problema para Irene, que sin ningún reparo se quita el suéter. En la maniobra, la camiseta que lleva debajo se le sube por encima del ombligo, que queda al descubierto. Ojos buscones no pierden detalle del acontecimiento, que dura tres intensos segundos, hasta que todo vuelve a su sitio. La chica deja la prenda de algodón en el respaldo de la silla y se coloca bien la coleta que se ha hecho para estar más cómoda.

Su camiseta a rayas verticales fucsia y azules, ajustada perfectamente a su exuberante y distinguido busto, no pasa inadvertida para nadie, y aún menos para el profesor, que centra todas sus explicaciones en ella.

A Irene le complace ese juego. Lleva mucho tiempo siendo el centro de atención allá donde va. Nunca le ha molestado que la miren. Al contrario, se siente satisfecha.

Si recordara la cantidad de proposiciones que ha tenido, decentes e indecentes, no existiría espacio en su memoria para nada más. ¡Los hombres son tan simples!: desde que cumplen trece años y hasta que se mueren, solo piensan en una cosa. Ella lo sabe y no va a desaprovechar lo que la naturaleza y, por qué no decirlo, los días de gimnasio y de pasar hambre le han proporcionado. Nadie se ha resistido a sus encantos. Nadie... excepto su hermanastro.

La chica no presta atención a lo que el profesor está anotando en el pizarrón. Cruza las piernas, hoy cubiertas por un ceñido pantalón de mezclilla azul celeste, bajo la mesa. Sonríe y asiente cuando le preguntan:

—¿Lo ha entendido, señorita Ruiz?

—Sí. Claramente, profesor.

Así hasta cuatro veces en una hora. En realidad, Irene no sabe ni de lo que están hablando. Le aburre el tono con que explica las cosas. Pero todo sea por contentar a aquel buen hombre que ya ha anunciado varias veces que los apuntes tomados en clase serán la base del curso. Tampoco eso es problema para ella. Seguro que algún alma caritativa se los presta amablemente para fotocopiarlos a cambio de una cena.

Ahora tiene cosas más interesantes en las que pensar.

Debe descubrir quién es esa Paula. Sin duda, su hermanastro está enamorado de ella. Y eso no es bueno, nada bueno. Para llegar al corazón de Álex, los sentimientos por esa chica tienen que desaparecer y, una vez que concluyan, lo tendrá mucho más sencillo. Incluso puede aprovecharse de la debilidad que siempre se produce tras un fracaso amoroso. Mientras tanto irá construyendo la base de su relación con él para, cuando llegue el momento adecuado, dar el paso definitivo.

Pero ¿cómo puede conseguir llegar hasta Paula?

—Señorita Ruiz, ¿lo ha entendido?

—Está todo muy claro, profesor.

La respuesta es Álex. Para llegar a Paula, el camino es él. No hay más remedio entonces. Le tocará ejercer de policía y de ladrón. Será divertido.

Capítulo 42

Ese mismo día de marzo, en un lugar alejado de la ciudad.

Famosos, cantantes, actores, deportistas y hasta algún célebre cocinero: todos reunidos en pro de una buena causa.

Paula disfruta como una niña pequeña con zapatos nuevos. Cámara en mano, pide a unos y otros que miren al objetivo después de que Ángel haya hecho las preguntas pertinentes. Forman un dúo perfecto: joven, intrépido, resolutivo. Y se entienden con la mirada. Los Clark y Lois del siglo XXI.

Aún sigue sin poder creer que le esté pasando aquello. Además, ya ha recordado el nombre de la actriz que se encontró en la Casa Club con el gorrito rosa: Andrea Alfaro. Se han cruzado en el hoyo siete y han intercambiado unas palabras cómplices. ¡Hasta se han dado dos besos al despedirse!

Su prueba como fotógrafa se ha saldado con una nota alta. Como si llevara toda la vida entre famosos y con una máquina de fotos colgada al cuello. Sin embargo, un nuevo reto mide ahora las habilidades de Paula.

—Recuérdame que tengo que llamar a mi madre para decirle que no voy a ir a comer a casa.

Paula se dispone a pegar su primer golpe de golf. La joven mira hacia atrás y se encuentra con los ojos azules de

Ángel. Están pegados el uno al otro, ella delante y él detrás, con sus manos unidas.

—Bueno. Pero ahora concéntrate.

—No creo que pueda hacerlo. Es muy difícil.

—Seguro que enseguida le agarras el modo. Abre más las piernas. Las tienes demasiado juntas.

—Piernas abiertas. Bien, eso es fácil.

Paula obedece y separa las piernas. Siente el cuerpo de Ángel muy cerca, cada vez más.

—Sujeta el palo más arriba, amor. Y con más fuerza.

—¿Así? —dice la chica, sujetando el hierro cinco como le indica él.

—Sí, muy bien. Ahora baja la cabeza y mira fijamente la bola.

Suavemente, Ángel la ayuda a adoptar la postura adecuada. Sus ojos se clavan en la pelota de golf.

—¿Este deporte no da tortícolis?

—No. Anda, concéntrate, cariño.

—Vale.

Pero ¿cómo va a concentrarse con su novio totalmente pegado a ella? ¡No es de piedra! El corazón se le va a salir del pecho. Se pregunta si él estará sintiendo lo mismo.

—Ahora llega el momento del *swing*.

—¿El *swing*? ¿Vamos a bailar?

Ángel agacha la cabeza y coloca su cara junto a la de ella. Sus ojos en paralelo, sus bocas también, a unos milímetros de distancia.

—Paula.

—Lo sé, que me concentre.

—Sí. Pero primero...

Sin que la chica lo espere, la besa. Un cálido beso de varios segundos en los labios. ¡Y ella que pensaba que ya no podía latirle más deprisa el corazón...!

—¡Uf! Este deporte cada vez me gusta más. ¿Siempre hacen esto los jugadores con el cadi?

—Sí, siempre que terminamos un hoyo —bromea sonriente—. Y ahora... ¡flexiona las rodillas y dale fuerte!

Paula agarra el hierro con firmeza, cierra los ojos, aprieta los dientes y trata de golpear la bola con todas sus ganas. Ángel desde atrás la guía en el balanceo del *swing*.

La cabeza del palo choca con violencia contra el suelo, pero la bola no se mueve ni un centímetro. Paula se sonroja. ¿Qué ha hecho mal? ¡Creía que le había dado!

Ángel suelta una carcajada y agarra el palo para examinar los daños.

—¿Lo he roto? —pregunta avergonzada.

—No, está perfecto. Tú eres muy delgadita: te falta músculo y no tienes tanta fuerza como para eso.

—¿Serás...? ¿Que no tengo fuerza? Ya verás ahora.

Herida en su orgullo, le arrebata el hierro de las manos. Vuelve a colocarse tal y como su chico le ha enseñado, pero en esta ocasión sin él detrás. Separa las piernas, agacha la cabeza, mira la pelota con ira, flexiona las rodillas y trata de golpearla con fuerza. Su *swing* no es precisamente el más académico de la historia, pero, cuando el palo alcanza el suelo, impacta en el centro de la bola y la desplaza.

—¿Le he dado? ¡Le he dado! —exclama casi tan feliz como sorprendida.

La pareja sigue atentamente el camino de la pelota, que no ha tomado altura. Rodando, avanza unos metros por la calle y se introduce en el *rough* para terminar al lado de un árbol.

Ángel vuelve a abrazar a su chica y le da un cariñoso beso en la frente.

—Bueno, no eres Tiger Woods, pero por lo menos le has dado.

—¡Qué quieres! ¡Nunca había jugado!

—Lo sé, cariño. Lo has hecho muy bien. Ahora me toca a mí golpear la bola desde el árbol.

El chico guarda en la bolsa el hierro que Paula ha empleado y saca otro. La toma de la mano y juntos se dirigen al lugar en el que la pelota ha ido a parar.

En el camino, el celular de la chica comienza a sonar.

—Espera, amor. Deja que conteste.

—Muy bien. Voy estudiando el golpe que tengo que hacer.

—Vale.

Beso en los labios.

El periodista se aleja unos metros hasta el árbol mientras Paula saca el celular de uno de los bolsillos del pantalón.

—¿Sí...?

—¿Paula? Hola, soy Mario.

—Hola, Mario, ¿qué tal? —La chica consulta su reloj—. Están en el intercambio de clase, ¿no? Toca Lengua ahora.

—Sí. Ya tiene que estar por llegar la profe.

—Cuidado, no te cache hablando por el celular.

—Tranquila. Estoy atento por si viene.

—Muy bien.

Un silencio se produce entre ambos. Paula mira a Ángel que, inclinado, observa la posición de la bola y analiza cómo tendrá que golpearla para llevarla al *green*.

—¿Te has puesto enferma? —pregunta por fin el chico.

—¿Quién? ¿Yo?

—Diana les está contando a los profesores que te encontrabas mal y que por eso te has ido a casa.

—¡Ah, sí! Pero me he tumbado un rato en la cama y ya me encuentro mucho mejor.

No puede decirle nada sobre su magnífica mañana como fotógrafa de famosos y jugadora de golf. Sería demasiado largo y complicado de explicar. Además, corre el riesgo de que al contárselo se divulgue por la clase y termine enterándose algún profesor.

—Me alegro mucho. Nos tenías preocupados.

—Gracias por interesarte, Mario. Ya estoy recuperada. Habrá sido una bajada de la presión o algo así.

—Es que ha sido todo muy raro. Estábamos en el pasillo tan tranquilos, luego no has entrado a clase y Diana llega diciendo que te has ido a casa porque estabas mala.

Paula recuerda ahora el momento en el que han estado hablando en el pasillo. Lo había olvidado por completo. Tampoco es algo para darle muchas vueltas. Un instante de confusión. Inexplicable.

—Sí. Es que ha sido todo muy rápido y de improviso. Pero ya estoy bien.

—Entonces, ¿lo de esta tarde sigue en pie?

Lo de esta tarde, lo de esta tarde... ¡Es verdad! ¡Estudiar matemáticas!

Está tan inmersa en su sueño con Ángel que todo lo demás no existe. Sin embargo, al otro lado hay una realidad llena de exámenes y de horas en las que tendrá que hincar los codos si quiere aprobarlo todo.

—Claro. Estaré en tu casa a las cinco.

—Vale, te espero. Tengo que colgar, que viene la profe de Lengua. Mejórate. Un beso.

Sin tiempo para despedirse de él, el teléfono da el tono de mercar.

El sol brilla sobre su cabeza. La luz en sus ojos hace que parezcan más claros. Sueño y realidad. Está viviendo la historia de amor que cualquier chica de su edad querría tener. Un sueño, pero nada es imaginario. Todo está sucediendo de verdad. Es real.

Guarda el teléfono en el bolsillo. De pie, inmóvil, observa a Ángel. Tiene el palo agarrado con ambas manos, el cuerpo ligeramente inclinado y la cabeza agachada con la mirada puesta en la bola. Es muy atractivo. Y es suyo. Se ha fijado en ella. Lo quiere. Lo quiere muchísimo. Un escalofrío recorre todo su cuerpo. Y sonríe.

Paula contempla cómo Ángel realiza un *swing* perfecto; cómo los músculos de sus brazos se han tensado por el esfuerzo, destacando las venillas de los bíceps; cómo la bola sube al cielo y baja lentamente para aterrizar cerca de la bandera del hoyo once. Un golpe maestro.

Tranquilamente, Paula camina hacia él. Aplaude. Ángel la está mirando. No ha dejado de hacerlo desde que se ha detenido la pelota. Esos ojos azules que la apasionan. Sí, definitivamente ama a ese chico.

—¡Muy bien! Pero el viento ha empujado la bola, claramente. Por eso el golpe ha sido tan bueno.

—¿El viento? Si no corre ni una gota de aire.

—Porque ha parado ahora mismo.

—¡Qué casualidad!

—Con algo de práctica, seguro que yo la habría metido.

La chica se acerca lentamente. Lleva las manos en la espalda. Sonríe pícara y no aparta los ojos de los suyos.

—¡Por supuesto! No lo dudo ni por un instante.

—Más te vale porque si no...

—Si no, ¿qué?

—Te hubieras quedado sin esto.

Paula se pone de puntillas, cierra los ojos y lo besa dulcemente. Un beso corto que da continuación a otro. Y a otro. Decenas de ellos.

—Te quiero —le susurra.

—Y yo.

Unos minutos más tarde, ponen fin a la escena. Ángel

se cuelga la bolsa de palos y se dirige firme a terminar el hoyo. Paula va a su lado, abrazada al brazo que tiene libre.

—Si la metes, te invito a comer.

—¡Pero si no traes dinero!

—Da igual. Te invito a comer, pero pagas tú.

Los dos se miran y ríen al mismo tiempo.

—Vale, pero antes llama a tus padres y diles que no vas a casa.

—¡Es verdad! Espero que no se enfaden mucho.

—Si quieres, hablo yo con ellos —bromea.

—Vale. Marco y te los paso.

Ángel se queda blanco. ¡Ups, por bocón!

—Cariño, yo...

—Tranquilo —dice sonriente—. De mis padres ya me ocupo yo. Tú solo piensa en mí.

Y, mientras Paula vuelve a sacar el celular del bolsillo, Ángel suspira aliviado.

Ese mismo día de marzo, en un lugar de la ciudad.

—Pero, Paula...

—Te quiero, mamá. Dale un beso a papá de mi parte. ¡Adiós!

—Pau... —El pitido en la línea telefónica indica que ha colgado—... la.

Nada que hacer. Mercedes mira su celular desconcertada. Su hija le acaba de decir que no la esperen, que no irá a comer. Lo hará en la cafetería del instituto y luego estudiará, primero en la biblioteca y más tarde en casa de Mario y de Miriam. Por supuesto, Mercedes no se ha creído nada.

En ese mismo instante, su marido entra en la casa. Delante de él, la pequeña Erica corre hacia su madre para darle un beso. La niña da un brinco y se cuelga de sus brazos.

—¡Hola, mamá!

—Hola, pequeñita.

—No soy pequeña —protesta frunciendo el ceño para dejar clara su indignación.

—Tienes razón, mi vida. Pesas ya como una chica mayor. Dentro de nada no podré contigo.

—Peso casi como Paula. Y en un mes pesaré más. Porque como más que ella. ¿Verdad?

—Claro que sí.

Su madre sonríe. Lejos queda todavía ese momento en el que Erica empiece a preocuparse por los kilos. Es un alivio. Con una hija adolescente tiene bastante. Aún recuerda cuando Paula le preguntó por primera vez si la veía gorda. Luego aquel complejo porque sus amigas tenían el pecho más grande que ella. Y más tarde los agobios del acné, la primera regla, el chico aquel de un curso superior que le gustaba, el primer campamento de verano...

Nostálgica, repasa esos pequeños momentos madre-hija, cuando se lo contaban todo. Ahora, está a punto de cumplir los dieciséis y no es que la considere una completa desconocida, pero sí sabe que se está alejando, que ya no cuenta con ella para la mayoría de las nuevas experiencias.

—Mamá, ¿te pasa algo? —Erica nota que su madre se ha puesto seria de pronto—. Si quieres me puedes llamar pequeñita. No me molesta. De verdad.

Mercedes la mira y vuelve a sonreír. Agarra con fuerza a la niña y le da dos besos en la frente. Sí, aún queda bastante para que la pequeña rubita siga los pasos de su hermana mayor.

—Hola, cariño. ¿Qué tal la mañana? —le pregunta su marido, que pone a Erica en el suelo y besa a su mujer en la mejilla.

—Bueno, bien.

Paco la conoce. Sabe que hay algo que le preocupa.

—Vamos, ¿qué pasa? ¿Ha habido algún problema?

—No...

Erica mira a sus padres ensimismada. No entiende de qué hablan. Su rostro va de uno a otro como si estuviera viendo un partido de tenis. Paco se da cuenta de que la niña sigue allí.

—Princesa, ¿por qué no vas a lavarte las manos y la cara? Pronto comeremos —le indica dulcemente.

La niña quiere saber de qué están hablando sus padres, pero está muerta de hambre, así que, cuanto antes obedezca, antes comerá. Asiente varias veces con la cabeza, moviéndola muy deprisa, y sube a toda velocidad al piso de arriba. Cuando ha desaparecido, Paco vuelve a insistirle a su mujer.

—Solos. Ya puedes contármelo.

—Es por Paula.

—¿Paula? ¿Le ha pasado algo?

Mercedes entonces recuerda aquel anuncio de Coca-Cola de hace unos años. En él, una hija hablaba con su madre por teléfono explicándole que se iba a quedar en la biblioteca a estudiar un examen muy difícil y que no la esperaran. Entonces, después de colgar, cuando el marido le preguntaba que qué ocurría, ella le contestaba que la niña se había enamorado. Eso es exactamente lo que piensa de Paula.

—No viene a comer.

—¿Otra vez?

—Otra vez.

—¿Y cuál ha sido la excusa esta vez?

—Que tiene que estudiar. Se quedará en el instituto a comer y luego irá a la biblioteca.

—¿Te lo has creído?

—Sinceramente, no sé qué pensar.

—Yo creo que sí lo sabes.

Mercedes suspira. La táctica de dejar que su hija tome sus propias decisiones sin preguntar por lo que hace no está dando resultado. Sigue sin contarles nada.

—Pues pienso que hay un chico.

Paco se deja caer en el sillón del salón y cruza los brazos.

—Tenemos que hablar con ella.

—¿Otra vez? ¿Y qué se supone que tenemos que decirle?

—Que somos sus padres y tenemos derecho a saber si somos suegros.

Mercedes no puede evitar soltar una carcajada al oír a su marido.

—¿Qué? No he dicho nada gracioso —señala algo molesto.

La mujer se sienta en las rodillas de su marido y le besa en los labios. Enseguida, al hombre se le pasa el pequeño enfado.

—Suegro cascarrabias.

—No soy cascarrabias.

—Cariño, nos hacemos mayores. Y nuestras hijas también.

Los dos permanecen callados unos segundos pensando en el pasado. No hace tanto que no tenían que preocuparse por la vida de Paula. Pero ya no es una niña.

¡Suegros! Suena fatal, a personas mayores. Ambos se resignan, abrazados en el sillón de la sala.

—Está bien. Tenemos que hablar de nuevo con la niña y ser más claros y directos. Si soy suegra, quiero saberlo.

—¡Esa es la actitud! Hablaremos con ella.

Y mientras Paco y Mercedes se arman de valor para una nueva charla padres-hija, en un lugar alejado de la ciudad, su Paula también se dispone a contarle a Ángel algo que requiere mucha valentía.

Capítulo 43

Esa tarde de marzo, en un lugar de la ciudad.

Las mesas de la terraza de El Meridiano de Sullivan están llenas. Los veintitrés grados que marca el termómetro favorecen que los clientes prefieran sentarse al aire libre antes que en el comedor interior.

También Álex y el señor Mendizábal han elegido esta opción. En agradecimiento por las fotocopias gratis de los cuadernillos, el joven ha logrado convencerlo para invitarle a comer. Hoy las clases de saxofón comenzarán un poco antes, aprovechando la ocasión.

—No tenías que haberte molestado, Álex —señala el hombre mientras pincha una papa frita de su plato.

—Le repito, Agustín, que no es ninguna molestia. Es lo menos que podía hacer después de lo que usted ha hecho por mí.

—¡Pero si no he hecho nada!

—Setenta juegos de fotocopias de diez hojas por ambas caras son muchos euros, Agustín.

—¡Por favor! Más te va a costar mi solomillo —dice mientras suelta una carcajada.

Álex contempla cómo el hombre se mete en la boca un trozo enorme de carne. Quizá demasiado trabajo para su maltrecha dentadura. El chico ha preferido una dorada a la sal.

Una agradable brisa intermitente refrigera el sonrosado rostro de Agustín Mendizábal, a quien el vino tinto comienza a pasarle factura.

—Pues, cuando usted pueda y tenga tiempo, me prepara otros cuarenta juegos de lo mismo. Pero esta vez pagaré. O iré a otra reprografía.

El hombre deja a medio camino el tenedor lleno entre el plato y su boca. Mira amenazador un instante a su acompañante, pero enseguida se encoge de hombros y con apetito voraz engulle el trozo de carne.

—Como quieras.

En ese momento, el teléfono de Álex suena. Lo saca del bolsillo y suspira profundamente cuando ve que es Irene quien le llama. Decide no contestar, pero la chica insiste con una segunda llamada.

—¿No lo contestas? —pregunta el señor Mendizábal mientras vuelve a llenarse la copa de vino.

Por fin, el joven se da por vencido y responde. ¿Qué querrá ahora?

—Dime, Irene —dice con sequedad.

—Qué poco simpático eres —protesta ella.

—¿Para qué me has llamado?

—Hola, ¿eh?

—Hola, Irene.

—Así está mucho mejor.

—Estoy comiendo con... un amigo, no puedo hablar ahora. ¿Es para algo importante?

—Ya sé que estás comiendo. ¿Qué es? ¿Dorada? ¿Lenguado?

—¿Perdona?

Álex mira a izquierda y a derecha desconcertado. Agustín Mendizábal lo observa divertido. Cada vez su rostro está más rojo.

—Que si lo que estás comiendo es una dorada o un lenguado. Aunque yo apostaría por lo primero.

—Pues sí, es una dorada. ¿Se puede saber cómo demonios lo has adivinado?

—Estoy estacionada justo delante de ustedes.

Álex mira hacia su derecha. Allí la ve sentada en el asiento del conductor del Ford Focus negro, saludando alegremente con una mano y con la otra agarrando el celular que tiene pegado a la oreja.

—Pero ¿cómo...?

Lo siguiente que Álex oye son los pitidos al otro lado de la línea. Ha colgado.

Irene se baja del coche y, sonriente, se acerca a la mesa en la que comen su hermanastro y el señor Mendizábal.

—¡Hola! ¿Puedo acompañarlos? —pregunta cuando llega hasta ellos.

Agustín Mendizábal no da crédito. Boquiabierto, examina de arriba abajo a la recién llegada. Impresionante. ¡Será cosa del vino!

—¿Qué haces aquí? —interviene molesto Álex.

—Tengo un par de horas libres y mucha hambre. ¿Se come bien en este sitio?

—¡Estupendamente! —grita el señor Mendizábal, poniéndose de pie torpemente—. Álex, ¿no me presentas a tu amiga?

El joven resopla malhumorado. En fin, no puede hacer nada:

—Se llama Irene. Es mi hermanastra —señala sin ningún entusiasmo—. Irene, este es un amigo, Agustín Mendizábal.

—Encantada, Agustín —dice y le da dos besos. Tiene las mejillas hirviendo.

—El placer es mío, jovencita.

El hombre se coloca a su lado y retira la silla para que se siente.

—Muchas gracias. Eres muy amable, Agustín. ¿Puedo tutearte?

—¡Claro! —exclama, satisfecho y henchido de orgullo. Luego regresa a su silla.

Álex se lleva las manos a los ojos, los cierra y se los frota con fuerza. ¡Qué comida le espera!

Irene agarra la botella de vino tinto y examina atentamente la etiqueta.

—Parece muy bueno. ¿Puedo servirme una copa?

—Claro que puedes. Es un vino excelente —indica Agustín, que se ha olvidado de la presencia de Álex y solo tiene ojos para la muchacha.

—Pero no tengo vaso.

—No hay problema, enseguida lo soluciono. —El hombre echa un vistazo a su alrededor hasta que divisa a uno de los meseros—. ¡Perdone! ¡Perdone!

El mesero oye los gritos del señor Mendizábal y, tras dejar un par de platos en una de las mesas de la terraza, acude raudo hasta ellos.

—Dígame, señor.

—Traiga un vaso para la señorita... y otra botella de vino.

Álex resopla no demasiado conforme. Irene, por el contrario, está de acuerdo con el pedido del hombre.

—¿Desea algo para comer? —pregunta el mesero, que ya ha anotado en su libretita la botella de tinto.

—Sí. Con este vino, lo mejor sería una buena carne. Pero prefiero algo más ligero. Lenguado a la plancha, por favor.

El mesero lo apunta y se aleja veloz. Enseguida aparece de nuevo con la copa para Irene y otra botella de la misma marca.

—¿Cómo nos has encontrado? —inquiere Álex, que llevaba unos minutos en silencio.

La chica observa cómo Agustín Mendizábal le llena la copa hasta arriba. Por supuesto, no le va a decir a su hermanastro las técnicas de espionaje e investigación que ha utilizado.

—Supongo que he tenido suerte —concluye después de meditar unos segundos la respuesta.

—¡Bendita fortuna! ¡Brindemos por ella!

Agustín e Irene chocan sus copas. Álex agacha la cabeza y se lleva a la boca un trozo de dorada. No le está haciendo ninguna gracia aquella comida. Y, para colmo, el que paga es él.

El lenguado no tarda en llegar. La chica se coloca su servilleta en el regazo y empieza a comer.

La reunión transcurre entre risas, piropos y pequeñas anécdotas que el señor Mendizábal, cada vez más embriagado por el vino, cuenta a Irene. Álex escucha en silencio y apenas dice nada. Constantemente consulta su reloj. Está deseoso de que aquello termine.

—¿Me disculpan un momento? Voy a lavarme las manos —señala la chica tras terminar de comer.

Amaga con levantarse, pero antes coloca la servilleta sobre la mesa, junto a su hermanastro, que le dedica una mirada aviesa. La chica sonríe y recupera la servilleta para sacudirse unas migajas que han caído en su pantalón. Luego se levanta y a paso ligero se aleja de sus acompañantes. Nadie parece haber notado nada, como siempre ocurre.

—¡No tardes en volver! Que tengo que contarte aquella vez en que...

Las últimas palabras del señor Mendizábal son interrumpidas por una inoportuna y escandalosa tos.

De todas maneras, Irene ya no le presta atención. Lleva

media hora soportando las aventuras de aquel viejo decrépito, que además está medio borracho. Pero el numerito ha valido la pena. No imaginaba que le resultaría tan sencillo apoderarse del celular de Álex. Esta mañana, mientras desayunaba, observó cómo su hermanastro dejaba el teléfono sobre la mesa. Tal vez durante la comida pasara igual. Sin embargo, cuando lo observaba desde el coche no veía el aparato por ninguna parte. Quizá tendría que esperar otra oportunidad. Pero se le ocurrió algo. Si lo llamaba, tal vez lo sacara y ya no lo guardara. Y así fue. Tras el desconcierto por su presencia, el chico ya no lo había vuelto a meter en el pantalón. A partir de ahí, solo era cuestión de tiempo. Nada mejor que el viejo truco de la servilleta, que ya ha utilizado algunas veces. Es sorprendente cómo nadie se da cuenta de la treta. Solo consiste en colocar disimuladamente la servilleta sobre el objeto que tiene que desaparecer; luego, agarrarla otra vez, ya con lo sustraído debajo; simular que se limpia bajo la mesa y, en ese momento, aprovechar para meter el objeto entre la camiseta y el pantalón. Fácil. Demasiado para ella, acostumbrada a gastar bromas de ese tipo a sus amigos y a quitarle dinero a su madre cuando la ocasión es propicia.

Tiene suerte, el baño de chicas está vacío. Si no, se hubiera metido en el de chicos. Tampoco ese es un problema para ella.

Rápidamente entra.

Debe darse prisa, antes de que Álex note la ausencia de su teléfono. Abre el archivo de mensajes. Primero los recibidos. Paula, Paula...

Solo hay dos. Los lee deprisa. Luego va a los enviados. Otros dos. También los lee. No parece que haya nada entre ambos. Por lo que se ve, se acaban de conocer, pero se nota cierta química. No puede evitar un gesto de fastidio.

Saca un bolígrafo y un pequeño papel del bolso y anota el número de Paula. En un futuro, a lo mejor puede servirle.

Mira su reloj. No ha tardado ni tres minutos.

Sale del cuarto de baño y se dirige a la mesa. Álex y el señor Mendizábal están comentando algo. Agustín, en cuanto la ve, ignora al joven y se incorpora para repetir la galantería de la silla. El efecto del alcohol le hace tambalearse y tiene que sujetarse a la mesa para no acabar en el suelo.

—¡Ya te echábamos de menos! —grita el hombre.

Irene esboza una sonrisilla. No se han dado cuenta de nada. Pero aún tiene que hacer algo más.

Antes de sentarse en su silla, se agacha simulando que recoge algo del suelo. Luego se levanta y mira a su hermanastro.

—Toma, despistado. Anda, que si no es por mí...

La chica coloca el celular de Álex en la mesa ante la sorpresa de este.

¿Cuándo se le ha caído? Si no ha escuchado nada... No entiende cómo ha terminado en el suelo.

Irene está satisfecha. No espera demasiado para despedirse de su hermanastro y de aquel tipo insoportable. La suerte la ha acompañado. ¿Suerte? No. Ella es realmente buena y siempre consigue lo que quiere. Eso piensa mientras camina hasta el coche moviendo sus caderas de manera insinuante.

Capítulo 44

Esa tarde de marzo, en un lugar alejado de la ciudad.

Una ardilla de cola roja examina inquieta si puede cruzar al otro lado de la calle. Finalmente, se decide y, a toda prisa, atraviesa el campo hasta trepar a la copa de una joven acacia.

Paula y Ángel la observan divertidos. Están en el pasto, bajo las ramas de un roble que les da sombra. Ella, sentada entre las piernas de él, rodeada por sus brazos. Caricias. Besos. Roces. Solo el cielo, completamente azul, es testigo de su amor.

—Me quedaría aquí contigo toda la vida —le susurra Ángel al oído.

Paula se estremece. Un escalofrío recorre su cuerpo. Tiembla. Se da la vuelta y lo mira a los ojos. Está nerviosa.

—Me haces tan feliz. Te quiero.

—Te quiero.

Cierran los ojos y se besan en los labios lentamente, pausados. Un beso eterno que, si por ellos fuera, duraría infinito. Sin horizontes. Sin huellas. Sin límites.

Minutos más tarde se detienen, agitados. Les cuesta respirar e incluso hablar. Pero sonríen con sonrisas dibujadas de felicidad.

Una ligera brisa alborota el pelo de la chica. Él, cariñosamente, la peina con sus manos.

Paula no se resiste. Quizá ese es el momento que estaba esperando. Sí, tiene que contarle algo.

—Cariño.

—Dime, amor.

Ángel pone las manos en la cintura de Paula. Ella coloca las suyas sobre los hombros de él.

—Ya sabes que el sábado cumplo diecisiete años.

—¿Ah, sí? Menos mal que me lo has recordado. Lo había olvidado por completo —bromea.

—¡Qué tonto eres! ¡Te pasas! —exclama ella, aunque sin ocultar una bonita sonrisa.

Fingen que se enfadan unos instantes para reconciliarse con un nuevo beso.

Aunque Ángel sabe perfectamente que el sábado es el cumpleaños de su novia, todavía no se le ha ocurrido nada que pueda regalarle.

—No me vas a extorsionar para que te diga qué te voy a regalar, ¿no?

—Podría, pero no, no es eso.

—Menos mal.

—El caso es que mis amigas me van a organizar una fiesta sorpresa.

—¡Pues bonita sorpresa es si ya lo sabes!

—Sí. Se le escapó a Diana. Es que son incapaces de guardar un secreto.

—Lo tendré en cuenta.

Paula ríe. Un cosquilleo la invade de pies a cabeza. ¿Cómo se lo dice?

—Sí. Mis amigas son así. Pero son buenas chicas.

—Es verdad. Me caen muy bien.

Ángel sonríe, pero nota algo extraño en Paula. Inseguridad. Tal vez le quiera contar algo y no sepa la manera de hacerlo. O no se atreva.

—Por supuesto, a esa fiesta sorpresa estás invitado. Es en la casa de Miriam.

—¿El sábado?

—Sí.

—Consultaré mi agenda para comprobar que estoy libre —indica dubitativo.

La chica aparta las manos de sus hombros y lo mira muy seria.

—Como no vayas...

Ángel sonríe y le agarra las manos.

—Pues claro que iré, amor. ¿No ves que estaba bromeando? No me perdería tu cumpleaños por nada del mundo.

La chica cambia su semblante. Vuelve a sonreír, aunque los nervios la devoran. El corazón le late muy deprisa.

—Eso no es todo. Hay más.

—¿Más?

—Sí —suspira—. Las chicas quieren hacerme un regalo. Y tú estás implicado en él.

Ángel arquea las cejas. No tiene ni idea de a qué se está refiriendo.

—¿Yo? ¿De qué se trata? —pregunta intrigado.

—Pues... Como tú y yo nos queremos... Quiero decir que, como tú y yo..., lo cierto es que, si tú quieres..., pero solo si quieres, ¿eh?, que si no quieres, pues... eso, que si no quieres, pues no quieres.

—¿Que si yo quiero o no quiero qué? —la interrumpe.

—¡No entiendes nada!

—¿Cómo voy a entender algo si no terminas las frases?

Paula agacha la cabeza, luego la alza nuevamente. Busca valor en ninguna parte y lo mira. Le brillan los ojos.

Acerca los labios a su rostro y, dulcemente, le cuenta todo al oído.

Ángel escucha atento una palabra tras otra, frase tras frase. Poco a poco va comprendiendo. Traga saliva.

La chica concluye con su explicación y, tímida, se echa hacia atrás, sin dejar de mirarlo.

—Eso es todo —termina, ya en voz alta.

—¿Estás segura?

—Sí, completamente.

Ahora es a Ángel a quien el corazón le late a toda velocidad, aunque enseguida retoma su compostura habitual. Sus ojos azules lucen como nunca.

—Entonces estás convencida de que quieres que yo sea el primero. Y el sábado.

—Sí, es lo que quiero. ¿Tú quieres?

En la mirada de Paula se unen la incertidumbre, los nervios, la ternura, la esperanza y la pasión. Es la mirada de una adolescente insegura que está a punto de saltar la barrera de la inocencia, de dar un paso inolvidable en la vida.

Ángel lo sabe: comprende su responsabilidad, su importante papel.

—Sí, quiero ser el primero. Y te prometo que todo será perfecto.

La chica suspira profundamente. Siente algo por dentro inexplicable, de una intensidad desbordada. Hasta le dan ganas de llorar. Ángel se da cuenta y la abraza con fuerza. Acomoda la cara de Paula en su pecho y, una vez más, su corazón se acelera. También su mente va a toda velocidad. Millones de pensamientos por segundo. Todos relacionados con lo mismo. También los de ella coinciden. Iguales, paralelos. Son dos almas en una.

Y es que en sus vidas, en esos instantes, solamente existen el uno para el otro. No hay nada más. Ninguno sabe que en ese camino hasta el sábado deberán superar distintas pruebas para seguir reafirmando el amor que sienten mutuamente.

Capítulo 45

Esa misma tarde de marzo, en algún lugar de la ciudad.

Está con los pies apoyados sobre la mesa de cristal, sin zapatos. Sus calcetines blancos con puntitos naranjas apenas se mueven. Ningún gesto. Ninguna expresividad en sus aniñadas facciones.

De vez en cuando, a Katia le dan ganas de llorar. A duras penas consigue reprimirlas. Aprieta los puños y los dientes. Busca algo que la invite a sonreír, una mínima ilusión que la anime. Pero es imposible no pensar en él.

Su mirada distraída se pierde al fondo del pasillo, en su habitación, allí donde tuvo la oportunidad de abrazarlo, de besarlo, incluso de hacer el amor con él. Sin embargo, fue honrada. ¿Honrada o tonta? ¡Qué más da! Paró antes de que sucediese lo que tanto deseaba. Él no estaba en condiciones de hacerlo. No así. Pero ¿qué habría pasado si se hubiesen acostado juntos? Seguramente nada. Es posible que estuviera en la misma situación que ahora: intentando olvidarse de Ángel.

Su boca libera suspiros de desesperación. Otra vez esa angustia, esa estúpida agonía. De nuevo se le humedecen los ojos, el pecho se le comprime y siente que se quiere morir.

Toquetea el control remoto sin objetivo alguno. Ni siquiera presta atención a los canales, que van pasando sin orden ni pausa.

No ha comido, ¿para qué? No tiene hambre, solo un nudo en el estómago. Tampoco ha contestado el teléfono en toda la mañana. Ha perdido la cuenta de las llamadas perdidas que se han ido acumulando y de los mensajes que le han dejado en el contestador automático del celular. Curiosos, chismosos, interesados, seudoamigos... Decenas de personas que querían saber cómo se encontraba después del accidente, o eso decían. Alguno incluso solicitaba una entrevista, aunque fuera telefónica. ¡Qué pesados! Estúpidos periodistas...

Es el precio de la fama. Si de ella dependiera, mandaba la fama bien lejos. Claro que no podría tener su Audi rosa o su lujoso ático, pero, al fin y al cabo, son solo cosas materiales. El dinero no le da la felicidad. ¿Cómo va a ser feliz si no posee lo que verdaderamente necesita y quiere?

Ángel...

Con las manos en la cara, mira entre sus dedos la pantalla de plasma. En uno de los canales están tratando la noticia del torneo de golf benéfico al que ella no ha acudido. Esta vez no cambia de cadena. En la noticia aparecen, uno tras otro, primeros planos de famosos con la mejor de sus sonrisas.

Escucha lo que dicen:

... Diferentes personalidades del mundo del deporte, la canción, el cine y la televisión han puesto su granito de arena a favor de una buena causa. Alguno incluso ha aprovechado para hacer un poco de ejercicio...

En ese momento, en la imagen aparece un conocido presentador de radio golpeando con estilo la bola desde el *tee* de salida. Pero los ojos de la chica de pelo rosa van más allá, justo detrás, entre los periodistas y fotógrafos que cubren la noticia. ¡No puede ser!

Katia se arrodilla junto a la televisión. ¿Ese no es...?

En ese mismo instante, en esa tarde de marzo, en otro lugar de la ciudad.

... Diferentes personalidades del mundo del deporte, la canción, el cine y la televisión han puesto su granito de arena a favor de una buena causa. Alguno incluso ha aprovechado para hacer un poco de ejercicio...

—¡Mira, mira! ¡Está en la tele!

Los gritos de la pequeña Erica sobresaltan a su madre, que está recogiendo la mesa.

—¿Qué pasa, mi vida? —pregunta alertada Mercedes.

—¡Paula! ¡Es Paula! ¡Está ahí! ¡En la tele! ¡Mira, mira!

—Pero ¿cómo va a estar Paula en las noticias? —señala ya más tranquila, al comprobar que solo se trata de una de las ocurrencias de la niña.

—¡Que sí! ¡Que sí! ¡Mira, mira!

Mercedes deja los platos sobre la mesa y se acerca hasta la pequeña, que, sentada en el suelo, señala constantemente la pantalla del televisor. En las imágenes aparece una joven actriz que protagoniza un anuncio de chicles con un palo de golf en las manos. ¿Cómo se llama? ¡Ah, sí! Andrea Alfaro.

—Cariño, esa es la chica de los chicles.

—¡Ya lo sé! Pero no digo esa.

—Solo he visto a esa chica.

—¡Te digo que era Paula! ¡Y llevaba una cámara de fotos!

—¿Una cámara?

—¡Sí!

—Sería alguien que se le parece, princesa.

—¡Que no! ¡Que no! ¡Que era Paula!

La madre sonríe y, tras darle un par de palmaditas en la cabeza a su hija, la besa en la mejilla.

—¿Por qué no cambias de canal y buscas dibujos animados?

—Pero, mamá...

Mercedes sonríe a la niña una vez más. Se da la vuelta, recoge los platos sucios que había dejado sobre la mesa y se mete en la cocina.

¡Dibujos animados! Erica está completamente indignada. Y palmaditas en la cabeza. ¡Como si fuera un perrito!

La niña se levanta. Está que echa humo y pone cara de enfado, esa cara que a su padre no le gusta porque dice que parece que se está comiendo un limón.

¿¡Cómo puede no creerle!? ¡Qué falta de respeto! ¡A ella, que ya tiene cinco años!

Enfadada, muy enfadada, apaga la televisión.

Se marcha a su habitación dando grandes zapatazos en cada uno de los escalones que pisa hasta llegar a ella. ¡Que la oigan bien!

Resulta que Paula sale por la tele, es famosa... ¡y no le creen!

¡Dibujos animados!

En ese mismo instante de esa tarde de marzo, en otro lugar de la ciudad.

¡Ángel! ¿Era él?

Sí, sin duda. Y está en el torneo de golf benéfico al que ella estaba invitada.

Pero ¿qué hace ahí? Seguramente lo habrán mandado de su revista para cubrir el evento.

Katia se maldice a sí misma por no haber asistido al acto.

Aunque, pensándolo bien, es mejor así. Si se hubieran encontrado, se habría sentido peor. ¿Peor? Si ya está mal. Fatal. ¿A quién quiere engañar? Y todo es por él. Por ese periodista que ha aparecido en su vida y del que se ha enamorado locamente.

Mira su reloj: son diez para las cuatro. En llegar tardaría por lo menos una hora y cuarto. Eso suponiendo que no haya demasiado tráfico. El campo de golf está a las afueras, justo en el otro extremo de la ciudad.

Quizá Ángel ya se ha marchado. Claro, es lo más lógico porque el reportaje de las noticias era grabado.

¿Y si continúa allí? El torneo dura varias horas. ¿Lo llama?

Agarra el celular y busca su número. «Ángel». Presiona la tecla de llamada, pero rápidamente cuelga sin ni siquiera dejar que suene el primer *bip*.

No, no puede hacerlo. Lo agobiaría y no quiere meter más la pata.

Un momento. ¿En qué está pensando? Se había comprometido a olvidarlo, a no caer más en la tentación de ir tras él. Tiene novia. Es imposible que empiecen nada juntos. Además, ninguna señal indica que le guste. Sí, fue al hospital en cuanto se enteró de su accidente, pero lo hizo porque es un gran chico. Exclusivamente por eso. Vale, luego pasó la noche con ella. Otra muestra de su bondad y de su amistad. Nada más.

Y lo besó. Recuerda aquellos labios cálidos, dulces, irresistibles.

La chica del pelo rosa se pone las manos en la cara. Tiene ganas de gritar, de llorar, de que se la trague la tierra.

Pero, sobre todo, tiene ganas de verlo. ¿Una última vez? Lo ve y se olvida de él para siempre.

¿Arriesga? ¡Uf! ¿Qué hace?

Ella no es así: no suele dudar, ni mucho menos ir detrás de un chico. Pero Ángel no es un chico cualquiera. Es el chico perfecto, su chico perfecto. ¿Y si está renunciando al amor de su vida? ¿Y si están hechos el uno para el otro?

Sin saber de dónde, Katia va rescatando sus antiguas fuerzas, perdidas en las últimas batallas.

Se levanta del suelo, donde lleva sentada desde que Ángel apareció en las noticias, con bríos renovados. Sí, tiene que ir. Se muere por verlo... una última vez.

De nuevo, agarra el teléfono y marca un número. Una operadora la atiende amablemente en una conversación rápida y concisa. Cuelga.

En cinco minutos llegará un taxi que la llevará al campo de golf en el que aún permanece el chico al que ama.

Esa misma tarde de marzo, en un lugar de la ciudad.

Después de comer se ha tomado un café solo bien cargado. Ha pasado media hora y, sentado en la cama de su habitación, contempla cómo el humo que sale de la taza sube hacia el techo. Se ha servido otro café. Esta vez no va a quedarse dormido. Sería imperdonable y de tontos. Y, aunque él no se considera precisamente un chico demasiado listo, no va a cometer el mismo error dos veces seguidas.

Mario sopla y da un pequeño sorbo. Mueve la cabeza de un lado para otro con los ojos cerrados y la nariz arrugada. Está muy amargo. Debería haberle echado más azúcar. Da igual, lo importante es permanecer despierto hasta que llegue Paula. Luego, estando con ella, es imposible que se duerma. ¿Cómo iba a hacerlo?

Son algo más de las cuatro de la tarde. No queda ni una hora para que, esta vez sí, se produzca la «cita» que tanto tiempo lleva esperando.

Curiosamente, no está tan nervioso como el día anterior, pero sí ansioso, deseoso. ¿Se atreverá a confesarle a Paula su amor?

Quizá. Depende de si se da la ocasión. No quiere cometer más fallos. La próxima vez que le diga que la quiere será la definitiva. Cara o cruz: la moneda no caerá más de canto.

—Toc, toc. Hola, ¿se puede?

La voz de Miriam, asomada en la puerta, irrumpe en el dormitorio.

—Pasa.

La chica entra en el cuarto y deja la puerta cerrada.

—Solo venía para comprobar que no te habías quedado dormido —señala jocosa.

—Pues no, ya ves que estoy completamente despierto.

Miriam observa la taza que su hermano sostiene entre las manos y aspira el aroma del café caliente.

—¿Otro?

—Sí, otro.

—Veo que esta vez has tomado precauciones —dice, y suelta una carcajada a continuación.

—Miriam, no me estés molestando.

—Bueno, bueno. Tranquilo, hombre.

—¿Has venido a hablar de algo o solo a molestar?

Miriam se rasca la nariz, dubitativa. Puede que la pregunta que le va a hacer sea para ambas cosas.

—Otra vez has acompañado a Diana después de clase, ¿no?

Es cierto: al sonar el timbre, él y Diana se han vuelto a encontrar en la puerta del instituto y han caminado juntos todo el trayecto hasta separarse en el mismo punto que el día anterior.

—Sí, ¿por?

—¿Te gusta?

—¿Diana?

—Pues, claro, ¿quién va a ser?

Mario está a punto de responder con el nombre de su verdadero amor, pero consigue contenerse.

—Claro que no. No me gusta.

Su hermana lo examina detenidamente. Claramente, está mintiendo. Se le nota que está enamorado.

—Ajá...

—Te lo digo de verdad.

—Si tú lo dices... ¡Con lo que me gustaría tener a una de las Sugus de cuñada!

El chico no dice nada. Ojalá el deseo de Miriam se cumpla, aunque con otra protagonista distinta a la que ella piensa.

—Mejor preocúpate tú de encontrar un buen novio, que últimamente no atraes ni a las moscas —responde él con sonrisa maliciosa.

—¡Imbécil! ¡Porque yo no quiero! —exclama ofendida—. ¡Bah!, no me hables.

Miriam sale de la habitación dando un pequeño portazo.

Mario sopla otra vez en su taza de café. Está satisfecho de haber hecho enfadar a su hermana. Sin embargo, le asalta una duda. ¿Por qué últimamente aparece tanto en su vida Diana?

Capítulo 46

Esa tarde de marzo, en un lugar alejado de la ciudad.

—¡Achú!

Paula estornuda al sentir un cosquilleo en la nariz. ¿Qué ocurre?

Tiene la vista borrosa y le cuesta ubicarse. Despistada, mira a su derecha y se encuentra con el rostro sonriente de Ángel.

—¿Has dormido bien? —le pregunta el chico, mostrando una vez más sus dientes blanquísimos.

—¿Me he dormido?

—Como un bebé.

Está tumbada sobre el pasto con la cabeza apoyada en las piernas de Ángel y tapada con su abrigo.

—Hola, buenas tardes. Me alegro de volver a verte.

Paula oye una voz familiar a su espalda y se gira extrañada. Allí está la actriz del anuncio de chicles. Andrea Alfaro juguetea con una brizna de hierba y sonríe.

—¡Ah, hola! ¿Qué tal? ¿Cómo estás? —dice sentándose en el suelo y tratando de espabilarse lo antes posible.

—Muy bien, charlando con tu novio mientras tú roncabas —responde guiñándole un ojo.

Paula enrojece. Se muere de la vergüenza. ¡¿Cómo la ha dejado Ángel dormir estando esta chica allí?!

—Vaya, yo... —No sabe qué decir.

Los tres guardan silencio hasta que Ángel y Andrea rompen a reír.

—No te preocupes, cariño. No has roncado ni una sola vez. Si estás adorable cuando duermes...

Él la besa en la frente y luego en los labios. Paula no está demasiado conforme. Se ha burlado de ella delante de una estrella de la tele. ¡Y no la ha despertado! Pero no quiere montar una escena. No se resiste y le devuelve el beso.

—¿Has conseguido darle a la bolita? —pregunta la chica, que aún lleva el gorrito rosa—. Yo, por más que lo he intentado, apenas la he movido dos o tres veces del sitio.

—Bueno, más o menos. Aún tengo mucho que aprender.

—No seas modesta, cariño. Has jugado muy bien.

—Quizá «muy bien» es exagerado. Pero con un poco de práctica, te ganaré.

Ahora es ella la que besa a su novio, que termina abrazándola pasando su brazo por detrás.

—Me caen muy bien. ¡Y qué buena pareja hacen!

—¿Sí? ¿Tú crees? Pues casi no la quiero.

—¡Qué dices! ¡Serás...!

Los dos intercambian un par de débiles golpes al brazo del otro ante la mirada divertida de Andrea.

—Chicos, ¿por qué no vienen conmigo? Tengo que pasarme un momento por los estudios de grabación, pero luego podemos reunirnos con mi novio e ir los cuatro a tomar un café o algo.

Es verdad, ahora lo recuerda. Paula ha leído, no hace mucho, que Andrea Alfaro será una de las protagonistas principales de una nueva serie para jóvenes.

—Por mí, adelante. Tengo la tarde libre. Será divertido —contesta Ángel.

—¿Y tú? ¿Tienes algo que hacer? Son solo las cinco y diez.

Las cinco y diez. Paula piensa un instante. Algo pasa... ¿Qué es lo que se le ha olvidado? ¡Mierda! ¡Mario! ¡La clase de Matemáticas! ¡Tenía que estar en su casa a las cinco!

—¡Dios! ¡Había quedado de ir a estudiar Mate! —grita nerviosa.

—¿Estudias Matemáticas? ¿No eres fotógrafa de una revista?

Ángel y Paula se miran entre sí.

—Cariño, explícaselo todo. Voy a llamar un momento por teléfono.

—Vale.

—¿Explicarme qué? —pregunta confusa la actriz.

—Pues verás. Resulta que...

Ángel comienza a contarle todo a Andrea mientras Paula se aleja unos pasos con el celular en la mano.

Camina pensativa. No se siente bien. Pero ¿qué le dice a su amigo? ¿Que se retrasa? Es demasiado tarde. ¡Uf! ¿Y si no va? Debe ir. No solo por no dejarlo plantado, sino porque el examen es el viernes. Si no estudia y no lo prepara bien, no aprobará. Con lo que ello supondría.

Pero, por otra parte, ir al rodaje de la serie de Andrea Alfaro y luego tomar algo con ella y su novio acompañada de Ángel... ¡es un plan increíble!

Se muerde los labios. Mira una vez más el reloj. Casi y cuarto.

¿Qué hace?

En esos mismos instantes, esa tarde de marzo, en un lugar de la ciudad.

Le tiemblan las manos. Extiende el brazo derecho para

386

examinar su pulso. Los dedos no pueden estar quietos: se mueven, tiemblan... Y mucho, además. ¿Es por la cafeína o es a consecuencia de los nervios? Cincuenta y cincuenta, quizá.

Las cinco y cuarto de la tarde. Hace veinte minutos que se terminó el último café. Ojos como platos. Lavado de dientes. Aliento a menta. Camiseta recién planchada, calcetines limpios. Dos gotitas de una loción que utiliza su padre para las ocasiones especiales. Habitación ordenada. Apuntes dispuestos. Música elegida. Todo preparado para la visita. La cita. Pero hace un cuarto de hora que Paula debería haber llegado.

Mario mira el reloj. Luego el celular. De nuevo el reloj. Sus manos vibran inconscientemente, inquietas, con la caída de cada segundo. ¿Es que no va a venir?

Traga saliva, más de la cuenta, y tose. ¿Y si no viene? Tose con más violencia. ¡Pero cómo no va a venir! Ella le ha dicho claramente hace unas horas que sí. Se estará retrasando por cualquier tontería. Así son las mujeres, y las chicas de su edad, peores aún: el pelo tiene que estar perfecto; el flequillo, exactamente en su sitio; los labios, pintados milimétricamente, como las uñas, pintadas a juego con el bolso o las agujetas de los zapatos. «¿Qué me pongo?»: probablemente, en eso está la clave del retraso. Se habrá cambiado de ropa seis, siete, ocho veces. El chico imagina cómo debe de ser el clóset de Paula: enorme. Cada día viste de una forma diferente, con muchos tonos vivos, alegres, en ocasiones también oscuros. Y grises. Y azules. Y amarillos pálidos, pero también chillones. Todo tipo de prendas y tejidos que aún la embellecen más. Las prendas resaltan sus preciosos ojos y esculpen su perfecto cuerpo de adolescente en el final de un desarrollo generoso. Es verdad, la Naturaleza ha sido muy amable con Paula, otorgándole el atractivo de las musas. Pero eso a él le da igual. Más guapa, más fea, más gorda, más delgada..., ¡qué importa eso! Da la casualidad de que ella es increíble, pero su amor va más allá de un físico bonito. Su amor es puro, intachable. ¿Deseo? Por supuesto, no lo niega, no es un hipócrita. Y le encantaría que su primera vez fuese con ella. Sí, lo ha pensado. ¿Qué mejor manera de dejar de ser virgen que haciendo el amor con la chica de tus sueños y de quien llevas tantos años enamorado?

Y la primera vez de ella, ¿habrá sido ya?

No quiere pensar en eso ahora. ¡Uf!

Mario se impacienta. Va de un lado a otro del dormitorio. Echa otro vistazo al reloj, después al celular: reloj, celular, reloj... ¡Celular! ¡Suena! Es ella, es Paula la que está llamando.

Se precipita como un loco sobre el teléfono y, cuando lo alcanza, intenta tranquilizarse para no parecer ansioso. Suspira y contesta:

—¿Sí...?

—Hola, Mario, soy Paula.

—¡Hola, Paula! ¡Estoy esperándote!

El muchacho guarda silencio un instante. Se da cuenta de que su intento por no aparentar impaciencia ha fracasado. ¡Pero es que está que se muerde las uñas! ¿Qué va a hacer? Alarga la mano con la que no tiene agarrado el celular y contempla atónito cómo le tiembla todavía más.

—Sí...

¡Ups! A Mario no le ha gustado nada ese «sí» insustancial y tímido. Se empieza a temer lo peor.

—¿Ocurre algo?

—Pues... resulta que he vuelto a empeorar. Y estoy en la cama, tumbada, enferma.

Mierda. Así que no va a ir...

—¡Vaya! ¿Qué es lo que te pasa? ¿Lo mismo que esta mañana?

—Sí, más o menos.

La chica entonces tose con fuerza, exageradamente fuerte.

«¿Pero lo de esta mañana en el instituto no fue una especie de bajada de tensión? Tal vez es gripe», piensa Mario, y busca razones lógicas: «En marzo la gripe es habitual. El calor llega, pero no del todo. Es un calor engañoso, solo para despistar. La gente se pone menos ropa y llegan los catarros primaverales. Inesperados e inoportunos».

El chico quiere decirle que no se preocupe, que de todas maneras venga a su casa, que él la cura, que cambian los planes. Ya no estudiarán. Ahora serán doctor y paciente. Jugarán a los médicos. Suena bien. Excitante irrealidad. Mario agita la cabeza. No es el momento.

—Entonces no...

Le da miedo terminar la frase. Sabe lo que continúa. Sabe que Paula, su querida Paula, la chica con la que sueña compartir una tarde a solas...

—Lo siento, Mario. A ver si mañana estoy mejor.

—Bueno.

—Estamos salados. No va a haber forma de estudiar este examen juntos por lo que parece.

«¿Examen? ¡¿Qué examen?! ¡A quién le importa ese estúpido examen! Pero, Paula, ¡¿cómo no te das cuenta?! ¡¿Cómo es que no ves que estoy enamorado de ti?!».

—Sí, salados —balbucea.

Incómodo silencio.

Él piensa en su mala fortuna, en lo caprichoso que es el destino, siempre en su contra. Ayer, se durmió. Hoy, ella en la cama enferma. «¡Carajo!».

Ella piensa en su mentira, en su elección, en que ha

sido capaz de dejar plantado a un amigo, y encima enga-
ñándolo. Y se siente mal.

—Bueno, Mario, mañana nos vemos.

—Vale. Espero que te mejores, Paula. Un beso.

—Otro para ti. Y perdona de nuevo.

—No te preocupes.

—Adiós.

—Adiós.

Ella es la que cuelga.

Mario permanece un par de minutos con el teléfono en
la mano, pensativo, cabizbajo, con los ojos demasiado
abiertos, con las manos temblando, con el sabor a mentol
en su respiración. Pero, sobre todo, con el corazón un poquito más roto.

Capítulo 47

Esa misma tarde de marzo, en otro lugar de la ciudad.

—¿Y dónde se conocieron?

La pregunta de Andrea Alfaro toma desprevenidos a Paula y a Ángel. Paula está en el asiento de copiloto y se gira para mirar a su novio en busca de una respuesta. Él se encoge de hombros, sonriente.

Los tres viajan en el BMW de la actriz. Han accedido a acompañarla a los estudios de grabación en los que rueda la serie y luego a tomar un café.

Están en plena autopista, en el cinturón que rodea la ciudad. Andrea conduce deprisa, segura de sí misma y de los muchos caballos de su coche.

—En Internet —termina contestando el periodista.

—¿Sí? ¿De verdad? —pregunta la joven mientras aparta la vista de la carretera un segundo para mirar sorprendida primero a Paula y después a Ángel.

—Pues sí —lo confirma Paula.

—He oído hablar mucho de las relaciones que se dan a través de Internet. Pero nunca me había encontrado a ninguna pareja que se hubiera conocido así. Al menos, que fuera de verdad.

—¿A qué te refieres? —pregunta la chica, intrigada.

Andrea sonríe recordando sus principios.

—Pues a esos chicos y chicas que cuentan que se han enamorado por Internet, aunque no se han visto nunca en persona, y que van a determinados programas de televisión. Luego, allí: *voilà*, se abre una puerta y aparece uno con un ramo de flores o una declaración de amor en una carta escrita a mano ante la sorpresa del otro.

—¡Ah! He visto algo así en YouTube —indica Paula—. ¿Y qué pasa con ellos?

—Teatro. Ficción. No digo que todos, pero sí que hay muchos actores metidos en ese tipo de programas. Yo misma salí hace tiempo en uno diciendo que mi novio me había puesto los cuernos con mi mejor amiga.

—¿Tú? ¿Y no era verdad?

—¡No tenía ni novio!

—¿No me digas que actuaste?

—Sí. Aún no era conocida. Estaba en la escuela de actores. Pagaban unos euros y acepté.

—¿En serio?

—No se crean todo lo que vean en la tele. Tú, que eres periodista, lo debes de saber.

Ángel ratifica con un gesto de la cabeza las palabras de Andrea.

En ese instante, se oye un sonido procedente del abrigo del chico, que Paula lleva en el regazo.

—Es mi celular. ¿Me lo pasas, cariño?

La chica accede y mete la mano en el bolsillo del que proviene la melodía. La pantalla se ilumina intermitentemente. Quien llama es...

—¡Katia! ¡No lo puedo creer! ¡Te está llamando la cantante Katia! —grita Paula emocionada.

Pero para Ángel no es tan buena noticia. ¿Qué querrá ahora? ¡Uf!, no es el mejor momento para hablar con ella. El beso en la sesión de fotos, la noche de la borrachera donde casi comete un error imperdonable, la mentira a su novia omitiendo que se quedó a pasar la noche en el hospital a su lado y el posterior beso... Todo surca por su mente en menos de dos segundos. Trata de no alterarse, de permanecer impasible. Disimula cuanto puede y piensa rápido.

Paula le entrega el celular entre grititos de entusiasmo. Andrea sonríe divertida. Imagina que con ella, cuando se conocieron por la mañana, habrá pasado igual. Parece la típica chica que ve a un famoso y pierde la cabeza. Sin embargo, le cae muy bien esa Paula.

Ángel sonríe también. Se está convirtiendo en un buen actor. Ahora le toca interpretar de nuevo.

—¿Sí...? ¡Ah, hola! ¿Cómo estás?

Paula se ha girado completamente en su asiento y contempla con admiración a su chico. Andrea también lo observa por el retrovisor del BMW. La chiquilla es muy simpática, pero ella se queda con él. Es realmente atractivo. Muy guapo. Guapísimo.

—¿La revista? Pues a finales de este mes... Claro. Les mandaremos unos cuantos ejemplares.

Tiene unos ojos preciosos. Azules. Podría ser perfectamente actor o modelo. Sí, verdaderamente esa jovencita tiene mucha suerte.

—Bueno, Katia, ya te llamaré más adelante... Ahora estoy en una reunión... Sí, cuídate tú también... Besos.

Ángel cuelga. Conserva la calma, pero no le devuelve el teléfono a Paula para que lo guarde en la chaqueta, sino que, tras apretar algunas teclas, se lo mete en el bolsillo de su pantalón.

—¡Era Katia! ¿Qué te ha dicho? ¿Son amigos?

Paula aún no puede creer que una de las personas más famosas del momento llame al celular de su novio. ¡Qué suerte!

—No somos amigos —contesta con sequedad Ángel—. Simplemente quería saber si la revista podía enviarle algunos ejemplares del número en el que saldrá ella como portada el mes que viene.

—¿Y te llama ella? ¿No tiene agente? —pregunta sorprendida Andrea Alfaro.

Ángel traga saliva. A ver cómo sale de esta...

—Sí, lo tiene, pero ha llamado ella. No sé por qué.

Aquella explicación no convence demasiado a la actriz, que, sin embargo, no dice nada. Tal vez sea solo una falsa apreciación, pero algo falla.

Paula, por su parte, hace una pregunta tras otra sobre la cantante. Ángel insiste en que no son amigos y en que tan solo se trata de algo profesional.

—¡Me encantaría conocerla! ¡Parece una chica tan increíble! ¡Tan auténtica! ¡Y te llevó en su coche el día que nos conocimos porque llegabas tarde...! Eso indica lo buena persona que es.

—Bueno...

—¡Cómo me gustaría conocerla! Algún día me la presentarás, ¿verdad, amor?

—Bueno, yo...

—¡Y canta fenomenal!

Paula entonces comienza a tararear *Ilusionas mi corazón*. Es feliz, muchísimo. Está en un coche con Andrea Alfaro y con su novio, el mejor novio del mundo, que además es amigo de Katia, la mejor cantante del país. ¡Qué más puede pedir!

Lo que no sabe Paula es que Ángel no ha contestado la llamada. Cuando le ha pasado el teléfono, él ha presionado la tecla que desconectaba el celular y ha fingido que hablaba con ella. Luego lo ha vuelto a encender y lo ha puesto en silencio por si Katia volvía a llamarle, algo que ocurre en tres ocasiones más. Y es que la chica del pelo rosa ha llegado al campo de golf y, desesperadamente, ha intentado localizar al periodista, del que ya no solo está enamorada: Ángel está empezando a convertirse en una obsesión.

Capítulo 48

Esa tarde, en un lugar alejado de la ciudad.

Sentada al pie de un roble, mira hacia al cielo azul celeste. No hay ni una sola nube. Empieza a ocultarse el sol. Refresca y se estremece. Maldice en voz baja; se pone las manos en la cara y quiere desaparecer. Ha lanzado el celular contra el pasto. Ahora el aparato yace sin batería junto a sus pies. Se está volviendo loca. Loca de amor. ¿Amor? Desamor, fracaso, desengaño.

Katia ha llamado a Ángel una decena de veces. Tal vez más. A decir verdad, ha perdido la cuenta.

¿Por qué no se lo ha contestado?

Simplemente quería verlo, solo eso, verlo una vez más. Sí, una sola vez más. Lo necesitaba. Para eso ha ido hasta allí desde la otra punta de la ciudad.

Ha recorrido a pie el campo de golf casi por completo. Nada, ni rastro del periodista. Solo ojos curiosos y sorprendidos al verla caminar desorientada a uno y otro lado, y comentarios al oído y fotos con el celular de anónimos que se sienten afortunados de haberse encontrado con la cantante más popular del momento.

—¡Mira esa chica! ¡Es Katia!

—¡Qué va a ser esa Katia!

—Que sí, que lo es.

—Ni se parece. Cada vez estás peor de la vista.

—¡Qué tonto! ¿Vamos a preguntárselo?

—Bueno, pero seguro que no es ella.

—¿Qué te apuestas?

—Una cena.

—Hecho.

Una pareja de novios se acerca a la chica del pelo rosa. La observan de arriba abajo, como si fuera un bicho raro. Cuchichean:

—Pregúntaselo.

—No, hazlo tú.

—Anda, que tú eres el que dice que no es.

—Por eso mismo; pregúntale tú.

La cantante ni se ha percatado de que están allí. Finalmente, la desconocida se decide a hablar ante la tozudez de su novio:

—Perdona que te molestemos, pero es que mi novio no se cree que seas la cantante Katia.

Katia alza la vista. Una pareja la examina detenidamente. Ella es gordita y feúcha; él tampoco es nada del otro mundo, bajito y con poco pelo.

—¿Verdad que no lo eres? —interviene él, ante el silencio de la joven.

Katia no dice nada. Simplemente los mira.

—Sí que lo es. Estoy convencida.

—¿Lo eres?

—Lo es, lo es. Si no dice nada, es por algo.

—¿Es verdad? ¿Eres Katia?

El chico comienza a dudar. Es cierto, se parece mucho. Ahora que la ve más cerca, cabe la posibilidad de que se haya equivocado. Vaya, tendrá que pagarle una cena a su novia. Aunque eso no es lo malo, lo peor es admitir que él estaba confundido y ella tenía razón.

—Sí, lo soy —contesta Katia finalmente.

—¡Bien, lo sabía! ¡Yo tenía razón! ¡Tú pagas la cena! —exclama orgullosa la chica gordita.

—Y ustedes son unos irrespetuosos.

La pareja se queda perpleja. ¿Han entendido bien?

—¿No tengo derecho a tener intimidad? ¿Solo por ser un personaje público tengo que estar las veinticuatro horas disponible para todo el mundo? ¿No han pensado que, si estoy aquí sola, es porque quizá quiera estar sola?

—Perdónanos. Nosotros no...

—Ya, ya lo sé: que no era su intención molestarme; que no pretendían fastidiarme; que no sabían que tengo un mal día... ¡Bah!

—De verdad que...

—Pues ya sabes, calvito, ahora tienes que pagarle una cena a tu querida novia. Eso sí, ten cuidado, porque, si come un poco más, va a reventar esos pantalones.

Después de esto, recoge el celular y la batería del pasto y se incorpora.

La pareja no dice nada. Están boquiabiertos y abrumados por las palabras de la cantante. Y, mientras contemplan en silencio cómo se aleja, piensan al unísono que esta chica en la tele parecía más simpática.

Katia, por su parte, camina hacia la salida del campo de golf y, tras arreglar el celular, llama una vez más a Ángel, pero el resultado es el mismo que en todas las veces anteriores. Desesperada, amaga con lanzar el teléfono con más fuerza al suelo, pero en el último momento se arrepiente. Tiene que hacer una última llamada para pedir un taxi que la lleve de nuevo a casa, de donde no piensa salir en todo lo que resta de semana. No sabe lo equivocada que está.

Capítulo 49

Esa noche de marzo, en algún lugar de la ciudad.

Llega y, tras un «hola, mamá, ya estoy aquí», sube rauda a su cuarto. No quiere preguntas. Al menos no por ahora. Quiere disfrutar del momento, del sabor dulce que le ha dejado la tarde.

¡Qué tarde! Paula es feliz. Inmensamente feliz. Y se considera una chica muy afortunada, la más afortunada del universo.

¡Dios, cuando lo cuente, nadie se lo va a creer! Primero ha ido con Ángel y Andrea a los estudios de grabación de la serie. Allí se ha codeado con guionistas, cámaras, actores... Andrea se los ha presentado a todos. ¡Increíble! Ella allí, rodeada de todas esas personas que trabajan en la tele. ¡Ha sido emocionantísimo!

Mientras su amiga iba al despacho del director de la serie para que le explicase ciertos detalles de su papel, uno de los actores, uno secundario que no es aún famoso, les ha enseñado los diferentes escenarios de rodaje, los camerinos, los estudios de edición y producción... La tele por dentro.

Más tarde ha aparecido el novio de Andrea Alfaro, Roberto Rossi. Es un camarógrafo italiano muy guapo, bastante mayor que ella, y los cuatro han ido a tomar café a un sitio precioso. Se han sentado en la planta de arriba, de paredes rojas adornadas con cuadros impresionistas, sofás negros de cuero y mesas de madera a juego con el suelo. ¡Y qué rico estaba su café bombón!

Risas, anécdotas, relatos fantásticos... Paula escuchaba atentísima todo lo que contaba la actriz. Ángel, por su parte, también intervenía hablando de sus experiencias en el mundo del periodismo, comparando a los actores con los músicos.

Ha sido un debate entretenidísimo. Y ella, aunque no hablaba mucho, no paraba de reír y de corroborar las palabras de su novio y de Andrea, afirmando con la cabeza.

¡Qué pena que se haya hecho tarde! Debía volver a casa para cenar. No quería interrumpir la velada, pero empezaba a estar inquieta por la hora.

Roberto les había propuesto ir a cenar todos juntos a un restaurante italiano de un amigo suyo y luego tomar una copa, pero Ángel le ha leído el pensamiento a Paula y se ha disculpado aludiendo que tenía cosas que hacer para mañana. ¡Menos mal que su chico es único! La entiende sin necesidad de que ella le diga nada. Finalmente han pedido un taxi y se han despedido, no sin antes darse los teléfonos y los correos electrónicos, prometiéndose contactar en los próximos días.

Antes de dirigirse a la casa de Paula, han parado en la de Diana para recoger las cosas de clase. Apenas han hablado porque el taxímetro seguía corriendo, sumando euros.

A la chica se le ha encogido el corazón cuando han llegado delante de la puerta de su casa. Era el final de un día irrepetible. Ha besado a Ángel en los labios con un beso emocionado, sincero, gratificante. Un beso no solo de amor, también de agradecimiento. Él es el causante de que su vida haya cambiado de esa forma.

—Gracias, amor.

—Te quiero.

—Te quiero.

Haciendo con el dedo el gesto de «shhh», Paula ha salido del coche. El joven periodista la ha visto alejarse hasta la puerta con una sonrisa en la boca. Es única. La chica perfecta. Lo que siempre soñó tener. Ángel, entonces, mira el celular casi sin querer, en un ademán instintivo. Doce llamadas perdidas, todas desde el mismo número.

Paula abre la puerta de su dormitorio. La luz está encendida. Tumbada en su cama, con la cama sin deshacer, Erica lee un cuento para niños.

—Hey, hola, princesa, ¿qué haces en mi habitación?

La pequeña no dice nada. Es más, cuando su hermana va a darle un beso, quita la cara. Frunce el ceño y la mira fijamente a los ojos.

—¿No me quieres dar un besito?

—No.

—¿Por qué?

—¿Dónde has estado? Es de noche.

—Pues estudiando. Tengo un examen muy importante el viernes.

La niña acerca un poco más su cara a la de Paula.

—Ajá. Seguro.

—¿Y eso? ¿Qué te pasa? ¿Por qué no has querido darme un beso?

—Estoy enfadada.

—¿Conmigo?

Erica asiente con su pequeña cabecita rubia. Por lo menos, que su hermana note que está enfadada. Muy enfadada.

—Pero, princesa, ¿qué te he hecho yo para que te enfades conmigo?

—No me has dicho que eras famosa.

Paula se queda perpleja. ¿A qué se refiere su hermana?

—¿Famosa? Yo no soy famosa, peque.

—Ajá, qué mentirosa.

—Pero, Erica...

—¡Te he visto en la tele! ¡Eres famosa y no me has dicho nada!

—¿Qué? Que me has visto ¿dónde?

—¡En la tele! ¡Eres famosa! Y yo, como siempre, soy la última que me entero de todo. Ya no soy una niña pequeña. ¡Tengo cinco años!

Las mejillas de la niña están sonrojadas. Sus pómulos arden de ira.

Su hermana mayor no sabe qué decir. ¡Ha salido en la tele! Pero ¿cuándo?

—A ver, Erica. ¿Dónde dices que me has visto exactamente?

—En la tele. Al mediodía, después de la escuela. En las noticias. Estabas en un sitio muy verde con famosos.

—¡Dios!

¿Y ahora qué hace? Si su hermana pequeña la ha visto, puede que también lo haya hecho más gente.

—¡Además, mamá no me creyó! Como piensan que soy pequeña, nadie me cree... Y nadie me cuenta nada. Pero yo sé que eras tú.

—¿Mamá no me ha visto?

—¡No!

Menos mal. Resopla aliviada.

—Erica, vamos a hacer una cosa.

—¿Qué? —pregunta la niña, que todavía está indignada.

—Tú y yo guardamos el secreto de que he salido en la tele y yo...

—¡Tú me presentas a *Vanesa Jugen*!

Paula no puede evitar una carcajada al oír cómo pronuncia su hermana el nombre de la protagonista de *High School Musical*.

—Vale, te la presentaré el día que la conozca —dice guiñándole un ojo.

A Erica se le iluminan los ojos. Ya no está tan enfadada. Al fin y al cabo, tener una hermana famosa es una suerte. Sí, le guardará el secreto.

Y las dos chicas chocan las manos haciendo un pacto de silencio.

Esa misma noche de marzo, en otro lugar de la ciudad.

Lleva una hora sin parar de llorar. ¿Una hora? Quizá más. Tal vez hayan sido dos o tres. Quién sabe. Los minutos no importan. Nada importa ya.

Solo quería verlo una vez más, una última vez, y el muy tonto no estaba en el campo de golf cuando ha llegado. Lo ha buscado por todas partes, ha preguntado aquí y allá, pero ni rastro de Ángel.

Con las sábanas azules de la cama recién puestas, se seca los ojos húmedos, tristes. Cada una de las lágrimas que deja caer es un grito de angustia, de impotencia.

Para Katia todo esto es nuevo. Nunca se había sentido así. Jamás había llorado por un chico, ni siquiera cuando estaba en tercero de secundaria y la rechazó aquel rubio de bachillerato. «¿Muy pequeña para ti? ¡Bah!, olvídalo». Pensó entonces que, si aquel tipo no quería salir con ella, es que no era suficientemente bueno. «Tú te lo pierdes».

¿Por qué ya no es así? ¿Por qué no puede ser fuerte? Ángel es un chico, solo eso: un chico. Además, apenas se conocen. ¿Cuándo fue la primera vez que lo vio?, ¿el jueves? Sí, y hoy es martes. Uno, dos, tres, cuatro y cinco: cinco días. ¡Madre mía, cinco miserables días! No puede ser. En cinco días ha acumulado más sentimientos que en toda su vida.

Se pone la almohada en la cara y llora desconsolada.

Pasan diez minutos. Quince. Y cinco más. Tose. Gime. Sorbe por la nariz e intenta tranquilizarse.

Para colmo, no quiere ni hablar con ella... ¿Por qué no le contesta el celular? Tan mal no se ha portado con él, ¿no? No ha hecho nada para que la ignore de esa forma. Sí, lo besó. Varias veces. Pero ya le pidió perdón por el beso en el parque. Fue un acto reflejo, una niñería. Y del beso en el hospital ni se enteró porque estaba dormido. Pero, un momento: algo le cruza en esos instantes por la cabeza. ¿Y si no estaba dormido? ¿Y si se despertó cuando sintió sus labios y disimuló?

Esa es una posible respuesta a tanto silencio. Claro, eso es. Tiene que ser eso.

Se sienta en medio de la cama y cruza las piernas. Tiene el celular al lado. Las cosas no pueden quedarse de esta forma, debe dejarlas aclaradas. Agarra el teléfono y lo llama una vez más. Suena un pitido tras otro. Nadie al otro lado de la línea. Nadie. ¡Nadie!

Una vez más. La última vez que lo llama.

Es noche cerrada. Casi no se escucha nada desde su ático. A lo lejos, coches que van y vienen, atravesando la calle, o alguna voz que llega perdida hasta los ventanales de su departamento.

Los pitidos del celular se agrandan en ese vacío de sonidos, se hacen más exasperantes, crueles, dañinos.

Final de la llamada. Sin respuesta.

¡Maldita sea!

¿Dijo que era la última vez? Una más. Ahora sí, esta sí que lo será. Si no lo contesta ahora, desiste. Entonces repite de nuevo el proceso. Presiona el botón que efectúa la marcación del número de Ángel. Después, más pitidos. Espera inquieta, nerviosa, esperanzada. Por poco tiempo. Unos cuantos segundos, los que tarda en aparecer una voz anunciándole que la persona a la que llama no responde.

Esa misma noche de marzo, en otro lugar de la ciudad.

Tiene el teléfono en silencio junto a él. Y una vez más se ilumina: Katia lo está llamando de nuevo.

No es agradable.

La luz cesa de parpadear. Otra llamada que se muere. Espera que sea la última. No tiene intención de contestar el celular. ¿Para qué? ¿Para que vuelva a convencerlo de algo y tenga que acudir a algún sitio con ella? Aquel beso en el hospital dejó claro cuáles eran las intenciones de la cantante del pelo rosa. Y él tiene novia. Ya cayó dos veces en las redes de aquella chica. Bastante mal se sentía consigo mismo por haberle mentido a Paula... No podía repetirse.

Quiere olvidar. Una vez que finalice el reportaje y salga el número de abril de la revista con toda la información sobre Katia, pondrá el definitivo punto y final a aquella historia absurda. Pero aún le queda trabajo por delante: debe retocarlo todo.

El celular vuelve a iluminarse.

Suspira. Está harto. Sabe que, si contesta, ella lo engatusará una vez más. Necesita relajarse. Sí, tiene que pensar en otra cosa.

Ángel se quita la camiseta y entra en su dormitorio. Sale de él cubierto solo con unos bóxers negros con un filito rojo. Una buena ducha quizá le venga bien.

Esa misma noche de marzo, en otro lugar de la ciudad.

Mercedes camina con un plato de ejotes y papas cocidas en las manos. Erica la ve llegar y pone mala cara. Tuerce la boca y encoge la nariz.

—Esto no me gusta —dice la niña cuando su madre le sitúa la cena delante.

—Pues es lo que hay —indica la mujer mientras se aleja de la mesa en busca de su ración.

La pequeña no está conforme. Primero mira a su padre y luego a su hermana. ¿Nadie se solidariza con ella? ¿Es la única que piensa que es una buena noche para pedir una pizza? Con lo rica que está esa de carne, piña y extra de queso. Y no eso que le acaban de poner enfrente. ¿Por qué tiene que comerse esos palitos verdes que saben a rayos?

—Erica —interviene su padre.

¡Por fin alguien que se ha dado cuenta! ¿Va a buscar el teléfono para encargar una familiar?

—Cómetelo todo.

¿Qué? ¿Y la pizza familiar?

—¿Todo?

—Todo. Si no, te quedas sin postre.

—Y he hecho flan, de ese que a ti te gusta tanto, con una galleta dentro —señala Mercedes, que ocupa su sitio en la mesa.

¡Pero qué dice! ¡No es justo! Además de que la obligan a comerse esas cosas verdes, la amenazan con no darle postre si no se termina el plato. ¡Abusivos!

La niña está a punto de reclamar sus derechos, pero comprende que es inútil rebelarse. ¡Ya verán cuando sea mayor! ¡Cuando tenga seis años, todo será distinto!

Con desagrado amontona los ejotes en un lado del plato y en el otro coloca en fila las papas. Mejor empezar por lo difícil. Se pone una mano en la nariz para tapársela, como si fuera a zambullirse en una alberca, y, con el tenedor en la otra, va pinchando ejote por ejote. Cada vez que se lleva uno a la boca, piensa en el flan con galleta que le corresponderá después. Eso la alivia un poco, aunque en su interior sigue considerando una injusticia que le hagan cenar algo que no le gusta.

La cena transcurre en relativo silencio: ruido de cubiertos, de un vaso que se llena, la televisión de fondo y algún comentario entre el matrimonio sobre el tiempo o las noticias.

A Paula los ejotes tampoco le agradan demasiado. Pero hoy no es día para malhumorarse. Está muy feliz. No deja de pensar en la tarde que ha pasado. De vez en cuando, levanta la cabeza y se encuentra con la mirada de sus padres. Sonríe sin decir nada y juguetea con las papas. No tiene ganas de hablar. Hoy no. Mastica despacio y traga con cuidado.

Solo tiene ganas de él. Imagina cómo serán sus cenas con Ángel cuando estén casados y tengan hijos. ¡Casados y con hijos! Pero si solo tiene dieciséis años. Casi diecisiete. ¿Y qué? Todas las chicas fantasean con eso, ¿o no? Entonces un escalofrío la asalta y una inmensa alegría recorre todo su cuerpo. Ángel, el hombre de su vida, el padre de sus hijos, el primero que...

El sábado.

—¡Ya! ¡Acabé! —grita Erica, mostrando su plato vacío al resto.

—Muy bien, hija —la felicita su madre—. ¿Has visto como al final sí que te gustaba?

¿¡Que le gustaba!? ¡Será...! Piensa en una palabra que ha escuchado a un niño mayor en la escuela, pero prefiere callársela. No está segura de lo que significa, no vaya a ser que le echen la bronca, como aquella vez que dijo que su padre era un tonto, palabra que oyó a una profesora, y la castiguen sin postre.

—¡Voy por el flan! —exclama la pequeña, levantándose de la mesa y corriendo hacia la cocina.

—Espera, voy contigo —señala su padre, que también se incorpora de su asiento.

Paco levanta su plato vacío y su vaso. Camina tras la niña y, cuando pasa junto a su mujer, le pone una mano en el hombro y lo aprieta suavemente. Es la señal.

Paula todavía no ha terminado. Continúa en su sueño con Ángel. Su madre la observa y ella se da cuenta de que lo hace. Es el momento.

—Paula...

—¿Sí, mamá?

—Bueno..., yo..., quiero decir, nosotros..., tu padre y yo...

No. Hoy no, por favor. ¡Con lo feliz que estaba! Otra de esas conversaciones.

La chica se levanta de su silla con el plato en la mano.

—Tengo que estudiar...

—Siéntate, por favor.

—Es que es verdad, mamá. Tengo que...

—Siéntate.

La voz de Mercedes suena más seca y firme de lo habitual. Tanto que Paula obedece. Al final, no podrá evitar la charla. ¿Qué tocará? ¿Preservativos? ¿Semillitas? ¿Sexo con o sin amor?

—Dime, mamá —dice resignada.

—Verás, hija... ¿Recuerdas que hace unos días nos dijiste que nos contarías todas las cosas importantes?

—Claro. Y lo hago.

—Sí. —Mercedes hace una pausa. Mira a su hija a los ojos—. Hay un chico, ¿verdad?

—¿Un chico?

—¿Es el hermano de Miriam?

—¿Cómo?

—Que si estás saliendo con su hermano.

—¿Crees que estoy con Mario?

—¿Es él?

—Pero, mamá...

—¿Es él?

—¡No! ¡Por supuesto que no! Mario es..., solo es un buen amigo. Nada más.

—¿Entonces quién es? Estoy segura de que hay un chico. ¿Quién es?

En ese instante, Erica, satisfecha, entra en el comedor exhibiendo el flan con la galleta en el centro. Va de la mano de su padre. Sin embargo, Paco contempla algo que hace que sin querer apriete la mano de su hija pequeña. En la televisión están repitiendo una noticia que ya ofrecieron en el noticiario de este mediodía.

—¡Ay, papá! ¡Que duele!

Y entonces la niña también la ve, por segunda vez hoy. Es su hermana: ¡su hermana en la tele, su hermana fotógrafa, su hermana famosa!

—¡Paula! —grita la niña señalando la tele y dejando caer el tazón con el flan al suelo.

Mercedes y Paula miran también las noticias.

Allí está ella. Feliz. Guapa. Interesada. Acompañada.

Quizá ha llegado el momento. Se quedó sin salidas.

—Papá, mamá, es verdad. Tengo novio.

Capítulo 50

Esa misma noche de marzo, en algún lugar de la ciudad.

¿Y si resulta que se está enamorando? ¿Ella? No, imposible.

¿Imposible?

Diana está sentada en su cama frente al televisor, con la bandeja de su cena en el regazo. Es la costumbre. Desde un par de meses antes de que sus padres se separaran, come sola en su habitación. Estaba cansada de broncas y gritos. Sin embargo, esta noche no tiene hambre. Apenas ha probado bocado, y eso que los canelones parecen deliciosos. Es la especialidad de su madre: pasta recalentada en el microondas.

¿Por qué piensa tanto en él?

Lleva dos días rara, con sensaciones diferentes a las habituales, una sonrisa tonta y la mirada perdida. Si normalmente es despistada, ahora mucho más. ¿Estará enferma?

Mario. Nunca hasta el momento se había fijado en él. Es el hermano de Miriam, el cerebrito de la clase y alguien completamente distinto a ella. No tienen nada que ver: ella es más de otra clase de relaciones y a él seguro que le va otro tipo de chicas. Aunque, a decir verdad, nunca lo ha visto con ninguna. ¿Será virgen? Posiblemente. Tal vez es uno de esos que esperan a la persona adecuada para la primera vez. Es extraño que existan aún chicos así. ¿Y si es gay?

Diana sacude la cabeza de un lado para otro.

No es guapo, pero posee cierto atractivo. Sí, es lindo, muy lindo. Y tiene ese algo que le hace interesante. Quizá, demasiado listo para ella. Al menos para las cosas de clase. No se considera tonta, pero eso de estudiar no es lo suyo.

¿Qué pensará Mario de ella?

Sus amigas dicen que está enamorado. Solo hay que ver cómo se comporta últimamente: camina como ausente, le cuesta dormir, no hace la tarea... Y mira mucho al rincón de las Sugus. Los síntomas encajan.

Ha sido bonito que la acompañase después de las clases estos dos días. No han hablado demasiado, pero no se ha sentido incómoda a su lado. Es más, le ha gustado.

Suspira. Se lleva las manos a la cara. Y vuelve a suspirar.

¡Dios! ¡Eso es lo que hacen todos los enamorados! Se pasan el día entero suspirando.

No, ella no. Ella es de las de *carpe diem:* no quiere atarse a nadie; hay que vivir la vida a tope. La palabra compromiso le produce sarpullidos. Enamorarse a los diecisiete años, ¡no! ¡Para nada!

Pero... ¡es tan lindo!

Sonríe. No sabe el motivo. Qué sonrisa más estúpida. Intenta ponerse seria. ¡Vamos, cómo va uno a creer...! Pero no puede, vuelve a sonreír. ¡Qué tonta! Con las manos se cierra la boca y aprieta los labios, como si fuera un pez. Así, seria. Pero no hay nada que hacer. Sonríe y, al final, estalla en una carcajada.

Suspira.

Mario. ¿Por qué no se va de su cabeza?

El sonido de su celular la rescata de sus fantasías.

—Dime, Cris —contesta al teléfono después de apartar la bandeja con la cena.

—¿Has visto? ¿La has visto?

La voz de su amiga parece inusualmente excitada. Esto enseguida despierta la curiosidad de Diana.

—Que si he visto ¿qué?

—¿No la has visto? ¡Carajo, te lo has perdido!

—Pero ¿me quieres decir de qué hablas?

—¡Pues de Paula!

—¿Paula? ¿Qué le pasa?

—¡Que ha salido en la tele! ¡En las noticias!

—¡Qué dices! ¿Cuándo?

—Ahora, hace un rato. Estaba cenando. Mis padres tenían puesta la tele y me dicen: «Oye, ¿esa de ahí no es tu amiga Paula?». Y, sí, ¡era ella!

—¿Seguro que era ella?

—¡Claro! Ha salido por lo menos cinco o seis segundos. La he visto bien. Además, a su lado estaba su novio.

—¡Qué cabrona!

—Ya ves. Estaban en un torneo de golf o algo así de famosos. La he llamado, pero tiene el celular desconectado. Espero que mañana nos lo cuente todo con detalles.

A Diana ahora le vienen a la mente las pocas palabras que intercambió con su amiga cuando pasó por su casa esa tarde para recoger sus cosas de clase. Así que era verdad...

Unas horas antes.

Suena el timbre en casa de Diana. La chica abre la puerta. Es Paula. Un taxi la espera.

Paula: «¡Hola!».

Dos besos.

Diana: «Hola, ¿qué tal la has pasado?».

Paula: «Increíble. Ya te contaré, que tengo mucha prisa. ¿Recogiste mis cosas?».

Diana: «Sí, claro. Espera».

Detrás de la puerta, en una silla, están la chamarra y la mochila de Paula. Diana se las da.

Paula: «¡Muchas gracias! Te debo una».

Diana: «¡Qué me vas a deber! Oye, pero ¿no me cuentas nada? ¿Qué has hecho?».

Paula: «Fotografiar famosos y jugar al golf».

Dos besos.

Diana sonríe mientras Paula corre hasta el taxi. ¡Qué irónica es su amiga cuando se lo propone!

Ángel entonces sale del vehículo. Le abre la puerta del coche y saluda a Diana con la mano. Esta le corresponde.

La pareja entra y el taxi se aleja poco a poco.

—¡Eh! ¡Diana!, ¿sigues ahí?

La voz de Cris devuelve a la chica al presente.

—Sí, sí. Perdona, es que llevo un día en el que no entiendo nada.

—¿Todo bien?

—¡Claro! Soy yo. Siempre están las cosas bien para mí. Debe de ser que...

—Debe de ser por Mario —indica Cris, interrumpiéndola y riendo después.

—¡Bah!, ahí vamos. ¡Qué pesaditas están! —protesta—. Mosquita muerta, te cuelgo, que estoy cenando.

Su amiga ríe de nuevo.

—Vale, provecho. Nos vemos mañana. Y que sueñes con...

Pero antes de que pronuncie el nombre que se imagina, Diana cuelga.

¡Qué tipa, esa Paula! Ya no solo consigue a los mejores chicos, aprueba y tiene el mejor cuerpo, sino que ahora hasta sale en la tele. ¿Qué tiene Paula que no tenga ella? Solo falta que también Mario se enamore de su amiga.

Diana recupera la bandeja con la cena. Corta un trozo de uno de los canelones y se lo lleva a la boca. Está frío, duro, incomestible. De todas formas, sigue sin tener nada de hambre.

Bueno, tal vez el amor no sea tan malo. Quizá le haga perder un par de kilos.

Sonríe. Y, cómo no, suspira.

Esa misma noche de marzo, en otro lugar de la ciudad.

—¡Qué fuerte!

—¿Verdad? Nuestra Paula en la tele. Increíble, ¿eh?

—No lo creo aún. Voy a llamarla.

—Ya lo he hecho yo, pero tiene el celular desconectado.

—Vaya. Hay que contárselo a Diana.

—Ya he hablado antes con ella por teléfono. Está que no se lo cree.

—Ah.

Miriam se queda un poco decepcionada. Cris ha llamado a Diana y no a ella al ver a Paula en las noticias.

La chica muerde un plátano delante de su PC. Cristina la ve por la *cam* y sonríe, aunque se siente un poco mal. Parece molesta. Quizá tenía que haberla llamado también a ella.

—¿Está bueno?

—Mucho. ¿Quieres? —le ofrece educadamente Miriam.

—No, gracias. Ya he comido.

—Pues para mí todo.

Miriam hace un esfuerzo y se mete el último trozo de golpe. Es demasiado grande. A duras penas consigue mantenerlo dentro de la boca. Tiene los cachetes inflados y sonrosados. Se atraganta, tose y, tras una feroz lucha, finalmente vence al plátano y logra masticarlo con normalidad. Traga, tose una vez más y respira aliviada.

Regresa al teclado de su PC.

—Casi presencias una muerte en directo por atraganta-miento de plátano.

—Sí. Me estaba asustando. Ya estaba marcando el nú-mero del servicio de urgencias.

Las dos amigas ríen. Y, de esa sencilla manera, liman cualquier tipo de aspereza.

La puerta de la habitación de Miriam se abre lentamen-te. Su hermano se asoma preocupado.

—¿Estás bien? Te he oído toser como si te ahogaras.

—Sí, Mario. Gracias, estoy bien.

—Bueno. Pero no montes tanto escándalo.

—Lo intentaré.

—Vale. Me voy.

—Espera. Saluda a mi amiga. Tengo la *cam* puesta y te está viendo.

¿Una amiga? ¿Paula? Un escalofrío repentino.

El chico se acerca hasta la computadora y mira la panta-lla. Vaya, no es Paula. Cristina sonríe y saluda con la mano. Mario la imita y esboza una tímida sonrisilla forzada.

—Bueno, los dejo con sus cosas.

—¡Huy!, noto cierta amargura. ¿Esperabas que fuera Diana?

—Sí, justo eso era lo que esperaba —contesta, irónico.

—Estás enamorado, ¿eh?

—Ni duermo por las noches.

—¡Ah! ¡Así que ese es el motivo! Por fin lo reconoces.

Mario resopla. Su hermana es tan pesada cuando se lo propone...

—Me voy. No me hables —gruñe.

—¿Sabes que Paula ha salido en la tele? —le dice Mi-riam antes de que él salga del dormitorio.

Se detiene. ¿Ha entendido bien?

—¿En la tele? ¿Cuándo?

—En las noticias, ahora por la noche. Por lo visto ha estado en un torneo de golf benéfico con famosos y, como su novio es periodista, la ha invitado a pasar el día con él. Por eso no ha venido a clase.

El corazón de Mario se rompe en dos.

—Ah, era por eso.

—Sí, su novio fue a buscarla al instituto. ¿No te parece romántico?

Entonces todo pasa muy deprisa: la imagen de Paula con aquel chico a la salida del instituto, besándose, abrazados; las rosas rojas en mitad de la clase; sus lágrimas en la cama; las canciones de Maná... La angustia de aquellas horas infernales.

Y no solo eso: Paula le ha mentido. Y no solo eso: Paula no ha confiado en él y se ha inventado una excusa para no contarle la verdad. Dos veces. Y no solo eso: Paula ha fingido estar enferma para no ir a su casa a estudiar y quedarse con su novio.

Su novio.

Su Paula tiene novio. Aquel tipo guapo, alto, mayor. Perfecto.

Mario sale de la habitación sin decir nada más. ¿Qué va a decir? ¿Que se siente insignificante? ¿Que la chica a la que ama no solo no le quiere, sino que le miente? ¿Que ha preferido estar con el otro pese a que había quedado con él?

Está cansado. Cansado de todo.

Entra en su cuarto. Coge la carátula de un CD y la lanza con fuerza contra el suelo. El plástico se parte. A la mierda.

No puede más. Aquellos días están siendo demasiado duros para él: un continuo quiero y no puedo; cal y arena por doquier. Y su cabeza no lo soporta más.

Tranquilamente, se deja caer en la cama. Apoya las manos en la nuca. Cierra los ojos. Y, aunque no quiere llorar, Mario cae rendido a su inmensa tristeza.

Lágrimas.

Capítulo 51

Esa misma noche de marzo, en otro lugar de la ciudad.

Hay miradas de todo tipo: miradas que matan; miradas que enamoran; miradas curiosas, indecisas, inocentes, descaradas... Miradas que se escapan a donde no se debe mirar y miradas que sucumben a otra mirada.

Paco mira a su esposa. Mirada impaciente, dubitativa, inquieta. ¿Y ahora qué? Mercedes mira a su hija. Mirada comprensiva, maternal, resignada. Ya imaginaba algo así. Y Paula no sabe dónde mirar.

Acaba de reconocer que tiene novio. Es su primera confesión de ese estilo, quizá porque Ángel es realmente su primer novio.

Qué contar y qué no.

Han mandado a Erica a su habitación para estar más tranquilos.

El hombre se sienta en su sillón de la sala, ese mismo en el que no hace tanto acomodaba a su pequeña Paula en sus rodillas y jugaban a quitarse la nariz o a hacer burbujas de jabón. La niña se enfadaba cuando su padre las explotaba, pero siempre acababan riéndose. Fueron tiempos que no volverán, momentos de un padre con una hija que solo se viven en los primeros años, antes de la adolescencia. Ahora aquello ya pertenece al pasado. Paco siente una repentina nostalgia.

La observa. Está sentada justo enfrente, al lado de su madre. Lleva algo de maquillaje en la cara y parece mayor. Es muy guapa. Tiene los mismos ojos que cuando era una niña, pero ya no miran igual.

—Bueno, pues cuéntanos. ¿Quién es el chico?

Mercedes rompe el hielo. Intenta mostrarse serena. Es algo natural. Su hija ya no es una niña. Cumple diecisiete el sábado. ¿Quién no se ha enamorado siendo adolescente? O tal vez ni siquiera esté enamorada. Si lo piensa bien, quizá este chico solo sea uno más.

—Se llama Ángel —contesta.

También Paula se siente rara en esa situación. Es como si hablara de otra persona, no de su propia vida. Es muy extraño.

—Ángel —murmura Paco. Aún no lo cree.

—Es un nombre bonito —señala Mercedes, que parece la más tranquila de los tres.

—Sí.

—¿Es de tu clase?

—No.

—¿No? ¿Va a otro instituto?

—No, mamá. Ángel no va al instituto.

«Un vividor. Lo que faltaba», piensa Paco y se echa hacia atrás en su sillón. Respira hondo y cruza las piernas. Maldice el haber dejado de fumar hace dos años. Se le antoja un cigarro.

—¿Y qué hace? —quiere saber su madre, que ya no está tan tranquila.

—Trabaja. En una revista de música.

Las palabras de Paula llegan con cuentagotas, entrecortadas. No quiere decir más de la cuenta, aunque tampoco sabe dónde está el límite y hasta dónde querrán saber sus padres.

—¡Ah, qué interesante! ¿Y qué hace exactamente?

—Pues ¿qué va a hacer, mamá? Escribir. Es periodista.

—¿Periodista?

La chica asiente con la cabeza. Está segura de cuál será la siguiente pregunta.

—¿Pero cuántos años tiene Ángel?

Acertó. Duda un instante si decir la verdad, pero más valía soltar toda la sopa de una vez.

—Veintidós.

—¡¿Veintidós?! —La exclamación de sus padres llega al unísono—. ¿Veintidós?

Paco se levanta del sillón y se coloca detrás de él. ¡Veintidós!

—Sí. Veintidós. Dos, dos. Los dos patitos.

—Pero... es muy mayor para ti —comenta Mercedes.

—¿Mayor? ¡Casi podría ser su padre! —grita Paco.

¡Su hija saliendo con un chico de veintidós años! ¿Chico? ¡Un hombre!

—Vamos, papá. Eres un exagerado. Son solo cinco años y medio de diferencia.

—¿Solo? Mercedes, ¿escuchas a tu hija? Dice que «solo» son cinco años y medio los que se llevan. ¿Te parece normal?

—Estás anticuado, papá.

—Bueno, teniendo dieciséis, cinco años y medio son bastantes —añade Mercedes.

—¡Mamá!

—Es que es la verdad, hija.

—¿Qué importa la edad cuando quieres a alguien?

—¿Querer? ¿Querer? ¡Pero cómo que querer!

—Sí. ¡Yo lo quiero!

Paco se lleva las manos a la cabeza. Aquello no puede estar pasando. Su hija, su pequeña, está diciendo que quiere a un hombre cinco años y medio mayor que ella. Necesita un cigarro. Cree que hay un paquete de Fortuna en la mesita de noche de su dormitorio. Sin decir nada, camina hacia las escaleras y sube hasta la habitación ante las miradas atónitas de madre e hija.

—Pero..., papá...

—Déjalo. Ahora volverá.

—Se están tomando esto demasiado a pecho.

—Hija, compréndenos.

—Compréndanme ustedes a mí. Ya no soy una niña. Es normal que yo tenga novio, que quiera a alguien, que...

No sigue. No debe continuar. Lo que sigue, no lo dice. El sábado.

—Pero es muy mayor para ti. Deberías salir con chicos de tu edad. No tendrán los mismos intereses y tal vez no busquen lo mismo. Cinco años no son muchos, pero sí ahora, cuando solo tienes dieciséis.

—No estoy de acuerdo. Y en todo caso es mi decisión, mi vida, no la suya.

Mercedes suspira. Sabe que tiene razón. Además, está prejuzgando al chico sin conocerlo.

Las dos guardan silencio unos segundos. Son instantes confusos. Han comenzado a andar por un camino difícil.

—¿Y cómo se conocieron? —pregunta por fin la mujer.

—¡Buf!

En ese instante aparece Paco. Baja por las escaleras con un cigarro en la boca.

—¿Estás fumando? ¡Pero, cariño!

—Déjame. Lo necesitaba.

—Pero si llevabas dos años sin...

—Déjame. ¿De qué hablan?

El hombre se sienta de nuevo y se echa hacia atrás en el sillón. Una bocanada de humo lo escolta.

—Papá, estás exagerando con todo esto.

Paco permanece en silencio y da una calada al cigarro. No hay nada que hacer. Tardará un tiempo hasta que se le pase. Paula resopla.

—Bueno, nos estabas contando cómo lo conociste —insiste Mercedes.

—¿Qué importa eso?

—Pues importa, Paula. Todo importa. Quieras o no, eres nuestra hija y necesitamos saber ciertas cosas.

—Pero es mi vida.

—Y la nuestra. ¿O es que acaso no vives aquí?

—Sí, papá. Vivo aquí.

—Cariño, entendemos que sea tu vida y que tengas tu intimidad. Pero somos tus padres.

—¡Buf!

—No creo, además, que tenga nada de malo decirnos cómo conociste al sujeto ese.

—¡Papá! No es ningún sujeto. Es mi novio.

Paco maldice en voz baja. ¿Su novio? Habla de él como si lo conociera de toda la vida. ¡Veintidós años! Seguro que ese tipo solo la quiere para aprovecharse de ella. ¿Cómo no se da cuenta su hija?

—Bueno, bueno, tengamos paz —intenta mediar Mercedes, que, aunque está nerviosa, trata de mantenerse serena—. ¿Dónde lo conociste entonces?

Paula suspira y cruza las piernas. ¡Qué pesadilla! ¿Les dice la verdad? ¡Bah, ya qué más da!

—En un foro de música. Por Internet.

—¡Carajo, lo que faltaba! ¡Por Internet!

—Vaya... —dice para sí misma la mujer.

—¡Por Internet! —grita Paco.

—Pero, papá, hoy en día es normal. Hay mucha gente que se conoce así.

—Sí, gente sin cerebro, que no tiene dos dedos de frente.

—¡Papá, no inventes!

—¿Que no invente? ¿Que no invente? ¡Castigada! —grita poniéndose en pie de un brinco y apagando el cigarro en un cenicero—. ¡Castigada hasta que tengas dieciocho!

—¡Papá!

—¡Cariño!

El hombre no quiere escuchar más. Sin mirar ni a su esposa ni a su hija, sube las escaleras. Es imposible encontrar un adjetivo que califique su estado. Llega a su habitación y se encierra en ella dando un portazo.

Abajo, madre e hija se sobresaltan con el ruido.

—¡Buf!

—Espero que no haya asustado a Erica —dice Mercedes.

—¡Es un exagerado!

—Un poco. Pero esto lo ha agarrado desprevenido. Se le pasará. Luego hablaré con él.

—Es que no entiendo cómo puede ponerse así.

—Porque es tu padre.

—¿Y qué? ¿Qué quiere? ¿Que me pase toda la vida aquí encerrada? ¿Que no salga con nadie?

—Si fuera por él...

Su madre sonríe tímidamente. En el fondo, ella también está preocupada. Un chico de veintidós años que ha conocido por Internet no es precisamente la versión que esperaba del primer novio de su hija.

—Tengo casi diecisiete años, mamá. No soy una niña.

—Lo sé, hija.

—Hay amigas mías que hasta toman la píldora ya.

Mercedes traga saliva. La mira. Se ha hecho mayor sin que ella se haya dado cuenta. Dentro de nada incluso podría ser abuela. Eso indica que no solamente es Paula la que cumple años: ella también. Y, por un momento, se siente vieja.

—¿Estás bien, mamá?

—Sí, no te preocupes.

—Vale —responde Paula no muy convencida—. ¿Me puedo ir a mi cuarto?

—Sí. Ya seguiremos hablando de esto.

—¡Buf!

La chica descruza las piernas y se incorpora. Está cansada. Desea irse a la cama y dormir profundamente. Con un poco de suerte, en sus sueños aparecerá él.

—Ah, Paula, una última cosa.

—Dime, mamá.

—¿Qué hacías en ese torneo de golf en horario de clase? ¡Ups!

—Pues...

—No faltes más, ¿entendido?

—Entendido.

Paula sonríe. Da un beso a su madre y sube deprisa las escaleras. Por fin ha terminado el interrogatorio. De momento. Está agotada. Mañana llamará a Ángel y le contará todo. Por hoy, ya basta de emociones.

Mercedes agarra un cojín y lo aprieta contra su vientre. Cómo ha crecido su hija. Tanto que ya es capaz de amar. Amar... Recuerda cuando ella conoció a su marido. Sonríe. Era muy guapo, con esos ojazos verdes. Y ella solo tenía un año más que Paula. Y sí, lo quería. Muchísimo. Todo ha cambiado en sus vidas, pero le sigue queriendo. De otra forma, pero, si le preguntaran, diría que sí, que sigue enamorada de él.

Se recuesta en el sillón. Ya no está tan tensa. Cierra los ojos. Se ve a ella con veinte años menos tomada de la mano de Paco. La primera noche que pasaron juntos: guapos, jóvenes, ilusionados... Preparados. El comienzo. ¡Quisiera regresar!

Pero, si regresara, no estaría Paula. Ni Erica.

Abre los ojos. Su hija pequeña, que ha aparecido de la nada, está sentada ahora a sus pies. Sonriente.

Y entonces Mercedes comprende que regresar al pasado no tiene ningún sentido.

Esta noche hablará con su marido.

Capítulo 52

Esa misma noche de marzo, en un lugar apartado de la ciudad.

La música del saxofón de Álex llega hasta su dormitorio. Sonríe. No conoce la melodía que suena, pero le agrada.

El pantalón de mezclilla cae al suelo. Levanta un pie, luego el otro. Se agacha y lo recoge. Lo dobla sin demasiado cuidado y lo mete en el clóset. No es tan grande como el que tiene en su casa, pero no está mal. Se ajusta las braguitas negras para que queden exactamente en su sitio y se pone encima la piyama, un *short* de color rosa. A continuación, Irene se quita la camiseta. Hace un ovillo con ella y la lanza a la improvisada canasta de la ropa sucia, un baúl de mimbre que encontró dentro del clóset cuando se instaló en aquel cuarto. Desabrocha el brasier. Le entusiasma la lencería negra, es su preferida. También a la canasta. Nunca duerme con sostén. La parte de arriba de la piyama se desliza por su pecho hasta taparlo completamente.

Bosteza. Es temprano para irse a la cama. Sería distinto si no se fuera sola, naturalmente. Le encantaría que su hermanastro bajara de la azotea y la poseyera en ese mismo instante. Escalofríos.

Pero, de momento, no puede ser. Qué rabia... Con las ganas que tiene de darse un buen revolcón. Sí, podía habérselo propuesto al chico ese con quien se fue a cenar después de clase. O a otro que no deja de mirarla desde ayer y que está bastante bueno. Pero, si Álex la ve con otro, le costará más conquistarlo. O no. Quizá se ponga celoso. Aunque esta opción es poco probable. Da igual, no va a arriesgar. Además, quiere hacerlo con él. Se lo imagina desnudo, sobre ella, en un continuo y excitante vaivén. Más escalofríos. Qué ganas.

Durante toda la tarde ha estado pensando en cómo lograr que su hermanastro caiga rendido a sus pies. Necesita algo más que sus dotes de seducción. Sabe que hay algo que impide que Álex se fije más en ella. Sus cavilaciones siempre concluyen en el mismo sitio. En esa chica que se llama Paula y de la que tan solo sabe su número de teléfono. Para conseguir a su hermanastro, primero debe hacerla desaparecer.

Irene camina hasta una silla en la que está su bolso. Lo abre. Revuelve en su interior y, por fin, da con el papelito que estaba buscando. Tiene algo escrito. Son los nueve números del celular de esa chica. Se sienta en la cama y lo observa detenidamente.

¿Y si...?

La chica vuelve a incorporarse y alcanza su teléfono, que está sobre una mesita escritorio. Se sienta en la silla y coloca el bolso en el regazo. Tiene su Sony Ericsson en las manos. Presiona en «Mensajes» y comienza a teclear.

Duda. Escribe. Borra. Escribe. Lee una y otra vez el SMS. Palabra por palabra.

Ya está. «Enviar».

El mensaje se envía correctamente.

Sonríe, maliciosa y también divertida. Aquello no solo la satisface, sino que la entretiene.

A esperar. Va siendo hora de conocer a su rival.

El saxofón de Álex ya no suena. Debe de haber bajado.

Así es, escucha sus pasos descendiendo las escaleras. Irá a la cocina por algo. Tiene ganas de verlo. Se apresura a salir de la habitación.

Álex en ese instante se mete en la cocina, como sospechaba.

Irene también baja. Desde la puerta observa en silencio a su hermanastro, que se dispone a preparar café. Está de espaldas. Lleva un suéter ajustado de color azul marino y un pantalón negro. Ella se relame. ¡Cómo ha mejorado en este tiempo que no lo ha visto! Está muy bueno. Tiene que ser suyo y lo será. Sin duda.

Vaya, ha olvidado el celular arriba. Desde ahí no lo escuchará si suena. Álex se vuelve y ve a su hermanastra en el umbral de la puerta de la cocina. ¡Uf! Está realmente sexi con esa piyama corta. Además, enseguida descubre que no lleva brasier. Respira hondo y continúa haciendo el café.

—Hola, solo vengo a darte las buenas noches. Te he oído bajar de la azotea —dice la chica acercándose.

—Sí, hacía un poco de frío ya —responde él sin mirarla.

—¿Ah, sí? Yo no tengo frío. Es más, tengo algo de calor.

Irene se desabrocha uno de los botones de la camiseta de la piyama. Álex no quiere mirar y tampoco responde. Abre la llave y llena de agua la cafetera.

—Era bonito lo que tocabas. ¿Es tuyo?

—Sí. Lo estoy componiendo yo.

—Estás hecho un genio. Ya me gustaría a mí tocar algún instrumento como lo tocas tú.

Los dos son conscientes del doble sentido de la frase, pero Álex no tiene intenciones de entrar en el juego.

—Pues ya sabes: toma clases de música o apúntate a un curso a distancia.

Irene suelta una carcajada. Su hermanastro ni se inmuta y sigue preparando el café.

—Bueno. Me voy a la cama. ¿No vienes? —pregunta guiñando un ojo.

—No, gracias. Tengo la mía.

La chica vuelve a reír. ¡Qué pena, no sabe lo que se pierde! Con las ganas que le tiene, está segura de que la pasarían muy bien.

—Pues, nada, hasta mañana entonces. Buenas noches.

—Buenas noches.

Irene abandona la cocina, no sin antes echarle un último vistazo. ¡Uf, sí que la pasarían bien, sí!

Entra en su dormitorio. Rápidamente, examina el celular. No hay mensajes nuevos.

Vaya... Paciencia. Sí, debe tenerla. Como la venganza, su plan se sirve en plato frío. Aunque precisamente frío no es lo que ella tiene en estos momentos.

Capítulo 53

Esa misma noche de marzo, un poco más tarde, en algún lugar de la ciudad.

Relee por penúltima vez lo que ha escrito. Modifica un par de palabras y hace el balance final de su artículo. Última lectura. Bien. Satisfecho.

Ángel cierra la laptop. Se echa hacia atrás hasta que su espalda choca contra el respaldo de la silla. Estira los brazos. Por hoy ya es suficiente. Está contento con el resultado, y eso que no esperaba grandes logros. Le ha costado concentrarse: han sucedido demasiadas cosas en tan poco tiempo...

El joven periodista se levanta. No lleva camiseta, solo un pantalón pirata muy cómodo que usa de piyama. Parece mentira que estén en marzo. ¿Por qué hará tanto calor? El cambio climático y el agujero en la capa de ozono deben de ser los culpables.

Rescata el celular de un cajón de una mesita de su habitación. Lo ha dejado sin sonido ahí guardado para olvidarse de las llamadas de Katia. Tiene doce perdidas más del mismo número. ¡Uf! Esa chica no se da por vencida. También hay tres mensajes recibidos. Ángel los abre uno por uno y los lee. Se asombra por el contenido de estos, ya que todos vienen a decir lo mismo.

El primero es de uno de sus primos; el segundo, de un amigo que hace tiempo que no ve; y el tercero, de una compañera de redacción.

Los tres le cuentan que lo han visto en la tele, en las noticias, en un torneo de golf benéfico rodeado de famosos. Sonríe. Es curioso: aunque es periodista, todavía se sorprende por salir en la televisión. Entonces cae en la cuenta de que no estaba solo. Quizá Paula haya aparecido junto a él en las noticias.

Busca rápidamente el número de su novia. Ahí está. Es tarde, pero tiene que llamarla. Ansioso, presiona la tecla de llamada. ¡No puede ser, tiene el celular desconectado! Vaya... De nuevo la misma historia del fin de semana. Lo intenta una segunda vez, pero obtiene la misma respuesta. Se desespera. Hasta se enfada un poco.

Enseguida se le pasa. No puede enfadarse con ella, y mucho menos después del día que han pasado juntos.

Paula es increíble, le encanta. ¿Cómo le gusta tanto? Es sencillo: Paula es perfecta. Guapa, inteligente, extravertida, atrevida, cariñosa... Es ella. Simplemente eso.

Y el sábado darán un paso más en la relación. Además, qué responsabilidad. Su primera vez. Paula dejará de ser virgen con él. Es un privilegio ser el primero. Se estremece pensándolo. ¡Vaya regalo! Pero ¿no se supone que el regalo tendría que dárselo él a ella? Sin embargo, no ha pensado en nada. Bueno, sí. Se le han ocurrido varias cosas, pero ninguna aceptable. Es su primer cumpleaños juntos y quiere sorprenderla. ¿Qué le puede regalar que la deje con la boca abierta? Complicado. Es un reto difícil.

Ángel agarra una hoja en blanco y una pluma. Hará como cuando hacía las redacciones en la universidad: escribir todo lo que se le pase por la cabeza, tenga sentido o no.

Un *brainstorming* o tormenta de ideas, que dicen los publicistas. Quizá así encuentre el regalo perfecto.

Comienza con el título de «Cosas que le gustan a Paula y que podría regalarle». Luego, atravesando el papel de arriba abajo, traza una línea para dividirlo en dos columnas. En la de la izquierda anotará todas las cosas que se le vengan a la mente y en la de la derecha pondrá rayas horizontales a las ideas que le gusten y cruces a las que no.

Muerde la pluma. Mira hacia el techo. Se concentra y empieza a anotar palabras, una debajo de otra:

Peluche
Bombones
Flores
Caja de música
CD
Película
Video
Foto
Teléfono
Ropa interior
Libro
Viaje

Ángel se detiene y lee las que ha escrito. Piensa unos minutos. No le convence nada de lo que se le ocurre a partir de esas palabras. Necesita más ideas con nuevos conceptos, menos típicos. Se pone de pie. Camina de un lado para otro y, en voz baja, repite una y otra vez: «Cosas que le puedan gustar a Paula, cosas que le puedan gustar a Paula...».

Algo llama entonces su atención. El celular, sin sonido, vuelve a parpadear. Ángel se acerca hasta él, quizá sea Paula, pero no: es Katia. Una vez más.

Resopla. Mira la pantallita con el nombre de la cantante iluminándose y apagándose. Luz intermitente. ¿Por qué insistirá tanto? Es tarde. ¿Y si realmente le pasa algo? Por primera vez en toda la noche duda. Tal vez debería responder.

La llamada finaliza.

Se siente extraño. Durante unos segundos ha dejado de pensar en Paula, en su regalo.

Cosas que le puedan gustar a Paula. Katia. Cosas que le puedan gustar a Paula. Oye la voz de la cantante. Cosas que le puedan gustar a Paula. Los besos de la chica del pelo rosa. Cosas que le puedan gustar a Paula.

Suspira. ¡Uf, no! Eso no.

Katia. Paula. Katia. Paula. Katia. Paula.

La hoja separada en dos columnas. La pluma en la mano.

Katia.

La luz del celular vuelve a parpadear.

No.

«No, Ángel, no».

Vuelve a suspirar. Sus ojos azules no se despegan de la pequeña pantalla del teléfono. Se jala los cabellos. ¡Uf! No, no. Pero finalmente...

—Hola, Katia. ¿Cómo estás?

Capítulo 54

Esa madrugada de marzo, entre el martes y el miércoles, en un lugar de la ciudad.

Abre los ojos poco a poco. Qué oscuridad. Demasiada, ¿no? ¿Por qué está echada en la cama sin destender?

Paula no lo comprende. Tarda unos segundos en reaccionar. Todavía lleva los pantalones puestos. No entiende nada. ¿Es un sueño? No.

Acaba de tener la conversación con sus padres. Va recordando. Luego subió a su habitación. Se tumbó sobre la colcha. ¿Y después?

Se durmió.

¿Cuánto hace de eso? ¿Minutos? ¿Horas?

Con dificultad, moviéndose con la torpeza de quien se acaba de despertar, enciende la lámpara de la mesita de noche. Quiere ver qué hora es. ¿Dónde está su celular?

Pero si lo lleva encima, metido en el bolsillo trasero del pantalón. ¿Cómo se ha podido dormir con el teléfono ahí? Lo saca. Vaya, está apagado. ¡Ah, sí! Ahora lo recuerda. Antes de hablar con sus padres lo apagó para que no sonase mientras estaba con ellos. Además, le quedaba poca batería y no soporta el pitido constante que lo anuncia.

¡Qué cabeza!

Lo enciende. Enseguida suena la señal de que la batería se está acabando. «Mierda». ¿Y el cargador?

Mira a su alrededor. Allí está, encima del escritorio. Resopla. Se levanta por él y lo conecta al celular. Luego lo enchufa en un contacto. Mientras, la sintonía de los mensajes no cesa ni un instante. Tiene seis SMS. Cinco son de llamadas perdidas que ha recibido: de un compañero de clase, de Cris, de Diana y de Ángel. Su chico la ha llamado dos veces y ella durmiendo, con el celular desconectado. ¿Lo llama?

«¡Carajo! ¡Las tres y cuarto de la madrugada! ¡Pues sí que he dormido!».

¿Qué habrá pensado Ángel? Seguro que se le ha pasado por la cabeza lo del fin de semana. Es muy tarde para llamarlo. Le podría mandar un mensaje para cuando se levante. No, tal vez lo despierte. Tendrá que esperar a mañana.

Hay un sexto mensaje, de un número desconocido. Lo abre con curiosidad. ¡Es de Álex! Le ha enviado un SMS desde ese celular porque el suyo lo están arreglando. Quiere verla mañana por la tarde, a las cinco. Dice que es urgente, ya le contará, que no falte. Está apuntada la dirección, pero no dice nada más.

¡Qué mensaje más extraño! Bueno, Álex es un chico de lo más especial. ¿Qué será eso tan urgente de lo que tiene que hablarle? ¡Qué intriga!

Se sienta en la cama y se quita los pantalones. ¿Qué querrá? Debe de ser algo importante porque ya le escribió el otro día que no podía verlo por los exámenes. Si no lo fuera, no cree que le pidiera encontrarse con él.

Paula se pone el pantalón de la piyama.

¿Tendrá algo que ver con su libro o con los cuadernillos? Posiblemente. Cuánto misterio... Es raro que no la haya llamado en vez de enviarle un SMS.

¿Irá?

Sí, ¿por qué no? Tiene ganas de verlo de nuevo. Y a esa preciosa sonrisa que la cautivó.

«A las cinco», dice el mensaje. ¡Oh! A esa hora es a la que se supone que debe ir a estudiar con Mario... ¿Otra vez tiene que elegir? Son dos veces ya las que no han podido reunirse. El lunes por él, cuando se quedó dormido, y ayer por ella. Quizá lo mejor sería verse con su compañero de clase un poco más tarde, como a las seis. Pero ¿y si lo que quiere Álex se prolonga más tiempo?

¡Vaya dilema!

La chica aparta las mantas y las sábanas de su cama y se cubre con ellas. Se tapa hasta el cuello e inclina la cabeza hacia un lado sobre la almohada.

Piensa. Se da la vuelta.

¿Cómo puede verse con los dos?

El sueño regresa. Empieza a notar que las ideas se van desvaneciendo, que todo se hace muy confuso. Hasta que, sin tomar ninguna decisión definitiva, se duerme profundamente.

El cielo continúa oscuro. La luna no brilla. Un grupo de nubes se ha colocado delante. Es la primera señal de que el tiempo está a punto de cambiar.

En ese mismo instante, madrugada del martes al miércoles, en otro lugar de la ciudad.

Katia mira por una de las ventanas de su ático. Sus ojos, antes rojos por las lágrimas, ahora brillan en el espesor de la noche. La luna se ha escondido.

No puede dormir. Está feliz. Sonríe. Por fin ha hablado con él.

Enamorada.

Sí, ya no puede negárselo a sí misma. Demasiado ha aguantado ya. Es imposible luchar contra tus propios sentimientos. Sí, lo quiere.

Aunque él ame a otra.

Esperará su oportunidad. Sí, eso hará.

«Paciencia, Katia, paciencia».

En ese momento, madrugada del martes al miércoles, en otro lugar de la ciudad.

Otra noche sin dormir. ¿Cuántas van?

Mario ha perdido la cuenta. A decir verdad, lo ha perdido todo, no solo las ganas de dormir: también las ganas de vivir, de llorar, de comer, de escuchar música, de sentir... Necesita una tregua de sí mismo. Se odia.

Odia a Paula. La odia y la ama. Sí, no puede remediarlo. Aunque le haya mentido, aunque lo ignore, aunque sea un cero a la izquierda para ella, la quiere.

Pero no puede más.

Sus ojeras son tan oscuras como la noche. Él, como la luna, se ha ocultado bajo las nubes de la desesperación. Cómo quisiera desaparecer.

Mañana hablará con Paula. Le dirá que se acabó lo que ni siquiera ha empezado. No más tardes invisibles que nunca llegan. Su amistad, en realidad, está prendida con alfileres. Ya hace mucho que no son amigos de verdad. ¿Para qué engañarse? Estará unos días de luto y luego... ¿Qué más da lo que suceda? A nadie le importa su vida. A él menos.

Sí, mañana le dirá a Paula que se terminó.

Capítulo 55

A la mañana siguiente, un día de marzo, en algún lugar de la ciudad.

Baja las escaleras pausadamente. Hoy no hay tanta prisa. Es temprano. Se ha levantado antes que de costumbre. En realidad, Paula apenas ha conseguido dormir después de que se despertara de madrugada. Se ha duchado, secado el pelo y elegido la ropa con calma. También le ha mandado un SMS a Ángel:

> Buenos días, cariño, perdona por no contestarte ayer el celular. Se me apagó y no me di cuenta. Lo siento. Ya te recompensaré. Me acosté muy temprano. Cuando tenga un rato libre, te llamo. Tengo que contarte algunas cosas. Gracias por el día de ayer. Te quiero.

Después piensa en escribirle a Álex para contestarle al mensaje que ayer le envió, pero prefiere hablar primero con Mario para ver cómo organiza la tarde. Tiene que estudiar. El examen de Matemáticas es en dos días y aún no ha tocado ni un libro.

Tiene muchas ganas de volver a encontrarse con su amigo escritor. ¿Qué tendrá que contarle que es tan urgente?

Su madre la oye bajar, mira el reloj y se sorprende de

que su hija esté ya en pie. Paula le da un beso y juntas van a la cocina.

—¿Y esta desmañanada?

—No podía dormir.

—¿Una noche difícil?

—No lo sé. Quizá. Me desvelé de madrugada y luego no he conseguido dormir más de diez minutos seguidos.

—Bueno, no hay mal que por bien no venga. Hoy no llegarás tarde a clase.

La chica sonríe.

—¿Cómo está papá? ¿Sigue enfadado?

—Hablamos, pero no sé si lo suficiente. Espero que se le pase.

—¡Uf!

—Paciencia.

—¡Qué remedio! Es muy testarudo.

—Pero es tu padre.

—Sí.

Paula abre el refrigerador. Tiene más hambre de la habitual por las mañanas.

—¿Qué quieres que te prepare?

—No te preocupes, ya lo hago yo.

—Ah, muy bien. Sí que te has levantado con ganas hoy.

Su madre le da otro beso y sale de la cocina.

No está mal eso de madrugar. ¿Cuánto hacía que no se podía permitir el lujo de desayunar tranquila un día de instituto?

Se prepara una leche con chocolate y dos tostadas con mantequilla y mermelada de durazno. En una bandejita lo lleva todo hasta el comedor y se sienta en la mesa. Su padre está allí. Sorbe un café caliente y ve las noticias en la CNN.

—Buenos días.

—Buenos días —responde con frialdad el hombre.

Parece aún enfadado. Ni la mira. Sus ojos están clavados en la televisión.

Paula suspira: no le gusta aquella situación, pero tal vez lo mejor sea no decir nada. Quizá a lo largo del día se le vaya pasando.

Paco todavía está resentido. Su mujer habló con él por la noche, pero no terminaron de convencerlo sus explicaciones. Es demasiado condescendiente. Sí, tiene razón en lo de que su hija ya no es una niña y que es normal que tenga novio. Es la ley de la vida. Y, aunque no le hace ninguna gracia que haya alguien que ose ponerle las manos encima a su pequeña, hasta cierto punto lo comprende. Lo que no consigue superar es que aquel individuo tenga veintidós años y que lo haya conocido por Internet. ¿Qué pasa con los antiguos métodos de ligar? En una cafetería, una amiga que presenta a otro amigo, un amor de verano en la playa, un chico de clase... No, ahora la gente se conoce por Internet. Sin verse, sin sentirse, sin saber nada el uno del otro. ¡Cuántas mentiras le habrá contado ese Ángel! Y lo de la edad, eso sí que no lo tolera. Ese tipo solo quiere a Paula para una cosa, y él sabe para qué. También ha tenido veintidós años.

¿No se da cuenta?

—Te has levantado muy temprano hoy —comenta Paco de improviso.

—Sí..., no podía dormir —contesta sorprendida la chica, que no esperaba que su padre le hablase.

—Cuando alguien no puede dormir, dicen que es porque no tiene la conciencia tranquila.

—Vamos, papá. No empecemos.

—Yo no empiezo nada. Es lo que dicen.

—Leyendas urbanas. Yo tengo mi conciencia muy tranquila.

El hombre se levanta de su asiento. ¡La conciencia muy tranquila! ¡Pues no debería! Esta hija suya, cuántos problemas le trae. Sin embargo, no dice nada. Agarra el vaso vacío del café y lo lleva hasta la cocina. Su mujer está lavando la cafetera para preparar otra.

—¿Has hablado con ella?

—Bah, no tengo nada de qué hablar.

—Vamos, hombre, no seas testarudo. Es tu hija.

El hombre se coloca al lado de su mujer. Le quita el estropajo y lava su vaso. Ella lo observa. Está preocupada, espera que pronto se le pase el enfado.

—Dice que tiene la conciencia «muy» tranquila.

—Claro. Ella piensa que no ha hecho nada malo.

—¿Acostarse con un tipo seis años mayor que ella no es «nada malo»?

—Cinco y pico. Y no sabemos si se han acostado. El otro día nos dijo que no había hecho nada todavía. Y que, además, sabía lo que tenía que hacer cuando tuviera relaciones sexuales.

—¡Carajo!

—¿Qué te pasa?

—¿No te oyes? ¿No oyes lo que decimos? Estamos hablando de nuestra niña. De nuestra pequeña. De relaciones sexuales. De condones. De coger. ¡Dios! No lo soporto. Me voy.

—Pero, cariño...

Paco deja el vaso, ya limpio, sobre un trapo extendido para que se seque. Abre la puerta de la cocina y sale de ella. Su mujer va detrás, aunque se detiene cuando su marido llega a las escaleras. ¡Qué testarudo es! No hay nada que hacer.

El hombre sube hasta su dormitorio. Entra y cierra. Necesita algo. Sí, ahí está, dentro del cajón de la mesita de noche: el paquete de Fortuna. Pero hay algo más: el regalo de Paula. Paco lo ve y lo agarra. ¡Con la ilusión con la que lo habían comprado! ¿Y ahora qué? A esperar acontecimientos.

Lo guarda de nuevo.

Saca un cigarro de la cajetilla, lo enciende y se lo mete en la boca. Mira el reloj. Le da tiempo a fumárselo tranquilamente antes de irse. Se tumba en la cama y suelta el humo en una bocanada que nubla la habitación.

¿Por qué los hijos tienen que hacerse mayores?

Está perdiendo a Paula. Lo percibe. Un padre nota algo así. Pronto llegará diciendo que se va a vivir con el novio y luego que se casa. Y él dejará de ser importante para ella. La verá una vez cada quince días o quizá menos.

¡Veintidós años!

¿Cómo será ese tipo?

El Fortuna le está sentando bien. Demasiado bien. Tanto que, cuando lo apaga, al minuto, enciende otro. Dos años sin fumar a la basura. La culpa la tiene ese individuo que se está aprovechando de la candidez de su hija.

Periodista. ¡Qué profesión carente de ética! Solo meten las narices en la vida de los demás. Y lo llaman «información». ¡Bah!

El hombre se incorpora. Aún le quedan varias caladas por dar a ese cigarro, pero empieza a echársele el tiempo encima. Se arregla la ropa, un poco arrugada, y abre la puerta de la habitación. Un momento. Vuelve sobre sus pasos, abre el cajón de la mesita de noche y agarra el paquete de cigarros. Quedan siete. Los va a necesitar.

Esa misma mañana de marzo, en otro lugar de la ciudad.
Lee el mensaje de Paula un par de veces y contesta:

Buenos días, princesa. Te pasas con el celular. OK, cuando tú puedas me llamas o me mandas un mensaje para que te llame. Estaré en la redacción esperando. Que pases una buena mañana. Te quiero.

Revisa el SMS con una lectura rápida y lo envía.

¿Habrá visto Paula las imágenes del torneo benéfico de golf? Ángel se pregunta si será eso de lo que quiere hablar. Bueno, ya lo llamará.

Muerde un cuernito, el penúltimo bocado del desayuno, que acompaña con un sorbo de café con leche. Tiene la televisión encendida; en las noticias están anunciando el tiempo que hará hoy y en los próximos días. Una borrasca se está instalando en la Península: nubes, descenso de las temperaturas y lluvias avanzada la semana. Es que aquel calor no era normal.

Ángel se mete el último trozo de cuernito en la boca. Mira el reloj. Va bien de tiempo.

Agarra de nuevo el celular y busca en la lista de «Llamadas recibidas». La última fue la de Katia. Suspira.

Ayer volvió a hablar con la cantante. Parecía distinta. Su voz era demasiado suave, excesivamente dulce. Como si se acabase de despertar y no estuviera consciente de que lo había hecho.

Qué extraño resulta todo. Siente como si estuviese jugando con fuego. Pero ya son adultos, ¿no? Él tiene a Paula. Y ella...

Piensa en el beso del hospital. Resopla. Fue un beso dulce, como su voz de anoche. Demasiado dulce. ¿Tentador también? Sí, no hay duda de que Katia es una tentación. Es interesante, sexi, inteligente, guapa, decidida... Pero todas esas cualidades también las tiene Paula, aunque de otra forma completamente distinta. Y él quiere a su chica. Está enamorado de ella.

443

Ángel duda un instante. Finalmente, se decide y marca su número.

Suenan cuatro *bips* antes de que al otro lado de la línea respondan. De nuevo, esa dulce voz.

Esa misma mañana de marzo, en otro lugar de la ciudad.

Duerme. No hace mucho que por fin sus ojos se cerraron y dieron por concluido un día difícil, pero con final feliz. Ahora ya ha amanecido, pero ella todavía no lo sabe. Algo está sonando en su habitación. Se despierta lentamente. ¿Es el celular? Sí, la llaman.

Katia alarga el brazo y alcanza su teléfono, que está en la mesita de noche.

—¿Sí...? —responde en voz baja. Ni siquiera ha visto quién es su interlocutor.

—Buenos días, Katia.

Esa voz...

—¡Ángel! Bu..., buenos días.

La chica del pelo de color rosa se incorpora de golpe. Se sienta en la cama y sonríe nerviosa. ¡Es Ángel!

—Perdona que te llame tan temprano, ¿te he despertado?

—No. No, qué va. Ya llevaba un rato despierta —miente.

—Ah, muy bien. ¿Cómo has dormido?

—Perfectamente.

En realidad, se ha pasado casi toda la noche pensando en él, en la conversación que tuvieron, en lo amable que fue con ella. Ni siquiera le preguntó por qué lo había llamado tantas veces, sino que se disculpó por no haberle contestado el teléfono antes. Ella tampoco pidió explicaciones. Solo quería hablar con él, escuchar su voz. Ambos sabían que lo mejor era dejarlo pasar y no preguntar. Y finalmente, tras cinco preciosos minutos, Ángel quedó en que hoy la llamaría. Lo que no imaginaba es que fuera tan pronto.

—Me alegro. ¿Estás en casa?

—Sí, sí. Ahora me iba a dar una ducha.

Improvisa. Aunque no es mala idea. Una ducha con Ángel ahora sería algo perfecto.

—Ah, bien. Si quieres, te llamo luego.

—No, no te preocupes. Si aún tengo que terminar de desayunar...

—Ah, bueno, como quieras.

—Y tú, ¿has dormido bien?

Katia se levanta de la cama. Se pone las pantuflas y camina hasta la cocina mientras hablan de dos o tres trivialidades. Hay café hecho. Lo pone a calentar y se sienta sobre una mesita.

Ángel está especialmente amable y simpático. Ríe a menudo, tal vez más que de costumbre. Le recuerda a aquel chico que conoció el jueves pasado, el día de la entrevista. Después, todo entre ellos ha sido extraño, confuso, y ella ha tenido gran parte de culpa: por precipitarse, por forzar los acontecimientos, por no tener paciencia. Ahora será distinto. Él tiene novia, y ella lo sabe. Sabe que hay otra, pero tendrá su oportunidad. Sin prisas.

—Oye, Katia, ¿tienes algo que hacer esta tarde? —suelta de repente el periodista después de hablar del cambio del tiempo.

—Pues... creo que no. Deja que mire.

La chica sabe que no hay nada en su agenda. Ha anulado todo lo que tenía pendiente: promociones, entrevistas, actuaciones... Tras el accidente, mandó suspender y aplazar todos los actos programados para esa semana.

—No, no tengo nada que hacer —responde a los pocos segundos.

—¡Bien! Es que me gustaría que nos viéramos para hablar de un asunto. Prefiero hacerlo en persona y no por teléfono. Si no se te complica demasiado, claro.

No puede creer lo que acaba de oír. ¿Que se vean? Quiere gritar, pero se contiene. ¡Va a ver de nuevo a Ángel!

Pero ¿de que querrá hablar?

—Ah, por mí, está bien.

—¿Me pasas a recoger a la redacción y vamos a tomar un café? ¿Te queda bien a las seis?

—Perfecto, allí estaré. Le pediré prestado el coche a mi hermana.

—¡Es verdad! El Audi está en el taller, ¿no?

—Sí. Lo echo de menos.

Es cierto. Pero al que realmente echa de menos es a él. ¡Y lo volverá a ver!

—Normal. Bueno, pues nos vemos entonces a las seis. Me voy corriendo al trabajo, que llego tarde.

—Bueno. Que pases una buena mañana. Un beso.

—Lo mismo digo. Otro para ti.

Ángel es quien presiona antes la tecla de colgar.

¡Vaya sorpresa! ¿Y esto? De no cogerle el teléfono en todo el martes a querer hablar con ella en persona. Una sonrisa tonta de felicidad no se borra de su cara. No entiende nada. Da igual, no quiere pensar, aunque le resulta inevitable. ¿Qué querrá decirle?

Capítulo 56

Esa mañana de marzo, en otro lugar de la ciudad.

Es raro ser la primera en llegar a clase. Paula no está acostumbrada. Normalmente, es de las últimas cuando suena el timbre, y eso con un poco de suerte. Otras veces aparece cuando el profesor de turno ya ha cerrado la puerta.

Desde su asiento en una de las esquinas del aula, observa cómo van llegando sus compañeros, uno a uno. La saludan sorprendidos al verla allí tan temprano. Algunos se acercan y le preguntan: hay sonrisas pícaras e incluso un par de atrevidos le dan dos besos de buenos días. Buen trofeo matinal para esos chicos que se mueren por salir con ella. Nuevo intento. No hay nada que hacer: Paula se niega, siempre con buenos modos, cariñosa. Pero con el «no» por delante y una excusa convincente.

Cris y Diana llegan juntas. Se han encontrado en la entrada del instituto y conversan animadamente. También se sorprenden muchísimo cuando ven a su amiga, que les grita desde el fondo de la clase.

—¡Qué sorpresa! ¿Y tú qué haces aquí tan temprano? —pregunta extrañada Diana.

Besos y miradas. Siempre se examinan, todas a todas. Sigilosas pero cómplices; exigentes. Es importante fijarse en cómo van vestidas las otras, si se repite alguna prenda

447

usada hace poco, cómo les queda la ropa, si han engordado o si les han crecido los pechos... Todas tienen en mente lo que se han puesto las demás a lo largo de la semana, y todas tienen una opinión al respecto. Unas veces se comenta; otras no.

Paula tiene buen gusto. Viste muy bien, a la última moda o casi. Combina los colores perfectamente. Incluso confeccionó una tabla de colores para saber qué combina con qué. Hoy lleva una camiseta amarilla con estrellitas negras bastante escotada que ha sido el centro de atención de los chicos de antes, una chamarra oscura ajustada que ya no está abrochada y una mezclilla exactamente del mismo color.

—Pues porque no podía dormir. Hasta he desayunado con calma. Y, nada, he salido a la calle y, justo en ese momento, pasaba el autobús. ¡Fui la primera en llegar!

—Apúntalo en tu agenda porque debe de ser la única vez que ha pasado en cinco años.

—Que yo recuerde..., sí. Y ustedes, ¿de qué hablan, que vienen tan animadas?

Cris y Diana se miran. Cuéntaselo tú. No, díselo tú. Va, tú. Que no, mejor tú.

—Pues hablábamos de ti —dice por fin Cristina.

—¿Ah, sí? ¿Y eso?

—Te vi ayer en la tele. En las noticias.

—¡Ándale! ¿Tú también?

—Pues sí. Estabas con Ángel, ¿no?

—Sí. Cuando ayer vino al instituto a recogerme era para llevarme a un torneo benéfico de golf. Él tenía que cubrirlo para la revista.

—¡Carajo! ¡Estás en todas!

—¿Y viste a muchos famosos?

En ese instante entra Miriam. Arquea las cejas cuando ve a Paula por el asombro de que su amiga ya esté en clase.

Detrás camina lentamente su hermano con las manos metidas en los bolsillos. Mario también la ve. Está con las otras Sugus. Saluda con la mano hacia la esquina, serio, sin decir nada, y se marcha a su asiento en el otro lado del aula. Las chicas le corresponden, especialmente Diana, que lo sigue con la mirada hasta que llega a su mesa. Lo nota raro. Seguro que algo le pasa. Siente la tentación de acudir a su lado a preguntárselo, pero se resiste. Quizá son imaginaciones suyas.

—¿Pero tú qué haces aquí tan pronto? La fama te hace madrugar.

Más besos. Más miradas.

—No me digas que tú también me viste.

—No, yo no. Me lo dijo Cris.

—Yo fui la única que te vio. Te llamé, pero no tenías el teléfono conectado.

—Sí. He visto sus llamadas perdidas esta mañana. Lo siento. Tuve que apagarlo porque mis padres también me vieron en la tele y me dieron una charla. Ni modo de tenerlo encendido y que sonara. Luego subí a mi cuarto y se me pasó conectarlo.

—¿Qué dices? ¿Te cacharon tus padres? —pregunta Miriam.

Paula asiente con la cabeza y resopla.

—¡Qué fuerte! —exclama la mayor de las Sugus.

—¿Y qué les dijiste?

—Pues que tenía novio.

—¿¿¿Qué???

—¡Yo qué sé! Me hice un lío. Me abordaron después de cenar y, mientras me interrogaban sobre si estaba saliendo con alguien, van y dan las imágenes del torneo de golf en las noticias. Fue una coincidencia. Así que al final les conté todo.

—¿Todo?

—Casi todo. La edad de Ángel, que es periodista, que lo conocí por Internet...

—¡Qué fuerte!

—¡Qué fuerte!

—¿Y cómo se lo han tomado? —pregunta preocupada Miriam.

—Mi madre, bien. Bueno, más o menos bien. No le hace mucha gracia que Ángel tenga veintidós años, pero, bueno, lo acepta. Pero mi padre... ¡Uf! Ha vuelto a fumar y todo, después de dos años sin hacerlo.

—¡Carajo! Pues sí que se lo ha tomado mal... —interviene Diana.

—Ya ves. No entiende que yo pueda tener novio. Me ve como a una niña pequeña aún. Parece mentira que el sábado vaya a cumplir diecisiete años.

Cris y Diana se vuelven a mirar. En esta ocasión, también es partícipe Miriam. Anoche hablaron de algo respecto a lo del sábado en una conversación múltiple por el MSN. Paula no se tiene que enterar.

—Ya se le pasará —intenta tranquilizarla Cristina.

—Eso espero. No me gusta estar así con él.

El timbre suena en esos momentos.

—Vaya. Al final no nos has contado a qué famosos viste.

—Es verdad. Luego, en el recreo, se los cuento. Es muy fuerte.

Las cuatro Sugus ocupan sus respectivos asientos. Siguen cuchicheando en voz baja hasta que alguien les llama la atención para que paren de hablar.

El profesor de Matemáticas deja pasar a los alumnos que están en el pasillo y cierra la puerta tras de sí.

Agarra un gis y escribe en el pizarrón: «El viernes, examen final. Estudien o recen lo que sepan».

¡Uf, el examen del viernes! Paula se lamenta de no haber estudiado hasta ahora. Se juega el trimestre y no quiere imaginarse qué pasaría si reprobara. Si ya están mal las cosas en casa, una reprobada en Mate podría ser el apocalipsis. De esta tarde no pasa. Mira hacia Mario. Quizá ayer debería haber ido a su casa y no estar toda la tarde con Andrea Alfaro, su novio y Ángel. Además, le mintió a su amigo. ¡Ups! Si Miriam sabe lo del torneo de golf, ¿Mario también? ¿Y que le mintió? ¡Mierda!

La chica traga saliva. Empieza a sentirse realmente mal. No oye las explicaciones del profesor de Matemáticas, que está entusiasmado con la idea de que más de la mitad de la clase seguro que reprobará el examen del viernes.

Debe hablar con él en cuanto termine la hora de Matemáticas.

Recuerda que también tiene que mandarle un SMS a Álex, que le pidió que se vieran por la tarde. ¿Qué hace? ¿Va con él?

Y llamar a Ángel. Se lo escribió en el mensaje de esta mañana. Estará esperando.

Paula se agobia. ¿No dicen que «a quien madruga, Dios le ayuda»? Sí, pero también hay un refrán que afirma que «no por mucho madrugar amanece más temprano».

Capítulo 57

Esa misma mañana de marzo, en otro lugar de la ciudad.

El coche se detiene. Hay un hueco libre. Irene mira hacia atrás para ver si viene alguien. Nadie. Gira el volante suavemente y da marcha atrás. Álex observa la maniobra. Ha accedido a que lo lleve una mañana más, pues, aunque no le satisface excesivamente la idea, le ahorra tiempo, dinero y aglomeraciones.

Juntos van a recoger cuarenta cuadernillos fotocopiados de *Tras la pared* en la reprografía del señor Mendizábal.

—No hacía falta que te estacionaras. Si luego ya me voy yo solo en el metro...

—Anda, hombre, te espero. De todas formas no llego a la primera clase —dice la chica mientras logra estacionar perfectamente su Ford en el espacio que ha encontrado libre—. Listo. Perfecto, ¿no te parece?

—Bueno, si tú lo dices... Pero no quiero que me esperes.

—Está perfecto. Y sí, te espero.

—De verdad que no hace falta.

—No seas tonto. Corre, date prisa, que te invito luego a desayunar.

—En serio que no...

—No me vas a convencer esta vez. Soy más testaruda

que tú y el coche ya está estacionado. Estoy muerta de hambre, así que apresúrate.

—Irene, no voy a desayunar contigo.

—Pues te seguiré hasta que quieras hacerlo.

—¿Que vas a qué?

—Eso, te perseguiré por toda la ciudad hasta que desayunemos: por la calle, por el metro... Vayas a donde vayas, estaré yo.

—No te creo.

—Prueba y verás.

—Te comportas siempre como una niña.

—Es que soy una niña: solo tengo veintidós años. Estoy empezando a vivir. Corre. Tengo hambre.

Álex suspira y se da por vencido. Se baja del vehículo y entra en el establecimiento.

Si no fuera porque es a Agustín Mendizábal a quien va a ver, lo acompañaría, pero Irene no soporta a ese viejo con el que comieron ayer. ¡Qué desagradable! Un hombre de sesenta años echándole los perros... Aunque la verdad es que ya está acostumbrada a cosas así. ¡Qué desesperados están los hombres, y más estos ancianos que ya vienen de regreso de todo! ¡Viejo rabo verde...!

Hace calor dentro del coche. La chica baja la ventanilla y saca un brazo desnudo por ella. Sopla una brisa fría que le resulta agradable. Un grupito de estudiantes universitarios pasa en esos momentos por su lado y se la quedan mirando. Buscan y quieren ver más. Y es que, a pesar de que el tiempo ha cambiado, Irene ha decidido ponerse un vestido morado escotado que le llega por encima de las rodillas, medias negras y zapatos de tacón, no demasiado altos. Oye un silbido y un piropo descarado. «No solo los viejos están de libidinosos...», piensa ella. Les sonríe, lanza un beso al aire y vuelve a subir la ventanilla mientras agita la mano despidiéndose. «Babosos...». Los chicos se alejan riendo a carcajadas con risas falsas, exageradas, estúpidas.

Irene tamborilea con los dedos en el volante. Álex tarda un poco más de lo que esperaba. Quizá no llegue ni a la segunda clase. Su profesor se estará preguntando dónde se ha metido. Seguro que la está echando de menos. Y más hoy, con ese vestido. Se le quedará la boca abierta cuando la vea. Ni tendrá que justificar su ausencia.

Su celular suena. Es un SMS. Quizá sea...

Se inclina hacia atrás y alcanza su bolso, que está en el asiento trasero del coche. Lo abre y saca el teléfono.

No, no es ella. El mensaje es del chico de su clase con quien fue a cenar, preguntándole por qué no ha ido a clase. Otro para la lista de los que se clavan, y eso que solo han cenado. Está bueno, pero no le interesa. Puede que algún día le invite a algo más si las ganas la desbordan. No se negaría: nadie se negaría a pasar una noche con ella de sexo puro y duro.

¿Nadie? Sabe la respuesta. Álex aparece por fin. «¡Mierda, no viene solo!». El señor Mendizábal le acompaña. Ambos van cargados con dos pesadas mochilas llenas de cuadernillos de *Tras la pared*. Irene se lamenta y suelta un par de improperios en voz baja.

El anciano sonríe de oreja a oreja cuando la ve, dejando al descubierto su mal cuidada y escasa dentadura.

—Irene, ¡qué alegría volver a verte!

El hombre deja la mochila en el suelo y se coloca frente a la ventanilla en la que la chica sonríe forzada. Obligada por las circunstancias, se baja del coche.

Dos besos.

—Hola, Agustín, ¿cómo estás?

—Pues muy bien. —El señor Mendizábal la repasa de arriba abajo sin disimular—. Aunque tú estás mucho mejor, por lo que veo.

—Qué simpático eres... —comenta entre dientes, intentando ocultar su incomodidad.

Álex mete dentro del Ford la mochila que lleva colgada. A continuación hace lo mismo con la que Agustín Mendizábal ha dejado en el suelo.

—Bueno, esto ya está. Gracias por regalarme veinte cuadernillos más de los que le pedí. Le debo otra comida.

—No, la próxima vez pagaré yo. Espero que tú nos acompañes, preciosa —indica el anciano besando la mano de Irene—. ¿Te queda bien el lunes?

—Huy, no sé si podré... Estoy ocupadísima con el curso. Pero, si tengo un rato libre, cuenta conmigo.

La chica retira rápidamente la mano de los labios de Agustín y abre la puerta del coche. Mira a Álex y le hace un gesto con la mano para que entre. Este no termina de entender lo que sucede, pero obedece.

—Bueno, Agustín, nos vamos. Un placer volver a verte.

—Adiós. Espero verte pronto.

Irene cierra de un portazo y enseguida comienza a maniobrar. Álex, mientras, se despide del hombre desde el asiento de copiloto.

El Ford sale del estacionamiento y se adentra en la circulación. Hay bastante tráfico.

—Pero ¿no íbamos a desayunar? —pregunta el chico desconcertado cuando ya no alcanza a ver al señor Mendizábal, que aún continuaba despidiéndose con la mano.

—Sí, pero me he acordado de un sitio mucho mejor, cerca de aquí.

—¡Ah!

Irene sonríe. No hubiera soportado que aquel viejo se apuntara con ellos a desayunar. Está dispuesta a todo por conquistar a su hermanastro, pero ese todo también tiene un límite.

Capítulo 58

Esa misma mañana de marzo, en otro lugar de la ciudad.

Suena el timbre: fin de la clase de Matemáticas. Tres o cuatro estudiantes se acercan hasta el profesor, que está recogiendo sus cosas. Le preguntan si el examen del viernes será muy difícil.

—Por supuesto, el más difícil de sus cortas y apasionantes vidas.

Y no miente. Actúa sin piedad, como en el primer trimestre, cuando más del sesenta por ciento de sus alumnos reprobaron. Dos chicas lo persiguen hasta el pasillo rogándole que cambie la prueba de día, que no sea muy duro, que es la única asignatura que les quedó en la primera evaluación.

El profesor de Matemáticas sonríe. Posee el control: él domina la situación y disfruta haciéndolo; es su momento, la venganza a tanta apatía, tantas desconsideraciones, tantas y tantas faltas de interés. ¿Lo desafiaban? Pues ahora es su turno. No habrá prórrogas, ni caridad, ni miramientos. Solo un examen complicado, muy complicado, con el que se divertirá preparándolo, aplicándolo y corrigiéndolo, pluma roja en mano, esa que utiliza solo para las ocasiones especiales. Aprobarán los que lleguen al cinco: nada de cuatros con nueve, solo vale el cinco.

Mario lo observa desde lejos, sin levantarse de su asiento. Contempla con displicencia la escena. Él fue quien sacó la calificación más alta de todo el curso en el trimestre pasado: un ocho y medio. Ahora, sin embargo, tiene otras cosas en la cabeza. El examen del viernes empieza a darle lo mismo. Todo es secundario. Indiferente. Solo piensa en Paula. ¿Cómo y cuándo decirle lo que siente? Se acabó. Basta ya de que juegue con él, con sus sentimientos. Debe poner fin a esa esclavitud. Ella lo es todo para él: despierto, en sueños, en clase, en la música, mientras estudia, cuando come... ¡Basta!

Ha mirado varias veces de refilón, por encima del hombro, hacia la esquina de las Sugus. Ha tropezado con los ojos y la sonrisa de Diana en un par de ocasiones y también con la mirada de Paula. La ha visto distinta, triste, como si supiese lo que él estaba pensando.

Está guapa. Muy guapa.

En el recreo hablará con ella. ¿Pena? Ninguna. ¿Acaso ella la sintió ayer cuando le mintió? No.

Es preciosa.

La clase está alborotada. Siempre pasa entre horas cuando se va un profesor y se espera al siguiente. Hay ruidos, gritos, carcajadas... Algunos se fuman un cigarro a escondidas; otros aprovechan para copiar deprisa y corriendo los ejercicios que no han hecho en casa; incluso alguna chica saca el celular y manda un SMS a un novio cibernético que vive en la otra punta del país.

Paula se levanta de su silla. Ella no puede esperar hasta el recreo. Falta demasiado. Bastante se ha comido ya la cabeza durante la clase de Matemáticas. Se siente mal: por ella, por Mario, por todo. No debió engañarlo. Camina hasta el otro lado del aula, con un nudo en la garganta, sin saber muy bien qué decir. ¿Por dónde empieza la disculpa?

Diana la observa. La ve aproximarse a Mario. Esos dos... No sabe ni qué ni el porqué, pero algo sucede en su interior, cerca del corazón, en esa cajita invisible donde se almacenan los sentimientos. Son celos, pero no quiere admitirlo. No: una Sugus no puede sentir celos de otra Sugus. Y Mario no es ni su novio ni el de Paula. Se gira y empieza a hablar con Miriam de alguna cosa intrascendente, uno de esos temas típicos de Diana, una de esas cosas que la alejan del chico de quien se está enamorando.

No, no es su novio.

—Hola. ¿Ocupado?

Paula agacha la cabeza. No puede mirarlo a los ojos. Duele.

Mario la ha visto llegar o, al menos, acercarse. Quizá ella no fuera a verlo a él. Es lo que suele pasar. Pero esta vez la chica ha terminado delante de su mesa, en el otro extremo de la clase. Ha pensado cientos de frases para ese momento, millones de palabras que decirle; ha ensayado toda la noche, tirado en la cama, abrazado a la almohada y suspirando con lágrimas en los ojos. Ruegos, preguntas y verdades a la cara. Sin embargo, ahora su mente se queda en blanco.

—No —se limita a contestar.

—Oye, Mario... ¿Podemos vernos para estudiar esta tarde?

No hay convencimiento en las palabras de la chica. No es una disculpa, solo intenta pasar página.

El chico tampoco sabe qué responder. Todos sus planes se han venido abajo. No tiene valor. A la hora de la verdad, él no es capaz de negarse a nada que ella le pida. El pecho se le contrae, la garganta se le seca y las palabras no fluyen. Opresión.

—No sé si esta tarde podré —dice tímidamente.

En centésimas de segundo trata de convencerse a sí

mismo, de reunir la valentía necesaria para gritarle que se olvide de él, que se vaya, que no puede más. ¿No ha sufrido ya bastante?

—Vaya... Tienes muchas cosas que hacer.

—No es eso. Lo cierto es que...

«Es que estoy enamorado de ti y me estás haciendo la vida imposible. No te basta con no quererme, con besarte con otro delante de mí, más guapo, más maduro, mejor que yo. No te basta con hacer que mi existencia sea un infierno, que no piense en otra cosa que en tus ojos, tus labios, tu cuerpo perfecto. No es suficiente para ti que ya ni siquiera pueda oír nuestras canciones porque me pongo a llorar como un bebé. No basta todo eso, sino que, además, me mientes. Me siento humillado. Haces que me preocupe por ti, me dejas plantado y no me cuentas la verdad».

—Estás enfadado conmigo, ¿verdad?

Por fin Paula mira a los ojos a su amigo. No, no puede pasar página así como así. Mario enmudece. Todo cambia en su mente de pronto. La ira, el enfado, el sufrimiento, las ganas de contarle la verdad, su verdad, se esfuman. Observa cómo los ojos claros de Paula se humedecen y brillan. No es esa chica segura y deslumbrante que arrasa con su presencia allá a donde va: ahora es frágil, débil.

—Bueno..., no. No estoy enfadado.

—Lo siento, Mario. De verdad. He sido una estúpida. Lo siento.

Una lágrima. Y otra. Un sollozo silencioso en medio del enjambre de voces que gobierna la clase, testigo involuntario del momento. La rendición de la princesa.

El chico no sabe qué decir. Ahora menos que nunca. Pero tiene que hacer algo. Se pone de pie, a su lado, en la esquina opuesta a aquella en la que habitan las Sugus. Es más alto que ella y no puede sostenerle la mirada. Es demasiado increíble: esos ojos castaños, brillantes, inmensos, han eliminado de él cualquier tipo de resentimiento. Sus cuerpos están cerca. Y la abraza. Intenta consolarla. Paula pasa sus brazos por su cintura y apoya la cabeza contra uno de sus hombros.

Es un instante mágico. La vida de Mario vuelve a tener sentido. En unos segundos, esos segundos maravillosos, crece, madura, gana la confianza con la que no nació.

—Bueno, no te preocupes. No ha pasado nada. No estoy enfadado —susurra mientras le da un toquecito en la espalda.

—No debí mentirte. Se me fue de las manos. Perdóname.

—Te perdono. Te perdono.

«No te vayas. Quédate abrazada a mí para siempre. No te vayas, Paula».

La clase estalla en un ruido atronador de sillas y de mesas arrastrándose. Llega el siguiente profesor, el de Filosofía.

El abrazo termina. Los chicos se separan. Ambos sonríen.

—Me voy rápido, que viene el de Filosofía.

—Vale. ¿Pasas por mi casa a las cinco? —pregunta Mario—. Tenemos mucho que estudiar.

—Vale. A las cinco estaré allí, te lo prometo.

Le da un beso en la mejilla y corre a su asiento sorteando a cuantos compañeros se cruzan en el trayecto.

Mario la observa. Ella lo mira cuando llega hasta su mesa y lo saluda con la mano, sonriente. Él la imita.

Su mejilla arde casi tanto como su corazón, que late de nuevo deprisa, acelerado.

No era lo que había previsto. Jamás pensó que aquello fuera a resolverse de esa manera. ¿Cómo iba a imaginarlo? Pero se alegra, aunque sabe que, con toda seguridad, continuará sufriendo por ella.

Capítulo 59

Esa mañana de marzo, un poco más tarde, en un lugar de la ciudad.

Tal y como pensaba, el profesor no la ha recriminado por faltar a la primera clase. Se ha limitado a sonreír, darle la bienvenida y repasarla de arriba abajo. No esperaba menos. Ese escote y las medias negras siempre dan resultado.

Irene cruza las piernas y simula que atiende a las explicaciones de este hombre que se muere por llevársela a la cama.

El chico con quien fue a cenar también la observa. Está decepcionado. Apenas la ha visto, se ha acercado y ha intentado establecer una conversación con ella. Quería salir otra vez por la noche, quizá para algo más que para cenar. Irene se ha negado esta vez. Un revolcón, un buen revolcón, sí le gustaría, pero ahora tiene cosas más importantes en las que pensar.

El desayuno con Álex no ha estado tan mal. Su hermanastro aún es poco amable y simpático con ella, pero nota cómo la mira nervioso, inquieto. Tal vez, a través del deseo llegue hasta él.

Siempre logra lo que se propone. Siempre.

Entre palabras y palabras aburridas del profesor cincuentón, un ruido inesperado interrumpe la clase: es un celular, el de Irene. Se le ha olvidado ponerlo en silencio. Es un SMS.

Todos los ojos se centran en la chica del vestido morado, que, azorada, pide disculpas sonriendo. Un murmullo invade el aula y, sin embargo, nadie la reprende.

Irene saca el teléfono del bolso y lee rápidamente el mensaje. Por fin, lo que estaba esperando desde anoche: ¡Paula!

Hola, Álex. Perdona por tardar en responder. Lo siento, esta tarde tengo que estudiar a las cinco, ya he quedado de verme con un amigo. Pero si quieres podemos vernos a las siete y media u ocho en el mismo sitio. ¿Qué te parece? Tengo curiosidad por saber qué es eso tan urgente que tienes que decirme. Contesta cuando puedas. Un beso.

Picó el anzuelo.

—Profesor, ¿puedo salir un momento? Es mi madre, que me quiere decir no sé qué cosa muy importante.

—Claro, claro, pero no tarde en volver.

La chica se levanta con el celular en la mano sin dejar de esbozar una pícara sonrisa. Ninguno de sus compañeros pierde ni un detalle. El profesor también contempla la escena.

Irene camina hasta la puerta, coqueta, con el vestido ligeramente subido y paso de modelo. Su contoneo eleva la temperatura corporal de los asistentes masculinos.

¡Qué sencillo es contentar a un hombre! Seguro que cualquiera de esos estaría dispuesto a hacer lo que fuera por ella. Se vanagloria de su poder y sale.

No hay nadie en el pasillo. Se apoya contra la pared y lee otra vez el mensaje que le ha mandado Paula. A las siete y media o a las ocho... Mejor, así no tendrá que faltar a más clases. Tampoco hay que abusar. Piensa lo que tiene que poner y comienza a escribir. Mientras teclea, algo le pasa por la cabeza. ¿Y si Álex desde su celular la llama o le envía algún SMS? Espera que no. Al menos, hoy no.

Esa misma mañana de marzo, en otro lugar de la ciudad, instantes después.

—¿Qué murmuran?

La hora del recreo. Paula llega hasta el escalón en el que sus amigas están sentadas comiendo golosinas y papas. Cuchichean sobre alguna cosa. Tienen un plan, un nuevo plan, pero ella no puede saber nada.

—Hablábamos de ti —indica Miriam al tiempo que se suelta el pelo para recogerlo de nuevo en una coleta.

—¿De mí?

La recién llegada no se sienta junto a las otras tres. Ahora llamará a Ángel, a quien tiene que contarle lo de sus padres. ¿Cómo se lo tomará?

—Claro, ¿de quién, si no? Eres la estrella del momento. Tienes un novio que te envía rosas rojas a clase y te «secuestra» en horas de instituto, un amigo escritor que está buenísimo, sales en la tele, conoces a famosos, todos los chicos están pendientes de ti, tu cumpleaños es el sábado... La palabra popular ya se te queda corta.

Paula se sonroja al oír a su amiga hablar. Es cierto que todo eso está pasando, pero ella es la de siempre. La misma. Y no le da tanta importancia a su situación actual, por más que esta sea dulce, muy dulce. En realidad, no se considera especial por ello.

—¡Bah, exagerada! Eso le puede pasar a cualquiera. Es una racha buena, nada más.

—No seas modesta. Eres una Sugus. Así nosotras podemos presumir de ti, de que te conocemos —bromea Cris.

—Qué tontas están, ¿eh?

—Yo creo que deberíamos hacer camisetas con tu foto y el nombre del grupo y venderlas. Ganaríamos una buena lana —propone la mayor de las chicas.

—Se te va la cabeza. Cada vez te pareces más a Diana, ¿verdad?

Pero la aludida no está prestando atención.

—¿Diana?

—¡Diana, despierta!

Entonces la chica, que oye su nombre y siente el zarandeo de Cristina en el hombro, se da cuenta de que se refieren a ella. Lleva unos segundos ausente, sin prestar atención al resto.

—¿Qué decían de mí?

—Pero, chica, ¿dónde tienes la cabeza? ¿En qué piensas?

—En mi hermano, está claro —dice Miriam guiñando un ojo.

—Pero ¿qué dices, loca? ¡Ya estamos con lo mismo!

—No te preocupes, si todas hemos estado enamoradas alguna vez... Ya era hora de que te tocara.

—No estoy enamorada.

¿O sí? Si no lo está, aquellas sensaciones se parecen mucho a lo que describen como amor. Y, sí, estaba pensando en Mario. En Mario y en Paula. En aquel abrazo que hace un rato vio, en la punzada que sintió en su interior. ¿Un abrazo de amigos? Sí, seguro que era eso. Además, qué más da: ella no es su novia y Paula tampoco lo es. Entonces, ¿por qué se siente tan mal?

—Ya, seguro. ¡Dame un beso, cuñada!

Miriam se lanza encima de Diana, pasando por encima de Cris. Trata de esquivarla, pero finalmente los labios de una contactan con la mejilla de la otra.

—¡Cuando quieres, eres insoportable! —exclama Diana, que sonríe mientras se frota el rostro.

Las demás Sugus también ríen.

El celular de Paula suena entonces. Acaban de enviarle un SMS. Saca el teléfono del bolsillo y lee el mensaje que acaba de recibir. Es de Álex, desde ese número nuevo:

Vale. Perfecto. Entonces de siete y media a ocho te espero. Ya te lo contaré todo. Un beso, Paula.

La chica sonríe. Siente curiosidad, quizá demasiada. Y tiene ganas de verlo.

Mira el reloj. Solo faltan diez minutos para que termine el recreo.

—Chicas, las veo en clase.

—¿Te vas?

—Sí, tengo que llamar a Ángel.

—¿Su correo es johnforever@hotmail.com? —suelta Miriam de repente.

—Sí, ¿cómo lo sabes y por qué me lo preguntas? —responde Paula desconcertada y sorprendida.

—Lo sé porque soy muy lista y lo pregunto para confirmarlo. ¿Te molesta que lo agregue?

En realidad ha husmeado entre las cosas de Paula mientras esta hablaba con Mario en el descanso de la primera y segunda clase. Necesitaba el celular o el correo de Ángel, y en su agenda estaba apuntado.

—No, claro. Pero...

—¿Puedo agregarlo yo también? —interviene Cris.

—Esto..., chicas...

—Ya que estamos, me uno, no voy a ser menos —señala Diana.

Paula mira a sus amigas. ¿Qué traman? No tiene ni idea,

pero le resulta extraño que se comporten así. Hay gato encerrado, pero no tiene tiempo de pararse a investigar.

—Vale. Agréguenlo. Pero él es mío, para que lo sepan.

Y, sin decir nada más, se da la vuelta y busca un lugar tranquilo desde el que hablar con su novio.

Capítulo 60

Esa mañana de marzo, en otro lugar de la ciudad.

El cierre del número de abril se acerca y el nerviosismo se nota. El jefe corre por la redacción de un lado para otro, tenso, malhumorado, injuriando a este y a aquel por una foto mal puesta, un titular sin sentido o un artículo incompleto. Ángel sonríe al verlo tan alterado. Eso es el periodismo: tensión contrarreloj. Constantemente mira la hora; los minutos pasan más deprisa que en cualquier otra profesión, por no hablar de la incidencia que tiene cada frase que se publica. Lectores e implicados examinarán todo con lupa y opinarán sobre cualquier cosa que se escriba. Eso significa que, si eres un buen periodista, te debes acercar lo máximo posible a la realidad. Una información a destiempo o incorrecta puede provocar un terremoto mediático, aunque solamente pertenezcas a una pequeña revista de música.

Sentado delante de la PC, Ángel repasa todo lo que ha escrito sobre Katia. La entrevista está muy bien. También le gusta cómo ha quedado la noticia del accidente. Sí, es un buen trabajo y está satisfecho.

Con el ratón lleva el cursor hasta una carpeta que le ha enviado Héctor, el fotógrafo, y la abre. Allí están todas las fotos que la cantante se hizo el viernes, las que saldrán a la luz y las que no. Algunas son en blanco y negro.

Empieza a mirarlas una por una. Katia es muy fotogénica, tiene algo en su mirada que llega y seduce, como si te atravesara con aquellos preciosos ojos celestes y alcanzara tu interior.

Se detiene en una imagen en la que Katia aparece sentada en un columpio. Mira hacia un lado, con el pelo suelto, alborotado, y la mano tapándose la boca, pensativa. Recuerda el momento. Fue pocos minutos después de que lo besara en el parque. Ángel se pasa los dedos por sus labios. Vuelve a preguntarse si no estará jugando con fuego. Esta tarde ha quedado de verla para pedirle un favor, un gran favor.

Otra foto en el columpio: sonríe a la cámara y tiene las piernas abiertas; un vestido blanco cae por ellas hasta los tobillos. Está guapísima. Cuando se ríe parece más joven, como una adolescente. Se le aniña el rostro y, en vez de veinte años, aparenta dieciséis.

En la siguiente, guiña un ojo. Simpática, irresistible, tentadora, invitando a más.

¿Y si hubieran tenido sexo aquella noche? Ángel sacude la cabeza.

Una en la que se tapa media cara con su característico pelo rosa: parando los labios, seductora. «Bésame, soy tuya».

La flechita del cursor sube hasta su boca. Ángel la guía con el ratón, recorriendo la línea de la comisura. Pintalabios invisible. Un escalofrío.

El joven periodista continúa viendo fotos, veinticinco o treinta más. En cada una se expresa una emoción, un sentimiento diferente, y en todas descubre algo nuevo de Katia.

Dentro de la carpeta hay otra titulada «Portada». En su interior aparecen tres imágenes en color de la chica en distintos lugares del parque en el que se hizo la sesión. Son las fotografías que Héctor ha seleccionado y de las cuales, en principio, una será elegida como portada del número de abril, aunque esta decisión la debe tomar Jaime Suárez.

En la primera, Katia está de pie: mira hacia arriba, soñadora, como imaginando lo que acontecerá en el futuro. No se le ven las manos, que están detrás, en la espalda. En la segunda, se balancea en el columpio: fresca, divertida, una niña. Y, en la tercera, la cantante se apoya en un árbol: va vestida con muchos colores y mira fijamente al frente.

Son fotos increíbles. Una supera a la siguiente, pero, cuando Ángel vuelve a mirarlas, la primera es la que más le gusta.

Un nuevo escalofrío. ¿Qué le pasa?

El celular de Ángel comienza a sonar. ¡Paula! Es verdad, lo iba a llamar a lo largo de la mañana, se le había olvidado por completo...

Cierra la carpeta con las fotos de Katia y contesta.

—¿Sí...?

—Hola, cariño, ¿te interrumpo? ¿Puedes hablar?

—Sí, claro. Acabo de hacer una pausa. Estaba mirando unas fotos.

—¿Unas fotos? ¿De quién?

—De... —Ángel mira a su alrededor. A su lado hay un CD: *We sing. We dance. We steal things*—, de Jason Mraz. Vamos a incluir un pequeño reportaje suyo en la revista.

Improvisa. Menos mal que ha reaccionado a tiempo.

—¿Jason Mraz? No sé quién es.

—¿No has oído *I'm yours*?

—No.

—Ya te la pasaré. Es una canción preciosa.

—Va, seguro que me gustará.

—Es más o menos así.

Ángel tararea el estribillo. No lo canta del todo mal.

Paula sonríe al otro lado de la línea, pero enseguida recuerda para lo que lo ha llamado.

—Cariño, perdona, lo haces genial, pero no tengo mucho tiempo. Va a sonar el timbre dentro de poco.

—Perdona, perdona —se disculpa—. ¿De qué querías hablar? ¿No será del torneo de golf, verdad?

—¿Viste las imágenes en las que salimos?

—No, pero he recibido varios mensajes comentándomelo. Para eso te llamé ayer.

—Vaya. Te vuelvo a pedir perdón. Mis padres..., todo fue por ellos.

—¿Qué pasó?

—Que también me vieron por la tele.

Ángel se sorprende y traga saliva. La cacharon. ¿También lo vieron a él?

—¡No me digas! ¿Y qué te dijeron?

—Pues sobre eso, poco.

—Menos mal.

—Pero les conté lo nuestro.

El periodista se queda sin palabras. No sabe qué decir. No esperaba una noticia así.

Silencio.

—¿Ángel?

—Sí, perdona. Es que... ¿Y qué les dijiste?

—Pues les conté un poco. Casi todo, más bien. Tu edad, cómo nos conocimos, en qué trabajas y... que te quiero.

«¡Dios! ¿Les ha contado todo eso?», piensa Ángel.

—¿Y cómo se lo tomaron?

—Regular. Mi padre, mal. No cree que tú me quieras. Y eso de que te haya conocido por Internet y que tengas veintidós años no le hizo ninguna gracia.

—Vaya...

—Pero no te preocupes. Ya se le pasará.

—O vendrá a por mí a matarme.

—¡Qué va! No exageres.

—Vaya... —repite Ángel, desconcertado.

—¿Qué te pasa? ¿Estás bien?

—Sí, pero esto me ha agarrado de improviso. De todas formas, tarde o temprano iban a enterarse.

—Sí. Pues ha sido más temprano que tarde.

El chico se toca la nariz. Pestañea más de lo habitual. Está nervioso. Es lógico que los padres de Paula no piensen bien de él: tiene casi seis años más que su hija y creerán que solo es un capricho, tanto de uno como de otro.

—Cariño, ¿en qué piensas? —pregunta la chica ante el silencio de este.

—En que te quiero.

—¿Seguro?

—Seguro.

—Menos mal. Si no, no me acostaría contigo el sábado —bromea Paula.

Ángel sonríe. El cumpleaños... Su primera vez. Los padres de ella. Katia.

El timbre que anuncia el fin del recreo suena en esos instantes.

—Bueno, me tengo que ir. Ya hablaremos más tranquilos. Y no te preocupes, ¿eh? Que a mis padres seguro que les caes genial.

—No estoy preocupado.

—¿Seguro?

—Seguro.

—Bien, así me gusta. Te tengo que colgar, cariño.

—Te quiero, Paula.

—Yo también te quiero. Luego hablamos.

Termina la llamada.

Ángel deja el teléfono a un lado. Abre el CD de Jason Mraz y lo pone en la computadora. *I'm yours* (Soy tuyo).

Vaya noticia. Coloca su mano izquierda en el mentón, se acaricia la barbilla y reflexiona sobre en qué momento querrán sus suegros conocerlo.

Capítulo 61

Ese mismo día de marzo, un poco más tarde, en alguna parte de la ciudad.

El último.

Mira a derecha y a izquierda. No viene nadie. Es el momento. Debajo del limpiaparabrisas de un Megane rojo Álex coloca el cuadernillo de *Tras la pared* que le quedaba en una de las mochilas. No lo han visto. Resopla y se aleja unos metros disimulando.

Lleva toda la mañana de aquí para allá, buscando los lugares más apropiados para su misión.

Espera tener más suerte con esta tanda. De la anterior, solo tres chicas le han avisado de que descubrieron el pequeño tesoro. Y es que, para alguien tan romántico como él, si le sucediera algo por el estilo, encontrar las primeras páginas del libro de un autor desconocido con un mensaje misterioso en su interior, lo consideraría como un pequeño tesoro. Uno no se tropieza con el destino todos los días. Pero no deben de quedar demasiados románticos en el mundo: los bohemios son una especie en peligro de extinción.

Aunque, quizá, es todavía pronto. Los repartió el sábado y es miércoles. Cuatro días... No, pensándolo bien, no es tan pronto. ¿A quién quiere engañar? Simplemente es eso:

falta de interés, de romanticismo. A la gente no le ha entusiasmado la idea, o tal vez es que no escribe lo suficientemente bien. Ya está, no hay que darle más vueltas. Decidido: si no tiene más éxito en esta ocasión, no repetirá el experimento.

¿Y qué habrá pasado con el resto de cuadernillos que distribuyeron él y Paula por toda la ciudad? Suspira. Está extenuado. Ha hecho todo el trabajo solo. Cómo ha echado de menos a su amiga, su ayuda, su compañía, su sonrisa, sus ojos... Y su magia: la magia de aquella preciosa muchacha.

Se estremece: no por el viento, ni por el frío ni por el cansancio. Son los recuerdos los que hacen que Álex se estremezca, los recuerdos de aquel día con Paula en el que casi se besan, casi unen sus labios gracias a *Perdona si te llamo amor*. El destino casi completa su obra.

¿Debería haberla besado?

Una banquita de madera enfrente de aquel coche rosa, en el otro lado de la calle, es el lugar que elige para descansar. Se sienta apoyando la espalda, cruza las piernas y extiende los brazos. Sí, está realmente cansado. Mira hacia arriba. No se ve el sol. Las nubes son las que dominan el cielo y empieza a soplar algo más de viento. Ya no es solo la brisa fresca matinal. El tiempo está cambiando.

Piensa en Irene, en la ropa que lleva hoy. Sonríe malicioso. Debe de estar pasando frío con aquel vestido tan corto y escotado con el que se ha ido a clase. ¡Qué chica! Seguro que los que van con ella al curso no pasan frío. Su hermanastra se habrá dedicado a calentar el ambiente. Pobres compañeros, aunque puede que alguno se aproveche de la situación.

¡Qué distintas son Paula e Irene! En todo: en su forma de ser, en cómo miran, en su manera de hablar... Hasta su sonrisa es diferente. Dos personalidades opuestas, unidas solo por el atractivo físico. Es lo único que podría decirse que Irene y Paula tienen en común. Las dos serían el sueño de cualquier hombre.

Paula. Paula. Paula.

La nombra en silencio. Lástima que no lo haya acompañado hoy.

¿Qué estará haciendo ahora? ¿Se lo pregunta en un mensaje? No, no quiere ser un pesado. Estará muy ocupada. Es una adolescente y las adolescentes siempre tienen muchas cosas que hacer: estudiar, relacionarse con otros adolescentes, soportar a sus padres, las clases, las amigas... No, no es una buena idea un SMS.

Álex se entristece. Tiene ganas de verla, oírla, conversar con ella sobre un libro o una canción, compartir un trocito de sus vidas... Juntos. Cerca, muy cerca. Como en el momento en el que se les cayó el libro de Moccia. ¡Debería haberla besado!

Una vibración y un ruido demasiado alto. ¡Qué susto! El teléfono suena dentro de uno de los bolsillos de su pantalón. Quizá sea ella. Al comprobar la pantalla, ve que se trata de Irene. ¿Contesta? No, no tiene ganas de hablar con su hermanastra. Seguramente empezarían con un tira y afloja continuo y ahora mismo no se siente con ánimo para algo así. Prefiere estar solo. ¿Solo? De sobra sabe con qué persona desearía estar en esos momentos.

Guarda de nuevo el celular, esta vez dentro de uno de los bolsillos laterales de una de las mochilas, en el que tiene el MP4.

Paula.

Agarra el pequeño artilugio y se coloca los audífonos. Presiona los botoncitos del reproductor hasta que llega al tema que quiere oír. Suena una melodía, un saxo. Es él mis-

475

mo el que lo toca. Lo grabó anoche. Se recrea en el sonido. Cierra los ojos y se evade del ruido de la calle, del mundo. Escucha atento, como si no fuera una creación suya, como si lo estuviera hechizando un encantador de serpientes. Le viene a la cabeza Hamelin: los niños, los ratones, el flautista... Encantados. Embrujados. Pero aquello es un saxofón, no una flauta; para Álex aquel instrumento es aún más hipnotizador.

Abre los ojos.

En el otro lado de la calle, una pareja cargada de bolsas de la compra se acerca hasta el Megane. Son jóvenes. Ella tiene dieciocho o diecinueve años; él, cuatro o cinco más. El chico saca a duras penas de su bolsillo un pequeño control y presiona un botón azul. Suena un pitido que indica que las puertas del coche están abiertas. Lo meten todo en el maletero.

Álex los observa. Apaga el MP4, aunque permanece con los audífonos puestos.

Cuando la compra está guardada en la parte trasera del Megane, la joven se aproxima hasta la puerta del copiloto y la abre:

—¡Carajo!, ¿qué es eso? ¿Una multa? —exclama al comprobar que hay algo bajo el limpiaparabrisas.

El chico, que todavía no ha entrado en el coche, avanza hasta la zona delantera del vehículo y se vuelca sobre el cofre para alcanzar lo que quiera que sea aquello. Con curiosidad, lo quita del cristal y comienza a ojearlo: *Tras la pared.*

—Mira esto —dice dándole el cuadernillo a su compañera a través de la ventanilla.

La chica pasa rápidamente hoja tras hoja sin detenerse expresamente en ninguna.

Álex permanece atento. Intenta oír desde la lejanía a

los extraños que han encontrado uno de sus pequeños tesoros.

—¿Y bien? —pregunta él, que ya se ha subido a su asiento.

—La gente, que se aburre mucho.

El coche se pone en marcha y en un bote de basura, cincuenta metros más adelante, ella arroja el cuadernillo de *Tras la pared*.

El viento sopla con más fuerza ahora, pero no es ese el motivo de que la sangre de Álex se haya quedado fría como el hielo. Sin hacer ningún aspaviento se levanta y se dirige al bote en el que descansa uno de los juegos de fotocopias de las catorce primeras páginas de su ópera prima. Mete la mano en él y lo rescata de entre un montón de basura. Lo sacude, lo limpia con un clínex y lo vuelve a guardar en una de las mochilas.

Ahora ya sabe la suerte que han podido correr algunos de sus cuadernillos. Afortunadamente, aquel ha sobrevivido.

Capítulo 62

Esa tarde de marzo, en un lugar de la ciudad.

Se echa contra la pared. Mira hacia atrás a ver si viene. Compañeros de clase pasan a su lado, también otros que conoce de vista y algunos chicos en los que nunca se ha fijado. Uno de los mayores, un repetidor de segundo, casi tropieza con ella. Se le queda mirando, se disculpa y sonríe. Mmm..., interesante. Cuando se marcha, no puede evitar echar un vistazo a sus pantalones de mezclilla. «No está mal, nada mal». En eso Diana no ha cambiado.

Siguen saliendo del instituto más y más estudiantes, alumnos que deseaban que sonara cuanto antes el timbre que debía dar por finalizada la última clase, un sonido que no tiene precio y que, por arte de magia, despierta a los dormidos, que recuperan toda la energía para escapar antes que nadie de aquel lugar en el que los retienen todas las mañanas.

Diana no ha ido a última hora: una falta más para su historial, pero esta vez ha sido por una buena causa. Tenía cosas importantes que hacer en la sala de computadoras.

Inquieta, continúa observando. Está nerviosa. Busca con la mirada al chico que la ha acompañado en el camino de vuelta a casa durante toda esta semana. Pero Mario todavía no aparece.

Vienen Miriam y Cris. Las acompañan dos chicos de segundo con los que dialogan animadamente. Están bastante buenos. Los cuatro sonríen y al llegar a la puerta del instituto se despiden. Diana también los saluda cuando pasan por delante de ella. Miradita a los *jeans*.

—¡Que se te van los ojos, amiga! —suelta Miriam, dándole una palmadita en el hombro.

—Tonta. Bueno, ¿qué han dicho? ¿Vienen? —pregunta a sus amigas.

—Sí, estos dos sí. Manu no lo sabe y Sergio tampoco. Tienen mucho que estudiar —contesta la mayor de las Sugus—. ¿Tú has mandado los *e-mails*?

—Sí, ya están avisados.

—Muy bien. Entonces todo está bajo control. Esta tarde iremos Cris y yo al hotel a reservar la habitación.

—Vale.

Las tres Sugus sonríen. Al principio no se decidían por el hotel al que invitarían a Paula a pasar la noche con Ángel. Tenía que ser un sitio apropiado para su primera vez. Finalmente, y aunque su precio está un poco por encima del presupuesto pensado, encontraron el lugar perfecto.

—¿Y a la farmacia? ¿Vas tú o los compramos nosotras?

—Pues...

El profesor de Gimnasia sale en esos instantes del edificio. Pasa por su lado y las saluda con seriedad. Las chicas le corresponden con una sonrisa fría y un leve gesto con la mano.

—No sé si en casa tendré alguno —continúa diciendo Diana cuando el de Gimnasia se ha alejado lo suficiente para no oír de lo que hablan—. Compraré una caja por si acaso.

—¿Y no es mejor que de eso se encarguen ellos? —interviene Cristina.

—Sí, pero con los nervios del momento igual hasta se

les pasa. Así que mejor que seamos previsoras. No vaya a ser que por no tener condones se les fastidie el plan.

Unas alumnas de segundo de secundaria escuchan lo que Miriam dice y esbozan una sonrisilla.

—Qué chiquillas —protesta Diana, que sigue mirando hacia el interior del instituto.

—Déjalas. A esa edad... Bueno, nosotras nos vamos. ¿Vienes?

—No. Vayan ustedes. Yo iré ahora.

—¿Esperas a mi hermano? —pregunta Miriam sin poder ocultar una sonrisa de oreja a oreja.

—¡Qué va! A... uno que me tiene que dar una cosa —miente.

—¿A quién?

—No lo conocen.

—¿Que no lo conocemos?

Miriam y Cris sueltan una carcajada. Diana se sonroja enojada.

—Bueno. ¡Márchense ya! Son unas pesadas.

—Ya, ya. No te enojes, ya nos vamos. Esta noche te llamo para contarte cómo nos ha ido —indica Miriam—. Ah, y no te preocupes: mi hermano viene enseguida. Estaba hablando con Paula y estará a punto de salir.

Diana intenta golpear a su amiga con la mochila, pero ella la esquiva y sale corriendo con Cris agarrada del brazo. La Sugus de manzana grita un par de insultos mientras sus compañeras se alejan.

«Son insoportables cuando se lo proponen».

La chica resopla. Paula y Mario. Juntos. Chasquea la lengua contra los dientes. Esos dos... De nuevo regresan aquellas imágenes a su cabeza. La de ayer en el pasillo: estaban demasiado cerca. Sí, demasiado. La de hoy, abrazados. Son amigos. ¿Acaso no pueden abrazarse dos amigos? Pero había algo en ellos que... Concretamente, en él. ¡Qué paranoias! Ve cosas donde no las hay. Si Paula tiene novio...

«Bah, no vale la pena esperarlo más».

Diana mira por última vez. Vaya, ahí están. La parejita. Paula y Mario caminan juntos. Están hablando, sonrientes. Ella, radiante, como siempre. Él..., él es lindo, tirando a guapo. Sí, sí que es guapo. ¿Por qué no se había fijado antes en Mario?

¿De qué hablarán? ¿Por qué parecen tan felices juntos?

Paula se da cuenta de que su amiga los observa y la saluda con la mano. Mario también advierte su presencia y la imita. Diana sonríe forzadamente y saluda tímida. Entonces no lo soporta más y comienza a caminar. Sola. ¿Por qué le duele verlos así? Él no es nadie en su vida. Es el hermano de Miriam, nada más. Ella es una de sus mejores amigas y tiene novio. Entre ellos no hay nada. No, no hay nada. Y si hubiera, ¿qué?

Hace frío. Estúpido viento que la despeina. Estúpido semáforo que la detiene. Estúpida ella por no saber lo que siente. ¿Qué le pasa? No lo entiende.

«Puto semáforo. ¡Cuánto tarda!».

—Hey, ¿por qué no me has esperado?

Una voz a su espalda la sorprende. Una voz del todo inesperada, pero cálida, conocida. Una voz con la que anoche soñó y que ella escucha constantemente. Una voz que la está cambiando, volviendo loca, llevando por un camino hasta ahora desconocido para ella.

Diana se gira y ve a Mario. Está agitado, ligeramente agachado. Apoya las manos sobre las rodillas y respira con dificultad, después de la carrera que se ha dado para alcanzarla.

—¡Ah! Eres tú. Pues no te he esperado porque no sabía que habíamos quedado de vernos —responde intentando mostrar indiferencia.

—Y no habíamos quedado.

—Pues eso. Entonces, ¿por qué tenía que esperarte?

—No lo sé. Quizá tengas razón.

El semáforo se pone en verde. Cruzan uno al lado del otro sin hablar y caminan por la calle, en silencio. Diana no tiene ganas de decir nada y Mario no sabe qué decir.

Un nuevo semáforo en rojo. Paran.

El viento cada vez sopla más frío, con más violencia.

—¡Carajo, que frío! —exclama por fin la chica, que se frota los brazos con las manos.

—Sí. Parece mentira, con el calor que hacía estos días. Son cosas de la época del año en la que estamos. Ya se sabe que en primavera...

—La sangre se altera.

Mario sonríe. Sí, la sangre se altera, pero no quería decir eso. Iba por otro lado.

—¿Qué pasa? ¿Te ríes de mí? —refunfuña la chica, que se ha dado cuenta de aquella sonrisa.

—No —responde escueto, sin abandonar su sonrisa.

—¡Ah, bueno! Más te vale.

Ahora Diana también sonríe. No sabe el motivo. Se siente mejor, reconfortada.

El semáforo cambia de nuevo de color y la pareja atraviesa por el paso de peatones.

—¿Cómo llevas el examen del viernes? —pregunta Mario.

—¿El examen? ¿El de Mate?

—Claro. No hay otro el viernes, ¿no?

¿Se burla de ella? Pues claro que no hay otro. O eso cree.

—Pues... no se me dan muy bien las matemáticas. Eso de mezclar los números y las letras no es lo mío.

—Solo consiste en poner atención. Las derivadas no son muy difíciles si les agarras el modo.

—¡Ah! ¿Estamos con derivadas?

Mario ríe.

—Ya veo que has estudiado mucho y que en clase estás atentísima.

—Tengo cosas más importantes en las que pensar.

—¿Sí? ¿Como por ejemplo?

«Pues en ti, tonto. Aunque no sé por qué ni para qué».

—No sé. Mil cosas. Las clases me aburren. Y Mate, más todavía. No entiendo nada.

—Bueno, eso es porque todo te da igual.

—¿Tú crees? —pregunta con ironía.

—Sí, eso creo.

—Ah.

—No te tomas las cosas en serio. Por eso no entiendes nada.

Diana se molesta. ¿Quién es él para decirle eso?

—Quizá necesite un profesor particular que me dé clases aparte. Podrías ser tú, ¿no? ¡Ah, no! Que tú ya eres el profesor particular de Paula.

—¿Qué? Bueno, yo...

Sin darse cuenta llegan al lugar en el que deben separarse. Ambos se detienen.

—No te preocupes, ya encontraré a otro que me enseñe. Tres son multitud —indica Diana con la voz quebrada. Intenta sonreír, pero su expresión no miente.

—Pero...

—Adiós, Mario. Pásalo bien con tus matemáticas y con Paula esta tarde.

Y con los ojos enrojecidos huye de su lado.

Mario no comprende nada. No entiende la reacción de la chica. Se rasca la cabeza y, pensativo, se dirige a su casa, donde finalmente esta tarde tendrá su «cita» con Paula.

Capítulo 63

Esa tarde de marzo, en un lugar de la ciudad.

¿Cuánto tiempo lleva allí?

Desde las dos.

Katia mira el reloj. Son las cuatro y diez. ¡Uf! Todavía queda mucho tiempo para que sean las seis. A esa hora ha quedado en recoger a Ángel en la redacción de la revista para ir a tomar café y para que este le cuente algo que no le quiso decir por teléfono. Le ha dado vueltas y vueltas al asunto. Está intrigada. ¿Qué será?

Las cuatro y once. ¿Solo ha pasado un minuto?

Tiene ganas de él, de hablarle, mirarlo a los ojos, oír su voz.

¡Pero es que falta tanto aún!

La mañana se le ha hecho larguísima. Iba de un lado para otro, inquieta. No soportaba más quedarse en casa sin hacer nada. Por eso, pasada la una, agarró el coche que le prestó su hermana, un Citroën Saxo de color azul, y se dirigió a la revista en la que él escribe, el lugar donde se conocieron. Necesitaba verlo. Tenía que verlo. ¡Qué desesperación! Y, por fin, lo hizo. A las tres y cuarto, Ángel abandonó el edificio para ir a comer, acompañado de su jefe y una chica que debía de ser una compañera de la revista. Katia estuvo a punto de salir del coche y saludarlo, pero habría resultado demasiado forzado, como si lo estuviese siguiendo.

Aguantándose las ganas, decidió no bajarse del Saxo.

Durante todo ese tiempo dentro del vehículo, estacionado enfrente de la redacción en la que trabaja el periodista, ha podido pensar en todo lo que le está sucediendo. No hay dudas sobre algo: definitivamente, ha perdido la cabeza. Y nada menos que por un hombre, un hombre al que no hace ni una semana que conoce. No está siendo ella. O tal vez esa sea su verdadera personalidad: neurótica, histérica, posesiva. Tiene la sensación de que se está comportando como una de esas maniacas obsesas de las películas, como en aquella tan mala de una estudiante universitaria que se obsesiona con un nadador. Incluso va medio disfrazada para que nadie la reconozca. Lleva un pañuelo en la cabeza con el que cubre su característico pelo rosa y unos lentes de sol. De esa manera no hay peligro de que ningún fan la descubra.

¿Y si está loca?

No, no será para tanto. Sinceramente, solo existe una palabra que define lo que le está pasando: amor. Se ha enamorado por primera vez en su vida. ¿Pero el amor te hace cometer tantas estupideces? Sí. Ya se dice, además, que en la guerra y en el amor todo vale. Los besos robados, las noches en su casa y en el hospital, las llamadas de teléfono, aquella espera de incógnito en el coche... ¡Uf! ¿El fin no justifica los medios? Vaya, qué maquiavélica se ha vuelto...

Sin embargo, hasta el momento nada le ha servido. Nada de nada. Ángel no es suyo. Es más, ella se la está pasando fatal. Su vida en los últimos días se resume en lágrimas y soledad. Así que la conclusión a la que ha llegado es que debe tomarse todo con más calma. Intentar hacerse amiga de Ángel, pero no una amiga de esas con las que hablas una vez al año o que puedes pasar sin saber de ella meses y meses. No: una amiga de las de verdad. Y, cuando se dé la oportunidad de algo más, aprovecharla. No es un mal plan. Conseguiría estar cerca de él, conocerlo y darse a conocer más. Y seguro que con el roce...

¡Ups! Ángel y su jefe regresan. Ya no está la otra chica con ellos.

La cantante se agacha y los observa con cuidado para no ser descubierta. Hablan de forma distendida. El director de la revista le estará contando alguna historia graciosa porque Ángel sonríe constantemente. ¡Qué guapo es! ¡Cómo le gusta su sonrisa!

La pareja está a punto de pasar por delante del Saxo. La chica se agacha aún más, tanto que no ve la calle, solo el interior del vehículo. Sería un desastre si la descubrieran. ¿Qué diría?

Pero se muere por verlo. Suspira y se arma de valor.

Asumiendo un gran riesgo, se asoma. Y allí está él. Cerca, casi a su lado. Puede sentirlo, oye su risa, sus pasos. Katia no lo pierde de vista ni un instante. Imagina que van juntos de la mano, caminando como una pareja de enamorados, directos a alguna parte donde desahogar sus deseos más ardientes. Sin embargo, poco a poco, la figura de Ángel se va alejando. ¡Nooo! Está lejos, cada vez más lejos, hasta que termina desapareciendo dentro del edificio de la redacción.

«¡Carajo! ¿Ya? ¿Y si entro en el edificio yo también? Las cuatro y veinte. ¡Dios!».

Katia se incorpora. Se sienta bien y, frente al espejo retrovisor, se arregla el pañuelo de la cabeza, que se le ha descolocado. Luego mueve el cuello a un lado y a otro. Le duele. Pero enseguida sus ojos vuelven al pequeño espejo, a su rostro reflejado en él. No se reconoce. Quizá no es ella. Es una extraña sensación, como si otra persona estuviera actuando con su cuerpo. ¿No será que el golpe que se dio en el accidente la está afectando más de lo que pensaba?

No, no es por eso. Es por Ángel. Él la ha transformado. Ha conseguido, sin saberlo y sin pretenderlo, que ella haya perdido el rumbo.

Sus labios están secos. Los humedece delante del espejito. Mejor. En el cristal del coche solo aparece su boca. Y sonríe, sin saber por qué, sin saber que es ella la que lo está haciendo. Sonríe.

Sí, cada vez se parece más a la estudiante de aquella película que se obsesiona con el nadador de quien se había enamorado. Solo espera que su obsesión no llegue a tanto.

Esa misma tarde, minutos después, en el edificio de enfrente.

—Entonces, ¿te vas a pasar la tarde estudiando?

—Sí. Estoy yendo ya para la casa de un amigo que me va a explicar el examen de Mate del viernes. Derivadas, ¡uf!

Ángel, mientras escucha, se echa hacia atrás en su silla. Casi pierde el equilibrio. Con un ágil movimiento logra no caerse. Mantiene el celular apoyado entre el hombro y la cara. Menos mal. Paula no se ha dado cuenta de su torpeza y continúa la conversación como si nada hubiese sucedido.

—¿Un amigo? ¿Qué clase de amigo? —pregunta fingiéndose celoso.

—¿Cómo que qué clase de amigo? ¿Tú englobas a tus amigos por clases?

Paula capta las intenciones de su novio y le sigue el juego.

—Claro —responde el periodista—. En mi clasificación hay dos clases. Tú por un lado y todos los demás por otro.

—Ah, así que yo soy tu amiga...

—Entre otras cosas.

—Ajá.

—Lo eres, ¿no?

—Supongo. Pero lo que voy a hacer contigo el sábado no lo hago con mis amigos habitualmente.

—¿Habitualmente? ¿Debo con eso entender que ocasionalmente sí?

—Claro, cada día. Me virgo y desvirgo continuamente.

Ángel esboza una gran sonrisa. «Me virgo y desvirgo continuamente». ¡Qué frase para la posteridad!

—Entonces, dada tu experiencia, el sábado tú serás la maestra y yo el alumno.

Ahora es Paula la que ríe. Aquellos juegos verbales formaron gran parte del comienzo de su relación. Se pasaban horas y horas pegados al MSN, hasta altas horas de la madrugada, viendo quién podía más. Especialmente, durante el primer mes. Luego, poco a poco, empezaron a llegar los «te quiero», las palabras amables y cariñosas, y aquellas conversaciones de tira y afloja pasaron a un segundo plano.

—Aun sin tener experiencia, creo que seré yo la que más enseñe.

—¿Es un juego de palabras?

—Puede ser. Ya lo comprobarás.

—¿El sábado?

—El sábado.

—Esperaré ansioso.

—Sé que desde hace tiempo estás ansioso por que llegue ese día.

—¿Cómo lo sabes?

—Es obvio. No dejas de ser un chico de veintidós años...

—¿Es importante la edad?

—No mucho. Son todos iguales. La edad es lo de menos —dice sarcástica. Sabe muy bien que no, que Ángel no se parece a ningún chico de los que conoce.

—Tienes razón. En realidad, lo único que buscaba desde la primera vez que hablé contigo era llevarte a la cama. El resto ha sido todo actuación.

—Ah. Pues igual soy yo la que tiene que actuar cuando nos acostemos.

—Tal vez. ¿Quién sabe?

—Debería practicar. Aún no sé cómo se me da eso de fingir. ¿Es fácil?

Ángel suelta una carcajada. Sabe que esta parte de la conversación saldrá después de que lo hayan hecho. Se imagina en la cama, abrazado a ella, besándole la frente y preguntándole en broma si ha tenido que fingir mucho.

—Vale, me rindo. Has ganado —resopla, aparentando dolor por la derrota.

—Lo sé. Siempre te gano —señala Paula triunfante y orgullosa.

—Hey, si te vas a poner a presumir, seguimos —refunfuña Ángel.

—Ah, se siente. Ya has perdido, amigo. Quiero mi premio.

El periodista no dice nada. Espera unos segundos en silencio hasta que por fin regala a su chica lo que quiere oír:

—Te quiero.

Paula siente un escalofrío en su interior. Algo sube por su garganta y llega hasta los ojos. Se enrojecen. Escuecen. ¡Uf! Pese a las veces que lo ha oído ya, siempre experimenta una gran emoción en instantes como ese.

—Esperaba que el premio fuera una Hummer o algo por el estilo, pero me conformo.

—No tienes edad para conducir. ¿Para qué quieres una Hummer?

—Para que mi novio lo conduzca.

Otra sonrisa de Ángel.

—En ese caso, una Hummer sería el regalo perfecto. Pero...

—Te quiero —interrumpe de improviso la chica, cuando aún no le correspondía su turno de réplica—. Te quiero.

Fin del juego.

—Y yo, cariño. Te quiero mucho.

—Tengo ganas de verte. Aunque creo que eso hoy no podrá ser, ¿verdad?

Ángel piensa. Ella tiene que estudiar y él ha quedado de verse con Katia a las seis.

—Creo que no.

—Vaya. ¿Nos llamamos esta noche?

—Dalo por hecho.

Son cinco para las cinco. Paula, sin darse cuenta, ha llegado ya a la casa de Mario.

—Bueno, cariño, te tengo que dejar.

—Espero que no sea por otro.

—Es por otro. Lo siento. Pero él solo me enseñará matemáticas.

—En ese caso, me doy por vencido. Era un desastre con los números.

—Lo sé.

—Pues nada, entonces. Pásala bien con tu amigo y las matemáticas.

—Y tú... con lo que hagas. Te llamo a la noche.

—Nos llamamos.

—Te quiero.

—Te quiero.

Y con dos besos al aire, uno a cada lado de la línea, termina la conversación.

Paula suspira. Pero enseguida piensa en lo que han hablado y entonces vuelve a sonreír. Vale, tomará la llamada con Ángel como un estímulo para enfrentarse a una dura tarde con las derivadas. Se peina un poco, alisa su camiseta, se asegura de que todo está en su sitio y llama al timbre de la puerta de la casa en la que vive Mario.

Ángel también hace un resumen en su mente del diálogo con su chica mientras enciende la PC. Le encanta. Es lo que siempre soñó. Tiene varios *e-mails* en su correo electrónico. Paula es increíble. La chica perfecta. Uno de esos correos le llama especialmente la atención. No conoce a la persona que se lo manda. Lo abre. ¡Ah, ya sabe quién es! Sonríe. Lee atentamente, con el ceño fruncido, lo que dice.

Vale, comprendido.

Reflexiona un instante. Tendrá que hacer algunos cambios de planes. Bueno, y sobre todo deberá hacer caso a lo último que dice el *e-mail*:

Posdata: Paula no sabe nada. No se lo digas, ¿vale?

Ángel cierra la página de Hotmail y mira el reloj. Las cinco. Aún falta una hora para que Katia vaya por él.

Mientras, en otro lugar de la ciudad, Mario baja las escaleras a toda velocidad cuando oye el timbre de la puerta de su casa. ¡Es Paula!

Por fin van a tener aquella «cita» que tanto se les había resistido hasta ahora.

Capítulo 64

Esa misma tarde de marzo, en otro lugar de la ciudad.

Entra en el Starbucks y espera en la cola. No hay demasiada gente: una pareja inglesa, con menos ropa de la que hoy el tiempo requiere, y dos quinceañeras que discuten en voz baja sobre lo que van a pedir. Una bebida para dos. Una no está de acuerdo con lo que quiere la otra y suben ligeramente el tono de la conversación. Finalmente, la más alta se deja convencer por su amiga y se deciden por un *frappuccino* grande de caramelo.

Los ingleses suben a la planta de arriba con sus bebidas humeantes en las manos. Las quinceañeras siguen hablando bajito a la espera de que les sirvan lo que han pedido. Sin embargo, ahora los comentarios van referidos al chico guapo que ha entrado detrás de ellas. No está nada mal, un poco mayor quizá.

Álex se da cuenta de que es el motivo de aquella charla, pero no hace demasiado caso. Hay cosas más importantes que le preocupan. Va a escribir un poco antes de las clases de saxofón con el señor Mendizábal y sus amigos. Aunque, para ser sincero, apenas tiene ganas de sentarse frente a la pantalla de la computadora. Está reciente en su mente lo que ha visto hace un rato: cómo aquella chica arrojaba desde su coche a un bote de basura el cuadernillo de *Tras la pared*, sin tan siquiera leerlo. No lo entiende. Su trabajo, su dedicación, su sueño..., todo a la basura. Se pregunta si vale la pena continuar. ¿Cómo lo harían Dan Brown, Tolkien, Meyer, Rowling o Ruiz Zafón para que los tomaran en serio y les lanzaran al mercado aquellos éxitos? Es difícil conseguir lo que han logrado ellos. ¿Difícil? Más bien imposible.

Su turno. La chica que está en el mostrador le sonríe amablemente. Es gordita, más bien baja, con lentes, veintipocos años. Parece inteligente. Seguramente se esté pagando la universidad trabajando allí.

—Buenas tardes, señor.

—Hola, buenas tardes. Quería...

—¿Un *caramel macchiato* pequeño?

Álex se sorprende. ¡Sí, exacto! ¿Cómo lo sabe? Siempre pide un *caramel macchiato* pequeño, pero no recuerda haberla visto antes. Y si ella sabe lo que va a pedir es que le ha atendido alguna vez más. Entonces se lamenta por no haberle prestado atención en anteriores visitas. No es guapa ni delgada y tiene una cara fácilmente olvidable. Posiblemente, por eso no se fijó. Y se lamenta de ello, de su propia frivolidad.

—Sí, eso es. Muchas gracias... —En un pequeño letrerito que lleva colgando encima del delantal lee su nombre—, Rosa.

—De nada, señor. Y usted es Álex, ¿cierto? —dice con una sonrisa que ilumina su rostro grande y rojizo.

¡Vaya! Así que también recuerda cómo se llama. De repente, siente una extraña culpabilidad.

—Cierto.

La chica lo apunta en un costado del vaso verde y blanco con el logotipo de la empresa, como es costumbre en Starbucks. Luego le cobra y, como no hay nadie más esperando, ella misma prepara el *caramel macchiato*. Un par de minutos más tarde, aparece de detrás de aquella inmensa máquina de café.

—Aquí tiene.

Rosa le entrega a Álex su bebida sin dejar de sonreír.

—Muchas gracias, Rosa. Por cierto, ¿me podrías decir la clave del wifi para conectarme a Internet?

Si precisamente a Álex le gustaba aquella cafetería era porque podía disponer de un cómodo asiento, un café distinto al que toma habitualmente, música relajante y conexión a la red.

—Se la he anotado en el papelito de la cuenta. Está junto a la clave para entrar al cuarto de baño.

El chico se mete la mano en el bolsillo y saca el papel arrugado. Allí está: 031108. Sí que es eficiente aquella mesera.

—Oh, muchas gracias. Estás en todo.

—Es mi deber. Como llevaba la laptop, pensé que quizá se quisiera conectar.

—Eres muy intuitiva. ¿Periodista?

—Criminóloga. Bueno, me faltan algunas materias todavía para acabar la carrera —indica, haciendo una graciosa mueca torciendo el labio—. ¿Y usted? ¿Periodista?

—No, ahí te has equivocado —responde él—: aspirante a escritor.

Cuatro chicas norteamericanas entran en el Starbucks.

—Ah, debí haberlo adivinado... —dice chasqueando los dedos—. Bueno, discúlpeme. Tengo que seguir trabajando. Espero que escriba mucho y bien.

—Se hará lo que se pueda.

Rosa sonríe y, moviéndose con dificultad, llega de nuevo hasta el mostrador, donde, en un perfecto inglés, pregunta a las recién llegadas qué desean.

Álex se echa azúcar en el café, lo remueve y agarra una

servilleta de papel. A continuación, toma la escalera en dirección a la planta de arriba. Mira hacia donde está la chica que le ha atendido y la saluda con la mano. Esta se da cuenta y le corresponde mientras anota «Cindy» en un vaso de Starbucks.

Arriba, el salón está bastante lleno, con solo dos mesas libres. Las quinceañeras de antes están al lado de una de ellas y Álex la descarta. Elige la de más al fondo. Se sienta en el sillón y saca la laptop del maletín. La abre e inicia la sesión.

Qué simpática la mesera. Sin darse cuenta, se ha olvidado por unos minutos de sus problemas. Definitivamente, en el mundo hay toda clase de personas. Seguro que, si Rosa hubiese encontrado el cuadernillo de *Tras la pared*, no lo habría tirado. Es más, está convencido de que se pondría en contacto con él.

Así que no puede darse por vencido. Hay gente que vale la pena, que está dispuesta a darle una oportunidad, que por lo menos leerá su historia.

Capítulo 65

Esa tarde de marzo, en un lugar de la ciudad.

Está delante de la puerta. No quiere parecer ansioso, pero lo está. Ansioso y nervioso y deseoso y no sabe cuántos estados de ánimo diferentes que terminan en -oso. Respira hondo. Sí, otra vez. Desde que sonó el timbre, habrá respirado hondo unas siete veces. Inspira, espira. Inspira, espira. Le faltan las contracciones para asemejarse a una embarazada a punto de dar a luz; además de unos cuantos kilos y del bebé dentro. Instintivamente, se mira la panza, la encoge y se alisa la camiseta, una negra que no se pone mucho y que lo hace ver más delgado y fibroso. Bueno, delgado está. Fibroso... Manos al pelo, último repaso. Todo en orden. Sonrisa de muchos dientes. Ya. Listo.

El timbre vuelve a sonar.

¡Qué susto! No lo esperaba.

Mario se precipita sobre la perilla y abre. En la maniobra pierde la sonrisa ensayada anteriormente, pero enseguida la recupera al verla. No es la que había preparado. Esta es más sincera, menos exagerada, más tímida, menos estudiada. Es la sonrisa de quien ve a la chica de sus sueños frente a frente, la sonrisa del enamorado.

—Hola, Mario —dice Paula, que también sonríe aunque su sonrisa es diferente.

—Hola.

¿Dos besos? ¿Qué se hace en esos casos? Los dos dudan un instante, pero finalmente ella se decide y acerca su rostro al de él.

Dos besos.

—Menos mal que has abierto, ya empezaba a pensar que nos quedábamos otro día sin estudiar.

Estudiar, ¿estudiar...? Sí, es verdad. Está allí para eso. No es una cita de esas románticas.

—Perdona, es que mis padres y mi hermana no están. He tenido que bajar desde mi habitación.

¡Uf! Le sudan las manos. Espera que solo sean las manos. Está tenso. ¿Por qué? Conoce a Paula desde hace muchísimo tiempo. Llevan yendo varios años a la misma clase y ella ha estado en su casa en multitud de ocasiones con Miriam y las otras dos Sugus. No hay motivos para sentirse así. Siendo realistas, sí los hay. Y es que por primera vez en su vida está a solas con la chica que ama. Pero tiene que tranquilizarse.

—¿Puedo pasar? —pregunta Paula.

¡Qué idiota! Ni siquiera la ha invitado a entrar. Nervios, ansiedad, dolor de estómago. ¿Son eso contracciones? Inspira, espira. Inspira, espira.

—Claro, claro. Perdona.

El chico se aparta, dejando paso a su invitada. Ella entra en la casa tranquilamente, con un caminar sereno, pero seductor. Mario la sigue con la mirada. Sus ojos se van a sus pantalones de mezclilla. Vaya, no quería. Se promete a sí mismo que no quería mirar ahí. ¿Qué está haciendo? «¡Carajo! Pero es que Paula no solo es guapa, sino que está buenísima».

No, no. ¡Basta! Su amor es puro. Y cristalino. Y ahora no es el momento de fijarse en eso.

—¿Tu hermana está con Cris y Diana? —pregunta la chica girándose.

—Sí, creo que sí. Casi nunca está en casa.

—Qué mujer. Debería estudiar un poco si no quiere repetir otra vez.

—Ya, pero tú sabes cómo es. No hace nada.

—Qué mal.

—Es tonta.

—Pues espero que no repita. La echaría muchísimo de menos en clase el año que viene.

«¡Pues yo no!», es lo que Mario desea gritar, pero se contiene. Aquella pequeña conversación sobre Miriam lo ha calmado un poco. Menos mal. ¿Quién iba a pensar que hablar sobre la pesada de su hermana le iba a ayudar algún día?

—¿Subimos?

—¿Vamos a estudiar en tu habitación?

Claro, ¿no? Quizá aquello la intimida. Vaya, no lo había pensado... Daba por hecho que estudiarían allí.

—Sí, pero como tú quieras. Si prefieres, nos bajamos a la sala.

—No, no. En tu cuarto está bien.

Paula sonríe. No había preguntado lo de estudiar en su habitación de manera que diera a entender «me da miedo quedarme contigo a solas en tu dormitorio». Simplemente, preguntaba por el lugar en el que iban a estar.

El silencio en la casa es absoluto. Solo se oyen las pisadas de Mario y Paula subiendo la escalera hasta la primera planta. El chico ha decidido ir delante. Mejor, no es el momento de pensar en otras cosas. Sin embargo, cuando llegan a la habitación, deja pasar primero a la chica. Paula sonríe y entra después de un «gracias» que a Mario le parece encantador.

—¿Dónde me pongo? —dice Paula, que se ha descolgado la mochila que llevaba en la espalda.

—Donde quieras.

La chica mira a su alrededor y finalmente se sienta en la cama. Pone la mochila sobre sus piernas y saca de ella el libro de matemáticas, un cuaderno y un estuche. Mario la observa atentamente. Es preciosa. De nuevo le sudan las manos.

—Se me ha olvidado traer la calculadora.

—No te preocupes, tengo yo.

Mario se gira y en un cajón del escritorio busca la suya. No tiene problemas para localizarla bajo un papel lleno de operaciones matemáticas que el otro día usó como borrador.

Cuando se vuelve a girar, Paula está quitándose el suéter. La camiseta que lleva debajo se le sube un poco, dejando al descubierto su perfecto vientre plano y el ombligo. Mario traga saliva.

«¡Uf».

—Fuera hace un poquito de frío, pero aquí se está bien —comenta la chica mientras dobla el suéter y lo deja a un lado en la cama.

Se ha quedado con una camiseta verde de manga corta en la que se puede leer «Blue» en grandes letras rosas con un signo de admiración al final.

—Sí, hace frío fuera. Aquí no.

Mario no sabe lo que dice. Al menos, no lo piensa. Sus ojos permanecen fijos en Paula, que ahora se ha soltado el pelo para volvérselo a recoger en una coleta alta.

—Bueno, lista. ¿Por dónde empezamos?

«Podemos empezar diciéndote todo lo que te quiero. O, mejor aún, empieza por mi cuello. Bésame y, mientras, te susurro al oído lo mucho que te amo, los años que llevo esperando este momento para estar a solas contigo».

—Pues por el principio, ¿no?

La chica se levanta de la cama con el libro de matemáticas y el cuaderno en las manos. Lleva un lápiz en la boca que ha sacado del estuche. Deja las cosas sobre el escritorio y mira a su amigo con una divertida sonrisa.

—¿Y cuál es el principio?

Inesperadamente, el timbre de la casa suena. Los dos al unísono miran hacia la puerta de la habitación.

—¿Quién será? —dice Mario frunciendo el ceño.

—¿Tu hermana?

—No, tiene llaves. No creo que sea ella.

—Pues baja y averígualo, ¿no?

Era demasiado bonito para ser cierto.

El chico resopla y sale de la habitación maldiciendo a quien se ha atrevido a interrumpir el mejor momento de su vida.

El timbre suena otra vez.

—¡Ya va, ya va! —grita cuando baja el último escalón.

Atropellado, llega hasta la puerta. Otra vez el timbre.

«¡Carajo, qué pesado!».

Abre y... ante él aparece la persona que menos esperaba ver.

—Hola, Mario. ¿Ha llegado ya Paula?

Diana le da dos besos y entra en la casa antes de ser invitada. Lleva su mochila colgada en la espalda y sonríe nerviosa.

—Eh... Hola... Sí, sí.

—Ah, ¡qué bien! Donde caben dos, caben tres, ¿no?

—Eh...

—Es que estaba en mi casa aburrida y me he puesto a pensar. Ya sé que tú crees que yo no sé hacer eso. Pensar, digo. Pero sí, yo a veces pienso. Pues eso, he pensado que ya era hora de ponerme en serio con eso de los estudios.

Entonces he recordado, bueno, me ha venido de pronto a la cabeza... que ustedes habían quedado hoy de estudiar eso de las derivadas, ¿no?

Diana habla deprisa. Casi comiéndose palabras, montando una frase encima de la otra. Mario la observa callado, incrédulo y sin entender absolutamente nada.

—Sí...

—Pues eso. A ver si entonces, entre tú y Paula, que es mi amiga, me echan una mano y consigo enterarme de qué trata el examen del viernes.

La chica suspira como si se hubiese quitado un gran peso de encima al decir todo aquello.

—¡Diana! —se oye desde la planta de arriba.

Paula se ha asomado para ver si Mario subía y su sorpresa ha sido mayúscula al ver a su amiga allí.

Baja deprisa la escalera y se abrazan.

Mario las observa en silencio. No sabe qué pensar ni qué decir, si reír o llorar. No va a quedarse a solas con Paula. Una vez más.

Suspira. Podía haber sido peor, como el lunes y el martes. Ahora, al fin y al cabo, está con dos chicas como aquellas en su casa. Suspira y sonríe débilmente.

Diana y Paula se acercan hasta él, lo toman cada una de un brazo y lo empujan hacia la escalera. El chico no opone resistencia. Solo piensa en lo que podía haber sido y no será, y en que ahora, realmente, le tocará explicar de verdad el examen de Matemáticas del viernes.

Capítulo 66

Esa misma tarde de marzo, en otro lugar de la ciudad.

Faltan diez minutos para las seis de la tarde. Ángel está poniendo el pie de foto a algunas imágenes que ilustrarán el número de abril, un número en el que la estrella de la revista es Katia. La cantante del pelo rosa ocupa las páginas centrales en un reportaje en el que además se incluye un apartado especial con el accidente de tráfico. Y, por supuesto, para ella también es la portada.

Jaime Suárez está sentado junto al periodista. Satisfecho. El director está orgulloso del trabajo bien hecho, de calidad, atrevido. Un trabajo elaborado y creativo. Y eso que no es sencillo para una publicación pequeña como la suya contar con la artista más popular del momento. Nada fácil. Con la entrevista y las preciosas fotografías de Katia, está convencido de que las ventas se multiplicarán en abril.

Y gran parte de culpa de todo aquello la tiene su joven empleado. Aquel chico que escribe como los dioses y al que está seguro de que le espera una gran carrera dentro de los medios de comunicación. Mientras, disfrutará de sus artículos e intentará aprovecharlo al máximo.

—¿Te falta mucho? —pregunta el jefe, ahora ya más tranquilo después de un día de locos en el que casi ha resuelto todos los detalles del número.

—Me falta poco.

—Bien. Estoy ansioso por dejarlo todo cerrado ya.

—Está prácticamente terminado. ¿Qué hora es?

—Casi son las seis.

—¿Ya son las seis? ¡Vaya! Debo darme prisa —señala Ángel sin apartar los ojos de la computadora.

—¿Qué pasa? ¿Has quedado de verte con alguien?

—Más o menos.

En esos instantes, llaman a la puerta. Es la chica que trabaja en recepción. Anuncia una visita.

—¿De quién se trata?

—Es Katia, don Jaime. Le he dicho que suba.

—¿Katia? ¿La cantante?

—Sí. Eso ha dicho al menos.

—¡Qué extraño! No me ha llamado su agente para...

—He quedado de verla yo —indica Ángel, que continúa escribiendo a toda velocidad en la PC.

Jaime Suárez mira a su pupilo con sorpresa.

—¿Ha quedado de verse contigo? ¿Para qué?

—Quería invitarla a un café en agradecimiento por la colaboración que nos ha prestado —contesta el periodista guiñándole un ojo a su jefe—. Ya sabe. Un poco de relaciones públicas nunca viene mal.

—Ah.

—¿Le parece mal? Si quiere le digo que...

—No, no. Me parece estupendo. Pero...

—¿Pero?

—Que después del accidente que tuvo con el coche aún no se ha manifestado en público ni ha hecho declaraciones ni se ha dejado ver. Y que me partí la cara para conseguir que nos diera una entrevista, porque tiene cientos de peticiones. Por eso me sorprende muchísimo que hayas conseguido invitarla a un café.

El chico no dice nada. Si su jefe se enterara de todo: de la borrachera, de los besos, de la noche en el hospital, de las llamadas telefónicas...

—Ya ve. Soy convincente cuando quiero.

—Eso parece. Demasiado convincente.

—¿Es un piropo, don Jaime?

—Pues no lo sé. Pero, ahora que recuerdo..., Katia pidió expresamente que tú fueras a la sesión de fotos, ¿no?

—Sí. Allí estuve. Y la verdad es que no fui de gran ayuda.

Se produce un breve instante de silencio entre ambos.

—Ángel, mírame. —Él obedece. Su jefe está serio y fija sus pequeños ojos marrones en los suyos—. ¿Hay algo entre tú y esa chica?

El joven periodista le sostiene la mirada unos segundos sin decir nada, sin hacer ni un solo aspaviento, sin mover un músculo de la cara... Hasta que por fin sonríe.

—No.

Contesta escueto y vuelve a centrarse en el pie de foto que le queda por rellenar.

Jaime Suárez va a replicarle, pero no le da tiempo porque Katia entra en la redacción. El director de la revista se apresura a recibirla y estrechan sus manos:

—Hola, Katia. Bienvenida.

—Hola, me alegra verlo de nuevo. ¿Qué tal está? —La cantante sonríe mientras saluda con la mirada a Ángel, que le corresponde con su mejor sonrisa.

—Bien. Pero llevamos un día de locos. Estamos cerrando el número de abril y ya sabes lo que eso supone. Y tú, ¿cómo te encuentras después del accidente?

—Ah, mejor. Gracias. Afortunadamente fue solo un susto. —La chica vuelve a mirar hacia donde está Ángel, que ahora tiene puestos sus ojos en la computadora—. Tuve suerte y, además, me cuidaron muy bien.

—Menos mal. Tienes buen aspecto.

—Gracias.

En ese instante el periodista se levanta de la mesa y se acerca hasta donde su jefe y la chica conversan. Sonríen y se dan dos besos.

—Bueno, don Jaime, nosotros nos vamos. Si necesita algo, llámeme.

—¿Ya se van? ¿No me dejas enseñarle a Katia cómo ha quedado su reportaje y...?

—No se preocupe. Ya lo veré con atención cuando esté publicado —interrumpe ella, abriendo la puerta de la redacción. Apenas puede disimular las ganas que tiene de quedarse a solas con Ángel. ¿Qué querrá decirle?

—Está bien, está bien. Márchense.

—No se estrese demasiado, que ya está todo hecho.

—Ahora miraré y daré los últimos retoques.

—Muy bien. Pues nos vamos, don Jaime. Mañana alrededor de las nueve estaré aquí.

La pareja sale de la redacción: ella, delante; él escoltándola, detrás.

Don Jaime no sabe de qué se trata aquello. Sospecha que algo ocurre entre los dos. ¿Le habrá mentido Ángel y realmente es la pareja de Katia?

El director se sienta frente a la computadora, aunque no escribe nada. Reflexiona. Imagina lo que puede ser que su chico se convierta en el novio de aquella cantante. Lo cierto es que esperaba que el nombre de su discípulo apareciera escrito en las revistas más importantes, pero como periodista, no como protagonista de un romance sonado.

Capítulo 67

Esa misma tarde de marzo, en otro lugar de la ciudad.

—¿Hacemos un descanso? —pregunta Paula estirando los brazos y echándose hacia atrás.

La camiseta se le ajusta demasiado al pecho y el brasier se transparenta. Mario casualmente se da cuenta, pero enseguida mira hacia otra parte avergonzado. Diana ha observado la escena y protesta en voz baja.

Llevan una hora y pico inmersos en un confuso mundo de letras y números, hablando de derivadas, parábolas, funciones y tangentes. Paula, más o menos, va comprendiéndolo. Necesita más práctica, hacer más ejercicios, pero gracias a Mario ahora lo ve todo mucho más fácil. Sin embargo, para Diana no está resultando tan sencillo. Tiene muchas lagunas elementales porque no dispone de una buena base. Lo intenta, escucha detenidamente, pero sobre todo lo que está consiguiendo es desesperar a Mario, que una y otra vez sopla y resopla por la incapacidad matemática de su amiga. Incluso en más de una ocasión se han enzarzado en una discusión ante la mirada divertida de Paula.

—Sí. Una pausa nos vendrá bien para despejarnos. Estoy un poco saturado —reconoce Mario.

—¿Es por mí? ¿Te saturo yo?

—Yo no he dicho eso.

—Pero lo piensas. Ya estás cansado de mí, por no decir otra cosa.

—Basta ya, Diana. No seas así —interviene Paula.

—Bah, si yo sé que soy muy torpe, que no sirvo para esto.

—Lo estás haciendo bien. Ya verás como aprobamos los tres. ¿Verdad, Mario?

El chico mira hacia otro lado cuando su amiga busca en él una respuesta afirmativa. Diana refunfuña y se cruza de brazos.

—Voy abajo a por algo de beber. ¿Qué se les antoja?

—Cianuro —contesta Diana.

—De eso no me queda. ¿Coca-Cola?

—Dos Coca-Colas, una para ella y otra para mí, gracias —indica Paula sonriendo y sentándose al lado de su amiga.

El chico hace que lo apunta en una libreta imaginaria y sale de la habitación.

Cuando se marcha, Paula le da un beso en la mejilla a Diana.

—¿Qué te pasa? Estás muy tensa.

La chica suspira y niega con la cabeza.

—¿No lo ves?

—¿Qué cosa?

—Pues que no doy ni una. Soy una negada para estudiar.

—Exageras.

—¿Que exagero? Pero si llevamos una hora aquí y no he entendido casi nada...

—Bueno, no es fácil. Esto de las derivadas tiene lo suyo.

—Pues tú entiendes todo a la primera.

—¡Qué va! Me cuesta mucho. El único que sabe es Mario —dice sonriente y, a continuación, golpea a su amiga con el codo—. Anda, reconoce de una vez que te gusta.

—¿Mario?

—¡Claro!

—Ya estamos otra vez con lo mismo.

—Si es que es muy evidente, Diana. Si no, ¿qué haces aquí?

—Pues lo mismo que tú: estudiar. Si a esas vamos, te podría hacer yo la misma pregunta, ¿no?

—Bueno, hazla.

—¿Que haga qué?

—Pues la misma pregunta. Pregúntame qué hago aquí y si a mí me gusta Mario.

—Qué tonta...

Paula se echa a reír. Y continúa insistiendo.

—Sin ser feo, no es demasiado guapo. Pero Mario tiene algo, ¿verdad? Lo conozco desde pequeño y ha mejorado mucho con los años. Se ha convertido en un chico muy interesante. ¿No crees?

«Sí, es muy interesante. Muy lindo. ¡Y me gusta!, pero él no siente nada por mí y no quiero quedar en ridículo».

—Psss. Si tú lo dices...

—Yo lo digo y tú lo piensas —afirma Paula.

—Bueno, no está mal del todo. Pero los hay mucho mejores —señala Diana, intentando mostrar indiferencia.

—Claro. Pero Mario..., no sé, creo que es un chico con el que daría gusto salir.

—¿Y por qué no sales tú con él? Se llevan muy bien, ¿no? Si tanto te gusta, llévatelo a la cama.

En las palabras de Diana se trasluce ironía. Se está empezando a hartar de aquella conversación.

—¡Qué bestia!

—¿Por qué? Coger es algo que hacen todas las parejas, ¿no? Si salieras con él, terminaríais haciéndolo.

—Yo tengo novio, Diana —responde sin dejar de sonreír.

—Pues cambia de novio.

—No quiero cambiar de novio. Además, yo a Mario no le gusto. Le gustas tú.

Diana siente un escalofrío al oír lo que dice Paula: «Le gustas tú».

—Eso no es cierto.

—Sí que lo es. Regresan a casa juntos todos los días; el chico no duerme por las noches; va más despistado de lo normal en el instituto, incluso ni hace la tarea, algo impropio de él; no deja de mirar hacia nuestra esquina y ahora, además, se pelean como dos enamorados. ¿Qué más pruebas quieres?

—Ninguna.

—¿Ninguna?

—No. Porque es que, aunque yo le gustase, que no es así, él a mí no —miente.

Paula resopla. Se da por vencida. Pero Diana no la engaña. Está convencida de que siente algo por Mario.

—Ajá. Lo que tú digas.

—¿Por qué no me puedes creer?

—Da igual. Dejémoslo.

Las dos chicas se quedan en silencio. Paula mira el reloj. Son casi las seis y media.

—Dentro de poco me tengo que ir.

—¿Y eso?

—Tengo un compromiso.

—¿Con Ángel?

—No, con Álex. Dice que tiene que contarme algo.

Diana arquea las cejas.

—¿Que te tiene que contar algo?

—Eso me ha dicho por SMS. No tengo ni idea de qué será.

—Pues que se ha enamorado de ti.

—¡Qué dices! ¡Estás loca! ¿Cómo se va a enamorar de mí?

—¿Por qué no? Todos lo hacen. Eres la mujer con más éxito que conozco. Será otro más para tu lista.

—No tengo listas.

—Ajá.

Diana se levanta. Se estira y se dirige hacia la puerta. No sabe el motivo, pero Paula la incomoda.

—¿Adónde vas?

—Al baño. Ahora vengo.

Mario aparece en esos instantes. Casi chocan. Lleva tres latas de Coca-Cola abrazadas contra su pecho.

—¡Cuidado! —grita Diana.

—Perdona, aunque tú tampoco has mirado por dónde ibas.

—Bueno, perdóname tú también.

—No pasa nada —dice el chico mientras pone las latas sobre el escritorio—. ¿Ya te vas?

—Todavía no. Voy al baño. Me tendrás que aguantar un poco más.

—Se hará lo que se pueda. Y no tardes, que nos queda bastante que estudiar.

La chica no responde y sale de la habitación. Desde el pasillo los observa sin que ellos se den cuenta. Mario le lanza la Coca-Cola a Paula y esta la atrapa al vuelo. Luego, se sientan uno al lado del otro en la cama y beben a la vez. Ambos hablan, se miran, ríen.

«Tontos. ¿De qué se ríen? ¿Y no están demasiado juntos?».

Diana no lo soporta más. Deja de mirarlos y camina hacia el cuarto de baño. ¡Uf! Lo odia. Y a ella también. Odia a esos dos. Aunque los quiere. A él mucho. Demasiado. No puede controlarlo. Y eso está empezando a agobiarla.

Capítulo 68

Esa tarde de marzo, en algún lugar de la ciudad.

En el primer sitio al que van, Katia se ve obligada a firmar tres autógrafos en la puerta de la cafetería a unas niñas que la reconocen. Enseguida se acercan dos adolescentes más que se ponen muy nerviosas al verla y con sus gritos alertan a otro grupito de chicas que corre hacia la cantante del pelo rosa. Ángel, al comprobar lo que se les viene encima, la agarra de la mano y juntos huyen a toda velocidad por las calles de la ciudad. La gente los observa sorprendida. No pueden creer lo que ven, es imposible que aquella chica sea quien piensan que es.

Finalmente la pareja consigue ocultarse en una calle estrecha y con poca luz. Exhaustos, se inclinan sobre sí mismos, apoyándose en las rodillas, y jadean.

—¿Siempre que vas a tomar un café pasa esto? —pregunta Ángel tras soltar un largo soplido.

—Desde que salgo en la tele, sí. Pero no suelo huir de esta manera.

—Pues estás en muy buena forma. Ibas muy deprisa.

—Es mi deber. Estar en forma es parte de mi trabajo. Hago bastante ejercicio para poder aguantar el ritmo en los conciertos. Tú también eres rápido.

—Gracias. Algo me queda de condición física todavía. Pero te aseguro que no es por huir de ninguna fan.

La chica sonríe. Se endereza y estira. Primero el cuello, luego los hombros y termina con los brazos y las manos. Ángel la contempla atentamente. Es bonita. Mucho. Y tiene un cuerpo perfectamente proporcionado. Pequeño, estético y sensual. Katia se da cuenta de que el periodista la observa.

—¿Qué estás mirando?

—Nada.

—¿Nada? Ah.

—Simplemente recordaba cómo hemos llegado hasta aquí.

—Pues hemos venido por Gran Vía, luego...

—No me refería a eso —la interrumpe Ángel, que sigue mirándola fijamente.

—Ah, ¿no?

—No.

—Entonces, ¿a qué te referías, si puede saberse?

Ángel no dice nada. Se acerca a la esquina y comprueba que nadie los ha seguido.

—Listo. Vía libre.

—No creo que sea por mucho tiempo. Vayamos donde vayamos, nos pasará algo parecido.

—Carajo, qué lata...

—Sí. No me acostumbro, pero la verdad es que antes me afectaba más.

—Pues no debería ser así. ¿Cómo soportan esto ustedes los famosos? Ni tan siquiera puedes ir a tomarte un café tranquila.

—Es el precio que hay que pagar. Vendes discos, ganas dinero, te invitan a fiestas, te codeas con personajes importantes, pero luego...

El periodista reflexiona un instante. Necesita hablar con Katia urgentemente y tiene la solución, pero no está muy seguro de ella. Jugar con fuego siempre es peligroso.

—¿Vamos a mi departamento?

La pregunta desconcierta a la chica. Hace un día no le contestaba ni el teléfono y ahora la invita a su casa.

—Pero...

—Es lo mejor. Allí no nos molestarán. No creo que pudiera aguantar otra carrera así.

Ángel sonríe. Tiene unos ojos preciosos, azules, muy azules, que resaltan en su cara aún más cuando sonríe. Brillan. Brillan y enamoran. Muy importante debe de ser lo que le tiene que contar para que la invite a su propio departamento después de todo lo que ha pasado entre ellos.

—Bueno, como tú quieras.

—Vamos entonces. Si no te molesta, tomamos un taxi —indica el chico—. El coche de tu hermana está lejísimos de aquí y seguro que tus seguidores nos volverían a asaltar.

—Vale.

Salen de la calle oscura y caminan juntos sin hablar. Una niña de unos ocho años que va con su madre la señala y la nombra. Katia sonríe, pero no se para. Ahora no puede hacerlo, y no se siente bien por ello. Es el otro lado de la profesión. No es fácil ser un personaje público, que te reconozcan y admiren, y que tú no puedas corresponder simplemente porque no tengas tiempo o no te queden fuerzas para más. La fama es dura y cruel en ocasiones.

Tienen suerte. Un taxi libre está parado en un semáforo a unos cincuenta metros. Ángel lo ve y de nuevo la toma de la mano y corren hasta él. Llegan a tiempo. Suben y el periodista indica al taxista la dirección de su departamento.

Mientras tanto, esa tarde de marzo, en otro lugar de la ciudad. Los grandes ojos castaños de Álex no miran hacia ninguna parte. Atraviesan uno de los ventanales del Starbucks, pero sin un punto fijo, sin horizonte.

Antes ha leído un *e-mail* que le han enviado a su correo electrónico y, desde entonces, no ha parado de pensar en ella. En Paula.

Ni siquiera ha escrito dos frases de *Tras la pared*. Imposible. Su cabeza no está allí, delante de la computadora. Hace minutos que se evadió de la realidad y vive en un sueño, en un mundo lejano de notas musicales y sonrisas de adolescente. Recuerda sus ojos, sus labios, esos que estuvo a punto de besar.

Solo ha decidido una cosa, y ha sido antes de entrar en su cuenta de Hotmail: llamar al nuevo personaje de su historia Rosa, como la chica que le ha atendido tan amablemente, un pequeño homenaje de esos que tanto le gusta hacer en sus textos.

La tarde cae. La cafetería se va vaciando de gente. Ya no están las quinceañeras ni las norteamericanas que han subido a la planta de arriba tras él. Sí que se hace notar en uno de los sillones dobles de la esquina una pareja de chicos homosexuales que intercambian uno que otro beso y más de una risa incontrolada, felices, imprudentes, libres.

—¿Se encuentra bien? —pregunta una voz femenina que enseguida reconoce.

Rosa tiene un paño mojado en la mano. Lo deja caer sobre la mesa de al lado del escritor y la limpia afanosamente.

—Sí. Gracias, Rosa —contesta Álex, que sonríe al verla.

—Si no se encuentra bien, le puedo traer alguna pastilla o algo.

—No, no te preocupes. Estoy bien. No me duele nada.

La mesera enrojece. El rojo de su cara es intenso, más que el de cualquier otra persona normal. Las mejillas le arden. A pesar de la vergüenza, no cesa ni un instante de sonreír.

—Lo siento.

—No me pidas perdón.

—Quizá me he metido donde no me llaman.

—En absoluto. Te agradezco que te preocupes. Normalmente las personas no se interesan las unas por las otras. No es habitual que te pregunten cómo estás.

—Es cierto. A usted lo que le preguntarán normalmente es si tiene *e-mail* o si les da su teléfono celular.

Álex suelta una carcajada. Aquella chica le ha hecho reír. Es muy simpática.

—¡Qué va! Eso no me ha pasado nunca.

—No lo puedo creer.

—Pues créelo.

La chica termina de limpiar la mesa. La próxima es la más cercana a la de la pareja gay. Un grupo de jóvenes la ha dejado hecha un desastre. La mesera resopla ante el panorama, pero duda si debe acudir o no en ese momento. Los dos chicos se están dando un beso. Mantienen los ojos cerrados, sin importarles las palabras de más ni las miradas curiosas. Rosa prefiere no molestar y no se acerca.

—Qué suerte tienen esos dos... —le comenta a Álex en voz baja mientras finge que limpia de nuevo la mesa de antes—. Cuánta pasión. Hay que ser muy afortunado para encontrar a alguien que se entregue así por ti.

El chico los mira de reojo. El beso continúa.

Comienza a sonar una canción de Tiziano Ferro en italiano: *Il regalo più grande* (El regalo más grande). Parece puesta a propósito para ellos. Ambos están con la persona a la que quieren y no dudan en demostrar su amor. No prestan atención a nada ni a nadie. El mundo del uno es el otro, y con eso basta.

Un sentimiento cargado de melancolía y de soledad recorre el interior de Álex. Paula, sin duda, sería su regalo más grande.

—Sí, son muy afortunados —responde resignado.

—El amor es tan bonito cuando es correspondido...

Los ojos de Rosa se nublan, se humedecen.

El sol empieza a desaparecer.

—¿Estás bien? —pregunta Álex, que se ha dado cuenta de que algo pasa.

—Sí, sí. Estoy bien.

Pero no es cierto. Rosa se está acordando de su único novio, de la única persona que la quiso, de la única persona que le hizo el amor y luego la abandonó. Un recuerdo amargo. Eterno.

Aun así, no tarda en recuperar la sonrisa.

Álex percibe su tristeza. Quizá sea la misma que él soporta, la de no poder estar con la persona a la que quiere. Sabe lo que duele. Perfectamente. Comprende lo que supone querer, pero no ser querido. Y desearía ayudarla.

Entonces se le ocurre algo.

De una de las dos mochilas, en la que guarda la otra vacía, saca el cuadernillo de *Tras la pared* que aquella chica lanzó al bote de basura y que él rescató al verlo.

—Toma, para ti —dice mientras entrega el ejemplar a la mesera.

Rosa lo agarra y lo ojea, tan sorprendida como entusiasmada.

Álex se levanta de la mesa.

—¿Lo ha escrito usted?

—Sí. Ya me dirás qué te parece la próxima vez que venga.

—Qué honor. Muchas gracias. El próximo *caramel macchiato* lo pagará la casa.

Ambos sonríen.

Y los dos se sienten mejor.

La pareja de homosexuales sigue besándose.

Juntos bajan y se despiden en la puerta. En la escalera, Álex le ha pedido un último favor.

—Sí, dígame.

—No me trates más de usted, por favor.

Ahora camina por la ciudad, mientras el atardecer amanece. Triste, pero alegre. Melancólico, pero esperanzado. Y piensa en ella, en Paula, a la que no sabe que verá antes de que el sol vuelva a salir.

Capítulo 69

Al mismo tiempo, ese día de marzo, en otro lugar de la ciudad.

—Me voy.

Paula guarda el libro de matemáticas y el cuaderno en la mochila de las Chicas Superpoderosas.

—¿Te vas? ¿Ya? —pregunta Mario, que en ese instante trataba de explicarle un problema a Diana.

—Sí, lo siento. Tengo un compromiso dentro de un rato y, si no me voy ya, no llegaré.

La chica mete el lápiz en el estuche y lo cierra.

Mario la observa desilusionado. No ha sido precisamente lo que esperaba. La «cita» de sus sueños, finalmente, se ha convertido en una tarde de estudio a tres. Además, Diana le ha absorbido la mayor parte del tiempo.

—Bueno, pues, si te tienes que ir, seguimos mañana. ¿Puedes venir?

—Sí. Por mí, perfecto. Necesito que me expliques algunas cosas todavía.

—Bien. Mañana a la misma hora.

—A las cinco estaré puntual aquí.

Paula se pone el suéter y se cuelga la mochila a la espalda.

Mario resopla y amontona, unos sobre otros, unos papeles llenos de todo tipo de operaciones para ordenarlos. Fin de la clase.

Entonces Diana tose.

—Eh... ¿Y yo qué? ¿No cuento? —pregunta mirando fijamente primero a Paula y luego a Mario. Está seria. Enfadada.

—Claro que cuentas, tonta —le dice Paula, que se abraza a ella e intenta darle un beso.

Diana aparta la cara, pero cede ante la insistencia de su amiga.

—Sé que soy un estorbo, pero me gustaría al menos terminar lo que he empezado.

—No eres ningún estorbo. Además, puedes quedarte aquí un rato más. Así adelantarás trabajo. Es temprano todavía.

—Pero...

Mario no sabe qué decir. Abre los ojos mucho. Muchísimo. No solo no va a estar a solas con Paula, sino que además tendrá que hacer de profesor particular de Diana.

—Vamos, chicos. Que yo me vaya no quiere decir que se acabe la clase. Pueden seguir sin mí. Tú explícale todo bien; y tú no seas tan negativa, ¿eh?

—Bueno, yo... —Diana tartamudea.

Ambos se quedan sin palabras. En silencio.

Paula sonríe y da una palmadita en la espalda a su amiga. Luego sonríe a Mario, se despide y sale por la puerta canturreando. Ella ya ha hecho su trabajo. Ahora les toca a esos dos culminarlo a solas. Está segura de que algo interesante pasará en esa habitación.

En ese mismo momento, esa tarde de marzo, en otro lugar de la ciudad.

Todos observan a Irene cuando se levanta del asiento. ¡Qué vista! Pero hoy la chica tiene prisa. Recoge rápido sus cosas y sale de la clase. Sonríe a los que se encuentra a su paso, pero no se detiene con ninguno. Tiene una cita, y no con un chico, como todos hubiesen imaginado.

Tiene un plan. Quizá no le salga bien, pero ella siempre acierta con lo que hace. No duda, nunca mira hacia atrás. Y lucha con todas sus armas por el objetivo que se marca. No va a ser menos esta vez. Quiere a Álex y lo va a conseguir. Para ello necesita quitar de en medio a esa chica, a esa tal Paula.

Y con esa firme decisión, confiando en sí misma, como en otras muchas ocasiones, va a reunirse con el presunto amor de su hermanastro.

Sonriente, maliciosa, repleta de odio hacia una adversaria que ni tan siquiera conoce, sube al coche y repasa en su mente todo lo que va a hacer.

Esa misma tarde de marzo, en otro lugar de la ciudad.

Álex toca una nota a destiempo. No es habitual. Su saxofón es como una extensión de sus propias manos. Nunca falla.

¿Qué le ocurre?

Deja el instrumento recostado en una silla y da cinco minutos de descanso a sus ancianos alumnos.

—Hey, ¿qué te ha pasado? —pregunta el señor Mendizábal, que camina hasta él.

—No me ha pasado nada —miente, intentando restar importancia a su error—. ¿Por qué lo dice?

—Es la primera vez, en todo el tiempo que llevas dándonos clase, que te equivocas.

—Bueno, alguna vez tenía que ser la primera.

El viejo lo mira detenidamente a los ojos.

—A ti te pasa algo —asegura Agustín.

—Que no me pasa nada. Simplemente ha sido un fallo. Suele ocurrir.

—No a ti. Eres perfecto con ese cacharro en las manos.

—No llame cacharro al saxo —protesta Álex, que no quiere seguir con aquella conversación.

—Ya, ya. No me lo quieres contar.

—No es eso, Agustín. Es que no me pasa nada.

El señor Mendizábal se encoge de hombros y renuncia a seguir por ese camino.

—Bueno, si tú lo dices, te creeré. Pero yo no estoy tan seguro.

El hombre vuelve a mirarlo. No lo engaña. Su expresión indica que a aquel muchacho le ocurre algo. Tiene la cabeza en otra parte. Pero no va a insistir. Chasquea los dientes y regresa con sus compañeros.

Álex contempla cómo se aleja.

Dicen que más sabe el diablo por viejo que por diablo..., y es verdad. Agustín Mendizábal tiene razón en sus suposiciones.

No puede dejar de pensar en Paula. Incluso con el saxofón entre las manos, que es su principal fuente de desahogo, no se olvida de ella. Hacía mucho que no le sucedía algo parecido.

Pasan los cinco minutos de descanso.

Álex toma aire, intenta concentrarse. Decidido, sujeta con fuerza el saxo y se sitúa frente a toda la clase, ante esos señores, la mayoría de ellos jubilados, que le tienen como a un joven ídolo, su maestro.

El chico busca una partitura dentro de la carpeta donde las guarda. Elige uno de sus temas favoritos: *Forever in love*, interpretada por Kenny G. Lo ha tocado tantas y tantas veces... Trata de evadirse en la música, olvidarse, y sin embargo aquello tampoco da resultado. El recuerdo de Paula sigue estando en cada una de sus notas.

Esa misma tarde de marzo, en otro punto de la ciudad.

Regresa. Katia sonríe cuando Ángel aparece con una bandeja en la que lleva dos tazas de café. Para ella, con leche; él lo toma cortado.

Mientras esperaba al periodista, ha dado vueltas por la sala. Qué ordenado está todo. No es un sitio majestuoso, pero posee encanto, el mismo que tiene Ángel.

Está nerviosa. La última vez que estuvieron a solas, lo besó. El chico no se dio cuenta porque dormía, pero para Katia significó mucho.

¿De qué hablarán? Casi le tiemblan las piernas.

Ángel espera a que la cantante se siente. Elige el lado izquierdo de un sofá para tres. Entonces él ocupa el derecho, dejando un espacio entre los dos.

Agarra la taza de café con leche y se la entrega. Luego le pasa la azucarera. Dos cucharadas. Él se echa otras dos. Cruza las piernas. Por fin están tranquilos. Es el momento.

—Katia, tengo que hablarte de una cosa muy importante.

Capítulo 70

Esa misma tarde de marzo, en otro lugar de la ciudad.

—Y ahora despeja la x.

—¿Qué?

—Si lo hemos hecho ya mil veces... Despeja la x.

—¿Cuál de ellas?

Mario suspira, le arrebata a Diana el lápiz y rodea con un círculo la x a la que se refiere.

—Esta.

—Ah, ya. No es tan complicado, entonces.

—No, no lo es.

—Pues haberlo dicho antes, hombre.

—Uf.

El chico resopla ostensiblemente.

—¿Qué pasa? —dice la chica, muy seria y alejándose un poco de él—. Te agobio, ¿no?

—Es que llevamos toda la tarde con esto.

—Ya. Estás harto de mí.

—De ti, no. De esta parte, sí.

—Ah. Muy bien, muy bien. Comprendido.

Diana se pone de pie y comienza a meter sus cosas en la mochila.

—¿Qué haces?

—Me voy. ¿No es eso lo que quieres?

—Bueno...

—Tranquilo, tranquilo. Ya no te molestaré más.

Mario la observa en silencio mientras recoge. No para de susurrar cosas que no consigue entender, pero que seguramente serán sobre él y no muy buenas precisamente.

En el fondo, siente que se vaya. Diana no está tan mal. Sí, es una pesada, y a veces pierde la compostura. Pero también es cierto que se está esforzando por aprender. Y es... ¿atractiva? No tiene la belleza natural de Paula ni su cuerpo y le falta la magia que desprende esta allá a donde va. Pero es linda y tiene un toque de locura muy simpático.

—No te pongas así.

La chica se detiene un instante y lo mira fijamente a los ojos. No son demasiado expresivos, pero poseen cierta ternura y calidez.

—¿Que no me ponga cómo, Mario? Si llevas todo el rato quejándote.

—Eso no es cierto.

—Ah, es verdad. Cuando le explicabas las cosas a Paula no te quejabas. Es más, hasta sonreías. ¡Pues perdona por no ser Paula!

Los ojos de Diana brillan húmedos, llorosos. Está de pie, con la mochila colgada en la espalda, enfrente del chico del que se ha enamorado perdidamente. Él permanece pasivo, inmóvil: alguien que hace tres días solo era el hermano de Miriam y que ahora se ha transformado en su obsesión.

—Verás, Diana...

—No quiero explicaciones, Mario. ¿Crees que no sé qué pasa?

—¿Cómo?

—Vamos, Mario, a mí no me engañas. Puedo parecer

tonta, y quizá lo sea, pero soy la única que se ha dado cuenta de lo que sucede.

—No entiendo de lo que hablas.

Diana se deja caer en la cama. El colchón se hunde un poco y gruñe débilmente. Deja de mirarlo, huye de sus ojos, y sentencia:

—Tú estás enamorado de Paula.

—¡¡Qué dices!!

—Para mí está muy claro. Estás loco por ella.

El chico no sabe qué contestar. Se sienta en una de las sillas del dormitorio y escucha lo que su amiga piensa.

—Se nota, Mario. Todo lo que te pasa es porque ella te gusta. No duermes, no comes bien, estás más despistado que de costumbre. Incluso miras hacia nuestro rincón en clase frecuentemente. Es por Paula. Todo eso es por ella, ¿verdad?

Pero Mario no responde. Cuando Diana vuelve a mirarlo, él aparta sus ojos de los de ella.

—Así que estoy en lo cierto. —La chica sonríe amargamente—. Soy una idiota.

Diana se levanta de la cama de nuevo y mira al chico, que desearía desaparecer en ese momento. Su secreto, desvelado.

—Por favor, no digas nada a nadie —murmura, por fin, tras unos segundos en silencio.

—Tranquilo, no diré nada.

—Gracias.

La chica suspira. Tenía razón en sus sospechas. Y le duele, le duele en lo más profundo de su corazón.

De pie, con la mochila a cuestas, no sabe qué hacer. ¿Huye? ¿Pelea? ¿Abandona? ¿Se enfrenta a la realidad?

—¡Carajo! Si es que los hombres son...

—¿Qué?

—¿Por qué Paula? ¿Por qué todos se fijan en ella? ¿Qué tiene?

—No lo sé.

—Hay más mujeres en el mundo, ¿sabes? —Su tono es de reproche, valiente, sincero—. Tú no has estado con ninguna, ¿verdad? No has besado nunca a nadie. ¿Me equivoco?

Mario vuelve a quedarse callado. No quiere contestar a eso.

—¿Y qué vas a hacer? ¿Esperarla toda la vida? ¿Esperar a que la chica de tus sueños algún día descubra que su amigo de la infancia la quiere?

—Déjame, por favor.

—Y, mientras, soportarás que salga con otros, que la besen, que se la lleven a la cama.

—¡Carajo, Diana! ¡Déjame!

—¿Qué te pasa, Mario? Es la verdad. ¿Duele?

—¡Déjame!

—¿Serás virgen hasta que ella se encapriche contigo e ignore al resto?

—¡Maldita sea, Diana, te he dicho que me dejes! ¡Aunque te duela, la quiero a ella, no a ti!

El grito de Mario retumba en la habitación. También en sus cabezas. Y en sus corazones. Son palabras que hieren y cortan hasta hacer brotar sangre. La de la chica se derrama a borbotones por dentro, invisible, fría, punzante.

En ese instante, Miriam entra en el cuarto sin llamar.

—Mario, ¿has gri...? Ah, Diana, ¿qué haces aquí? —pregunta extrañada, sin comprender nada de lo que pasa.

Pero esta no puede articular palabra. Sale del dormitorio, apartando con el codo a su amiga y con aquella última frase clavada en el corazón.

Capítulo 71

Ese mismo día de marzo, minutos más tarde, en otro lugar de la ciudad.

Sopla un poco más de viento, y es frío. La noche termina de caer y la luna no aparece, escondida entre nubes que llegan desde el Norte. La primavera, que parecía tan cercana, ha huido sin avisar y el invierno ha regresado inesperadamente con fuerza.

Irene estaciona el coche. Ha tenido suerte. Desde ahí puede vigilar el lugar exacto donde ha quedado de verse con Paula. Es la hora. ¿Habrá llegado ya?

Tiene las dos manos en el volante y observa atenta. No hay ninguna joven esperando con el perfil adecuado. Entonces se pregunta si no habrá sido demasiado osada, si no habrá confiado excesivamente en su intuición y en la suerte. Sí, también necesita suerte: necesita que Álex no se haya puesto en contacto con ella, que no hayan hablado, ni se hayan mandado mensajes en las últimas horas. Si no...

En ese instante se le ocurre algo. ¿Y si no viene? ¿Y si el que se presenta es su hermanastro enfurecido? ¿Qué haría? No ha pensado en un plan B.

Sin embargo, Irene se olvida rápidamente de todo, porque una chica acaba de detenerse junto a una farola en el sitio indicado. Mira el reloj, luego a un lado y a otro. Parece que espera a alguien. Podría ser ella.

Tendrá entre dieciséis y dieciocho años y es realmente guapa. Tiene el pelo recogido en una coleta alta. Su cuerpo parece perfecto debajo de un suéter que se le ajusta al pecho y unos pantalones de mezclilla ceñidos. Una tentación para cualquier hombre. Sí, esa tiene que ser Paula; comprende perfectamente que Álex se haya enamorado de ella. Es una rival de entidad y eso la motiva. Mientras sonríe para sí, continúa observando a la recién llegada.

En ese mismo instante, bajo la luz de una farola.

Se abraza, abrigándose, cruzando los brazos bajo el pecho. Qué frío hace. Quizá debería de haberse puesto algo más de ropa. La temperatura ha bajado muchísimo. «¡Achú, achú!». Estornuda dos veces y se suena la nariz con un pañuelo de papel que saca de su pantalón de mezclilla. Luego lo guarda y resopla.

¿Y Álex?

Paula mira una vez más su reloj y chasquea los dientes. Aquella situación le es familiar. Hace seis días le ocurrió con Ángel: esperó y esperó hasta que, cansada de hacerlo, se metió en aquel Starbucks donde conoció a Álex. Y ahora el escenario es similar, pero con un protagonista distinto. ¿Qué querrá decirle tan importante?

Tal vez le ha surgido algo. Podría llamarlo y preguntarle si va a tardar mucho o si no va a venir. Sí, no es mala idea.

Un minuto más tarde, en ese lugar, dentro de un coche.

El celular de Irene suena. Sonríe satisfecha: ahora ya está confirmado, aquella chica es Paula. Desde su Ford Focus ha visto cómo la jovencita de la farola sacaba el teléfono de su mochila y hacía una llamada. Su plan está funcionando. Al menos, la primera parte. Ya la tiene allí, ahora le toca actuar a ella.

El celular deja de sonar. Es el momento.

Irene se baja del coche confiada, segura de sí, como habitualmente. Es su ocasión, la oportunidad de eliminar a aquella preciosa chica de la vida de su hermanastro.

Ese instante, un día de marzo cualquiera, con la noche fría cayendo sobre la ciudad.

«Carajo, no contesta. ¿Qué le habrá pasado?».

Hace frío. Cada vez más. Tirita un poco y se abraza a sí misma con más fuerza. Da pequeños saltos sobre las puntas de sus zapatos. ¿Y si Álex no viene?

Paula no entiende nada. ¿Qué les hace ella a los hombres para que siempre se demoren cuando queda de verlos? Normalmente, ¿no es al contrario? «Carajo, es la novia la que llega tarde al altar, no al revés», piensa irritada.

Vuelve a mirar a un lado y a otro. Derecha, izquierda. Se gira. Nada. Álex no viene. Solo aparece una chica despampanante. Pero ¿no tiene frío con ese vestido tan corto y escotado? Sin embargo, a la muchacha no parece importarle la baja temperatura. Es extraño, tiene la impresión de que la chica camina hacia ella. ¿Le querrá preguntar por alguna dirección?

—Hola, ¿eres Paula? —pregunta Irene, que se ha parado enfrente.

Paula no responde enseguida. Está sorprendida. ¡Sabe su nombre! ¿Quién es? No recuerda haberla visto nunca.

—Sí, me llamo así —termina contestando cuando consigue reaccionar.

—Ya lo imaginaba. Encantada, soy Irene.

La desconocida le estrecha la mano. La chica acepta y extiende la suya. El apretón dura algo más de lo normal y la fuerza que Irene imprime también es mayor que la que habitualmente se emplea en un saludo.

—Igualmente. Aunque yo...

—No, no me conoces, si es eso lo que ibas a decir. Yo tampoco te conocía. Bueno, físicamente. Solo te conocía de oídas.

—¿De oídas?

—Sí, tenemos un amigo en común.

—Ah. ¿Quién?

Aquello cada vez es más raro. Paula no comprende nada, aunque algo le indica que esa chica no va a contarle nada bueno.

—Álex.

¡Álex! Durante unos segundos, se había olvidado por completo de él. ¿Ha venido esa chica porque a él le ha surgido algo?

—¡Ah! ¿Eres amiga de Álex?

—Soy la novia de Álex.

Las palabras de Irene la desconciertan completamente. El frío de la noche penetra en ella. Un inexplicable sentimiento inunda su interior.

—¿La..., la novia?

—Sí. Llevamos cuatro años juntos. Nunca te ha hablado de mí, ¿verdad?

—No —murmura sin demasiada fuerza.

—Es un cabrón. Ya imaginaba que no te había contado nada.

—Bueno, la verdad... es que no nos conocemos desde hace mucho.

—Ajá. —Irene clava sus ojos en los de Paula—. Pues resulta que se ha enamorado de ti.

—¿De mí? ¡Qué dices! Eso no es verdad. Es..., es imposible.

—Me ha puesto los cuernos contigo, ¿no?

—No..., no, de verdad que no. Él y yo apenas nos conocemos...

Está nerviosa. No logra articular bien las palabras. ¿Qué está pasando? ¿Por qué le dice todo aquello?

—Claro, claro. ¿Te has acostado con mi novio?

—¡Por supuesto que no!

—No me mientas, niña. ¿Cuántas veces lo han hecho?

—¡Ninguna!

—Mentirosa. Te has metido en medio de una relación. ¿A eso te dedicas? ¿A romper parejas?

—¡No sé de qué me hablas! Te prometo que entre él y yo no hay nada.

Paula empieza a sentir una terrible angustia. Le falta el aire, se asfixia. ¡Aquella chica la está acusando de acostarse con su novio!

—Mira, guapita, Álex y yo éramos la pareja perfecta hasta que apareciste tú. No sé qué le hiciste, pero cree que está enamorado de ti. Y eso no es lo mejor... —Irene, de repente, agarra la mano de Paula y la sitúa sobre su vientre— para nuestro hijo.

La chica enseguida retira su mano. No puede más. Un millón de sentimientos de procedencia indeterminada la sacuden. Quiere salir corriendo, huir de allí, pero Irene está atenta y la vuelve a agarrar del brazo, deteniéndola.

—Olvídate de nosotros. Borra su número, elimínalo del MSN, no le contestes más el teléfono. Estás destrozando una familia. No vuelvas a hablar con el padre de mi hijo. Si no, te prometo que te haré la vida imposible y no solo serás la responsable de todo, sino que puede pasarte algo grave.

Te lo digo como mujer, como novia y como madre. Desaparecerás, ¿verdad?

Paula llora en silencio. No quiere que nadie se entere de las acusaciones que le está lanzando aquella chica. Mira a Irene con miedo. Va en serio. Cree que quiere apoderarse de algo que es suyo y lo va a defender a muerte.

Con los ojos encharcados, asiente con la cabeza. Desaparecerá para siempre.

Irene la suelta y relaja todos los músculos de su cuerpo. Lo ha conseguido.

Paula la mira una última vez. Es increíblemente hermosa y atractiva. Perfecta para Álex. Seguro que hacen una gran pareja y que su hijo será guapísimo.

Se da la vuelta y abandona la luz de la farola. El frío es intensísimo. Sus huesos están helados. Tiembla mientras camina hacia la parada de metro más cercana.

Irene la ve alejarse. Aquella chica sería la pareja ideal para su hermanastro..., si no estuviera ella, por supuesto.

Satisfecha, regresa al coche con la seguridad de que ya nadie se interpondrá en su camino. Que Álex sea suyo ahora es solo cuestión de tiempo.

Capítulo 72

Ya es de noche, ese mismo día de marzo, en la ciudad.

Llega al coche que le ha prestado su hermana y se sube. Acaba de bajarse del taxi que la ha llevado al lugar donde antes había estacionado el Citroën Saxo. Menos mal que no ha aparecido ningún fan alborotador, solo un par de tipos que se han girado para mirarla. No tiene ganas de hablar ni de escuchar nada de nadie. Si alguien la hubiera molestado, posiblemente habría reaccionado como en el campo de golf con aquella pareja entrometida.

Katia se siente muy rara.

Introduce la llave, pone la radio y arranca. El tráfico de la ciudad es denso a esa hora. Miles de coches van de aquí para allá y crean interminables hileras de luces. Los cláxones suenan ensordecedores y la emisora que sintoniza reproduce una vez más el éxito del momento, *Ilusionas mi corazón*, que esta semana sigue siendo el tema más votado por los oyentes de la cadena.

—¡Carajo, qué pesadilla! ¿No se cansan? —dice en voz alta.

Hace una mueca de fastidio y cambia la emisora. En Kiss FM suena *What is love?*, de Haddaway. Le gusta y decide dejarla. ¿Qué es el amor? Resopla. Ella lo sabe muy bien. O eso cree, pero en su versión más cruel. Y toda la culpa es de...

¡Bah! Quiere olvidarse un rato de todo. Quizá la música la ayude a no pensar en Ángel. Tararea e intenta sonreír. Incluso mueve un pie y la cabeza al ritmo de la canción, pero la enmienda es imposible. No se quita de la cabeza la conversación que han tenido hace un rato en su departamento. ¿Por qué le ha pedido eso?

Semáforo en rojo. Katia deja caer despacio su cuerpo hacia delante y su frente choca suavemente contra el volante.

—Soy completamente estúpida.

Minutos antes, en el sofá del salón del piso de Ángel.

—Katia, tengo que hablarte de una cosa muy importante.

El chico la mira directamente a los ojos. La cantante siente un cosquilleo en el estómago. ¿Será bueno o malo lo que le tiene que decir?

—Cuéntame.

—Verás...

Ángel duda un momento. Sorbe un poco de café y mira hacia un lado como tratando de ordenar las ideas. Quizá le falte valor para contárselo y se termine echando atrás.

—Ya, Ángel, que me tienes en ascuas con tanto misterio. Suéltalo ya, por favor.

El periodista vuelve a centrar sus ojos azules en los celestes de Katia. Pero es una mirada diferente a la de antes. La chica entonces se teme lo peor. Tal vez le va a recriminar lo de las llamadas de teléfono. ¿Y si no quiere volver a verla? Tanta amabilidad no es normal después de todas las desavenencias que han tenido últimamente.

—¿Recuerdas el día que nos conocimos?

—Sí, claro. Fue el jueves de la semana pasada —responde Katia, que no alcanza a adivinar por dónde va a ir aquella charla.

—Sí, fue el jueves.

—Parece que hace más tiempo, ¿verdad? Tengo la impresión de conocerte desde hace mucho más.

—Es verdad, también me lo parece a mí —comenta Ángel—. Ese jueves tú llegaste tarde a la entrevista que había pactado nuestra revista contigo.

—Sí. Se nos acumularon varios retrasos y ustedes, como eran los últimos de la lista de ese día...

—¿Y te acuerdas de qué pasó después de la entrevista? —interrumpe Ángel, que ahora habla con más confianza.

—Claro. Te llevé con el coche a una reunión porque se te había hecho muy tarde.

—Más o menos. Más que una reunión, era una cita.

—Eso.

—Con mi novia.

—Sí, es verdad. No me acordaba —miente Katia, que comienza a sentirse algo incómoda.

—Se llama Paula.

—Ajá.

Aunque todavía no sabe qué va a decirle, la cantante del pelo rosa intuye que no le va a agradar demasiado.

—Pues el sábado es su cumpleaños. Diecisiete añitos.

—Es muy joven. Tú tienes veintidós, ¿no?

—Sí, pero, bueno, su edad es lo de menos. —Ángel se acerca a Katia; sus piernas se tocan—. Te quería pedir un favor.

—Claro. Dime.

—Ella es una gran admiradora tuya. Le encanta *Ilusionas mi corazón*. La canta a todas horas. Entonces, lo que me gustaría, si tú quieres, es que le dedicaras a ella la canción. La harías muy feliz. Y a mí también.

Katia no sabe qué decir. Las emociones se disparan en su interior. No puede creer que Ángel le esté pidiendo eso.

—No entiendo muy bien. ¿Dedicarle la canción?

—Sí, te lo explico. Bastaría con que grabaras *Ilusionas mi corazón* en un CD y, en lugar de Laura y Miguel, dijeras los nombres de Paula y Ángel.

—¿Quieres que cambie la letra de la canción?

—Si pudieras, sí. Si no es demasiada molestia.

Silencio.

—Yo..., la verdad es que... no sé.

—Si no quieres hacerlo, no pasa nada. Pensaré en otra cosa —señala el chico al advertir su reacción.

Ángel vuelve a apartarse un poco de su lado, creando un espacio entre ambos.

—Perdona, es que no imaginaba que fuera esto de lo que querías hablarme.

—No te preocupes, entiendo que no quieras hacerlo.

—No he dicho eso.

—Lo intuyo.

—Pues te equivocas... Lo haré encantada —contesta Katia sonriente.

La cantante enmascara sus verdaderos sentimientos. Sonríe, cuando en realidad tiene ganas de largarse de allí. Llega a planteárselo, pero, si se va, perderá a Ángel para siempre; mientras que si le hace este favor, puede que gane puntos y además podrá verlo más veces. Aunque es tan frustrante complacer a la novia del hombre del que estás enamorada...

—¿Lo harás? —pregunta sorprendido.

—Sí.

—¿De verdad?

—¡Que sí!

—¡Vaya! ¡Muchísimas gracias!

Ángel se echa encima de Katia y la besa en la mejilla, cerca de los labios, quizá demasiado cerca. Los dos sienten un impulso tentador, pero él se aparta cuando se da cuenta de que está sobre ella.

No es Paula.

Silencio. Solo se escuchan sus respiraciones nerviosamente agitadas. No se miran a los ojos. No pueden.

Por fin, el chico se pone de pie, recoge la bandeja con los cafés y sale de la sala. Katia también se levanta y lo sigue. Ambos entran en la cocina.

—¿Para cuándo lo necesitas?

Katia trata de recuperar la normalidad ocultando su malestar, su sufrimiento, sus deseos. ¡Cómo le habría gustado que la hubiera besado en la boca!

—Si lo pudieras tener para el viernes por la mañana...

Piensa un instante. Desde el accidente no se ha ocupado de nada de lo que tenía concertado en su agenda, así que para mañana ni sabe qué tiene programado ni lo cumplirá, argumentando que sigue afectada.

—Vale, creo que me dará tiempo. Llamaré a mi agente esta noche para que me reserve una cabina en algún estudio de grabación.

—¿Un estudio de grabación? No hace falta que te molestes tanto.

—No es molestia.

—¿Y encontrarás alguno en tan poco tiempo?

—Sí, no te preocupes. Ser conocida también tiene sus ventajas. Déjalo en mis manos.

—Bueno, como veas.

—Si quieres, puedes venir conmigo.

—No sé si podré. Estamos cerrando el número de abril y quizá no pueda escaparme. De todas formas, te llamo mañana para confirmarte lo que sea.

—Bien. Pero estaría muy bien que vinieras.

—Lo intentaré.

Minutos después, esa noche de marzo, al volante del Saxo de su hermana.

—¡Piiiiiiiiiiiiiiiiiiiiiiiiiiiiiiiiiiiii!

Katia se ha pasado un alto y un autobús casi se la lleva por delante. Estaba distraída pensando en la conversación con Ángel y no se ha dado cuenta de que estaba en rojo.

Nerviosa, se estaciona en doble fila y enciende las luces intermitentes. Suda y tiembla.

¡Dios, ha estado a punto de tener otro accidente! ¡Y con el coche de su hermana!

Intenta tranquilizarse. Respira hondo.

En Kiss FM ahora suena *A bad dream*, de Keane. Y sí, todo aquello se asemeja mucho a «un mal sueño».

Capítulo 73

Esa misma noche de marzo, en un lugar alejado de la ciudad.

Llega a casa cansado, confuso. La clase de hoy ha sido muy extraña. Álex no entiende qué le ha podido ocurrir. Durante hora y media ha coleccionado errores de todo tipo con el saxo. Nunca había cometido tantos fallos, ni siquiera en sus inicios. Y de eso hace... Uf, mucho tiempo.

Era un aspirante a adolescente, pero todavía recuerda perfectamente el día que tuvo que elegir el instrumento que quería tocar. Tenía talento para la música y debía dar un paso adelante, especializarse en algo en concreto. Sus profesores insistieron en que escogiera el piano. También su padre trató de convencerlo. Todos fracasaron.

—¿El saxofón?

—Sí, papá. Es lo que quiero tocar.

—Yo creo que no lo has pensado bien.

—Sí que lo he hecho.

—Echarás tu talento a perder. ¿No lo comprendes?

—Lo siento. El saxo es lo que más me gusta.

—Pero el piano es más elegante. Y te da prestigio. Por no hablar de que tiene muchísimas más salidas. Además, podrías convertirte en un pianista extraordinario... Todos lo dicen.

—No me importa lo que digan, papá.

—¿Que no importa? Sí que importa. Los pianistas son verdaderos músicos. Los saxofonistas...

Su padre no quiso terminar la frase. Verdaderamente, sentía admiración y aprecio por cualquier persona capaz de tocar un instrumento. Él mismo era un gran aficionado al jazz. Sin embargo, hablaba desde la decepción, desde la frustración. Veía cómo su talentoso hijo tiraba por la borda ese don que Dios le había otorgado, el mismo don que tenía su esposa fallecida.

—¿Qué les pasa a los saxofonistas? —insistió Álex, que no entendía el motivo por el cual no lo dejaban hacer lo que él deseaba.

—Que terminan tocando en cualquier esquina pidiendo limosna.

—¡Eso no es cierto! Hay muchos que son geniales y bastante conocidos, que se ganan la vida tocando. Mira a Kenny G, por ejemplo. O a Charlie Parker.

—Bah, tipos que han tenido suerte. Si quieres ser alguien en la música, no puedes tocar el saxo.

—No quiero ser alguien, quiero hacer lo que realmente me gusta.

—Eres un necio, Álex. ¿Qué vas a conseguir tocando el saxofón?

—No lo sé. Y me da igual. El piano está bien, me gusta, pero no es lo que quiero.

Así que, después de varias discusiones en casa, donde seguían intentando que cambiara de opinión, logró que le compraran un saxo, al que en honor de su madre, Emilia, Álex llamó «Emily». Y los resultados no se hicieron esperar. En pocos meses se convirtió en todo un experto. Un genio. Era capaz de interpretar de forma maravillosa cualquier partitura. Con el saxofón entre sus manos se sentía especial. Se sumergía en un mundo de fantasía, lejos de la realidad a la que cada día se enfrentaba. Por unos instantes no tenía que preocuparse de su madrastra, de Irene o de los estúpidos comentarios de sus amigos.

Y fue precisamente su saxo el mejor compañero que tuvo cuando su padre murió. Tocaba y tocaba sin parar. De día, de noche, en la soledad de la madrugada. Era una parte más de su cuerpo, una extensión de sus manos, de sus labios... Y lo único que le proporcionaba tranquilidad.

Hasta que descubrió que había algo más que podía llenar su vida, algo que le desahogaba tanto o más que la música del saxofón. Fue entonces cuando Álex averiguó que escribiendo también experimentaba esas sensaciones con las que se evadía del mundo que le había tocado vivir. Sin padre, sin madre. Una nueva manera de luchar contra todo y encontrarse a sí mismo.

Escribir y tocar. Tocar y escribir. Ser músico, enseñar su música. Ser escritor, enseñar sus libros. Tenía una meta, doble, y la ilusión le desbordaba. Y, sin embargo, ahora un tercer elemento impedía que se concentrara en sus otras dos pasiones.

Deja las mochilas al lado del sofá del salón y se tumba en él. Agarra el celular y lo examina. Quiere hacer esa llamada, quiere oírla, pero no está seguro. Su corazón le dice que sí, que adelante. ¿Qué puede pasar? ¿No se alegrará de escucharlo de nuevo?

¿Y si no responde?

Álex pasa la yema de sus dedos por la pequeña pantalla del teléfono. El nombre de Paula con su número aparece iluminado. Solo le queda presionar el botón que efectúa la llamada.

Esa misma noche de marzo, en otro lugar de la ciudad.

Sin decir nada a nadie, sube a su dormitorio. Tiene los ojos húmedos, hinchados, y la nariz roja. En el metro se ha intentado tapar la cara con las manos el mayor tiempo posible. No quería que se notara que había llorado.

¿Por qué le ha dicho esa chica todo aquello?

Paula no entiende nada. No comprende por qué Álex no le habló de su novia y de su hijo. «¡Carajo, va a ser padre!».

Tampoco sabía que sus sentimientos eran tan fuertes. ¡Enamorado de ella! ¿Desde cuándo? ¡Si se conocieron el jueves!

Es una locura, todo es una completa y absurda locura.

Se sienta en una silla frente a la ventana. Los árboles se balancean dulcemente por el viento frío que esculpe la noche. No hay estrellas ni luna.

¿Y ahora qué?

Lo mejor es desaparecer, hacerle caso a su novia y no volver a saber nunca más de él.

Sí, es lo mejor. Aunque sea de cobardes. Pero no quiere entrometerse en medio de una pareja y mucho menos ser la causante de una ruptura.

Tiene la computadora delante. La enciende y entra en el MSN como «no conectada». Busca su dirección. Ahí está: alexescritor@hotmail.com. Presiona sobre ella con el botón derecho del ratón: «Eliminar contacto». Duda, pero hace clic. Una nueva pantalla se abre. Es para verificar que realmente quiere hacerlo. Si lo ratifica, el contacto quedará eliminado de su Messenger para siempre. Para siempre.

Paula está hecha un lío. Lee una y otra vez el *nick* de Álex. «*Tras la pared*. Engánchate y léelo. Puedo vivir sin aire, pero no sin la música». No dice nada de su novia ni de su hijo. Habla solamente de lo que más le gusta, de su libro, de ese que ella misma le ayudó a promocionar el día que lo acompañó a esconder los cuadernillos. Fue divertido y romántico.

¿Fue entonces cuando se enamoró de ella? Ella no hizo nada para que eso pasara, ¿no?

Paula suspira. Recuerda el momento de la Fnac, aquel instante en el que sus labios casi se unen. Pudo suceder. Un beso. Él habría sido infiel y ella también. Ninguno lo buscó, fue cosa del destino. Sí, estuvo a punto de ocurrir. Un beso.

¿Qué hace? ¿Qué demonios debe hacer?

Una lágrima se derrama caliente por su mejilla. Le habría encantado seguir conociendo a Álex, su sonrisa, sus enormes ojos castaños, su romanticismo, esa forma de decirle las cosas, de tratarla.

¡Dios!, ¿cómo ha llegado a esto?

El inesperado sonido de su celular la asusta. Mira la pantallita para comprobar quién la llama. No puede ser. ¡Es Álex! ¡Uf!

Una nueva lágrima que cae y moja el teclado de su computadora.

Quiere contestar, quiere aclararlo todo, decirle que son amigos, solo amigos. Quiere contestar, pero no puede ni debe.

El teléfono sigue sonando inmisericorde, como un quejido cruel, insistente. Lo que en otro instante hubiera provocado una sonrisilla feliz, ahora significa una losa imposible de soportar.

«¡Contesta, contesta!», le dice algo en su interior. No. Lo mejor es desaparecer. Va a ser padre. Va a tener un hijo con esa chica. En cambio ella..., ella no es nadie.

No. No es nadie.

La llamada muere.

Fin.

«Quitar también de mis contactos de Hotmail».

Presiona en un cuadrito en blanco. Aparece una pequeña señal en verde. Solo falta eliminarlo.

Clic.

Capítulo 74

Esa noche de marzo, en otro lugar de la ciudad.

Aquellas diez palabras regresan una y otra vez para atormentarla: «¡Aunque te duela, la quiero a ella, no a ti!».

No, Diana no puede apartar esa frase de su cabeza. Es como un martilleo constante en su mente. Pero, al mismo tiempo, no alcanza a creer que lo que pasó en la casa de Mario haya sucedido de verdad. Es irreal, como un sueño, o más bien como una pesadilla de la que seguro que en cualquier momento se despertará.

Mastica la cena con desgana mientras su computadora termina de iniciar la sesión. Esa es una de las ventajas que tiene comer siempre en su habitación: puede hacer muchas cosas a la vez.

—Tengo que cambiar este fondo de pantalla —dice en voz alta mientras contempla aburrida el *collage* que ella misma hizo con fotos de famosos guapos y sin camiseta hace ya algunas semanas.

La computadora continúa haciendo ruidos extraños. Aún no está disponible. Acumula tanta basura en el disco duro de su PC que cada vez le cuesta más arrancar. Precisa de un formateo, pero no sabe cómo se hace. Mario seguro que no tiene ese problema. Ese estúpido es un genio para todas esas cosas, pero también es un idiota tratando con chicas.

Un sorbo de agua.

Él no debería haberle hablado así. Si está enamorado de Paula y Paula lo ignora, ese es su problema. Ella no tiene por qué aguantar que le griten. Qué imbécil. ¿Quién se ha creído que es? Todo lo que le estaba diciendo era la cruda realidad. ¿O es que mintió en algo? La típica historia: chico normalito encaprichado de la chica perfecta a la que conoce desde la infancia, pero que no le hace ni caso; mientras ella sale con todos los chicos habidos y por haber, él espera que ocurra un milagro y la princesa de sus sueños termine rendida en sus brazos.

¡Guácala, qué asco! ¿Por qué su madre ha puesto endibias en la ensalada? Las detesta, casi tanto como a Mario.

¿Estará conectado al MSN?

Da igual. Si lo odia. No quiere saber más de él. Y no lo dice por decir, ¿eh? No. Está decidida a olvidarse de ese idiota que se ha atrevido a hablarle de esa manera.

¡Guácala! ¿Más endibias? Su madre no está bien de la cabeza.

La computadora por fin da señales de vida. Ha terminado de iniciarse.

Diana deja la bandeja con la cena a un lado y se acomoda frente al PC. El MSN ya se ha activado automáticamente. Seiscientos noventa y siete contactos. *Titití*. Empieza a aparecer una lucecita naranja tras otra en la parte de abajo de la pantalla. Uno que la saluda, aunque no recuerda quién es. *Titití*. Otro que le pide que le ponga la *cam*. *Titití*. ¿Y este?: «¿Quieres cibersexo?», pregunta. «¡Ja! ¡Qué estúpido libidinoso!». No tiene ni idea de quién es, pero lo elimina. Por lo visto, no solo va a cambiar el fondo de pantalla, sino que su Messenger sufrirá una buena limpieza.

Mario no está conectado. Qué más da. Tampoco le iba a hablar.

Otra lucecita naranja. Alguien más que le escribe.

—Hola, Diana, ¿estás?

¡Ándale, es Álex! El guapo escritor amigo de Paula. ¡Qué agradable sorpresa! No le vendrá mal charlar un ratito con él para desconectarse un poco.

Esa noche de marzo, en otro lugar de la ciudad, delante de su computadora.

Paula se siente mal. Fatal. No ha bajado a cenar. Le ha dicho a su madre que no se encontraba bien y esta le ha subido un vaso de agua con una aspirina. Luego la ha obligado a tomar un jarabe de esos que usan las madres para todo.

—Es que sales muy fresca a la calle y la temperatura ha bajado muchísimos grados. No estamos en verano.

Paula no ha discutido el diagnóstico. Sabe perfectamente que el dolor de cabeza y las náuseas no son por ese motivo. Aún no puede creer todo lo que ha pasado en las últimas horas. ¡Ha borrado de su Messenger a Álex! Pero ¿qué podía hacer? ¡Va a ser padre con aquella chica que afirma que su amigo se ha enamorado de ella!

Uf.

Sigue conectada al MSN en modo «invisible». No tiene ganas de hablar con nadie. Además, Ángel no está. Tampoco sus amigas. Ah, sí. Diana sí. Se acaba de conectar. ¿Cómo le habrá ido con Mario? Esos dos seguro que acaban juntos. Se nota que se gustan.

Intenta sonreír con la idea, pero no puede. Enseguida vuelve a lo mismo. Es imposible olvidarse de aquella chica diciéndole todo aquello. Nunca más va a saber de Álex. Nunca más.

Ni hoy, ni mañana ni...

Pero, un momento... No se acordaba de que..., ¡su cumpleaños! ¡El sábado! ¡Y Álex está invitado!

Mierda. ¿Y ahora qué hace?

Esa noche de marzo, en un lugar alejado de la ciudad.

Como suponía, no le ha contestado el celular.

No debería haberla llamado. Ahora, además de sentir unas ganas enormes de hablar con ella, le invade una fuerte tristeza por dentro, una desolación difícil de controlar.

Álex se muere por saber algo de Paula.

¿Y si está conectada al MSN?

Sube a su habitación con la laptop, entra en el cuarto y se tumba en la cama. La enciende y rápidamente entra en el Messenger.

Busca entre sus amigos. Nada, no está, su *nick* aparece entre los «no conectados».

Por lo que parece, va a ser imposible hablar con Paula. Y lo necesita.

A quien sí ve conectada es a Diana. Quizá sepa algo.

—Hola, Diana, ¿estás?

—Sí, estoy, hola. Qué sorpresa —contesta la chica a los pocos segundos.

Álex sonríe y escribe.

—¿Cómo va todo?

—Bueno, he estado mejor.

—Vaya. ¿Problemas?

—Todos los tenemos, ¿no? Pero ya casi se me ha pasado.

—Pues espero que pronto se te pase del todo.

—Seguro que sí. Gracias —responde la chica, acompañando sus palabras de un icono sonriente.

—¿Sabes algo de Paula? No está conectada.

Diana resopla. Otro que le habla de Paula... ¿No hay otro tema de conversación?

—No, no sé nada. Estuve con ella estudiando por la tarde, pero no sé dónde estará.

—Ah. Es que la he llamado, pero no me contesta el teléfono.

La chica piensa un instante. ¿No había quedado Álex con Paula? Sí, por eso se fue de la casa de Mario.

—¿No ha estado contigo?

—¿Conmigo?

—Sí. Estábamos estudiando con un amigo y nos dijo que se tenía que ir porque había quedado de verse contigo.

—Qué raro... Yo no había quedado con ella hoy.

—Sí que es raro. Me dijo, además, que tenías algo que contarle y que no sabía qué era. Estaba intrigada.

Álex se sienta en la cama, cruza las piernas una sobre otra y se pone la laptop encima. No comprende nada. Además, empieza a preocuparse.

—Yo no le he dicho nada de eso a Paula. No sé de qué me estás hablando.

Diana se frota la barbilla. ¿Le ha mentido su amiga? ¿Por qué motivo? Es muy extraño. No parecía que Paula le estuviera ocultando nada cuando le dijo que se tenía que ir con Álex. Quizá solo fue una excusa para dejarla a solas con Mario. No, muy rebuscado. ¿Y si le ha pasado algo?

—Álex, ¿estás seguro de que no habías quedado de verla?

—Que no. ¿Cómo me iba a olvidar de algo así?

—¿Y dices que no te contesta el celular?

—No, no lo contesta.

Los dos comienzan a alarmarse de verdad. Nervios. Nada encaja en esta historia.

¿Dónde se ha metido Paula?

La respuesta no se hace esperar, porque en esos instantes en el MSN de Diana aparece conectada, pero como «no disponible» la chica desaparecida.

Esa misma noche de marzo, Paula escribe en su computadora mientras Diana lo hace en la suya.

Diana, no me preguntes el motivo, pero tienes que decirle a Álex que no vaya a la fiesta que están preparando para mi cumpleaños. Es muy importante. Invéntate algo, o no sé... Confío en ti para que me hagas este gran favor. Perdona por pedirte esto. Ya te lo explicaré todo con tranquilidad.

Paula presiona el *enter* de su computadora y espera la respuesta de su amiga.

Sin embargo, lo que llega es un aviso de error. «Carajo». Debe de ser porque está en «no conectado». A veces sucede.

Prueba otra vez. No hay nada que hacer. De nuevo el mismo mensaje indicando que el comentario no ha llegado a su destino. Tendrá que conectarse.

Resopla. No tiene ganas de hablar con nadie, pero es primordial que Diana haga lo posible para que Álex no asista a su cumpleaños. No pueden verse.

La chica lleva el cursor hasta el *nick* y cambia su estado a «no disponible». Se da prisa por pegar y enviar de nuevo el mensaje, pero Diana se anticipa y la saluda al segundo de conectarse.

—Hola, Paula.

Mierda. Ahora no quedaría bien mandarle el «copia y pega» de antes y desaparecer...

—Hola, Diana.

—Menos mal que apareces. Nos estábamos empezando a preocupar mucho.

—¿Y eso? —pregunta extrañada. No entiende el motivo. Además, está hablando en plural. ¿Se refiere al resto de las Sugus?

—Es que estoy hablando con Álex y me ha contado que no has ido a la cita que dijiste que tenías con él. Para ser exactos, me ha dicho que ni siquiera quedó de verse contigo. Y que no le contestas el teléfono.

Uf. Álex se ha enterado. «¡Carajo! ¿Y ahora?».

No sabe qué decirle a su amiga. ¿Hasta dónde le puede explicar lo que ocurre?

Diana, por su parte, en esos instantes le escribe a Álex. Le dice que Paula ha aparecido y que está hablando con ella. Pero el chico no comprende por qué le sigue apareciendo como «no conectada». ¿Un error del MSN?

—¿Estás bien? —pregunta Diana al ver que Paula no continúa escribiendo.

—Mira, no puedo contarte ahora lo que pasa. Tienes que confiar en mí. Ya te lo explicaré todo con detalle. Pero no le digas a Álex que estás hablando conmigo.

—¿Cómo? Ya lo he hecho. Dice que no te ve conectada.

—¡Carajo! Dile que me he ido, por favor, que tenía prisa. Por favor te lo pido, Diana.

Diana hace caso a su amiga ante la alarma y la insistencia de esta. Algo grave está pasando. Le escribe a Álex que Paula está bien, pero que se ha tenido que marchar rápidamente a cenar porque la llamaba su madre, aunque ha quedado en que ya le contaría qué ha pasado. El chico no está muy conforme con la explicación, pero se resigna. Diana le pide que espere unos minutos, que tiene que telefonear a su amiga Miriam para unas cosas de clase. Miente, pero necesita hablar con Paula.

—Le he dicho que te has ido a cenar.

—Gracias, Diana. Perdona por este relajo. Te debo una.

—No pasa nada. Pero ¿qué te ha pasado con él? ¿Lo has eliminado de tu MSN?

—Sí. He tenido que hacerlo.

—¿Por qué?

—Es muy largo de contar. Ya te lo explicaré.

—Hazlo ahora. Tengo tiempo. Empieza. No me vas a dejar así.

Paula suspira. Quizá le venga bien soltarlo todo y desahogarse. Así que durante cinco minutos le escribe a Diana todo lo que ha sucedido. Esta lee atónita y espera a que su amiga termine de contarle una historia increíble.

—¡Qué fuerte! No lo puedo creer. ¡Qué fuerte! —exclama por fin la chica.

—¿Entiendes ahora por qué lo he eliminado?

—Sí, pero es que es todo muy raro. Álex no parece un chico infiel, aunque vete tú a saber. ¿Por qué no hablas con él?

—No puedo. Su novia me ha amenazado. Además, no quiero entrometerme en su relación. ¡Carajo, que va a ser padre!

—Bueno. Es complicado el asunto. No sé qué les das a los chicos, que todos clavan contigo. Eres una acaparadora.

Entonces se acuerda de Mario, de sus sentimientos, del amor que aquel estúpido siente por su amiga. Y del amor que ella, más estúpida todavía, sigue profesándole. ¿Qué tendrá Paula? ¿Por qué todos se enamoran de ella?

—Eso no es verdad. Y no es lo importante ahora, además —protesta Paula—. Tienes que decirle que no venga a mi cumpleaños.

—¡Carajo! ¡Tu cumpleaños! Es verdad, que va a ir...

—Sí. Por eso tienes que inventarte algo para que no lo haga.

—Carajo, Paula, eso sí que es un compromiso. ¿Y qué le digo?

—No sé. Que al final no se va a hacer. O que solo van a ir ustedes. Ni idea.

—Bueno, ya lo pensaré.

—Gracias de nuevo, Diana.

—Pero de todas formas hay una cosa que... Álex ya sabe que alguien quedó de verse contigo en su nombre. Investigará hasta descubrir que fue su novia la que en realidad te citó. Y se armará una buena.

—¡Carajo, es verdad!

—Creo que deberías hablar con él y aclarar las cosas. Es lo mejor.

—¡No! No puedo volver a verlo, Diana. ¿No lo entiendes? ¿Y si por mi culpa rompe con su novia embarazada?

—Pero él no se dará por vencido. Si en realidad está enamorado de ti, te buscará: te llamará muchas veces, te mandará mensajes. No puedes desaparecer.

—Pues es necesario que desaparezca. Y necesito que me ayudes.

Nunca había visto a Paula así. Siempre parece tan segura de lo que hace, da la sensación de que controla todo lo que pasa a su alrededor. Y ahora está en un verdadero apuro.

—Se me ocurre una cosa. Puedo decirle que me mentiste, que te inventaste que habías quedado de verte con él.

—Mmm. ¿Y con qué motivo?

—Pues... con la excusa de dejarme a solas con Mario.

Paula responde con dos iconos a la propuesta de su amiga. En uno el muñequito amarillo sonríe de oreja a oreja; el otro es un perrito blanco al que las cejas le suben y bajan muy deprisa, repetidamente.

—No pienses lo que no es —escribe Diana, suspirando.

553

—Ejem, ejem. Ya me contarás qué tal con Mario. Es una buena idea. ¿Se lo creerá?

—Puede ser. De momento lo tendrás alejado. Pero no creo que dure mucho.

—Tengo que desaparecer de la vida de ese chico, Diana.

—Te comprendo. Pero sigo pensando que deberías hablar con él.

—No puedo. De verdad que no puedo.

—¿Y si lo hago yo?

—¡No! ¡Por favor! No le digas nada de esto, por favor.

—Vale, vale. Le contaré solo lo de Mario y me inventaré alguna cosa para que no vaya a tu cumpleaños.

—Gracias. Eres una amiga.

Las chicas permanecen unos segundos sin escribir. Reflexionan sobre el asunto, cada una en la parte que le corresponde y en la situación en la que se encuentra.

En el MSN de Diana una lucecita naranja y un «titití» que la acompaña indican que Álex le ha escrito de nuevo. La chica abre la pantalla del Messenger en la que está conversando con él.

—¿Diana? ¿Sigues ahí?

No responde inmediatamente. Debe pensar bien qué contarle.

—Diana, yo me voy. Estoy agotada —escribe Paula en la otra pantalla.

—Vale, ya te contaré cómo me ha ido.

—Gracias. Ya no es que te deba una, te debo cien.

—Bueno, no exageres. Para algo están las amigas.

—No olvidaré este favor. Buenas noches.

—Buenas noches, Paula.

Capítulo 75

Esa misma noche de marzo, en una casa alejada de la ciudad.

Es muy raro lo que está pasando.

¿Cómo no ha visto a Paula conectada? No lo entiende. Aquel asunto a Álex empieza a parecerle una película de ciencia ficción.

Recapitulando: Paula le cuenta a Diana que ha quedado de verse con él. ¿Por qué motivo si no es verdad? Sin saber nada, la llama por teléfono, pero no contesta. ¿Cuál es la razón? Y ahora esto. Diana primero le indica que su amiga está conectada al MSN, aunque él no la ve, y enseguida dice que ya no está, que se ha tenido que ir rápidamente a cenar.

Demasiadas casualidades. Extraño. Muy extraño. Y lo que es más importante: no ha podido hablar con Paula todavía. Es como si lo estuviese esquivando.

No hay que ser demasiado inteligente para saber que algo está sucediendo, y debe averiguar qué es.

Álex, con la laptop sobre sus piernas, espera a que Diana regrese. Cuando vuelva, va a hacerle algunas preguntas.

La puerta de la entrada de la casa se abre. Es Irene, que llega tarde, lo que significa que debe de haber hecho algo después de clase. Seguramente ha quedado de verse con alguien, con uno de esos chicos que van con ella al curso y que se morirán de ganas por llevársela a la cama. Espera no tener que soportar ruidos de resortes y gemidos en su propia casa.

El chico oye cómo su hermanastra sube lentamente la escalera y llega hasta la puerta de su habitación. «Toc, toc». Al menos esta vez se ha tomado la molestia de llamar.

—Pasa.

Irene abre y se queda en el umbral. Está espectacular, como esta mañana. Lleva aquel vestido escotado y corto que deja ver sus magníficas piernas. Sonríe.

—Hola, ya estoy aquí.

—Ya te veo —contesta con seriedad.

—Qué grosero eres en ocasiones... ¿También eres así con tus fans? —pregunta la chica sin perder la sonrisa con la que entró en el dormitorio de su hermanastro.

—No tengo fans.

—Sí, seguro —dice Irene mientras se echa el pelo hacia un lado y lo peina con las manos—. ¿Has cenado?

—No.

—Yo tampoco. ¿Cenas conmigo?

—No tengo hambre.

—¡Ay, chico, qué soso estás! Anda, te preparo algo, que tienes que alimentarte bien para poder escribir.

Álex la observa. Es difícil no hacerlo. Cada gesto que hace transmite una sensualidad desbordante. Continúa sonriendo.

—Bueno, ahora bajo. Pero no hagas nada para mí. Cena tú.

—Vale. Te espero diez minutos y, si no bajas, cenaré sola.

—Haz lo que quieras, Irene.

—Grosero.

La chica cierra la puerta un poco más fuerte de lo que su hermanastro habría deseado. Seguro que lo ha hecho para molestarle. ¡Bah!

Han pasado ya más de diez minutos desde que Diana se fue.

—Diana, ¿sigues ahí? —escribe impaciente.

La respuesta no llega inmediatamente. Seguirá hablando por teléfono con su amiga.

Álex comienza a ponerse de nervios. Algo inhabitual en él, que es una persona muy tranquila y no se altera por cualquier cosa. Pero este asunto le inquieta. Suspira profundamente.

«Titití» y una lucecita naranja.

—Sí, Álex, perdona. Ya estoy aquí.

¡Por fin! Diana ha regresado.

—Empezaba a pensar que me habías abandonado.

—¿Bromeas? ¿Cómo voy a abandonar a un chico como tú? ¿Estás loco?

Álex sonríe. Aquella chica le cae bien. Tiene desparpajo y un sentido del humor muy particular.

—Creo que estoy empezando a estarlo. ¿No te ha dicho Paula por qué no me contesta el celular?

—No. No me ha dado tiempo a preguntárselo. Se ha ido muy rápido.

—¿Y tampoco sabes por qué te dijo que había quedado de verse conmigo?

—Bueno, algo ha insinuado. Es que estábamos en casa de un amigo estudiando y ella cree que él y yo nos gustamos. Entonces ha dicho que se iba para dejarnos a solas.

Tiene sentido. Sin embargo, siguen sin encajar todas las piezas. Álex se frota el mentón y escribe.

—¿Y por qué precisamente te dijo que había quedado conmigo y no con otra persona?

—Pues ni idea. Cosas de Paula. Sería lo primero que se le pasó por la cabeza.

—Ah —responde sin tenerlo demasiado claro.

—Por cierto, Álex, te tengo que decir una cosa.

—Cuéntame.

—La chica con la que acabo de hablar por el celular es Miriam. En su casa es donde íbamos a hacer la fiesta de cumpleaños de Paula. Pues resulta que al final sus padres no se van y la hemos suspendido.

Otra coincidencia. Ahora Álex ya está seguro: algo le pasa a Paula con él... Pero tiene que tirar más del hilo para terminar de convencerse.

—Vaya, ¡qué mala suerte! ¿Y no hay otro lugar? Paula no se puede quedar sin fiesta de cumpleaños.

—No, no tenemos otro sitio. Seguramente nos quedemos sus tres mejores amigas por la noche en su casa y lo celebremos nosotras solas.

—¿Y si lo hacemos en mi casa?

—¿En tu casa?

—Claro. Aquí hay mucho espacio. Y, aunque esté retirado de la ciudad, pueden tomar un autobús y venir todas juntas. Incluso podríamos vernos en alguna parte y yo las traigo hasta aquí.

Silencio. Diana no escribe. Álex sabe que la respuesta será negativa. ¿Qué pondrá como excusa?

—No es mala idea... Pero somos muchos, no solo Paula, las otras dos chicas y yo. Habrá mucha más gente y serían demasiadas molestias para ti.

—¡Qué va! No es molestia. Cuantos más, mejor. ¿No?

Otro silencio, este más largo. Un minuto. Dos. Sin respuesta.

—Bueno, lo consultaré, pero no creo que sea posible, Álex —termina respondiendo.

—¿Con quién lo consultarás? ¿Con Paula?

—Con todas. Con ella también, claro.

—Entonces sí que será imposible, porque parece que no quiere saber nada de mí.

El chico siente un pinchazo en el pecho cuando escribe esto. Pero es el momento de llegar al fondo de la cuestión.

—Claro que no. ¿Por qué dices eso?

—Porque es la verdad. Paula no quiere hablar conmigo.

—No lo sé, Álex. Pero no creo que sea así.

—Yo creo que sí lo sabes, Diana.

—De verdad que no.

Álex reflexiona un instante. Quizá es cierto y esa pobre muchacha no está enterada de lo que ocurre.

—¿Cuál es la dirección de Paula? Voy a ir a hablar con ella.

—¿Cómo? ¿Que te diga la calle donde vive?

—Sí. Eso sí lo sabrás, ¿no? No tiene nada de malo que me lo digas.

Diana no contesta. Álex sabe el compromiso en el que está poniendo a aquella chica, pero no le queda más remedio.

—No puedo decírtelo. Compréndeme.

—¿Por qué no?

—Porque son datos personales. Es ella la que te los tiene que dar.

—Así que no me vas a hacer ese favor.

—No. Lo siento.

Los dos se quedan unos segundos sin escribir. Álex piensa. Tiene que encontrar la forma de sacarle información. Ahora está convencido de que algo le ha pasado a Paula con él y de que su amiga lo sabe.

—Diana, sé que algo pasa, que Paula tiene un problema conmigo. Y estoy convencido de que tú estás enterada.

—Mira, Álex, yo no me puedo meter en medio de ustedes dos. Si hay un problema entre ambos, lo tienen que solucionar ustedes.

—Así que sucede algo, ¿verdad? Lo has confesado.

—No. Yo no he confesado nada. Solo que si Paula no te contesta el celular es problema tuyo y de ella, no mío. Yo solo te digo que no sé nada.

—Mientes, Diana. ¿Es tan grave lo que le he hecho para que no quiera hablar conmigo?

—No lo sé.

—Vamos, Diana, cuéntame qué pasa.

—Álex, por favor. Es una de mis mejores amigas. No me hagas esto.

—Por eso tienes que decirme lo que pasa, porque quiero solucionarlo. Si no sé lo que ocurre, ¿cómo voy a arreglarlo?

—Álex, por favor. He prometido no decir nada.

—Tienes que decírmelo, Diana. No me puedes seguir mintiendo. Lo estoy pasando muy mal por esto y necesito saber la verdad. Te lo ruego.

Tensión. Instantes infinitos. Situación al límite frente a la computadora en el cuarto de Diana, sentada en una silla, con la bandeja de la cena sin terminar a su lado. Dudas. Compromiso. Secretos. En la habitación de Álex, él está en la cama con la laptop entre las piernas. Ansiedad. Incertidumbre. Nervios. Y miedo.

No hay palabras nuevas.

Pero en el MSN del chico aparece que Diana está escribiendo. Un brote de esperanza nace en él. Tal vez se ha decidido a explicarle qué es lo que pasa.

Y cerca de las diez de la noche llega la verdad. La respuesta a la pregunta de Álex en tres párrafos inmensos que Diana copia y pega en el Messenger después de haberlos escrito primero en Word: ahí está el motivo por el que Paula no le contesta el teléfono, la razón por la que no la ha visto conectada y la solución al enigma de quién había quedado de verse con ella en su propio nombre.

—Irene —susurra—. No lo puedo creer. No lo puedo creer —repite en voz baja, apretando los dientes.

La ira recorre todo su cuerpo. Siente rabia por dentro. Intenta contenerse, pero quiere gritar. Se reprime, aunque la furia se apodera de él. Sin decir ni una palabra, golpea violentamente la almohada con el puño derecho, luego con el izquierdo y de nuevo con el derecho.

Ahora lo comprende todo. Ahora entiende que la única culpable de que Paula no acepte ni siquiera hablar con él está viviendo en su misma casa.

—Álex, ¿estás bien? ¿Te has ido? —pregunta Diana al ver que el chico no escribe nada.

—No. Todo esto es una locura. Nada es verdad.

Mira el reloj. Es tarde, pero tiene que ver a Paula y contarle todo en persona; si no, no le creerá.

—Diana, necesito saber dónde vive Paula. Dame su dirección, por favor.

—Ya te he dicho que no puedo.

—Diana, por favor.

—Álex, no puedo.

—Confía en mí. Ahora no tengo ni un segundo que perder. Te lo contaré todo en cuanto pueda. Pero necesito hablar con Paula en persona. Dame su dirección, por favor.

La chica, abrumada por las palabras de Álex, escribe el nombre de la calle y el número en el que Paula vive.

—Gracias. Eres una buena amiga. Por favor, no le digas nada a Paula. Si se entera, igual ni me abre la puerta. Un beso, me tengo que ir. Ya hablaremos.

Y, sin esperar a su despedida, apaga y cierra la computadora portátil.

Le está agradecidísimo a aquella chica. Sin ella jamás se habría enterado de los planes de su hermanastra, que sin duda contaba con que Paula no le dijera nada, pero en absoluto con que había otra persona que sí podía hacerlo. Diana ha sido el gran fallo de Irene.

Álex busca a toda velocidad un abrigo que ponerse. Da con una chamarra de mezclilla azul que se abrocha conforme baja la escalera. Mientras, piensa en cómo llegar a la casa de Paula desde donde vive. En autobús y metro tardaría una eternidad. No tendrá más remedio que pedirle el coche a Irene. Uf. Casi cuatro años sin conducir. Sacó la licencia a los dieciocho y luego nada de nada. ¿Sabrá manejar el Ford Focus de su hermanastra?

Entra en la cocina. Irene muerde un sándwich de jamón y mantequilla. Observa a Álex y sonríe.

—Está bueno. ¿Quieres?

—No —responde seco.

Ahora no tiene tiempo de discutir, aunque le encantaría decirle todo lo que piensa de ella. Además, necesita su coche y debe moderarse si quiere que se lo preste.

—¿Te preparo uno?

—No, gracias. Necesito que me prestes el coche. Tengo que ir a la ciudad.

Irene lo mira sorprendida.

—¿A la ciudad? ¿Y eso?

—Tengo que ir a ver a un amigo que me ha pedido que le deje leer lo que llevo escrito del libro. Conoce a un editor y le hablará de mí —miente.

—¡Ah, qué bien!, ¿no? ¿Te llevo yo?

—Es mejor que vaya solo. ¿Me lo prestas o no?

—Bueno, no sé. ¿Cuánto llevas sin conducir?

—No te preocupes por eso, sé lo que hago. ¿Me lo vas a prestar o me voy en autobús?

—Vale, vale. Espera.

La chica sale de la cocina y sube hasta el cuarto en el

que está instalada. En pocos segundos aparece con las llaves en la mano.

—Toma. Pero ten cuidado, ¿eh?

—Lo tendré. Gracias.

Álex no dice nada más, camina hasta la puerta y abre. Irene lo sigue de cerca. Contempla con recelo cómo su hermanastro se sube al Ford. Le cuesta arrancarlo, se le apaga dos veces, pero al final lo logra. Sin embargo, su primera maniobra es terriblemente torpe y casi se estrella contra una de las paredes de la casa al acelerar excesivamente deprisa. La chica se pone las manos en la cara. Empieza a arrepentirse de haberle prestado el coche.

—¿Seguro que no quieres que te lleve yo? —grita.

—¡No! Ya está todo controlado —responde Álex sacando la cabeza por la ventanilla.

Poco después consigue enderezar el coche y enfilar el camino de salida correctamente. Acelera de nuevo y desaparece por el sendero que conduce hasta la carretera principal.

Irene suspira. «¡Carajo! Será un milagro que no tenga un accidente. No se lo debería haber prestado».

Pero lo que realmente no sabe Irene es el verdadero motivo por el que aquel favor no tenía que haberse producido.

Capítulo 76

Esa misma noche de marzo, en un lugar de la ciudad.

—¿Una cabina para grabar? No me friegues. ¿Para grabar qué, Katia?

Mauricio Torres no da crédito a lo que su representada le acaba de pedir.

—Es para un favor. Necesito que me consigas un estudio para mañana por la tarde.

—¿Y quién lo paga?

—Vamos, Mauricio. Habla con la discográfica. Seguro que no habrá problemas de ningún tipo.

—No habría problema si no llevaras toda la semana evitando entrevistas, presentaciones y actos promocionales. Llevo tres días pasando las de Caín. ¿Sabes la cantidad de disculpas que llevo pedidas?

—No será para tanto.

—¿Que no será para tanto? Mira, Katia, no me colmes la paciencia porque...

La chica del pelo rosa sonríe al otro lado de la línea telefónica. Le divierte alterar los nervios de su representante. Se lo imagina de un lado para otro de la habitación con una mano metida en el bolsillo y sudando a borbotones. Pero es un gran tipo, una de las mejores personas que ha conocido y de las pocas en quienes puede confiar realmente. Y eso, en ese mundo en el que ella se mueve, tiene mucho valor.

—Perdona. Va, Mauricio, perdóname. Prometo portarme bien a partir de ahora.

—Pareces una niña pequeña y consentida.

—Aún soy joven. Acabo de llegar a esto. ¿No me perdonas? —pregunta con voz melosa.

—Sí, te perdono, carajo.

—Gracias, eres el mejor.

Mauricio escucha un ruidoso beso en su teléfono.

—Katia, tienes veinte años. Ya no eres una niña. Y debes cumplir con una serie de compromisos que además tienes firmados. No puedes hacer lo que te venga en gana y cuando quieras.

—Que sí, que sí. Si lo sé. ¿Y no lo he hecho bien hasta esta semana? He cumplido. ¿O no?

—Sí. Pero en este negocio hay que estar siempre al pie del cañón. Hoy todos quieren darte una palmadita en la espalda y besarte los pies. Pero, si empiezas a fallar, lo que te darán será una patada en tu precioso trasero.

—Gracias por lo de precioso. Qué bien quedas cuando quieres.

—Ya deberías saber que tu éxito dura lo que tarda en llegar el éxito de otro.

—Vale, captado. Miraré la agenda y me organizaré.

—Eso espero.

—¿Mañana por la tarde tengo algo?

—No. Anulé la firma de discos en El Corte Inglés con la excusa del accidente.

—Ah, bien. Entonces, ¿me puedes conseguir la cabina de grabación?

Mauricio Torres resopla. «Estos artistas son todos iguales. Exigir, pedir, exigir, pedir». Y él que pensaba que la fama no había cambiado a Katia...

—Veré qué puedo hacer. No te prometo nada.

—Bueno. Sé que lo conseguirás. Eres el mejor representante que una cantante puede tener.

—No me hagas la barba y cumple con tus obligaciones.

—Que sí... No te preocupes.

—Pues el viernes por la noche tienes una presentación en una sala del centro. Estaba a punto de anularla también, pero, como has dicho que vas a cumplir con tus obligaciones, no lo haré.

—¡Carajo, qué lata!

—Es importante. Van unos ejecutivos propietarios de una productora de televisión. Igual te ofrecen algún papel para una serie juvenil.

—Uf. No soy actriz, no me va para nada eso.

—Bueno, tú ve. Nunca está de más rodearse de peces gordos. Y estos son como ballenas.

—Las ballenas no son peces: son mamíferos —lo corrige Katia riendo.

—Mira, Katia, no me colmes...

—Ya, ya. —La chica suelta una carcajada. Le encanta provocar a Mauricio—. Bueno, hacemos una cosa.

—¿Qué cosa?

—Tú me prometes que para mañana por la tarde tengo a mi disposición una cabina en un estudio y yo te prometo que el viernes por la noche voy a lo de las ballenas.

—¿Chantaje?

—¿Quieres llamarlo así? Vale: chantaje.

—Pero si todo es por tu bien... En realidad, a mí me da lo mismo. Es tu carrera.

—Y tu profesión, Mauricio. Cuanto más gane yo, más ganas tú. No seas victimista.

El representante guarda silencio unos instantes.

—Está bien. Mañana tienes la cabina. Pero como me falles el viernes...

—No lo haré, no te preocupes.

—Vale, eso espero.

—Bueno, pues cuando sepas lo de la cabina, me llamas y me lo confirmas.

—OK.

—Hasta mañana entonces, Mauricio. Y gracias de nuevo.

—Hasta ma... ¡Ah!, espera un momento, hay algo que... Espera. ¿Dónde lo he puesto?

—¿Qué cosa? ¿Qué buscas?

El hombre murmura alguna cosa que Katia no alcanza a entender. ¿Qué hace?

—Aquí está.

—¿Ya has dado con lo que buscabas?

—Sí. Esta tarde he pasado por la discográfica y me han entregado decenas de cartas de tus fans. He abierto algunas.

—Carajo, Mauricio, te pasas.

—Si son todas iguales... La mayoría diciendo tonterías y que te recuperes cuanto antes.

—Qué lindas son.

—Y pesadas.

—Una que otra.

—Bueno. El caso es que ha llegado una carta distinta a las demás. Te leo:

Buenos días, tardes o noches.

Para mí, buenas noches, ya que le escribo cuando la luna y las estrellas me cobijan...

Mauricio Torres toma aire. Lo ha leído todo seguido, casi sin respirar.

—¡Ah, qué interesante!, ¿no? —dice Katia, que no ha comprendido demasiado de lo que su representante le acaba de leer.

—No está mal. Mañana te pasaré las páginas del libro para que las leas. Me ha resultado curiosa esta extraña iniciativa. Y osada. Pedir una canción para su historia es echarle valor al mundo. Merece que al menos lo tengamos en cuenta.

—Pues sí.

—Además hay un tema de los que descartamos que se adecua perfectamente a la historia: el de *Quince más quince*.

—Mañana me lo enseñas y lo estudio, ¿vale?

—Perfecto.

—Bueno, Mauricio, te dejo ya. Acuérdate de llamarme con eso.

—No te preocupes: cumplo mis promesas. Espero que tú hagas lo mismo.

—*No problem*. Buenas noches.

—Buenas noches.

Katia es la primera en colgar.

Ya tiene la cabina. Le ha costado convencer a su representante. Y todo para grabar la canción dedicada a la novia de Ángel. ¡Uf! Al menos espera que el periodista pueda acudir a la grabación. Si no, ¿qué sentido tiene todo aquello?

Capítulo 77

Ese día de marzo, por la noche, en otro lugar de la ciudad.

Se mira al espejo. Tiene ojeras. Demasiadas. Hace días que sus ojos están acompañados por una permanente sombra morada. Y no, no es producto de una feroz pelea con el matón del instituto ni tampoco la consecuencia de una caída de bicicleta, ni tan siquiera se ha golpeado contra el poste de una portería de futbol. El violeta de los ojos de Mario indica cansancio, tensión, problemas, falta de sueño. ¿Es eso normal en un chico de dieciséis años?

Abre la pasta de dientes y unta un poco en su cepillo. Tiene sabor a menta, extrafuerte, aunque la intensidad de ese frescor ha ido desapareciendo a medida que el tubo se ha ido vaciando. Aun así, todavía pica.

Ha sido un estúpido. Sí, cada vez tiene más claro que con los años se está volviendo más idiota. Cuando cumpla veinte, tendrán que inventar una nueva palabra que lo defina solo a él y que sea sinónimo de imbécil, tarado o inútil, entre otras cosas.

¿Por qué antes le ha dicho eso a Diana?

Es cierto que lo estaba presionando, que ella no tenía derecho a hablarle así sobre su manera de actuar con respecto a Paula, que se estaba metiendo donde no la llamaban y que, si quiere a su amiga desde que era un niño y todavía no se lo ha confesado, es problema suyo. Pero también es verdad que lo que le soltó a grito pelado no es de una persona medianamente educada y cabal.

Se enjuaga la boca y escupe. La puerta entreabierta del cuarto de baño chirría levemente cuando su hermana entra.

—¡Ups, estás tú aquí! —dice Miriam, fingiendo que no se había dado cuenta de que el baño estaba ocupado.

La chica había mirado primero por el hueco que quedaba y, al ver a Mario cepillándose los dientes, decidió entrar. Está preocupada. Cuando Diana se fue de esa manera, trató de hablar con su hermano, pero este no quiso escucharla.

—Pues ya ves que sí —protesta el chico, que se vuelve a meter el cepillo de dientes en la boca.

—Bueno, pero no estás haciendo nada que yo no pueda ver, ¿no?

Mario no responde. Se limita a mover la cabeza de un lado a otro.

Miriam avanza hasta el lavabo. Se sitúa al lado de su hermano y agarra su cepillo. El chico la observa a través del espejo. No es habitual que se laven los dientes juntos. Para ser exactos, es la primera vez que sucede.

—¿No me vas a decir lo que te pasó esta tarde con Diana?

La chica también unta su cepillo y empieza a lavarse los dientes.

Mario vuelve a escupir.

—No. No creo que deba decirte nada.

—Ha tenido que ser algo muy gordo para que se fuera de esa manera.

El chico no responde. Continúa cepillándose.

—¿Te ha preguntado si ella te gusta? Es que...

Mario se detiene al oír a su hermana y la fulmina con la mirada a través del espejo.

—Porque si es eso... No sé, Mario. Se ha ido así... y estaban solos...

—Miriam, ya. Para.

—No sé lo que pensarás tú, pero nosotras creíamos que Diana te gustaba y... Quizá ha sido culpa de todas.

—Miriam, párale ya, ¿no?

—Es que me sabe fatal que mi hermano y una de mis mejores amigas se hayan enfadado de esa manera.

—Vale, te entiendo. Pero es cosa nuestra. Ya se arreglará.

—Eso espero.

Los dos siguen lavándose los dientes en silencio.

Mario es el primero en terminar. Suelta el cepillo en su estuche y se da el último enjuague. Se aclara unos segundos con el agua en la boca y escupe.

—Me voy a la cama.

Miriam se enjuaga también para poder hablarle.

—¿Ya?

—Sí. Estoy cansado, aunque no sé si podré dormir algo. Últimamente no pego ojo.

—¿No duermes por las noches?

—Casi nada.

—Deberías hablar con mamá del tema.

—No, gracias. Ya conseguiré dormir un día de estos.

La chica observa los ojos de su hermano. Tienen un extraño color morado muy preocupante. Parece un vampiro que acaba de salir de su ataúd. Afortunadamente, todavía se refleja en el espejo.

—¿Y no vas a llamar a Diana para aclarar las cosas?

—No.

—¿Hablarás con ella mañana en el instituto?

—Ya veremos, Miriam. No insistas más.

El chico camina hasta la puerta. Su hermana lo sigue por el cristal. ¿Ha crecido? Parece más alto. También más maduro. Las heridas curten, pero a la vez dejan secuelas que hacen que cumplas más años de los que realmente tienes.

—Buenas noches, Mario. Que descanses.

—Buenas noches.

Miriam se queda sola en el cuarto de baño. Siente tristeza. Aunque la relación con Mario nunca ha sido muy cercana, no deja de ser su hermano. Y lo aprecia y quiere. Estaría encantada de que encontrara a una chica que se convirtiese en su novia y, si además fuera una de sus amigas, una de las Sugus, sería fantástico. Todo indicaba que la candidata era Diana, parecía obvio, pero quizá hayan forzado mucho la situación. Quién sabe si en realidad no le gustaba, si todo ha sido un malentendido y ahora están recogiendo las consecuencias del error. En tal caso, ella también sería culpable.

Mario entra en su habitación. La pesada de Miriam ya no le deja ni lavarse los dientes tranquilo. Ella tiene parte de culpa de todo lo que ha pasado, aunque continúa pensando que hay un responsable por encima de todos: él mismo.

Es muy incómodo sentirse así. Sabe que ha hecho algo mal, pero no ve la solución cerca. Al menos hasta mañana, cuando se encuentre cara a cara con Diana. ¿Cuál será su reacción? ¿Y la de él?

¿Cómo podían pensar que la que le gustaba era Diana?

Aunque tiene que reconocer que la chica no está tan mal. Es muy torpe en matemáticas, eso sí, y no aprobaría el examen del viernes ni aunque el profesor le regalara tres puntos. Pero hay más en ella de lo que creía.

Los paseos de estos días de vuelta a casa después de las

clases han sido muy agradables. Y, físicamente, no es Paula, pero está bastante bien.

¡Paula! Vaya, lleva tanto tiempo pensando en Diana que se ha olvidado incluso de Paula. No tiene dudas acerca de sus sentimientos, ¿verdad? Él de quien está enamorado es de Paula. Sí. Claro que sí.

¿Estará con aquel tipo ahora? Por eso se fue, ¿no?

Una fuerte ola de tristeza le sacude con aquella idea.

—Carajo —dice en voz baja mientras se deja caer de espaldas en la cama.

Pero no es momento para derrumbarse. Debe concluir el trabajo que empezó y que tantas horas le está ocupando en la madrugada.

De un brinco se incorpora, camina hasta su computadora y la enciende.

Algún día puede que tenga una mínima posibilidad de conquistar el corazón de la chica a la que ama desde que era un chiquillo.

Entra en Google y escribe: «Camila letra *Coleccionista de canciones*». Abre la página de la primera opción que aparece. Allí encuentra la canción y lee la letra. Es preciosa. Le recuerda tanto a Paula... Sabe que a ella le encanta este tema. Muchas veces veía en el MSN que lo escuchaba. Suspira y con el cursor marca la opción «Copiar».

Y vuelve a suspirar.

No hay dudas, Diana no está mal, pero el amor de su vida es otro. Su Paula.

En esos momentos, Álex, que no se ha estrellado con el Ford Focus de Irene de puro milagro, se estaciona a duras penas frente a la casa en la que vive la chica que le ha robado el corazón.

Capítulo 78

Esa noche fría de marzo, en un lugar de la ciudad.

Toc, toc, toc.

¿Es la puerta de su habitación la que suena? ¿Quién es?

Paula se sobresalta. Estaba dormida. Por un momento creyó que alguien llamaba en su sueño. Aunque no recuerda casi nada, aquel sonido era demasiado real. Y tanto, ¡como que está pasando de verdad!

Mercedes abre y entra en la habitación. A continuación, enciende la luz.

—¿Mamá? ¿Qué quieres? —protesta la chica, cegada, entrecerrando los ojos.

—¿Estás dormida?

—Estaba, pero me has despertado. ¿Qué pasa?

Su madre tiene una expresión extraña en la cara.

—Dímelo tú.

—¿Yo? ¿Qué quieres que te diga? —pregunta sorprendida.

—Pues me gustaría que me aclararas luego quién es el chico que está abajo hablando con tu padre y a qué ha venido.

—¿Un chico? ¿Qué dices?

—Pues lo que oyes. Es un chico mayor. No ha dicho su nombre. Se ha presentado diciendo que era un amigo tuyo.

¡No lo puede creer! ¡Ángel se ha vuelto loco! ¿Cómo se

le ha pasado por la cabeza ir a verla a casa? ¡Y de noche! ¡Muy de noche! ¿Qué hora es? ¿Las once, las doce?

Paula se incorpora y, mientras se peina nerviosa con las manos, busca en el clóset algo decente que ponerse. No puede salir en piyama.

—Le has dicho que pase y espere, ¿no?

—Sí. Aunque tu padre le ha repetido una vez tras otra que no son horas para hacer una visita, el chico ha insistido todavía más. Ha dicho que es urgente. Que o habla contigo o duerme en el portal de casa.

La chica suelta una carcajada. ¡Definitivamente, su novio ha perdido la cabeza! ¿Qué pasará tan importante como para que Ángel esté dando ese paso tan decisivo en la relación?

—No le veo la gracia.

—Perdona, mamá. No me reía de ti.

Mercedes se relaja un poco. Ha sido todo tan repentino que no sabe muy bien cómo reaccionar ante este visitante imprevisto. De la incredulidad pasó al enfado, pero ahora lo que siente es cierta curiosidad.

—¿Es tu novio?

—Sí, mamá. Es mi novio. Del que les hablé ayer.

Paula se quita el pantalón de la piyama y se pone una mezclilla azul oscuro.

—Pues es muy guapo. No tienes mal gusto.

La chica suelta otra carcajada. Está nerviosa. Pero que su madre haya dado el visto bueno a Ángel, al menos físicamente, la ayuda a rebajar la tensión que conlleva aquella desconcertante situación.

—Gracias. ¿Te parece guapo entonces?

—Sí. Tiene unos ojos castaños preciosos. Son enormes.

Paula sonríe. Lanza la parte de arriba de la piyama sobre la cama y se pone una camiseta roja de botones.

¿«Ojos castaños preciosos»?

—Perdona, mamá, pero no te has fijado bien: Ángel tiene los ojos azules, y muy azules, además.

—¿Azules? ¡Qué va! Me he fijado perfectamente. Son marrones, pero muy llamativos. Aunque lo que más me gusta de él es su preciosa sonrisa.

—Estás equivocada, son azules. ¿Cómo no voy a saber yo el color de ojos de mi...?

«¿Una sonrisa preciosa? ¡Mierda, no! No puede ser. ¿Ojos marrones muy llamativos? Mierda, mierda, mierda. ¡Mier-da!». Paula palidece y se sienta en la cama.

—¿Qué te pasa? ¿Te has mareado?

—No, mamá. Estoy bien. No te preocupes.

—¿Seguro?

—Que sí, pesada.

—Bueno, bueno. Pues baja rápido, que imagino que tu padre estará sometiendo a ese chico a interrogatorio. Pobre muchacho.

—Ahora mismo bajo.

—Vale, pero abróchate un poco, que se te ve hasta el ombligo.

La chica mira hacia abajo y comprueba cómo sobresale parte del brasier negro y rosa que lleva puesto. Murmura quejosa y se abrocha dos de los botones de la camiseta.

—¿Contenta?

—Sí, mucho mejor —afirma la madre satisfecha—. No tardes mucho.

Mercedes abandona sonriente el dormitorio. No está nada mal su yerno, el periodista. Además, a pesar de que es bastante mayor que su hija, no aparenta tener veintidós años.

Paula sigue blanca. Si no podía creerse que Ángel fuera a verla a esas horas de la noche a su propia casa, que el que haya ido a visitarla sea Álex no hay forma ni de calificarlo ni de comprenderlo.

Podría saltar por la ventana y huir lejos, muy lejos. O fingir un desmayo. O simplemente no bajar y esperar a que su padre lo eche de casa.

¿Por qué le pasan a ella estas cosas?

En la sala de la casa de Paula, esa fría noche de marzo.

—Así que eres periodista —inquiere Paco con un tono muy poco amable.

—No, señor. Intento ser escritor —responde Álex, que acaba de sentarse, obligado por aquel hombre que lo mira con ojos asesinos.

—Ah. Escritor. Bien.

¡Escritor! ¡Qué clase de muerto de hambre! Ni siquiera es periodista como les dijo Paula. Un simple y vulgar cuentacuentos. ¡Ah, no! ¡Ni eso! ¡Aspirante a cuentacuentos! ¿Y de esa manera pretende ganarse la vida?

—Aunque también soy músico.

—Ah. Músico. Bien. ¿Y qué tocas?

—El saxofón.

—Ah. El saxofón. Bien. Como Kevin G.

—Kenny. Kenny G.

—¿Y qué he dicho? Kenny G.

Álex no quiere discutir con aquel hombre. Bastante es que se haya presentado en su casa a esas horas de la noche queriendo hablar con su hija como para llevarle la contraria. Además, esos ojos brillantes inyectados en sangre le infunden mucho respeto. Quizá con una broma mejore el ambiente.

—Y también como Lisa Simpson.

El chico se ríe tímidamente de lo que ha dicho, pero

Paco no entiende la broma. En su vida ha visto *Los Simpson* y no tiene ni idea de quién es Lisa Simpson. Sin embargo, esboza una sonrisilla breve y desganada.

—¿Y qué intenciones tienes con mi hija?

—¿Intenciones? Hablar. Ya se lo he dicho antes. Tengo que decirle una cosa muy importante.

—Sí, ya lo sé.

¡Qué escuincle tan latoso! Mira que ha insistido. ¡Qué pesado! Hay que reconocer que el tipo es guapillo. Pero es insoportable. Su hija se merece algo mucho mejor.

—Pues eso. Solo quiero hablar con Paula.

—Ya.

Y, si fuera por él, desvirgarla en su propio cuarto. Con sus padres abajo oyendo. ¡Qué descarado!

—¿Y cómo te llamas?

—Álex.

—¿Álex?

—Sí, Álex. De Alejandro.

—Me queda claro. Pero ¿no te llamas Ángel?

—No, señor. Mi nombre es Álex, no Ángel.

Paco no entiende nada. Debió de entender mal a su hija cuando les dijo el nombre de su presunto novio.

En ese instante, Mercedes baja por la escalera y se sienta al lado de su marido. Sonríe al chico y este le devuelve el gesto. Qué guapo y qué maravillosa sonrisa... Pero ¿cómo puede decir Paula que tiene los ojos azules si son castaño claro? ¿Lentes de contacto? Es muy raro. Algunas personas que tienen los ojos marrones suelen utilizar lentillas azules o verdes para resaltar, pero nunca había visto a nadie con los ojos claros que se pusiera lentes de contacto de otro color.

—Ya baja —susurra la mujer.

Un nuevo intercambio de sonrisas entre el invitado y Mercedes.

Y sin que dé tiempo a más, el ruido de una puerta que se cierra y el posterior de unos pasos en la planta de arriba anuncian que la espera de Álex llega a su fin.

Mira hacia la escalera y allí aparece ella.

El corazón se le acelera. Está preciosa, como siempre. Como la primera vez que la vio hace solo seis días. ¿Cómo es posible sentir algo tan grande por una persona a la que acabas de conocer? Pues es posible. Es real. Es maravilloso.

Paula ve a Álex. Se sonroja. Creía que nunca más estarían uno tan cerca del otro..., o eso debía intentar. Cuando se aproxima a él, le viene a la mente aquella chica, aquellas palabras, su mano en el vientre de Irene... Una pesadilla. Y tiene ganas de llorar, pero no es el momento. Hay que calmarse: sus padres están allí y lo único que puede hacer es disimular.

—Hola, Álex —saluda en voz baja.

—Hola, Paula.

—¿Álex? ¿No se llama Ángel? —pregunta Mercedes, que no puede ocultar su extrañeza.

—¡Ah, así que no es solo cosa mía! —exclama Paco, contento por confirmar que no se había equivocado.

—Luego se los explico —señala la chica mientras se pone una chamarra que llevaba en los brazos—. Hablamos fuera. Si mis padres me dejan...

Álex y Paula miran a Paco, pero es Mercedes la que se anticipa a la respuesta de su marido.

—Vale, pero no te alejes demasiado y vuelve pronto, que es muy tarde.

Los chicos asienten y salen de la casa, Paula delante y Álex dando las gracias y despidiéndose.

Paco está rojo de furia. No comprende tanta amabilidad de su mujer. Ese individuo no la merece. Pero un dulce beso en los labios y una frase susurrada en el oído le tranquilizan.

—Vamos arriba. Hay que aprovechar que la peque duerme y que la mayor no está.

El hombre ahora sí sonríe. Aquella es la mejor forma de olvidarse de ese aspirante a cuentacuentos.

Capítulo 79

Esa noche de marzo, instantes después, en esa parte de la ciudad.

Hace frío, diez grados o tal vez menos. No se ven las estrellas ni la luna. No es una noche de enamorados, sino una noche para estar en casa, arropado con mantas y alrededor de la chimenea. Una noche de abrazos calientes que cobijen y protejan. Es una noche sin magia, oscura, de sombras alargadas persiguiéndose unas a otras, de silencio. Es una de las últimas noches invernales en la antesala de la primavera.

Álex y Paula caminan juntos. Él está tenso y no sabe por dónde empezar; ella, nerviosa, con las manos unidas en el vientre, abrazándose. Tiembla.

—¿Nos sentamos allí? —pregunta el chico señalando una banca al lado de una fuente que esta noche no funciona.

—Vale.

Álex tiene miedo de que Paula salga corriendo en cualquier momento y se encierre en su casa. Sería lógico. Irene la puso entre la espada y la pared. Ahora le toca a él ser convincente para solucionarlo todo. Le tiene que creer, no puede dejar dudas.

Se sientan en la banca: Álex, en el lado izquierdo; Paula, en el centro.

La mira y sonríe, pero ella no le corresponde. No tiene

ganas de sonreír. Piensa que aquello es un error, que se está entrometiendo en una relación y que en cualquier instante esa chica histérica aparecerá de la nada con un cuchillo en las manos para asesinarla.

—Diana me lo ha explicado todo —dice Álex rompiendo el hielo.

Directo al grano. Aparta la mirada y fija sus ojos en la fuente que no echa agua.

—Ah.

Así que su amiga no ha sido capaz de guardar el secreto. No la culpa por ello, pero sí le fastidia. A partir de ahora tendrá que tener cuidado con lo que cuenta y a quién se lo cuenta.

—Y quiero decirte que es mentira. Irene se lo ha inventado todo.

—Ajá.

—Tienes que creerme, Paula. Todo lo que te dijo es falso.

Paula entonces mira al chico a los ojos, esos ojos castaños embrujadores. No son tan llamativos como los de Ángel y, sin embargo, transmiten lo mismo. Su madre siempre dice que la belleza de unos ojos no reside en el color, sino en lo que expresan. Y los de Álex son tanto o más expresivos que los de su novio.

—¿Y por qué tu novia me soltó todo aquello?

—Irene no es mi novia, es mi hermanastra.

La chica se queda con la boca abierta. ¡Su hermanastra! ¿De verdad? De todo lo que podía haberle puesto como excusa, nunca pensó que llegaría a tanto.

—¿Tu hermanastra? ¿Me estás tomando el pelo?

—No. Te lo juro. Es la hija de la mujer de mi padre. Ha venido tres meses para hacer un curso. Se queda en mi casa porque no tiene otro sitio adonde ir en la ciudad.

—Qué lío.

—Y, por supuesto, no tengo una relación con ella.

—¿No está embarazada?

Álex sonríe.

—No. Al menos de mí, claro. Nunca me he acostado con ella y nunca podría hacerlo.

—Pues es preciosa.

—¿Y qué? Es un miembro más de mi familia. Aunque no tengamos la misma sangre, ella no deja de ser la hijastra de mi difunto padre.

—¿Tu padre ha muerto? Lo siento.

—No te preocupes. Hace tiempo ya de eso y he aprendido a vivir sin mis padres. Es doloroso, pero terminas aceptándolo porque ellos ya no van a volver y la vida sigue.

Paula siente admiración por Álex. Le encanta cómo habla y cómo es capaz de expresar sus emociones.

—Debió de ser duro.

—Sí, pero es pasado. Y ahora no me va mal del todo. Aunque este asunto me está afectando mucho.

—¿De verdad?

—Claro. Si no, no estaría aquí. Además, me siento responsable de que todo esto haya pasado.

—Tú no tienes la culpa.

—En parte sí. No sé cómo mi hermanastra averiguó tu teléfono ni cómo consiguió engañarnos a los dos. A ti para que fueras a verla y a mí para no enterarme de nada.

—Si está viviendo contigo, tiene acceso a tu computadora y a tu celular.

—Sí, pero de todas formas ha sido muy hábil para que no me diera cuenta de lo que estaba tramando.

—Lo que no entiendo es el motivo. ¿Por qué me dijo todo eso? ¿Por qué quería apartarme de ti?

Álex suspira.

—Paula, no todo lo que te dijo Irene es falso.

—¿Ah, no?

—No. No soy su novio ni la he dejado embarazada. Pero sí es cierto que... estoy empezando a sentir algo. Me estoy enamorando de ti, Paula.

Una sensación indescriptible recorre por dentro a Paula, de abajo arriba. Un escalofrío lleno de sentimientos contrapuestos.

—Álex, no creo que eso sea así.

—Sí lo es. Estoy seguro de ello.

—Pero si apenas sabes cómo soy. No hemos pasado el suficiente tiempo juntos ni...

—¡Ya! No me importa. Sé lo que siento, Paula.

—¡Si nos conocimos el jueves! ¡No hace ni una semana!

—¿Y qué? No me hacen falta semanas, meses o años para darme cuenta de que me gustas. ¿Tú no crees en el amor a primera vista? ¿En los flechazos?

—Sí, pero...

—Pues eso me ha pasado contigo. Pienso en ti todo el tiempo, no me concentro cuando escribo ni cuando toco el saxo... Y es por ti.

Los ojos de Álex lucen en la oscuridad. Brillan vidriosos por la emoción, por la confesión de sus sentimientos, por estar viviendo los minutos más importantes de toda su vida.

—Pero, Álex... Yo... no puedo... Estoy con alguien.

—Tienes novio.

—Sí, tengo novio.

—Me da igual.

—¿Cómo que te da igual?

El chico se pone de pie y mira a Paula directamente a los ojos.

—No me da igual, pero no voy a huir de lo que siento. No puedo hacerlo.

—Álex, tengo novio.

—Sí, pero no puedo renunciar a lo que mi corazón está sintiendo. Y menos sin pelear. Voy a luchar por ti y, si no te enamoras de mí, si no te consigo, pues procuraré alejarme. Pero quiero tener una oportunidad.

El chico vuelve a sentarse en la banca, esta vez en el lado derecho. Los dos permanecen un rato en silencio, mirándose unas veces y esquivando las miradas otras; pensativos.

—De verdad que no sé qué decir. Esto me ha agarrado totalmente desprevenida.

—Perdona, pero tenía que decírtelo.

—Uf... No puedo creer que esto esté pasando.

—¿Tan malo es? ¿Te molesta tanto que esté enamorado de ti?

—No es eso, Álex. Me siento halagada, pero ponte en mi situación. Es muy complicado saber que sientes eso por mí.

—¿Por qué es complicado? Tú no pierdes nada, solo ganas. Tienes a tu chico y me tienes a mí. No debes escoger, solo dejarte llevar por lo que vas sintiendo. Y, si no soy yo la persona con la que quieres estar, me retiraré. Pero ahora mismo, por ti y por mí, tengo que buscar mi oportunidad.

—¿Y qué harás? No sé de qué manera actuaremos a partir de hoy.

—Pues de la misma forma que hasta ahora. Siendo yo mismo y tratando de conocerte cada día un poco más.

—¿Y qué pasa con Ángel? ¿No le digo nada?

—Eso es cosa tuya, Paula. Pero no tiene por qué saber que hay alguien que siente por ti lo mismo que él. No es necesario.

—¡Uf!

Paula agacha la cabeza y se inclina. Tiene las manos en

la cabeza y repetidamente se retira el pelo hacia atrás. Está hecha un lío.

Por una parte tiene a Ángel, al que quiere. Está segura de eso: ama a su novio y sus sentimientos irán a más porque su relación acaba de empezar. Pero por otra parte está Álex: es simpático, muy guapo, romántico como nadie. El chico perfecto. Y dice que la quiere. Y ella... no puede negar que se siente atraída por él. No es amor, o eso cree, pero está a gusto a su lado y, cuando la mira y sonríe, se para el mundo.

Álex se acerca a Paula. Sus piernas se tocan. La chica lo mira confusa.

—No tengas miedo —dice calmado.

Cree que no debe. No quiere estar tan pegada a él, pero se deja llevar. Sus ojos contactan en la penumbra.

—Álex..., no puedo. De verdad.

—¿Qué no puedes?

—Besarte.

El chico sonríe. No se aparta. Y extiende los brazos.

—Aunque me muero por besarte, solo quiero que me des un abrazo.

La chica sonríe también. Y lo abraza.

Los dos cierran los ojos. Sienten sus cuerpos juntos, su calor bajo el frío de la noche. Un abrazo de sentimientos por definir, aunque inocente, sin más.

O eso era lo que ellos creían en ese momento.

Capítulo 80

A la mañana siguiente, un jueves de marzo, en un lugar de la ciudad.

El sonido del celular la despierta. Es un SMS. Enciende la luz de su cuarto y lee con los ojos medio cerrados:

> Buenos días, princesa. ¿Cómo has dormido? Me gustaría verte. ¿Quieres que nos veamos para comer? ¿Puedes? Tengo muchas ganas de saborear tus labios. Espero tu respuesta. Te quiero.

Paula sonríe sentada en la cama. Da gusto despertarse de esa manera, aunque todavía queden cuatro minutos para que suene la alarma del despertador. Ángel es un encanto. Es afortunada por tener un novio así.

Se despereza y resopla. Luego inspira el aroma a café recién hecho que llega hasta su habitación. Su madre llevará un buen rato levantada.

¿Qué ha soñado? No lo recuerda.

¿Lo de Álex de ayer fue un sueño? No, pasó de verdad, y sus confesiones también.

Cuando se despidió de ella, prometió que lucharía por una oportunidad. No la presionaría con sus sentimientos, pero tampoco iba a darse por vencido.

¡Qué cosas pasan! Lleva un montón de tiempo sin novio, sin nadie que le llamase la atención, y ahora, a la vez, aparecen dos chicos, sueño de cualquier chica, que afirman estar enamorados de ella. ¿Esto no pasa solo en las películas y en los libros?

Pues no. En la vida real también surgen historias de este tipo, y ahora le está sucediendo a ella. ¡Quién se lo iba a decir! Es nada menos que la protagonista de un triángulo amoroso.

¿Triángulo amoroso? Mueve la cabeza de un lado para el otro, alocada, alborotando su pelo suelto despeinado. Y se deja caer hacia atrás en la cama.

No, no hay triángulos, ni cuadrados ni nada. Está con Ángel. Su novio es Ángel. Y no hay más discusión. Pero es que Álex... No. Álex es un amigo. Solamente eso. Sin embargo, no puede negar que le gusta.

¿Y si logra enamorarla, como dijo anoche?

Uf.

Mira al techo, pensativa. Realmente tiene un problema.

¿Ángel o Álex?

El despertador le da un gran susto. Ya han pasado los cuatro minutos. Se gira y lo apaga maldiciendo la hora que es. Debe ponerse las pilas si no quiere llegar tarde una vez más. Pero antes tiene que responder al mensaje de Ángel. Agarra el celular y escribe:

Buenos días, cariño. Gracias por sacarme una sonrisa desde el amanecer. Sí, puedo ir a comer contigo, aunque a las cinco tengo una reunión para estudiar. ¿Me recoges después de clase? Un beso. Te quiero.

Enviar.

Será muy bueno verlo para reafirmar y garantizar sus

sentimientos. Espera no meter la pata. No quiere hacerle daño y que piense que tiene dudas acerca de su relación. No, no hay dudas. Su novio es Ángel: Án-gel.

Deja el teléfono en la mesita de noche y, por fin, se pone en pie.

Mira por la ventana y se sorprende al comprobar cómo una gran tromba de agua cae sobre la ciudad. El cielo está oscuro y los coches vuelan bajo la lluvia, con las luces encendidas. Los charcos se amontonan en la calzada y los paraguas desfilan por las aceras.

El clima es muy caprichoso. Hace tres días estaban soportando un calor impropio de marzo y hoy el invierno ha regresado en toda su plenitud.

Otro SMS. Ángel ha contestado muy deprisa.

Sonriente, coge de nuevo el celular y abre el mensaje recién recibido.

> Buenos días. ¿Estás despierta? Evidentemente, sí. Si no, no estarías leyendo este SMS. ¿Sabes una cosa? Me he despertado pensando en ti. Pero lo más curioso es que anoche también me fui a la cama pensando en ti. Disfruta el día. No me rindo. Un beso, preciosa.

Paula se sienta en la cama, cierra los ojos y suspira profundamente. Ha sentido un escalofrío al leer el mensaje que Álex le ha mandado. ¡Qué bonito!

Pero su novio es Ángel. Ángel. Ángel. Ángel.

¿Contesta? Claro. No puede ser maleducada. Debe hacerlo.

> Buenos días. ¿Has visto cómo llueve? Igual te sirve para inspirarte. ¿No preferías la lluvia al sol para escribir? Yo me voy ya a clase, que llego tarde, como siempre. Espero que tú también disfrutes el día. Un beso, escritor.

Lo relee un par de veces antes de mandarlo. ¡Qué sosa! Pero no es conveniente actuar de otra forma. Tampoco puede darle demasiadas esperanzas. ¡Tiene novio! Así está bien.

Enviar.

Qué lío. Nunca imaginó encontrarse en una situación como esta.

—Paula, ¿estás despierta? —pregunta su madre, que entra de repente en la habitación, sin llamar.

La chica esconde el celular bajo la almohada y se dirige hasta el clóset.

—Sí, ¿no lo ves? Ya bajo.

—Vamos, date prisa, que te lleva tu padre a clase.

—¿Ah, sí? ¿Y eso?

—¿No has visto la que está cayendo? Dice que se queda más tranquilo si te lleva él al instituto.

—Vale. Enseguida bajo.

Sin prestar atención a su madre, Paula abre el clóset y comienza a examinar los percheros, uno por uno. Está indecisa.

—Paula...

Mercedes cierra la puerta, pero no se va de la habitación. Hay un asunto que le preocupa.

—Dime, mamá.

—Respecto al chico que vino a verte anoche...

—Sí, ¿qué pasa?

—¿No nos vas a contar lo que quería?

—Ya se los dije, mamá. Es un amigo que tenía que decirme una cosa. Ya está.

Después de que Álex se marchara, Paula entró en su casa bastante desconcertada. Lo que menos quería era tener una conversación con sus padres, quienes, curiosamente, no la estaban esperando. Pero diez minutos más tarde, cuando se acababa de acostar, Mercedes y Paco entraron en su habitación para preguntarle sobre aquella misteriosa visita. La chica solo les contó que era un amigo que tenía que hablar con ella de unos asuntos personales. Sin dar detalles. A pesar de que sus padres querían saber más, era tan tarde que no insistieron.

—¿Y no vas a decirnos nada más?

—No hay más que decir sobre ese asunto.

La mujer se sienta en la cama y observa a su hija mientras esta elige la ropa que se va a poner. Es sorprendente lo mucho que ha cambiado en tan poco tiempo. No le extraña que vuelva locos a los chicos. Se ha convertido en una chica preciosa.

—Pero no es tu novio.

—No, mamá. No lo es. Mi novio es Ángel. Ya lo sabes.

—Entonces...

Paula se gira y mira a su madre. Lleva en las manos un pantalón marrón de mezclilla y un suéter de cuello alto blanco.

—Entonces, se hace tarde. Y todavía me tengo que vestir. Y no quieres que llegue tarde, ¿verdad?

—No.

—¿Me dejas entonces que me vista? Por favor —ruega con una sonrisa.

Su tono de voz es amable, simpático. No quiere ser grosera con su madre, pero a veces se pone muy pesada.

—Te dejo. Ya me voy. No tardes mucho.

—Tranquila, mamá.

Mercedes se levanta de la cama, le da un beso y sale del dormitorio con la sensación de que cada vez conoce menos a Paula. Se está transformando. Ya no es una niña y, por tanto, su vida privada tampoco es la de una chiquilla. ¡Va a cumplir diecisiete años!

Debe confiar en ella, aunque tiene miedo de que, en

esos cambios que está experimentando, alguien pueda hacerle daño.

Pero lo que no imagina Mercedes es que su hija también es capaz de hacer daño a otras personas. Los acontecimientos que se producirán en las siguientes cuarenta y ocho horas van a dar fe de ello.

Capítulo 81

Esa mañana de marzo, en un lugar alejado de la ciudad.

Lo recuerda todo perfectamente, como si lo estuviera viviendo en ese instante. Su aroma, ese ligero y dulce olor a vainilla, su tacto, sus ojos... Álex tiene memorizado en su mente, segundo a segundo, lo que pasó anoche. Su piel, su voz, su abrazo. Un abrazo de significados e intenciones ¿inocentes? Sí. No hay por qué pensar otra cosa.

Descorre la cortina y mira por la ventana. Observa cómo la lluvia cae con fuerza, arañando el suelo, furiosa. Sonríe.

Agarra el celular y escribe a Paula:

> Hola de nuevo. Sí, adoro que llueva. Me inspira. Pero lo que más me inspira en estos momentos es pensar en ti. Me encantas. Un beso y espero verte cuanto antes.

Enviar.

Álex deja la cortina recogida y enciende la luz de su dormitorio. Está contento, más de lo habitual. El encuentro de ayer fue como si le hubieran inyectado nuevas ilusiones. Sabe que no va a ser fácil: Paula tiene novio y no está enamorada de él, pero hay una esperanza, una oportunidad por la que va a pelear. Y a eso se tiene que aferrar.

593

¿Por qué no va a conseguirlo?

Sin embargo, no todo es optimismo. Hay un asunto que debe resolver. Pero ahora no. Paciencia.

El escritor sale de la habitación. No se ha vestido; baja la escalera con un pantalón corto por encima de las rodillas y una camiseta de tirantes que ha usado para dormir. Entra en la cocina. Allí está Irene, soplándole a una taza de café humeante. No va tan seductora como de costumbre, aunque la camiseta blanca que lleva se ajusta muchísimo al pecho.

Cuando la chica lo ve, lo examina de arriba abajo. Contempla con devoción los músculos de los brazos y de las piernas de su hermanastro, mucho más desarrollados que en el tiempo en el que vivían juntos. Está bueno. Le vienen muchas cosas a la cabeza, pero ninguna es posible. De momento.

—Buenos días.

—Buenos días. ¿Aún no te has vestido? Se nos hace tarde —responde Irene, tratando de disimular el deseo que le provoca Álex.

—Hoy no voy contigo. Me quedaré todo el día en casa. Luego llamaré para anular las clases.

—Ah, ¿y eso? ¿Es por la lluvia?

—Más o menos. Además, tengo cosas que hacer aquí.

Álex se sirve una taza de café con leche y lo calienta en el microondas. Irene no pierde detalle y se muerde los labios. Es una tentación enorme vivir bajo el mismo techo que él y una pena no poder disfrutarlo todo lo que quisiera. Poco a poco. Algún día.

—¿Fue todo bien anoche con tu amigo?

El chico tarda en comprender a lo que se refiere su hermanastra, pero reacciona a tiempo.

—Sí, muy bien. Todo perfecto.

—¿Y el coche? ¿Te dio muchos problemas?

—Ninguno. Es muy sencillo de conducir. Gracias por prestármelo.

—No tienes por qué dármelas. Hay confianza. Aunque, si te soy sincera, temí que te estrellaras por ahí.

—Pues ya ves que no. Estoy de una pieza.

«¡Y qué pieza!», piensa la chica. Está buenísimo. Con esa camiseta de tirantes que se le pega al cuerpo no puede ser más sexi.

—Te esperé un rato, pero, al ver que no llegabas, me fui a dormir. Estaba cansada.

—No tenías que esperarme. Pero gracias.

El café está listo. Álex lo saca del microondas y da un primer sorbo. Excesivamente caliente.

—Bueno, yo me voy ya —comenta la chica echando una última ojeada a la parte trasera del pantalón corto de su hermanastro.

—Vale. Que tengas un buen día.

—Seguro que sí.

—Seguro.

—Además, hoy no tengo clases por la tarde, así que vendré a comer. ¿Estarás?

—No lo sé. Posiblemente.

—¿Comemos juntos?

—No sé a la hora que comeré.

—Bueno, bueno. No insisto más —protesta sin perder el buen humor con el que se ha despertado—. Me voy, que llego tarde.

—Adiós, Irene.

La chica sonríe y sale de la cocina.

Instantes más tarde, Álex oye cómo arranca el motor del Ford Focus y luego se aleja. Se ha quedado solo en casa.

Esa misma mañana de marzo, en un lugar de la ciudad.

Otra noche sin dormir. ¿Cuántas van? Muchas. Pero al menos, gracias a su insomnio, ha terminado lo que se propuso hace unos días.

Mario camina por la calle bajo un pequeño paraguas marrón oscuro; va despacio, reflexivo, solo. Su figura se refleja en los innumerables charcos que se han ido formando a lo largo de la madrugada y con los que se ha encontrado la ciudad al amanecer.

Es muy extraño cómo se han ido desarrollando los acontecimientos. Esta iba a ser la semana de la verdad, en la que de una vez por todas le confesaría sus sentimientos a la chica que lleva tanto tiempo amando, y ya es jueves y aún nada de nada. Es más: han surgido otros asuntos que no entraban entre sus planes, hechos imprevistos, desconcertantes. Una circunstancia tras otra se ha ido interponiendo en su camino. Por ejemplo, el enfrentamiento con aquella entrometida obstinada y descarada.

Diana, en realidad y a su pesar, ha ocupado su mente casi toda la noche. Más que Paula. No se siente muy bien con lo que le dijo y le ha dado muchas vueltas a su comportamiento y al de la chica. ¿Conclusiones? Ninguna fiable.

La lluvia arrecia ahora y Mario tiene que encorvarse un poco para que no se le moje la mochila que lleva colgada en la espalda. Acelera el paso. El instituto está cerca, pero, si no se da prisa, se empapará.

¿Y si Diana se ha enamorado de él?

Lo que le soltó ayer en su habitación fue producto de la presión a la que lo estaba sometiendo. Fue un arranque, no pensaba lo que decía, pero ¿y si fuera verdad? ¿Y si Diana estuviera decepcionada porque quien le gusta es Paula y no ella?

No sabe si quiere averiguarlo.

En cualquier caso, tiene que pedirle perdón y arreglar aquel problema cuanto antes para poder volver a centrarse en Paula y en la manera de mostrarle que es de ella de quien está enamorado.

Capítulo 82

Esa misma mañana lluviosa de marzo, en otro lugar de la ciudad.

En la radio del coche comienza a sonar *See you again*, de Miley Cyrus. Paco la oye, gruñe y cambia la emisora.

—¡Hey, no la quites! Me gusta esa canción —se queja airosamente Erica.

El hombre refunfuña, pero le hace caso a su hija y vuelve a sintonizar la estación de antes. Cuando esa pequeña quiere algo, es mejor no llevarle la contraria. Bastante tiene con soportar aquel tremendo tráfico. Coches entrando y saliendo, apareciendo de todas partes, saltándose las normas, con prisas. Es hora pico. Además, la lluvia impide que la circulación sea más fluida.

Mientras Erica trata de tararear la canción de Miley Cyrus y agita su cuerpecito al ritmo de la música en la parte de atrás del coche, Paula permanece en silencio en el asiento del copiloto. No ha dicho ni una palabra en todo el trayecto. De vez en cuando mira el reloj. Está segura de que una vez más llegará tarde al instituto, pero no le importa demasiado. Tiene otras cosas más importantes por las que preocuparse ahora mismo. Ha recibido otro SMS de Álex, de nuevo encantador. No le contestará, aunque tiene muchas ganas de hacerlo. Es imposible olvidarse de lo que le está pasando: dos chicos, a cual mejor, enamorados de ella. Pero uno es su novio y el otro solo un amigo. Eso es lo que cuenta.

Su padre la mira de reojo. Apenas han hablado en los últimos días. Sigue enfadado. ¿Por qué? Ni él mismo lo sabe. La realidad es que su hija tiene novio, uno demasiado mayor, y al que ha conocido por Internet. ¿Cómo puede confiar en él? Y, por si fuera poco, lo de anoche. ¿Quién sería aquel tipo que fue a visitarla? Paula no les ha contado nada, ni parece que vaya a hacerlo. ¿Le pone los cuernos al novio con el otro? Uf. No es fácil ser padre. Resopla y busca algo en uno de los bolsillos de la chamarra que ni siquiera se ha quitado cuando ha subido al coche. Allí está.

Paula observa a su padre y se sorprende al ver que se está encendiendo un cigarrillo.

—Papá, ¿qué haces?

—¿No lo ves?

—El otro día ya te fumaste un cigarro; no habrás empezado a fumar de nuevo, ¿verdad?

El hombre no responde. Abre un poco la ventanilla y expulsa el humo fuera del vehículo.

Erica, que se ha alarmado con las palabras de su hermana, interviene también en la conversación.

—¿Estás fumando, papá? —pregunta la niña con expresión de incredulidad. Nunca había visto a su padre hacerlo.

—Sí, sí, estoy fumando. ¿Qué pasa?

Erica no puede creerlo. No sabe mucho del tema, pero ha oído que eso es lo peor del mundo. Incluso que la gente se muere. Los ojos enseguida se le humedecen y le entran muchas ganas de llorar.

—Pero si tú no fumas. Lo dejaste —insiste Paula, a la que tantas y tantas veces sus padres le han advertido que no lo haga.

—Pues sí, he vuelto. ¿Algún problema?

—¿Y eso? Siempre me están diciendo que no fume, que es una tontería.

—También te hemos dicho muchas veces que nos cuentes las cosas importantes que te pasan. Y no lo haces.

—Sí que lo hago.

—Ajá. Por eso nos hemos tenido que enterar por la televisión de que tenías novio. Y ese chico de anoche, ¿quién demonios era?

Paula no dice nada. Mira hacia delante y contempla cómo la lluvia cae con fuerza sobre el asfalto.

—Papá, yo no quiero que te mueras.

La vocecilla de Erica llega débil y llorosa desde el asiento trasero.

Paco frena en el semáforo en rojo y se gira. La pequeña tiene los ojitos rojos y sorbe por la nariz.

—Tranquila, cariño, no me voy a morir —trata de calmarla el hombre, apaciguando el tono de voz que antes había usado con su hija mayor.

—Estás fumando. Y, si fumas, te mueres. Lo he escuchado. Y yo no quiero que te mueras.

—No me va a pasar nada. Te lo prometo.

—No fumes.

El hombre suspira. Da una última calada al cigarro y lo apaga en el cenicero del coche. Luego vuelve a mirar a la pequeña y sonríe.

—¿Ves? Ya está. Ya no fumo.

Erica comprueba nerviosa que su padre no le miente y que no ha hecho ningún truco para quedarse con el cigarro. Parece que es verdad, que lo ha dejado en el cenicero, apagado. Ya está más contenta. Se seca las lágrimas con la manga del suéter rosa que su madre la ha obligado a ponerse. Ella quería uno azul.

Paula abre la mochila y saca un pañuelo de papel. Se gira

y se lo da a su hermana. La niña lo agarra y se suena la nariz. Está más tranquila. Pero ahora tiene una nueva curiosidad.

—Paula, ¿tú te das besos con tu novio? —suelta de repente.

El padre es el primer sorprendido con la pregunta de Erica. Su hermana mayor también se ha quedado boquiabierta, no sabe qué decir. ¿Qué responde?

—Pues...

En ese momento, Paco sube el volumen de la radio. Ha empezado a sonar otro tema, también en inglés. Es mucho más estridente que el anterior y no sabe ni quién lo canta.

—Erica, ¿no te gusta esta canción?

La pequeña presta atención pero no reconoce el *Somebody told me*, de The Killers.

—No. No me gusta.

—¿Que no te gusta? Pero si es muy bonita...

El hombre sube el sonido ante la mirada atónita de Paula, que cree que su padre se ha vuelto loco.

—¡No, no me gusta! ¡Quítala! —grita Erica disgustada.

—Pero si...

—¡Cámbiala! ¡Que no me gusta!

Paco busca otra emisora en la que pongan música. Parece que la pequeña ya se ha olvidado de la pregunta que le ha hecho a su hermana mayor. Menos mal. No quería oír la respuesta.

—¡Deja! ¡Deja esa!

El hombre no se lo puede creer. En otra estación están emitiendo *See you again*, de Miley Cyrus. ¡No! ¡Otra vez!

Paula entonces no puede evitar una carcajada.

Su padre la mira y también sonríe. Ella se da cuenta y le corresponde. Tregua.

Con la voz de Miley Cyrus en el coche, más relajados, continúan el camino hacia el instituto, adonde una vez más Paula llegará tarde.

Capítulo 83

Esa mañana de marzo, en un lugar cercano de la ciudad.

¡Por fin llega al instituto!

Faltan pocos minutos para que comiencen las clases.

Mario cierra el pequeño paraguas marrón y lo agita para tratar de que se seque un poco. Las gotitas caen al suelo, una tras otra, ante la airada mirada de la conserje, que observa cómo todos los que entran en el edificio repiten lo mismo. El chico se da cuenta de aquellos ojos inquisidores que lo están fulminando y se encoge de hombros. ¿Qué puede hacer, si no?

En los días de lluvia todo se magnifica, se hace más grande. Hasta parece que haya más gente. El alboroto es mayor y el murmullo constante de voces que retumba en los pasillos incluso es más alto que de costumbre. Y, por supuesto, el mal carácter de la conserje alcanza su nivel máximo.

Mario camina hasta su clase. Intercambia algún saludo con alumnos de otros cursos. Otros chicos pasan a su lado sin hacerle caso: o no lo han visto o no lo han querido ver. Tampoco le preocupa. Está acostumbrado, así es el instituto. Además, se va acercando el momento en el que se encontrará con Diana. Es posible que ya esté en el aula. Nervios. Aunque ha pensado mucho sobre ese momento, no tiene las ideas demasiado claras. Exactamente no sabe lo que le va a decir. Sí, le pedirá perdón, eso está claro. Y espera que ella también lo haga, porque no solo él se pasó, ella también lo hizo. Y mucho. Así que espera que, entre unas cosas y otras, todo se arregle y vuelvan a la normalidad.

Pero ¿y si no es así? ¿Y si Diana es tan testaruda que sigue en sus trece e insiste en el tema de Paula? Ella es la única que conoce la verdad, sus sentimientos. Y, aunque no cree que le diga nada a nadie, no puede evitar cierta desconfianza. También puede suceder que ayer se enfadara tanto que termine soltándoselo todo a sus amigas. ¡Incluso a su hermana! ¿Y a Paula?

¿Se lo habrá contado ya al resto de las Sugus? No quiere ni imaginarlo...

—Buenos días, Mario. ¿Cómo estás?

Sin darse cuenta ha llegado a la puerta de su clase. Es Cris la que le da la bienvenida. ¡Una de ellas! Se sobresalta, aunque trata de disimular y no pensar más en lo de antes.

—Buenos días. Bastante mojado.

La chica sonríe. Es curioso, tiene una bonita sonrisa y sus ojos castaños también son muy dulces. Nunca se había dado cuenta. Quizá Cristina es la Sugus menos popular de todas: viste bien, es linda, simpática, pero no tiene el carisma de Paula ni el descaro de Diana ni la personalidad de Miriam. Por eso pasa más desapercibida al lado del resto del grupo.

—¿Y tu hermana? ¿No viene contigo?

—¡Qué va! Estaba maquillándose todavía. Ahora vendrá. Si no se da prisa, llegará tarde. ¿Estás tú sola?

—Bueno, no ha llegado ninguna de las Sugus, si es a eso a lo que te refieres. Diana parece que hoy se está retrasando. Y Paula ya sabes cómo es, llegará tarde.

Cris vuelve a sonreír. El chico le corresponde y a continuación entran juntos en el aula.

Los dos llegan en silencio al final del salón, pero no al rincón donde se sientan las cuatro Sugus, sino al extremo contrario, donde lo hace Mario. Deja el paraguas al lado de la pared y se quita el impermeable.

—¿Qué tal ayer? ¿Estudiaron mucho?

—Bueno, lo que pudimos.

Parece que Cris no está al tanto de lo que ocurrió por la tarde en su casa. Diana no le habrá contado nada y parece que Miriam tampoco. Mejor así. Y, a todo esto, ¿dónde está Diana? No es una buena estudiante e incluso se vuela las clases, pero suele ser puntual a primera hora. De hecho, le gusta estar unos minutos antes de que suene el timbre para chismear sobre lo que sus amigas hicieron el día anterior y observar detalladamente lo que se han puesto para vestir.

—No es fácil. Creo que reprobaré.

—¿No vas bien?

—No, me confundo mucho con las derivadas.

Mario está a punto de decirle que, si quiere, se una a ellos para estudiar por la tarde, pero enseguida lo piensa mejor y no lo hace. Si es difícil estar a solas con Paula y Diana, otra chica más sería el fin. Aunque, a decir verdad, Cris es la más tranquila de todas y seguramente no daría problemas.

—Ánimo. Si te concentras en serio, seguro que te terminan saliendo. No es tan complicado.

—No lo sé. Tampoco le he dedicado tanto tiempo como debería. Me aburre.

—Si no te gustan las matemáticas, es lógico.

Sonríen.

¿Es la primera conversación que mantiene a solas con Cris? Juraría que sí. Siempre está rodeada por las otras o, para ser más exacto, ella es la que rodea a las otras. Nunca va sola. Es la cuarta pata de la mesa y, sin las otras tres, se siente coja. Pero en realidad es una conversadora muy agradable.

—¿Te has enterado de lo del cumpleaños de Paula?

Mario arquea las cejas. No sabe a ciencia cierta de lo que está hablando.

—¿Lo de la fiesta sorpresa en mi casa?

—Sí. ¿Te lo ha dicho ya tu hermana?

—Bueno, lo que sé es...

En ese instante, Miriam chilla el nombre de Cristina desde la puerta de la clase. La chica se despide rápidamente de Mario y avanza hasta su amiga. Dos besos y un abrazo.

El chico las contempla desde su asiento. Suspira. Hay cosas que son inevitables.

Y llega a dos conclusiones: que una pata de la mesa con quien mejor se siente es con otra pata de la mesa y que su hermana grita más fuerte en los días de lluvia como aquel.

Capítulo 84

Esa mañana de marzo, en un lugar de la ciudad.

«Cerrada». Esa fue la primera palabra que Ángel escuchó cuando llegó hace un rato a la redacción de la revista. Luego su jefe lo besó en la frente y lo abrazó como si fuera su propio hijo.

Jaime Suárez está muy satisfecho con el número de abril, que de madrugada se encargó de finiquitar. Hoy no durmió en casa; ni en casa ni en ninguna parte, porque ni tan siquiera durmió: era una tradición que cumplía a rajatabla el último día antes de mandar la publicación a imprenta.

—¡Será un éxito sin precedentes! ¡Que tiemblen los de la *Rolling* y los de *Los 40*! —gritaba enloquecido, triunfante, caminando nervioso de un lado para otro.

La entrevista y la magnífica portada de Katia garantizaban muchas ventas; Jaime calculaba que más del doble que las que habitualmente tenían. El esfuerzo y el trabajo de la pequeña redacción de su revista sin duda tendrían su recompensa. Y quién sabe si con aquel número la publicación despegaría y se haría un hueco entre las revistas musicales más importantes del mercado.

Ángel, sin embargo, no se muestra tan entusiasmado. Sonríe cuando su jefe se le acerca y lo piropea. Hasta ha chocado los cinco con él. Pero algo en su interior no le permite estar todo lo feliz que debiera.

Durante la noche le ha dado muchas vueltas al regalo de Paula. ¿Ha hecho bien pidiéndole a Katia que le dedicara la canción a su novia?

No está seguro. A ratos se arrepiente de haber sido tan atrevido, pero en otros imagina lo contenta que su chica se pondrá cuando escuche *Ilusionas mi corazón* exclusivamente para ella.

—Ángel, ¿estás haciendo algo?

Jaime Suárez está a su lado con una sonrisa de oreja a oreja. No lo ha visto llegar.

—No, don Jaime. Miraba el planillo del mes de mayo —contesta el chico, intentando aparentar tranquilidad.

Es lo que tiene el mundo del periodismo: no se ha terminado con una cosa cuando ya se está empezando con otra. Y en una revista mensual se trabaja contrarreloj. Por eso en el mes de marzo ya se empieza a preparar lo que va a salir en el número de mayo.

—Así me gusta. Llegarás lejos. Esto te queda muy pequeño ya.

—Estoy muy a gusto aquí.

—Bueno, bueno, eso es porque también te tratamos muy bien, ¿no?

Ángel sonríe y asiente con la cabeza.

—Claro, don Jaime.

—Bien, bien —dice el hombre, que prepara el terreno para soltarle una noticia impactante a su joven pupilo—. Entonces estás contento aquí con nosotros, ¿no?

—Mucho.

—Bien, bien.

El hombre se frota la barbilla dándose importancia. Ángel se da cuenta y le sigue el juego.

—¿Tiene algo que contarme, don Jaime?

—¡Oh! Tienes un gran sexto sentido —reconoce, como si se sorprendiera de que el joven periodista haya descubierto que tiene algo que decirle—. Eso es muy importante en nuestra profesión. Fundamental. Pues sí, quería decirte algo. Has hecho un trabajo excelente en este mes y, como recompensa, si todo va como esperamos con el número de abril, quiero aumentarte el sueldo.

Ángel lo mira incrédulo. No esperaba algo así.

—¿Ah, sí?

—Sí. Estás haciendo una labor extraordinaria, trabajando muchísimo y haciendo horas extras que ni te corresponden. Te lo mereces. Y además...

Jaime Suárez se inclina y teclea en la computadora de Ángel una dirección electrónica. Da al *enter* y luego anota una contraseña en una barrita que está en blanco, y señala con la mano algo en la pantalla.

—¿Ves?

Es la página web de la revista. Solo cuenta con un par de meses de existencia y no recibe demasiadas visitas. Pero el director piensa potenciarla a partir de abril.

—¿Qué cosa, don Jaime?

—Esta columna que ahora está llena de publicidad. La borramos y... ¡ya está! En este espacio libre quiero que escribas una columna de opinión.

—¿Quiere que escriba una columna de opinión en la página web?

—Sí. Siempre que tú quieras, claro. Por supuesto que se te remunerará como es debido. Aquí no se hacen las cosas gratis. Y, si alguien tiene que llevarse más dinero, ese vas a ser tú. Bueno, ¿qué me dices?

Ángel está en blanco. Una subida de sueldo y una columna de opinión en Internet. No esperaba nada de esto.

—Vaya. Me siento halagado. No sé cómo agradecérselo.

—Pues, con que sigas escribiendo como hasta ahora, me basta. Además, esto te puede abrir puertas y que gente importante se fije en ti.

—Gracias, don Jaime. No lo defraudaré.

—Claro que no. Sé que lo harás muy bien. Solo espero que te acuerdes de este viejo director cuando seas un tipo famoso.

—¿Cómo podría olvidarlo, jefe? Eso es imposible.

El hombre trata de no emocionarse con las palabras del chico. Su imagen de tipo duro y malhumorado podría quedar en entredicho.

—Bueno, bueno. Menos adulación. Mira, he pensado que para empezar podrías escribir sobre Katia.

—¿Sobre Katia?

La sorpresa de Ángel es mayúscula. Parece que una vez tras otra su camino y el de la cantante del pelo rosa se entrelazan.

—Sí, así aprovecharíamos el tirón y la revista se beneficiaría.

—¿Y qué escribo sobre ella que no haya escrito ya?

—No lo sé, eso es cosa tuya. Pero creo que la has conocido bastante en estos días, ¿me equivoco?

—Bueno...

El periodista se pone un poco nervioso. No cree que su jefe se esté refiriendo a nada sexual a pesar de guiñarle un ojo y emitir una estúpida tosecilla. ¿O tal vez sí?

—Podrías hablar de cómo es como persona, qué te ha transmitido, alguna anécdota. No sé, algo personal, que parezca que ella y tú son íntimos.

—¿Íntimos? ¿A qué se refiere?

—¡Carajo!, no seas malpensado. No estoy hablando de

que dé la impresión de que duermen juntos, sino de que son colegas, amigos desde hace tiempo.

—Pero si solo la conozco desde hace una semana.

¡Solo una semana y la de cosas que han pasado en ella! Si su jefe supiera...

—Ángel, una de las misiones del periodista es que las cosas que sean ciertas se vean como ciertas, y las que no lo son lo parezcan. No hablo de que mientas, sino de que adaptes la realidad. ¿Comprendes?

—Más o menos.

—Estoy seguro de que te saldrá muy bien.

El hombre le da dos palmaditas en el hombro y se aleja canturreando, feliz por haber dado otra lección periodística.

Ángel lo observa. Es todo un personaje. Su jefe es capaz de dirigir él solo la revista y además sabe cómo enganchar a sus trabajadores e incentivarlos. Es un periodista de la vieja guardia y gracias a él puede aprender muchos secretos de la profesión.

Bien, no ha comenzado mal la mañana: mejora de sueldo y nueva sección. No está mal. Aunque ahora, y de improviso, tiene una nueva tarea: escribir una columna de opinión sobre Katia. No será sencillo mezclar información, realidad y subjetividad.

¿Por dónde empieza?

Pero, como si el destino estuviera esperando el momento adecuado, su teléfono celular suena. Evidentemente, no podía ser otra.

—Hola, Katia. Buenos días.

—¡Buenos días, Ángel!

Parece feliz. ¿Eso es bueno o malo? Algo le dice al periodista que habrá de todo.

—¿Cómo estás?

—Muy bien. Tengo buenas noticias. Acabo de hablar con Mauricio y me ha conseguido una cabina en un estudio para esta tarde a las seis.

—¿En un estudio? ¿Cómo lo ha hecho?

—Una cadena de favores, como la película. Es mejor no preguntar demasiado.

—Muchas gracias, pero no quería ocasionarte tantas molestias.

—No ha sido nada del otro mundo, no te preocupes. Eso sí... —La chica duda un segundo en cómo continuar, pero enseguida se lanza—, me encantaría que vinieras conmigo.

«Uf, la cadena de favores sigue en funcionamiento», piensa Ángel.

—Pero ¿qué pinto yo allí, Katia?

—Bueno, el CD es para tu novia. Si no pintas tú, ya me dirás...

La cantante parece algo ofendida. Y tiene razón. Es normal que acuda al estudio durante la grabación del tema y no solo a recoger el CD una vez que esté terminado.

—Está bien, iré.

—¡Genial! ¿Te recojo en tu casa o en la redacción?

El chico suspira. Mejor en casa. Si vuelven a ver a Katia en la revista, los rumores se dispararían hasta quién sabe dónde.

—En casa.

—Perfecto. Entre las cinco y cuarto y las cinco y media estaré en tu departamento.

—Vale.

—Será divertido.

Silencio.

Ángel vuelve a suspirar. ¿Por qué no se le ocurriría otro regalo? Aquello lo hace por Paula y por ver la cara que se le queda cuando escuche *Ilusionas mi corazón* con su propio nombre. Pero hay cierto riesgo.

—Katia, perdona, no puedo hablar mucho más. Estoy en la redacción, con un artículo entre manos. Ya nos vemos esta tarde.

—Muy bien. Entre cinco y cuarto y cinco y media me pasaré por ti. Que te sea leve el trabajo. Un beso.

—Un beso.

Cuelgan.

Ángel se levanta de su silla y camina hasta la ventana. Sigue lloviendo.

En su rostro se refleja la preocupación y la incertidumbre. Solo espera no meter la pata y que no sucedan hechos como los que en días anteriores han pasado. ¿Estará haciendo lo correcto?

En unas horas tendrá la respuesta.

Capítulo 85

Mañana lluviosa de un jueves de marzo, en un lugar de la ciudad.

Fin de la tercera hora: Historia. El profesor se ha pasado la clase entera hablando sobre algunas de las circunstancias que tuvieron lugar durante la Segunda Guerra Mundial. Parecía entusiasmado, enardecido, como si él hubiera estado allí, viviendo el desembarco de Normandía o la batalla de El Alamein. Aunque, en realidad, pocos han sido los que han atendido, pues la mayoría de los alumnos lo que deseaba era que el recreo llegara cuanto antes. Son minutos que se hacen eternos: parecen de ciento veinte segundos o de ciento ochenta, una pesadilla... Hasta que, por fin, suena el timbre salvador y se desata la euforia colectiva con un alboroto ensordecedor y ruido de mesas arrastrándose.

Mario se levanta de la silla y se dirige a la esquina del otro extremo del aula. Allí, tres cuartas partes de las Sugus celebran la media hora de respiro.

Paula es la primera que ve a su amigo.

—Ahora la voy a llamar otra vez —le dice cuando llega junto a ellas.

—Vale.

La chica saca el teléfono de la mochila de las Chicas Superpoderosas y marca el último número al que llamó hace menos de una hora.

Mario está inquieto. Diana no ha ido a clase en toda la mañana, así que no se ha podido disculpar. Lo más extraño es que su celular está apagado. Sus amigas la llamaron en el descanso entre la primera y la segunda clase y en el de la segunda a la tercera. Pero nada: seguía desconectado. En esos minutos, Miriam le contó a Paula y a Cris que ayer por la tarde Diana había discutido con su hermano y se había marchado de su casa casi llorando, aunque ella no sabía el motivo. Preocupadas, antes de la clase de Historia las chicas fueron hasta la mesa de Mario a preguntarle qué había pasado. Él no les explicó las razones del enfado, pero sí les dijo que, si la localizaban, le avisaran.

—«El número al que llama está apagado o fuera de cobertura» —repite Paula imitando la voz femenina que oye al otro lado de la línea.

—Vaya... ¿Qué le ha podido pasar? —pregunta Miriam mientras agarra el almuerzo que tiene en una pequeña bolsita blanca: un jugo de piña sin azúcar y una barrita de cereales.

—Ni idea. Pero seguro que no es nada importante. Ya aparecerá —añade Paula sonriéndole a Mario.

El chico no está tan seguro. Espera no ser el culpable de la ausencia de Diana. Quizá anoche debió llamarla y disculparse.

—Bueno, yo las dejo. Si saben algo, luego me lo dicen.

—Vale. Si nos enteramos de algo, te avisaremos.

Mario da las gracias y sale de la clase caminando serio y pensativo hacia el patio. Ha parado de llover, aunque el cielo continúa amenazador.

Las tres chicas también abandonan el aula, pero en dirección opuesta. Los primeros escalones de la escalera que conduce hasta las clases de segundo de bachillerato están libres. Allí se sientan.

—Vaya, parece muy afectado —comenta Cris.

—Sí. No sé por qué se enfadaron ayer. Es muy raro. Tú estabas con ellos, ¿no notaste nada raro? —pregunta Miriam a Paula.

—No, nada fuera de lo normal. Tu hermano nos explicó lo de las derivadas y Diana se quejó de que no entendía nada. Se enzarzaron un par de veces, pero no para que se fuera como nos has contado.

—Sigo pensando que todo esto es rarísimo. Y me siento algo culpable. Quizá se pelearon por algo relacionado con lo que le dijimos a Diana —insinúa Miriam, que es la que más preocupada parece.

—¿Que se gustaban?

—Sí. Tal vez Diana se lanzó y no salió bien. O algo así.

Las tres reflexionan sobre el asunto unos segundos.

—Puede ser. La machacamos mucho con el tema. Pero no me puedo imaginar qué pudo pasar en esa habitación después de que yo me marchara para que la cosa terminara de esa forma. Creía que, al dejarlos solos, acabarían juntos o hablarían de lo que sentían el uno por el otro.

—Y es posible que eso fuera lo que pasara: que Diana le dijera algo a mi hermano y que este le diera calabazas. Aunque yo era la primera convencida de que a Mario le gustaba Diana.

—Yo también lo creía —señala Cris.

—¿Pero creen que por eso iba Diana a faltar a clase y a desconectar el celular? —pregunta la mayor de las Sugus.

—Cuando anoche hablé con ella, no me contó nada y no parecía que estuviera tan mal.

Miriam y Cris miran a su amiga sorprendidas.

—¿Hablaste con Diana anoche por teléfono?

—No, por el Messenger. ¿No les había dicho nada?

—¡No! —responden casi al unísono las dos.

Paula entonces duda si explicarles a sus amigas lo que sucedió la noche anterior. Álex ha estado rondando en su cabeza toda la mañana, pero no estaba segura de si debía contárselo todo a las chicas. Este podría ser un buen momento para hacerlo.

—Pues sí, hablé con ella. Es que ayer fue un día muy movidito.

Y comienza a relatarles la historia. Durante varios minutos Miriam y Cristina escuchan incrédulas lo que Paula les narra como si de un cuento de los hermanos Grimm se tratase: los mensajes falsos de Álex, el encuentro con Irene, la conversación con Diana y, finalmente, ya de noche, la visita del escritor a su casa, en la que le declaró lo que sentía.

—Tendrían que escribir una novela con tu vida —comenta Cris cuando Paula termina de hablar.

—Tampoco es para tanto.

—Yo creo que, si alguien leyera esa novela, pensaría que esas cosas no pasan en la vida real y que el escritor tiene demasiada imaginación —insiste Miriam.

—La realidad siempre supera a la ficción —añade Cristina, que se ha puesto de pie para dejar pasar a uno de los chicos mayores que regresa a clase. Falta muy poco para que el timbre vuelva a sonar.

—Déjenlo ya, ¿no? No sé para qué les cuento nada.

Miriam sonríe y abraza a su amiga. Luego la besa en la mejilla.

—Si es que eres una rompecorazones. Todos los chicos van detrás de ti. Y no me extraña, con lo buena que estás.

Y vuelve a besarla, esta vez con abrazo incluido.

—¡Qué dices! ¡Anda, cállate!

Otros dos chicos de segundo pasan por su lado y se quedan mirándolas como si pensaran: «¡Cómo están las de primero!». Paula y Miriam se dan cuenta y se sonrojan. Cris, que sigue de pie, ríe y saluda tímida a los chicos, que continúan subiendo la escalera.

—Bueno, ¿y qué vas a hacer? —pregunta Miriam, que se levanta del suelo.

—¿Con Álex?

Paula también se incorpora. Se encoge de hombros y suspira.

—Lo mejor va a ser cuando se junten los dos en tu fiesta de cumpleaños y los presentes.

—Uf, calla.

—Pero tú quieres a Ángel, ¿no? —interviene Cristina.

—Claro. Estoy enamorada de él, es mi novio. Álex es solo un amigo al que ni siquiera conozco bien. Pero...

—¿Pero?

—No sé. Esto no es nada fácil para mí. Álex es superagradable, guapo, muy romántico, inteligente. Vamos, el chico perfecto.

—¡Carajo! ¡Preséntanoslo ya! —grita Miriam.

Paula arruga la frente, aunque sonríe. Si Álex saliera con una de sus amigas, sería el fin del problema. O tal vez este se incrementara todavía más.

—En mi cumpleaños se los presentaré.

—Bien. Si tú no lo quieres, para una de nosotras.

—¡Qué loba eres, Miriam! Te pareces cada vez más a Diana.

—Tonta.

Miriam intenta golpear con el pie el trasero de Paula, pero esta la esquiva.

—No, en serio. Es un tema complicado. Y no sé qué pasará.

—Te entendemos —dice Cristina.

—Y lo que más me inquieta de todo es que Álex parece convencido de que tendrá su oportunidad.

—Y eso te está haciendo dudar entre ambos.

—No lo sé. Si piensa eso es que cree que puede llegar a conquistarme. Y aunque yo quiera a Ángel, y mucho, esta situación me supera. Estoy hecha un lío.

—Pero si tú quieres a Ángel cien por cien, no deberías tener tanto lío, ¿no?

—No lo sé, Miriam, no lo sé. Sé que lo quiero. Pero Álex se ha cruzado en el camino y no sé si me gusta.

El timbre suena para anunciar que el recreo se ha acabado. Las chicas lo oyen y guardan silencio hasta que para. Ha sido como el punto final de la conversación.

Las tres entran en clase y comprueban que Diana sigue sin aparecer. Tampoco sabrán de ella en lo que queda de mañana.

Capítulo 86

Esa mañana de marzo, en un lugar de la ciudad.

Si la miras de cerca, te cautiva. Si la miras a los ojos, a sus celestes ojos, ellos te embrujan, te seducen, te enamoran. Y es que Katia donde más gana es en las distancias cortas.

Ángel relee unas cuantas veces el primer párrafo que ha escrito en su nueva columna de opinión en Internet. Se pone de pie; se sienta; se vuelve a levantar... Mira la pantalla de la computadora inclinándose y apoyando las manos en la mesa. No, no le convence. Fatal. Y lo borra todo.

Mierda.

No va a resultar sencillo escribir sobre Katia de la forma en que su jefe le ha pedido. Han pasado demasiadas cosas entre ellos dos y eso influye. ¿Cómo dejar a un lado la parte más personal, la que contiene los besos, las palabras, los encuentros, las verdades y las mentiras?

Pero en eso consiste su profesión, ¿no? Un buen periodista debe alejarse lo máximo posible de sus propios sentimientos: escribir sobre todo y por encima de todo. Algo parecido a lo que ocurre con los abogados, que tienen que defender a personas que saben que son culpables. A él no le va toda esa porquería partidista y frívola con la que se sustentan hoy en día los medios de comunicación. Lo suyo es el periodismo puro, aunque sin dejar de aportar su estilo fresco y renovador. Y si tiene que opinar acerca de algo, como ahora, no va a dejarse llevar por las circunstancias ocasionales. Por tanto, debe enfriar emociones, congelarlas, para demostrar que es capaz de enfrentarse a ese reto como un verdadero profesional.

Esa misma mañana de marzo, en un lugar apartado de la ciudad.

—Entonces, ¿no hay problema?

—En absoluto, Álex. ¡Qué cosas dices! ¡Estaré encantado!

El chico sonríe satisfecho: problema resuelto. No esperaba menos del señor Mendizábal, sabía que podía contar con él.

—Pues muchísimas gracias por este gran favor. Le debo una muy grande.

—En este caso creo que soy yo el que te la debe a ti.

El viejo suelta una carcajada y luego tose aparatosamente.

—¿Se encuentra bien? —pregunta Álex, preocupado por la incesante tos del hombre.

—Sí, sí, cosas de la edad y de la emoción —responde una vez que consigue restablecerse.

—Tiene que cuidarse.

—Que sí, no te preocupes, hombre.

—Bueno, no lo molesto más. Nos vemos mañana. Ah, y pídales disculpas de mi parte a todos por lo de las clases.

—No hace falta. Les diré que se vayan a jugar al póquer o a la pocha. Son unos auténticos enfermos de las cartas.

—Gracias de nuevo, Agustín.

—No tienes por qué darlas. Hasta mañana, Álex.

—Adiós, hasta mañana.

El hombre también se despide de su profesor de saxofón y cuelga el teléfono.

Tema zanjado. Dos pájaros de un tiro.

Álex mira el reloj. Aún le quedan cosas por hacer y tiene que darse prisa antes de que Irene regrese a casa.

Esa mañana de marzo, en un lugar de la ciudad.

Las clases le están resultando muy aburridas a Irene esa mañana. Hasta insufribles en algunos instantes. Tiene muchas ganas de terminar e irse a casa, con Álex. Es una suerte que precisamente hoy no tenga curso por la tarde y que él haya decidido no bajar a la ciudad. Es el destino. Quizá hasta puedan comer juntos. Y luego...

Tal vez sea una buena ocasión para intentar acercarse más. Sí. Es el momento: atacará.

Se estremece solo de pensarlo. Piensa en cómo será estar entre sus brazos, rodearlo, besarlo una vez tras otra, por todo su cuerpo, hasta devorarlo completamente. Uf.

No lo va a dejar escapar: una vez que lo tenga, será suyo para siempre.

Además ya no hay peligro. Esa estúpida escuincla seguro que no vuelve a aparecer después de lo de ayer. Qué ingenua. Sí, muy guapa, muy mona, muy jovencita, pero tan tonta como inocente. Álex se merece algo muchísimo mejor. A ella.

Sin esa Paula de por medio, ya no existe ningún obstáculo que se interponga entre ambos. Y, sin duda, eso no lo va a desaprovechar.

Esa mañana de marzo, al terminar la cuarta clase.

No se levanta.

Desde su asiento mira hacia la puerta con la esperanza de que aparezca, pero sus deseos son en vano. Diana no ha ido en toda la mañana a clase y parece complicado que ya lo haga.

A cada minuto que pasa, Mario se arrepiente más de su comportamiento de ayer. No le debió decir aquello. Nunca se había sentido así de mal.

¿Dónde se habrá metido esa chica?

Solo espera que la causa de su ausencia no tenga que ver con aquella discusión.

¡Qué estúpido fue y qué gran impotencia supone el no poder arreglarlo!

Eso le pasa por no pensar las cosas dos veces antes de hacerlas y soltar lo primero que se le viene a la cabeza.

¿Dónde estará Diana?

Esa mañana de marzo, justo después de que acabe la quinta clase.

—Sigue apagado o fuera de cobertura.

Paula aparta el celular de la oreja al oír el mensaje que tantas veces ha escuchado a lo largo de la mañana y lo guarda de nuevo en la mochila de las Chicas Superpoderosas.

—Que no venga a clase es raro, aunque tratándose de Diana todo es posible. Pero lo más extraño es que lleve toda la mañana con el celular desconectado. Es impropio de ella —señala Miriam.

—No tendrá ganas de hablar —indica Cristina.

—O estará enferma y no querrá que la molesten —apostilla Paula, que mira hacia el otro extremo de la clase, donde está Mario.

Tiene el semblante serio, triste. Su amigo parece realmente desolado. Algo muy fuerte tuvo que ocurrir ayer cuando se fue de su casa. Y ella que pensaba que esos dos se gustaban... ¿Por qué se pelearían?

—Ah, Paula, una cosa que no te hemos dicho todavía.

—Dime, Miriam.

—Mañana por la noche, ¿puedes quedarte a dormir en mi casa?

—¿En tu casa?

—Sí. Cris, Diana y yo hemos pensado que, como el sábado es la fiesta de tu cumple y también querrás estar con tu familia durante el día, no vamos a tener tiempo para celebrarlo nosotras solas. Así que podríamos hacer una fiestecita las cuatro mañana por la noche en mi casa. Ya le he pedido permiso a mi madre y me deja. No creo que tus padres te digan nada, ¿no?

—No lo sé. Últimamente no los tengo demasiado contentos. Pero no, no creo que haya ningún problema. Aunque pensarán que me he quedado de ver con Ángel.

Miriam reflexiona un instante y luego mira de reojo a Cristina.

—Hablaré yo con tu madre y así no tendrás problemas. Le diré que te quedas en mi casa a dormir.

—No hace falta, Miriam, pero gracias.

—Que sí, que sí. No vaya a ser que no te dejen a última hora y se nos fastidie la cosa. Las Sugus tenemos que celebrar tus diecisiete por todo lo alto.

—Bueno, como quieras.

—Tengo su celular, luego la llamo.

El timbre suena anunciando que la última clase del día comienza.

Las chicas dejan de hablar y se sientan cada una en su respectiva mesa.

El profesor de Matemáticas es puntual. Entra en el aula dando saltitos, como si estuviera bailando una danza tribal, y cierra la puerta. A continuación, agarra un gis y escribe en el pizarrón: «Mañana es el principio del fin y el fin de un principio. Sobrevivir».

Las Sugus leen la frase. No la entienden demasiado bien. Paula incluso la susurra: «El principio del fin...».

Y mientras las chicas y Mario toman su última clase de Matemáticas antes del examen, y Ángel escribe su columna de opinión en Internet sobre Katia, e Irene conduce su Ford para encontrarse con Álex, que a su vez en esos instantes baja la escalera de su casa cargado con una pesada maleta, Diana por fin cierra los ojos después de una noche y una mañana en constante tensión.

Capítulo 87

Esa tarde de marzo, en un apartado lugar de la ciudad.

El cielo oscuro anuncia una inminente tormenta.

Irene conduce a toda velocidad para llegar a casa lo antes posible, y no por miedo a que un fuerte temporal descargue sobre ella, sino porque está deseando ver a Álex. ¡Qué ganas!

Unas primeras gotitas empiezan a inundar el cristal delantero de su Ford. Activa el limpiaparabrisas y pisa el acelerador. Ya falta poco.

Vuelta hacia la izquierda y carretera secundaria hasta el camino que lleva hacia la casa. Piedras, tierra, pero sobre todo lodo. La lluvia ha dejado aquel sendero en un pésimo estado.

A lo lejos, ya divisa su hogar para los próximos meses. ¿Meses? Quién sabe si no será para toda la vida. Aunque, si ella tuviera que elegir, preferiría un departamento en el centro. Un departamento grande, espacioso, con una cama matrimonial enorme en el dormitorio y un jacuzzi para bañarse con Álex y darse interminables masajes con chorros de agua a toda presión. Un sueño que se hará realidad. Seguro.

Por fin llega a su destino. Con aquella tormenta y el cielo negro de fondo, la casa tiene un aspecto misterioso, como de una película de terror. Sí, decididamente cuando viva con su hermanastro se irán a un departamento en el centro de la ciudad.

Estaciona el coche y baja rápidamente. Está empezando a llover más y las gotas son cada vez más gruesas. Un trueno. Corre hasta el portal, donde saca la llave de su bolso y la mete en la cerradura. No se abre. Prueba de nuevo, pero con la misma suerte. La examina bien para asegurarse de que es la llave correcta. No se ha equivocado, esa es la que le dio Álex. Qué raro.

Tras varios intentos, desiste y llama al timbre.

Nadie.

¿No está? Pero si le dijo que hoy no iría a ninguna parte...

Vuelve a llamar. Empieza a impacientarse.

De pronto se oye el cerrojo de la puerta. Álex le abre. Sigue vestido con la camiseta de tirantes de esta mañana. Va descalzo, solo con calcetines. Por eso no lo oyó llegar.

—Hola. ¡Uf, la que va a caer! —dice la chica entrando.

No pierde ni un solo detalle de su torso. Qué bueno está. No puede esperar al momento de echarse sobre él y besarlo. Quiere ser suya, que la posea y ser poseída.

—Sí, eso parece —responde escueto.

El chico cierra la puerta y camina detrás de su hermanastra.

Otro trueno.

—Oye, no sé qué le pasa a mi llave, que no he podido abrir. Por eso he llamado al timbre.

—He cambiado la cerradura.

—¿Por qué?

Álex no contesta y entra junto a su hermanastra en la sala.

Entonces a Irene se le hiela la sangre. En el suelo están sus maletas. Parecen llenas.

—Son todas tus cosas —se anticipa a decir el joven.

—¿Por qué has metido mis cosas en las maletas?

—Te vas.

—¿Que me voy? ¿Adónde?

—Pues te vas de mi casa.

—No entiendo qué quieres decir.

—Está muy claro, Irene. Ya no vives aquí.

—¿Me echas? —pregunta con los ojos muy abiertos, sin apenas poder respirar.

—Llámalo como quieras. La cuestión es que no quiero que sigas viviendo en esta casa.

—Pero ¿por qué? ¿Qué he hecho yo?

Álex la mira a los ojos.

Irene entonces lo comprende todo. Ha descubierto lo de Paula. Esa escuincla ha tenido al final más ovarios de los que pensaba y le ha contado lo que pasó anoche.

Mierda.

—¿Y todavía tienes la cara dura de preguntarlo?

—No he hecho nada malo.

—Mentir y extorsionar a una amiga mía poniendo en peligro nuestra amistad, ¿no es nada malo?

—Bah, no exageres.

—¿Que no exagere?

Álex agarra dos de las maletas, se pone las pantuflas de estar por la casa que tiene en la sala y sale de la habitación. Irene lo sigue.

—Anda, Álex. ¡Perdóname! No ha sido para tanto. Solo quiero lo mejor para ti.

El chico suelta las maletas junto a la puerta y se gira bruscamente.

—¿Lo mejor para mí? Tú estás loca; tienes un problema.

—En serio. Quiero lo mejor para ti y esa niña no lo es.

—¿Quién eres tú para decirme qué es y qué no es lo mejor para mí?

—Tu hermana.

—Hermanastra. Her-ma-nas-tra —repite Álex totalmente fuera de sí.

—Somos familia. Vivimos juntos.

—Provisionalmente.

—Yo te quiero.

—Tú te quieres solo a ti misma. Y lo que le has hecho a esa pobre chica y lo que me has hecho a mí no tiene ningún tipo de perdón.

Álex abre la puerta. Vuelve a levantar las maletas del suelo y sale de la casa.

Ahora llueve muchísimo. El cielo parece que se va a romper en cualquier momento.

El chico camina hasta el Ford y deja las maletas junto al vehículo.

—¿¡Abres esto!? —grita.

Irene está en el umbral. Lo mira con el rostro desencajado. Sus planes han salido mal. Inmóvil, no responde. Solo ve cómo su hermanastro camina hasta ella y le arrebata el bolso. No lo impide, y tampoco que agarre las llaves del coche. No vale la pena luchar ahora mismo.

Álex entra y sale de la casa cargado con todos los enseres de Irene hasta que guarda todo el equipaje de su hermanastra en el coche. Cuando termina, sube al cuarto de baño y regresa con una toalla. Mientras se seca el pelo y los brazos, Irene lo contempla sin hablar. Está completamente perdida.

—Bien, ya está todo metido en el coche. Cuando quieras, puedes irte.

—¿Adónde voy a ir? No tengo ningún sitio.

—Ya había pensado en eso. Como no quiero que te

quedes en la calle, he hablado con Agustín Mendizábal y estará encantado de tenerte en su casa durante estos meses que dura el curso.

La chica gesticula con las manos sorprendida e incrédula.

—¿Quién es ese? ¿El viejo de las copias?

—No hables así de él. Me dio trabajo y me ha ayudado mucho en estos meses.

—No me voy a ir con ese viejo rabo verde. ¿Estás loco?

—Pues deberías hacerlo. Don Agustín es un buen hombre. Y te tendrá como a una princesa. Tiene mucho dinero y no te faltará de nada.

—No me voy a ir a vivir con él. ¡Ni muerta!

—Pues tú sabrás lo que haces.

Álex se quita la camiseta y se empieza a secar con la toalla.

Su hermanastra lo observa y se muerde los labios. Tiene unas ganas inmensas de llorar. Pero ella no llora: es fuerte y lo va a demostrar una vez más.

—Lo hice por ti, Álex. Paula es una niña todavía y tú tienes veintidós años.

—Eso no es cosa tuya. Y tu comportamiento no tiene justificación.

—Ya te he pedido perdón.

—Lo siento, pero no puedo perdonarte ahora mismo.

Las palabras de Álex hieren de verdad a Irene.

La chica recupera otra vez su bolso y le sonríe.

—No tienen ningún futuro juntos —sentencia.

Álex no responde.

Entre el ruido de la lluvia, que golpea con virulencia el suelo, y un nuevo trueno que irrumpe imperioso en el cielo oscuro, Irene abandona la casa.

Se sube en el Ford Focus y cierra violentamente la puerta del conductor. Nerviosa, enciende la radio. Suena *Medicate*, de Breaking Benjamin. Irene pisa el acelerador con rabia.

Conduce a toda velocidad, rebasando a un coche tras otro. No quiere pensar en nada, solo pisar el acelerador, ir más deprisa. Pero entonces de reojo se ve en el espejo retrovisor y, pese a su fuerza de voluntad, no puede impedir que una amarga lágrima resbale por su mejilla.

Por primera vez en su vida ha sido derrotada.

Capítulo 88

Ese mediodía de marzo, en un lugar de la ciudad.

Bajo un paraguas azul marino, Ángel espera en la puerta del instituto a que su chica salga de clase. Tiene muchas ganas de verla. Ha sido una gran idea la de verse para comer juntos. Le gustaría que eso pasara con más frecuencia, pero Paula estudia y vive con sus padres y él trabaja. Y, como dice su jefe, un periodista no tiene horarios. Así que debe resignarse y tratar de aprovechar cualquier momento que pase con ella.

Irán a un restaurante mexicano. No está seguro de cuándo ni por qué salió el tema, pero recuerda que Paula le contó una vez por el MSN, en una de sus largas conversaciones de todo, que le gustaba mucho la comida picante, y que, aun así, nunca había ido a un restaurante mexicano. Él conoce uno muy bueno y que no está demasiado lejos de allí. Menos mal, porque la lluvia arrecia. Incluso se han escuchado algunos truenos. Además, la temperatura ha bajado muchísimo. ¿Están a menos de diez grados? Es increíble que el tiempo cambie tanto en tan pocos días. El clima es como las relaciones, va por rachas y nunca se sabe lo que va a acontecer en la semana siguiente. Hoy brilla el sol y mañana el cielo se vuelve del color de las hormigas. Y tal vez es mejor así, porque, si no, todo se tornaría rutinario y previsible.

¡El timbre!

Los alumnos más impacientes salen a toda velocidad casi antes de que termine de sonar. Uno de esos chicos está a punto de chocar con un hombre que permanece a su lado y que, junto a su hija pequeña, también lleva un rato esperando de pie debajo de un gran paraguas negro. Ángel sonríe al escuchar las quejas del señor. La niña lo mira sorprendida y se pone la mano en la boca al oír una grosería. El hombre entonces le pide perdón y se agacha para darle un beso. Ella acepta no muy convencida, pero se lo devuelve.

Siguen saliendo chicos, pero aún no aparece Paula.

Ya hace algunos años que todo aquello terminó para Ángel. Años que quedaron muy atrás, demasiado atrás. Y siente cierta añoranza al observar a un grupo de quinceañeros desinhibidos, sin paraguas, dejando que la lluvia los empape. No tienen preocupaciones; algunos, ni tan siquiera la de estudiar. Otros lo harán la última noche antes del examen. Las tres chicas del grupito se le quedan mirando, sonríen y comentan alguna cosa entre ellas. No lo conocen, pero estarían encantadas de hacerlo. En cambio, los chicos que van acompañándolas, que deben de ser sus novios, no se alegran precisamente cuando ven a Ángel. Lo examinan de arriba abajo y sus miradas son despectivas. Cuando pasan a su lado, abrazan a sus respectivas parejas con más fuerza. Uno besa a su novia apasionadamente en los labios bajo el aguacero. Luego vuelve a mirar a Ángel desafiante y sigue caminando introduciendo una mano en el bolsillo trasero del pantalón de su chica.

—Descarados. Qué juventud —murmura el hombre del paraguas negro, que presencia la escena.

Su hija pequeña también se da cuenta y hasta se le escapa una sonrisilla. Nunca había visto un beso en la boca de cerca y, a decir verdad, le produce un poco de asco.

Ángel, por su parte, no da importancia a lo sucedido y sigue pendiente de la puerta del instituto.

Por fin, alguien conocido: Miriam. También sale Cris y detrás de ellas... ¡Paula!

Está preciosa. Lleva el pelo más ondulado que de costumbre, por la humedad. Aún no se ha dado cuenta de que está allí. La chica mira a un lado y a otro hasta que visualiza a su novio. Sonríe y saluda con la mano.

Pero en un instante su sonrisa desaparece. Su rostro refleja incredulidad. ¿Qué le pasa? Les comenta algo a sus amigas y abre el paraguas. Las chicas se despiden de ella, pero no se mueven de la puerta.

Ángel decide esperar a que llegue hasta él. No entiende por qué Paula se ha puesto tan seria.

De pronto, la niña pequeña que está con el hombre del paraguas negro sale corriendo hasta Paula. Esta la abraza y le da un sonoro beso en su carita sonrosada. El chico ahora lo comprende todo, pero no sabe cómo reaccionar. Inmóvil, contempla cómo su novia se acerca hasta donde está.

—Hola, papá —saluda Paula y besa al hombre del paraguas—. Hola, Ángel.

Paco contempla confuso al chico que lleva junto a él más de diez minutos y cómo su hija le proporciona un suave beso en los labios.

—Ho..., hola —tartamudea Ángel después del beso.

—Pero...

El hombre no puede creer lo que acaba de presenciar. Erica también está boquiabierta. ¡Su hermana le ha dado un beso en los labios a ese chico!

—¿Qué haces aquí? —le pregunta Paula a su padre, tratando de mostrarse lo más natural y tranquila posible, aunque, en realidad, le tiemblan las piernas.

—He... venido a recogerte. Como... llovía tanto...

—Gracias, pero no hacía falta. Había quedado con Ángel para comer. Ahora los iba a llamar para avisarles. Por cierto, ¿ya se conocen?

Los dos se miran asombrados.

—De..., de vista. Desde hace diez minutos más o menos. Aunque no sabía que era tu padre —responde el periodista, intentando tranquilizarse.

—Ah, pues los presento. Ángel, este es Paco, mi padre. Papá, este es Ángel, mi novio.

Padre y novio se estrechan la mano con la que no sujetan el paraguas.

—Encantado —se apresura a decir Ángel.

—Igualmente —responde, todo lo sereno que puede, Paco.

Sonrisas forzadas. No es una situación cómoda para ninguno.

—¡Eh! ¿Y yo qué?

La pequeña Erica refunfuña bajo el paraguas de su hermana.

Ángel se agacha y le sonríe.

—Hola, soy Ángel. ¿Me das un beso? —le pregunta.

—Yo me llamo Erica García —responde la niña extendiendo su mano derecha.

«Es alto y guapo, pero lo de los besos es para los mayores», piensa Erica.

Ángel suelta una pequeña carcajada y estrecha la mano de Erica, a la que, aunque le ha caído bien aquel chico, le cuesta entender de qué se ríe.

Después de las presentaciones, los cuatro caminan hasta el coche de Paco bajo sus respectivos paraguas.

—¿No vienes a casa entonces?

—No. Había quedado con Ángel. Comeré fuera.

El hombre no está muy de acuerdo, pero no quiere discutir delante de aquel chico. Lo que le tenga que decir a Paula, lo hará a solas. ¡Y son muchas cosas las que le tiene que decir!

Llegan al coche.

—¿Y por qué no viene Ángel a comer a casa? —pregunta Erica, que se ha metido ahora en el paraguas del periodista.

Todos miran a la niña.

—No, princesa. Nosotros, hoy, comemos fuera.

—Yo quiero que Ángel venga a comer a casa —insiste la pequeña.

Le encantan los invitados. Siempre que va gente a comer a casa, su madre hace unos postres riquísimos.

—Otro día, cariño.

—Hoy. ¡Quiero que sea hoy!

Paula y Ángel se miran.

Paco, a su vez, piensa deprisa. Si comen en su casa, no se atreverán a hacer nada, tendrán las manos quietas. Y, además, así podrá conocer más a ese tipo que dice que es el novio de su hija.

—Pues no es mala idea la de Erica. Podría venir a casa a comer —suelta por fin el hombre.

—¿Qué?

—Seguro que le encantará cómo cocina tu madre, y así también lo conoce. Además, con este tiempo, ¿dónde van a estar mejor?

Ángel y Paula se vuelven a mirar. El chico se encoge de hombros y asiente con la cabeza. Le gustaría pasar la tarde con su chica a solas, pero no conviene llevarle la contraria a su padre.

—Por mí está bien.

—¿Qué? ¡Pero si íbamos a comer fuera!

—Ya iremos otro día. No te preocupes.

—¡Bien, bien! —grita la pequeña agarrándose a la pierna de Ángel.

—Pues no se hable más —comenta Paco mientras entra en el coche.

Erica abre una de las puertas de atrás y también se mete dentro del vehículo. Paula cierra su paraguas y le habla al oído a Ángel.

—¿Estás seguro?

—Sí, no te preocupes. Será divertido.

—¿Divertido?

—Claro, ya verás como lo pasamos bien. No te preocupes por mí.

Y, sin decir nada más, besa a su chica en los labios y se mete en la parte de atrás del coche. Erica, cuando lo ve, esboza una gran sonrisa: está encantada de compartir asiento con su nuevo amigo.

Paula suspira y también entra en el coche.

—¿Estamos todos? —pregunta Paco, echando un vistazo por el retrovisor.

—¡Sí! —grita la niña.

Y, de esa forma, el coche arranca bajo la intensa lluvia que sigue cayendo en la ciudad, rumbo a una comida inesperada para todos.

Capítulo 89

Ese mediodía de marzo, en el hogar de los García.

Primer y único plato: lentejas.

Ángel rezaba para que la amabilísima madre de Paula no hubiera hecho lentejas para comer, pero solo hay que desear algo con mucha fuerza para... que no se cumpla.

—Mamá, a Ángel no le gustan las lentejas —indica Paula con una sonrisa antes de sentarse a comer.

—Pero si están riquísimas.

—Pero a él no le gustan —repite la chica.

Su novio la mira avergonzado. Luego la mirada se desplaza hasta Mercedes. Se sonroja. ¡Vaya comienzo!

—Lo siento, es que no las soporto desde pequeño.

—No te preocupes, ahora te preparo otra cosa. Siéntense a la mesa. Ahora iré yo.

—¿No quiere que la ayudemos?

—No hace falta, pero muchas gracias.

Paula agarra de la mano a su chico y se lo lleva de la cocina.

—Empezamos bien —le susurra al oído.

—No pasa nada, hombre. Mi madre seguro que tiene un plan B.

—Qué desastre.

Juntos entran en el comedor. Allí ya ocupan sus asientos Paco y la pequeña Erica, que examina con curiosidad al invitado. Es muy alto y, aunque no entiende mucho del tema, parece guapo. Casi tanto como aquel amiguito suyo que le quita la plastilina en clase y que también se llama Ángel y tiene los ojos azules.

Paula se sienta en su silla habitual y a su lado Ángel, que se coloca en medio de las dos hermanas y enfrente del padre.

Ninguno dice nada. Lo único que se escucha de fondo es el noticiario. Concretamente están dando el pronóstico del tiempo para mañana y el fin de semana: más lluvia.

—¿Cuántos años tienes? —pregunta por fin Erica, que no ha dejado ni un segundo de observar al invitado.

—Veintidós —responde con tranquilidad Ángel.

—¿Veintidós? ¡Eres muy mayor!

El chico sonríe tímidamente. También Paula. El único que no parece demasiado contento es Paco, que resopla. ¡Veintidós años! ¡Y ella aún no tiene ni diecisiete! Tiene ganas de fumarse un cigarro, pero no puede hacerlo delante de sus hijas. A partir de ahora, solo fumará en secreto.

—¿Y tú cuántos tienes?

—Estos.

Erica saca la mano derecha de debajo de la mesa y le enseña los cinco dedos.

—Ah, pues también eres muy mayor.

La niña se ruboriza y sonríe pícara. Ella ya sabía que era muy mayor, pero sus padres y su hermana están empeñados en no creerle. Por fin una persona inteligente que se da cuenta.

En esos momentos, Mercedes aparece con un plato de lentejas que coloca delante de Paco y otro de melón con jamón.

—Esto sí te gusta, ¿verdad?

Ángel asiente sonriente con la cabeza cuando ve el suculento plato. Tiene muy buena pinta. Erica protesta porque ella también quiere lo mismo y Paco se muerde los labios al comprobar que su mujer ha abierto el jamón que le regalaron solo para que coma el novio de su hija.

—Muchas gracias, aunque no debería haberse molestado.

—No es ninguna molestia. Espero que esté bueno.

Mercedes se va de nuevo y enseguida regresa con dos platos más de lentejas para Paula y Erica. La pequeña se enfada. No es justo que al nuevo le den melón y a ella, que lleva viviendo allí cinco años, lentejas.

—Si te portas bien y te lo comes todo, tendrás una sorpresa de postre.

Eso la tranquiliza un poco y le da esperanzas de que, al final, haber invitado a comer a aquel chico tenga su recompensa.

La comida transcurre con tranquilidad, más de la que Ángel y Paula esperaban. Paco apenas habla y Mercedes no para de entrar y salir del comedor. Ella comerá después. Es la pequeña Erica la que somete a un intenso interrogatorio al periodista. Ángel se desenvuelve bien con la niña. Sin embargo, hay una pregunta que provoca que se atragante.

—Oye, ¿tienes hijos?

—¿Qué? ¿Hijos? —dice Ángel mientras tose.

—Claro. Si los tienes, podrías traerlos alguna vez para que jueguen conmigo.

Paula no puede evitar una carcajada al escuchar a su hermana. Pero de nuevo es Paco el que pone mala cara.

—Soy muy joven para tener hijos —señala el periodista, que acaba de morder el último cubito de melón.

—Y yo más —añade Paula.

Erica mira a su hermana. No entiende por qué ha contestado también si no se lo había preguntado a ella. Paco, que también ha terminado con su plato de lentejas, se levanta de la mesa. No aguanta más.

—Ahora vengo.

El hombre, sin decir nada, sube las escaleras. Necesita un cigarro.

Mercedes, que ha regresado al comedor, se pregunta adónde ha ido su marido, pero le resta importancia a su ausencia.

—¿Terminaron de comer?

—¡Sí! —grita la niña.

—Estaba muy bueno, Mercedes —dice amablemente Ángel mientras se levanta y agarra su plato vacío para llevarlo a la cocina.

Pero la mujer se lo arrebata de las manos y le pide que se quede sentado.

—Yo lo hago. Tú eres el invitado.

—Qué descarado —murmura Erica, que no está muy de acuerdo con que Ángel no tenga que recoger su plato. Ella lo hace siempre desde que cumplió cuatro años y medio.

—Como seguro que el melón con jamón no te ha llenado mucho, he preparado de postre unos *banana split*.

—¡Bien! ¡Bien! —grita triunfadora la pequeña.

—No sé si podré con todo.

—Ya verás como sí. Erica, levanta tu plato y ven a ayudarme, anda.

La niña abandona su silla con el plato de lentejas casi vacío entre las manos y acompaña a su madre a la cocina.

Paula y Ángel, por primera vez desde hace un rato, se quedan solos.

—¿Qué? No ha ido tan mal, ¿no? —susurra la chica.

—No. Tu madre es un encanto y tu hermana tiene unas cosas...

—Esperaba un interrogatorio de mi padre, pero se ha pasado la comida callado.

—Bueno, no creo que le caiga muy bien.

—¿Por?

—Soy el novio de su hija. Es normal.

—Pues a mí me caes genial.

—Más te vale...

Y la besa en la boca con un beso dulce con sabor a melón. Paula sonríe mientras siente los labios de Ángel, pero los aparta rápidamente cuando ve a su padre que regresa de la planta de arriba. ¿Los cachó? Parece que no.

Paco termina de bajar la escalera y se sienta de nuevo en la mesa. Se ha fumado medio cigarro que lo ha tranquilizado bastante.

Erica entra entonces en el comedor junto a su madre con un enorme plato en las manos: el postre, dos plátanos enteros cubiertos de nata, helado, cerezas y caramelo. Mercedes lleva dos platos más. Uno, para su marido; el otro, para el invitado.

—¡Dios mío! ¡Es enorme! —exclama Ángel cuando la mujer le pone el *banana split* delante—. No creo que pueda con todo esto.

—Lo compartimos —dice Paula, que agarra una cucharilla y corta un trocito de plátano.

—Hay uno para ti. Déjale ese al chico, que ha comido muy poco.

—No, de verdad que es demasiado para mí solo. Mejor lo compartimos. Gracias, Mercedes.

—Sí, mamá, este para los dos.

—Como quieran, pero hay otro preparado —comenta la mujer, que regresa una vez más a la cocina.

Los cuatro continúan con el postre sin decir nada. Paco de vez en cuando observa cómo su hija y su novio juegan con las cucharas y el helado y protesta en voz baja. ¡Qué descarados! No lo soporta. Aprieta los dientes y sigue comiendo.

De todos, la que más está disfrutando el postre es Erica, que tiene toda la cara manchada de vainilla y caramelo. Cuando Ángel la ve, casi se atraganta.

—¿Está bueno? —le pregunta muy serio, intentando no reírse para no molestar a la niña.

—Mucho —responde con la boca llena de helado y plátano y sonriente.

—Princesa, ¿y ahora? ¿Le das un beso a Ángel? —sugiere Paula cuando se da cuenta del aspecto de su hermana.

El periodista abre los ojos como platos.

—¡No! —exclama la niña.

—¿No?

—¿No me quieres dar un beso? —pregunta aliviado.

La pequeña mueve la cabeza muy rápido de un lado a otro. Sus cachetes están inflados y sonrosados. Pero ¿otra vez? ¿Por qué les ha dado a todos por eso? Ella besando a un chico... ¡Qué asco! Además, ¿no se dan cuenta de que el nuevo tiene los labios manchados de helado de fresa? ¡Ni loca!

Paco es el primero en terminar. Se ha comido el postre deprisa, nervioso. Se levanta y lleva su plato a la cocina mientras piensa que, al final, no ha sido tan buena idea invitar a aquel chico a comer en casa. La tensión no le ha dejado ni hablar. No parece mala persona, incluso es simpático, pero continúa creyendo que es mayor para su hija. Ella es muy joven para comprometerse con alguien en una relación seria, y menos si ese alguien hasta ha acabado la universidad.

Ángel y Paula también terminan. La chica se pone de pie y abraza a su novio por detrás de la silla.

—Es temprano. ¿Quieres que te enseñe mi cuarto, que todavía no lo has visto?

—Vale. Tengo curiosidad.

La pareja deja sola a Erica en la mesa, que contempla intrigada cómo su hermana y el invitado suben las escaleras. ¿Por qué irán de la mano? ¿Es por eso de ser novios? No lo sabe. Y, además, tiene cosas más importantes de las que ocuparse en esos momentos.

Ya arriba, Paula abre la puerta de su habitación e invita a Ángel a pasar delante. Los dos entran y, lentamente, la puerta se cierra.

Ese mediodía de marzo, al mismo tiempo, en la cocina de los García.

—No lo aguanto. En serio.

—Pero si el chico es muy agradable. A mí me gusta para Paula.

—Es muy mayor. Demasiado mayor.

—Bueno, puede ser, pero parece que se llevan bien.

—¡Por Dios, Merche! ¡Que tiene veintidós años!

La mujer se gira y mira directamente a los ojos a su marido.

—¿Merche? Hacía mucho tiempo que no me llamabas así.

—Sí.

Mercedes sonríe y se acerca a Paco. Cariñosamente, lo besa en la mejilla y lo abraza.

—Tienes que calmarte. El muchacho es un encanto. Y muy guapo, por cierto. Tu hija tiene muy buen gusto.

—Tú sí que tuviste buen gusto.

La mujer suelta una carcajada. Luego, dulcemente, apoya la cabeza en el hombro de su marido.

—Es verdad. Pero este chico es más guapo que tú a su edad. ¿Has visto qué ojos?

—¡Bah! No es para tanto.

—Que sí, que es guapísimo. Y además tiene un cuerpo muy...

—¡Que es el novio de tu hija! ¡No te emociones! —exclama Paco mientras se aparta de los brazos de su esposa.

Mercedes vuelve a reír con fuerza y le da otro beso a su marido. En esta ocasión en los labios. Erica, en ese instante, entra en la cocina con su plato vacío entre las manos y ve a sus padres.

—¿Qué hacen?

—Nada —responde la mujer, agachándose y agarrando el plato que lleva su hija pequeña.

—¿Era un beso?

—Sí, era un beso.

—¿En la boca?

—En los labios.

—¡Guácala!

La niña se tapa con una mano la boca y se da cuenta de que está manchada de helado. Su madre vuelve a inclinarse y la limpia con una servilleta.

—¿Han terminado Paula y Ángel ya con el postre? —le pregunta Mercedes, que trata de quitar todas las manchas de la cara a su hija pequeña.

—Sí, y se han ido.

—¿Que se han ido? ¿Adónde?

—Arriba.

Paco y Mercedes se miran desconcertados. El hombre se muerde los labios y la mujer suspira. No cree que..., pero y si...

Ese día de marzo, en ese instante, en la habitación de Paula.

Fuera ha dejado de llover.

Ángel mira por la ventana y ve un tímido rayo de sol que se abre paso entre las nubes negras. No tardará en desaparecer.

Paula está sentada en la cama. No entiende el motivo, pero, de buenas a primeras, tiene mucho calor. Observa a su novio y cuando él se gira ambos sonríen. Sus ojos le piden que se siente junto a ella. Ángel obedece y se miran, pupila con pupila.

—Te quiero.

—Te quiero.

El chico también siente el mismo calor que Paula, un calor como hacía mucho que no experimentaba. Se besan despacio, temblorosos. Ninguno entiende qué está pasando, pero, en un día frío y gris como aquel, los dos tienen mucho calor. Es extraño. Para ella es una sensación desconocida. Sin darse cuenta, su mano se pierde bajo el suéter de Ángel y le acaricia el torso, fuerte, duro, perfecto. El calor aumenta. Paula sigue sin comprender qué sucede, pero no puede frenar. Sus besos son más intensos. Su lengua roza la de Ángel y nota como la mano de él se introduce en su camiseta, le acaricia la espalda y baja hasta sus pantalones. En una frontera peligrosa, la que separa el mundo de la inocencia de la tierra del placer. La chica comienza a pensar deprisa, con mil cosas en la cabeza: está en su casa, con sus padres abajo; nunca ha llegado a tanto con nadie, pero le da lo mismo, no quiere que Ángel pare y no se lo pide; guía con su mano la mano del chico hasta el interior de la parte de atrás de su pantalón, muy muy cerca de su ropa más íntima; cierra los ojos y suspira cuando Ángel la besa en el cuello. No lo puede creer. ¿Su primera vez va a llegar? ¿En su casa? ¿En su habitación? No lo puede creer.

Quizá no es el sitio, ni tampoco el momento. Pero no puede parar. La camiseta se levanta y percibe los labios de Ángel en uno de sus senos. ¡Dios! ¿Va a pasar? Ella quiere. ¿Y él? ¿Querrá también? ¿Llevará preservativos?

El rayito de sol se muere.

¡Y la puerta del dormitorio de Paula se abre de golpe!

—¡Paula! ¡Te llama papá! —grita Erica, entrando en la habitación sin llamar.

La niña, que no llega a ver nada de lo que está pasando en la cama, se da cuenta de su error y vuelve a cerrar para hacerlo bien. Siempre le dicen que no se puede entrar en los sitios sin antes llamar a la puerta.

Paula y Ángel se levantan rápidamente, cada uno por un lado de la cama, y aprovechan para colocarse bien la ropa.

—Toc, toc.

—Pasa, anda —le indica Paula a la pequeña mientras se peina con las manos y jadea.

Erica entra, satisfecha de haber rectificado su fallo sin que nadie le diga nada. De lo que la pequeña no se ha enterado es de que también ha conseguido evitar otro error mucho más grande que estaba a punto de producirse.

Capítulo 90

Esa tarde de marzo, en un lugar de la ciudad.

Cabecea. Vuelve a cabecear y también una tercera vez.

Sentado en una de las sillas de su habitación, a Mario le cuesta mantenerse despierto. Pero no falta mucho para que Paula llegue, así que, prohibido dormir.

La tarde es muy desapacible. Lluvia, viento, frío... Ha estado temiendo que su amiga le telefoneara para decirle que finalmente hoy no iba a ir a su casa, pero eso no ha pasado hasta el momento. Mañana es el examen final de Matemáticas y tienen todavía bastantes cosas que estudiar. La semana no ha transcurrido como él había planeado y sus sentimientos aún permanecen ocultos en su interior.

La tormenta se ha instalado sobre esa zona de la ciudad. El cielo negro se ilumina y pocos segundos más tarde estalla un trueno. Poco después escucha el sonido del timbre de la puerta. Está solo en casa, por lo que le toca ir a abrir. Mario mira el reloj. Si es Paula, llega antes de lo esperado, algo muy extraño en ella.

El chico se apresura. Baja la escalera a toda velocidad, aunque antes de llegar a la puerta de la entrada se mira en un espejo del recibidor. Bueno, no está mal. No se puede pedirle peras al olmo. Toma aire, suspira y abre.

Pero al otro lado no está Paula. Una chica bajo la capucha de un impermeable amarillo, con un *piercing* en la nariz, le dedica media sonrisa:

—Hola, Mario.

El tono de voz de Diana es distinto al habitual; es serio, controlado, firme.

—Ho..., hola —responde el chico sorprendido—. Pasa.

—No ha llegado Paula todavía, ¿verdad?

—No.

La chica se quita la capucha cuando entra en la casa y se arregla un poco el pelo con las manos. Mario la observa. Su aspecto no es el de siempre. A pesar de que se ha maquillado los ojos, no ha logrado disimular unas tremendas ojeras. Parece otra, cansada, con menos vitalidad, sin la energía que la caracteriza.

—¡Cómo llueve! —comenta mientras se quita el impermeable—. ¿Dónde pongo esto?

—Dame.

El chico agarra el impermeable y lo cuelga en un perchero. Debajo coloca un paragüero para que las gotitas no caigan al suelo.

La casa se ilumina una vez más y, un instante más tarde, un nuevo trueno sacude el cielo.

—¿Estás solo en casa?

—Sí. Mis padres están en no sé dónde y Miriam creo que ha ido a recoger a Cristina. Me parece que luego iban a ir a tu casa, para ver si te pasaba algo.

—Ah.

—Como no has ido al instituto en todo el día y tenías el celular desconectado, estaban algo preocupadas.

—No es para tanto —comenta Diana con frialdad, mientras se dirige a la escalera que lleva hasta la habitación de Mario—. ¿Subimos?

—Sí.

Los dos avanzan peldaño a peldaño, sin hablar.

Por la cabeza del chico pasan muchas cosas, innumerables preguntas. ¿Para que habrá venido? ¿A arreglar las cosas? ¿A seguir estudiando? No está seguro. Ha pensado en ella durante todo el día, más que en Paula, y no ha dejado de sentirse culpable ni un minuto por lo que sucedió ayer.

Mario y Diana entran en el dormitorio, aunque no cierran la puerta. Cada uno se sienta en el mismo lugar en que lo hizo la tarde anterior.

—¿Sabes? Me he pasado toda la noche y parte de la mañana estudiando esta mierda —comenta la chica mientras saca el libro de matemáticas y una libreta de la mochila.

—¿Qué?

—Eso. Ayer me di cuenta de que soy medio estúpida y de que, si quiero aprobar el puto examen de mañana, tenía que hacer horas extras. Y ya ves: sin dormir que estoy.

Mario no puede creer lo que oye. ¿De eso son las ojeras?

—¿Te has pasado la noche estudiando y has faltado a clase por eso?

—Pues sí, por eso ha sido. Además, tuve que desconectar el celular para no desconcentrarme. Lo metí en un cajón y cerré con llave para no tener la tentación de ponerme a juguetear con él.

—Carajo, parece increíble que hayas hecho todo eso.

—¿No me crees? Pregúntame algo. Lo que quieras.

—No, no. Te creo, te creo.

—De todas formas, hay cosas que no entiendo y que me tienes que explicar —indica la chica mientras pasa a toda velocidad las páginas del libro de matemáticas—. Pero eso, luego. Ahora quería pedirte disculpas por mi comportamiento de ayer. Me pasé un poco. Bastante. Y es justo que te pida perdón. No te tenía que haber presionado de esa manera. Lo siento.

Las palabras de la chica suenan sinceras. Hasta tiembla al decirlas. Mario se da cuenta y se le hace un nudo en la garganta. Pero no toda la culpa es de ella.

—También yo te tengo que pedir perdón. Se me fue la cabeza y te grité. No estuvo nada bien. Y también quería disculparme por atosigarte ayer. Me faltó paciencia y me puse muy grosero. Perdona.

A Diana se le iluminan los ojos con un brillo húmedo que logra controlar antes de que salga a relucir su lado más sensible.

—Bueno, soy muy torpe para esto. Es normal que perdieras la calma.

—Si has conseguido aprenderte todo en menos de un día, con la base tan mala que tienes de matemáticas, no creo que seas tan torpe.

—Vamos, Mario. Soy una negada para las matemáticas y para el resto de asignaturas. Lo sé. No sirvo. Esto es más una cuestión de orgullo que otra cosa. Y, además, no quiero hacerles perder el tiempo como ayer.

—No fue para tanto. Estoy seguro de que Paula no se molestó.

El final de la frase llega con el estampido de otro trueno, tal vez el más ruidoso de todos los que hasta el momento han sonado.

—Mario, también te quería proponer una cosa.

Diana desvía entonces la mirada de los ojos del chico hacia el suelo.

—¿Me quieres proponer algo?

—Bueno, no es exactamente eso. Es más bien un consejo o no sé... Escúchame y luego llámalo como quieras.

—Vale. Cuéntame.

La chica traga saliva y reúne el valor necesario para hablar. Y lo hace de manera dulce, ocultando su tristeza.

—Deberías decirle a Paula lo que sientes. Pero no mañana, ni pasado. Ya. Hoy.

—¿Cómo?

—Eso, Mario. No puedes seguir así más tiempo. Es el momento de revelarle a Paula lo que sientes por ella.

—Pero...

—Yo me iré antes y te dejaré a solas con ella. Es tu oportunidad.

—Diana..., yo...

—Es que, Mario, te voy a ser lo más sincera posible. No sé si sabrás que Paula tiene novio. Y, cuanto más tiempo pase, ella se colgará más de él y será peor para ti. Ignoro si tendrás alguna oportunidad. Eres un gran chico y su amigo. Quizá ella descubra que también siente algo hacia ti diferente a lo que ve ahora. Pero, si no le confiesas tus sentimientos, jamás lo sabrás. Tienes que dar un paso adelante y poner las cartas sobre la mesa. Lánzate de una vez por todas.

Un relámpago más. Otro trueno.

Las cinco de la tarde. Silencio. Nervios y miedo. Una mirada a ninguna parte. Y, finalmente, la decisión:

—Está bien, lo haré. Le diré a Paula que la quiero.

—¡Así me gusta! —exclama Diana poniéndose de pie y acercándose a su amigo.

Mario sonríe. Diana sonríe. Sonríe y lo besa. En la mejilla. Amigos.

Y, aunque por dentro se esté muriendo al saber que ese chico del que se ha enamorado como una tonta quiere a su mejor amiga y está a punto de confesarlo, sabe a ciencia cierta que ha hecho lo correcto.

Capítulo 91

Esa tarde de marzo, en un lugar de la ciudad.

Salen del coche y cruzan la calle corriendo hacia el edificio de enfrente. No llevan paraguas. El semáforo está a punto de ponerse en rojo. Katia va delante. Se mueve ágil, rápida, bajo la lluvia, y Ángel la sigue de cerca. Todavía no sabe muy bien qué está haciendo allí. Echa de menos a Paula. No puede olvidarse ni un instante de lo que ha ocurrido hace un par de horas. ¿Qué habría pasado si Erica no hubiera entrado en la habitación? Quién sabe. Perdió el control en un momento de pasión, de una fuerte carga sexual. Quizá que apareciera la niña fue lo mejor. No llevaba protección y tampoco era la situación más adecuada para la primera vez de su chica. Y, además, con sus padres abajo. Habría sido un error de dimensiones mayúsculas.

Cuando llegan al otro lado de la calle, se cobijan en el portal de aquel edificio. Están jadeantes, mojados, intentando recuperar el aliento perdido por la carrera. Katia lo mira y sonríe.

—Cada vez que nos vemos, acabamos corriendo —le dice ella resoplando.

—Eso parece. Contigo me voy a poner otra vez en forma.

—Ya estás en forma. Eres casi tan rápido como yo. Y eso es un gran logro.

Ángel ríe. Es cierto. Aquella chica corre realmente deprisa.

—Es por los zapatos. La próxima vez ganaré yo —responde el chico.

—¿Los zapatos? ¿No tenías una excusa mejor?

El chico hace como que piensa y finalmente niega con la cabeza, acompañando su gesto de una mueca con la boca.

—Pues es una excusa muy mala.

—Lo sé.

Katia sonríe. Es adorable. Cada vez que lo mira, se derrite. Es el hombre perfecto. Sin embargo, no es su hombre, sino el de otra, otra a la que tiene que dedicarle una canción. La vida tiene esas cosas. Es injusta. Bueno, al menos él está allí con ella. Lo disfrutará durante unas horas.

—¿Entramos?

—Vale.

La cantante de pelo rosa busca en el interfón el bajo B y presiona el botón.

—¿Sí? ¿Quién es? —pregunta una voz femenina.

—Hola, buenas tardes. Soy Katia. Venía para...

—¡Ah, hola! La estábamos esperando. Le abro.

Enseguida suena un ruido metálico bastante desagradable. Katia empuja la puerta y esta se abre.

—Ya está. Muchas gracias.

La pareja entra en el edificio. Las luces del recibidor están encendidas, aunque la luminosidad es escasa, muy tenue, y el lugar no resulta demasiado acogedor. Un hombre vestido con una chaqueta gris de pana y una corbata roja, que estaba leyendo el periódico, se levanta de su silla al verlos.

—¿A qué piso van? —pregunta con desgana.

—Al bajo B —responde Katia.

—Ah, van al estudio. Es por allí —dice muy serio, indicando un largo pasillo a su derecha—. Es la última puerta.

—Gracias.

La cantante y el periodista se despiden amablemente del portero y se dirigen hacia la puerta del fondo. A mitad de camino, alguien sale del bajo B y los espera apoyado en la pared, junto a la puerta.

—Hola, chicos. ¿Sigue lloviendo?

—Sí, mucho —contesta Katia, y le da un beso en la mejilla a Mauricio Torres, su representante.

El hombre, a continuación, estrecha la mano de Ángel.

—Me alegro de volver a verte.

—Yo también.

Los tres entran en el piso. Una chica rubia en un mostrador, la que les ha abierto antes, los saluda sonriente cuando pasan a su lado.

—Katia me ha contado cuando la he llamado esta mañana lo que van a hacer. Me parece un bonito detalle para tu novia.

—Gracias, aunque el mejor detalle es el de Katia por querer hacer esto y tomarse la molestia de dedicarle la canción.

—No es molestia, lo hago encantada. Todo por mis fans —dice sobreactuando.

—Bueno, espero que a cambio hayas hecho un buen reportaje en tu revista.

—No te preocupes, Mauricio: Ángel es el mejor. Ya lo verás —se anticipa Katia.

El periodista se sonroja.

—También te quiero dar las gracias a ti por conseguir que nos dejen grabar aquí.

—De nada, hombre. El negocio de la música es así. Hoy por ti y mañana por mí. Ya me dedicarás algún día un artículo en la revista —dice Mauricio dando un golpecito en la espalda a Ángel, que no sabe si está hablando en serio o en broma.

Un hombre muy delgado y con la cabeza completamente rapada acude hasta ellos.

—Este es Moisés. Será quien se encargue de la grabación —apunta Mauricio, presentándolo—. A Katia imagino que la conoces ya y este es Ángel, un periodista del gremio.

—Encantado. —Moisés le da la mano a Ángel y dos besos a Katia—. Mis niñas tienen tu disco y están todo el día cantando tus temas.

—¿Ah, sí? Me debes de odiar entonces.

—No te lo voy a negar.

—El próximo se lo regalaré yo.

—Se pondrán muy contentas —señala forzando una divertida sonrisa—. Cuando quieran empezamos.

—Pues cuando tú quieras —comenta la cantante.

—Empezamos ya, entonces. Acompáñenme.

Los tres caminan detrás de Moisés, que cojea ligeramente al caminar.

—He traído lo que te dije ayer, luego le echas un vistazo —le susurra Mauricio a Katia, que se muerde los labios desorientada.

—Perdona, Mauricio, no recuerdo lo que es.

—Eres un desastre. ¿No te acuerdas de que te hablé de un sobre que llegó a tu nombre, de un chico que quiere ser escritor?

—¡Ah, eso! Sí, es verdad. Lo de la canción para su historia o algo así, ¿no?

—Eso. Pues luego lo miras, ¿vale?

—Bien.

Los cuatro entran en una sala pintada de rojo que contiene una cabina con dos pequeñas habitaciones. En la exterior hay una computadora y una mesa llena de botones y palancas. A Ángel le recuerda a aquellas mesas de sonido que utilizaba en la Facultad de Periodismo en las clases de Radio. La habitación interior está casi vacía. Solo ve un micrófono de pie y unos audífonos colgados en la pared. Un enorme ventanal separa las dos habitaciones.

—Siéntense por aquí —les indica Moisés a Ángel y a Mauricio, que se acomodan en dos sillas con ruedecitas—. Tú ven conmigo.

Katia acompaña al hombre a la habitación del micro y él le explica algunas cosas. Ángel los observa a través del cristal. Es la primera vez que visita un estudio de grabación y presencia cómo se graba una canción.

Moisés regresa y se sienta delante de la mesa de sonido. Toca un par de botones y sube y baja algunas palancas.

—Katia, ¿me oyes bien?

—Sí, perfecto.

—¿Algún problema?

—Ninguno.

—¿Empezamos entonces?

—Sí, cuando quieras.

El hombre de la cabeza rapada se gira y levanta el pulgar en señal de OK a sus acompañantes. Luego vuelve a mirar a Katia.

—Uno, dos, tres... ¿Listos?

Capítulo 92

Esa tarde de marzo, en otro lugar de la ciudad.

La tarde se va, la lluvia continúa y el sonido de las gotas es prácticamente lo único que se escucha en la habitación de Mario. En silencio, y cada uno en un extremo del dormitorio, los tres amigos dan un último repaso al examen de mañana. Ninguno ha estado concentrado al cien por cien, pero han estudiado lo suficiente como para ir con ciertas garantías a la prueba final del trimestre. Incluso Diana, que impresionó a Paula cuando le contó el motivo de su ausencia en el instituto, se ve con posibilidades.

Pero en sus mentes hay cosas más importantes en las que pensar. El examen de Matemáticas se ha quedado en un plano secundario.

Paula no se puede quitar de la cabeza a Ángel. Si no es por su hermana, hoy habría hecho el amor con él. ¡Su primera vez! No era el sitio ni la ocasión, pero se veía incapaz de frenar. Afortunadamente, la puerta la abrió Erica y no su madre o, peor, su padre.

Diana observa a Mario cuando este no se da cuenta. Le da un vuelco el corazón cada vez que se acerca a su amiga y ríen juntos. Sufre hasta un límite que ni ella misma imaginaba que podía llegar a experimentar. Pero sus cartas están jugadas y solo le queda esperar acontecimientos. ¿Y si Paula descubre que siente algo por él...?

Y Mario está nervioso, torpe. Se ha acercado varias veces a uno de los cajones de su escritorio, como para asegurarse de que «eso» sigue ahí. Mira el reloj, que avanza deprisa, pero al mismo tiempo los minutos se hacen eternos. Está próximo el momento más importante en su vida. O eso cree.

—Mario, ¿puedes venir? —pregunta Paula—. Esto no me sale.

El chico se levanta de su silla y se acerca a su amiga, que está de rodillas en el suelo usando la cama como mesa. Se inclina a su lado y sonríe.

—¿Qué te pasa? ¿Qué es lo que no te sale?

Diana los observa atenta. Suspira y contempla cómo ella se toca el pelo cuando está junto a él. Uf. Ha leído que las chicas instintivamente se tocan el pelo si hablan o miran al chico del que están enamoradas. Es posible que a Paula le guste Mario. Claro que sí. No sería la primera que descubre que quiere al chico invisible. Es casi guapo, inteligente y su amigo de toda la vida. Uf, no soporta esa idea. Le empiezan a arder los ojos con esa quemazón anterior al llanto, con esa angustia en el pecho que no te deja respirar bien y que te hace soplar y resoplar una y mil veces. Sus caras están demasiado cerca, casi no cabría un papel entre ambas. Uf, no puede más.

—¡Qué tarde es! ¡Chicos, me tengo que ir! —grita Diana de repente.

Paula y Mario se giran y comprueban que la chica está metiendo sus cosas en la mochila a toda prisa.

—Es verdad, se ha hecho muy tarde. Me voy contigo —comenta Paula, que observa sorprendida la hora en un reloj que hay en la pared de la habitación. Tiene muchas ganas de llegar a casa y llamar a Ángel.

Diana y Mario se miran. Y, a pesar de lo que siente, de que las lágrimas están al borde del precipicio que ahora son sus ojos, la chica le hace un gesto a su amigo para que impida que Paula se vaya.

—¡No! ¡Espera! —exclama Mario.

Paula lo mira sorprendida.

—¿Que espere?

—Sí, espera. ¡Me tienes que explicar una cosa!

—¿Qué?

La chica no sale de su asombro. ¿Ella explicarle algo de matemáticas a Mario?

—Ehhh... Ehhhh... ¡Quédate! Espera...

Mario tartamudea. Es incapaz de encontrar algo que decirle. Paula mira a uno y a otro sin saber qué hacer. ¿Qué sucede?

Es Diana la que por fin interviene y abre la puerta de la habitación.

—Bueno, chicos, yo me voy. Mañana nos vemos. Mucha suerte.

La última frase se la dice a Mario mirándola a los ojos. Y, entre tanta confusión, Diana sale del cuarto justo antes de derramar una cálida lágrima por la única persona que ha sido capaz de hacerla llorar.

—No entiendo nada de nada —dice Paula, que empieza a recoger sus cosas.

—Espera, no te vayas.

La mano del chico alcanza la de ella.

—Pero...

—Espera, por favor.

Mario se pone de pie, reúne todo el valor posible, suelta la mano de Paula y se acerca al cajón del escritorio. Lo abre y saca algo de él.

—Es para ti —murmura en voz baja, poniendo en sus

manos un CD—. Te lo iba a dar en tu cumpleaños, pero creo que este es un buen momento. Lo siento, no me ha dado tiempo a envolverlo.

La chica observa ensimismada la portada. Es un *collage* hecho con fotos suyas, mezcladas con imágenes de sus discos preferidos. Está perfecto. Suspira y abre el CD. Dentro encuentra una libretita con más imágenes y las letras de todas las canciones. Lo ojea entusiasmada. ¡Cuánto trabajo tiene que haber sido hacer todo aquello!

Mira a Mario y luego de nuevo el CD que él ha titulado *Canciones para Paula.*

—Muchas gracias, en serio. Me has dejado sin palabras. Es impresionante. —La chica tiene los ojos vidriosos—. Voy a ponerlo en la computadora. ¿Puedo?

Mario asiente sin decir nada.

Paula introduce el disco en la PC y espera a que se cargue. Abre el archivo donde están las veintiún canciones del CD y hace clic en la primera. Emocionada, escucha cómo empieza a sonar *When you know,* de Shawn Colvin.

Los dos vuelven a mirarse. Sonríen. A Mario le encanta verla tan feliz, pero siente que su corazón se desborda al latir cada vez más deprisa. Lentamente se acerca hasta ella. Es preciosa. Su pelo ondulado, ahora suelto, le cae por los hombros. La tiene enfrente. Sus ojos se fijan en los labios de ella. Están cerca, muy cerca, y desea besarla, lo desea con toda su alma. Esta vez nada ni nadie impedirá que el destino siga su curso: inclina levemente su cabeza y, ante la sorpresa de Paula, junta sus labios con los de ella. Es un beso robado, cautivo, un beso que permite que, de una vez por todas, fluya todo lo que lleva dentro y que durante tanto tiempo ha permanecido oculto.

Capítulo 93

Por la noche, un jueves de marzo, en un lugar alejado de la ciudad.

Hola, me llamo Ester. Así, sin hache. Seguro que hay muchas personas que ya te lo han dicho, pero no he podido resistirme a escribirte después de encontrar y leer uno de los cuadernillos de *Tras la pared*. Eres genial. Nunca había visto nada así. Es tan increíblemente romántico... Yo también quiero ser escritora, tengo una página en Internet donde escribo pequeños textos a partir de una palabra que alguien me dice. Pero, sinceramente, jamás habría pensado en darme a conocer con una idea como la tuya. A mis dieciocho años he empezado con varias historias largas, pero nunca las he terminado. Espero que a ti no te pase lo mismo. Me encanta tu estilo, tu forma de expresarte y la vida que le das a cada uno de los personajes. Julián, Larry, Nadia, Verónica, César, Marta..., todos son perfectos. Estoy deseando continuar leyendo y saber cómo termina la novela.

Te deseo muchísima suerte en la vida y que este proyecto culmine en papel. Seré la primera en comprarlo.

Un beso muy fuerte de una admiradora más.

Álex lee dos veces el *e-mail* y cierra la laptop. Es la cuarta persona que, tras encontrar el cuadernillo de *Tras la pa-*

red, le escribe. Este correo, por la forma en que la chica dice las cosas, le ha hecho especial ilusión. «Ester sin hache» tiene que ser alguien muy interesante.

El teléfono suena de pronto y se asusta. Solo es la alarma programada para las nueve. Agarra el celular y la detiene. Silencio absoluto. Ni siquiera llueve y el viento también ha parado. Y se da cuenta de que se siente solo. Hacía mucho que no le sucedía algo así, quizá desde que murió su padre.

El teléfono sigue en su mano. Entra en el archivo de mensajes recibidos y busca los últimos, los que le ha enviado Paula. ¡Paula...! Uno a uno, los lee detenidamente. Se los sabe de memoria. La echa muchísimo de menos.

¿Algún día compartirán algo más que unos simples mensajes?

Es noche cerrada y está solo. Se estremece, necesita algo de calor.

Lentamente, se levanta de la silla y se dirige hacia la esquina donde guarda su saxofón. Lo saca de la funda y se coloca la boquilla en los labios. Sopla. Su pecho se alza y encoge. Toca sin partitura, no la necesita. Álex se sabe aquel tema de memoria porque lo ha compuesto él mismo. Suena bien, quizá algo melancólico, porque el saxo es un instrumento deliciosamente triste, pero romántico. Muy romántico.

Sus dedos se deslizan por el metal. Piensa en Paula mientras toca, en sus ojos color miel y en sus labios tan deseables, inmejorables para besar. Un beso: cómo ansía un beso de aquella chica.

El celular suena de nuevo, pero ahora no es la alarma, sino alguien que está llamándole. Álex deja el saxofón encima de la cama y alcanza el aparato. Es el señor Mendizábal.

—¿Qué tal, don Agustín?

—¡Hola, Álex! ¡Pues genial! ¡He rejuvenecido unos treinta años!

El chico tiene que apartarse el teléfono de la oreja ante los gritos del hombre, que se muestra entusiasmado.

—¿Ah, sí? ¿Y eso a qué se debe?

—¿Que a qué se debe? Pues a tu querida hermana: gracias a ella me siento más joven.

—¿Irene está ahí? —pregunta extrañado.

¡Qué sorpresa! No esperaba que al final su hermanastra terminara aceptando irse a vivir con Agustín Mendizábal.

—Sí. Llegó hace un rato. La tengo aquí al lado... Espera, que te quiere decir una cosa.

—Vale.

—Te la paso.

—¿Álex? —murmura Irene al otro lado de la línea.

—Hola, ¿cómo estás? ¿Al final has decidido quedarte con...?

—Eres un cabrón —susurra la chica interrumpiéndole—. Todavía no puedo creer que me hayas echado de tu casa.

Y silencio.

El chico no puede evitar una sonrisilla.

—¿Álex? ¿Sigues ahí? —pregunta el señor Mendizábal, que es quien habla de nuevo.

—Sí, sigo aquí.

—No he oído lo que te ha dicho Irene, pero muchas gracias por todo. Solo con verla rejuvenezco veinte años.

—Gracias a usted por hacerme este favor, a mí y a ella.

—¡El único favorecido soy yo! —exclama soltando una fuerte carcajada a continuación.

—Me alegra verlo tan contento. Ahora tengo que dejarlo, don Agustín. Mañana nos vemos.

—Perfecto. Adiós, Álex.

—Adiós, Agustín.

El chico cuelga con una gran sonrisa dibujada en la cara. Pobre Irene. Pero se lo merece. Quien se comporta como lo ha hecho su hermanastra en los últimos días merece una penitencia. Aunque quizá vivir los tres meses que dura el curso en la casa de Agustín Mendizábal es mucho más que eso.

Esa noche de marzo, en un lugar de la ciudad.

La grabación de *Ilusionas mi corazón* dedicada a Paula ha terminado. El CD ya está hecho. Tres horas, casi cuatro, se ha pasado Ángel observando cómo Katia cantaba, probaba voces y repetía el estribillo. Pero ha valido la pena: ya tiene el regalo perfecto para su chica.

Terminado el trabajo, periodista y cantante regresan en el Citroën Saxo de Alexia.

—Hemos llegado —comenta Katia mientras se estaciona en doble fila.

—Ya veo.

—Espero que a Paula le guste tu regalo.

—Seguro que sí. Muchas gracias por todo lo que has hecho. Eres una amiga.

La chica del pelo rosa sonríe. «Una amiga». Sí, se ha comportado como eso, como una amiga que hace favores, que se calla y oculta lo que realmente piensa... Una amiga que ha participado en el regalo de cumpleaños de la novia del chico del que está enamorada. ¿Amiga? Se le ocurre otra palabra que suena infinitamente peor para definirse a sí misma. Pero es lo que le toca. Es su papel, el que ha asumido. Amiga de Ángel.

—¿Volveremos a vernos? —pregunta Katia.

—Yo a ti seguro. Estás por todas partes. Hay rumores incluso de que vas a protagonizar una serie para jóvenes.

—¿Y yo a ti? ¿Te volveré a ver?

Ángel la mira a los ojos, esos ojos celestes, felinos, pero dulces.

—Claro, nos veremos. Pertenecemos al mismo mundo, ¿no?

—Sí. Y estoy segura de que serás un periodista famoso.

—Prefiero ser un buen periodista.

—Eso ya lo eres. Tienes que buscar nuevos retos.

—Me queda mucho que aprender, estoy empezando todavía.

—Lograrás lo que te propongas, Ángel. Todo lo que te propongas.

—Como tú, ¿no? También has conseguido todo lo que te has propuesto.

La chica vuelve a sonreír: amarga e irónica sonrisa.

—Sí. Todo.

Pequeñas gotas de lluvia comienzan a caer sobre el cristal del Saxo.

—Está empezando a llover. Me voy antes de que empeore.

—Vale.

—Adiós, nos veremos pronto.

—Adiós.

Ángel abre la puerta del copiloto, pero no sale inmediatamente del coche. Se inclina hacia la izquierda y besa a Katia en la mejilla.

—Muchas gracias de nuevo. Te llamaré.

Y, sin volver a mirarla, corre bajo la lluvia hasta el portal de su edificio.

Capítulo 94

Esa noche de marzo, en un lugar de la ciudad.

En veinticuatro horas tendrá diecisiete años, pero su cumpleaños es lo que menos le importa ahora. La noche aprisiona el corazón de Paula. Está sola en su cama, tumbada bocabajo, con la almohada mojada de lágrimas.

Hace dos horas.

—Hola, cariño.

—Hola, Ángel.

—¿Cómo estás? Te echo de menos.

—Yo también te echo de menos.

Suspiro. Suspiro. Silencio.

—¿Qué te pasa? ¿Te encuentras bien?

—Sí, no te preocupes. Solo estoy un poco cansada.

—¿Quieres que te cuelgue y hablamos mañana?

—Vale.

—¿Seguro que estás bien?

—Sí, perdóname. Mañana después de clase te llamo, ¿vale?

—Bueno, como tú quieras.

—Buenas noches, Ángel.

—Buenas noches. Te quiero.

Son las doce de la noche. En su habitación, completamente oscura, se oye la canción número cuatro de *Canciones para Paula*. Es de Vega: *Una vida contigo*.

¿Por qué le está pasando todo aquello?

Hace una hora.

—¿Sí...?

—Hola, Paula.

—Hola, Álex. ¿Cómo estás?

—Bien. Escribiendo y... pensando en ti.

Silencio.

—¿Paula?

—Perdona, Álex; estoy un poco cansada. Llevo todo el día estudiando.

—No lo sabía. Perdóname. No te debería haber llamado tan tarde, pero quería oír tu voz y no he podido contener las ganas.

—No te preocupes.

—Bueno, pues lo siento.

—No pasa nada, de verdad. Gracias por llamarme.

—Hablamos mañana, ¿te parece?

—Vale. Buenas noches, Álex.

—Buenas noches.

Comienza el viernes. La lluvia ha cesado, pero es solo una tregua, porque los pronósticos anuncian que el tiempo incluso podría empeorar durante el día.

Paula se pone de pie y apaga la computadora. La música cesa. La chica se agacha y se baja la pernera de los pantalones de la piyama, que se le han subido. Luego se mete otra vez en la cama.

Le costará dormir. Soñará con Ángel, con Álex y con Mario. Pero nada de lo que sucede en sus sueños puede compararse a lo que está viviendo en la vida real.

Hace unas horas, por la tarde, casi noche, en la habitación de Mario.

El chico tiene la mejilla roja y se la frota despacio. No puede creer que Paula le haya pegado tras besarla. No le duele tanto la cara como el corazón.

—Perdona, yo... no he debido... Pero ¿por qué has hecho eso? —pregunta la chica, que continúa en estado de *shock*.

Mario sigue tocándose el rostro. No sabe qué decir. Sus ojos se pierden por las paredes de la habitación. No puede mirar a su amiga a la cara.

—Yo...

—No..., no lo entiendo. ¿Qué te ha pasado? ¿Por qué me has besado?

Paula está muy nerviosa. Le tiemblan las piernas. ¿Se marcha corriendo? ¿Se queda? No comprende cómo Mario se ha atrevido a besarla.

—Lo siento.

—Mario... ¡Me has besado en los labios! —exclama poniéndose las manos en la cabeza—. No comprendo nada.

—De verdad que lo siento.

La voz del chico llega apagada, casi imperceptible. Su amiga se da cuenta de que está verdaderamente afectado. Suspira e intenta serenarse.

—¿Por qué me has besado? —repite, más tranquila, sentándose en la cama.

—No..., no lo sé.

Mario siente vergüenza de sí mismo. Las palabras salen

quebradas de su boca. Mira a un lado y a otro, asustado, amedrentado por la situación. Ahora no solo perderá las remotas posibilidades que tenía con Paula, sino también su amistad. Nunca imaginó que su primer beso a una chica terminaría de esa manera.

—¿Ha sido un impulso repentino? —insiste Paula.

El chico no dice nada. Se sienta en la silla frente al escritorio y detiene la canción de Shawn Colvin, que todavía continuaba sonando. Mira hacia abajo. Piensa en todo el tiempo que empleó en hacer aquel CD para ella: horas y horas; madrugadas sin dormir. Todo, para nada. No se ha sabido contener ni hacer las cosas bien. No debió besarla, ese no era el plan. No debió hacerlo sin su consentimiento: un beso es cosa de dos y eso, hasta ese preciso instante, no lo había tenido en cuenta.

El silencio en la habitación es absoluto. Paula observa a su amigo y resopla. No reacciona.

—¿Mario? ¿No me dices nada? No puede ser que haya pasado esto y ahora ni siquiera seas capaz de mirarme.

Nada: es como si se hubiera transformado en una estatua de sal. Inmóvil, con la cabeza agachada y la vista en el suelo, Mario solo piensa en el error que ha cometido y en sus posibles consecuencias.

Paula no lo soporta más. Se levanta de la cama y se cuelga la mochila en la espalda.

—Me voy. Ya hablaremos.

La chica se dirige hacia la puerta. Camina deprisa, enfadada, confusa y también defraudada. No esperaba que Mario fuera así. ¿Qué pretendía? ¿Tener sexo con ella en su propia casa?

—Te quiero, Paula.

Esa noche no hay luna, ni estrellas. Unos niños gritan en la calle mientras corren hacia alguna parte chapoteando en cada uno de los charcos que se han ido formando durante el día. La lluvia cae sin prisas, constante. Es un día cualquiera de marzo, en un lugar de la ciudad.

—¿Qué?

—Que te quiero. Estoy enamorado de ti.

Sus ojos por fin se encuentran. Se miran intensamente. Entre ambos amontonan un millón de sensaciones diferentes.

—Pero, Mario... No creo que me quieras. Habrás confundido tus sentimientos...

—No, estoy seguro de lo que siento. Te quiero.

—Vaya. ¿Y desde cuándo sientes eso por mí?

—No lo sé. No recuerdo. Desde siempre, creo.

—Ah. Debo de ser muy tonta, porque nunca me di cuenta.

—Tenías otros en los que fijarte. Otros mejores que yo.

Paula vuelve sobre sus pasos y se sienta otra vez en la cama. Las palabras de su amigo la hacen sentirse culpable. Y entonces empieza a unir piezas. Todo va encajando: su estado de ánimo, el *nick* del MSN, el no dormir, que mirara tanto hacia la esquina de las Sugus... No era por Diana, era por ella. ¡Qué estúpida!

—Lo siento. Siento no haberme dado cuenta de tus sentimientos.

—No pasa nada. Es normal que una chica como tú no quiera nada con alguien como yo.

—Eso no es cierto, Mario. Somos amigos y...

—Amigos. Sí, lo sé. Amigos... Pero ya sabes que no me refería a amistad.

—Sí.

Los dos permanecen en silencio unos minutos. Ahora ya no se miran. Paula no se atreve y Mario huye de la realidad, quiere que aquella conversación termine cuanto antes. No puede más. Sin embargo, es ella la que cree que irse es la mejor solución.

—Me tengo que marchar. Es tarde y en casa estarán preocupados.

—Vale.

—Siento haberte pegado —dice Paula mientras abre la puerta de la habitación.

—Y yo siento haberte besado sin permiso.

La chica hace un gesto con la cabeza, suspira y sonríe tímida.

—Nos vemos mañana, Mario.

—Espera un segundo.

El chico se levanta de la silla y saca el CD de la computadora. Lo guarda y se lo da.

—Gracias.

—Es tuyo. Tu regalo de cumpleaños.

Los ojos de Paula brillan bajo la luz del dormitorio de aquel chico que conoce desde hace tantos años: un gran amigo que le acaba de confesar su amor. Apenas puede aguantar las lágrimas. Es uno de los momentos más difíciles que recuerda en su vida. Pero tiene novio. Está Álex y ahora..., ahora también sabe que Mario la quiere.

Su cabeza va a explotar. Tiene que salir de allí.

Da las gracias de nuevo y, tras besarlo en la mejilla que antes golpeó con la palma de su mano, abandona la habitación abrazando con fuerza el CD de *Canciones para Paula*.

Capítulo 95

Un día de marzo por la tarde, en un lugar de la ciudad, hace aproximadamente diez años.

Luce el sol y el parque está lleno de niños. Algunos han hecho porterías con las mochilas del colegio y juegan al futbol con un balón desinflado. Otros corretean de aquí para allá, intentando alcanzar a los más lentos. Un grupo de amigas salta a la cuerda. Aquella a la que le toca estar en el centro ahora lo hace muy bien. Uno, dos, tres, cuatro saltos seguidos, con gran agilidad, sin que apenas toquen los pies en el suelo y al ritmo de una cancioncilla que se sabe de memoria. Y eso que solo tiene seis años, ya casi siete, porque Paula cumple años en pocos días, en ese mes de marzo. Es una de las chicas más guapas de su pandilla. Tiene unos enormes ojos marrones, aunque ella siempre dice que son de color miel, y una preciosa melena ondulada, la más larga de las melenas entre las de todas las niñas.

Enfrente, ensimismado, Mario la mira atentamente, sentado en la parte de arriba de un tobogán. Está solo, como suele ser habitual. No tiene demasiados amigos. A él no le gusta el futbol ni correr. Prefiere jugar al ajedrez o hacer sopas de letras para niños. Eso a los seis años no te hace demasiado popular ni en el colegio ni en el barrio. Tampoco su timidez lo deja ir más allá. Sobre todo con las chicas y, en especial, con Paula. Cuando la ve siente algo por dentro. Unas veces en el lado izquierdo del pecho, otras en la panza. No sabe lo que es. Incluso un día pensó que le había caído mal la comida.

A él le encantaría hablar con ella, pero nunca se ha atrevido, y eso que van a la misma clase este año. No cree que Paula sepa ni siquiera que existe.

La tarde va cayendo. Es un día primaveral. Poco a poco los niños se van marchando a sus casas. Las chicas de la cuerda ya no están, tampoco los que jugaban a perseguirse, y los equipos de futbol cada vez tienen menos jugadores.

Mario sigue allí, subido ahora en uno de los columpios. Mira al cielo mientras se balancea suavemente. Hace tiempo que no sabe nada de la chica de los ojos marrones tan grandes. Se habrá marchado con la de las coletas, esa que dice tantas palabrotas y que se llama Diana.

—Hola.

La voz que oye a su espalda es de una chica. Mario se gira y ve a Paula. Está sonriendo. El chico se pone nervioso y casi se cae al suelo.

—Hola —consigue decir por fin, arrastrando los pies para estabilizar de nuevo el columpio.

Es la primera vez en su vida que le habla. ¡Cómo no va a estar nervioso! A sus seis años, apenas ha conversado con niñas.

Paula se sube en el otro columpio y comienza a balancearse con fuerza. Sus pequeñas piernas se alzan muy arriba. Mario la observa intrigado. ¿Qué ha ido a hacer allí?

—¿Por qué estás siempre solo? —le pregunta ella sin parar de impulsarse.

El chico duda en responder. ¿Es a él? Sí, debe de ser a él, es la única persona que hay por allí.

—No sé —contesta en voz baja.

—¿Te gusta estar solo?

—A veces sí, pero otras me aburro mucho.

—Te comprendo. Yo, cuando estoy sola, me aburro muchísimo.

Mario no entiende muy bien a qué se refiere la niña. ¿Sola? Nunca ha visto a Paula sola, siempre va rodeada de chicos y chicas, incluso con alguno mayor que ella.

La niña detiene el columpio de golpe y lo mira con curiosidad, como quien observa a un insecto que no ha visto nunca.

—No tienes novia, ¿verdad?

¿Y eso a qué viene? Tiene solo seis años, ¡cómo va a tener novia! Siempre ha oído que los novios se besan en la boca y besarse en la boca es cosa de mayores. Y, aunque él se considera un chico muy maduro para su edad, no tiene los suficientes años para ser mayor.

—¡Claro que no!

—¿Y no te gusta ninguna niña?

—Pues no.

—¿Nunca te ha gustado nadie? ¿Ni de nuestra clase?

—Qué va...

—Eres muy raro.

Paula sonríe y vuelve a balancearse en el columpio.

¿Raro? ¡Qué sabrá ella! Aunque, pensándolo bien, un poco raro sí que es. Al menos no hace las cosas que suelen hacer otros niños de su edad.

—¿Y a ti te gusta alguno? —se aventura a preguntarle, pero con mucha timidez y enrojeciendo después.

—Julio, Diego y Carlos Fernández. Pero solo estoy con Julio.

Julio Casas es el guapo de la clase. O eso es lo que ha escuchado de algunas de sus compañeras. El resto de chicos siempre le están haciendo la barba y quieren ir con él en el recreo.

—¿Y él lo sabe?

Paula vuelve a parar el columpio.

—¿Que si sabe el qué?

—Pues que te gustan otros dos.

—Claro, se lo dije desde el principio. Pero no le importa.

—Ah.

—Además, creo que me está empezando a gustar otro.

—¿Otro?

—Sí. Es de la clase.

—¿De la clase?

—Sí. Su nombre empieza por «M».

Mario reflexiona durante unos segundos. En la clase solo hay tres chicos cuya inicial sea la «M»: Manuel Espigosa, Martín Varela y él.

¿Él?

No, él no puede gustarle a aquella chica. Pero su nombre empieza por «M». ¿Y si es él?

—No sé quién puede ser.

—Es Martín. Pero no se lo digas a nadie, ¿vale?

Mario siente una punzada dentro de su pecho. Qué extraño. ¿Se habrá resfriado? Su padre le suele decir que, cuando te duele el pecho, es porque entra aire en las costillas. Será eso.

—Tranquila. No diré nada.

Paula lo mira a los ojos y sonríe. Es feo, pero más simpático de lo que parecía.

Los dos niños se balancean tranquilos, despacio, en el atardecer de aquel mes de marzo: Mario, sin saber que aquellos instantes serán el inicio de un largo camino en silencio; Paula, desconociendo que, diez años más tarde, su amigo le confesará todo lo que siente por ella.

Capítulo 96

Mañana de un día de marzo, en un lugar de la ciudad.

Se ha puesto la camiseta al revés. Menos mal que su madre se ha dado cuenta y le ha avisado a tiempo. Y no solo eso: desayunando, deprisa y corriendo porque llegaba tarde al instituto, ha tirado con el brazo medio vaso de leche con chocolate sobre la mesa.

Paula está muy tensa y también cansada. No ha dormido en toda la noche. Su cabeza es un hervidero: Mario, Álex y Ángel son los protagonistas de sus pensamientos, tres chicos que están enamorados de ella, dos pasándolo mal y uno al que le está ocultando demasiadas cosas. Por eso es imposible centrarse en otros asuntos, aunque sean tan importantes como el examen de Matemáticas que tiene a primera hora. Si es que le dejan hacerlo, porque en esos momentos suena el timbre del instituto y ella corre por el pasillo con la mochila dando tumbos en su espalda.

Es una situación frecuente, pero esta vez tiene más relevancia porque, si no logra entrar en clase, no hace la prueba y entonces reprobará el trimestre.

El profesor de Matemáticas se asoma por el umbral de la puerta para comprobar que nadie está fuera y la ve.

—Buenos días, señorita García. Ya la echaba de menos.

El hombre se mete en la clase, pero no cierra la puerta.

Paula hace el último esfuerzo y entra en el aula trastabillándose.

—Buenos días..., profesor... Perdona el retraso —dice jadeando, tratando de recuperar el aliento perdido.

—Siéntese. Es la última, como siempre. Espero que eso no sea un indicativo de su calificación en el examen.

Paula no está en condiciones de responder al comentario irónico del profesor y no le contesta. Al menos, le deja hacer el examen. Es suficiente. Mientras se quita la chamarra, ante la mirada atenta de los chicos de la clase, se dirige a su sitio.

El resto están ya sentados; también las otras Sugus, que la saludan con la mano desde sus asientos. Cris y Miriam sonríen. Diana, sin embargo, está más seria. Paula se da cuenta de que las ojeras de ayer permanecen en sus ojos. No tiene buen aspecto: seguro que esta noche también se la ha pasado estudiando.

—Buenos días, dormilona —le susurra Miriam—. Y suerte.

—Suerte para ti también —responde en voz baja.

De la mochila de las Chicas Superpoderosas saca una pluma, un lápiz y una goma. El paraguas, que no ha tenido que usar todavía hoy, lo deja a un lado de la mesa y la chamarra la cuelga en el respaldo de la silla. Instintivamente, mira hacia el rincón opuesto del aula, donde se sienta Mario. Pero ¿dónde está? En su lugar habitual no hay nadie.

Paula lo busca con la mirada por todo el salón. A veces los profesores tienen la costumbre, o el capricho, de cambiar antes de un examen a algunos alumnos de sitio. Pero en esta ocasión no es así. La chica no ve a Mario porque no ha ido.

El profesor de Matemáticas saca de su carpeta las hojas del examen y comienza a repartirlas. Al mismo tiempo, advierte a sus alumnos que no pueden hablar desde ese mismo instante.

—¿Y tu hermano? —le pregunta Paula a Miriam.

—No viene. Se ha puesto malo.

—¿Que se ha puesto malo? ¿Qué le pasa?

A Miriam no le da tiempo a responder porque se da cuenta de que el profesor las está observando. Con un gesto con la mano le indica a su amiga que se lo cuenta más tarde.

Paula no puede creer que Mario no haya ido al examen. Después de tanto esfuerzo va a reprobar el trimestre; él, que precisamente es el más preparado de toda la clase y que la ha ayudado tanto estos dos días.

Suspira. Solo espera que su ausencia no tenga nada que ver con lo que sucedió ayer. Si ella está afectada, imagina cómo debe de estar su amigo. No entiende cómo no se dio cuenta antes de sus sentimientos. Durante la noche ha recordado anécdotas con él en los días en los que solo eran unos niños. Por aquel entonces eran inseparables compañeros de juegos, de bromas, de experiencias. Hasta que empezaron a ir al instituto y, en ese momento, comenzaron a distanciarse. Quizá fue culpa de ella, que no le prestó la atención adecuada al chico que había vivido a su lado gran parte de su infancia. ¡Qué tonta ha sido!

—Espero no verlas hablar más hasta que salgan al patio y se fumen el cigarrillo —señala el profesor de Matemáticas, que le entrega el examen bocabajo.

Paula ni siquiera le responde que no fuma ni tiene intención de hacerlo nunca. Está preocupada por Mario. El examen se halla sobre la mesa, pero ella solo piensa en su amigo. Quiere verlo, pedirle perdón por todo el tiempo que lo ha dejado de lado, por esos últimos años perdidos en los que se alejaron el uno del otro.

—La hoja en blanco que les he entregado es para que la usen de borrador, aunque también la recogeré. Tienen cincuenta y cinco minutos para disfrutar de la magia y el poder de las matemáticas. Luego, el que disfrutará corrigiendo seré yo. Pueden darle la vuelta a la hoja.

Como si de un equipo sincronizado se tratase, todos giran la hoja al mismo tiempo; todos menos una chica, que en su asiento sigue preguntándose si no es ella la responsable de que su amigo no esté haciendo ahora el examen con ellos.

Esa mañana de marzo, en otro lugar de la ciudad.

—Qué tino, ponerte malo precisamente hoy.

La madre de Mario mira el reloj. En un par de horas, ella y su marido deben tomar un avión. Se van hasta el domingo, pero no contaban con este imprevisto.

—¿Y qué quieres que haga? —responde el chico tapándose la cabeza con una manta.

—¿Te sigue doliendo la cabeza? —pregunta resignada.

—Sí. Me duele. —Y tose.

La mujer resopla. No parece que sea demasiado grave, pero si Mario ha dicho que no se encuentra bien para ir a clase, seguro que tiene motivos para ello. Nunca miente con esas cosas. No es como Miriam.

Su marido también entra en la habitación. Se está haciendo el nudo de la corbata. Tiene un congreso fuera de la ciudad, un viaje de trabajo, pero con mucho tiempo libre, y por eso su mujer lo acompaña. Ni recuerda el tiempo que hace que no disfrutan de un fin de semana para ellos solos.

—¿Cómo estás? —le pregunta a su hijo, que sigue escondido bajo la manta.

—Dice que le duele la cabeza y tiene un poco de tos —se anticipa la mujer.

—Vaya, qué mala pata.

—Me tendré que quedar aquí.

—¿Qué? ¿Tan mal está?

Mario aparta la manta.

—No estoy tan mal. Pueden irse los dos tranquilos.

—No te voy a dejar aquí solo si estás enfermo.

El chico empieza a sentirse culpable. A su madre la ilusiona mucho ese viaje. Cuando ha decidido esta noche que no iría al instituto hoy, no recordaba que sus padres se iban por la mañana.

—Mamá, que no estoy tan mal. De verdad, no te preocupes, se pueden marchar.

—Mario, no voy a dejarte solo en casa estando enfermo. Pero mira la mala cara que tienes.

—Es de no dormir, pero no estoy enfermo.

—¿No? ¿Y entonces por qué toses y te duele la cabeza?

El chico suspira.

—Hoy tenía un examen y no me lo sabía.

—¿¡Qué!? —exclaman al unísono el hombre y la mujer.

—Eso, que como no me lo sabía y no quería reprobar, pues he fingido que estaba enfermo. Perdón.

—Pero... ¿tú crees que esto...?

Su madre, indignada, no sabe qué decir. Su padre, sin embargo, sale del dormitorio terminando de anudarse la corbata con una sonrisilla. No está bien lo que ha hecho su hijo, pero al final su mujer podrá irse de viaje con él.

—Lo siento, mamá.

—Cuando regrese, hablaremos de esto.

—Vale. Asumo las consecuencias. No lo volveré a hacer.

La mujer agita la cabeza de un lado a otro y se marcha de la habitación.

Mario se vuelve a meter bajo la manta. Se siente mal por mentirle a su madre, pero no puede contarle la verdad. Ella jamás imaginaría que su hijo se ha pasado toda la noche llorando por amor y jamás creería que le han faltado fuerzas esa mañana para enfrentarse a la realidad. Y es que el dolor del desamor es más fuerte que reprobar un estúpido examen de Matemáticas.

Capítulo 97

Esa misma mañana de marzo, en un lugar de la ciudad.

—¿Qué te dio en el segundo? —pregunta Miriam, que ha sido de las primeras en salir del examen.

—Tres —responde un chico bajito que está a su lado.

—¿Tres? A mí me dio siete —indica desilusionada. Aquel chaparrito suele sacar buenas calificaciones.

—Y a mí cinco con cinco —se lamenta Cris.

Diana es la siguiente en aparecer. Está muy seria. Miriam se acerca a ella y trata de consolarla.

—Qué cara. No te ha salido bien, ¿verdad? No te preocupes, era muy difícil.

—Bueno, no sé. Suspenderé como siempre —dice sin demasiado interés.

—¿Qué resultado te dio en el segundo?

—Tres.

—¿Tres? Como a... este. —Miriam señala al chico bajito del que ni siquiera recuerda el nombre.

—Casualidad.

—¿Y en el tercero? —insiste la mayor de las Sugus.

—Mmm. Creo que dos con cinco... —responde Diana.

—¡A mí me dio eso! —exclama Cris.

—Sí, da eso —certifica el chico.

—¡Carajo! ¡A mí ocho! —grita Miriam, desesperada, segura ya de que va a reprobar.

La puerta del primero B se abre de nuevo. Paula sale resoplando.

—¿Cómo te ha salido? —le pregunta Cris.

—Ni idea. Era complicado.

—¿Verdad? —interviene Miriam—. ¿En el primero les dio doce?

—No, veintiuno —comenta Cristina.

El resto asiente. Sí, en el primer problema da veintiuno.

—Uf. Pues un cero voy a sacar.

—No será para tanto. Algún puntillo tendrás por haber puesto el nombre bien —bromea Cris, un poco más aliviada después de comprobar que dos de los ejercicios los ha hecho bien.

Miriam la atraviesa con la mirada y levanta el dedo medio de la mano derecha.

El timbre suena anunciando el final de la clase.

—Oye, Miriam, ¿qué le ha pasado a Mario? —pregunta Paula, que no se ha olvidado de su amigo en todo el examen.

—Se ha levantado enfermo. Decía que le dolía mucho la cabeza y además tosía bastante.

—Ah.

Diana escucha la conversación en silencio.

—Pero, si quieres que te diga la verdad, me parece que se lo ha inventado. Y, como es él, mis padres se lo han tragado.

—¿Y por qué tu hermano iba a hacer algo así? —pregunta Cristina, que no se cree la versión de su amiga.

—No lo sé. Tal vez no había estudiado demasiado y no quería reprobar. Quizá, si habla con el profesor de Matemáticas, se lo haga otro día. Mis padres le prepararán un justificante.

—No creo que Mario haga eso —insiste Cris.

—Pues créetelo. Soy una experta en hacerme la enferma. Y la tos sonaba muy falsa.

Paula no dice nada. Prefiere no hacerlo. Si es cierto que Mario miente y no está realmente enfermo, cree saber la causa por la que no ha ido a hacer el examen: ella.

El timbre vuelve a sonar. La siguiente clase comienza enseguida.

—Voy al baño —dice Diana—. ¿Vienes conmigo, Paula?

—Pero si ya ha sonado...

—Anda, acompáñame, que no aguanto. No tardamos nada.

—Está bien, voy contigo.

Las dos chicas se despiden de sus amigas y se dirigen al pasillo en el que está el cuarto de baño.

—Paula, ¿te puedo preguntar una cosa?

—Sí, claro.

—Ayer... ¿Mario te dijo algo cuando yo me fui?

—¿Algo sobre qué?

Diana y Paula entran en el baño. Una junto a la otra se sitúan delante del espejo y se arreglan el pelo.

—Sobre... sus sentimientos.

Paula se gira hacia Diana y la mira a los ojos sorprendida.

—¿Hasta dónde sabes tú? ¿Qué te ha contado Mario?

—Bueno, no sé mucho. Solo que...

—Diana, ¿tú sabías que yo le gustaba a Mario?

—Sí —responde en voz baja, tras pensarlo un instante.

—¿Y por qué no me habías dicho nada? Somos amigas.

—Porque era un secreto. Y no era yo la indicada para contarte eso. Tenía que ser él quien te lo dijera.

Paula resopla, abre la llave del agua fría y se echa un poco en la cara. Diana lo sabía y debería habérselo contado todo.

—De todas formas, no entiendo por qué dejaste que creyéramos que eras tú la que le gustaba.

—Porque yo me enteré anteayer. Antes no sabía nada.

—¿El miércoles? Pero el miércoles fue cuando te fuiste de la casa de Mario llorando, ¿no? No tendrá esto relación con lo que te pasó...

Diana no responde y se encierra en uno de los baños individuales. Paula la sigue y la espera fuera, apoyada contra la pared.

—Te gusta Mario, ¿verdad, Diana?

Pero no hay ninguna respuesta desde el otro lado de la puerta.

Aquel momento no es sencillo para ninguna por el sufrimiento de ambas.

Paula, ante el silencio de su amiga, no insiste.

Un par de minutos después, Diana sale del baño. Está sonriendo, pero tiene los ojos completamente rojos.

—Di..., Diana.

Y aquella chica, que tan fuerte se había mostrado siempre delante de todos, se derrumba completamente ante su mejor amiga. Lágrimas que ya no ocultan un sentimiento que ha terminado por explotar.

Capítulo 98

Esa misma mañana, en otro lugar de la ciudad.

La columna sobre Katia para la página web ya está terminada. No está mal. Ángel la lee varias veces, cambia un par de palabras y corrige una que otra coma mal puesta. Hace entonces una nueva lectura, la última, porque lo que ha escrito sobre la cantante le gusta bastante. Satisfecho, llama a su jefe para que la lea antes de presionar el *enter* y que salga ya publicada en Internet.

Jaime Suárez acude rápidamente y lee con detenimiento.

—¡Muy bien! Está muy bien.

—Gracias, me alegro de que le guste.

—Es personal, diferente, también informativa y se nota que están enamorados el uno del otro.

El periodista cree que ha oído mal las últimas palabras de don Jaime.

—¿Perdone? ¿Ha dicho «enamorados»?

—Sí, hombre. Es una columna preciosa y se siente el amor que hay entre los dos. Al menos yo lo siento.

—No estamos enamorados. ¿Por qué dice eso? ¿En qué frase lo percibe?

Jaime Suárez mira a un lado y a otro para cerciorarse de que están solos. Luego se sienta en una silla con ruedecitas y se pone las manos en la nuca.

—Ángel, por si no lo recuerdas, sigo siendo periodista.

—Claro que lo recuerdo. Pero ¿qué tiene que ver eso?

El hombre está a gusto consigo mismo. Se siente triunfador, como el que acaba de encontrar una exclusiva: ¡la exclusiva!

—Verás: un periodista tiene que ser intuitivo...

—Lo sé, lo sé. Pero...

—Y perseguir una corazonada hasta descubrir si se trata de una realidad o de algo producto de su imaginación. Y reunir pruebas.

—Ya, pero no sé qué tiene que ver eso conmigo y con lo que ha dicho.

—Y además contar con dos factores fundamentales: la suerte y la lógica. Pueden parecer opuestos, pero ambos, en un momento dado, se complementan y juntos consiguen que se llegue a la noticia, al núcleo de la información.

—No entiendo nada de lo que me está diciendo.

Jaime Suárez sonríe.

—Yo te lo explico con hechos. Te voy a contar una historia. Hace una semana, cuando Katia vino a hacer la entrevista, ya noté cierto flirteo por su parte. Le gustaste desde el primer minuto.

—¿Cómo sabe eso? —pregunta el chico sorprendido.

—Soy un zorro viejo, Ángel. Conozco a las personas, su naturaleza. Además, te miraba de una manera especial. ¿No te diste cuenta?

—No, y no creo que eso fuera así.

—No intentes esconder la verdad conmigo, amigo mío. Pero continúo —el hombre echa la silla hacia atrás y coloca un pie sobre una de las mesas de redacción—: en ese instante, tuve una corazonada, una intuición, el presentimiento de que tú y ella comenzarían una relación.

Ángel se queda con la boca abierta y sigue escuchando las reflexiones de su jefe.

—Entonces empiezan a darse circunstancias que reafirman mi presentimiento. Ella te lleva en coche a no sé dónde el primer día, pide tu celular y luego te reclama para que asistas a su sesión de fotos. Además, creo que luego se fueron juntos, ¿no? Eso al menos me contó Héctor.

—Sí, así fue —responde Ángel.

—No sé qué pasaría esa noche ni quiero saberlo, claro. Es asunto suyo. Pero, y aquí entra en juego la lógica, sería normal que entre una chica joven y preciosa como ella y un chico también joven y guapo como tú pudiera pasar algo. Si se van solos, de noche y en el coche de ella, las posibilidades aumentan.

—Pues no pasó nada —miente.

El hombre sonríe pícaro. No lo cree, pero no va a contradecirle.

—Vale, no pasó nada. Pero es normal que dos chicos guapos, jóvenes y sin compromiso conocido se gusten y comiencen una historia entre ellos. ¿Es lógico o no es lógico?

—Simplemente, es una posibilidad.

—Da igual, llámalo como quieras —protesta don Jaime—. Sigo atando cabos: el día que Katia tiene el accidente, da la casualidad de que tú estás en el lugar de los hechos sin que te avise nadie para que cubras la noticia.

—Había muchos periodistas allí.

—Sí, es cierto, pero ninguno dispuso de las informaciones que tú obtuviste. Es más, diría que hasta llegaste a ver a Katia en su habitación, ¿me equivoco?

El chico no responde. Se limita a escuchar lo que Jaime Suárez sigue diciendo.

—No, no me equivoco. Y, por si fuera poco, el miércoles Katia aparece en la redacción de la revista porque habías quedado de verla para tomar café.

—Nos hemos hecho amigos. Es verdad.

—¿Amigos? ¡Amigos íntimos!

Jaime Suárez se pone de pie y suelta una carcajada. Ángel lo observa. Camina de un lado para otro con las manos en la espalda.

—Ayer —continúa relatando el director de la revista— alguien vio a Katia entrando en un edificio. Iba acompañada de un chico guapo, alto, bien vestido, que se parecía mucho a ti. ¿Eras tú?

Ángel duda si responder la verdad. Pero si aquel hombre está diciendo todo aquello es porque tiene pruebas convincentes. Así que mentir no es una buena solución.

—Sí, era yo.

—Menos mal que lo reconoces, porque ese alguien que los vio era mi mujer.

—¡Carajo! ¿Su mujer nos vio?

—¡Sí! Por eso te he dicho antes que también en la noticia intervienen la suerte, el destino, las casualidades. Mi mujer confirmó mi corazonada y aportó la prueba definitiva: la que demuestra que tú y esa chica tienen una relación.

Ángel se mantiene en silencio un instante.

Mientras su jefe continúa hablando, él busca algo entre sus cosas.

—Pero no te preocupes, yo no diré nada. Y la revista no publicará nada sobre su relación. Eso sí, si la prensa del corazón se hace eco de que... Ángel, ¿qué haces?

El periodista abre la carátula del CD que estaba buscando y mete el disco en su computadora.

—Escuche —le indica a Jaime Suárez.

Es el tema de Katia, cantado por ella misma. Suena algo diferente a la canción original, pero Jaime no entiende por qué Ángel quiere que oiga *Ilusionas mi corazón*. Sin embargo, en unos segundos, lo descubre. La letra no es la misma: los protagonistas de la canción se llaman Ángel y Paula.

—Pero ¿qué significa esto?

—Veo que lo ha notado.

—¿Ese Ángel eres tú?

—Sí. Y Paula es mi novia. Mañana es su cumpleaños y le pedí a Katia que me hiciera este favor. Es una gran fan suya y que le dedique esta canción significará mucho para ella. En el edificio donde su mujer nos vio entrar hay un estudio de grabación, donde ayer nos pasamos toda la tarde grabando esta versión especial de *Ilusionas mi corazón*.

Jaime Suárez no recuerda ninguna ocasión en la que errara de esa manera. ¡Menos mal que ha sido con uno de sus chicos!

—Lo siento, Ángel. Estoy avergonzado.

—No se preocupe. Entiendo que todas las pruebas conducían a deducir que Katia y yo tenemos una historia, lo que demuestra que ni aunque la intuición, la lógica y la suerte se junten eso garantiza que el periodismo sea una ciencia exacta.

Después de esa última frase, el periodista vuelve a guardar el CD en su carátula. Sonríe a su jefe y presiona el *enter* para que la columna de opinión sobre Katia aparezca en la página web de la revista.

Esa mañana de marzo, en un lugar de la ciudad.

Álex no va esa mañana al centro. En casa, prepara la clase de esta tarde con Agustín Mendizábal y sus amigos. Menos mal que hoy es viernes y la tiene una hora antes. También intenta escribir un nuevo capítulo de *Tras la pared* a pesar de no encontrarse muy inspirado. De vez en cuando se atasca y, al repasar cada párrafo, todos le parecen iguales. Y entonces se culpa de su torpeza y de su falta de talento.

Constantemente mira el celular y siente la tentación de llamar a Paula. La última conversación de anoche le hizo pensar. Tal vez la esté agobiando demasiado. No quiere que eso pase, pero le cuesta controlarse. A veces sus sentimientos lo desbordan y la necesita. Necesita saber de ella, oír cómo se ríe. A pesar de que se conocen desde hace poco tiempo, y no se han visto demasiado, se ha enamorado como nunca antes lo había hecho.

Pero ella tiene novio, y ese es un gran inconveniente, o más bien una tortura, y lo que hace que en ocasiones se entristezca y lo dé todo por perdido. Imaginar que la chica a la que quieres está en los brazos de otro y que la besa y la abraza resulta desolador.

Quizá en estos momentos esté con él, haciendo quién sabe qué.

Álex suspira. Sí, realmente vivir así es una tortura.

Tiene ganas de subir a la azotea de su casa y tocar el saxofón para desahogarse, pero llueve otra vez. Así que se debe conformar con mirar por la ventana de su habitación y tocar sentado en la cama.

La música del saxo invade toda la casa recorriendo cada rincón con su triste melodía.

Capítulo 99

Esa mañana de marzo, en un lugar de la ciudad.

Un nuevo viernes que se termina, al menos para los alumnos del instituto. Se acaban las clases hasta el lunes, ocasión de festejos y celebraciones, aunque no muchos. La semana que viene es la última del segundo trimestre y está llena de exámenes que determinarán las calificaciones finales.

Las cuatro Sugus caminan juntas por los pasillos del edificio hacia la salida.

Miriam y Cris llevan discutiendo todo el día sobre los motivos de Mario para no ir al examen. ¿Fingió que estaba enfermo o no? Su hermana se reafirma una y otra vez en que sí, pero Cristina opina que Mario no es capaz de algo así porque, además, es el mejor en la clase de Matemáticas y, si se hubiera presentado al examen, lo habría aprobado sin dificultad; no necesita mentir y decir que se ha puesto malo. Paula y Diana se mantienen al margen. Prefieren no expresar su opinión, aunque ambas creen comprender las razones por las que el chico no ha aparecido.

Desde que terminó el examen de Matemáticas, Paula y Diana están más unidas que nunca: son más amigas, se conocen un poco más. Por primera vez, Diana se ha abierto. Ha sacado sus sentimientos al exterior y Paula estaba allí para tenderle su mano. Aunque ella es la tercera implicada de ese extraño triángulo amoroso, siente la necesidad de estar al lado de su amiga. En el cuarto de baño hablaron. Diana se desahogó y soltó todo lo que su corazón escondía. Paula la escuchó durante esa hora en la que faltaron a clase de Tutoría. Nunca había visto a su amiga llorar de esa manera. Desconsolada, repetía que no sabía qué le estaba pasando, no entendía cómo había podido llegar a eso por amor, o lo que ella creía que era amor. Su primer amor.

Un beso en la frente de Paula a Diana selló su apoyo incondicional hacia su amiga, fueran cuales fueran los próximos acontecimientos.

—Bueno, entonces quedamos a las ocho en mi casa —apunta Miriam, que ya se ha olvidado por completo del examen de Matemáticas—. Las Sugus tenemos que celebrar tu cumpleaños a lo grande.

—Vale. Vale. Llevaré helado y comeremos pizza —comenta Paula.

Aunque sea en casa de Miriam y con Mario cerca, en otra habitación, le vendrá bien olvidarse de todo al lado de sus amigas. Y a Diana también.

—La pasaremos bien. Mis padres no están y podremos destramparnos un poco. ¿Contratamos un *stripper*?

—Estás loca, Miriam —comenta Cris, negando con la cabeza, aunque con una amplia sonrisa.

—Hey, ¿qué pasa? ¿A ti no te gustaría ver a un chico de esos bailando para nosotras solas?

—¡No! ¡Qué vergüenza!

—Ya, ya, vergüenza... Tú eres tímida y vergonzosa hasta que dejas de serlo. ¿O ya no recuerdas qué pasó hace un mes cuando te enredaste con aquel ciego de Malibú?

—Pues no, no me acuerdo, lista.

—¿Te refresco la memoria?

—Déjalo, anda.

Diana y Paula observan en silencio la divertida discusión de sus amigas. Sonríen. Están más relajadas. Aunque saben que las cosas pueden cambiar pronto, ellas permanecerán unidas. Las cuatro comparten una forma parecida de vivir la vida. Son diferentes, pero su espíritu es muy similar, un espíritu libre, una misma esencia. Se divierten juntas, se entienden bien y, envidias de esas que llaman sanas aparte, se respetan. Pero sobre todo se quieren, ese es el gran secreto de las Sugus: se quieren mucho.

—Vale, pues sin *stripper*. Ya inventaremos algo.

—Podemos jugar un Trivial —comenta Cristina.

—Sí, o un parchís, ¡no la friegues! Para un día que me dejan sola en casa, nos vamos a poner a jugar al Trivial.

—Eso lo dices porque siempre pierdes.

—Eso lo digo porque... ¡Bah, no me hables!

Las Sugus llegan a la puerta del instituto entre gritos y risas. Llueve desde hace un rato con mayor intensidad.

—A las ocho, en mi casa. ¡Sean puntuales! —exclama Miriam, que sale a la calle abriendo su paraguas—. ¿Vienes, Diana?

—Sí, espérame.

Se despide primero de Cristina, a la que guiña un ojo, y luego de Paula, a quien da un beso en la mejilla.

—Esta noche nos vemos. Y gracias por todo.

Paula sonríe y contempla cómo su amiga corre hasta Miriam y se refugia bajo su paraguas. Es una gran chica y le da mucha pena que lo esté pasando tan mal. Solo espera que todo se arregle y que las cosas vuelvan a la normalidad.

Ya lejos, Miriam y Diana dialogan.

—¿Crees que se ha enterado de algo?

—No, no sospecha nada.

—Lo del *stripper* ha estado bien, ¿verdad?

—No te habrías atrevido a contratar uno.

—¿Que no?

—No.

—Pues tienes razón. Pero seguro que no necesitamos un *stripper* para que el cumpleaños de Paula sea un éxito.

—Seguro.

—¿Tienes ya los condones?

—No. Esta tarde iré por ellos.

—Bien. Yo ya tengo reservada la habitación del hotel.

Diana sonríe. Recuerda su primera vez. No fue como había imaginado: lo hizo mal, deprisa y con quien no debía, pero aun así fue especial. Y seguro que para Paula también lo será. Se lo merece.

Capítulo 100

Esa tarde de marzo, en un lugar de la ciudad.

Han pasado la mañana juntas. Más tarde han dado un paseo por la montaña, sin nadie que las moleste, sin horarios, sin celulares y sin fans. Ni la lluvia ha podido con ellas. Finalmente, han regresado a casa cansadas y empapadas, pero con sensaciones renovadas y muy positivas.

Son más de las seis y media de la tarde y acaban de terminar de comer. Katia sirve una copa a Alexia, un ron con Coca-Cola, y se sienta en el sillón de al lado. La cantante ha invitado a su hermana a comer para agradecerle el gran día que han compartido y que le haya prestado el coche durante toda la semana. El mecánico llamó por la mañana para confirmarle que, a partir del lunes, ya tendrá de nuevo a su disposición el Audi rosa.

—Hacía tiempo que no pasábamos un día tan bueno juntas. ¿Desde cuándo tú y yo no comíamos así? Las dos solas y tranquilas. Por cierto, ha sido un detalle que me hayas invitado, aunque hayas encargado los platos al restaurante chino —dice la hermana mayor bromeando, mientras echa el refresco en el vaso.

—Es que hacer la comida no es lo mío, ya lo sabes.

—Lo sé. De todas maneras, los tallarines con bambú estaban muy buenos.

—Y el pato a la naranja también.

—Tenemos que repetir más a menudo días como el de hoy. Pero con tu agenda tan apretada...

—Lo siento —se disculpa Katia con sinceridad.

—No te preocupes, lo entiendo. Sé que es difícil que encuentres tiempo libre para otras cosas.

—Sí. He estado tan ocupada durante estos meses que apenas me ha quedado tiempo para nada...

Katia se da cuenta de lo olvidado que ha tenido todo lo que hacía antes de convertirse en una celebridad.

—No debe de resultar sencillo ser una cantante tan famosa y pararte a mirar dónde estás.

—Sí. Pero esta semana de descanso me ha venido muy bien para pensar.

—¿Sí? ¿Y qué has pensado?

La chica del pelo rosa cruza las piernas y se pone una mano en la barbilla.

—Algunas cosas.

—¿Como qué?

—Por ejemplo, que uno no dirige su propia vida, sino que es ella la que te dirige a ti.

—Qué profunda. ¿Y por qué dices eso?

—Por varias razones. Por ejemplo, el accidente de coche. Podría haber muerto sin previo aviso.

—No te pongas dramática. Afortunadamente, solo fue un susto.

—Sí, pero es una circunstancia que se te escapa. Tú no puedes prevenir que algo así te vaya a suceder, son situaciones que la vida te tiene preparadas y que es imposible descifrar. En un segundo todo puede variar.

—Puede ser.

—Otro ejemplo: un día cualquiera conoces a alguien que piensas que es para ti, pero él no cree lo mismo. Tú intentas dirigir tu vida, que esa persona forme parte de ella, y, sin embargo, resulta que forma parte de otra vida: no es lo que tú quieras que sea.

Alexia arquea las cejas y se frota el mentón.

—Pero, en ese caso, no es la vida quien te dirige y toma decisiones. Es otra persona, como tú y como yo, la que lo hace. No es un ejemplo válido.

—Sí que lo es. Es el destino, la vida misma, quien guía a la otra persona. Porque su vida actual ya está condicionada por lo que le ha pasado antes o por lo que él está viviendo ahora. La vida lo dirige a él y, de rebote, me dirige a mí.

La hermana mayor bebe y reflexiona unos segundos.

—Resumiendo: que Ángel sigue sin hacerte caso —comenta mientras deja el ron con Coca-Cola en la mesita.

—Me quiere solo como amiga —responde Katia, sincerándose.

—Tanta filosofía para llegar a una conclusión tan simple y sencilla. Te pasas, hermanita.

—Soy así de tonta.

—Tú no eres tonta, eres muy lista. Mira hasta dónde has llegado.

—Cosas de la vida.

—¿Otra vez con eso? Katia, te voy a ser sincera: tienes las armas y la inteligencia suficientes para conseguir a quien quieras, pero te pasa una cosa. Eres muy legal, demasiado legal, y el amor es como una batalla. Hay un objetivo por el que debes luchar y rivales a los que tienes que derrotar. Y, para eso, vale todo.

—Estás exagerando, Alexia. No es una guerra, no es una cuestión de vida o muerte.

—¿No? ¿Estás segura?

Katia suspira y descruza las piernas, echándose hacia atrás en el sillón en el que está sentada.

—Yo no estoy segura ya de nada, hermana.

Alexia saca de su bolso un paquete de Marlboro y enciende un cigarro.

—Tienes una rival, ¿no? La novia de Ángel, una niña que tal vez ni siquiera sabe lo que quiere y que se ha encaprichado del periodista. ¿Crees que es para toda la vida?

—No lo sé.

—Pues ya te lo digo yo: no. Esa relación durará semanas o meses. Con un poco de suerte, igual llegan al año. Y después, ¿qué? También te lo digo yo: él querrá o dirá que quiere a otra; y ella, lo mismo.

—Eso lo sé. Es normal que, si lo de Paula y Ángel no funciona, los dos rehagan su vida con otras personas.

—¿Y entonces? —pregunta Alexia sacudiendo las cenizas del cigarro en un cenicero de cristal.

—Entonces, ¿qué?

—¿Tú crees que no se puede pelear por un chico de veintidós años que acaba de empezar a salir con una niña de bachillerato? ¡Por Dios, Katia! Millones de relaciones como esa comienzan y acaban todos los días. Son historias inconcretas, historias que viven del momento y en las que, por mucho futuro que crean que tienen juntos, nunca se aspira a más que a seguir soportándose la semana siguiente.

—Pero están enamorados.

—¿Enamorados? ¡Por favor!

Katia, desmoralizada, se tumba en el sillón.

—Estoy desesperada. No me lo quito de la cabeza. Ayer pasé la tarde con él y fue genial. Pero él no pensaba en mí, sino todo el tiempo en ella. Intentaba olvidarme de eso, de que hay otra, y quería disfrutar de mi momento. Pero fue imposible.

Alexia apaga el cigarro. Se levanta y se sienta en el sillón en el que está tumbada su hermana. Dulcemente, le acaricia el pelo y le da un beso.

—Debes pelear por ese chico, Katia.

—No tengo nada que hacer con Ángel. No me quiere a mí.

—¿Le has dicho lo que sientes por él?

—No, pero se lo debe de imaginar. Tonto no es, precisamente.

—¿Nunca le has confesado que lo quieres?

—No.

—Pues debes hacerlo. Y ya.

—¿Cómo voy a hacer eso, Alexia?

—Muy fácil: vas y se lo dices.

—¿Que vaya adónde?

—Adonde sea, hermana: a su casa, a la revista, al fin del mundo... Tú misma eres la prueba de que quien quiere algo debe luchar por conseguirlo. Saliste de la nada y saltaste al mundo de la música abriéndote paso tú sola. Hoy eres la cantante que vende más discos en este país.

Katia resopla. Su hermana le agarra una mano y se la aprieta.

—Alexia, no es lo mismo.

—No. Conseguir a Ángel es más sencillo, porque es convencer a una persona; vender discos es convencer a muchas.

La chica suelta la mano de Alexia y se sienta otra vez en el sillón.

—Lo ves muy fácil y seguramente sea lo más difícil con lo que me haya encontrado hasta ahora.

—No he dicho que sea fácil. He dicho que es más fácil que Ángel se enamore de ti que conseguir todo lo que has conseguido.

—Tú, entonces, ¿qué sugieres? ¿Que vaya a su casa y le

diga que estoy enamorada, que no puedo vivir sin él y que deje a su novia por mí?

Alexia sonríe.

—Con otras palabras, pero sí. Te sugiero exactamente eso.

—No puedo hacer eso.

—Sí puedes. El no ya lo tienes. Solo puedes ganar.

—Puedo perder su amistad.

—Hermana, no se puede ser amiga de la persona de quien estás perdidamente enamorada. Es una ley no escrita y que muchos intentan disfrazar, pero eso no es una amistad sincera.

La chica comprende lo que su hermana le está diciendo. Tiene razón: si quieres a alguien e intentas ser su amigo, tarde o temprano explotará lo que llevas dentro. Buscarás más de esa persona, porque no estás a su lado simplemente porque te cae bien o se compenetran bien, sino por el amor que sientes hacia él o ella y por la esperanza de que algún día se dé cuenta de que eres el chico o la chica de su vida.

—Katia, ve con él ahora mismo y dile que lo quieres.

—Pero...

—Hazlo. O algún día te arrepentirás de no haberlo hecho.

La cantante suspira y cierra los ojos. Luego los abre de nuevo y mira a su hermana con emoción.

—Tienes razón. Gracias.

Se levanta del sillón y, con las llaves del coche de Alexia en la mano, sale de su piso decidida a intentarlo por última vez.

Capítulo 101

Esa tarde de un día de marzo, en un lugar de la ciudad.

Le resulta increíble ponerse nerviosa en momentos como ese, pero le sucede. A Diana le da vergüenza comprar la caja de preservativos para Paula y Ángel. Pese a su experiencia sexual, solo es la segunda vez que lo hace, y la primera fue en una gasolinera, fuera de la ciudad, adonde la llevó un motorista mayor de edad. Siempre había convencido al chico de turno con el que mantenía relaciones para que se encargara él de ese tema. Por si fuera poco, la farmacia está llena de gente. Solo espera que no la vea ningún conocido.

Hay dos personas detrás del mostrador: una farmacéutica muy joven, que seguramente es una becaria en prácticas, y un chico de unos treinta años, bastante atractivo. Uf. ¿Qué pensará de ella cuando le oiga pedir la caja de condones? Posiblemente, nada. Estará acostumbrado a que todos los días adolescentes, incluso más jóvenes, compren anticonceptivos. Pero, aun así, preferiría que la atendiese ella.

Da una vuelta más por el establecimiento. Agarra una caja de aspirinas y un paquete de caramelos de menta. A continuación, se acerca a la zona donde están los preservativos. ¿Cuál elige? ¿De sabores? No, para la primera vez es mejor algo clásico. Paquete de doce de Durex.

La farmacia se va vaciando de gente. Quedan solo dos ancianitas que conversan amigablemente con el farmacéutico, al que cuentan una por una todas sus dolencias. La otra chica no atiende a nadie en esos instantes. Es el momento de ir a pagar.

Diana se da prisa para terminar con aquello cuanto antes. Pone las aspirinas, los caramelos y los condones sobre el mostrador y saluda con una sonrisa forzada a la becaria. La chica le responde con otra sonrisa y comienza a pasar los códigos de barras por la máquina. Primero las aspirinas, luego los caramelos y finalmente los preservativos. Sin embargo, hay un problema con estos últimos. La máquina no los reconoce. Lo intenta varias veces sin éxito.

—Perdona que te interrumpa, Juan —le dice finalmente a su compañero—. ¿Puedes venir un segundo? La máquina no me reconoce los preservativos que esta chica ha comprado.

El farmacéutico se acerca hasta ellas y revisa la caja.

—Con estos suele pasar a menudo —dice mientras teclea a mano el código de barras de los condones—. Ya está.

Juan, el farmacéutico, mira sonriente a Diana, aunque no es el único que la observa: las dos ancianas la examinan de arriba abajo y murmuran algo. Por la expresión de sus caras, no parece que sea nada bueno. Diana, roja como un tomate, da las gracias a Juan y paga. Toma la bolsita llena con lo que ha comprado, se despide de las dos personas que la han atendido y sale lo más rápido posible de la farmacia.

Y es que, por mucha experiencia que se tenga, hay cosas que siempre imponen. Sobre todo si hay un chico guapo implicado.

Esa tarde de marzo, en otro lugar de la ciudad.

Se ha pasado toda la tarde durmiendo y tiene que reconocer que le ha sentado de maravilla. Le ha servido para recuperar fuerzas y para dejar descansar su agotada mente. Tantos líos y emociones en los últimos días le han provocado un cansancio físico y mental más propio de un corredor de bolsa que de una estudiante de bachillerato.

Paula se mira en el espejo. Son sus últimas horas con dieciséis años, pero se sigue viendo muy niña.

—Toc, toc.

Erica hace con la boca el ruido de llamar a la puerta, que su hermana tiene abierta. Pero ella es muy educada.

—Pasa, princesa.

La pequeña entra corriendo en el dormitorio de Paula y se lanza sobre ella. Su hermana la levanta en brazos y recibe muchos besos pequeñitos por toda la cara.

—¿Y este entusiasmo a qué se debe?

—¿Qué? —Erica no entiende lo que le dice.

—Que por qué me das tantos besos...

—Porque es tu cumpleaños.

Paula baja a su hermana al suelo. Pesa. Ya casi no puede con ella.

—Pero todavía no es mi cumple, cariño. Quedan unas horas. Mira, cuando el reloj tenga las dos agujas en el doce, será mi cumpleaños. ¿Sabes cuál es el doce?

—El que tiene el uno y el dos juntos.

—Muy bien. Ese es. Qué lista eres.

—Pero mamá me ha dicho que te vas a dormir fuera. Y no me gusta. ¿Por qué no te quedas conmigo?

La niña se pone triste. En realidad, lo que verdaderamente le preocupa es que no vaya a haber pastel. Si su hermana no celebra el cumpleaños en casa, no habrá pastel.

Paula no sospecha las razones por las que a Erica le

afecta tanto que vaya a pasar la noche en casa de Miriam. Vuelve a levantar a su hermana en brazos y la besa en la mejilla.

—Pero si vuelvo mañana. Y entonces lo celebraremos los cuatro: papá, mamá, tú y yo. ¿De acuerdo?

—¿Pero habrá pastel?

—No lo sé, princesa. Eso es cosa de mamá.

—Ah.

Erica entonces descubre que se ha equivocado de persona. Salta al suelo de nuevo y le da un último beso a su hermana antes de salir corriendo hacia la cocina, donde está su madre.

Paula sonríe. Vuelve a mirarse en el espejo. No, ya no es una niña.

Se termina de arreglar, agarra la mochila de las Chicas Superpoderosas en la que lleva la piyama y baja para despedirse de sus padres. Está feliz, segura de que va a ser una noche muy entretenida.

Entra en la cocina, donde su madre y su padre conversan. También está allí la pequeña Erica, que casi no puede respirar de la emoción. ¿Qué le pasa?

—¡Nos vamos a ver a Mickey! —exclama la pequeña, fuera de sí.

La chica no comprende nada. ¿Qué se ha perdido?

—Paula, como no sabemos a qué hora llegarás mañana y a qué hora te volverás a ir después —empieza a decir Mercedes—, hemos decidido tu padre y yo darte ya tu regalo de cumpleaños.

—Aunque últimamente no te lo has merecido demasiado —añade Paco, que saca un sobre que tenía escondido detrás de la espalda y se lo entrega a su hija.

Paula lo agarra y lo abre nerviosa. Por los gritos de Erica, intuye lo que es.

—Es más bien un regalo para todos. Pero sé que a ti te daba ilusión desde hace mucho tiempo —comenta su madre mientras la chica trata de abrir el sobre sin romperlo demasiado.

Por fin, Paula lo consigue. Del interior del sobre saca cuatro boletos para Disneyland París. Sonríe tímidamente. Era su sueño de pequeña. Ahora, con casi diecisiete años, no es lo mismo, pero le sigue haciendo ilusión.

—Bueno, ¿te gusta? ¿No dices nada? —pregunta Mercedes expectante.

—Gracias. Me encanta.

Abraza y besa a su madre y luego hace lo propio con su padre.

—¡Voy a ver a Mickey! ¡Voy a ver a Mickey! —continúa gritando Erica, dando saltos de alegría. Es su personaje de Disney favorito.

Lo que nadie sospecha en ese momento es la importancia que Mickey Mouse va a tener en la vida de Paula a medio y largo plazo.

Capítulo 102

Esa tarde de marzo, en un lugar de la ciudad.

Final de la clase. Álex lo recoge todo rápido para poder irse cuanto antes. Tiene mucha prisa. Los ancianos se van despidiendo uno a uno de él. Sin embargo, una voz conocida y distinta sobresale de entre las demás. Es una voz femenina.

—Hola, Álex. ¿Cómo estás?

Irene está tan impresionante como siempre, guapísima, con los ojos perfectamente maquillados y los labios increíblemente carnosos. Va más tapada que de costumbre, con un suéter azul marino de cuello alto y un pantalón negro ceñido, pero su silueta sigue siendo imponente.

—Hola, Irene.

—He venido a recoger a Agustín. ¿Lo has visto?

—Sí. Ha ido al baño, enseguida vuelve.

La chica se queda en silencio mientras Álex continúa ordenando la sala.

—Oye, he estado pensando y creo que te debo una disculpa —dice la chica, cuyo tono al hablar es diferente al habitual, más serio y sobrio.

Álex deja de recoger las cosas y escucha atentamente lo que su hermanastra tiene que contarle.

—Dime.

—Verás, no soy muy buena en esto porque no estoy acostumbrada a pedirle perdón a nadie. Pero, después de estar toda la noche pensando en lo que hice y en cómo me comporté, me siento obligada a disculparme contigo.

—Te pasaste bastante esta vez.

—Lo sé. Y entiendo que me odies.

—Bueno, no te odio. Eres mi hermanastra al fin y al cabo. No tenemos la misma sangre, pero continuamos siendo familia.

—Sí. Entonces ¿me perdonas?

—Me costará un tiempo olvidarme de lo que has hecho, pero te perdono.

La chica sonríe débilmente y da un abrazo a su hermanastro, que se ruboriza al sentir el voluminoso pecho de Irene pegado al suyo.

—Me alegro de haberlo arreglado un poco.

—Y yo. No me gusta estar enfrentado con nadie.

El señor Mendizábal aparece por fin. Se está subiendo la bragueta del pantalón y tose ostensiblemente.

—¡Ah! ¡Has venido por mí! ¡Es que eres la mejor! —exclama cuando ve a la chica.

A Irene le cambia el rostro. Sigue sin soportar a aquel hombre, pero no le queda más remedio que vivir con él estos tres meses que dura el curso de liderazgo. Mejor rodearse de comodidades como las que aquel tipo le ofrece que estar sin ningún sitio a donde ir, aunque sea aguantando las estupideces de aquel viejo rabo verde.

—Espero que me readmitas pronto en tu casa o asesinaré a este viejo —le susurra al oído a Álex mientras abre la puerta de salida.

—Si veo progresos en ti, podrás volver en unas semanas.

Irene resopla y, tras despedirse de su hermanastro con dos besos, acompaña a Agustín Mendizábal hasta su coche.

Álex sonríe. Parece otra. Y, aunque no cree que Irene haya cambiado de un día para otro, no está mal que le haya pedido perdón por todo lo que ha hecho.

Esa tarde de marzo, en ese mismo instante, en otro lugar de la ciudad.

Hay bastante tráfico, más del que esperaba. Además, la lluvia lo complica todo. Pero eso ahora no importa. A Katia lo único que le preocupa es encontrar a Ángel y decirle todo lo que siente por él. Conduce hacia su casa.

En la radio del coche de Alexia suena *Bring me to life*, de Evanescence.

Pasa un semáforo en naranja, pisa el acelerador, cambia de carril y adelanta a un Seat Ibiza blanco que ya estaba deteniéndose.

Está nerviosa. ¿Qué le va a decir exactamente? Nunca se ha declarado a nadie, siempre se le han declarado a ella. Y, por cierto, ninguna de esas ocasiones la recuerda como un modelo a seguir.

¿Debe sonar desesperada? No, esa no es una buena forma de decirle a alguien que le quieres. ¿Triste? No, eso es ser victimista y quizá lo único que lograría sería dar pena. ¿Tal vez lanzada? ¿Y si se tira a sus brazos? Tampoco es una buena idea. Ya pasó en una oportunidad, cuando Ángel se emborrachó, y todo terminó mal. ¿Entonces? Quizá lo mejor sea comportarse tal y como ella es: hacer y decir lo que le venga en ese momento a la cabeza, lo que le pida el cuerpo, con naturalidad, improvisando. Sí, ese es el mejor plan.

Katia llega a la calle en la que vive Ángel. No sabe si estará en casa o en otra parte. A lo mejor sigue en la redacción de la revista.

Se estaciona y, cuando se va a bajar, su celular personal suena. Es Mauricio Torres.

—Dime —contesta

—Katia, ¿dónde estás? —pregunta el hombre, al que nota por la voz que está preocupado.

—En el coche. ¿Por?

—¿Vienes ya hacia aquí?

—¿Cómo?

—¿Que si ya estás viniendo para la sala donde tienes la presentación esta noche?

«¡Carajo! ¡Es verdad...!». Se le había olvidado por completo.

—No. Aún no. Estoy haciendo... unas compras. ¿A qué hora tenía que estar ahí?

—A las diez en punto te quiero aquí. Recuerda que hicimos un trato.

La cantante mira el reloj del coche. Justo en ese momento son las siete y media. Hay tiempo.

—No te preocupes, ahí estaré. Es muy pronto todavía.

Mientras responde, Ángel sale de su edificio y se mete en un taxi.

—Bueno, te llamaba para recordártelo. Más te vale estar, porque si no...

—Mauricio, luego hablamos, ahora te tengo que dejar. Un beso.

—Katia, ¿pero qué...?

La chica apaga el teléfono y pone en marcha el motor del coche. ¡Es Ángel! Pero ¿adónde irá? No va a tener más remedio que seguirlo. Aunque, con el tráfico que hay y la lluvia que está cayendo, no será nada sencillo.

Ya es de noche, ese día de marzo, en un lugar de la ciudad.

Mario escucha cómo la puerta de su casa se abre y se cierra constantemente. El timbre ha sonado unas diez o quince veces. No comprende nada. Se oye como si hubiera un grupo de gente abajo. Sin embargo, no tiene ningún interés en averiguarlo. Es posible que en ese ruido tenga que ver Paula y, ahora mismo, no tiene ganas de verla. Prefiere seguir en su cama acostado. Van a ser unos días difíciles. Tiene que olvidarse de ella de una vez por todas.

—¡Mario, sal! —grita su hermana desde el pasillo—. ¿O es que te vas a quedar ahí dentro toda la noche?

—Déjame. Estoy durmiendo.

—¡Ándale! Paula está a punto de venir.

Confirmado. Ella no está, pero estará. Seguro que han montado una de esas piyamadas en las que las chicas hablan de sus cosas, especialmente de hombres.

—Luego salgo —miente.

Se pone los audífonos del MP4 a todo volumen y se tapa la cabeza con la almohada.

Sabe que esa actitud no es la más adecuada, que se está comportando como un niño, pero no tiene la intención de seguir pasándola mal. Al menos, no hoy.

—Mario, sal de tu cuarto, que estamos todos abajo ya.

Ahora no es Miriam la que habla, sino Diana. Todavía no se ha cruzado con él ni se han visto en ese día. Cuando ha llegado, el chico estaba ya encerrado en su habitación y no quiso molestarlo. Ahora Mario no la puede oír. Solo escucha la música de U2 con el sonido al máximo en su reproductor.

Capítulo 103

Ocho de la tarde de ese día de marzo, en un lugar de la ciudad.

Espera que el helado de nueces de macadamia no se haya derretido.

Paula ya está en el conjunto en el que viven Miriam y Mario. Antes ella también tenía su casa allí. Luego, su familia se mudó a otra zona de la ciudad, pero ella siguió conservando a muchos de los amigos de siempre y luchó por permanecer en la misma escuela y, después, por ir al mismo bachillerato que ellos. Sus mejores recuerdos son de allí y le encanta volver de vez en cuando y echar la vista atrás. Nada parece que haya cambiado en todos esos años. Sí, hay un supermercado nuevo, más tiendas y hasta van a abrir un centro comercial, pero la apariencia continúa siendo la misma.

La chica camina deprisa bajo la lluvia. En el trayecto en autobús ha pensado mucho en su situación actual, en la última semana de su vida. Hace ocho días todo era distinto: a Ángel solo lo conocía por Internet, Álex no existía y Mario era un amigo de la infancia. Ahora tiene a tres chicos enamorados de ella, está a punto de perder la virginidad y en una semana se irá a Disneyland París. ¡Increíble! ¿Llegará un momento en el que las novedades se detengan y logre una mínima estabilidad? Eso espera, porque su resistencia física y mental se encuentra al borde del abismo.

Ya está frente a la puerta de los Parra. Las luces de la casa están encendidas. Llama al timbre y espera. Nadie abre. Estarán en la cocina. Llama una segunda vez y escucha unos pasos que se acercan y que luego se alejan. Paula no comprende qué pasa. Insiste llamando en una tercera ocasión. Pasan unos segundos y, por fin, Miriam le abre la puerta.

—¡Hola! —grita y se adelanta a darle dos besos.

—Hola. Ya empezaba a pensar que no querían que entrara.

—Qué cosas tienes...

Diana y Cris aparecen también para recibir a su amiga. Esta las observa con curiosidad. ¿No van demasiado arregladas? ¡Si hasta se han pintado como si fueran a salir de fiesta!

—Ah, ya están todas aquí. ¡Qué guapas! Si lo llego a saber, me habría arreglado un poco más.

Las chicas besan a su amiga. Cristina agarra el helado y lo lleva a la cocina mientras Paula se quita el abrigo y busca un sitio donde dejar el paraguas.

—Estás perfecta, muy guapa, como siempre —dice Diana, que parece que se encuentra mejor que esta mañana.

—¡Qué va! Ustedes sí que están bien. Pero me podían haber avisado que se iban a vestir así para no desentonar tanto.

—Qué tonta estás. Si pareces una modelo —comenta Miriam, que está además pendiente de otras cosas.

Aunque Paula no se ha maquillado tanto como sus amigas ni se ha vestido para la ocasión, luce como si lo hubiera hecho. Lleva un suéter rosa oscuro, con pequeños filitos rojos, y un pantalón blanco de mezclilla muy ajustado. Se ha puesto, además, unos pendientes de aros y se ha planchado el pelo.

—Ya, «una modelo» —dice—. ¿Y ustedes, qué?

—Nosotras nada. Por mucho que queramos, nunca seremos como tú —responde la mayor de las Sugus, que con la mirada le indica algo a Diana.

—Qué exagerada eres.

Entre piropos y sonrisas, las chicas caminan hasta la puerta de la sala. Cristina sale de la cocina y se reúne con ellas. Abren la puerta. Todo está oscuro. No se ve nada en aquella habitación. Paula nota que una de sus amigas la empuja ligeramente por detrás. Entonces se encienden las luces y...

—¡Sorpresa! ¡Felicidades!

Un gran grupo de chicos comienza a cantar el *Happy birthday* ante la sorpresa de Paula, que se ha quedado boquiabierta. Uno a uno se van acercando para besar a la protagonista. Allí están antiguos amigos de la urbanización, compañeros de clase e incluso algunos de los de segundo de bachillerato que solo conoce de vista. Todos se aproximan y la felicitan cariñosamente. Las tres últimas en hacerlo son las Sugus.

—Pero si esto era mañana, ¿no? —pregunta Paula, que aún está recuperándose de la impresión de ver a todos aquellos chicos allí.

—Sí, pero mis padres, al final, se iban hoy y queríamos darte una sorpresa de verdad. Y creo que lo hemos conseguido, ¿no?

La música comienza a sonar y los invitados hambrientos comienzan a dar buena cuenta de los bocadillos, bebidas y canapés que las Sugus han preparado durante toda la tarde.

—¡Sí! ¡No me lo esperaba para nada! Gracias, chicas: son las mejores.

Las cuatro se abrazan y hasta se les escapa alguna lagrimilla. Luego Miriam saca algo de su bolsillo envuelto en papel de regalo.

—Toma, es para ti. De parte de las tres.

Paula lo abre. Es una tarjeta, una de esas llaves magnéticas que tienen ahora la mayoría de los hoteles.

—Es del hotel Ilunion Atrium. Habitación 322. Espero que tu primera vez sea tan bonita como te mereces.

¡Es verdad! Si la fiesta es hoy, significa que hoy también... ¡Dios, no había pensado en eso todavía!

—Gracias, chicas. De verdad, son las mejores. —Paula vuelve a abrazar a sus amigas, nerviosa.

—Espera. Falta esto —dice Diana, que le entrega una cajita envuelta también en papel de regalo—. No hace falta que la abras ahora. Son para que no tengamos Paulitas y Angelitos antes de tiempo.

Paula la agarra y sale de la sala para guardar la cajita en el abrigo. Cuando regresa junto a sus amigas, se da cuenta de que falta alguien.

—Oye, ¿y Ángel? ¿Lo han invitado, verdad?

—Sí, no te preocupes. Estará por llegar. Le enviamos un e-mail explicándole el cambio de planes —comenta Miriam.

—También invitamos a Álex, como nos dijiste —añade Cristina.

¡Ups! ¡Álex y Ángel juntos en el mismo espacio! Paula palidece. Cuando les pidió a sus amigas que invitaran al escritor, no imaginaba todo lo que vendría después. Será, sin duda, una situación incómoda y muy tensa. Aunque, pensándolo bien, quizá Álex no vaya, previendo un encuentro con su novio que pudiera hacerle daño. De momento, no está allí.

Sin embargo, las dudas de Paula tardan poco en resolverse. El timbre de la puerta suena y uno de los chicos de segundo de bachillerato que pasaba por allí abre.

Un joven guapísimo que llama la atención de todas entra en la casa llevando consigo un saxofón en las manos.

Capítulo 104

Noche de ese día de marzo, en un lugar de la ciudad.

Le duelen los oídos. *One*, de U2, suena a todo volumen en su MP4. Se ha debido de quedar dormido. Mario se quita los audífonos. No oye casi nada, solo un fuerte y desagradable pitido. Se levanta de la cama, con los ojos entrecerrados y la cabeza a punto de explotar. Se sienta sobre las mantas y se frota los ojos. ¡Qué mal se encuentra!

Poco a poco va recuperando la sensibilidad en sus oídos. ¿Hay música puesta abajo? Eso parece. Se escuchan, además, muchas risas y uno que otro grito. Sí que han montado su hermana y las demás una buena piyamada. No quiere salir de la habitación, pero tiene unas ganas enormes de ir al baño, así que no le queda otro remedio.

Mario abre la puerta despacio y sale de puntillas del dormitorio. Mira hacia abajo para comprobar que no hay nadie que lo pueda ver, pero se equivoca. Dos chicas de su clase observan embobadas a un tipo que acaba de entrar en su casa con un saxofón. ¿Quién es? ¿No será un *stripper*?

Sacude la cabeza negativamente y enseguida se da cuenta de que hay algo que su hermana y el resto se han olvidado de contarle.

Al mismo tiempo, esa noche de marzo, en el mismo lugar de la ciudad.

Dos invitadas a la fiesta, compañeras de clase de Paula, comentan entre ellas la última jugada.

—¿Quién es ese?

—Ni idea. Pero está muy bueno.

—Ni que lo digas.

—Es mayor que nosotras, ¿no?

—Mejor. Seguro que tiene mucha experiencia.

—¿Eso que lleva es un saxofón?

—Sí. Igual han contratado a una banda y este es uno del grupo.

—Pues si todos los del grupo están así... ¡Uf!

Álex acaba de llegar y ya se siente observado. Desde una esquina, dos amigas de Paula lo miran y cuchichean. El escritor las saluda amablemente y continúa caminando.

¡Qué sonrisa tiene el desconocido! Las dos chicas se apresuran a presentarse, pero es demasiado tarde. El joven entra en la sala con su saxofón en las manos y se pierde entre la multitud.

No hay demasiada luz en la habitación. Aquel sitio es tan grande como la pista de baile de una discoteca. La música que suena es muy estridente, *techno dance*. ¿Dónde está Paula? No la ve. Hay mucha gente, todos chicos jóvenes, estudiantes de bachillerato la mayoría. Quizá él es el mayor de todos. Por fin divisa a Paula. Está hablando con tres amigas. Un escalofrío le recorre todo el cuerpo. Ella todavía no lo ha visto.

El chico se acerca sigilosamente hasta el aparato de música y presiona el *stop*. Un segundo de silencio, al que sigue un murmullo de protesta. ¿Quién ha quitado la música?

Álex se sube encima de una mesa y mira a Paula. La chica, sorprendida, se pone una mano en la boca. ¿Qué hace ahí arriba? Todos los invitados observan expectantes al chico del saxofón.

—Felicidades, Paula. Este es mi regalo de cumpleaños. El tema se llama *Simplemente, Paula* y lo he compuesto exclusivamente para ti.

Álex se moja los labios con saliva, prepara el saxo y comienza a tocar esa melodía que se sabe de memoria y que tantas veces ha interpretado. La ha escrito para ella, solo para ella. Cierra los ojos y se deja atrapar por la música una vez más. Pero ahora no está en su casa, en su azotea, en la libertad de la soledad, ahora todos le escuchan, ella especialmente, y con emoción, atendiendo a cada nota y a cada segundo de *Simplemente, Paula*.

En la chica se despierta un sentimiento distinto, como si la música del saxofón la transportara a un lugar en el que solo existieran él y ella, Álex y Paula. No comprende por qué su corazón se ha acelerado de repente. Es parecido a lo que siente cuando está con Ángel. Pero no puede ser, eso no puede ser. Ella no quiere a Álex. Ama a su novio. ¿O también quiere a Álex? Su cabeza está hecha un lío.

¿Se puede querer a dos personas al mismo tiempo y de la misma forma?

Nadie dice nada en tres minutos. Solo habla el saxo.

Los acordes finales están llenos de melancolía, de preciosa tristeza, de amor no recibido, pero esperanzado de que algún día cambie de lado.

El tema termina. Álex respira profundamente para recuperar el aire perdido. Baja de la mesa y va a buscar a la chica del cumpleaños, que lo mira con ojos llorosos. Algunos aplauden, otros se preguntan quién es ese chico y todos lo felicitan cuando pasa a su lado.

El músico llega hasta Paula y se abrazan. Muchos observan. Esperan un beso en los labios que no llega.

—Felicidades —le dice en el oído.

—Muchas gracias, Álex. Ha sido precioso.

Los dos sonríen y se separan. Se miran indecisos. Son el centro de atención hasta que la música vuelve a sonar y cada invitado regresa a lo que estaba haciendo.

—¿Podemos ir a un sitio más tranquilo un momento? Tengo que comentarte algo.

Paula asiente con la cabeza, aunque está nerviosa por lo que Álex pueda decirle. La pareja se aleja de la multitud tomada de la mano.

Entran en la cocina. Allí solo está Miriam preparando una bandeja de cuernitos rellenos de jamón y queso.

—Hola. Tú eres Álex, ¿verdad? Yo soy Miriam, la anfitriona —se presenta la chica, dándole dos besos.

—Encantado, Miriam.

—Ha sido precioso lo que has tocado.

—Muchas gracias.

—¿Tocarás más?

—Pues...

Paula le hace un gesto a su amiga, que enseguida entiende que se quieren quedar a solas.

—Bueno, me voy a llevar esto a la sala —dice refiriéndose a la bandeja de cuernitos—. Algunos parece que no han comido en su vida. Luego los veo.

—Adiós, Miriam.

La anfitriona sale de la cocina con una sonrisa y preguntándose qué se proponen esos dos.

No hay sillas, todas están en la sala, así que Paula y Álex se sientan encima de una mesa que a veces la familia Parra usa para comer. Uno al lado del otro.

—De verdad, me ha encantado tu regalo.

—Me alegro de que te haya gustado. Lo he hecho con mucho cariño.

—Lo sé. Gracias.

Entonces él le agarra una mano y la mira a los ojos. Paula se sorprende, pero no se aparta.

—Verás..., no quiero agobiarte. Sé que quieres a tu novio, y puede que yo te esté dando demasiados problemas, pero estoy muy enamorado de ti, Paula. Cada momento que pasa crece lo que siento. Y no puedo detenerlo.

—Álex, yo...

—Cada minuto miro el celular por si me has mandado un mensaje. Pienso en ti a todas horas. No sé qué hacer ya.

El chico suspira y baja la mirada. Paula le imita.

—No te voy a negar que algo has despertado en mí —reconoce la chica—. No sé si es posible querer a dos personas al mismo tiempo. Estoy muy confusa. Sé que amo a Ángel. Lo sé. Él me hace sentir especial y me tiembla el cuerpo cuando estoy a su lado. Pero tú... lo has conseguido también.

Álex vuelve a mirarla a los ojos. No esperaba que le dijese algo así. Ella siente algo, aunque no sabe hasta qué punto. Debe actuar.

—Paula, bésame y comprueba realmente lo que tu corazón te dice.

—¿Qué?

—Bésame y sal de dudas.

—No puedo besarte. Le estaría siendo... infiel a Ángel.

—¿No has dicho que he conseguido despertar algo en ti?

—Sí, pero...

—Pues es el momento de saber si realmente me quieres o no.

Álex cierra los ojos y se inclina sobre ella. Paula suspira, está confusa. Tiene que decidir en un segundo. ¿Qué hace? ¿Lo besa?

La puerta de la cocina chirría y se abre.

Paula y Álex se separan y bajan rápidamente de la mesa. A la chica le viene a la cabeza lo que ocurrió ayer cuando Erica entró en su habitación de repente.

—¡Ah, estás aquí! —exclama Cris, que viene acompañada—. Mira a quién me he encontrado.

Un chico alto con los ojos azules y sonriente va de la mano de Cristina.

—¡Cariño! —grita Paula, que reacciona deprisa y corre hacia su novio.

Ángel la envuelve entre sus brazos y se besan en los labios.

Después mira al chico con el que Paula estaba a solas en la cocina. Es guapo, demasiado guapo; no le gusta.

Álex cruza la mirada con el recién llegado. Así que ese es Ángel... Es un tipo muy atractivo, no esperaba menos. No puede evitar sentir cierto odio hacia él.

—Perdona por llegar tan tarde. Había mucho tráfico por la lluvia.

—¡No te preocupes! La fiesta acaba de empezar... Muchas gracias por venir. Me han dado todos una gran sorpresa —comenta la chica, hablando muy deprisa. Está nerviosa. ¿Ha visto Ángel algo de lo que ha pasado con Álex?

El periodista vuelve a besar en la boca a Paula y la abraza más fuerte.

—Oye, ¿no nos presentas? —pregunta Cris, que continúa allí observándolo todo.

—Ah, claro. Qué tonta estoy.

Paula se acerca de nuevo a Álex con su amiga y su novio a cada lado. Está muy tensa, aunque trata de disimularlo todo lo que puede. Que Cristina esté allí es de gran ayuda.

—Pues este es mi amigo Álex. Es músico y escritor.

La chica es la primera que se aproxima y lo saluda con dos besos.

—Yo soy Cristina, encantada. Tocas genial.

—Muchas gracias —responde con timidez.

Cris sonríe y da un paso atrás, momento que aprovecha Ángel para avanzar.

—Y yo soy Ángel, el novio de Paula. Me alegro de conocerte.

—Igualmente.

Los chicos estrechan con fuerza sus manos y se miran a los ojos. Paula los observa inquieta. Parecen unas vencidas, un duelo entre ambos. Es extraño que dos personas como Ángel y Álex, tan serenas, mantengan esa actitud desafiante.

—Bueeeeno, ¿nos unimos a la fiesta? —pregunta Paula, deseando salir de allí cuanto antes.

—¡Sí! —grita Cristina, que ya se ha tomado un par de Malibú con piña—. Baila conmigo, saxofonista.

La chica agarra del brazo a Álex y, sin que este pueda evitarlo, lo empuja hasta la sala, donde suena *Take me out*, de Franz Ferdinand.

Paula los sigue, pero Ángel la agarra suavemente del brazo y la frena antes de cambiar de habitación.

—Te quiero. —Sus ojos azules brillan.

—Y yo —responde ella.

Y se vuelven a dar un nuevo beso. Pero es un beso diferente. Lo quiere; pero dentro, en su corazón, se está desatando una tormenta de sentimientos y sensaciones. En el corazón de Paula llueve. Ama a Ángel, pero ya no tiene tan claro que él sea el único.

Capítulo 105

Minutos antes, esa noche de marzo, en ese lugar de la ciudad.

¿Pero el cumpleaños de Paula no es mañana?

Mario no entiende absolutamente nada. Desde arriba ve cómo chicos más o menos conocidos entran y salen continuamente de la sala. Aquello ya no parece una simple piyamada.

Ahora investigará. Antes tiene que ir al baño. Rápidamente recorre todo el pasillo del primer piso y llega al tocador, pero no puede abrir. Está cerrado. Lo que faltaba. Lo intenta de nuevo, pero es imposible. Llama a la puerta y no contestan. «Esto es el colmo», piensa. Nadie le ha avisado de la fiesta que hay montada abajo y además no puede entrar ni en su propio cuarto de baño. Insiste en llamar y al final una voz femenina responde al otro lado.

—Ya voy, impaciente.

La chica quita el cerrojo y abre la puerta.

Los dos se sorprenden al encontrarse con quien tienen enfrente.

—Mario, eras tú —dice Diana azorada.

Está muy guapa. Va con un vestido de noche negro que le llega hasta las rodillas, con piedrecitas que brillan. Se ha puesto tacones y el pelo no lo lleva ni recogido ni con coleta, como suele ir al instituto. Se lo ha planchado y le cae liso por los hombros.

—Sí, claro que soy yo. Vivo en esta casa. Y tú, ¿qué haces aquí?

—Le he pedido permiso a tu hermana para subir a este baño. En el de abajo había dos chicas haciendo cola.

—Espera un segundo y ahora me cuentas qué está pasando.

El chico entra en el cuarto de baño a toda prisa y cierra la puerta. Diana sonríe y lo espera con la espalda apoyada en la pared del pasillo.

Es la primera vez que ve a Mario desde ayer por la tarde. Esta mañana, cuando no fue a clase, lo echó mucho de menos. Durante el examen de Matemáticas miró varias veces hacia su esquina y se le hacía un nudo en el estómago al no encontrarlo allí. Quizá ella tiene bastante culpa de todo lo que ha pasado, ya que fue la que le insistió para que se declarase a Paula. Su amiga, en el cuarto de baño, le contó todo lo que pasó. Eso confirmaba su teoría de que Mario fingió estar enfermo para no ir al instituto y no encontrarse con Paula. Esa era la verdadera razón de su ausencia y no el examen de Mate, como pensaba Miriam.

Mario sale del baño y vuelve a asomarse a la barandilla. Sigue entrando gente en su casa. A algunos no los ha visto nunca y otros le suenan del instituto.

—Han organizado una fiesta en mi casa y no me han dicho nada.

—¿Nadie te avisó de que el cumpleaños de Paula se celebraba en tu casa?

—Sí, eso sí. Pero creía que era mañana.

—Y era mañana. Pero tu hermana, cuando se enteró de que tus padres se iban hoy, decidió adelantarlo un día para darle una sorpresa a Paula.

—Ah, pues no me dijo nada nadie.

—Qué raro. Imagino que todos darían por hecho que lo sabías.

—Sí.

El chico se echa contra la pared y resopla. Diana está a su lado en la misma postura.

—Se te ha echado de menos esta mañana. ¿Cómo te encuentras?

—Bien. Cuando me desperté, tosía y el dolor de cabeza era bastante fuerte. Ahora me duele un poco, pero mucho menos.

Y esta vez no miente. La música de U2 con el volumen al máximo en los auriculares tiene la culpa.

—¿Por eso faltaste a clase?

—Sí, no me encontraba nada bien esta mañana.

—Tienes que haber estado muy enfermo para perderte un examen, y más de Matemáticas.

—Bueno, un mal día.

—Algunos de la clase dicen que te lo has inventado para no hacer el examen porque no te lo sabías.

Mario se ríe irónico.

—Que digan lo que quieran. A mí me da exactamente igual.

—¿No te importa lo que piensen los demás?

—No.

—¿Ni lo que piense yo?

Mario se gira y mira a Diana a los ojos. Hoy la ve más guapa que nunca.

—No sé qué es lo que piensas tú —responde con tranquilidad.

La chica se sorprende. No parece la misma persona insegura y tímida de siempre. Es como si la paliza que se llevó ayer le hubiese servido para madurar de golpe.

—Pienso que, si hubieras hecho el examen, habrías sacado la mejor calificación de toda la clase.

—No lo sé. No era fácil.

—Tampoco ha sido tan complicado. Quizá hasta yo apruebe.

—Me alegro. Te esforzaste mucho.

Diana sonríe. Es cierto, es el examen en el que más ha estudiado en su vida. Y posiblemente lo apruebe con buena calificación.

La chica se estira y bosteza.

—No tengo nada de ganas de fiesta.

—Yo tampoco. Aunque no sé ni si estoy invitado.

—Claro que lo estás, hombre, no seas malpensado.

—Paula quizá no quiere ni verme.

—Has sido tú el que no ha querido ir al instituto hoy para no verla a ella —contesta Diana con frialdad.

Mario no se sorprende de las palabras de su amiga. Ya sospechaba que ella lo sabía. Pero tampoco quiere regresar al pasado, al menos no de momento.

Ahora es el chico quien se estira y bosteza.

—¿Quieres que veamos una película en mi habitación? —sugiere de improviso.

Diana no sabe cómo tomarse aquella propuesta, pero parece que no lo está diciendo con doble intención. Simplemente se trata de ver una peli juntos, como amigos. Aunque cree que Mario está tratando de alejarse de Paula y de sus sentimientos hacia ella, es imposible que se le haya olvidado todo tan deprisa. Un amor de diez años no se pasa en diez horas ni en diez días. Si de verdad decide pasar página, debe darle tiempo y después contarle lo que siente.

—Vale. Es una buena idea.

Los dos entran en la habitación. Diana está un poco nerviosa, y eso que ha pasado allí mucho tiempo en los dos últimos días. Piensa en sentarse en la cama, pero finalmente opta por la silla del escritorio.

—¿Alguna preferencia? —pregunta Mario.

—No sé. Sorpréndeme.

El chico busca en una carpeta de su computadora y finalmente se decide por *La vida es bella*.

—¿La has visto? Si quieres, pongo otra.

—Sí, sí la he visto, pero déjala. Me encanta.

—Bien.

Mario agarra otra silla y se sienta junto a Diana.

Los dos están a gusto con la compañía. Hace una semana, ni siquiera eran amigos de verdad, y ahora, después de unos días muy difíciles para ambos, son capaces de sentarse juntos a ver una película.

—Espera un momento. Ponle pausa —dice la chica levantándose de la silla—. Ahora vengo.

Diana sale de la habitación corriendo. Mario obedece y para la película. No sabe qué le puede haber pasado. ¿Ha dicho o hecho algo malo? Pocos minutos después, su amiga regresa con una botella de Coca-Cola, dos vasos y un paquete de Lay's al punto de sal. Entra en el dormitorio y cierra la puerta.

—Con esto, ya tenemos nuestra minifiesta montada.

El chico agarra el vaso que su amiga le ofrece y sonríe. Por fin, sonríe.

Y es que a pesar de que Paula sigue estando en su mente, porque no se puede dejar de querer a alguien en un día, Diana está empezando a ganar muchos puntos.

Capítulo 106

Esa noche de marzo, tras el último beso entre Ángel y Paula.

La pareja entra de nuevo en la sala.

La música suena altísima. Hay muchos chicos bailando, pero dos llaman especialmente la atención. Paula observa cómo Cristina pone las manos en los hombros de Álex y se mueve al ritmo de la canción. Él hace lo que puede y trata de seguirla. Lo suyo está claro que no es bailar, pero lo intenta y hasta resulta simpático. Una sonrisilla se le escapa a Paula bajo la mano con la que se tapa la boca. Ángel se da cuenta. No le gusta nada esa complicidad que hay entre su chica y aquel tipo.

Pero él no se va a quedar quieto mirando. Agarra a su novia de la cintura y la guía al centro de la habitación. Paula, sorprendida, se deja llevar. No conocía esa faceta de Ángel. Baila bastante bien. Se mueve con mucha soltura y pone los pies donde tiene que ponerlos.

Álex, sin embargo, no tiene la misma habilidad y pisa a la pobre Cris. La chica se queja un instante, pero enseguida vuelve a sonreír. El escritor le pide disculpas, avergonzado. Se ha despistado cuando ha visto a Paula y a Ángel juntos. Él la tomaba por la cintura y ella se sujetaba a su cuello con ambas manos; luego se besaban. Empieza a pensar que asistir al cumpleaños no ha sido una buena idea. No puede soportar verlos tan acaramelados. Se siente débil y como si todo lo que ha hablado con Paula no hubiese servido para nada. Ella nunca será para él, a pesar de lo que le ha confesado hace un momento.

La fiesta continúa.

Otro tema comienza a sonar, pero la mayor parte de los chicos, sorprendentemente y al mismo tiempo, abandonan la sala. Al lado se oye un murmullo que va aumentando. Algo pasa en la entrada de la casa. Paula siente curiosidad. Toma a su novio de la mano y juntos salen de la habitación. Álex va detrás y Cristina lo acompaña.

Parece que alguien ha llegado y está causando mucha expectación. Todos lo rodean.

—¿Qué pasa? ¿Quién ha venido? —le pregunta Paula a Ángel.

—No lo sé. Espera.

El chico se pone de puntillas y por fin logra ver a quien ha levantado tanto revuelo.

No puede ser. ¿Qué está haciendo ella allí?

Katia consigue por fin librarse de buena parte de los chicos que la abordaban y camina hasta Ángel, al que acaba de divisar entre la multitud. Paula la ve llegar y suelta un grito:

—¡Dios, es Katia! ¡Y está en mi fiesta de cumpleaños!

La cantante del pelo rosa saluda primero a Ángel con dos besos y luego se dirige a la chica que está a su lado.

—Hola. Tú eres Paula, ¿verdad?

—Hola..., hola. Sí, sí. Soy yo —responde muy nerviosa.

Ángel no dice nada. No entiende ni para qué ha ido ni cómo lo ha encontrado, pero sonríe y trata de disimular su enfado. Si ya tiene el CD dedicado que pensaba darle a Paula a las doce de la noche, que es cuando empieza realmente su cumpleaños, ¿por qué Katia está allí?

—Me han dicho que eres una gran fan mía.

—¡Sí! Me encanta tu disco. En serio, es genial.

—Gracias. Ángel me ha hablado mucho de ti y me pidió que viniera a dedicarte un tema como regalo de cumpleaños.

—¿De verdad? ¿Has hecho eso por mí?

Ángel le sigue la corriente a la cantante y se encoge de hombros. La chica, emocionada, besa a su novio. Katia siente un pinchazo en su pecho, pero aguanta con entereza el momento de pasión de la pareja.

Los tres entran en la sala, con una fila de chicas y chicos detrás.

—Bueno, esta versión especial de *Ilusionas mi corazón* es para ti.

Katia aclara la voz y, muy suave, comienza a cantar a capela el tema que la ha hecho famosa. Pero cambiando el nombre de los protagonistas.

Ángel ve en ella el camino,
la luz que invita a soñar,
un truco que hizo el destino,
como se unen la copa y el vino.
El juego que quiso el azar.

Ángel la acoge en su nido,
siente en su boca el manjar,
caricias de un fruto prohibido,
le cuenta en susurro al oído
lo que ella desea escuchar.

Ilusionas mi corazón.
Nunca pensé que pudiera amar
como te amo a ti, mi amor,
como te quiero a ti, jamás.
Y en esta historia de dos

que no tiene escrito el final,
tú eres mi cielo, mi sol,
tú eres mi luna, mi mar.

Paula ve en él un amigo,
un amante que la hace volar,
un confidente que es el testigo
de besos, de roces furtivos
abriéndose paso en la oscuridad.

Paula se enreda en su abrigo,
se acerca cada vez más.
Unidos en cada latido,
le cuenta en susurro al oído
lo que él desea escuchar.

Ilusionas mi corazón.
Nunca pensé que pudiera amar
como te amo a ti, mi amor,
como te quiero a ti, jamás.
Y en esta historia de dos
que no tiene escrito el final,
tú eres mi cielo, mi sol,
tú eres mi luna, mi mar.

La canción termina y un gran silencio invade la sala. Paula tiene los ojos llorosos. Está muy emocionada. Mira a Katia y a Ángel una y otra vez. ¡Es increíble que la cantante más popular del momento esté allí y le haya cantado a ella expresamente!

—¿Te puedo dar un abrazo? —pregunta a Katia, a quien se le saltan las lágrimas.

—Claro.

Las dos chicas se abrazan ante la mirada de todos, que aún no pueden creer lo que están viendo.

Capítulo 107

Esa noche de marzo, en la fiesta de cumpleaños de Paula.

Katia mira el reloj constantemente. Hace media hora que tenía la actuación a la que Mauricio le había pedido que no faltara. Su representante la ha llamado unas veinte veces, pero ella no ha contestado el celular y, al final, ha terminado por desconectarlo. Le duele muchísimo lo que está haciendo, pero no puede irse de allí sin que Ángel sepa lo que siente. Hasta el momento no ha habido ocasión para expresárselo. A cada minuto se le acerca alguno de aquellos chicos y le comenta algo, pues todos quieren hablar con ella. Y, cuando logra librarse y quedarse sola, Ángel es el que está ocupado, besando a su novia y bailando con ella.

Ahora es uno de esos momentos en los que no tiene a nadie alrededor. Muchos de los invitados están jugando a un típico juego de adolescentes en el que hay que decir la verdad sobre si has hecho algo o no. Quien responda afirmativamente debe beber un vasito pequeño de alcohol, en este caso un trago de ron.

—Hola. Eres Katia, ¿verdad?

Se acabó la soledad. Alguien vuelve a hablarle. En esta ocasión no se trata de uno de esos estudiantes de bachillerato, sino de un chico guapísimo, algo mayor, con una sonrisa increíble. Ya se había fijado en él antes, pero no había tenido la oportunidad de conocerlo aún.

—Sí. Y tú te llamas...

—Álex.

El chico se inclina y le da dos besos.

—¿Eres amigo de Paula?

—Sí. Nos conocimos hace poco tiempo.

—Ah. Parece buena chica.

—Lo es.

Los dos guardan silencio y observan al grupito que está jugando a «Yo nunca he...».

—¿Me dejas hacerte una pregunta?

—Sí, claro. Que no sea muy difícil, por favor —bromea la chica.

—¿Has recibido mi carta?

—¿Tu carta? —pregunta extrañada Katia, que no sabe de qué le está hablando.

—Sí. Te he mandado una carta con una petición y el principio de un libro titulado *Tras la pared*.

La cantante piensa un instante y entonces recuerda aquel sobre del que Mauricio le habló.

—¡Ah! ¡Sí, por supuesto! ¿Tú eres ese Álex?

—Sí, soy yo.

—Qué casualidad entonces encontrarnos aquí.

—Sí. Ha sido una feliz coincidencia.

—Mi representante me insistió mucho para que leyera lo que me mandaste y tengo que reconocer que es muy bueno —miente Katia, que no leyó ni una línea del cuadernillo que le envió Álex.

—Gracias, me alegro de que te guste.

Poco a poco la chica va recordando algunas cosas que Mauricio le contó sobre aquella historia.

—Y, si no me equivoco, quieres que escriba una canción para promocionarte y que así puedas llegar a más gente, ¿no?

—Algo así —reconoce Álex.

—Mmm... Es una idea interesante. Y, si te haces famoso, también me podría beneficiar a mí.

—No creo que me haga famoso escribiendo.

—Nunca se sabe. Yo tampoco creía que me haría famosa cantando, y mira.

—Es distinto. Hay más cantantes famosos que escritores famosos.

—Quizá porque la música llega a más gente que los libros.

—Porque para oír música no necesitas hacer nada y, para leer un libro, tienes que prestar atención y esforzarte.

—Eso es verdad —responde ella esbozando una sonrisa.

Katia encuentra al chico muy interesante. No está nada mal y, ahora que lo conoce, no le molestaría prestarle una de sus canciones o escribir una nueva para su libro. Mauricio le comentó que *Quince más quince*, que no se llegó a grabar en el disco, se ajusta perfectamente a la historia: es un tema que habla de la diferencia de edad y de que los años no tienen que ser un problema en una relación.

Mientras continúan hablando, Ángel y Paula aparecen de nuevo. Ella lo besa a él y se sirve un vaso de Fanta de naranja.

—No voy a tardar en irme —indica Álex, que ve la escena.

—Yo tampoco, hace casi una hora que debería haberme ido a un concierto.

—Vaya. ¿Y por qué sigues aquí?

—Tengo que hablar con Ángel de algo muy urgente, pero, entre que a mí no me dejan y que Paula siempre está a su lado, no he tenido la ocasión de hacerlo.

Álex piensa un instante.

—Quizá pueda ayudarte —comenta—. Ahora mismo todos los chicos están entretenidos. Si logro llevarme a Paula, tú podrás hablar con Ángel.

—Vale.

—Tú llévatelo a la cocina y yo me llevo a Paula arriba. ¿OK?

—Perfecto.

Sin más palabras, los dos se acercan a la pareja para intentar llevar a cabo sus objetivos personales.

Capítulo 108

Esa noche, instantes más tarde, en la casa de los Parra.

De la mano, Katia lleva a Ángel hasta la cocina. Mientras, en otra parte de la casa, Álex le ha arrebatado a Paula por unos minutos. La pareja apenas si ha podido resistirse ante la insistencia de sus pretendientes.

—Perdona, Ángel. No quería ser tan brusca, pero tenía que hablar contigo.

El periodista sigue todavía molesto con ella por su presencia allí sin invitación.

—Habla. Te escucho.

—Primero me quería disculpar por haberme presentado aquí sin decirte nada.

—¿Cómo sabías dónde estaba? Ni siquiera lo había dicho en la redacción.

—Fui a tu casa y vi cómo te subías a un taxi. Seguirte no fue fácil, por la lluvia y el tráfico que había, pero tuve suerte.

—¿Me seguiste desde mi casa? —pregunta asombrado.

—Sí. Tuve que hacerlo porque quería hablar contigo.

Ángel suspira. Aquello cada vez es más surrealista.

—Cuéntame.

—No es sencillo para mí todo esto. Así que te pido por

favor que no me interrumpas. Cuando termine de hablar, me dices qué piensas.

Katia está temblorosa. Le falla la voz y le cuesta muchísimo mirarlo a los ojos.

—Bien.

La chica respira hondo y comienza con su historia.

—Hace poco más de una semana que te conozco. Pero para mí es como si te conociera desde siempre. Desde el primer momento me pareciste una persona increíble... Yo últimamente estoy rodeada de mucha gente, pero no consigo saber quién viene por mí y quién por la cantante. Contigo no tuve dudas. Te fijaste en cómo era yo como persona y estuviste ahí en momentos importantes como el del accidente. Sé que hemos tenido nuestros problemas, que me equivoqué besándote el día de las fotos, que no te debí llevar a mi casa y meterte en mi cama el día que te emborrachaste, porque ni tan siquiera te debí pedir que vinieras conmigo a tomarte una copa. Luego las llamadas. Para ti tuve que ser un verdadero incordio, una pesadilla. Pero aun así me volviste a llamar y a integrar en tu vida. También sé, y no soy tonta, que desde ese día te aprovechaste un poco de la situación. Lo que realmente querías era que le dedicara una canción a Paula para su cumpleaños. Quizá me utilizaste, pero no me importó. Lo poco que compartíamos juntos lo intenté disfrutar, aunque fue difícil, sabiendo que en quien pensabas no era en mí, sino en ella.

»Hoy hablé con mi hermana. Y realmente es por ella por lo que estoy aquí. Pensaba que mis posibilidades contigo eran cero. Pero Alexia me convenció de que al menos debía luchar y gastar la última bala de mi revólver, y decirte lo que siento. Yo te quiero, Ángel. Te quiero hasta donde tú no puedes ni imaginar. Y te voy a ser sincera: no quiero explicaciones, solo pretendo que me des un sí o un no sobre si tengo posibilidades contigo. Nada más. Si me contestas que sí, trataré de que te enamores de mí, haré las cosas bien y te prometo que jamás encontrarás a alguien que pueda darte más de lo que te daré yo. Si me dices que no, me olvidaré de ti para siempre. Y tampoco puedo tener tu amistad: sería engañarme a mí misma y seguir sufriendo, porque, si te sigo viendo, sé que volveré a llorar. —Toma aire. Suspira. Y, temblando, realiza la pregunta decisiva—: Ángel, ¿tengo alguna posibilidad de que algún día seas mi chico?

Silencio. Para Ángel, aquello supera cualquier momento comprometido que haya vivido hasta ahora. Nunca se ha visto en una situación tan al límite y que le provoque tanto dolor. Pero sabe la respuesta a la pregunta de Katia:

—No. Lo siento, Katia. Estoy enamorado de Paula.

La cantante sonríe. Se acerca a él y, sin que se lo espere, le da un beso en los labios.

—Hasta siempre, Ángel.

Abre la puerta de la cocina y desaparece.

Al mismo tiempo, esa noche de marzo, en la planta de arriba de la casa de los Parra.

—No entiendo nada, Álex. ¿Para qué me has hecho subir aquí?

—Hace rato nos interrumpieron. Nos quedamos con la conversación a medias.

Paula resopla. Durante toda la noche ha intentado estar lo más cerca posible de Ángel para tratar de olvidar lo que había pasado con Álex. Se siente mal, como si lo estuviera traicionando, y tiene miedo de que eso que está sintiendo continúe creciendo.

—Lo siento, Álex. Creo que antes...

—Antes casi me besas.

—No. No te quería besar.

—¿De verdad que no me querías besar, Paula?

La chica aparta la mirada de los ojos inmensos de aquel chico que por momentos la confunde más.

—No, Álex. Quiero a mi novio... Él lo es todo para mí.

—¿Y por qué no me miras cuando me lo dices?

Paula clava sus ojos color miel en los ojos marrones de Álex. Pero no logra aguantar su mirada ni un segundo.

—Álex, por favor, no me hagas esto.

—Bésame, Paula.

—No, por favor.

—Dime que no me quieres y me iré.

—Álex, por favor.

—Dímelo. Dime que no me quieres y abandonaré definitivamente.

—Álex, yo...

La chica entonces ve en la planta de abajo a Ángel. Está buscándola. El periodista mira a un lado y a otro desorientado, desesperado.

—No te quiero —termina diciendo—. Lo siento. No te quiero.

Aquellas palabras hieren de muerte el corazón del joven escritor. Los ojos de Paula están en los suyos. No hay más que decir.

La mira por última vez, con dolor, con muchísimo dolor dentro.

Tranquilamente, Álex baja las escaleras. Se despide de Ángel y sale por la puerta de la casa de los Parra.

Capítulo 109

Esa noche de marzo, en otra habitación de aquella casa.

El final de *Serendipity* le encanta. La película relata cómo el destino puede jugar con las personas hasta un punto en que dos desconocidos se enamoren y, tras años separados, se vuelvan a encontrar y sigan enamorados. Es la segunda película que Mario y Diana ven juntos esa noche. No han salido de la habitación a pesar de todo lo que parece que ha sucedido. Ellos han tenido su fiesta particular y lo han pasado mejor que la mayoría de los invitados que ahora regresan a sus casas vomitando la comida del cumpleaños por los efectos del alcohol.

Los dos están en la cama, tumbados. Estar tantas horas sentados en las sillas era un castigo, así que, cuando *La vida es bella* terminó, los dos acordaron echarse en el colchón y ver la película desde allí.

—Qué bonita —comenta Diana, que no la había visto aún.

—Sí. Es una de las pelis de este tipo que más me gustan.

—Ay.

La chica sorbe por la nariz y su amigo se la queda mirando.

—¿Estás llorando?

—¡Qué va! Estoy resfriado.

—Seguro. No me puedo creer que la fría y dura Diana llore viendo *Serendipity*.

—Oye, que no estoy llorando. Y cuidado con lo que dices por ahí, no vayas a arruinar mi reputación.

El chico sonríe. Poco a poco va encontrando a la verdadera Diana. Y, sin duda, le gusta muchísimo más que la que aparenta ser.

—No te preocupes, no diré nada.

Son más de las doce de la noche. No llueve. Abajo ya no se oye ningún ruido. No debe de quedar demasiada gente y la que queda o está borracha o manoseándose con alguien.

—Mario, ¿puedo quedarme a dormir en tu habitación?

—¿Qué?

—Hey, no seas malpensado, libidinoso. Solo a dormir, no quiero desvirgarte.

—¡Tarada! —grita, y se lanza sobre ella.

Diana comienza a reírse escandalosamente. Le está haciendo cosquillas.

—¡Para, para! ¡Por favor!

El chico le hace caso y se detiene. Los dos jadean por el esfuerzo y se vuelven a tumbar uno al lado del otro.

—Está bien. Puedes quedarte a dormir aquí. Seremos como Dawson y Joey.

—¿Quiénes?

—Dawson Leery y Joey Potter, los protagonistas de *Dawson's creek*.

—No tengo ni idea de quiénes son esos.

—Uf, tú no has tenido infancia.

La chica se pone de rodillas sobre la cama y amenaza a su amigo con la almohada.

—Claro que la he tenido. Pero no veía la tele, sino que me dedicaba a jugar con otros niños.

—O a maltratarlos.

—¡Qué tonto!

Diana golpea repetidamente a Mario con la almohada hasta que este logra arrebatársela.

—Bueno, paz —dice la chica, tapándose con una manta.

—Claro, ahora que te he quitado la almohada quieres paz.

—Shhhh.

—¿Por qué me mandas callar?

—Tengo sueño.

Diana cierra los ojos y apoya la cabeza en el hombro de Mario.

—¿Me vas a usar de almohada?

—Shhhh.

—Vale. Me callo.

El chico no dice nada más. Se tapa con la parte de la manta que Diana no está utilizando y también cierra los ojos.

Es la primera noche que Mario pasa con una chica. Y aunque siempre pensó que Paula sería su Joey particular, desde ese instante una actriz secundaria se va a convertir en la protagonista de la historia.

Capítulo 110

Esa noche de marzo, en un lugar de la ciudad.

Hotel Atrium. Habitación 322.

Ángel abre la puerta con la tarjeta magnética, luego la introduce en el aparatito que hay en la pared para la luz y presiona el interruptor.

Él entra primero, Paula pasa después y cierra la puerta. Aquella habitación es preciosa. Todos los muebles son blancos, negros o grises y transmiten muchísima tranquilidad, algo que a ambos les hace falta en esos momentos. La cama es de matrimonio: grande, espaciosa y con las sábanas recién puestas.

Ambos se quitan los abrigos y los dejan en el clóset. También Paula guarda allí dentro la mochila de las Chicas Superpoderosas con la piyama.

La chica, nerviosa, se acerca al ventanal que hace de cuarta pared y observa los millones de luces que de noche colorean la ciudad. Su novio se aproxima por detrás y la besa en el cuello. En su cuerpo nota la tensión a la que Paula está sometida.

—¿Estás bien?

—Sí. Muy bien —responde no demasiado convincente.

Ángel no le da demasiada importancia. Es comprensible que esté así. Es su primera vez. Él también está nervioso

743

y con todos los músculos en tensión, pero debe sobreponerse: tiene que transmitir seguridad y proporcionarle a ella toda la tranquilidad posible.

—El hotel está genial. Tus amigas se volaron la barda.

—Sí. Es todo muy bonito.

El chico lleva sus manos a la cintura de Paula y las introduce por debajo del suéter. Ella se estremece y con suavidad las aparta.

—Despacio, por favor —le pide con una sonrisa.

—Perdona, yo no...

—Tranquilo. No pasa nada. Soy yo, que estoy un poco nerviosa.

—Lo entiendo. No te preocupes.

Paula se aleja de su novio y camina hasta el cuarto de baño. También es muy espacioso y está diseñado con los mismos colores que la habitación.

—Ángel, ¿te molesta que me dé una ducha antes? Quizá así se me pasen los nervios.

—Sí, como tú quieras. Tómate el tiempo que necesites.

—Gracias, cariño.

Se encierra en el baño y comienza a desnudarse. El celular, que guardaba en el pantalón, lo coloca encima del lavabo. Los pantalones caen al suelo lentamente. Los recoge y los cuelga en una de las perchitas de la pared. Al lado, pone el suéter. Paula se mira al espejo. Lleva ropa interior rosa. Si hubiera sabido que hoy era el gran día, se habría puesto otro conjunto más sexi. Aquel no está mal, pero no es especial.

Le tiemblan las manos tanto que le cuesta desabrocharse el brasier.

Lo último en desaparecer de su cuerpo es la tanga rosa.

Paula se mete en la regadera y examina las llaves detenidamente. No son llaves comunes, sino que tienen un lado en el que se gradúa la temperatura del agua y otro lado en el que se mide la fuerza del chorro. Pero su funcionamiento es más fácil de lo que esperaba y enseguida encuentra el punto de calor perfecto.

El agua le cae por todo el cuerpo con fuerza, intensamente, relajando sus músculos.

Y, sin saber por qué, comienza a preguntarse qué está haciendo ahí. La respuesta no es difícil: está ahí para acostarse por primera vez con un chico, con el chico al que quiere, como siempre lo había imaginado.

Sin embargo, no está tan segura de todo como hace un par de días. La culpa es de Álex. Y de Mario.

¡Mario! Ni se ha acordado de él en toda la noche. Pero ¡si ni lo ha visto! ¿Dónde se habrá metido? Después de todo lo que ocurrió ayer, no le extraña que no la quiera ver en un tiempo. Su regalo fue precioso: *Canciones para Paula*.

Es curioso, pero con ese título podría denominarse y resumirse su cumpleaños. Mario le regaló canciones en un CD; Ángel, la canción de Katia; y Álex... aquel tema con el saxo, compuesto para ella. Tres chicos encantadores con los que cree que no se ha portado bien.

Especialmente con Álex. Le ha roto el corazón. Y de una manera bastante cruel. Mirándolo a los ojos. Negando cosas que sentía. Porque realmente hay algo nuevo en su corazón. Un sentimiento diferente.

Pero no puede reconocer algo así. Complicaría su vida, la de Álex y también la de Ángel. Pobre Ángel. Si se enterase de que ahora mismo su chica no sabe si está enamorada de él o de otro, seguro que se marcharía de esa habitación.

Es culpable y no hay excusas. Pero ¿qué puede hacer?

La chica cierra las llaves y comienza a secarse aún dentro de la regadera.

El celular suena. Es un SMS. Paula se seca las manos y alcanza su teléfono. Es un mensaje de Álex:

Aunque me hayas dicho que no me quieres, yo sí te quiero. Felicidades: ya tienes diecisiete.

El corazón le da un brinco y el estómago se le mueve como una centrifugadora.

Suspira. Es cierto, ya tiene diecisiete años.

Sus ideas están cada vez menos claras.

Sale de la bañera envuelta en la toalla, se termina de secar y se pone la ropa interior.

Respira hondo. Es el momento.

Abre la puerta y camina por la alfombra gris hasta el centro de la habitación.

Ángel ya está en la cama. No lleva camiseta. Su atlético pecho está completamente desnudo. La parte de abajo aún continúa tapada. El chico la observa con admiración, luego con deseo y la invita a que se tumbe junto a él.

Paula obedece.

Y llegan los besos. Los primeros besos: en los labios, el cuello, las orejas. Y se escapa algún gemido. Ángel acaricia sus brazos, su espalda. Desabrocha el brasier, que cae y se pierde entre las sábanas. Ella se deja llevar. Siente la boca del joven en sus senos, con pasión, saboreando lo que nadie antes consiguió probar.

La chica abre y cierra los ojos. Los abre para saber hacia dónde viajan sus manos y los cierra cuando estas han llegado.

Ángel se desliza, despacio. Juega con el resorte de la tanga hasta que por fin se decide a explorar más allá. Paula suspira. Se ahoga y gime. El placer llega a su cuerpo, pero su cabeza y su corazón le están diciendo que no siga. No. ¡NO!

Abre los ojos y mira a Ángel. Él se sorprende cuando los contempla. Paula está llorando.

El celular vuelve a sonar. Un pitido que indica un nuevo mensaje.

La chica mira hacia el cuarto de baño.

No quiere seguir con aquello porque no sabe si ama a Ángel o si quiere a Álex o a los dos. Y así no puede vivir. Necesita tiempo. Necesita espacio. Para comprenderse, para saber si de verdad está enamorada de alguien. Ahora recuerda bien lo que un día le dijo su madre: «Si quieres a dos chicos al mismo tiempo, es que realmente no amas a ninguno de los dos».

—Lo siento. De verdad que lo siento. Tengo que pensar.

A Ángel no le salen las palabras. La está perdiendo. Solo contempla con estupor cómo se levanta, cómo va hacia el baño y cómo a los dos minutos regresa vestida, con el celular en la mano.

Felicidades, cariño. Espero que estés pasándolo bien con tus amigas. Tu padre, Erica y yo te queremos muchísimo. Un beso de los tres.

—¿Adónde vas a ir? —le pregunta.

—No lo sé. Necesito pensar.

Abre el clóset, agarra el abrigo y, con la mochila de las Chicas Superpoderosas colgada en la espalda, sale de la habitación 322.

Capítulo 111

Hace dos meses y pico, un día de enero, en dos lugares de la ciudad.

Soy Lennon. Mi MSN es johnforever@hotmail.com. Te espero. Solo te pido una cosa, si te parece bien, claro: si tienes una foto tuya en la ventana del MSN, ¿puedes quitarla, por favor?
Muchas gracias.
Ahora nos vemos.

Este era el mensaje privado que Minnie16 había recibido de Lennon en el foro musiqueros.es.

Se conocían desde hacía dos días. Su primer contacto fue una acalorada discusión sobre la música comercial. Cada uno defendía con ímpetu una idea distinta, hasta tal punto que a las tres de la madrugada se quedaron ellos solos. La disputa terminó en sonrisas y en un «espero volver a verte». Al día siguiente se repitió el encuentro. Ironía, jugueteo, complicidad. Y, al tercer día, ella recibió de él ese mensaje privado.

Paula releyó aquellas frases varias veces. No entendía lo de la foto. Pero, sin saber por qué, lo hizo: agregó a Lennon y en la ventana de su MSN colocó un osito de peluche con un corazón.

Cinco minutos eternos. Infinitos. Hasta que apareció.

—¿Minnie?

—Sí, soy yo. Mi nombre es Paula, Lennon. Encantada.

—Ídem. Yo soy Ángel. Muchas gracias por quitar tu foto.

—De nada. Pero ¿por qué no quieres verme?

—Una costumbre.

—¿Me la explicas?

—Yo no te voy a poner mi foto y quiero que estemos en igualdad de condiciones.

Paula no entiende a qué viene tanto misterio. Aquel chico le agrada, incluso puede decir que la atrae, pero no esperaba encontrarse con esa rareza.

—¿Y por qué no pones una foto tuya? ¿Te da vergüenza? ¿O es que eres alguien importante y no quieres que te reconozcan?

—No quiero que me juzguen por mi físico.

—¿Tan feo eres?

Ángel tarda en contestar esta vez. Paula teme haberlo ofendido con esa pregunta, pero, justo cuando iba a escribirle para pedirle perdón, el chico continúa la conversación.

—Puede ser. No soy yo el que debe decirlo. De pequeño tuve frenos, era gordito y siempre andaba despeinado. Los niños me molestaban. Sé lo que se siente al ser juzgado simplemente por tu físico. A veces es inevitable ver a una persona y pensar: «Este tiene que ser así». Por eso en este mundo de Internet intento conocer y que me conozcan solo por cómo soy por dentro.

La chica lee aquel párrafo y suspira. Tiene razón, pero le gustaría verlo.

—Así que nunca sabré cómo eres.

—Cuando nos conozcamos en persona.

—Ja, ja, ja. No creo que eso pase nunca.

Otro silencio. Son las tres y media de la mañana. ¿Es posible que esté hablando con alguien más? Por fin, Ángel contesta:

—Nunca digas nunca.

—No he quedado jamás de verme con alguien que haya conocido por Internet. ¿Por qué ibas a ser tú el primero?

—Yo tampoco he hecho algo así y no creo que lo haga. Pero siempre hay una primera vez para todo.

¿Primera vez para todo? ¿Aquello era una indirecta para hablar de sexo? No. No era ese tipo de persona. O no lo parecía.

—Eres muy raro.

—Tú también eres rara.

—¿Yo? Soy una chica de dieciséis años normal y corriente.

—¿Dieciséis? Claro, por eso ese 16 junto a tu *nick*.

—Guau, me asombras. ¿Por qué pensabas que era?

—Por tu edad. Pero podía ser por cualquier cosa. Igual eres fan de Pau.

—¿Qué Pau?

—Gasol. Lleva el dieciséis en su camiseta.

Paula se da una palmotada en la frente. No era una persona que hablara de sexo, pero sí de deportes. Está perdida.

—Ah.

—No te preocupes, no voy a hablar de deportes.

¿Le lee el pensamiento?

No tiene foto, apenas lo conoce, le resulta raro y sin embargo... ¿le gusta? No. Eso es imposible.

—¿Y tú, cuántos tienes?

—Ciento siete.

—¿Qué? ¿Tampoco me vas a decir tu edad?

—No.

—Me voy.

Miente. Pero ¿qué se trae? ¿No le va a contar nada de él?

—¡No, espera! ¡Paula, espera!

—Solo si me dices cuántos años tienes.

—Chantajista.

—Llámalo como quieras. ¿Edad?

Se teme lo peor. Está hablando con un señor mayor. Ahora es cuando le presenta a los hijos. O peor, a los nietos.

—Tengo veintidós años. Pero soy como Peter Pan. No quiero cumplir más.

Ella, dieciséis; él, veintidós. Bueno, podría ser peor.

—¿Eso de Peter Pan es porque, cuando cumpliste veintidós, no contaste más o porque realmente tienes esos?

—Tengo veintidós.

—Viejo.

—Ahora el que se va soy yo.

—¡No! Perdona, perdona. Si eres un niño. Qué digo un niño: un bebé.

—¿Te ríes de mí, Paula?

La chica no sabe ocultar una sonrisa de oreja a oreja en la soledad de su habitación. Le gusta más a cada frase que escribe.

—Por supuesto que no me río de ti. Me río contigo.

—Eso está muy visto.

—¡Oh! Perdone usted, señor originalidad.

Una nueva pausa. Un minuto. Dos. Tres. ¿Pero dónde se ha metido?

Regresa.

—Intento serlo. En mi profesión me lo exigen.

—¿Sí? ¿A qué te dedicas?

—Soy periodista.

¡Dios, un periodista! ¡Qué interesante!

—¿Eres uno de esos *paparazzi*?

—¿Por qué todo el mundo cuando se entera de que soy periodista me pregunta eso?

Mierda, otra vez ha sido poco original.

—Quizá porque tropiezas solo con chicas tontas como yo.

—Tú no eres tonta. De hecho, creo que eres bastante inteligente.

—Ahora el que se ríe de mí eres tú.

—No me río de ti. Me río contigo.

¡Qué tonto! El tipo que se las da de original y ahora hasta usa su frase trillada.

—Copión.

—Y tú, ¿a qué te dedicas?

¿Bromea? ¿Qué quiere que haga con solo dieciséis años?

—Pues imagino que a lo que casi todos con mi edad: estudio el bachillerato.

—¿Qué curso?

—Primero.

—Es fácil.

—¡Qué presumido!, ¿no? No es nada sencillo. Hay que estudiar mucho.

—¿Y tú lo haces?

Paula enrojece. Este no juzga por el aspecto físico, pero no se mide con lo demás.

—Sí. El último día. No me concentro antes. Apruebo como puedo, pero hasta ahora no he repetido curso.

—Algo es algo.

—¡Hey! Te repito que no es fácil. Muchos han repetido alguna vez con mi edad.

—Tranquila.

—¿Tranquila por qué?

—No me importa si has repetido. Todos tenemos épocas malas, se nos atraviesa alguna asignatura, algún profesor... No te voy a juzgar tampoco por tu expediente académico.

—¿Tú repetiste algún curso?

—No. Pero tuve un segundo de bachillerato complicado. Al final, un profesor me ayudó. Me aprobó una asignatura que tenía reprobada para poder hacer el examen para la universidad en junio.

—¡Qué descaro!

—Llamémoslo ser buen relaciones públicas.

Paula vuelve a reír, en el MSN y en su dormitorio. Es tardísimo, pero se siente tan a gusto con aquel chico misterioso...

—Eres un caso, Ángel.

Pero el periodista no escribe. En esta ocasión pasa más tiempo que las veces anteriores en las que se ausentó. Sin embargo, ella no dice nada. Teme ser una pesada.

Diez minutos más tarde, por fin da señales de vida.

—Perdona.

—No te preocupes. Si estás hablando con más gente, lo entiendo.

—No hablo con más gente, solo salí a la terraza.

—¡Con el frío que hace! ¡Estás loco!

—Es que..., mira por la ventana.

Paula descorre las cortinas. Detrás del cristal, pequeños copos de nieve aterrizan despacio en el suelo de la ciudad.

—¡Está nevando!

—Sí. Me encanta la nieve. Me hipnotiza.

Es precioso. Nieva.

Aquello sensibiliza a Paula. Tiene ganas de reír, de cantar, de saltar... Pero sobre todo de seguir conociendo a aquel chico tan extraño. Y sí, nunca hay que decir nunca. Porque quién sabe si alguna vez se pondrán de acuerdo para verse en persona y podrá descubrir todos los secretos de aquel periodista enigmático.

Epílogo

Los siguientes días transcurrieron muy lentos para Paula.

Pasó casi todo el tiempo estudiando los exámenes del segundo trimestre. Sin embargo, todo lo que le sucedió le afectó demasiado y reprobó dos asignaturas: Filosofía e Historia.

Ángel la llamó tres veces. El sábado para preguntarle qué tal estaba y si había pensado ya en lo que tuviera que pensar. Paula le respondió que era pronto y que le dejase un tiempo para reflexionar. El martes, para lo mismo, con idéntica respuesta. Y el viernes también, cuando estuvieron muy fríos. Ángel entonces sacó el tema de si estaban rompiendo y Paula le respondió que no lo sabía.

De Álex no sabe absolutamente nada. Ni siquiera le respondió al mensaje del hotel. Estuvo varias veces tentada de llamarlo, pero finalmente decidió no hacerlo.

Con Mario no fue fácil. El lunes, en clase, ella lo miró, pero él no quiso saber nada. Así hasta el jueves, cuando Diana intercedió entre ambos y hablaron un poco de temas intrascendentes. El viernes fue mejor e incluso hubo alguna broma entre los dos.

Diana aprobó Matemáticas con un 8,25 y Miriam reprobó con un 0.5. Cris también salió indemne del segundo trimestre en la asignatura.

Un día de abril, en Disneyland París.

—¡Mira! ¡Allí está Mickey! —grita Erica nerviosa.

—¿Dónde? No lo veo —pregunta Paula, que lleva buscando todo el día al ratón de Disney para sacarle una foto con él a la pequeña.

—¡Allí!

La niña se suelta de la mano de su hermana y sale corriendo.

—¡Erica! ¡Espera, que te vas a perder!

La hermana mayor se ve obligada a correr detrás de la niña hasta que por fin se para. Y sí, allí está Mickey.

—Hola, guapa, ¿cómo te llamas? —pregunta el ratón, que habla un curioso español con acento francés.

—Erica.

—Qué bonito nombre. ¿Y la chica que viene contigo?

—Es mi hermana, se llama Paula.

—Es muy guapa.

—¿Te gusta? Podrías casarte con ella.

Paula no oye nada de lo que hablan Mickey y su hermana.

—Oye, Mickey, ¿podrías agacharte un poco? Es que no consigo enfocarte la cabeza —comenta Paula mientras prueba con la cámara en vertical.

Mickey obedece. Se inclina y abraza a la niña.

Clic. Clic. Clic.

—Claro que me gusta. Dile a tu hermana que si le gustaría cenar conmigo esta noche.

Erica corre hasta Paula.

—Dice Mickey que si cenas con él esta noche.

—¿Qué?

—Eso. Que si quieres cenar con él esta noche.

La chica sonríe, agarra a su hermana de la mano y se alejan de allí.

Pero si hay alguien que tiene capacidad para conseguir lo que quiere, ese es el ratón más famoso del planeta.

Álex Oyola

Tras la pared

PRIMERA PARTE

CAPÍTULO 1

En la vida aparecen personas de alguna parte que te marcan la existencia. Es un juego del destino, que coloca en tu camino a gente que, por arte de magia, o sin ella, influye en tu comportamiento y hasta te hace cambiar tu forma de ser. Despliega tal red sobre ti que quedas atrapado por su esencia, sea cual sea esta.

Algo parecido me sucedió a mí cuando tenía veinticinco años.

A esa edad, todo parece que va a ir sobre ruedas. Empiezan a dar fruto todos los años cursados en la universidad, te consolidas en un trabajo para el que te has estado preparando a conciencia, día y noche; tu físico todavía conserva la frescura de la posadolescencia, aunque también comienzan a aparecer rasgos que muestran cierta madurez; y la relación con tu pareja supera la siguiente barrera. Piensas en un futuro con ella y hasta surgen las primeras discusiones sobre el número y el nombre de tus hijos.

Mi nombre es Julián Montalbán y nada de esto ocurrió a mis veinticinco.

Había estudiado Periodismo durante cinco interminables años en la universidad para terminar cobrando una miseria de sueldo y sobreexplotado en una estúpida revista de pádel en la que yo lo hacía todo, salvo ir a los torneos. Para eso estaba mi jefe. Lo dejé y me hice escritor. Bueno, escritor, dejémoslo en autor de un libro del que apenas había vendido 1,151 ejemplares. ¿De qué vivía entonces? De lo poco que había ganado con la primera novela, de lo que me habían adelantado por la segunda, que estaba aún por escribir, y del dinero que mis padres me prestaban, aunque estos empezaban a cansarse de mantenerme. De hecho, me habían dado un plazo de tres meses más para que me ganara la vida. Por otra parte, mi aspecto seguía siendo el de un niño que acaba de salir del bachillerato. ¿El acné no desaparece cuando abandonas la pubertad? Para colmo, cada vez andaba más encorvado y, cuando me peinaba, había pelos que se fugaban irreverentemente de mi cabeza y terminaban atrapados en el cepillo. Sí, me peino siempre con cepillo. Y no, no estaba calvo con veinticinco años, pero me preocupaban las entradas que, por aquel entonces, se hacían cada vez más prominentes a los lados de mi frente.

Pero lo que más me quitó el sueño al cumplir veinticinco años fue lo de mi novia. Exnovia. Llevaba tres meses viviendo con Verónica en un departamento que pagábamos a partes iguales. Sin embargo, noventa y dos días después de cruzar con ella en brazos la puerta de nuestro precioso ático, en el centro de Madrid, decidió dejarme. ¿Los motivos? Que la convivencia no era lo que imaginaba, que la rutina nos había ido consumiendo, que yo ponía demasiado alta la música… Lo que yo pensé: «Me late que hay otro».

Así que me marché del ático céntrico y decidí buscarme otro hogar, que pudiera pagar con la asignación de mis padres y el poco dinero que tenía ahorrado, alejado de la que había sido hasta ese momento la mujer de mi vida.

—¿Dónde dejo esto?

—Ahí mismo, en esa esquina.

Larry soltó en el suelo, sin ningún cuidado, una caja llena de libros. Luego resopló exhausto y se acomodó sobre la silla con ruedas en la que yo solía sentarme a escribir.

—Estoy agotado.

—Pero si solo has subido tres cajas —repliqué mientras mi amigo rodaba, sobre la silla, hacia la ventana de la diminuta sala-comedor del que disponía la vivienda.

—Las tres que más pesaban —indicó con una sonrisilla, al tiempo que miraba por el cristal—. Tienes buena vista desde aquí.

Me hizo un gesto con la mano para que observara a una chica rubia con lentes de sol que pasaba justo por debajo de mi nuevo departamento.

—No estoy para tonterías, Larry. Hay mucho trabajo que hacer.

—¿Desde cuándo las chicas guapas son una tontería? —preguntó, siguiendo con la mirada a la rubia de los lentes hasta que la perdió de vista—. Estás insoportable. ¡Anímate, hombre!

—Estoy animado.

—Claro. Y yo soy rubio oxigenado —dijo mi amigo, sacando una liga del bolsillo y recogiéndose su larga cabellera en una coleta.

Sus bromas y aquella sonrisa socarrona me ponían nervioso. Aunque sabía que todo lo hacía para intentar sacarme de la apatía que me había consumido desde que me dejó Verónica. Larry era mi mejor amigo desde que nos conocimos en el instituto. Su nombre real era Miguel, pero le llamaban de esa forma por su gran parecido con el famoso jugador de basquetbol de los Boston Celtics, Larry Bird: alto, rubio, buen tipo, atlético…, y también a él le gustaba el basquetbol, aunque su mayor pasión era otra. Y le daba igual si tenía el pelo rubio, moreno o pelirrojo.

—¿Por qué no nos vamos de parranda esta noche? Con un poco de suerte, encuentras a alguna mujer que…

—No pienso salir esta noche —lo interrumpí molesto—. Ni esta, ni ninguna en los próximos meses. Tengo que centrarme en el nuevo libro. ¡Ni lo he empezado!

—Vamos, Julián. Disfruta la vida un poco. Eres joven, guapetón, escritor…

—Autor —le rectifiqué rápidamente.

—Vale, autor. Estamos ya en verano. ¡Es 21de junio! Y me han invitado a la inauguración de un sitio espectacular en pleno centro. ¡Ven conmigo!

—No.

—Carajo. ¿Ni lo vas a pensar?

—Ni lo voy a pensar. Es mi última palabra. No.

Larry chasqueó la lengua y abrió los brazos, quejoso. Aunque enseguida recuperó esa particular sonrisa de superioridad que tanto me molestaba. Sin más, se dirigió a la puerta y la abrió. Pero, antes de marcharse, quiso dejarme claro que no se rendía.

—Bueno, no insisto más. De momento. Dentro de un rato te llamaré para preguntarte de nuevo. Piénsalo al menos.

—Está más que pensado. No tengo ganas de fiesta. Esta noche me sentaré delante de la computadora e intentaré escribir algo hasta que me vaya a dormir.

—Planazo.

—El mejor plan posible. Adiós, Larry.

—Adiós, Julián. Te llamaré.

Cerró la puerta con fuerza y escuché como bajaba en el elevador. Por fin solo en mi nuevo hogar. Treinta y siete metros cuadrados, en una zona periférica de la ciudad, era lo único que me podía permitir por el momento. Volví a suspirar al observar todo tirado y sin desempaquetar. Aunque el departamento estaba amueblado de manera sencilla, no había demasiado espacio para colocar mis cosas. ¿Cabría todo allí? No tenía ganas de pensar en eso. Me dolía la cabeza, estaba cansado y hambriento. Por supuesto, el refrigerador se hallaba completamente vacío. Así que decidí bajar a una tienda de alimentación que había visto, justo enfrente, al otro lado de la calle. Compré un sándwich de pollo y una Coca-Cola Light e inmediatamente regresé al edificio. Saqué la llave, abrí y, cuando estaba a punto de cerrar, escuché que alguien gritaba.

—¡Espera! ¡No cierres!

Me giré y contemplé cómo una mujer se lanzaba sobre la puerta del edificio para impedir que se cerrara. Y lo consiguió. Calculé que tendría entre treinta y cinco y cuarenta años. Vestía con el pantalón de mezclilla más corto que había visto nunca: tapaba justo lo que debía cubrir. Su camiseta era sin mangas, blanca, y dejaba a la vista las tiras de un brasier rosa pálido. El pelo lo tenía oscuro y lo llevaba recogido en un gracioso moño. Cuando me miró, vi sus preciosos ojos verdes, enormes, escoltados por unas pestañas larguísimas. Medía un poco menos que yo, así que rondaba el metro setenta. Su rostro era alargado, de nariz afilada y tez morena. Una belleza de mujer que me había dejado con la boca abierta.

—Hola —dijo sonriendo tras haber logrado su propósito—. No te conozco, aunque te vi antes subiendo unas cajas con otro chico. ¿Eres el nuevo vecino?

—Sí… Imagino que sí.

Su sonrisa se hizo incluso más amplia, lo que la hacía parecer aún más guapa. En cambio, mi expresión seguro que resultaba de lo más ridícula.

—Vives en el tercero A, ¿no?

—Sí. Me acabo de mudar.

—Yo vivo en el tercero B. Me llamo Marta, encantada.

Fui a estrecharle la mano, pero ella se anticipó a darme dos besos. Olía muy bien.

—Yo soy Julián —respondí cuando se separó de mí.

—Era muy amiga de Berta, la chica que vivía antes en tu departamento —indicó mientras nos alejábamos de la entrada—. ¿Te molesta que subamos por la escalera? Me dan mucho miedo los ascensores.

—Claro, no hay problema.

Me sorprendió que aquella mujer tuviera fobia a los ascensores. Parecía muy segura de sí misma. Mientras subíamos hasta la tercera planta, me explicó que la inquilina anterior del tercero A había sido un gran apoyo para ella cuando se separó de su marido.

—Pero me alegro de que se haya marchado. Tu piso está bien, pero no es para dos personas. Berta se casa en un mes y quería irse a un sitio un poco más grande. ¿Ya has hecho toda la mudanza?

—Más o menos.

—Odio las mudanzas. Siempre hay más cosas de las que parece. Afortunadamente, no he tenido que cambiarme demasiadas veces de casa. ¿Tú te has mudado muchas veces?

—Esta es mi cuarta casa.

Cada una de mis respuestas venía acompañada de cierto temblor. Marta me ponía nervioso, me impresionaba. Además, subía la escalera delante de mí y no quería mirar a ninguna parte de su escultural anatomía que pudiera incomodarla.

—Las mismas en las que he vivido yo —señaló cuando llegamos al tercer piso—. Si necesitas ayuda, avísame. Y ya nos veremos. Cuando estés más tranquilo, pásate por mi casa y te invito a un café.

—Muy bien. Gracias.

Ella dibujó una última sonrisa y se metió en su departamento después de despedirse con un fugaz gesto de su mano. Me quedé inmóvil un instante y luego entré en mi nuevo departamento. ¡Qué mujer! Oprimí el interruptor y examiné el interior de la sala con algo de tristeza. Estaba solo por primera vez en mucho tiempo. Tras la ruptura con Verónica, había pasado un par de meses en la casa de mis padres. Ni mi padre ni mi madre veían con buenos ojos el tema de ganarme la vida escribiendo libros. No era que no creyeran en mí, sino que tenían los pies en el suelo. Suponía un milagro pagar las facturas escribiendo novelas, aunque yo todavía no había perdido la esperanza de convertirme en un escritor de renombre.

Me senté en el sillón de la pequeña sala-comedor y me comí el sándwich de pollo mientras reflexionaba y me planteaba mi existencia. Resoplé. ¿En qué situación estaba? Alcancé una pluma y una servilleta de papel y, a lo largo de varios minutos, escribí una lista de propósitos:

Empezar de una vez el nuevo libro que debo entregar en tres meses. Los mismos tres meses que mis padres me han puesto como límite.

Inspeccionar la zona y buscar la farmacia, el súper y la cafetería más cercanos.

Gastar lo justo y necesario e intentar ahorrar algo.

Ignorar a Larry.

Olvidar a Verónica.

Y, como si me estuviera observando desde algún rincón del pequeño departamento, prácticamente en el momento en el que escribí su nombre, mi teléfono comenzó a sonar anunciando una llamada de mi ex. Llevaba unos cuantos días insistiendo, pero no tenía ganas de escuchar su voz. Sabía que, si contestaba, terminaríamos discutiendo. Así que opté por no responder una vez más y quitarle el volumen al celular. Era suficiente. Necesitaba desconectarme del mundo. Me llevé la servilleta con las anotaciones a la habitación y la guardé bajo la almohada. Me tumbé sobre el colchón sin ni siquiera deshacer la cama y cerré los ojos. De repente, me invadió un gran sopor. Me sentía agotado. Incapaz de pensar más. Hacía muchísimo calor, pero me daba igual. Poco a poco, me fui quedando dormido, inmerso en un sueño que nunca fui capaz de recordar. Hasta que un ruido me despertó. Me costó darme cuenta de que provenía del piso de al lado. Abrí los ojos y me incorporé. Una canción comenzó a sonar tras la pared. Rápidamente, reconocí el famoso *Killing me softly*, pero en la versión de Fugees, no la de Roberta Flack. Me sabía el estribillo e inconscientemente me puse a tararearlo. No lo hice solo. Al otro lado de la pared, una dulce voz femenina acompañaba a la cantante del grupo norteamericano. Una voz que me embriagó y que, sin que supiera la razón, logró dibujarme una sonrisa. Cerré los ojos, hipnotizado, y durante las siguientes horas permanecí atrapado en los brazos de Morfeo.

CAPÍTULO 2

Cuando me desperté, tenía la sensación de haber estado durmiendo durante meses. Sin embargo, mi hibernación solo duró algo más de un par de horas. Poco, para la cantidad de sueño atrasado que acumulaba. La separación de Verónica me había provocado insomnio y las madrugadas me las pasaba escuchando los *podcasts* de Milenio 3. Iker Jiménez se había convertido en una seria competencia de Larry para sucederlo como mejor amigo.

Salté de la cama y, tras darme una ducha rápida para quitarme el calor de encima, preparé una cafetera. Mientras, recuperé mi celular y le subí el volumen. Tenía varias llamadas perdidas: dos de mi exnovia, dos de Larry y una de Jacobo Jáuregui, mi agente literario. Jota Jota, como le gustaba que le llamara, me había dejado un mensaje en el buzón de voz:

Hola, Julián. No sé nada de ti desde hace varios días. Tenemos que hablar. Llámame en cuanto puedas.

Parecía nervioso. Ni siquiera se despedía en el mensaje grabado. Eso significaba que no estaba demasiado contento. Y tenía razones para ello. Él había apostado fuerte por mí y, aunque con el primer libro no había conseguido las ventas esperadas, confiaba en que con el segundo las cosas fueran diferentes. El problema era que hacía dos meses que debería haber empezado a escribir y de momento no tenía ni una sola línea.

Aunque no tenía ganas de hablar, llamé a mi agente para que no se pusiera más tenso. Al segundo *bip*, respondió.

—¡Julián! ¡Dichosos los oídos! Pensaba que te habías olvidado de mí y de tu futuro literario.

—No ha pasado tanto tiempo desde la última vez que hablamos. ¿Tres semanas?

—Tres semanas y media —me rectificó—. Y bien sabe Dios que no quería molestarte e interrumpir tu inspiración, ni meterte presión, pero necesito ya páginas del nuevo libro. Tu editora me las ha pedido. ¿Cómo vas?

—Bien —mentí.

—Me alegro. ¿Me las mandas por *e-mail?* Tengo muchas ganas de leer el comienzo de *Edelweiss.*

Edelweiss. Ese era el título de mi segundo libro. Una novela de misterio, a lo Agatha Christie, de la que se suponía que debía entregar trescientas páginas en septiembre. El trato era que ellos supervisarían la historia varias veces antes del plazo final para asegurarse de que todo marchaba correctamente. No me gustaba tanto control, pero fueron las condiciones que impusieron desde arriba para contratarme por segunda vez. Jacobo actuaba de intermediario entre la editorial y yo.

—Prefiero avanzar un poco más antes de darle algo a la editora —contesté después de un breve silencio en el que decidí qué decirle.

—¿Un poco más? ¿Cuánto más?

—No sé, algunas páginas.

Esta vez el silencio duró unos segundos más que antes. Cuando Jota Jota volvió a hablar, su tono de voz era una mezcla de preocupación y enfado:

—Dime, por favor, que llevas por lo menos cincuenta páginas del libro.

—Cincuenta páginas son muchas páginas.

—¿Cuántas has escrito? No me mientas. Necesito que me cuentes la verdad.

Resoplé antes de confesar.

—No he empezado —admití avergonzado—. Estoy algo bloqueado después de lo de Verónica. Buscar departamento y la mudanza también me ha quitado mucho tiempo.

—No lo puedo creer.

—Lo siento, de verdad —me disculpé sinceramente con mi agente—. Ya he terminado la mudanza y Verónica es historia. Me dedicaré plenamente a la novela desde hoy mismo.

—Nos la estamos jugando, Julián. Tanto tú como yo.

—Dame una semana y te entregaré cincuenta o sesenta páginas.

—¿Y qué les digo a los de la editorial?

—Que no se preocupen y que tendrán la mejor novela de misterio escrita en el siglo XXI.

¿Desde cuándo me había vuelto tan optimista? Las promesas de ese tipo nunca habían sido lo mío. Pero la situación requería una gran dosis de fe para persuadir a mi agente literario y que este, a su vez, convenciera a la editorial para que me diera algo más de tiempo.

—Sesenta páginas. Una semana.

—Una semana —repetí—. Me pongo a ello desde ya.

—Espera, Julián —dijo Jacobo, intuyendo que estaba a punto de colgar y escaparme de su sermón final. No lo logré—. Es tu segunda y posiblemente última oportunidad para hacerte un hueco en el mundo de la literatura. Siento ser tan drástico, pero es la verdad. Ya sabes cómo están las cosas y lo difícil que es publicar un libro. Hemos conseguido, con tu talento y mi perseverancia, que una editorial importante te dé esta posibilidad. No la mandes a la mierda por una mujer. Ponte a trabajar y demuéstrame que no estaba equivocado contigo.

No me agradó el tono despectivo que Jota Jota usó para referirse a Verónica. No era «una mujer». Había sido el amor de mi vida, y olvidarme de lo que habíamos vivido juntos no era sencillo. Pero tenía que conseguirlo y poner toda la carne en el asador con la nueva historia. O lo hacía o me podía ir despidiendo de mi recién estrenada carrera literaria. Adiós, escritor de éxito; hola, don nadie.

—Gracias. No te defraudaré.

—Estoy seguro de ello. Ahora te dejo tranquilo. Ponte a escribir ese *best seller*. Ánimo, Julián. Lo vas a hacer genial.

Después de colgarle a mi agente, me quedé pensativo unos minutos. Tenía razón en casi todo lo que me había dicho. Debía aprovechar la oportunidad que la editorial me había brindado. Si el libro luego funcionaba o no, dependía de otros factores, pero en lo que a mí respectaba tenía que hacerlo lo mejor posible y dar la vida por aquella historia. Así que les pegué una patada a las lamentaciones, me senté frente a mi computadora portátil y comencé a teclear. En las semanas anteriores no había escrito nada, pero había apuntado mil cosas en una libretita. Varias de aquellas anotaciones me sirvieron para el prólogo, que terminé en un par de horas. Dos horas muy intensas en las que no me levanté de la silla ni un solo segundo. Al concluir, fui a beber agua a la cocina y regresé para repasar durante otra media hora lo que había escrito. Listo. Cuando te entregas de esa forma, acabas exhausto, mental y físicamente, pero disfrutas de la sensación del trabajo bien hecho. Así que bajé la pantalla del portátil y suspiré satisfecho. Era consciente de que aquella solo era la primera piedra de la pirámide que debía construir, pero por algo se empieza y aquel comienzo era por lo menos prometedor.

Estaba saboreando las mieles de mi exitosa y productiva tarde cuando el telefonillo del departamento sonó. Extrañado, fui a responder. Ni mis padres sabían todavía la dirección. ¿Quién sería? ¿Larry?

—¿Sí?

—¿Qué tal, Julián? ¿Estás preparado?

Larry.

—¿Preparado para qué?

—Para salir —contestó mi amigo muy convencido—. Habíamos quedado en que te recogería a las nueve.

—No habíamos quedado en nada.

—¿No? Yo juraría que sí. Bueno, da igual. ¿Subo o bajas tú?

—Ni una cosa ni la otra.

—¡Ándale, Julián! Es por tu bien.

—Lo único que sería por mi bien es acostarme ya y dormir ocho horas seguidas.

—¿Qué eres? ¿Un Lunni? Nos tomamos una copa en el local que inauguran hoy, al que me han invitado, y luego te traigo a casa. Si quieres volvemos antes de las doce, Cenicienta.

La insistencia de mi amigo me hizo dudar. ¿Estaba dudando? Era evidente que ya no iba a escribir más después de una exigente tarde frente al portátil. Y quizá unas cervezas y un poco de aire fresco me vendrían bien. Además, había dormido dos horas de siesta. Y en mi departamento hacía tanto calor… Al día siguiente compraría un ventilador.

—Eres la peor influencia del mundo.

—¿Eso significa que vienes?

—Si me prometes que me vas a traer antes de las doce.

—A las once y cuarenta y cinco, no vaya a ser que el coche se convierta en calabaza —comentó Larry sonriente—. Vamos a pasarla bien, Julián.

—¡Carajo! Si Ken Follett hubiera sido tu amigo, no habría escrito *Los pilares de la Tierra*. Dame diez minutos para vestirme y bajo.

—¡Genial! ¡Ponte guapo, que hoy triunfas!

Mi amigo no tenía remedio, pero me hacía sentir bien. A su manera, demostraba que se preocupaba por mí. Y aquella era una prueba más.

Me puse un pantalón azul oscuro de mezclilla, una camisa blanca, a la que no abroché los últimos dos botones, y las botas negras; me eché algo de gel en el pelo y bajé en menos de los diez minutos que le había solicitado a Larry.

—Qué elegante —me soltó él nada más verme, dándome una palmadita en la mejilla—. Tengo el coche en el estacionamiento de atrás.

Caminamos hasta el final de la calle para ir a la paralela, donde Larry tenía estacionado su convertible, regalo de su abuela rica cuando se licenció en la Facultad de Derecho. A diferencia de mí, él ya estaba trabajando en un bufete de abogados y, aunque no quería reconocer que se pasaba el día haciendo fotocopias y llevando cafés a los jefes, cobraba un sueldo más que digno.

Al llegar a la esquina, escuché mi nombre. Miré a mi alrededor y descubrí a Marta, justo al otro lado de la calle, esperando a que el semáforo cambiara de color para cruzar. No estaba sola. A su lado, se encontraba una joven adolescente. Pese a la distancia que nos separaba, noté el evidente parecido entre ambas, aunque la chica tenía el pelo, que le caía por los hombros, rubio y lacio. ¿Era su hija? Eso quería decir que Marta había sido madre muy joven. La mujer levantó la mano y me saludó animosamente. Hice lo mismo y después las perdí de vista al doblar la esquina.

—No me digas que esas dos preciosidades son tus amigas —comentó Larry tras un silbido.

—Son mis vecinas.

—¡Qué vecinas! Creo que vendré a verte con mucha frecuencia.

Moví la cabeza negativamente, aunque se me escapó media sonrisa. La verdad era que Marta me había impresionado tan pronto la conocí, pero aquella jovencita era incluso más llamativa que ella. ¿Me había sonreído? Quizá fueran alucinaciones mías. Estaba lo suficientemente lejos como para no distinguir ni siquiera si se había fijado en mí.

—¿Quieres comer algo antes de ir al Waterhouse? —me preguntó Larry, ya dentro del coche, al salir del estacionamiento.

—¿Waterhouse?

—Sí, es el local del que te he hablado. Lo ha abierto un cliente del bufete y esta noche lo inauguran. Según me han contado, está muy bien y está en plena Castellana. Pero vamos a comer algo antes, ¿te parece bien?

Asentí. Tomamos unos pinchos y unas cervezas en un bar que nos quedaba de camino. Por unos minutos, me olvidé de todos mis problemas. Me di cuenta de que el alcohol me estaba subiendo demasiado deprisa y de que me reía de las tonterías que decía Larry con excesiva facilidad. No podía bajar la guardia de esa forma, pero me sentía relajado. Libre de presiones y de angustias. En mi cabeza, en ese instante, no había ni rastro de Verónica, de Jota Jota o de la editorial.

En cambio, con la tercera cerveza, un rostro se me apareció de repente. Era el de aquella chica que acompañaba a Marta en el semáforo. ¿Me había sonreído? Posiblemente solo eran imaginaciones mías. ¿Tendría novio? Seguramente. ¿Y qué me importaba a mí eso? Era una niña, de apenas catorce o quince años.

Entonces, caí en algo que no había recordado hasta ese momento de relax y desconexión. ¿Era de ella la dulce voz que había escuchado cantar tras la pared de mi habitación?

—Amigo, se hace tarde. Tenemos que irnos ya para el Waterhouse —señaló Larry al regresar del baño.

Me levanté del taburete alto en el que estaba sentado, sonriente, dando un pequeño tumbo y sin dejar de pensar en aquella jovencita. No entendía cómo me estaban afectando tanto tres míseras cervezas. Pero no me importaba. Estaba feliz. Felicidad que no duraría mucho, ya que la noche traería consigo encuentros inesperados y con nefastas consecuencias.

CAPÍTULO 3

El Waterhouse resultó ser mucho más impresionante de lo que Larry me había explicado. Y eso que si de algo pecaba mi amigo era de exagerar las cosas. Pero aquel no era un simple local situado en el corazón del paseo de la Castellana.

Cuando entramos en el establecimiento, me quedé con la boca abierta. Una enorme alberca, iluminada con luces de colores parpadeantes, ocupaba la parte central. En su interior se distinguían cuatro barras, servidas por meseros con el torso desnudo y meseras en bikini, a las que se llegaba por otras tantas pasarelas de madera. Alrededor de la alberca se extendían diversas galerías escoltadas por columnas que imitaban a las de las construcciones romanas. Pude contemplar también varias habitaciones acristaladas, colocadas en diferentes zonas, reservadas para gente VIP. Cada una de ellas estaba provista de sillones de piel y mesitas de cristal oscuro. La música que sonaba era *dance* de los noventa y, aunque había bastante gente, la sensación no era en absoluto de agobio.

—¿Qué te parece el negocio de nuestro cliente? Espectacular, ¿no?

Asentí con la cabeza y caminamos por una de las galerías hasta el borde de la alberca. El efecto del alcohol de las cervezas se me había pasado bastante, algo que por algún motivo me fastidiaba.

—Vamos a pedir una copa —solté antes de adelantar a Larry y cruzar por una de las pasarelas hasta una de las barras.

—¡Me gusta esa actitud, señor Montalbán!

Una amable mesera pelirroja, ataviada con un bikini rosa fucsia, me sirvió un ron con Coca-Cola a la vez que me mostraba una preciosa sonrisa.

—Has ligado —me susurró mi amigo después de darme un codazo—. Te dejo con la pelirroja, que tengo que llamar por teléfono.

Observé a Larry alejarse por la pasarela hacia la entrada del local y ocupé uno de los sillones que había junto a aquella barra. Apenas volví a cruzar palabra con la mesera salvo para pedirle una segunda copa y, minutos después, una tercera. ¿Dónde se había metido mi amigo? Comprobé la hora y me sorprendí al ver que estaban a punto de dar las doce. Tenía que volver a casa. Sin embargo, ni Larry estaba por allí, ni yo me encontraba en condiciones de irme solo. El ron había impuesto su ley. Empezaba a sentirme algo mareado y a no enterarme del todo de lo que sucedía alrededor. Cerré los ojos y apoyé los codos en las rodillas, sujetando la barbilla con las palmas de las manos. En ese momento, de nuevo me vino a la cabeza la chica rubia del semáforo. Escuchaba su voz cantando el estribillo del *Killing me softly.* Y la veía sonreírme. ¿Qué edad tendría exactamente?

—Julián.

Abrí los ojos al oír mi nombre y visualicé la imponente figura de Larry. A pesar de que la vista se me había nublado, pude descubrir enseguida que venía acompañado. Lo que me costó más fue aceptar que ella estaba a su lado, vestida con un cortísimo vestido negro e intentando sonreír con amabilidad.

—Hola, Julián, ¿cómo estás? —preguntó Verónica tras morderse el labio, un tic que conocía bien y que aparecía cuando estaba nerviosa.

—¿Qué carajos está pasando? —solté incorporándome—. ¿Por qué estás tú aquí?

Los dos se miraron un segundo y fue mi amigo el que respondió.

—Siento haberte ocultado que había invitado también a Verónica a la inauguración. Ella me pidió que buscara la manera de que pudieran hablar.

—No me contestas el teléfono —señaló la chica cruzando los brazos sobre su abdomen.

—Porque no quiero saber nada de ti.

Mi tono fue lo suficientemente brusco para imponer un silencio y provocar más miradas entre Larry y Verónica. Mi amigo entonces me agarró de un brazo y me arrastró, alejándonos unos metros de mi exnovia.

—No puedo creer que me hayas hecho esto —me anticipé a decir.

—Perdona. Ella también es amiga mía y me lo pidió. Simplemente, habla con ella.

—No quiero hablar con ella. ¡Lo que quiero es olvidarme para siempre de Verónica!

—Lo sé, Julián. Sé que ella te lo ha puesto muy difícil y que no hace ni dos meses que terminaron.

—¡Ella terminó conmigo! —exclamé indignado—. Ella es la que ha tomado la decisión. Y he sido yo el que se ha tenido que mudar de casa y hasta cambiar de zona. Todo para no encontrármela y olvidarme de lo nuestro.

Hacía tiempo que no veía a Larry tan afectado por algo. Al escuchar mis quejas, se puso aún más serio, se frotó la cara con ambas manos y suspiró.

—Solo te pido que la escuches. Ni siquiera que aceptes

lo que te pueda proponer. Solo dedícale un minuto y después, si lo deseas, te llevo a casa y nos olvidamos de Vero.

—No intentes convencerme otra vez.

—Hazlo por mí. Los dos son mis amigos. Por favor. Prometo que no te daré más lata con esto.

Me tambaleé un poco, algo de lo que Larry se percató. Me tomó del brazo y me ayudó a sentarme en uno de los sillones que estaban junto a la alberca. No me encontraba demasiado bien y no solo era por haberme bebido tres copas de ron con Coca-Cola en tan poco tiempo.

—No puedo hablar con ella —dije en un tono más sosegado—. No quiero volver a pasarlo mal. Tengo que centrarme en el libro, me estoy jugando mi futuro.

—¿No dicen que es mejor estar sufriendo para que te llegue la inspiración?

—Tal vez a los poetas del siglo XIX les pasaba eso. Yo escribo novelas de misterio. Soy yo el que hace sufrir a los personajes.

A mi amigo se le escapó una carcajada y luego me puso la mano encima del hombro. Me miró a los ojos y lo intentó una última vez.

—Habla con Verónica y nos vamos a casa.

Suspiré. Le quité la copa que tenía en la mano, me la bebí de un trago y, mientras todo me daba vueltas, le pedí que avisara a mi exnovia para que hablásemos. Larry me dio un sonoro beso en la mejilla y fue por ella. Verónica se sentó en otro sillón, frente a mí, cruzando sus bronceadas piernas. Estaba radiante con aquel vestido negro. Se había recogido el pelo en una coleta y no paraba de morderse el labio.

—Los dejo para que hablen —indicó Larry al tiempo que me arrebataba la copa que acababa de vaciar de un trago—. Estaré en la barra. Avísenme cuando terminen.

Mi exnovia y yo por fin nos quedamos a solas. Ninguno de los dos mirábamos al otro. Ella, posiblemente, por vergüenza o culpabilidad; yo, porque no quería que me maniatara mediante el poder de sus preciosos ojos azules. Sabía de lo que era capaz.

—Bueno, dime. ¿De qué querías hablar? —solté yo en primer lugar, después de unos segundos en silencio.

Sentía la boca pastosa y cada vez estaba más mareado. Lo único que deseaba era acabar cuanto antes e irme a casa a dormir.

—De ti y de mí. De nuestra relación actual.

—Creo que nuestra relación actual está muy clara. Tú por tu lado, yo por el mío. Es lo que querías, ¿no?

—No así —señaló Verónica, que descruzó las piernas y se echó hacia adelante. Intentó agarrarme la mano, pero rehusé su gesto—. Han pasado dos meses desde que nos separamos. Aunque no seamos pareja, podemos seguir siendo amigos, Julián.

Observé a Verónica con desagrado. ¿Había escuchado bien o el alcohol hacía que me imaginara cosas que no estaban sucediendo? ¿Amigos?

—¿Me estás pidiendo amistad? Como si me mandaras una petición al Facebook. Así, sin más. Sin tener en cuenta lo que me has hecho.

—No te he hecho nada. Simplemente, lo nuestro no funcionó. No nos complementábamos bien en la convivencia.

—Y crees que nos complementaremos mejor como amigos, ¿no?

—Antes de ser novios, teníamos una buena relación —le recordó prácticamente en un susurro—. Yo te necesito en mi vida, Julián. No quiero perderte para siempre.

Era lo más surrealista e hipócrita que había escuchado en mi vida. Sentí que se me revolvían las tripas y cómo el alcohol trepaba desde el estómago hasta el inicio de mi garganta.

—Ni comes, ni dejas comer —sentencié, muy molesto por lo que acababa de oír.

—Solo quiero que sigas en mi vida y que recuperemos esa amistad que teníamos antes de convertirnos en pareja.

—Eso no puede ser.

—¿Por qué? Somos adultos. No hemos podido llegar más lejos como novios. Pero podemos ser amigos. Los tres podemos serlo.

—¿Los tres? ¿Qué tres?

A pesar de mi lamentable estado y de que, entre las luces de colores y los efectos del ron, no la veía bien, acerté a vislumbrar cómo sus mejillas se sonrojaban.

—Tú, Larry y yo.

Aquello me tomó desprevenido. No entendía qué quería decir con aquello, hasta que sumé dos más dos. Su mirada terminó de delatarla.

—Larry y tú son…

—No sé lo que somos. Pero… sí. Estamos más o menos juntos.

De un salto me puse de pie, balanceándome a izquierda y derecha. Por suerte, logré agarrarme a la parte superior del sillón.

—Todo este teatro que han montado es para contarme que te estás acostando con mi mejor amigo.

—Julián, no hables así, por favor.

—¿Cómo que no hable así? ¡Se han estado acostando a mis espaldas!

—Nunca hicimos nada mientras estaba contigo. ¡Te lo juro!

—¡No me jures nada!

—Surgió sin más. No te queríamos hacer daño.

—¡Cállate! —grité fuera de mí—. ¡No quiero escucharte más!

Larry se dio cuenta de que algo estaba pasando al oírme chillar. A grandes zancadas, regresó hasta nosotros. Todo me daba vueltas. Lo miré con odio y no me pude reprimir.

—¡Me han traicionado! ¡No quiero volver a verlos! ¡Los dos son unos...!

Y, en ese instante, pasó lo que podía pasar. Volví a balancearme de un lado a otro, pero en esta ocasión no logré sujetarme al sillón. Mi cuerpo se fue hacia atrás y, de espaldas, caí en la alberca.

De aquella noche en el Waterhouse no recuerdo nada más.

CAPÍTULO 4

Cuando abrí los ojos, estaba confuso. No sabía muy bien dónde me encontraba, aunque aquella habitación me resultaba familiar. Me incorporé y enseguida descubrí que me hallaba tumbado en mi antigua cama. En el piso que durante tres meses fue mi hogar compartido. ¿Qué había pasado?

Tardé unos segundos en atar cabos: Waterhouse, Larry, alcohol, Verónica, la alberca...

¡Dios! ¡Me caí de espaldas al agua mientras discutía con mi exnovia y mi amigo! ¿Y después? Después no tenía ni idea de lo que había sucedido.

Tenía la garganta seca y un sabor de boca horrible. Me dolían muchísimo la cabeza y los huesos: una resaca en toda regla.

Sin embargo, lo que realmente me preocupaba era que no me acordaba del resto de la noche. Pero había más. Cuando aparté la sábana que me tapaba, comprobé que estaba completamente desnudo. Me levanté rápidamente y busqué mi ropa. No la encontré, así que me envolví en una sábana y salí de la habitación. Ya era de día, aunque no podía precisar la hora. Instintivamente, pensé en mirarla en el celular, pero... ¡Carajo! ¡Había caído al agua conmigo! La situación empeoraba por momentos.

Descalzo, avancé deprisa por el pasillo y abrí la puerta de la sala, que estaba cerrada. En el sofá de tres plazas, que yo mismo había elegido, vi a Verónica con una taza humeante entre las manos. Cuando me vio, no se puso de pie, sino que me invitó a que me sentara con ella. Me acerqué hasta donde estaba, pero decliné su propuesta.

—¿Dónde están mi ropa y mi celular? —pregunté sin tan siquiera saludarla.

—La ropa, tendida en el baño, secándose. El celular, en la cocina, metido en un bote con arroz para ver si conseguimos salvarlo después del chapuzón.

Lo había leído en alguna web: si un teléfono se moja, hay que introducirlo en un recipiente con arroz, que absorbe el agua. Siempre pensé que aquello solo era una leyenda urbana y que no serviría. Sin embargo, cuando saqué el mío del tarro en el que lo había metido Verónica y lo encendí, el celular funcionaba perfectamente.

Tras recuperar el aparato, me dirigí al baño, donde estaba tendida la ropa. Afortunadamente, el calor que hacía permitió que se secara casi por completo, aunque la camisa estaba arrugadísima. Me vestí rápidamente y me dispuse a marcharme del departamento.

—Julián, tenemos que hablar —dijo Verónica, apoyada en la pared del recibidor—. Tratemos esto como personas adultas. No nos hagamos más daño. Te queremos. Él se lanzó a por ti y te salvó la vida.

No respondí. Si no hubiera estado en aquel sitio, engañado por Larry y mi exnovia, no habría terminado bañándome vestido en una alberca y nadie me habría tenido que salvar la vida.

—Adiós —fue lo único que solté.

Abrí la puerta y me marché del ático. Verónica insistió a gritos, desde el umbral, en que teníamos que hablar, pero ni la miré. Entré en el elevador y por fin dejé de oírla. Se podía ahorrar cualquier palabra con la que pretendiera hacerme reflexionar.

Hacía mucho calor. Tomé un taxi y me fui a casa. En el trayecto, a pesar de que intentaba no dedicarle ni un segundo más a mi exnovia y a Larry, mi mente no mostraba interés en hacerles caso a mis intenciones. ¿Cómo había podido mi amigo hacerme algo así? De acuerdo que yo ya no salía con Vero. Pero acabábamos de romper hacía relativamente poco. Y no estaba seguro de que él no fuera el motivo de la ruptura. Fuera como fuere, enterarme de que estaban juntos me había hecho mucho daño.

Seguía dándole vueltas a lo mismo cuando entré en mi edificio hacia las once de la mañana. Subí en el elevador hasta el tercer piso y, cuando saqué las llaves para abrir, alguien carraspeó detrás de mí. Me giré sobresaltado. Sentada en la escalera, vi a la chica que el día anterior estaba con Marta en el semáforo. En esta ocasión pude fijarme mejor en ella. Tenía los ojos muy claros, verdes y enormes como los de su ¿madre? Su rostro era muy aniñado, lleno de pecas. Su nariz, fina; y sus labios, carnosos y dulces. El cabello rubio le caía liso por la espalda y el flequillo estaba adornado con un mechón rosa. Iba vestida con un top blanco y un pantalón de mezclilla azul y roto, muy corto, que dejaba al aire unas largas piernas que empezaban a tomar color por el sol. Unas Converse rojas completaban su vestuario.

Sencillamente, era una joven preciosa.

—Qué nochecita, ¿no? —me dijo con media sonrisa, la misma que creía haberle visto catorce horas antes.

—Perdona, ¿cómo dices?

—Que te has divertido esta noche, ¿no? Acabas de llegar. Llevas la misma camisa… Un poco arrugada, por cierto. Eso es señal de que la pasaste bien. ¿Me equivoco?

Me sorprendió tanto descaro. Siempre se dice que la generación posterior a la de uno es más espabilada y menos amiga de la vergüenza. También opinaban así mis padres cuando yo tenía la edad de esa chica. Aunque yo jamás le habría hablado de esa forma a un desconocido cuando era un adolescente.

—Anoche fue una noche más —contesté, eludiendo cualquier información que pretendiese obtener—. ¿Y tú qué haces ahí sentada?

—Olvidé las llaves dentro. Y mi madre se ha ido y tardará bastante en volver. Así que me toca esperar aquí. Hace demasiado calor fuera.

Su madre. Confirmado. Mirándola bien, se apreciaba claramente el parecido entre ambas. Ni el color distinto de pelo, ni la diferencia de edad entre ambas ocultaban las semejanzas.

—¿Y te vas a quedar sentada en la escalera hasta que regrese?

—Qué remedio. A no ser que me quieras dejar pasar a tu casa.

Habría jurado que me guiñó un ojo tras autoinvitarse a entrar en mi piso. Pero dejarla pasar no entraba en mis planes. Aún estaban las cajas de la mudanza por medio y lo tenía todo desordenado. No quería que se llevara una mala impresión de mí.

—¿Y si mejor te invito a desayunar en algún lado? —me atreví a proponerle—. No he comido nada todavía.

—¿Me quieres invitar?

—Bueno, si tú quieres. Es para que no te quedes aquí tirada toda la mañana.

Curiosamente, a pesar de que esta chica me imponía tanto o más que su madre, me sentía tranquilo al hablar con ella, algo que no me había sucedido con Marta.

—Por mí, encantada. ¿Dónde quieres ir? —preguntó al tiempo que se ponía de pie y se estiraba el pantalón corto.

—No conozco el barrio. Decídelo tú.

—Nos acabamos de conocer y ya me das el poder de elegir. Esto promete.

Y, sonriendo con picardía, abrió la puerta del elevador y se metió dentro. La seguí y presioné el botón del cero. Mientras bajábamos, ninguno de los dos comentó nada y me limité a aspirar la fragancia que llevaba. ¿Vainilla? Me encantaba. Verónica, a veces, también la utilizaba. Pero no quería pensar en mi ex. Y en ese instante aún menos.

—Por aquí hay pocos sitios en los que tomar algo decente —comentó la chica cuando salimos del elevador—. Por cierto, me has invitado a desayunar y ni siquiera nos hemos presentado. ¿Lo haces así siempre que quieres ligar?

De nuevo, ese descaro. Evité tratarla de la misma manera y me conformé con decirle mi nombre.

—Me llamo Julián.

—Es verdad, si me lo dijo ayer mi madre cuando te vimos. Se me había olvidado —indicó, risueña, ya en la calle—. Yo soy Nadia.

Me fastidió que no se acordara de cómo me llamaba, prueba de que no le interesaba. Pero lo disimulé. A diferencia de su madre, no me dio dos besos después de presentarnos.

Nadia era un nombre bonito. Caminando hacia el lugar que había seleccionado para que tomásemos algo para desayunar, me explicó que la idea de que se llamara así fue de su padre.

—Él ahora vive en Francia, en Lyon. Se marchó allí cuando se separó de mi madre. Lo echo de menos.

Por primera vez desde que la conocía, su tono de voz sonó algo triste. Continuó explicándome que, afortunadamente, a su padre ahora le iba bien. Que había encontrado un buen trabajo como profesor de Español en un instituto de Lyon y que tenía novia. Una francesa muy simpática, azafata de vuelo, que tenía cinco años menos que su madre. No quise incomodarla y preguntarle cuántos años eran esos, a pesar de que la curiosidad me mataba.

—Lo importante es que sea feliz —indiqué para seguir con el tema.

—Sí, pienso lo mismo. También me gustaría que mi madre lo fuera.

—¿Tu madre no es feliz?

—Bueno, a ratos. No tiene un trabajo fijo y eso le preocupa. Hoy, precisamente, ha ido a una entrevista en un hotel. Espero que lo consiga. Sería un alivio para todos.

Se detuvo y señaló la puerta de una cafetería que no daba muy buena impresión.

—Hemos llegado. No te dejes engañar por las apariencias. Es lo mejor que tenemos por aquí.

—Cómo debe de ser el resto —murmuré—. Confío en ti.

—¿Sí? Pues eres el primero.

No sé si lo dijo en serio o no y a qué se refería exactamente. Le dio un empujón con el hombro a la puerta de cristal de aquella cafetería y entramos. Nadia saludó alegremente al mesero que estaba detrás de la barra. Pidió un sándwich mixto con huevo y un jugo de naranja. Yo solicité lo mismo. Cuando nos sirvieron, agarramos nuestro desayuno y nos sentamos en la mesa situada más al fondo del local.

Entre mordisco y mordisco, mi joven acompañante me observaba por encima del sándwich y sonreía.

—¿Qué pasa? —le pregunté, temiendo haberme manchado la nariz de huevo.

—Nada. Me gusta mirar cómo comes.

Eso me hizo sonrojar. Aquella jovencita no tenía ni una pizca de vergüenza. Pero no podía dejarme intimidar.

—¿Nunca has visto comer a un chico?

—¿A qué te refieres? —dijo alzando una ceja, divertida.

—Al sándwich —respondí todavía más colorado.

Ella soltó una carcajada y continuó mirándome fijamente mientras seguía devorando su desayuno. Sorprendentemente, me gustaba que esos increíbles ojos verdes estuvieran puestos en mí. Pero… ¿qué estaba haciendo? ¿Coquetearle a una niña que no debía de llegar ni a los quince años? Aunque, siendo justos, era ella la que estaba coqueteándome a mí. ¿O simplemente era su manera de comportarse con todo el mundo?

—¿Y tienes novia?

Casi me atraganto al escuchar su pregunta.

—No, no tengo novia.

—¿Novio?

—Tampoco —indiqué raudo—. No tengo nada contra la homosexualidad, al contrario. En mi libro hay un personaje gay. Pero solo me gustan las chicas.

—¿Has escrito un libro? ¿A eso te dedicas? Guau.

Parecía intrigada, pero yo no quería hacerme el interesante. Escribir un libro no es ninguna proeza. Tiene el mismo mérito que pintar un cuadro, componer una canción o preparar un pastel. Todo es ponerse a trabajar. Otra cosa es que lo que hagas esté bien.

—Intento dedicarme a ello. Aunque no es fácil ganarse la vida con la literatura.

—Quiero ser la protagonista de tu próxima novela —se atrevió a decir—. O por lo menos que le pongas mi nombre a un personaje. ¿No te gusta Nadia?

Asentí sonriente. Durante la siguiente hora estuvimos

hablando de una historia en la que una chica llamada Nadia cumplía sus sueños y encontraba la felicidad viajando por el mundo. Me entusiasmaba lo que transmitía, su frescura. Y, a pesar de que tuve que contarle que mi próximo libro era de asesinatos, le prometí un personaje con su nombre.

Agradecimientos
año 2009

A mis padres y a María; sin ellos, nada sería posible. A la editorial Everest, por confiar en mí y aventurarse en este proyecto de locos. Ana y Alicia, gracias por su paciencia. A Ester, por inspirarme y ayudarme en los momentos complicados. A Sara, Lidy y Lola, por ser no solo seguidoras, sino amigas. A Anita, por toda su dedicación a *CPP* y a su autor. A Lidia, Luz, Demi, Maite, Cristina, Saray, Geli, Meri, Almu, Álex, Esther, Alicia, Laura, Irene, Elena y Yoly, que desde que llegaron pusieron su granito de arena. A los ángeles de Blue, por su colaboración y cariño. A todas y cada una de las personas que hicieron clic y aceptaron la invitación de este desconocido a leer algún renglón de *Canciones para Paula*.